马克思主义理论研究
和建设工程重点教材

# 中国古代文学史

## （第二版）中册

《中国古代文学史》编写组

主　编　袁世硕

副主编　陈文新

主要成员

（以姓氏笔画为序）

王小舒　边家珍　阮　忠

孙之梅　李　浩　董上德

韩经太　傅　刚　廖　群

高等教育出版社·北京

# 图书在版编目(CIP)数据

中国古代文学史.中册/《中国古代文学史》编写组编.--2版.--北京:高等教育出版社,2018.8(2025.1重印)

马克思主义理论研究和建设工程重点教材

ISBN 978-7-04-050109-4

Ⅰ.①中… Ⅱ.①中… Ⅲ.①中国文学-古代文学史-高等学校-教材 Ⅳ.①I209.2

中国版本图书馆 CIP 数据核字(2018)第 162132 号

| | | | | | |
|---|---|---|---|---|---|
| 责任编辑 | 贾高操 刘纯鹏 | 封面设计 | 王 鹏 | 版式设计 | 于 婕 |
| 责任校对 | 王 雨 | 责任印制 | 刘弘远 | | |

| | | | | |
|---|---|---|---|---|
| 出版发行 | 高等教育出版社 | 网 址 | http://www.hep.edu.cn | |
| 社 址 | 北京市西城区德外大街4号 | | http://www.hep.com.cn | |
| 邮政编码 | 100120 | 网上订购 | http://www.hepmall.com.cn | |
| 印 刷 | 天津鑫丰华印务有限公司 | | http://www.hepmall.com | |
| 开 本 | 787mm×1092mm 1/16 | | http://www.hepmall.cn | |
| 印 张 | 28.75 | 版 次 | 2016年6月第1版 | |
| 字 数 | 540千字 | | 2018年8月第2版 | |
| 购书热线 | 010-58581118 | 印 次 | 2025年1月第36次印刷 | |
| 咨询电话 | 400-810-0598 | 定 价 | 54.50元 | |

本书如有缺页、倒页、脱页等质量问题,请到所购图书销售部门联系调换

版权所有 侵权必究

物 料 号 50109-00

# 目 录

## 第四编　隋唐五代文学

**绪　论** ……………………………………………………………… 3
　第一节　隋唐的政权更替与政治分合 ………………………… 3
　第二节　社会流动与地域超越 ………………………………… 5
　第三节　教育、科举、铨选与文学 …………………………… 8
　第四节　中外文化交流及其对文学的影响 …………………… 11
　第五节　唐代文学的传承、发展与影响 ……………………… 14

**第一章　隋及初唐文学** ………………………………………… 18
　第一节　宫廷台阁与文学 ……………………………………… 18
　第二节　"文化工程"的实施及其对文学的影响 …………… 23
　第三节　"初唐四杰"与陈子昂、张若虚等的诗歌创新 …… 25

**第二章　盛唐诗坛** ……………………………………………… 32
　第一节　孟浩然、王维与隐逸诗人群体 ……………………… 32
　第二节　高适、岑参与边塞诗 ………………………………… 37
　第三节　京城诗人群 …………………………………………… 42

**第三章　李白** …………………………………………………… 47
　第一节　李白的传奇经历与思想 ……………………………… 47
　第二节　李白的诗歌 …………………………………………… 51
　第三节　李白的文学地位与影响 ……………………………… 58

**第四章　杜甫** …………………………………………………… 62
　第一节　杜甫的生平及创作历程 ……………………………… 62
　第二节　杜甫诗歌的艺术成就 ………………………………… 67
　第三节　杜甫的文学特点与影响 ……………………………… 71

## 第五章　中唐诗坛 … 76
### 第一节　从大历、贞元到元和 … 76
### 第二节　韩愈与孟郊 … 80
### 第三节　韩孟诗派的其他诗人 … 83
### 第四节　刘禹锡与柳宗元的诗 … 87

## 第六章　白居易、元稹与元白诗派 … 92
### 第一节　白居易、元稹的诗歌主张 … 92
### 第二节　白居易、元稹的讽谕诗与新乐府 … 94
### 第三节　白居易的闲适诗与元稹的悼亡诗 … 96
### 第四节　《长恨歌》等叙事抒情长篇 … 98
### 第五节　元白派诗人 … 101

## 第七章　古文思潮与唐文的成就 … 104
### 第一节　古文运动的背景与韩柳的古文理论 … 104
### 第二节　韩愈、柳宗元的古文 … 109
### 第三节　骈文的新发展 … 112
### 第四节　晚唐小品文 … 115
### 第五节　唐文的艺术成就 … 117

## 第八章　传奇与敦煌文学 … 120
### 第一节　唐传奇与笔记小说 … 120
### 第二节　变文与敦煌文学 … 125

## 第九章　晚唐五代诗坛 … 133
### 第一节　杜牧 … 133
### 第二节　李商隐 … 136
### 第三节　晚唐五代的其他诗人 … 140

## 第十章　词的兴起与晚唐五代词 … 144
### 第一节　曲子词的兴起 … 144
### 第二节　温庭筠与花间词人 … 146
### 第三节　李煜与南唐词人 … 148

阅读文献·······································································································153

# 第五编　宋代文学

**绪　论**·············································································································159
　　第一节　宋代社会形态与文化面貌·······················································159
　　第二节　两宋文学的发展轨迹与典型特征············································163
　　第三节　宋代文学精神与宋代文化建构特征·······································168

**第一章　北宋初期文学**··················································································170
　　第一节　宋初文坛和"宋初三体"···························································170
　　第二节　王禹偁·······················································································178

**第二章　欧阳修与北宋诗文革新**··································································182
　　第一节　欧阳修的文学思想与文学创作···············································182
　　第二节　苏舜钦和梅尧臣······································································187
　　第三节　王安石和曾巩··········································································193

**第三章　北宋前期词坛**··················································································200
　　第一节　宋初词坛概况··········································································200
　　第二节　柳永··························································································203
　　第三节　晏殊和欧阳修··········································································206
　　第四节　张先和其他词人······································································209

**第四章　苏轼及其文学家族**··········································································213
　　第一节　苏轼的思想和文学主张···························································213
　　第二节　"三苏"文章···············································································217
　　第三节　苏轼诗歌···················································································220
　　第四节　苏轼词的艺术成就···································································223

**第五章　黄庭坚与江西诗派**··········································································228
　　第一节　黄庭坚的思想个性···································································228
　　第二节　"黄庭坚体"诗词········································································230
　　第三节　陈师道······················································································235

### 第四节　江西诗派 ……………………………………………………… 237

## 第六章　北宋后期诗词 ……………………………………………………… 242
### 第一节　晁补之和张耒 ………………………………………………… 242
### 第二节　晏幾道、秦观、贺铸 ………………………………………… 245
### 第三节　周邦彦 ………………………………………………………… 249

## 第七章　南宋前期文学 ……………………………………………………… 253
### 第一节　李清照 ………………………………………………………… 253
### 第二节　张元幹、张孝祥、岳飞与其他爱国词人 …………………… 256
### 第三节　朱敦儒、叶梦得、向子諲 …………………………………… 260
### 第四节　陈与义与南渡初期诗歌 ……………………………………… 263

## 第八章　陆游与中兴诗坛 …………………………………………………… 269
### 第一节　陆游的文学主张与诗歌艺术 ………………………………… 269
### 第二节　杨万里和"诚斋体" ………………………………………… 273
### 第三节　范成大与新型田园诗 ………………………………………… 276
### 第四节　两宋理学诗派与朱熹的诗歌创作 …………………………… 279

## 第九章　辛弃疾 ……………………………………………………………… 288
### 第一节　辛弃疾生平与词作 …………………………………………… 288
### 第二节　辛词艺术成就 ………………………………………………… 291
### 第三节　辛派词人 ……………………………………………………… 295

## 第十章　南宋后期的文学 …………………………………………………… 299
### 第一节　四灵诗派与江湖诗派 ………………………………………… 299
### 第二节　姜夔 …………………………………………………………… 302
### 第三节　史达祖、高观国与吴文英 …………………………………… 305
### 第四节　王沂孙、周密、蒋捷、张炎 ………………………………… 309

## 第十一章　宋代"说话"与宋元话本 ……………………………………… 313
### 第一节　说话四家与话本 ……………………………………………… 313
### 第二节　小说话本 ……………………………………………………… 314
### 第三节　讲史话本与说经话本 ………………………………………… 318

阅读文献……………………………………………………………………… 322

# 第六编　辽西夏金元文学

**绪　论**……………………………………………………………………… 327
　第一节　多民族经济、文化的交汇与辽西夏金元文学……………… 327
　第二节　多元文化格局下的散曲与诗文创作………………………… 332
　第三节　戏剧文学的勃兴及其中国特色……………………………… 334

**第一章　辽西夏诗文与金代诗词**………………………………………… 338
　第一节　辽代诗歌……………………………………………………… 338
　第二节　西夏诗文……………………………………………………… 340
　第三节　元好问与金代诗歌…………………………………………… 343
　第四节　金代词作……………………………………………………… 349

**第二章　元代诗词散文**…………………………………………………… 355
　第一节　元代前期诗坛………………………………………………… 355
　第二节　元代中后期诗坛……………………………………………… 358
　第三节　元代词作……………………………………………………… 364
　第四节　元代散文……………………………………………………… 368

**第三章　说唱艺术与诸宫调**……………………………………………… 373
　第一节　鼓子词及其存世作品………………………………………… 373
　第二节　诸宫调及其存世作品………………………………………… 375
　第三节　《西厢记诸宫调》…………………………………………… 377
　第四节　宏伟的蒙古史诗……………………………………………… 380

**第四章　元代前期杂剧**…………………………………………………… 383
　第一节　金元杂剧的兴起及杂剧的体制……………………………… 383
　第二节　白朴与马致远………………………………………………… 385
　第三节　北方其他杂剧作家与作品…………………………………… 390

**第五章　关汉卿的杂剧创作**……………………………………………… 398
　第一节　关汉卿的生平与思想………………………………………… 398

第二节　关汉卿的悲剧作品……………………………………… 400
   第三节　关汉卿的喜剧作品……………………………………… 404
   第四节　关汉卿杂剧在中国戏剧史上的意义…………………… 406

**第六章　王实甫与《西厢记》** …………………………………… 410
   第一节　王实甫的杂剧创作与"西厢"故事的新变 …………… 410
   第二节　《西厢记》的喜剧性冲突 ……………………………… 413
   第三节　《西厢记》的语言魅力 ………………………………… 416

**第七章　元代后期杂剧** …………………………………………… 419
   第一节　北方杂剧的南移………………………………………… 419
   第二节　元代后期的杂剧作家与作品…………………………… 420

**第八章　元代散曲** ………………………………………………… 426
   第一节　散曲的形成与体式……………………………………… 426
   第二节　元代前期散曲…………………………………………… 428
   第三节　元代后期散曲…………………………………………… 433

**第九章　南戏的兴起、文体与《琵琶记》** ……………………… 438
   第一节　南戏的兴起与文体……………………………………… 438
   第二节　南戏重要剧目…………………………………………… 440
   第三节　高明与《琵琶记》……………………………………… 442

阅读文献………………………………………………………………… 447

# 第四编 | 隋唐五代文学

# 绪　论

中国文学发展到隋唐五代时期，呈现出全面繁荣的局面。特别是唐代文学，在中国文学史上堪称辉煌的代表，各个文体均取得了卓越的成就。

唐代诗歌的成就最为突出，诗人和作品的数量都超过前代。其内容涵盖唐代社会生活的各个方面，艺术上也达到了高度成熟的境界，大家林立，佳作纷涌。唐文也取得了丰硕的成果，尤其是古文运动的兴起，使古典散文再一次焕发光彩。而唐人在骈文、骈赋方面也有新的发展，并创造了文赋、律赋、俗赋等新赋体。唐传奇的出现意味着中国古典文言小说的成熟，它超越了魏晋南北朝小说志怪志异的局限，成为有意识的小说创作。词是唐代产生的一种新诗体，它起源于民间，在中唐时出现文人词，及至晚唐五代逐步繁盛。此外，唐代出现了变文这一新的文体，它最初是一种讲唱佛经故事以宣传佛教的通俗文学形式，后来则多讲唱历史故事、现实事件或民间传说。

唐代文学所取得的辉煌成就，体现了中华民族伟大的创造力和艺术造诣。它不仅对后世文学产生深远的影响，而且对东亚文化圈的日本、朝鲜、越南等"汉文化圈"的国家也产生了重大影响。

## 第一节　隋唐的政权更替与政治分合

中国自西晋末年以来，南北分裂了将近三百年。但大一统的观念始终深入人心，最终由隋朝完成了统一南北的历史任务，并开创了隋唐盛世的基本格局。

### 一、南北分裂的结束

隋朝建立者为北周勋亲杨坚。杨坚家族自称是出于汉代以后的士族高门弘农杨氏，但在北魏初期就已经世居武川镇（今内蒙古武川西），沾染鲜卑习俗。杨坚的父亲杨忠是西魏、北周的军事贵族，西魏时为府兵十二大将军之一，至北周追随宇文泰，官至柱国大将军，封随国公。后来杨坚袭父爵，其女为周宣帝皇后。大象二年（580），周宣帝宇文赟卒，其子周静帝年仅八岁，杨坚以静帝外祖父的身份监国，以左大丞相、都督内外诸军事名义掌握军政大权，并逐渐铲除朝内外的异己势力。大定元年（581），杨坚逼迫周静帝禅位，定国号为隋，自立为帝，改元开皇。

隋初，北方突厥势力强盛，与隋朝相抗衡。开皇二年（582），隋军挫败入掠河西等地的突厥军，突厥内部矛盾随之激化。开皇三年，突厥分裂为东、西两汗国，力量大为削弱。开皇五年，东突厥向隋朝求和，北方暂时获得安定，隋朝的力量遂转向江南。开皇八年，隋文帝下诏伐陈。次年正月，隋军攻陷建康，俘陈后主陈叔宝，陈亡。江南其他地区也迅速平定，于是南北再次统一。

**二、隋唐制度的更替与延续**

隋统一南北后，为了防止分裂局面再度出现，在文帝统治时期和炀帝统治的前期，先后进行了一系列有针对性的措施来巩固中央集权。

首先，废除西魏、北周时期仿照"周礼"而制定的中央官制——"六官制"，参酌损益魏晋以来的官制，基本形成以尚书、内史、门下三省为行政中枢的制度，形成了完整严密的官僚体系。这一制度被代之而起的唐代继承和发展。

其次，废除曹魏以来长期使用的九品中正制，使选官之权统归于中央。九品中正制虽被废，但以秀才、明经等科课试选士的做法仍沿袭下来，到炀帝杨广时又设进士科，科举制逐渐形成。

此外，通过对北齐旧地的户口进行普查，增加了大量的赋税人口，国家的财赋来源有了保证；通过对袭自西魏、北周的府兵制的改革，清除胡汉分治的遗迹，适应了民族融合的时代需求；还重新统一了度量衡。

隋代的这些改革措施，目的虽然是为了维护关陇军事集团的利益，但同时也适应了国家统一、民族融合的历史趋向，因而具有积极意义。

隋初采取的积极措施，在文帝后期和炀帝初期时初见成效，出现了国力鼎盛的局面。然而隋代统治却始终隐藏着危机，文帝时已经出现徭役和刑法过重的现象，炀帝时更自恃富强，骄奢淫逸，修东都、开运河均操之过急，多次浩大的巡游引发频繁的徭役，早已超出人民的负担极限。炀帝后期，对高丽发动的战争终于加速了隋的灭亡。

隋炀帝大业十三年（617），在风起云涌的农民起义战争中，西魏、北周以来形成的关陇贵族集团代表人物李渊、李世民起兵太原，并趁势进占长安。翌年五月，李渊逼迫隋恭帝禅位，即帝位于长安，改国号为唐。在平定了其他几支割据势力后，于武德七年（624）统一了天下。

唐王朝建立之后，基本上沿袭了隋代的制度。在经济制度上，继续沿用北魏以来的均田制和租庸调制。在军事制度上，沿袭隋代府兵制，而隋制则改变西魏、北周兵农分离之府兵制为兵农合一之府兵制。不过隋时府兵在长期的统一战争中不断扩大，汉族成分大量增加，民族色彩渐趋消失。在官僚制度上，隋唐均实行三省六部制，以取代秦汉时的三公九卿制。在选官制度上，唐代在隋代的基础上再加发展，将科举分为常科和制科。科举制在隋代和唐初仅是初步定型，在唐代后期及此后诸朝才得到长足的发展。

要之,隋唐两朝的典章制度因袭之迹极为明显,可以视为一体。其渊源据陈寅恪考察,不外三个方面:一是北魏、北齐;二是梁、陈;三为西魏、周。① 在继承前代制度的基础上又有所损益,以适应时代变化,隋唐制度因之而树为范式,影响深远。

## 第二节 社会流动与地域超越

隋唐时期,政治上的大一统和地域上的四海归一,促成了文学和文风上的南北融合。在交流和融合的过程中,由于政治上和地域上的统一既没有改变自然地理的风貌,也没有消除经济文化发展不平衡的状况,因而文学的地域差别、阶层差异依然存在。

### 一、阶层流动与地域流动

关中、山东与江南既是三大自然地理区域,也是三个独立的文化区域。三大地域各有其文化中心。文化中心与文化区域之间通过文化网络联通为一个大系统。② 随着经济的发展、科举制的实施,这一时期的社会流动相较前代显得更为频繁。由于士人社会地位的不易维持,就造成了向上和向下的双向流动。由于士人的迁调、贬谪,或者对于某一个地方的喜好等原因,就形成了他们在地域方面的广泛流动。

科举制的实施为中下层士子提供了入仕的机会,然而直到盛唐,它仍未能取代依托家族政治地位的门荫而成为入仕的主要途径。据统计,盛唐时代科举入仕者占24%,以门荫入仕者占到46.8%。③ 即使在科举制日渐重要的中晚唐时期,科举也仅仅是门阀世族向文学士族过渡的一个诱因。据考察,唐代的宰相出自二族者仍占多数。④ 可见在科举制施行的最初三百年间,就统治阶层的机构而言,与魏晋南北朝时期是基本相同的,不同的只是小族和寒素阶层在特定的时期会向上涌动,如隋末唐初、武周时期、玄宗前期、安史之乱及唐末大乱之时。武盾时期和

---

① 参陈寅恪《隋唐制度渊源略论稿·绪论》,上海古籍出版社1982年版,第1—2页。
② 参李浩《唐代三大地域文学士族研究》,中华书局2008年版,第19页。
③ 参铁民《关于文人出塞与盛唐边塞诗的繁荣》,《文学遗产》2002年第3期。
④ 毛汉光在其《唐代大士族的进士第》中以唐代最为贵盛的十四个大士族(一七家)及李唐宗室后裔为研究对象,经过考察,此十八大族在唐代凡产生宰相186人,占全唐宰相总数366人的半数以上。这一七家大士族不仅是唐代官宦大族,而且也是魏晋南北朝旧族。参毛汉光《中国中古社会史论》第九篇,上海书店出版社2002年版,第334—364页。

玄宗前期与科举及政治斗争有关，其他三个时期则属战乱非常之时。可见科举制对阶层流动的影响是缓慢的，直到唐末士族才最终走向覆亡。虽然缓慢，但科举制仍是消解士族社会的加速剂，科举仕进使得士族对中央政府的依附性大为增强，其地方社会领袖的色彩逐渐暗淡，社会和政治之间的张力逐渐缓解。同时士族所自恃的儒学礼法在科考中几乎派不上用场，所谓的儒学世家也逐渐衰落。因此，士族在科举中的胜利使其逐渐丧失原有属性，逐渐消解了自身优势。

唐代的诗人几乎都有参加科考的经历，其出身既有高门子弟，又有中小士族后代，也有不少人来自社会的下层。总体上看，他们对社会各层面的情况较前代诗人有更深刻的了解和体验，再加上个人不同的经历和时代的迅疾变化，使他们的诗歌表现更为丰富饱满，这就促成唐代诗歌绚烂多彩的面貌。而这一切，正是阶层流动之所赐。

隋唐时期，由于科举仕进或为躲避战争，士人们往往举家迁徙。迁徙使士族的地方代表性不断丧失，亦使文学的地域风格不断弱化，却提升并丰富了移入区的文化。因战争而导致的迁徙则使士族逐渐消融在迁徙地的土著族群中，其世家大族的光环也逐渐失去。士族迁徙不仅影响个人及家族的荣枯兴衰，而且预示着文学重心的潜转暗换以及南北经济文化倾斜失衡的局面。

隋文帝即位后，原属北齐、北周的山东士族陆续归顺隋朝。开皇九年（589）平陈后，俘虏了大量江南贵族，"江南士人，悉播迁入京师"（《隋书·天文志下》），这些降臣被安置在长安，给岑寂已久的长安文坛带来了欣欣向荣的新气象。唐建国后，亟需大量人才为新政权效力，屡次下诏求贤。太宗贞观十一年四月下诏云："齐赵魏鲁，礼义自出；江淮吴会，英髦斯在。"（《全唐文》卷六《令河北淮南诸州举人诏》）高宗上元三年下诏称："山东、江左，人物甚众，虽每充宾荐，而未尽英髦。"（《全唐文》卷六《令山东江左采访人物诏》）除了地方荐举，唐政府还通过科举制广罗人才，开元中刘秩云："隋氏罢中正，举选不本乡曲，故里闾无豪族，井邑无衣冠，人不土著，萃处京畿。"（《通典》卷一七《选举五》）可见科举制的施行对迁徙流动造成重大影响，这个影响一直贯穿整个隋唐时期。安史之乱后以及唐末五代时期，为躲避战争，大量关陇士族及山东士族被迫迁徙到南方。"唐末五代之乱，衣冠旧族多离去乡里，或爵命中绝，而世系无所考。"（李焘《续资治通鉴长编》卷一〇三）他们提升了当地的文化水平，也在逐渐融入当地的同时丧失原有的地方代表性。

此外，还有较为短暂的迁徙活动，如读书山林、漫游、入幕和贬谪等，均造成了士人们地域间的流动。读书山林为他们提供基本的文化教育，培养他们对自然的热爱，漫游、入幕和贬谪则为他们提供了丰富的生活阅历，这些都为他们的文学创作提供给养，唐代山水田园诗、边塞诗、山水游记创作的繁荣局面都与此

## 二、五方杂厝与和而不同

由于经济的发展，隋唐时期的一些通都大邑渐成各地人杂居之处，形成"五方杂厝"的局面。如长安、洛阳、扬州、益州、金陵等大城市，商贾云集，繁华异常。这其中既有牟利的商人，也有科举仕进之士子，"自隋罢外选，招天下之人聚于京师，春还秋往，乌聚云合，穷关中地力之产，奉四方游食之资"（《通典》卷一八《选举六》）。"郡国所送，群众千万，孟冬之月，集于京师，麻衣如雪，纷然满于九衢。"（《全唐文》卷八四六《荐士论》）描绘的就是这一情形。因为隋唐对外交流的频繁与畅通，一些外国人或仰慕华夏冠冕文物，或寻求贸易赢利，均积聚通都大邑，或长期定居，或短暂游历，形成了一派大杂居、小聚居的局面。

五方杂厝局面的形成，与隋唐两代在思想上均能持兼容态度密切相关。隋代在整合南北文化的过程中，对佛教、儒家思想都很重视，道教也从北周的禁令中得到解放。唐代在立国之初即确定儒家思想的统治地位，但主要体现在政治制度、社会伦理及人才选拔等层面上；在具体的思想领域，则参取百家，儒、释、道并存。即使在科举考试中试"帖经"，也不过考查默写记诵而已，对儒家思想的阐发反而阙失。玄宗时又设道举科，考查《老子》《庄子》《列子》《文子》四部道经。玄宗本人既为《孝经》作注解，又注释《道德经》和《金刚经》，这都说明其三教并用的思想。

唐代思想学说的多元化造就了盛唐气象的博大雄浑，儒、释、道三家从不同方面对唐代文学产生了巨大的影响。儒家积极入世、百折不挠的进取精神塑造了士人们坚毅的人格，在关涉公共利益时，士人们往往首先以儒家伦理来思考问题。佛教则主要影响士人的人生理想、生活情趣，尤其是禅宗，其随缘任运的思想为士人的亦官亦隐提供了理据。道教对士人的影响，主要是让他们亲近自然、融入自然，尤其是道教的神仙思想对许多作家影响很大。举例而言，杜甫受儒家思想影响最大，他行走在大地上，感受着黎民苍生的苦难。"致君尧舜上，再使风俗淳"（《奉赠韦左丞丈二十二韵》）表达了他对政治清明世界的由衷向往，"朱门酒肉臭，路有冻死骨"（《自京赴奉先县咏怀五百字》）表现了他对劳苦大众的关切，"遥怜小儿女，未解忆长安"（《月夜》）则表达了他对家庭亲情的珍惜。王维受佛教影响最大，"君问穷通理，渔歌入浦深"（《酬张少府》）表现一种淡泊而不可言传的禅机，"暝宿长林下，焚香卧瑶席"（《蓝田山石门精舍》）则体现了王维始终坚持严格和正统的佛教实修。李白则深受道教的影响，他在诗歌中驰骋想象，在神仙世界里肆意遨游，"脚着谢公屐，身登青云梯。半壁见海日，空中闻天鸡"（《梦游天姥吟留别》）表现的是匪夷所思的幻想，"邀我登云台，高挥卫叔卿。恍恍与之去,驾鸿凌紫冥"(《古风》其十九)描绘的是人们从未见过的神仙。

当然,唐代的士人们很少只受某一种思想的影响,他们多数和他们生活的王朝一样,在内心思想的深处,都有多元化的倾向。

## 第三节 教育、科举、铨选与文学

隋唐五代是我国教育史上的重要阶段。六朝的贵族教育制度至隋唐发生了根本的变化,教育制度更加完善,官、私教育更加普及,庶族教育得到很大发展。科举考试中对诗赋的重视客观上促成了文人创作的繁荣,吏部铨选也对漫游诗、边塞诗、送别诗等题材的兴盛产生了重要影响,而新机制下具有时代特色的士风则从精神层面影响着文学创作。

### 一、官学与私学的新发展

隋唐统治者都很重视教育,建立起了完善的官学制度。隋初,中央机构的官学有国子学、太学、四门学、书学、算学,凡五学,隶属于太常寺。唐建国伊始,即完善国学制度,五代人王定保记载道:"贞观五年已后,太宗数幸国学,遂增筑学舍一千二百间,增置学生凡三千二百六十员。无何,高丽、百济、新罗、高昌、吐蕃诸国酋长,亦遣子弟请入。国学之内,八千余人。国学之盛,近古未有。"(《唐摭言》卷一《两监》)[①] 可见唐统治者对学校教育的重视。唐国子监下设六学,有国子学、太学、四门学、律学、书学、算学,较隋代官学增设律学,说明对于律令之学的重视。其中国子学、太学、四门学三种,只是生员身份不同,教育内容大体一致。龙朔二年(662),在东都洛阳置国子监,此后两都分别教授。开元二十八年(740)为适应朝廷崇道的需求,置崇玄学,第二年分设于两都,入学资格与国子学一样,专门研习《老子》《庄子》《文子》《列子》。天宝九载(750),国子监增广文馆,成七学。此外,各官署负责进行职业教育,如太医署有医生,专门习医学;太乐署教习乐人;太史局有历生习历法等。

隋唐地方官学也很普及,高祖武德七年(624)即下诏:"吏民子弟,有识性明敏,志希学艺,亦具名申送,量其差品,并即配学。州、县及乡,并令置学。"(《旧唐书·礼仪志四》)当时京兆、河南、太原三府,诸都督府,诸州均设有经学

---

① 《旧唐书·儒林传上》所载与此略同。

博士、医学博士及助教，学生也有定额；甚至各县也有博士、助教及学生数十人。据统计，当时弘文馆、崇文馆学生五十名，国子监太学生两千六百一十名，而州县学生则高达六万零七百一十名（《通典》卷十五《选举三》），是国学学生的二十多倍。安史之乱后，经济中心南移，南方诸州所办学校也兴盛起来，许多地方官都热衷于兴办教育，如中唐柳宗元被贬为柳州刺史，在当地兴办学校；晚唐王潮据福建五州，也兴立四门学。

隋唐五代私学亦盛，主要是教授识字读书的普及教育，当然也有继承汉代以来的经师授业传统的。唐统治者也鼓励私学，开元二十一年（733）下令："许百姓任立私学，其欲寄州、县受业者亦听。"（《唐会要》卷三五《学校》）如盛唐时卢鸿隐居嵩山，官府为其营造草堂，聚集生徒五百人；中唐时袁滋客居荆、郢间，建学庐以授业。私学因比官学更为自由，教授内容更为广泛，所以发展很快。唐代的私学，已开宋以后书院教育、私塾教育的先河。

## 二、科举制度的形成

隋朝建立后，魏晋南北朝的官吏选拔制度——九品中正制已经废弛，不过以秀才、明经等科选士的做法仍被保留下来。隋炀帝时又新置进士科，科举制度初步形成。唐初历高祖、太宗、高宗、武后数朝，科举制度日趋完善。唐制取士分制科和常科，制科为皇帝特旨召试，以待"非常之才"，不定期举行。主要试对策，常见科目有贤良方正、直言极谏、博学宏词、才堪经邦、武足安边等科。现任官吏也可参加制科，且可以一试再试。常科有秀才、明经、进士、明法、明书、明算等，与官学相配套。此外，玄宗朝还一度置道举、童子举等。常科以明经、进士二科最为重要，玄宗以后，进士科更显重要。与九品中正制相比，科举制不再依托家世，而是通过考试选拔官员，它为寒门庶族地主开辟了仕进之途。

明经科主要试帖经，以考查应试者记诵经书的能力。进士科在隋朝仅试策，唐太宗时加试经、史，高宗末又加试帖经、杂文。杂文最初指箴、铭、论、表之类，天宝年间开始专试诗赋，并且作为录取的主要标准，故后人称唐"以诗赋取士"。因明经科主要考记诵能力，容易对付，其地位不如进士科，有"三十老明经，五十少进士"的说法。唐代一般每年都举行科考，报考的人来自各级学校的，称为生徒，多为官员子弟；未入学馆而直接来自州县的，称乡贡，首先在州县报名，经州县考试合格后，报送尚书省参加礼部（开元二十四年以前为吏部）主持的考试。科考地点，初在长安，武周时始于洛阳同时开科取士。唐初以吏部考功郎中主持贡举。贞观以后，则由考功员外郎主持。开元时改由礼部侍郎主持，以后成为定制。

唐代科举考试试卷并不糊名，考生姓名对主考官是公开的，及第与否，同考生的家庭地位、社会影响及考官对其熟悉程度等有很大关系。因此进士科的应试者，多在礼部试之前，将自己的文学作品编成卷轴，投献给主考官或有地位的人物，以展示才华，争取上层人物的推荐。这就在一定程度上促成了文学（主要指诗歌、古文、传奇）创作的繁荣局面。①

唐代士人在取得进士及第或明经及第的出身后，还不能正式入仕，得由礼部把他们介绍到吏部，取得出身，成为吏部的选人，即所谓关试。唐政府为解决选人多而职位少的矛盾，还要求选人守选若干年，待守选期满才能参加吏部的冬集铨选。因此，士人们登第之后，常常漫游各地，做入仕的准备；或者为暂谋生计，到地方方镇幕府中任职。选人如果想提前入仕，可以参加制举或吏部的科目考试，主要有博学宏词科和书判拔萃科。

吏部铨选的依据主要是身、言、书、判四项。身指体貌丰伟，言指言辞辩正，书指书法遒美，判指文理优长。若四个条件都合乎要求，则首重德行；德行相仿，则再依才能。铨选对文学的影响首先体现在守选期内漫游诗的大量出现，游于朔漠，则成边塞诗；游于江山，则发为山水诗。士人们在守选的漫长时间中创造了大量的作品。其次是纷繁的铨选制度造就了大量的送别机会，产生了为数不少的送别诗文。有送人应举的，有送人赴选的，有送人落选的，有送人下第的，有送人铨选后赴任的，有送人归家守选的，不一而足。这些诗文不仅数量众多，且多有佳作，是了解唐代文人生活的一扇重要窗口。

### 三、新机制下的士风

在新的机制下，隋唐五代的士子们形成了具有时代特色的士风。士风指士大夫的风气或风度，风气指共同的风习，如读书山林、入幕、漫游等，风度则指其精神面貌。共同的风习往往又影响其精神面貌。

唐人在入仕之前，多隐居山林、寄居寺观读书。李白曾隐于大匡山读书，刘长卿年轻时曾在嵩山读书，颜真卿未入仕之前常读书于福山，杜牧、温庭筠都曾在庐山读过书，阎防、许稷曾读书于终南山。而符载等人读书于青城山，李绅则于无锡惠山寺读书。② 尤其是一些寒门士子，无力到官学就读，只得在寺庙、道观等地读书。且唐代寺庙、道观多能为寒士们提供免费的住宿与饮食，寺庙、道观往往又有名僧高道可以请教，有丰富藏书可供阅览，士子们读书山林相当方便。山中读书，或读经史，或作诗赋，清幽的环境能够陶冶士人情操，影响其审美情趣。唐代诗人多擅长描绘自然，摹画山水，当与他们年轻时的山林读书经历有关。

---

① 参程千帆《唐代进士行卷与文学》，上海古籍出版社1980年版。
② 参严耕望《唐人读书山林寺院之风尚》，载《严耕望史学论文选集》，中华书局2006年版。

唐代时漫游成为一时风尚，士人在登第之后、入仕之前，往往需要数年时间等待吏部铨选，因此多用这段时间漫游各地。名山大川的游历，反映了唐代诗人对于自然美的向往，促进了唐代山水田园诗的发展。边关大漠的游历，为唐诗带来慷慨激昂的气势和阔大壮美的境界，促进了唐代边塞诗的发展。而通都大邑的游历，使他们结识豪俊、熏习歌吹、濡染胡风，极大地丰富了创作的内容，拓展了文学的表现领域。

入幕是唐代士人入仕的重要途径之一，不少士人（如盛唐边塞诗人高适和岑参等）都有幕府生活的经历。中唐以后，文人入幕的情形愈加普遍。李商隐的仕途生活，主要在幕府中；杜牧则在幕府生活十年，这段经历常被他写入诗中。入幕文人往往是一个群体，他们的诗歌唱和以及大量的送别诗就反映了群体之间的互动。此外，入幕文人因公务需要，多擅长写作表状文、书信等文体，而在公务之余，又好创作传奇小说以娱情，这对散文和小说的发展都有很大影响。①

唐代诗人的精神面貌在中唐前后有较大的差异。初盛唐时由于国力强大，唐代士人有着更为开阔的胸怀、恢宏的气度、积极进取的精神。在不少士人身上充满着自信与狂放，陈子昂"方谒明天子，清宴奉良筹。再取连城璧，三陟平津侯。不然拂衣去，归从海上鸥"（《答洛阳主人》）；高适则"万里不惜死，一朝得成功。画图麒麟阁，入朝明光宫"（《塞下曲》）；王昌龄则"黄沙百战穿金甲，不破楼兰终不还"（《从军行》）。这种积极进取的精神反映到文学上来，便是文学中的昂扬情调。安史之乱后，士风多低沉悲凉，中唐时有元和中兴的短暂局面，士风稍有回升，至晚唐国力衰颓，士风也渐见靡弱。唐代士风转变与国势变化交相为因，呈现出理所应当的一致性。

## 第四节 中外文化交流及其对文学的影响

由于统治者宏大的胸怀和开放的政策，隋唐时期的中外文化交流十分频繁，丝绸之路成为中国和亚欧各国间政治往来、文化交流的重要通道，长安等大都市胡风炽盛，外来的物质文明与精神文明纷纷涌入中国，成为文学表现的重要内容。同时，唐代的文学作品也传到国外，展示其无穷的魅力。

### 一、丝绸之路与文化馈赠

中国古代经中亚通往南亚、西亚以及欧洲、北非的陆上贸易通道，因大量的

---

① 参戴伟华《唐代使府与文学研究》，广西师范大学出版社1998年版。

中国丝和丝织品多经此路西运，故称丝绸之路，简称丝路。①

隋唐时期，除了沿用南北朝时期与西域往来的"吐谷浑道"（又称"河南道"）②，又开辟了从瓜州北玉门关经伊州、北庭、轮台，越伊犁河至碎叶进入中亚的道路，即北新道。唐高宗时，中亚诸国领地一度划归唐王朝版图，但由于中央政府只予以形式上的册封而没有实际统辖，因此诸国不久即脱离唐王朝。这些国家主要是昭武九姓胡国，居住的主要是讲伊兰语的粟特人。粟特人善于经商，长期在丝绸之路上从事国际贸易，在中西交流史上发挥着重要作用。

丝绸之路不仅是东西商业贸易之路，而且是中国和亚欧各国间政治往来、文化交流的重要通道。外来文明经由丝绸之路不断涌入中国。首先是西方的物产，不仅有各种动物、植物、食品、香料、药物、纺织品和颜料，还有各种宝石和金属制品，琳琅满目，美不胜收。③ 其次是西方的音乐、舞蹈、绘画、雕塑、建筑等艺术，天文、历算、医药等科技知识，佛教、袄教、摩尼教、景教、伊斯兰教等宗教，也通过丝绸之路先后传到中国，为中华文明注入了新鲜的血液。

同时，中国的造纸、印刷、纺织、火药、指南针等工艺技术，绘画等艺术手法，乃至儒道思想，也通过丝绸之路传播到西方，给西方国家以不同程度的影响。

### 二、胡风的兴盛

贞观初年，突厥既平，唐王朝听从温彦博建议，将突厥人迁徙到朔方，战俘入居长安者近一万家。而天宝初年，京兆府户口总数仅三十多万户，即便贞观时人口数量不及天宝年间，长安一隅突然流入近万家突厥人，数量之大，亦足惊人。此外，除去大规模的人口迁徙，小规模的则有自丝路来华经商的胡人及传道的异教僧侣。由于大量外族移民入住，商旅往来，宗教播传，西域各国诸民族的习俗、文化也广泛影响着长安、洛阳、扬州等大都市。

以长安为例，当时西域各国流寓长安的胡人，多居住在城西，商贾则多聚集在西市。因此城西多有西域传来的新宗教的祠庙，长安布政坊有胡袄祠，醴泉坊

---

① "丝绸之路"（the Silk Road）这一名称由德国地理学家李希霍芬在其《中国》（1877）一书中首先提出，原指两汉时期中国与河中地区以及中国与印度之间，以丝绸贸易为主的交通路线。后来德国历史学家赫尔曼在其名篇《中国和叙利亚之间的古代丝绸之路》（1910）中，把丝路延伸到地中海沿岸和小亚细亚，被学界广泛认可。参张国刚、吴莉苇《中西文化关系史》，高等教育出版社2009年版，第30页。
② 主要从益州（今四川成都）北上龙涸（今四川松潘），经青海湖旁吐谷浑都城，向西经柴达木盆地，北上敦煌，或更向西越阿尔金山口进入西域鄯善地区。
③ 关于这类物品的具体记载，可参看［美］劳费尔《中国伊朗编》（林筠因译，商务印书馆2001年版）或［美］谢弗《唐代的外来文明》（吴玉贵译，中国社会科学出版社1995年版）二书的相关部分。

有波斯胡祠，义宁坊有大秦寺，等等。在西市多有胡人开设的酒店，诗人李白常常到这些胡店中饮酒，并赋诗以为记："胡姬貌如花，当垆笑春风。"（《前有樽酒行》）"双歌二胡姬，更奏远清朝。"（《醉后赠朱历阳》）"胡姬素招手，延客醉金樽。"（《送裴十八图南归嵩山》）在这些大都会，人们的饮食、衣着、娱乐活动乃至生活趣味，都受到西域文化深刻的影响。唐开元以后，胡食盛行中国。安史之乱时，玄宗西奔至咸阳集贤宫，"日向中，上犹未食，杨国忠自市胡饼以献"（《资治通鉴·玄宗纪》）。可见此饼已入民间市集。当时"胡着汉帽，汉着胡帽"（刘肃《大唐新语》卷九）的情况也不少，至于开元初宫人骑马"皆着胡帽"（《旧唐书·舆服志》），更见胡风的普遍。此外，唐代两京又流行一种泼胡乞寒之戏，当出于西域康国，"至十一月鼓舞乞寒，以水相泼，盛为戏乐"（《旧唐书·康国传》）。到唐中宗时已经流行于各地了。① 诗人元稹有《法曲》一诗："自从胡骑起烟尘，毛毳腥膻满咸洛。女为胡妇学胡妆，伎进胡音务胡乐。火凤声沈多咽绝，春莺啭罢长萧索。胡音胡骑与胡妆，五十年来竞纷泊。"此诗有助于较为全面地认识胡风胡韵对长安社会的影响。

### 三、开明与开放的国策

中外文化交流的这一繁荣局面，不能不说与唐代统治者开放宏大的胸怀与视野有关。唐朝的立国者，对外来文化采取兼容政策。② 相较前代帝王，夷夏之防的观念非常淡薄，唐太宗曾说："自古皆贵中华，贱夷狄，朕独爱之如一。"（《资治通鉴》贞观二十一年五月条）又说："我今为天下主，无问中国及四夷，皆养活之。不安者我必令安，不乐者我必令乐。"（《册府元龟》卷一七〇"帝王部"之"来远"条）中华自古以来就有招徕四夷、仁爱天下的传统，唐太宗更加发扬了这个传统。太宗的这种开明思想，为其后继者所秉承。至玄宗朝时，仍旧"国朝一家天下，华夷如一"（李华《寿州刺史厅壁记》）。

正因为唐王朝有这样恢弘的气度，各国使者、高僧、留学生、商人纷纷涌入，带来了新鲜的外国文明。在宗教方面，不仅佛教有了新的发展，而且祆教、摩尼教、回教等也引入中国；在艺术方面，国外的音乐、绘画、舞蹈、雕塑等都对中国传统的艺术形式产生极大的影响。同时，来华者也将唐王朝的先进文化传播到境外。中国文化对东亚、南亚诸国如朝鲜半岛三国、日本和越南等产生的影响最为深远，日文汉字和假名、朝鲜文字中的吏读、越南文字中的字喃，都借用了汉

---

① 参向达《唐代长安与西域文明》，河北教育出版社2007年版。
② 唐代统治者一视华夷的心态，当与他们的出身有关。李氏为鲜卑化的汉人，唐高祖之母独孤氏、太宗之母纥陵氏、皇后长孙氏，都是鲜卑族人。参陈寅恪《统治阶级之氏族及其升降》，《唐代政治史述论稿》上篇，上海古籍出版社1982年版，第1—49页。

字。汉字的外传也使汉字本身所蕴含的文化在东亚各国间传播、生根，从而形成了所谓的"汉字文化圈"。

### 四、唐诗的对外传播

唐诗是唐人留下的最宝贵的遗产之一，它不仅滋养着中国人的心灵世界，也对域外诸国的文化产生了重要的影响。以日本为例，7世纪以后，日本与隋唐王朝联系更多，先后派遣十数次大规模的遣唐使团和留学生、学问僧等到中国学习。奈良时代（710—784）成书的《万叶集》是日本最早的和歌总集，长歌部分在题材上对李白《月下独酌》及李峤咏物诗等模仿颇多，其中有关游宴、赠答、题咏、送别等大多袭取唐诗意匠。到了平安时代（794—1192），白居易的诗歌因为浅明易解，又富佛教气息，在日本很流行，和歌中有不少是由白居易诗改编的作品。当时为方便学习唐代近体诗，空海和尚作《文镜秘府论》六卷，详论诗文修辞之法，精研平仄和对偶，力图为作律诗者提供法则。此后，唐诗不仅为和歌所用，而且成为日本汉诗创作的典范。平安初期的嵯峨天皇（786—842）擅长诗歌创作，他曾和臣子围绕白居易诗进行酬唱，推动了唐诗的流播。后来日本著名诗人菅原道真（848—903）所撰《菅家文草》和《菅家后集》也受到白居易诗强有力的影响。日本近世诗人石川丈山（1583—1672）晚年在京都建造诗仙堂，宗法开元、大历年间的唐诗，吟咏度岁。此外，从和歌中派生出来的俳句，也多引及杜甫、白居易、寒山等唐人的诗歌。除去客居中国的日本人归国后携回的唐人别集，唐诗选集的传播对日本文学影响最为直接，如12世纪到17世纪流行南宋周弼所编《唐三体诗》，18世纪中叶以后流行题李攀龙编《唐诗选》等。① 此外，朝鲜半岛、越南等地的文学也受到唐诗巨大的影响，不仅在汉诗创作方面对唐诗有所师法，在其他文学领域也受到唐诗的沾溉。② 近代以来，日、韩、欧美等地汉学家开始大量翻译、研究唐诗，唐诗通过他们在世界各地获得了大量读者，展示着永恒的魅力。

## 第五节　唐代文学的传承、发展与影响

唐代文学的繁盛是魏晋南北朝文学发展的必然结果。唐代文学在继承前代文

---

① 参蒋寅《旧题李攀龙〈唐诗选〉在日本的流传和影响——日本接受中国文学的一个侧面》，《国学研究》第十二卷，北京大学出版社2003年版。
② 关于朝鲜、越南汉诗的发展历程及受唐诗的影响，可参张光军《朝鲜的汉诗》（《解放军外语学院学报》1990年第1期）和黄轶球《越南汉诗的渊源、发展与成就》（《学术研究》1962年第4期）。

学遗产的基础上，各类体裁均取得了巨大的成就，对后世文学的发展产生了极为重要的影响。

### 一、魏晋南北朝文学的滋养

魏晋南北朝时期，文学的艺术特质得到充分的认识，文学体裁逐步多样化，文学创作也积累了丰厚的经验，这都为唐代文学提供了很好的发展基础。唐人则在魏晋南北朝文学的基础上，合南北文学之长，创造了有唐一代辉煌壮丽的文学。

魏晋南北朝文学与学术渐趋分离，文学的政教目的逐步淡化，文人开始自觉追求审美。在思想上，突破儒家思想的局限，重视个人生命价值的发掘，诗歌创作无论表现玄理抑或抒情言志，都是为了抒发个人的情感。在形式上，追求辞采声律之美，讲求技巧的创新，建立了诗歌创作的基本体式，启动了近体诗的产生过程。而且通过山水景物的引入开始了对自然风格美的追求，开始了情景交融诗歌形象的自觉。同时，北朝文学以其苍劲慷慨、贞刚质朴的特色为初盛唐诗歌革新提供给养。这些都是唐代文学发展不可或缺的文学渊源。

唐代伟大的诗人无不是在继承六朝文学基础上有所新创的结果，如李白和杜甫。李白虽然认为建安以来的诗歌"绮丽不足珍"（《古风》其一），但深入其创作实践，可知李白恰是集六朝诗歌之大成而出新的诗人。杜甫教子谓"熟精《文选》理"（《宗武生日》），以搜罗六朝文学作品颇多的《文选》为教材，亦可见其对六朝文学遗产的重视。

### 二、唐代文学的新创

唐代文学的繁荣，表现在多种文学体裁的发展与创新上。唐诗体现了唐代文学的最高成就，诗人和作品的数量都超过前代。今存唐诗情况，据清编《全唐诗》及陈尚君《全唐诗补编》，共有作者三千六百多人，诗五万五千馀首。其内容包罗万象，既歌咏重大的政治事件，也描绘一般的风俗民情；既表现丰富的社会生活，也赞美壮丽的自然景观，可谓唐代社会生活的艺术再现。在艺术上，唐诗也达到了高度成熟的境界。首先，风格与流派较之前代更加多样化，自建安时代开始，以曹植为标志，诗歌的审美趣味日渐偏向于华丽。唐诗则在注重修辞之美、注重华丽的基础上，全面发展雄浑、平淡等风格，大胆尝试险怪、粗犷等风格。此外，艺术形式也更加完善，唐人不仅完成了齐梁以来诗歌格律化的进程，而且更自觉地意识到诗歌是一种美的构造，普遍追求"风骨"和"兴象"，尤其是产生了以盛唐诗歌为代表、以开放与开明为根基的"盛唐气象"这一审美典范。

唐代文章也取得了丰硕的成果，尤其"古文运动"的兴起，使古典散文再一次焕发光彩。由于古文精炼畅达，较之骈文更利于表达丰富的生活，展现多彩的人生，逐渐形成了可以和秦汉古文媲美的唐宋古文流派，树立了新的文章范式。此外，唐人在骈文、骈赋方面也有新的发展，并创造了文赋、律赋、俗赋等新赋体。

　　唐传奇的出现意味着中国古典文言小说的成熟，它超越了魏晋南北朝小说志怪志异的范围，成为有意识的文学创作。故事情节逐渐丰满、人物性格也趋于鲜明。艺术上追求"著文章之美，传要妙之情"（沈既济《任氏传》），充分采用虚构手法与曲折的情节，塑造人物形象。唐传奇在塑造人物形象、反映人性复杂等方面具有其他文体所不及的优越性，在表现唐代文人生活方面颇多精彩之作。

　　词是唐代产生的一种合乐歌唱的新文体，作为广义诗的一种，它最初起源于繁华都市中的歌馆妓寮，多为歌妓们演唱的小曲。配合演唱的音乐为唐代新兴的燕乐，以北朝隋唐间传入中原的西域音乐为主。为了适应燕乐的曲调，逐渐形成句子长短不齐而有规定体制的形式。中唐以后出现了文人词，多委婉细致，香软浓艳，及至晚唐产生了以温庭筠、韦庄等大量写作词的花间派词人。

　　此外，唐代出现了变文这一新的文体。它最初是一种讲唱佛经故事以宣传佛教的通俗文学形式，后来则多讲唱历史故事、现实事件或民间传说。其特点是散文和韵语交杂，唱词与说白兼用，形式上灵活自由，艺术上通俗生动。

### 三、唐代文学对后世的影响

　　由于唐代政治制度的开明、文化政策的宽容、城乡经济的繁荣、科举制度的引导、多元文化的沟通以及前代文学的滋养等众多原因，唐代文学登上了传统文学的最高峰，成为华夏民族永久的骄傲。它不仅是前代艺术经验充分累积后的大繁荣，又为中国文学的未来发展开拓出新的疆域。

　　唐诗吸收前代诗歌的艺术经验，加以创造更新，形成诗国的最高峰；在唐人手中定型的律诗，成为后世诗歌的主要体裁。唐诗史上形成的文学流派、文人群体，如初唐四杰、李杜、大历十才子、元白、韩孟、韦柳、温李等，不仅为后人创造出精美的诗歌作品，也成为中华民族文化心理上的永恒记忆。唐以后诗歌创作都难逃唐诗的影响，宋诗便是在唐诗的极大压力下新创而成的诗歌典范，无怪乎后人称"宋人生唐后，开辟真难为"（蒋士铨《辨诗》）；明代"诗必盛唐"说的提出，使得学习唐诗走入了模拟的歧途，也可见唐诗影响的巨大。唐文的文体文风改革，为北宋欧阳修等作家所发扬，对宋以后散文的发展产生了重大的影响。唐传奇在人物塑造、情节构造、感情表达等方面代表了我国文言小说的成熟，对宋代的话本小说影响显著。晚唐五代词取得的成就，是词体得以发展的很好开端。至宋代，"词为艳科"这一基调开始发生变化，词的题材也逐渐超出花前月下的范畴，其境界逐步阔大，成为文学花园中一枝美艳的花朵，与诗歌并驾齐驱。变文本是一种讲唱佛经故事以宣传佛教的通俗文学形式，本身具备一定的娱乐性。现存的唐代敦煌变文虽然在艺术上比较粗糙，但作为一种适应民间娱乐需要的文学形式，生命力很强，对后来的宋元话本、诸宫调、弹词、宝卷等民间讲唱文学都产生了重要的影响，其意义不可忽视。

**思考题**

1. 唐代文学繁荣的原因有哪些？
2. 唐代科举制度与文学的关系如何？
3. 魏晋南北朝文学对唐代文学有哪些影响？

# 第一章 隋及初唐文学

开皇九年（589），隋平陈，结束了东晋南北朝三百馀年南北分裂的局面。隋代统一虽仅三十年，却为唐代政治、文化和文学的全面繁荣作了重要的铺垫。隋前期，文帝杨坚推崇刚健质朴的文风，逮炀帝杨广即位，倾心于南方文化，遂实现了南北文学的初步融合。鉴于隋代短祚的现实，唐建国之初便着手总结历史经验，修撰前朝史书，同时整合南北经学，撰定《五经正义》。这些文化工程的实施，确立了唐代文学融合南北文学之长的发展路线。初唐太宗朝宫廷文学是在对炀帝骄奢亡国的理性反思中获得发展的，故初唐文学最初集中于宫廷台阁，而着力于文学形式的探索。之后，初唐四杰、陈子昂在题材和内容上使初唐文学的视野得到极大的开拓，更具力度；沈佺期、宋之问则完成了作为唐诗标志的近体声律的探索。这两方面，无疑为盛唐文学高峰期的到来提供了必要的准备。

## 第一节 宫廷台阁与文学

隋和初唐前期，作家皆聚集在宫廷。在文帝和李谔的倡导下，隋代前期文学继承了北朝刚健的风格，代表作家有薛道衡和杨素。炀帝即位，其政治文化举措和文学创作实践为隋代文学注入了南朝清丽的风格，初步实现了南北文风的融合。表面上看，相对炀帝朝文学来说，唐初太宗朝文学更多地表现出了向南朝文学的回归。然而，考察太宗的言论及其创作可知，太宗朝文学之所以将视角集中于宫廷，是出于对炀帝文学"淫放"一面的警惕和反思而作出的理性选择，并非文学发展的惯性使然。上官体的出现是太宗朝宫廷文学在诗歌艺术形式方面积极探索的结果。虽然与宫廷台阁文学在创作题材、风格上有较大差异，但初唐游离于宫廷之外的王绩同样在诗歌格律的进展中作出了独特的贡献。

### 一、皇帝好尚

统一南北之后，隋文帝虽任用了许善心、姚察等故陈人士，但总体来看，他对南方文化较为轻视。在文学上，文帝亦鄙薄南方的轻柔华美风格，"每念剞劂为朴，发号施令，咸去浮华"（《隋书·文学传》）。因此，隋初文学多见质朴刚健之气。如薛道衡（540—609）《人日思归》：

入春才七日，离家已二年。人归落雁后，思发在花前。

此诗乃开皇五年聘陈所作,文字朴实,但构思精巧。杨素(?—606)《出塞》:

> 漠南胡未空,汉将复临戎。飞狐出塞北,碣石指辽东。冠军临瀚海,长平翼大风。云横虎落阵,气抱龙城虹。横行万里外,胡运百年穷。兵寝星芒落,战解月轮空。严镌息夜斗,驿角罢鸣弓。北风嘶朔马,胡霜切塞鸿。休明大道暨,幽荒日用同。方就长安邸,来谒建章宫。

此诗当作于开皇末杨素率军征讨突厥之时,全诗刚健有力,颇具气魄,洗去了梁陈同类作品的脂粉气。此外,杨素《赠薛播州》十四章,《隋书·杨素传》赞其"词气宏拔,风韵秀上"。

由于领导了平陈之役,并担任了近十年的扬州总管,炀帝较其父更心仪南方文化。《隋书·食货志》说:"初造东都,穷诸巨丽。帝昔居藩翰,亲平江左,兼以梁陈曲折以就规摹。曾雉逾芒,浮桥跨洛,金门象阙,咸竦飞观。"据此,东都跨洛水而建的设计思路借鉴了南朝都城建康跨秦淮河的布局。将此事与炀帝开通贯穿南北的运河、在位十余年的绝大部分时间不断往返于江都、东都、西都及长城塞外等事迹综合考察,可以相信,炀帝曾致力于混同中国不同地域的文化。文帝统治集团的核心高颎、杨素、苏威皆关陇贵族,炀帝则更信任虞世基、裴蕴等南方士人。及至大业末,炀帝发现天下大势已去,遂决意前往江都,其留别宫人诗云"我梦江都好,征辽亦偶然"(《资治通鉴》卷一八三),自以为"不失为长城公"(《资治通鉴》卷一八五)。文帝所设七部乐以《国伎》为首,炀帝所设九部乐则黜《国伎》而改以直接源出于南方的《清乐》为首。以上事实表明,炀帝曾经希望以南方文化来统领改造统一的中国文化。

炀帝的这种文化方略,体现在文学创作上,便是稍能融合南北文学之长,刚健与清丽并重。如炀帝《饮马长城窟》:

> 肃肃秋风起,悠悠行万里。万里何所行,横漠筑长城。岂台小子智,先圣之所营。树兹万世策,安此亿兆生。讵敢惮焦思,高枕于上京。北河秉武节,千里卷戎旌。山川互出没,原野穷超忽。撞金止行阵,鸣鼓兴士卒。千乘万骑动,饮马长城窟。秋昏塞外云,雾暗关山月。缘岩驿马上,乘空烽火发。借问长安侯,单于入朝谒。浊气静天山,晨光照高阙。释兵仍振旅,要荒事方举。饮至告言旋,功归清庙前。

《文苑英华》卷二〇九题注:"示从征群臣。"诗意明快阔大。《隋书·文学传》评此诗说:"存雅体,归于典制。虽意在骄淫,而词无浮荡。故当时缀文之士,遂得依而取正焉。"明陆时雍《诗镜总论》则从单纯诗歌史的层面称赞说："隋炀起敝，风骨凝然。"沈德潜《古诗源·例言》："边塞诸作，矫然独异，风气将转之候也。"以上诸家都肯定了炀帝诗在文学史上的转折意义。当然，《隋书·文学传》在肯定炀帝之作典雅的同时，仍郑重地指出了其"意在骄淫"的不足。

炀帝类似风格的作品颇多，如大业三年（607）在榆林幸突厥启民可汗大帐所赋诗：

呼韩顿颡至，屠耆接踵来。何如汉天子，空上单于台。

又如《纪辽东》其一：

辽东海北翦长鲸，风云万里清。方当销锋散马牛，旋师宴镐京。前歌后舞振军威，饮至解戎衣。判不徒行万里去，空道五原归。

上引前一首颇见超迈古今的清朗豪纵之气。《纪辽东》，《通志二十略·乐略一》归为"蕃胡四曲"之一，此题炀帝作二首，王胄和作二首，均载《乐府诗集》卷七九近代曲辞当中。这组作品在形式上颇多新创。各首均可分前后两部分，各部分同为"七五七五"体，是依调填词的隋唐文人曲子辞的最早实例。敦煌写卷斯五五八八〔求因果〕（拟）四十五首，与此同调，证明此调曾流行于唐代。

炀帝为晋王时，其江都藩邸便网罗了南方籍文人学士一百多人，柳䛒、诸葛颖、虞世南、王胄、庾自直、蔡允恭等是其中的佼佼者。即位之后，炀帝继续其笼络南士的做法，并委以重任。这样，在他的周围就形成了一个以南方文士为主体的宫廷文学集团。炀帝常与他们诗酒唱和，品评文字。《隋书·文学传·王胄》：

大业初，为著作佐郎，以文词为炀帝所重。帝常自东都还京师，赐天下大酺，因为五言诗，诏胄和之。其词曰……帝览而善之，因谓侍臣曰："气高致远，归之于胄；词清体润，其在世基；意密理新，推庾自直。过此者，未可以言诗也。"

炀帝对诸人诗"气高致远""词清体润""意密理新"的评论，可以看作炀帝宫廷文学在大业前期创作的总体风格。

炀帝数次驾幸江都，"大制艳篇，辞极淫绮"。大业二年（606），他命太乐令白明达等造《万岁乐》《斗百草》《泛龙舟》《十二时》等曲。大业十二年，他最后一次驾幸江都，直至去世，又造《水调》《河传》等新声曲。这些乐曲都深受南

方清商乐影响。如《喜春游歌》:

> 禁苑百花新,佳期游上春。轻身赵皇后,歌曲李夫人。(其一)
> 步缓知无力,脸曼动馀娇。锦袖淮南舞,宝袜楚宫腰。(其二)

这两首诗确实颇类于南朝艳篇,但炀帝这样的作品并不多见。

总体来看,炀帝宫廷文学集团与前代梁、陈宫廷文学不同,亦与初唐宫廷文学集团有异,其原因就在于,炀帝本人即位十馀年间始终在中国东西南北广袤的大地上巡游,这赋予了其宫廷文学集团在文化地域上由塞北到江南的流动性,以及创作风格上由刚健而富艳的两重性。在中国诗歌史上,炀帝的创作无疑有重大的示范和转折意义。炀帝宫廷文学集团的这些独特性也确立了炀帝本人在初步融合南北文学方面的自觉努力以及推动南北朝文学向唐代文学发展历史进程中的独特意义。

### 二、太宗朝宫廷文学

初唐宫廷文学是在对炀帝宫廷文学的继承和隋代短命亡国的反思中开始发展的。贞观八年,太宗对虞世南、魏徵说:"秦始皇平六国,隋炀帝富有四海,既骄且逸,一朝而败,吾亦何得自骄也?"(《贞观政要》卷一〇)这体现了太宗在政治上的清醒和冷静。这份清醒和冷静也反映到太宗的文学创作上。作于贞观十八年(644)的《帝京篇序》说:"秦皇、周穆、汉武、魏明,峻宇雕墙,穷侈极丽,征税殚于宇宙,辙迹遍于天下。九州无以称其求,江海不能赡其欲。覆亡颠沛,不亦宜乎?"故太宗希望"以尧舜之风,荡秦汉之弊;用《咸》《英》之曲,变烂漫之音",归之朴素减省。反思了"淫放"之弊后,他接着说:"沟洫可悦,何必江海之滨乎?麟阁可玩,何必山陵之间乎?忠良可接,何必海上神仙乎?丰、镐可游,何必瑶池之上乎?"

《帝京篇》十首,所写不外乎宫廷环境和宫廷生活,是太宗本人观书、讲武、听歌、游览、鼓棹、抚琴、宴饮、观舞以及在上述活动之后所思所想的真实记述。其活动范围均在宫廷之内。诗有云"岂必汾河曲,方为欢宴所",与序意合。如《帝京篇》第一首:

> 秦川雄帝宅,函谷壮皇居。绮殿千寻起,离宫百雉馀。连薨遥接汉,飞观迥凌虚。云日隐层阙,风烟出绮疏。

诗从帝京所处的八百里秦川和雄壮的函谷关等地理环境写起,背景阔大,气势非凡,中间写高大的宫殿与天相连,俯视人间,终以云日、风烟、层阙、绮疏作结,刻意内敛。其余各首更多写眼前之景，如"惊雁落虚弦，啼猿悲急箭""烟霞交隐映，花鸟自参差""萍间日彩乱，荷处香风举"等。

太宗宫廷文学集团的此类创作集中收录在流传日本的《翰林学士集》。后来研究者因为太宗诗中流连光景之句触处皆是，便批评他因袭了陈隋宫廷诗风。其实这不是简单的文学上的因袭。我们更应该看到，取"沟洫""麟阁"之玩，舍"江海""山陵"之欲，恰恰是太宗经过审慎的历史思考之后作出的选择。

太宗朝宫廷文人由于大多亲历了隋末战乱到贞观年间国家太平的过程，故他们的创作虽不能完全摆脱陈隋宫廷文学的影响，但主观上他们能积极要求摒落梁陈宫体细密孱弱的一面和炀帝宫廷文学骄逸自得的一面；他们的部分创作表现出了一定的气势，但这种气势却是经由理性权衡而适度收敛的。这对唐代文学的发展无疑有相当的规定性，是值得肯定的。

### 三、上官体

经过贞观之治，由于社会相对稳定，承平日久，奢侈之风渐行，故在宫廷苑囿、应制奉诏、唱和酬答等限定的题材中，高宗、武后、中宗朝的宫廷文人更加注重诗歌语言的用心雕琢以及格律形式的全面探索，更加强调诗歌内容上的歌功颂德。此期诗风最早的代表是高宗朝的"上官体"。

上官仪（608？—665），字游韶，陕州陕（今河南陕州）人，太宗时任弘文馆直学士，常常参与太宗宫廷文学唱和，高宗龙朔二年（662）为相。上官仪存诗不多，其《入朝洛堤步月》诗云：

脉脉广川流，驱马历长洲。鹊飞山月曙，蝉噪野风秋。

此诗写出了作者悠闲自得的宰相气度，在当时颇受推重，《隋唐嘉话》载时人赞其"音韵清亮"。诗的后二句工致凝炼，反映了上官体"好以绮错婉媚为本"（《旧唐书·上官仪传》）的特点。理论上，上官仪总结提出了"诗有六对""诗有八对"之说。这表明，上官体有意识地开始了诗歌格律形式方面的探讨。

### 四、王绩

唐初，宫廷之外的重要诗人，有王绩。

王绩（585—644），字无功，祖籍太原，生于绛州龙门（今山西河津），隋末儒者王通之弟。隋末唐初先后数次短期出仕，终归隐乡里。王绩的诗表现出了与当时占据文坛主要位置的宫廷诗歌不同的面貌。其诗追踪陶渊明，不事雕琢，语言朴素，以表现山水田园生活及其感受为主。但与陶渊明真正融入田园生活不同，王绩诗所流露的感情大体是冷静而略带孤寂的，所以其境界便不如陶诗淳厚隽永。如《野望》：

> 东皋薄暮望，徒倚欲何依。树树皆秋色，山山唯落晖。牧人驱犊返，猎马带禽归。相顾无相识，长歌怀采薇。

此诗描写了向晚静谧优美的田园风光，抒发了作者内心的孤独与苦闷。《野望》是一首较严整的五律，这证明王绩在唐代五律形成史上有一定的贡献。

## 第二节 "文化工程"的实施及其对文学的影响

在经历了近三百年的分裂局面之后，隋代实现了中国南北的统一。但隋代的统治仅仅维持了三十多年便被唐取代，面对这样的历史局面，整理、总结前代成败的经验教训，便成了唐初君臣的共识。由于认识到文学的政治社会功用，初唐君臣同样注重总结前代文学创作的经验。唐立国之初便有意识地实施了一系列文化工程，组织修撰五代史、编定《五经正义》、编纂类书。这些文化工程对唐代文学有重要的指导意义。

### 一、群史的修撰

早在武德五年（622），高祖接受令狐德棻的建议，诏中书令萧瑀等修撰魏、周、隋、梁、齐、陈史，历数年，不就而罢。贞观三年（629），太宗复诏令狐德棻等修撰群史。贞观十年，梁、陈、北周、北齐、隋史告成，合称《五代纪传》，后分别单行。贞观十七年，太宗诏撰《五代史志》，附《隋书》行世。贞观二十年，诏房玄龄等撰《晋书》，二十二年书成。高宗显庆元年（656），李延寿删诸史，撰成《南史》《北史》。

唐初官修诸史总结反思了两晋南北朝的历史经验，在理论上为唐代文学的发展指明了道路。唐初史臣在所撰诸史中，一方面肯定了文学移易风俗、化成天下的功能；一方面批判了南朝浮艳的文风，主张合南北之长，使文学达成"文质斌斌，尽善尽美"（《隋书·文学传序》）的境界。同时，官方修史也提高了文士的社会地位和政治地位，营造了重视崇尚史学和文学的社会文化氛围。这对唐代文学未来的发展有重要的意义，比如以"传"或"记"为题目的传奇创作、以文史为核心内容的唐代笔记小说的兴盛，无不与此有密切关系。

### 二、《五经正义》

贞观四年（630），太宗诏颜师古考订五经文字。十四年，太宗"以儒学多门，章句繁杂"(《旧唐书·儒学传序》),命孔颖达等撰定《五经正义》;十六年,书成,太宗诏付国子监,以为教学之本。高宗永徽四年(653),正式颁布《五经正义》于天下,以为明经考试的依据。《五经正义》中,《易》用魏王弼、晋韩康伯注,《尚书》用伪孔传,《诗》用毛传、郑笺,《礼记》用郑玄注,《春秋》用晋杜预左传集解。

《五经正义》是中国学术史上经学统一时代的标志。皮锡瑞《经学历史·经学统一时代》说:"夫汉帝称制临决,尚未定为全书;博士分门授徒,亦非止一家数。以经学论,未有统一若此之大且久者。"太宗敕撰《五经正义》,显然是为了适应政治统一而作出的思想统一的尝试,所谓"观文教于六经"(《帝京篇序》)。不过,唐初并未将儒教定为一尊,而是同时给予道教、佛教等其他宗教和思想极大的活动空间。因此,编定《五经正义》,主要目的在整合文化,而不仅是政治统治上的考虑。

另外,《五经正义》以"疏不破注"为注释原则,摒弃南北朝经师的撰述,重新树立了汉晋注家经典解释的权威性。这既昭示了唐人超越近代,远绍恢宏的汉代政治文化的潜在意识,同时对此后陈子昂、韩愈等以复古作为创新口号与手段的做法无疑有一定的启示。

### 三、类书的编纂

由于隋末大乱,武德年间,中央所藏图书仅有隋炀帝时期的五分之一。故整理前代文化典籍也成为初唐的一件大事。编纂类书便是其中之一。初唐是类书编纂的繁荣时期,主要有:《艺文类聚》一百卷、《群书治要》五十卷、《文思博要》一千二百卷、《文馆词林》一千卷、《累璧》六百三十卷、《瑶山玉彩》五百卷、《芳林要览》三百卷、《碧玉芳林》四百五十卷、《玉藻琼林》一百卷、《玄览》一百卷、《三教珠英》一千三百卷。

初唐类书编纂者都是宫廷作家,如虞世南、李百药、许敬宗、上官仪、沈佺期、宋之问等,他们往往于编书闲暇之时作诗唱和,同时亦常常讨论诗歌创作的技巧问题,故类书大多与文学创作密切相关。比如《艺文类聚》编辑方法是"事居于前,文列于后",目的是"览者易为功,作者资其用"(欧阳询《艺文类聚序》),便利于文学创作。又比如高宗龙朔年间大量编纂类书,此期"绮错婉媚"的"上官体"风行朝野,董思恭、苏味道等亦按类书门类大量制作咏物诗。

太宗称赞《群书治要》说:"览所撰书,博而且要,见所未见,闻所未闻,使朕致治稽古,临事不惑。其为劳也,不亦大哉!"(《大唐新语》卷九)可见,唐初类书的编纂与撰写群史一样,最初皆着重于政治借鉴,但它同样适应并影响了初唐文化和文学的发展。初唐宫廷文学题材的限定、辞藻的讲求以及诗歌格律形式的探讨,与此均有密切联系。

## 第三节　"初唐四杰"与陈子昂、张若虚等的诗歌创新

初唐太宗时期,文学创作的主要群体相对集中于宫廷台阁,诗文整体风格略显单调,欠缺力度。高宗、武后时期,为了扭转这一局面,"初唐四杰"(或"四杰")大力提倡诗文创作的刚健和骨气,积极开拓新的创作题材;稍后沈佺期、宋之问在上官仪等人创作实践和元兢等人理论探讨的基础上,进一步推动了五言律诗的定型化;陈子昂则高举汉魏风骨的旗帜,提升了诗文的内在气质。这些都预示着盛唐诗歌高峰期即将到来。

### 一、"初唐四杰"开"高情壮风"之调

"初唐四杰"指王勃、杨炯、卢照邻、骆宾王,是高宗、武后时期与宫廷诗人相对立的下层文士创作群体。

"四杰"作为一个群体代表了下层文士在唐代文坛的崛起。如王勃所云,"高情壮思,有抑扬天地之心;雄笔奇才,有鼓怒风云之气"(《游冀州韩家园序》),对现实人生均充满自信。虽在世俗眼中,"四杰"都有一定的性格缺陷,但他们以各自或长或短但充满悲剧色彩的一生,推动初唐诗歌题材从宫廷走向了市井和塞漠,给初唐诗歌带来了高情壮风的少年意气,扩大了诗歌的表现领域。

"四杰"的创作,提高了乐府歌行的审美品格,骆宾王的《帝京篇》、卢照邻的《长安古意》可为代表。《帝京篇》显然以唐太宗同题作品为隐在的拟写对象,诗居高临下叙写帝京之壮丽,末尾寄寓对人情冷暖、世态炎凉的批判及怀才不遇的愤慨。《长安古意》同样以铺陈的笔法,描绘当时京都长安的生活场景,表达对美好生活的热爱和向往之情;叙写权贵阶层骄奢淫逸的生活及内部倾轧的情况,寄寓讽喻之旨;抒发下层文士怀才不遇的寂寥之感和牢骚不平之气,揭示世事无常、荣华难久的生活哲理。这类作品一定程度上展示了唐帝国恢宏阔大的精神气度。在诗歌格律方面,"四杰"也有积极探讨。如骆宾王《在狱咏蝉》:

> 西陆蝉声唱,南冠客思侵。那堪玄鬓影,来对白头吟。露重飞难进,风多响易沉。无人信高洁,谁为表予心?

此诗以蝉自喻,用比兴的手法寄托被诬系狱的悲愤心情。又如王勃《送杜少府之

任蜀州》：

> 城阙辅三秦，烽烟望五津。与君离别意，同是宦游人。海内存知己，天涯若比邻。无为在歧路，儿女共沾巾。

此诗开篇以壮阔之景，由近及远，抒写前途未定的宦游情味；颈联化用曹植《赠白马王彪》"丈夫志四海，万里犹比邻"，情绪由低沉转为昂扬。诗境超脱，颇见少年意气。又如杨炯《从军行》：

> 烽火照西京，心中自不平。牙璋辞凤阙，铁骑绕龙城。雪暗凋旗画，风多杂鼓声。宁为百夫长，胜作一书生。

诗境虽不甚突出，但表达了作者立功报国之志和坎壈不平之气，笔意跳动，慷慨激昂。

### 二、沈佺期、宋之问与五言律诗的定型

有了龙朔年间上官仪等宫廷诗人对诗歌格律形式的初步探讨，有了"四杰"对诗歌风骨筋力的大力提倡，唐诗未来的发展方向已经大致得以明确。"四杰"稍后，沈佺期和宋之问对五言律诗的定型作出了重要贡献。

沈、宋二人年龄相仿，经历相近，同年中进士，一同预撰《三教珠英》，一道参与宫廷应制唱和活动，又都因谄事张昌宗、张易之兄弟流放岭表，后又遇赦返京任职。沈、宋人品饱受非议，但均才华出众。沈、宋创作了大量典范的五言律诗，同时也创作了一些合律的七律和五言排律。独孤及《唐故左补阙安定皇甫公集序》说："五言诗……至沈詹事、宋考功，始裁成六律，彰施五色，使言之而中伦，歌之而成声，缘情绮靡之功，至是乃备。"元稹《唐检校工部员外郎杜君墓系铭》说："沈、宋之流，研练精切，稳顺声势，谓之为律诗。由是而后，文变之体极焉。"李商隐《漫成五章》其一说："沈宋裁辞矜变律。"《新唐书·文艺传·宋之问》说："及之问、沈佺期，又加靡丽，回忌声病，约句准篇，如锦绣成文。学者宗之，号为'沈宋'。"都肯定了沈、宋对律诗形式的探索，以及他们在诗歌语言上的独到之处。兹举沈、宋诗各一首以作说明。沈佺期《夜宿七盘岭》：

> 独游千里外，高卧七盘西。山月临窗近，天河入户低。芳春平仲绿，清夜子规啼。浮客空留听，褒城闻曙鸡。

诗选取芳春独居七盘岭时凌晨所见所闻之景,山月将坠,河汉西驰,桃杏翠绿,子规哀啼。诗无一句及情,而句句皆抒发出作者羁旅远行中所承受的难耐的孤寂、深沉的惆怅和对前程的畏惧,境界清澄可感。此外,沈佺期的七言《古意》"卢家少妇郁金堂",以海燕双栖起兴,写贵家少妇对外出征战十年的丈夫的思念及孤独愁绪,虽未脱南朝同类题材用语窠臼,但整首诗音节流畅,意境深沉。沈佺期的创作对七律的定型有重要意义。

宋之问《度大庾岭》:

> 度岭方辞国,停轺一望家。魂随南翥鸟,泪尽北枝花。山雨初含霁,江云欲变霞。但令归有日,不敢怨长沙。

此诗是宋之问流放岭表途经大庾岭所作,格律谨严,语言锻炼却平实。诗中,作者抒发了遭遇贬谪之后内心的愧悔不安和隐约的希冀,情与景相互交融,极其贴切。

沈、宋在诗体变革和五言律诗正式成立过程中的卓越贡献,得到了唐宋文人的肯定。沈、宋稍前的"文章四友"苏味道、李峤、崔融、杜审言,亦各有功。因此可以说,近体诗格律在创作层面的实践,始于上官仪,继而有"文章四友",稍后在沈、宋手中得以定型。

### 三、陈子昂的《感遇诗》

陈子昂(659—700),字伯玉,梓州射洪(今四川射洪)人。与"四杰"一样,陈子昂为人自信孤傲而略显浮躁。但是,他在"四杰"渴望建功立业、专注个人理想之外,更增添了对当时政治动向的敏锐把握,对现实重大社会政治问题的思考,以及自觉的时代责任感和更为炽烈的感情。与"四杰"相比,陈子昂更加敏感,更加理想化。敏感,故更容易发现社会的弊端和不足;理想化,也更容易感受现实的残酷和悲哀。

陈子昂存诗约一百二十七首,其中《感遇诗》三十八首是其代表作。这组诗皆为古体,唐人给予了极高的评价。京兆司功王适读后赞子昂"必为天下文宗"(《旧唐书·陈子昂传》)。人生感慨与政治批判是《感遇诗》三十八首的两项重要内容。

寄寓人生感慨的作品,或抒写个人报效国家的抱负,或抒写壮志难酬的忧伤,或抒写生不逢时的慨叹,或抒写人世变幻、不容于世的无奈,或抒写寂寞孤独之感。如:

> 朔风吹海树,萧条边已秋。亭上谁家子,哀哀明月楼。自言幽燕客,结

发事远游。赤丸杀公吏,白刃报私仇。避仇至海上,被役此边州。故乡三千里,辽水复悠悠。每愤胡兵入,常为汉国羞。何知七十战,白首未封侯。(其三十四)

此诗以戍卒"幽燕客"自况,抒发了自己空有一腔爱国热情却无法施展抱负的苦闷。

表达政治批判的作品,或批评时政的残酷,或嘲弄现实政治的混乱,或描写对边塞战事的感慨,或吐露对时事变迁的认识。如:

呦呦南山鹿,罹罟以媒和。招摇青桂树,幽蠹亦成科。世情甘近习,荣耀纷如何。怨憎未相复,亲爱生祸罗。瑶台倾巧笑,玉杯殒双蛾。谁见枯城蘖,青青成斧柯。(其十二)

圣人不利己,忧济在元元。黄屋非尧意,瑶台安可论。吾闻西方化,清净道弥敦。奈何穷金玉,雕刻以为尊。云构山林尽,瑶图珠翠烦。鬼工尚未可,人力安能存。夸愚适增累,矜智道逾昏。(其十九)

第十二首以鹿之罹罟和桂树之幽蠹起兴,揭露则天朝政治的严酷。第十九首则直斥武则天因佞佛而大兴土木。

由以上所举可知,子昂《感遇诗》确实骨气颇高,兴寄亦深,而情感真挚,语言锻炼却朴实有味。《感遇诗》对风骨的追求主要追慕建安文学,对兴寄的追求则主要追慕《楚辞》。如:

兰若生春夏,芊蔚何青青。幽独空林色,朱蕤冒紫茎。迟迟白日晚,袅袅秋风生。岁华尽摇落,芳意竟何成。(其二)

此诗以兰若自比,兴托深远。其中语典多出自《楚辞》。①

杜甫《陈拾遗故宅》说:"公生扬马后,名与日月悬。……终古立忠义,《感遇》有遗篇。"足见《感遇诗》在唐诗史中的重要地位。作为组诗,《感遇诗》继承了阮籍《咏怀诗》八十二首的传统,对后来张九龄的《感遇》十二首、李白的

---

① 这首诗的语典主要有:《九歌·少司命》"秋兰兮青青,绿叶兮紫茎",《九章·悲回风》"兰茞幽而独芳",《涉江》"幽独处乎山中",《九歌·湘夫人》"嫋嫋兮秋风,洞庭波兮木叶下",《九辩》"悲哉,秋之为气也!萧瑟兮,草木摇落而变衰"。此外,陈子昂那首著名的《登幽州台歌》"前不见古人,后不见来者。念天地之悠悠,独怆然而涕下",与《远游》"惟天地之无穷兮,哀人生之长勤。往者余弗及兮,来者吾不闻"亦有联系。

《古风》五十九首有直接影响。

陈子昂继"四杰"主张"骨气""刚健"之后，明确标举"汉魏风骨"以反对"彩丽竞繁，而兴寄都绝"（《与东方左史虬修竹篇序》）的藻饰文风。故唐人对其评价甚高，卢藏用《右拾遗陈子昂文集序》云："崛起江汉，虎视函夏，卓立千古，横制颓波，天下翕然，质文一变。"韩愈《荐士》云："国朝盛文章，子昂始高蹈。"可以说，尽管难免"天韵不及"（王世贞《艺苑卮言》卷四）的缺憾，但陈子昂的创作却是继"四杰"之后，唐代文学走向"文质斌斌，尽善尽美"境界的关键一步。

### 四、张若虚的诗歌兴象

张若虚，扬州人，生平不详，曾官兖州兵曹，中宗神龙（705—707）年间，与贺知章、张旭、包融并称"吴中四士"。传诗二首，其中《春江花月夜》一首，今知最早见录《乐府诗集》卷四七吴声歌曲下。明初以后，此诗受到各种唐诗选本的青睐，备受推崇。

> 春江潮水连海平，海上明月共潮生。滟滟随波千万里，何处春江无月明？江流宛转绕芳甸，月照花林皆似霰。空里流霜不觉飞，汀上白沙看不见。江天一色无纤尘，皎皎空中孤月轮。江畔何人初见月，江月何年初照人？人生代代无穷已，江月年年只相似。不知江月待何人，但见长江送流水。白云一片去悠悠，青枫浦上不胜愁。谁家今夜扁舟子，何处相思明月楼。可怜楼上月裴回，应照离人妆镜台。玉户帘中卷不去，捣衣砧上拂还来。此时相望不相闻，愿逐月华流照君。鸿雁长飞光不度，鱼龙潜跃水成文。昨夜闲潭梦落花，可怜春半不还家。江水流春去欲尽，江潭落月复西斜。斜月沉沉藏海雾，碣石潇湘无限路。不知乘月几人归，落月摇情满江树。

此诗以四句为一个单元，自由换韵，每一单元的第一句皆入韵，流畅婉转。沈德潜《古诗源》卷一二说，此体"似绝句数首，攒簇而成"，渊源于南朝乐府《西洲曲》。张若虚《春江花月夜》继承并提升了前代乐府诗的写作手法，创造了"言有尽而意无穷"的唯美境界。

全诗可分三个大的段落：

第一段，开头八句，写由海水涨潮而生成的春江花月夜的静谧美景，气象开阔而精致动人。春天的江水向东奔流，与因涨潮而奔涌向西的海水，在经历了激烈撞击之后达成平衡。这首诗是在成功地捕捉了月亮、大海和江水三者之间的瞬间的平衡之后，以它为大背景，抒写了人类共同的情感体验和生存状态。如此落笔，体现了作者敏锐的诗歌嗅觉、出众的大家气魄和不同凡响的宇宙意识。海潮与江水一下子变得安静下来，明月随着潮水的上涨从海上升起。月光照在泛着微波的江面上，光芒闪烁，荡漾千里万里。春天里，天下哪个地方的江水不拥有如此明媚的月光呢？江水似乎含情脉脉，绕着开满鲜花、散发芳香的原野流动，花丛在月光的照耀下就像晶莹的碎雪一般。看那月光，感觉就像飞动的白霜似的从空中流下，在月光、水光和花光的交相映射下，江岸汀洲的白沙，似乎不存在了，整个宇宙仿佛都变成银白色的世界。这是一个纯然的美的世界。

第二段，"江天一色无纤尘"至"鱼龙潜跃水成文"二十句，写在春江花月夜之宏大景致当中作者的人生感触。此段又可分为四小节。首节，自"江天一色无纤尘"至"但见长江送流水"八句，笔触集中于月亮这一切美好的缔造者上，写因江、月的永恒无尽而引发的关于人生和大自然的哲理思考，稍见伤感。次节，自"白云一片去悠悠"至"何处相思明月楼"四句，由对宇宙自然的思索，转及于人。在这短暂的人生当中，人们既享受了花好月圆的自然美景，也要承受相爱离别的苦痛。第三小节，自"可怜楼上月裴回"至"捣衣砧上拂还来"四句，以游子的视角想象摹写家中闺妇对自己的思念之情。第四小节，自"此时相望不相闻"至"鱼龙潜跃水成文"，以闺妇的视角，写她对游子的深切思念。

第三段，"昨夜闲潭梦落花"至末尾八句，言花始飘零，月已西斜，春将逝去，江潮退落，这怡人心目、引人情思的春江花月夜的景致随之不复存在，剩下的能够摇荡我们心灵的除了对那逝去的美好景致的回味，就只有人与人之间的思念和牵挂之情了。

诗起二句雄浑阔大，入笔超逸，末二句含蓄沉着，收束洒脱。作品在春江花月夜的阔大景致下，思索宇宙，体会人生。也许作者要告诉我们，时间在流逝，空间在转移，宇宙自然中一切永恒的东西就像春江花月夜一样，其实并不永恒存在，真正永恒的是令人回味、动人心魄的人与人之间的"情"，因此，我们应该以审美和超越的态度面对并不圆满的短暂人生。诗中，作为自然的宇宙时空和作为人的心灵时空既是对立的，又是和谐的。全诗结构完整，层次分明，画意与诗情兼具，意境深邃圆融，兴象玲珑超诣。

据《通典·乐典五》杂歌曲条所说，《春江花月夜》乃陈后主所造曲，风格轻艳。后主之作不传，今传此题最早之作有隋炀帝二首，其一云：

  暮江平不动，春花满正开。流波将月去，潮水带星来。

此诗短短五言四句，描写了春日江、花、月、星等自然物之间的动态和谐共生关系，视界开阔，颇见浑厚之气，已非陈后主所作"轻艳"可比。其二云：

> 夜露含花气，春潭漾月辉。汉水逢游女，湘川值两妃。

又隋诸葛颖一首云：

> 花帆度柳浦，结缆隐梅洲。月色含江树，花影拂船楼。

以上三首作品涉及的"平""流波""潮水""春潭""浦""洲""江树"等语词，在张若虚的作品中都可以找到，似乎可以说，张若虚所作乃是以炀帝和诸葛颖的三篇作品为蓝本，加以创造性的扩充、改写、综合和提升而成。张若虚作品最关键的是在春、江、花、月、夜等自然意象当中引入了游子和闺妇的形象，而"情"在诗中居于中心的地位，这是此前作品所不具备的。

从诗歌史的角度来看，张若虚的《春江花月夜》总结升华了同类题材的旧传统，开辟了境界圆融、兴象玲珑、情韵深厚的新的境界，预示了一个诗歌的新时代即将到来。

## 思考题

1. 隋炀帝诗歌创作的文学史意义何在？
2. 阅读《帝京篇》，谈谈唐太宗对初唐文学发展的引导意义。
3. 以"四杰"和陈子昂为例，谈谈初唐后期中下层文士崛起对唐代文学的意义。
4. 张若虚《春江花月夜》的思想内涵是什么？

# 第二章 盛唐诗坛

唐玄宗开元、天宝年间,是唐王朝的黄金时代,经济繁荣,社会稳定,文化发达,诗歌创作也进入了鼎盛的局面。这一时期的诗歌或是渗透着一种蓬勃向上、乐观自信、自由浪漫的精神,或是展现了诗人关心现实、追求理想、以天下为己任的志趣,体现出盛世昂扬的精神风貌。盛唐诗歌既多兴象,又具风骨,情性与物象相融,意兴灵动,韵味深长,达到了寓艺术技巧于自然浑成的境界。而那种雄浑豪壮、高亢奔放、明朗刚健的风格,所体现的正是盛唐气象。① 盛唐时期,诗坛上涌现出许多杰出的诗人。

## 第一节 孟浩然、王维与隐逸诗人群体

盛唐时代国力强盛,社会风气宽容开放,加之唐统治者出于实际的政治需要,屡屡下诏求贤征隐,以显示太平,教化风俗。这种礼遇隐士的做法促进了盛唐独特的隐逸风尚,以孟浩然、王维为代表的隐逸诗人群体就是在这种风尚中形成的。

### 一、山水园林诗的新开拓

盛唐的诗人倾心于隐逸生活,将欣赏的目光投向山水景色、田园风光,而这一时期兴起的对于园林的喜好和经营园林的热情,使得山水园林成为很多诗人笔下的常见题材。盛唐的山水园林诗在继承魏晋六朝创作成就的基础上,进入了一个新的境界。

山水诗在盛唐时代取得了开拓性的发展。南北朝诗人虽有不少山水吟咏,但是由于受当时政治分裂的制约,沉浸于江南清丽者无缘领略塞北雄阔的风光,得北国气象者不能呼吸江南水乡之气韵,彼此隔绝,难免气象狭小。且当时山水诗篇多出于南朝诗人,故而多带有南方的柔弱气质。盛唐时代南北交通,东西贯穿,诗人游历的足迹遍及大江南北,其诗篇中的山水景观也就兼得南北气象了。盛唐山水诗写景抒情浑然一体,散发出时代特有的博大气度。如王湾的《次北固山下》:

客路青山外,行舟绿水前。潮平两岸阔,风正一帆悬。海日生残夜,江

---

① 关于盛唐气象,学界从时代精神、诗歌风格、美学范畴等角度多有讨论。可参阅林庚《盛唐气象》(《北京大学学报》1958 年第 2 期)、袁行霈《盛唐诗歌与盛唐气象》(《光明日报》1999 年 3 月 25 日)。

春入旧年。乡书何处达，归雁洛阳边。

这首诗是作者途经镇江，舟泊北固山下时所作，将阔大的气象与体物入微的描写恰到好处地结合起来，尤其是"海日生残夜，江春入旧年"一联，巧妙地借旧写新，境界高远。可以说，盛唐山水诗人以一种朴素自然的语言实现了曲尽物态又妙写心境的诗学目的，以一种平和坦然的风度体现出兼容并蓄而高瞻远瞩的时代精神。

魏晋南北朝以来，诗人之所以有田园雅致，多是缘于政局动荡、社会离乱所导致的避世心理。及至初唐，王绩等诗人的田园诗中仍然多关注自家的田园，是陶渊明式田园诗的延续。盛唐时代社会日益安定，士人的入世心理显然已大于出世心理，在一个热望功名事业的时代，士人仍然对田园之美保持不衰的兴趣，这就充分说明，田园山水作为一种诗意化的人格风范，已形成超越时代的价值内容。盛唐诗人对于田园的关注，更多的是对于自然境界的一种追求。如王维的《渭川田家》：

斜阳照墟落，穷巷牛羊归。野老念牧童，倚杖候荆扉。雉雊麦苗秀，蚕眠桑叶稀。田夫荷锄至，相见语依依。即此羡闲逸，怅然吟《式微》。

诗人对于所描绘的乡间暮景图，并未作任何刻意的修饰，只是将其自然形态以平实的笔墨道来，恬淡中透出悠长的韵味，体现出从自家田园到自然田园的超脱。

盛唐时代园林别业的兴盛与发展，对诗歌创作也起到了积极的作用。许多园林别业成为诗人笔下的吟咏之材，终南别业、辋川别业、东山草堂、玉真公主山庄、崔驸马山池等处都出现在不止一位著名诗人的笔下。从魏晋以来，园林别业就是文人雅集兴会的地方。不同于纯自然的山水景观和农家风味的田园景象，园林别业是人化的自然，蕴含着文人的意趣，与士人的精神审美息息相关。唐代园林别业数量众多，促进了园林诗的巨大发展，盛唐诗人在初唐园林诗创作的基础上，对于园林别业投入更多的关注与更丰富的书写，描绘园林景观、园林生活，抒写园林情趣，将传统意义上的山水田园诗拓展到了一个新的境界。杜甫《水槛遣心二首》其一：

去郭轩楹敞，无村眺望赊。澄江平少岸，幽树晚多花。细雨鱼儿出，微风燕子斜。城中十万户，此地两三家。

杜甫入蜀后营建了浣花草堂，此诗写作者凭槛远望的景象，远近交错地展现了草堂的环境，流露出诗人对于自然的喜爱以及悠游闲适的心情。

唐代的山水园林诗在创作技法上比前代有很大发展。六朝山水园林诗讲求形似，对于山水多采用繁实细密的描写，穷形尽相。盛唐诗人则更注重对于山水意蕴的捕捉，以清旷空灵的笔墨刻画山水之态。如裴迪《华子岗》：

日落松风起，还家草露晞。云光侵履迹，山翠拂人衣。

这是裴迪与王维唱和的辋川绝句之一，诗人并未工细地刻绘华子岗的景物，而是从听觉、视觉、触觉等方面去捕捉景物的神韵，笔墨疏淡，含蕴无穷。

又如李白《望庐山瀑布二首》其二：

日照香炉生紫烟，遥看瀑布挂前川。飞流直下三千尺，疑是银河落九天。

诗人没有拘泥于具象的瀑布景致，而是一种感觉式的描绘，以银河垂落比喻瀑布飞流，夸张中尽显景观之壮丽，笔遣造化，神韵天成。

盛唐山水园林诗的作者众多，不仅有以王维、孟浩然为代表的一批山水田园派诗人，李白、杜甫、高适、岑参等众多诗人也时有此类题材的创作。李白、杜甫一生足迹遍历大江南北，创作了大量山水园林诗篇，他们更注重山水风物的主观表现，作品带有浓重的个性化色彩。高适、岑参虽以边塞诗著称，但是高适诗中既有山水园林的游赏之作，又在隐居淇上、宋中时，作了数量颇多的田园诗，不同于王孟笔下的闲静冲淡，高适更多通过萧瑟苍茫的景象抒写了困顿失意的心情。岑参性耽山水，早年曾在王屋山、嵩山、终南山等多处置别业，创作了不少山水园林诗，在取景构图方面别有心得。他们都对于山水园林诗表现内容的拓展、艺术技巧的丰富起到了积极的作用。

可以说，盛唐山水园林诗的共同特征是自然天成而神韵悠长。自然山水的天然物态与诗人意态浑然融合，诗人寄情于山水园林，不仅仅是追求隐逸之趣，也表现出热爱自然、热爱生活的心态及积极高昂的生活情趣。

## 二、清旷冲淡的孟浩然

孟浩然（689—740），襄州襄阳（今湖北襄阳）人。隐居于鹿门山，年近四十赴长安应举①，失意而归，在吴越间游历。后入张九龄幕府。开元二十八年

---

① 新、旧《唐书》皆认为孟浩然四十岁时入长安，但现代学界关于孟浩然入京的时间和次数有不同意见：陈贻焮《孟浩然事迹考辨》（《唐诗论丛》，湖南人民出版社1982年版）认为孟浩然开元十六年冬（四十岁）入京师应进士第。谭优学《孟浩然行止考实》（《唐诗人行年考》，四川人民出版社1981年版）则认为孟浩然分别于开元十六年和二十一年两入长安。王达津《孟浩然生平续考》（《唐诗丛考》，上海古籍出版社1986年版）提出孟浩然多次入京，可考者有三次。

(740)，会友人王昌龄于襄阳，时疾疹发背且愈，食鲜疾动，病疽而卒。

孟浩然的一生几乎是在隐居与旅程中度过，因此他的诗歌多写隐居闲适和羁旅愁思，伫兴造思，不落凡近。如《宿建德江》：

> 移舟泊烟渚，日暮客愁新。野旷天低树，江清月近人。

全篇借景言情，抒羁旅之愁。"野旷"二句匠心独具，杨逢春《唐诗偶评》评道："不言愁而愁字之神已凝。"作者细致地描绘出一幅由于视觉上的错觉而产生的图画，赋予了审美客体一种反常的特征，更不着痕迹地将情融入其中。景因情而更具生命力，情因景而更显诗意美。

孟浩然擅长朴素清淡的白描手法。他的诗里没有钩奇抉异的语言，往往在平白如话的描写中见出清空之境和传神之韵。如《过故人庄》：

> 故人具鸡黍，邀我至田家。绿树村边合，青山郭外斜。开轩面场圃，把酒话桑麻。待到重阳日，还来就菊花。

这首诗以自然疏淡的笔触描写了作者的一次访友经历，充满浓郁的田园气息。从杀鸡设黍的农家风味到场院园圃的农家景致，再到闲话桑麻的农家之情，处处紧扣田园之特征，写出了纯朴真挚的故人情谊。

沈德潜评价孟浩然的诗歌："语淡而味终不薄。"（《唐诗别裁集》）作为盛唐诗坛的前辈诗人，孟浩然以情景交融的境界和清旷冲淡的风格，将山水田园诗发展到一个新的高度。

孟浩然的隐逸中同样也渗透着盛唐士人高扬的入世精神，他的《望洞庭湖赠张丞相》就写出了不甘于隐遁的心声：

> 八月湖水平，涵虚混太清。气蒸云梦泽，波撼岳阳城。欲济无舟楫，端居耻圣明。坐观垂钓者，徒有羡鱼情。

作者借观湖之兴表达干谒之旨。前四句描写洞庭湖的壮美景色，气象开阔。后四句即景抒情，道出自己的用世情怀和求仕不得的隐衷，感慨深沉。孟浩然虽以隐逸著称，却并未忘情于仕进，这正是盛唐时代精神的体现。

### 三、空灵隽永的王维

王维（701—761），字摩诘，太原祁（今山西祁县）人。开元九年（721）进士,官终尚书右丞,世称"王右丞"。王维笃志奉佛,一生过着半官半隐的生活。①他的诗歌题材广泛,尤其擅长山水田园之作。苏轼说:"味摩诘之诗,诗中有画;观摩诘之画,画中有诗。"(《书摩诘蓝田烟雨图》)王维的诗作将诗情、画意、音乐美、禅趣四者高度结合,将诗人的自我形象与山水景物形象契合交融,往往着墨不多,而意境高远,后世尊其为"诗佛"。

王维的思想是受到佛教影响的,他的字——摩诘,即源自《维摩诘经》中的大乘居士维摩诘,仅从这一点就可以看出王维与佛教的渊源。在王维生活的盛唐时代,中国佛学已经发展到了全面成熟的阶段。当时,不仅天台、三论、唯识诸宗已经具备完整的理论体系,华严与禅宗也确立了相当成熟的核心思想。王维是在佛风熏染的家庭环境中成长的,他的母亲崔氏是一位虔诚的佛教徒,"师事大照禅师三十馀岁,褐衣蔬食,持戒安禅,乐住山林,志求寂静"(《请施庄为寺表》)。他的弟弟王缙也信仰佛教。王维自己在十几岁的时候就拜高僧道光为师,学习佛理,有很深的领悟。《旧唐书·王维传》载,王维"在京师日饭十数名僧,以玄谈为乐。斋中无所有,唯茶铛、药臼、经案、绳床而已。退朝之后,焚香独坐,以禅诵为事。妻亡不再娶,三十年孤居一室,屏绝尘累"。

王维喜欢以禅入诗。他往往用佛家的思维方式去感受世界、认识世界,用佛家的语言表述方式表达自己对世界的认知。佛教禅宗是王维接受的主要佛教思想。禅宗认为,人要想从现实中解脱,唯一的途径就是摆脱现实中的一切欲望,对尘世的一切都不要执着,达到澄心净虑的"无念"之境。这也是王维许多诗歌中的内容。如《过香积寺》:

> 不知香积寺,数里入云峰。古木无人径,深山何处钟。泉声咽危石,日色冷青松。薄暮空潭曲,安禅制毒龙。

"安禅"是佛教的一种修习活动,静思凝虑,以达到禅悟境界。"毒龙"是佛家用语,比喻妄念烦恼。诗人将禅语、禅意融入诗情,既符合吟咏寺庙的景况,又体现出作者超脱的逸趣。

又如《终南别业》:

> 中岁颇好道,晚家南山陲。兴来每独往,胜事空自知。行到水穷处,坐看云起时。偶然值林叟,谈笑无还期。

---

① 关于王维一生隐居的次数和地点,学界有不同的看法。赵殿成《王右丞年谱》只提及王维终南、辋川之隐。当代有学者认为王维少年时代即开始隐居,后来还曾隐居嵩山、淇上。关于隐居终南、辋川的时间,也有争论,现在学界一般认为终南、辋川之隐是王维晚年的事。

诗写王维隐居于终南别业的优游生活,将诗情、画意、禅机相融,妙合无垠。"兴来"二句写出隐逸生活的洒脱与自得。"行到"一联,写景取次,妙于造化。诗人完全忘却了世俗的一切,就在这大自然中体味着心与物遇、我与物冥的境界。

以禅入诗使得王维的诗歌呈现出一种独特的空灵美。他的有些诗里并未直接出现佛语,但是亦蕴含着无限的机趣。王维中年以后,隐居辋川,过着啸傲林泉的生活。他与友人裴迪赋诗唱和,为辋川二十景各写了一首诗,共得四十篇,结成《辋川集》。王维的二十首诗大多数写得空灵隽永,如《竹里馆》:

独坐幽篁里,弹琴复长啸。深林人不知,明月来相照。

诗人在竹里馆弹琴长啸,景清幽,人超然,一派闲适。以"弹琴复长啸"映竹林深处之空寂,以"明月来相照"映悠然独坐之神韵,色籁俱清,物我两忘,臻于化境。

又如《辛夷坞》:

木末芙蓉花,山中发红萼。涧户寂无人,纷纷开且落。

诗写辛夷花在山中自开自落的情景,描绘出一个空幽宁谧的山林世界。这个寂静的境界禅意深浓,充满空灵之感。花开花落,似乎引不起诗人的任何哀乐之情,"纷纷"二字,极好地表现出辛夷花此生彼死、亦生亦死、无生无死的超然。

除了王孟,还有一批与他们诗风相近的诗人,如储光羲、裴迪、卢象、綦毋潜等。他们都有着隐逸生活的经历,储光羲曾隐居于终南别业,裴迪也曾隐居于终南山,并与王维在辋川"浮舟往来,弹琴赋诗,啸咏终日"(《旧唐书·王维传》)。山水园林成为他们笔下共同的题材,他们对于自然之美有着直接而深刻的感受,幽静之境与方外之趣成为他们抒写的重点。这一隐逸诗人群体共同创造出了唐代山水田园诗的新气象。

## 第二节　高适、岑参与边塞诗

唐代从军入幕和漫游边塞的风尚极盛。特别是盛唐时期,热衷功名、大有豪侠之风的士子或慷慨从军,或游历幽燕,或出使边陲,期望在塞外一展抱负。边塞生活的经历深刻地影响了他们的诗歌创作,在这一时期,涌现出不少擅状边塞风光和擅写边塞生活的诗人。

### 一、高适、岑参的边塞诗

盛唐是一个充满了希望和进取的时代,是一个人们普遍渴求建功立业的时代。空前强大的国力和高度繁荣的经济,赋予了盛唐士子强烈的自信心与自豪感,他们动辄以王侯卿相自许,多有为国效力、留名青史的抱负。尤其当时朝廷大事边功,出现了高仙芝、哥舒翰、封常清等以守边博得高爵的著名将领,为当时士人展示了一条封侯的捷径。立功边塞是盛唐士人取得功名的重要途径之一。随着赴边从戎的士人越来越多,写实的军旅文学获得了巨大的发展,以高适、岑参为代表的边塞诗人开拓了边塞诗的题材内容与艺术技法。

高适(700？—765)①,字达夫,郡望渤海蓨县(今河北景县)。早年客居宋州宋城(今河南商丘)。玄宗天宝八载(749),有道科及第,授封丘尉。后入陇右节度使哥舒翰幕府充掌书记。安史乱起,曾先后任左拾遗、淮南节度使、太子少詹事、彭州刺史、蜀州刺史、剑南西川节度使等职。广德二年(764),召还长安,为刑部侍郎,转左散骑常侍,世人因称"高常侍"。后进封为渤海县侯。在动辄自比王侯的盛唐诗人中,高适是唯一做到高官而封侯者。《旧唐书·高适传》说:"有唐以来,诗人之达者,唯适而已。"高适擅写边塞军旅生活,骨力遒劲,气势奔放。殷璠《河岳英灵集》谓:"适诗多胸臆语,兼有气骨,故朝野通赏其文。"

高适长期从军,三次奔赴塞外。他有强烈的功名意识,希望驰骋疆场报效国家,希望在边塞立功封侯。高适的诗歌常常表达出他的这种理想与豪情。"北上登蓟门,茫茫见沙漠。倚剑对风尘,慨然思卫霍。"(《淇上酬薛三据兼寄郭少府微》)写他站在蓟北茫茫沙漠中,手抚长剑,满腔壮志,渴望像汉代大将卫青、霍去病那样在边塞建功立业,报效国家。《塞下曲》也表现了这种情怀,诗中写道:"万里不惜死,一朝得成功。画图麒麟阁,入朝明光宫。大笑向文士,一经何足穷。古人昧此道,往往成老翁。"作者认为读书穷经,不如从军立功。可以说,驰骋疆场、建功立业是高适一生的追求。

---

① 关于高适的生年,学界有696、700、701、702、704、706等说,傅璇琮《高适年谱中的几个问题》(《唐代诗人丛考》,中华书局1980年版)辨析众家之论,认为高适生于700—702年之间可能性较大,在高适生年缺乏有力证据的情况下,持论较为圆通周到。又仇鹿鸣、唐雯《高适家世及其早年经历释证——以新出〈高崇文玄堂记〉、〈高逸墓志〉为中心》(《社会科学》2010年第4期)据新出土的高适之父墓志《高崇文玄堂记》推断,高适当生于700年或稍前。综合诸家之说,此处以"700？"系年。

高适的边塞诗是他豪壮的戎马生活的写照，也是他对边疆战事关注和思考的结果。他常常能以政治家的眼光分析边防问题，以政论的笔调表达对边防政策的见解，揭露边防政策的弊端。这使他诗歌的思想深刻性超出了同时代的其他边塞诗人。在高适的诗歌中，有对国家安定边疆之术的思索，如"转斗岂长策，和亲非远图"（《塞上》）；有对主帅非人、处置失当而造成战争失利的责难与忧心，如"五将已深入，前军止半回"（《自蓟北归》）；还有消除边患的希望和理想，如"边庭绝刁斗，战地成渔樵"（《睢阳酬别畅大判官》）。《燕歌行》一首更是以写实的笔墨描绘了边塞的景象、军旅生活的艰辛，对于军中存在的弊端进行了深刻的揭露与批判：

汉家烟尘在东北，汉将辞家破残贼。男儿本自重横行，天子非常赐颜色。摐金伐鼓下榆关，旌旆逶迤碣石间。校尉羽书飞瀚海，单于猎火照狼山。山川萧条极边土，胡骑凭陵杂风雨。战士军前半死生，美人帐下犹歌舞！大漠穷秋塞草腓，孤城落日斗兵稀。身当恩遇常轻敌，力尽关山未解围。铁衣远戍辛勤久，玉箸应啼别离后。少妇城南欲断肠，征人蓟北空回首。边庭飘飖那可度，绝域苍茫无所有！杀气三时作阵云，寒声一夜传刁斗。相看白刃血纷纷，死节从来岂顾勋？君不见沙场征战苦，至今犹忆李将军！

这首诗是开元二十六年（738），作者有感于张守珪隐瞒败绩、谎报军功的行径而作。全篇风骨遒劲，气韵雄浑。诗中描写了边塞士卒的艰苦生活，赞扬了他们勇敢报国的精神，同时揭露了军中苦乐悬殊的黑暗现实，讽刺了边地将领在其位不谋其事的混乱局面，从各方面深刻地反映出当时边防中的种种问题和矛盾，具有很强的现实意义。

与高适同样有着边塞经历而创作成就卓著的诗人还有岑参。岑参（715？—770），南阳（今属河南）人，天宝三载（744）进士，授右内率兵曹参军。天宝八载，他首次出塞，赴安西（治龟兹，即今新疆库车），大约一年半后返回长安。天宝十三载，他又再度出塞，赴庭州（今新疆吉木萨尔），入北庭都护府封常清幕中任职约三年。后至灵武，经杜甫等推荐，任右补阙；又历起居舍人、虢州长史等职。官终嘉州刺史，世称"岑嘉州"。

岑参与高适一样，热衷于功名，有着强烈的入世精神。他先后两次出塞，留下了许多优秀的边塞诗篇。不同于高适诗歌以思想的深度见长、悲壮中带有冷静的分析，岑参的诗善于以雄奇瑰丽的笔触描绘西北边疆的奇异景色、民风民俗以及将士勇敢报国、不畏艰苦的精神，饱含热情，气概豪迈。他突破了以往征戍诗多写边地苦寒和士卒劳苦的传统格局，作品中充满昂扬的情绪和乐观的精神，丰富了边塞诗的描写题材和内容。如《白雪歌送武判官归京》：

> 北风卷地白草折，胡天八月即飞雪。忽如一夜春风来，千树万树梨花开。散入珠帘湿罗幕，狐裘不暖锦衾薄。将军角弓不得控，都护铁衣冷难着。瀚海阑干百丈冰，愁云惨淡万里凝。中军置酒饮归客，胡琴琵琶与羌笛。纷纷暮雪下辕门，风掣红旗冻不翻。轮台东门送君去，去时雪满天山路。山回路转不见君，雪上空留马行处。

诗人用浪漫夸张的手法，极力描绘雪中天地的浩大苍茫、威严雄伟，既展现出边塞奇异的自然风光，又借生活环境的艰苦反衬出将士们的乐观精神。

岑参喜用奇特的想象造成鲜明的语句，给人以惊险新奇的感觉。如：

> 一川碎石大如斗，随风满地石乱走。（《走马川行奉送封大夫出师西征》）
> 马汗踏成泥，朝驰几万蹄。（《宿铁关西馆》）
> 将军狐裘卧不暖，都护宝刀冻欲断。（《天山雪歌送萧治归京》）
> 剑河风急雪片阔，沙口石冻马蹄脱。（《轮台歌奉送封大夫出师西征》）
> 容鬓老胡尘，衣裘脆边风。（《北庭贻宗学士道别》）

这些诗句，无论是写景记事还是用语造意，都极为奇特。正如唐代选家殷璠所指出："参诗语奇体峻，意亦造奇。"（《河岳英灵集》卷中）在岑参笔下，展现出的是一个雄奇壮丽的边塞世界。

## 二、其他边塞诗人

在盛唐的士人中，体验过边塞生活的人究竟有多少，很难准确考计，但从有关记载来看，人数甚多。除了高、岑之外，王昌龄、李颀、崔颢、王翰、王之涣等都曾远赴塞外，亲历边塞生活，并留存下脍炙人口的边塞诗篇。

王昌龄（690—756），字少伯，京兆万年（今陕西西安）人。擅长七绝，"时称诗家夫子王江宁"（《唐才子传》卷二），多边塞军旅、宫怨闺情之作，诗风清刚俊爽，深厚婉丽。王昌龄曾赴西北边塞，至少到过萧关、临洮等地。他的边塞诗数量并不算多，但几乎篇篇俱佳，最有代表性的为《从军行》《出塞》两组组诗。其边塞诗中往往充满宁边安民的希冀，表达出愿为国家长治久安尽心尽力的雄心壮志，正是盛唐时代广大士人积极进取精神的绝佳写照。

王昌龄的边塞诗体现了盛唐气象的雄厚浑成。如《从军行七首》其四：

青海长云暗雪山，孤城遥望玉门关。黄沙百战穿金甲，不破楼兰终不还。

全诗意境开阔，虽然也写了战争的艰苦，但雄浑有力而振奋人心，决无低沉伤感。篇章结构上承接自然，全无造作。

李颀（690—751），开元十三年（725）进士，曾出塞至幽、蓟、雁门。他的诗风格豪放，慷慨悲凉，七言歌行尤具特色。如《古意》《古从军行》，以豪迈的语调写塞外的景象，揭露封建帝王开边黩武的罪恶，情调悲凉沉郁。崔颢（704？—754）曾从军河西、幽州、河东等地。他早年为诗，多陷轻薄，"晚节忽变常体，风骨凛然，一窥塞垣，说尽戎旅"（《河岳英灵集》卷中），表现出以身事边和报国赴难的昂扬情感。如《赠王威古》和《游侠呈军中诸将》，着力于人物意气风度的描绘。诗中春草射猎、野中割鲜的场面，尤其写得富有生气。《雁门胡人歌》写秋日出猎、山头野烧的代北景色及胡人在和平时期从容醉酒的风习，极新颖别致。当然，他最著名的是七律《黄鹤楼》，据说李白读后大为佩服，称"眼前有景道不得，崔颢题诗在上头"（《唐诗纪事》卷二一）。

王翰与王之涣现存诗作数量较少①，但二人各以一首《凉州词》名扬诗坛。王翰《凉州词》云：

葡萄美酒夜光杯，欲饮琵琶马上催。醉卧沙场君莫笑，古来征战几人回。

诗的前两句写战士们在军中设宴饮酒的热闹场面，着力渲染了欢快的饮酒气氛，又结合"醉卧沙场君莫笑"的豪侠壮语，充分体现出边塞军人的乐观与豪迈。结句让读者很自然地联想到边塞战争的残酷，生发出几许苍凉意味。

王之涣《凉州词》云：

黄河远上白云间，一片孤城万仞山。羌笛何须怨杨柳，春风不度玉门关。

诗写塞外孤城苍茫开阔的景象，对戍边将士寄予了深切的同情。首二句写景，雄奇壮阔；后二句抒情，含蓄隽永，造语尤妙。诗虽极写戍边者不得还乡的怨情，

---

① 王翰，生卒年不详，并州晋阳（今山西太原）人，诗多吟咏沙场少年、欢歌宴饮等，有诗集十卷，多亡佚。今仅存十四首，《全唐诗》录为一卷。王之涣（688—742），两《唐书》无传，生平事迹所传甚少。随着近代以来他的墓志《唐故文安郡文安县尉太原王府君墓志铭》及他妻子的墓志《唐故文安郡文安县尉太原王府君夫人勃海李氏墓志铭并序》的出土，其生平事迹才逐渐清晰。诗善状边塞风光，境界开阔，韵调优美。作品多散佚，《全唐诗》仅存诗六首。

但并未过分渲染哀怨衰颓的情调，而是呈现出悲壮苍凉的风格，表现出盛唐人广阔的心胸。

## 第三节　京城诗人群

盛唐时代，文官制度进一步健全。在这样的政治体系下，诗歌创作蔚然成风，以京城为中心，云集了一批诗人，他们通过诗歌社交联系，形成了大致相同的审美趣味和艺术追求。就其身份构成而言，主要可以分为三个层级：帝王及皇族宗室、朝廷重臣与台阁文人、长期居于长安的中下层文士。前两类诗人以宫廷诗见长，后一类诗人则更多自由的创作，体现出"京城诗"的特点。① 京城诗人群体的创作风格对于盛唐诗歌主体风格的形成和发展产生了重要的作用。

### 一、盛唐时期宫廷诗的创作

盛唐时期，宫廷诗比初唐有了进一步的发展。唐代的帝王大都爱好艺文，多能诗。唐玄宗（685—762）继承了太宗、高宗、武后重视诗歌的传统，经常性地举行大型的诗歌酬唱活动，如开元十年（722），张说往朔方巡边，玄宗亲制《送张说巡边》一诗，张说本人有《将赴朔方军应制》诗，张九龄有《奉和圣制送尚书燕国公赴朔方》诗，崔日用、宋璟、许坚、韩休、苏晋、贺知章、许景先、王翰等各有唱和诗作。玄宗在诗歌创作方面也颇有才能，现存诗六十馀首，是唐代皇帝中存诗较多的。他的诗中多抒发安定边陲、开创天下大治局面的雄心，骨力遒劲、风神俊朗。明人王世贞评云："明皇藻艳不过文皇，而骨气胜之。语象，则'春来津树合，月落戍楼空'。语境，则'马色分朝景，鸡声逐晓风'。语气，则'翠屏千仞合，丹嶂五丁开'。语致，则'岂不惜贤达，其如高尚心'。虽使燕许草创，沈宋润色，亦不过此。"（《艺苑卮言》卷四）

唐玄宗的兄弟、子侄及其他李唐宗室也普遍爱好诗歌，有的能诗，有的与诗人关系密切，对诗人的生活与仕途产生过重大影响。如玄宗之弟岐王李范，多才多艺，喜欢交结文士。《旧唐书·惠文太子范传》曰："范好学工书，雅爱文章之士，士无贵贱，皆尽礼接待，与阎朝隐、刘庭琦、张谔、郑繇篇题唱和，又多聚

---

① "京城诗"的概念由美国学者宇文所安提出，他的《盛唐诗》一书中多次出现关于京城诗的内容，并划分了京城诗人、非京城诗人以及介于两者之间的诗人。他认为京城诗人有着共同的审美追求，如偏爱寂静隐逸主题和五言律诗，逐渐突破了宫廷诗无个性差别的倾向，但又较多地融入了宫廷诗的技巧等。参见宇文所安著，贾晋华译《盛唐诗》，生活·读书·新知三联书店 2004 年版。

书画古迹,为时所称。"岐王不仅能诗,而且喜欢诗歌酬唱活动。从杜甫"岐王宅里寻常见"(《江南逢李龟年》)之句来看,当时的诗人、歌唱家在岐王府聚会是件常事。《全唐诗逸》存李范断句五联,"清冷池里冰初合,红粉楼中月未圆"(《宴大哥宅》),"可惜韶年三日暮,风光由绕碧燕舻"(《三月三日》)等句均甚称七言佳句。玄宗之妹玉真公主也与盛唐文人过从甚密,她爱好诗歌,乐于提携文士,王维、李白、张说、高适、储光羲等都与她有诗歌方面的关联。

盛唐朝廷的宰相群体及其他台阁重臣也是宫廷诗人群的重要组成部分。他们的诗歌气度端重,辞采华美,但大都得之于朝会侍宴,或者是在京都的登览与寄赠,题材较为狭窄。代表人物有宋璟、张说、苏颋、张九龄、李林甫、贺知章、许景先、孙逖等人。

在台阁诗人中,张说是颇为重要的一位。张说(667—730),字道济,一字说之。原籍范阳(今河北涿州),世居河东(今山西永济),徙家洛阳。历仕武后、中宗、睿宗、玄宗四朝,"三登左右丞相,三作中书令"(张九龄《张说墓志铭》),"掌文学之任凡三十年"(《大唐新语》卷一)。张说论诗文重风骨、讲实用、尚气势、重文采,其诗歌内容丰富,有山水、送别、军旅、怀古等题材,尤善律诗和五古,作品体现出浓郁的盛唐风味。贺知章(659—744)是盛唐前期台阁诗人的又一代表。开元十年(722),由张说推荐其参与撰修《六典》《文纂》等书。十三年为礼部侍郎,后改官太子宾客、秘书监。贺知章写景、抒怀之作风格独特,清新潇洒。天宝三载(744),他辞官归乡,唐玄宗亲自赐诗《送贺知章归四明》,太子以下百官皆赋诗为其饯行。这既是贺知章一生的荣耀,也是盛唐诗坛的一件盛事。

盛唐时期宫廷诗人的创作风格发生了一些变化,虽然歌功颂德、称扬太平仍然是他们所表达的主要内容,但是诗歌充满了昂扬、明朗、乐观之气,语言较之以往宫廷诗也趋于质朴,显示了盛唐气象。

## 二、京城中下层文士的诗歌创作

在宫廷诗创作风气的影响下,加之时代、个人等因素的作用,一些居住在京城的中下层文士逐渐活跃起来,如王昌龄、储光羲、祖咏、吕向、卢象、陶翰、綦毋潜、郑虔等人。他们在朝中的政治地位相对较低,无过多政务缠身,可以投入更多的精力在诗歌创作上,他们的创作代表了当时诗歌艺术的较高水平。这些诗人的诗歌从内容而言,与宫廷诗一样展现了帝京开阔、包容、端重的文化精神,但突破了宫廷诗应制应景的局限,关注的是更广阔的自然山水与更多样的社会风情;从艺术技巧而言,汲取了宫廷诗的精致典雅,但又不刻意雕琢,尽量显示出自然之美。这类诗人以成就和影响而言,首推王维,其他一些诗人也各有特色。

储光羲（706？—763），润州延陵（今江苏丹阳）人。开元十四年（726）进士及第，授冯翊县尉，转汜水、安宜、下邽等县尉。仕宦不得意，隐居终南别业。后出任太祝，世称"储太祝"。他的诗歌质朴中有古雅的情味，正如殷璠《河岳英灵集》卷中所评："储公诗，格高调逸，趣远情深，削尽常言。挟风雅之迹，浩然之气。"这很能体现出当时京城诗人群体的创作风格。如《钓鱼湾》诗：

> 垂钓绿湾春，春深杏花乱。潭清疑水浅，荷动知鱼散。日暮待情人，维舟绿杨岸。

这是组诗《杂咏五首》的第四首。诗以清新婉丽的笔法描绘了钓鱼湾的春景，一个"乱"字将花瓣在春光中纷飞的情景生动地形容出来。"潭清"二句则巧妙地借助错觉来写景。以候人作为全篇的收结，别有妙趣。

祖咏（生卒年不详），洛阳（今属河南）人。玄宗开元十二年（724）进士。与王维交谊颇深，多有酬唱之作。中进士后久未得官，后以渔樵自终。祖咏作诗最重经营意境，剪刻省净，代表作有《终南望馀雪》《望蓟门》等。但同时，他的诗大多工稳妥帖，缺乏深刻的思想，艺术风格不够鲜明，这正是当时京城诗人群较为普遍的问题。

郑虔（685—764），河南荥阳人。一生官位不显，却因才学出众，见赏于宰相苏颋。后自作山水画一幅，并自题诗献上，得玄宗御署"郑虔三绝"。天宝九载（750），玄宗特置广文馆于最高学府国子监，诏授首任博士，从此扬名天下。郑虔与杜甫交厚，常有诗歌往还。杜甫《醉时歌》赞他"有才过屈宋"，《唐才子传》卷二称其"好琴酒篇咏"，可惜郑虔留存至今的诗歌作品非常少，《全唐诗》里仅录一首。

作为唐王朝的都城，长安对于诗人有着巨大的吸引力。盛唐时期，生活在长安的诗人数量甚多。他们以诗抒怀，借诗交游，在情感表现和艺术风貌上都鲜明地体现了具有时代特质的京城诗风，展示出恢宏博大的盛唐气度。可以说，这些京城诗人对于盛唐诗歌创作的繁荣与艺术水准的提高作出了重要的贡献。

### 三、京城诗风的影响

京城诗人并非固守于长安，时有流动的情形出现，不同程度地带来了京城诗风对各地的影响。如张九龄（678—740）长期在京城任要职，但开元十四年（726）被贬为冀州刺史，后改授洪州都督，不久又转授桂州都督，充岭南按察使。在洪州和桂州期间，创作了大量山水诗。或感情激昂，气象开阔，如"江岫疏空阔，云烟处处浮"（《自彭蠡湖初入江》）；或恬淡闲适，意境清幽，如"外物寂无扰，中流淡自清"（《西江夜行》）等。这些作品中宫廷台阁的情调已然淡化，更多地体现出盛唐京城诗歌的风神。王昌龄曾任秘书省校书郎等职，后被贬岭南，又被贬为江宁丞、龙标尉等。在长期的贬谪生涯中，虽有凄清幽怨之情，但能大体保持开朗豁达的心态。如《芙蓉楼送辛渐二首》其一：

寒雨连江夜入吴，平明送客楚山孤。洛阳亲友如相问，一片冰心在玉壶。

此诗为开元二十八年（740）王昌龄出任江宁丞时所作。俞陛云《诗境浅说续编》评曰："借送友以自写胸臆，其词自潇洒可爱。"前两句写送别之景，意境清迥；后二句由景入情，名为托寄之语，实则自抒胸臆，彰显出在帝京文化熏染下所具有的豁朗与大气。京城诗风使得盛唐的贬谪文学亦充满了从容的气度与洒脱的情怀，这正是时代精神的写照。

京城诗人群与地方诗人之间也有着微妙的联系。孟浩然虽长期生活在襄阳，但从其诗歌的艺术特征来看，却与京城诗人的审美趣味保持着较高的一致。常建（708—765？）仕宦久不得意①，来往山水名胜之间，作为一位地方诗人，他的诗歌意境清迥，语言洗练自然，诸如"山光悦鸟性，潭影空人心""夜久潮侵岸，天寒月近城""松际露微月，清光犹为君"等句选语精妙，境界超远，带有京城诗风的影子。

还有一些地方诗人受当地山水景致、风土人情的熏染，形成了不同于京城风味的诗歌风格，如李白、崔国辅等。生活于蜀中的李白将自己的个性诗风带入京城，并影响了京城诗歌的审美趣味。崔国辅，开元十四年（726）进士及第，历任山阴尉、许昌令、竟陵司马等职。虽然也曾居于京城，但长期在南方为官，故其诗歌更多展现的是"婉娈清楚"（《河岳英灵集》卷中）的风味，深得南朝乐府民歌遗意。如《采莲曲》：

玉溆花争发，金塘水乱流。相逢畏相失，并着采莲舟。

诗以清丽流畅的笔调描写了一幅采莲图，极具南朝民歌清丽婉转之致。

这些地方诗人的创作不仅展现出盛唐诗歌题材、风格多元化的特征，同时也对京城诗人群体的创作产生影响。随着越来越多的地方诗人赴京或者其诗歌传到京城，京城诗坛的创作在坚守帝京文化精神的基础上，越来越讲究艺术的个性，

---

① 常建，开元十五年（727）进士。曾任盱眙尉。《河岳英灵集》称其为"高才无贵仕"者，并感叹道："今常建亦沦于一尉，悲夫！"

不断得到发展。盛唐诗坛正是在京城诗人群体强大的感召力与地方诗人坚守个性风格的交融互动中焕发出了蓬勃的生命力。

## 思考题

1. 唐代山水诗、园林诗呈现出哪些新特点？
2. 试比较高适与岑参边塞诗的异同。
3. 试述京城诗人群的构成及其对唐诗发展的影响。
4. 结合本章的内容，谈谈对于"盛唐气象"的理解。

# 第三章 李　白

在群星璀璨的盛唐诗坛，李白是极具代表性的作家之一。他以傲岸不羁的人格、高扬的理想主义、从容洒脱的气度谱写出盛唐士人的精神风貌与理想追求，诠释了盛唐气象的独特魅力。李白的诗体裁多样，风格鲜明。尤其是他的乐府歌行和绝句，往往熔澎湃的激情、丰富的想象于一炉，色调瑰玮绚丽，语言清新自然，充分展现出盛唐诗歌的艺术魅力。李白的人格与作品，不仅在当时受到推崇，对后世也产生了深远的影响。

## 第一节　李白的传奇经历与思想

李白（701—762），字太白，号青莲居士。据说他出生的时候，母亲梦到长庚星（太白金星），故以之为名与字（李阳冰《草堂集序》）。他的一生正如出生时的传说般充满了传奇色彩。

### 一、出生地之谜

关于李白的身世与出生地，长期以来聚讼纷纭，至今仍是个谜团。李白于开元二十二年（734）作《与韩荆州书》，其中自述身世：

> 白陇西布衣，流落楚汉。十五好剑术，遍干诸侯；三十成文章，历抵卿相。

在李阳冰的《草堂集序》和范传正的《唐左拾遗翰林学士李公新墓碑》中都称李白为陇西成纪（今甘肃秦安）人，乃凉武昭王李暠的九世孙，其先祖因罪流徙条支（或碎叶），中宗神龙初年逃归蜀地。现在一般认为，李白出生于中亚碎叶（今吉尔吉斯斯坦托克马克附近），约五岁时，随家迁居到绵州昌隆（今四川江油）。① 至于李白究竟是凉武昭王之后，抑或有更离奇的身世②，我们现在无法断言，但可

---

① 李白的出生地尚有条支说、蜀中说、长安说等。参见郁贤皓、倪培翔《建国以来李白研究概述》，《李白研究》第 2 辑，上海三联书店 1989 年版。
② 关于李白的身世，学术界意见颇多。陈寅恪提出李白为胡人（《李白氏族之疑问》，载 1935 年《清华学报》第十卷第一期），胡怀琛提出李白是"突厥化的中国人"（《李太白的国籍问题》，载 1935 年《逸经》第一期）。此外亦有认为其为隋末凉王李轨之后、李建成之后等意见（参见郁贤皓、倪培翔《建国以来李白研究概述》，《李白研究》第 2 辑，上海三联书店 1989 年版）。

以肯定的是他出生在一个富裕且有文化教养的家庭。李白的父亲非常重视对于他的文化教育。李白曾提到:"余小时,大人令诵《子虚赋》,私心慕之。"(《秋于敬亭送从侄耑游庐山序》)又称"五岁诵六甲,十岁观百家"(《上安州裴长史书》)、"十五观奇书,作赋凌相如"(《赠张相镐》),正是对早期所接受良好教育的回顾。

李白在蜀中度过了他的青少年时代。大约十八岁时,隐居大匡山读书。二十岁时,李白出游成都,并谒见了时任益州长史的苏颋。苏颋对其才华极为赏识,曾对群僚言:"此子天才英丽,下笔不休,虽风力未成,且见专车之骨。若广之以学,可以相如比肩也。"(李白《上安州裴长史书》)这番奖誉,足见李白早期就已显露出不凡的才气。

### 二、漫游经历

开元十二年(724),李白出蜀,开始了"仗剑去国,辞亲远游"的漫游历程。他从峨眉山沿平羌江东下,至渝州。次年春,出峡,过荆门,至江陵。《渡荆门送别》诗即作于此时,诗云:

> 渡远荆门外,来从楚国游。山随平野尽,江入大荒流。月下飞天镜,云生结海楼。仍怜故乡水,万里送行舟。

初次离家远游的李白将自己对于故乡的那份眷恋不舍之情融入沿江图景中,以雄奇飘逸的笔法描绘了一路上瑰玮奇丽的山川风光,结句言故乡的江水送自己离开蜀中,韵致流转,恋乡惜别的情愫溢于言表。此后,李白继续东行,游洞庭湖、登庐山,至金陵、扬州、越中等地。后定居于湖北安陆,娶故相许圉师孙女为妻,并以安陆为中心干谒与漫游,先后游历了襄阳、洛阳、太原、东鲁等地。

开元十八年(730),李白自安陆启程,取道南阳,西入长安。① 至长安后,借由岳父家关系,谒见了左相张说及其子驸马都尉张垍。张垍将李白安置在已近荒废的玉真公主别馆,使其备受冷遇。李白求仕不成,又在长安目睹了种种不平的

---

① 由于新、旧《唐书》均只载李白于天宝初奉召入京,待诏翰林,因而直到 20 世纪上半叶,人们均认为李白入长安仅此一回。1962 年,稗山《李白两入长安辨》(《中华文史论丛》第 2 辑)提出李白曾两入长安,郭沫若《李白与杜甫》(人民文学出版社 1971 年版)支持这一新说并予以强力论证。后郁贤皓发表《李白两入长安及有关交游考辨》(《南京师范学院学报》1978 年第 4 期)等文,肯定"两入长安"说。20 世纪 80 年代以后,又出现李白"三入长安"说,李从军、安旗等曾撰文论证。但对于"三入长安"的说法,郁贤皓发表《李白三入长安质疑》(《中华文史论丛》1984 年第 1 期)一文进行辩驳。目前,"两入长安说"得到国内外较多学者的认同。

社会现象，《古风》五十九首中有数首都是在表达这一时期的感受。如其二十四：

  大车扬飞尘，亭午暗阡陌。中贵多黄金，连云开甲宅。路逢斗鸡者，冠盖何辉赫。鼻息干虹蜺，行人皆怵惕。世无洗耳翁，谁知尧与跖！

  通过描写宦官的豪奢和斗鸡者的骄横，对当时黑暗的社会现实进行讽刺和抨击。带着这样不平的心情，李白失望地离开长安，沿黄河东下，由梁、宋至洛阳、襄阳。后举家迁往山东任城，与孔巢父等人在徂徕山纵情诗酒，号称"竹溪六逸"。

  天宝元年（742），李白等待已久的机会终于来临。唐玄宗下诏征召李白入京。李白的喜悦之情不可遏抑，他踌躇满志地写道："仰天大笑出门去，我辈岂是蓬蒿人！"（《南陵别儿童入京》）二入长安，李白备极荣宠，唐玄宗不仅命其供奉翰林，还"降辇步迎，如见绮皓；以七宝床赐食，御手调羹以饭之"（李阳冰《草堂集序》）。但是这样志得意满的日子并未持续多久，李白就意识到自己与权贵们的作派格格不入，他在《翰林读书言怀呈集贤诸学士》诗中感叹道："青蝇易相点，白雪难同调。"而李白放旷不羁的个性也确实遭到朝中权贵的排挤和谗毁。天宝三载（744），李白被赐金放还。这一打击带给李白的痛苦更甚于初入长安的求仕无成。

  离开长安后，李白东至洛阳，在这里与杜甫相识，两位大诗人结下了传颂千古的友谊。随着国家政治局势的日益恶化，李白的心情极为复杂，他既对朝廷的种种举措不满与失望，又对国事深感忧虑和不安。怀着这样矛盾的心理，他南下吴越、北上蓟门，四处漂泊。

  天宝十四载（755），安史之乱爆发，玄宗奔蜀，太子李亨即位于灵武，是为肃宗。李白避地东南，隐居于庐山。时肃宗异母弟永王璘以复兴大业的名义率军自江陵东下，并邀李白入幕。李白认为这正是报国时机，于是慨然从戎。然李亨、李璘兄弟阋墙，李璘兵败被杀，李白也因从璘获罪，长流夜郎（今贵州正安西北）。幸途中遇赦，得以回还。上元二年（761），李白又准备参加李光弼的平叛军队，无奈因病折回。次年，病殁于当涂族叔李阳冰家。

## 三、性格与思想

  李白的一生大起大落，充满传奇色彩。这样的命运与他的性格和思想是分不开的。李白"少任侠，不事产业"（刘全白《唐故翰林学士李君碣记》），轻财好施。《上安州裴长史书》称："曩昔东游维扬，不逾一年，散金三十余万，有落魄公子悉皆济之。"这种慷慨豪纵、洒脱不羁的个性深刻影响着李白的人生道路。他行事光明磊落，不拘小节，以"不屈己，不干人"的心态平交王侯，正如他的诗中所写："黄金白璧买歌笑，一醉累月轻王侯"（《忆旧游寄谯郡元参军》）、"揄扬九重万乘主，谑浪赤墀青琐贤"（《玉壶吟》）。即便遭受权贵的排挤，他依然恃才傲物，豪气干云，高呼"安能摧眉折腰事权贵，使我不得开心颜！"（《梦游天姥吟留别》）在面对人生的挫折时，李白往往以乐观精神超越和战胜现实的忧患，所谓"人生达命岂暇愁？且饮美酒登高楼"（《梁园吟》），"长风破浪会有时，直挂云帆济沧海"（《行路难》）正是其豁达洒脱心态的写照。

盛唐是一个开放自由、兼容并包的时代，李白的思想也呈现出多面性。儒、释、道及纵横家思想在李白身上皆有体现。李白将各家思想化合在一起，形成了自身独特的处世方式。

早年在大匡山读书时，李白曾从学"以王霸之道见行于世"的赵蕤，受到纵横家思想的影响。《新唐书》称李白"喜纵横术"，他在诗歌中亦自称"试涉霸王略，将期轩冕荣"（《赠江夏韦太守良宰》）、"空谈帝王略，紫绶不挂身"（《门有车马客行》）。儒家思想对于李白的影响也是非常明显的。安社稷、济苍生是李白一生的理想，即使在晚年也豪情不减："但用东山谢安石，为君谈笑静胡沙。"（《永王东巡歌》）这正是儒家用世思想的体现。但是李白并非全盘接收儒家思想，对于皓首穷经的腐儒，他抱以批判的态度。《嘲鲁儒》诗云："鲁叟谈五经，白发死章句。问以经济策，茫然坠烟雾。"鄙视之意显而易见。李白于佛家思想亦有会意，李白的号——"青莲居士"即取自梵典，他与僧徒佛寺关系密切，诗歌中也屡屡表现出佛家空无观念和对于清净超脱境界的企慕。

在各家思想中，影响李白最深的非道家莫属。李白可谓是一个虔诚的道教徒。他从青少年时期就和道士有交往，自云："十五游神仙，仙游未曾歇。"（《感兴》其四）观其一生，炼丹采药、学道求仙确是不曾休歇。他还曾在齐州受箓，正式入道。道教信仰在李白的人生态度和创作中都有展现。他飘逸洒脱的气度、纵放不羁的性格正是道家精神的外化。特别是当他仕途失意时，很大程度上是依靠道家和道教信仰得以解脱。在李白现存的近千首诗歌中，涉及神仙道教的为数不少。"李太白古风两卷，近七十篇，身欲为神仙者，殆十三四"（葛立方《韵语阳秋》卷一一）。他或是表现出道家对于自然山水的企慕以及求仙访道的心志："五岳寻仙不辞远，一生好入名山游"（《庐山谣寄卢侍御虚舟》）、"清斋三千日，裂素写道经"（《游泰山》其四）、"余尝学道穷冥筌，梦中往往游仙山"（《下途归石门旧居》）。或是虔诚于炼丹服食修行："愿餐金光草，寿与天齐倾。"（《古风》其七）"三载夜郎还，于兹炼金骨。"（《忆秋浦桃花旧游时窜夜郎》）他甚至动员家人与他一起修道："拙妻好乘鸾，娇女爱飞鹤。提携访神仙，从此炼金骨。"（《题嵩山逸人元丹丘山居》）

在儒、释、道及纵横等多家思想的影响下，李白形成了自己独特的人生追求目标——功成身退。他在《代寿山答孟少府移文书》中述其志向："申管晏之谈，谋帝王之术，奋其智能，愿为辅弼。使寰区大定，海县清一。事君之道成，荣亲之义毕。然后与陶朱、留侯浮五湖，戏沧洲，不足为难矣。"李白汲取了儒家思想中"达则兼济天下，穷则独善其身"的精神，并将其与道家的出世、道教的求仙、纵横家的追逐功名统一于"功成拂衣去，摇曳沧洲旁"（《赠卫尉张卿》其二）的理想中。

## 第二节　李白的诗歌

李白一生创作了大量诗歌，但是散佚较多，据李阳冰《草堂集序》称："当时著述，十丧其九。"李白现存诗近一千首，体裁众多。他在诗歌创作上具有鲜明的风格特征，笔遣造化，呈现出强烈的主观抒情性。

### 一、李白诗歌的类型

在李白的现存作品中，有古诗，有乐府，有歌行，有近体诗，可谓众体兼具。李白继承了中国古典诗歌的多种类型，并融入作者鲜明的个性特征与艺术创造，使得作品呈现出新的生命力。

（一）古体诗的纵横开阖

李白的古体诗既远绍汉魏古体诗浑朴的艺术风貌，又带有盛唐时代非凡的气魄，更渗透着作者对于生命的激情。在五言古诗中，最具有代表性的是《古风》五十九首。这五十九首诗非一时一地之作，但大多与开元、天宝年间重大的政治事件相关，兼取咏怀、咏史、游仙三种形式，抒发作者对于当时政治的批评与感慨。如其十九：

> 西上莲花山，迢迢见明星。素手把芙蓉，虚步蹑太清。霓裳曳广带，飘拂升天行。邀我登云台，高揖卫叔卿。恍恍与之去，驾鸿凌紫冥。俯视洛阳川，茫茫走胡兵。流血涂野草，豺狼尽冠缨。

诗借游仙的形式表现了安史之乱带给诗人的精神震撼。前半部分写在莲花山的仙游生活，清旷安详，虚幻缥缈；后半部分写洛阳百姓惨遭屠戮、安禄山封赏逆臣的不堪现实，充满沉痛愤激之情。前后场景的对比将作者心灵的震惊和清醒的愤懑表现得淋漓尽致。

李白的七言古诗纵横开阖，气势如虹。《唐宋诗醇》卷六评价道："白诗天才纵逸，至于七言长古，往往风雨争飞，鱼龙百变，又如大江无风，波浪自涌；白云从空，随风变灭，诚可谓怪伟奇绝者矣。"如《宣州谢朓楼饯别校书叔云》：

> 弃我去者昨日之日不可留，乱我心者今日之日多烦忧。长风万里送秋雁，对此可以酣高楼。蓬莱文章建安骨，中间小谢又清发。俱怀逸兴壮思飞，欲上青天览明月。抽刀断水水更流，举杯消愁愁更愁。人生在世不称意，明朝散发弄扁舟。

这首诗是天宝十二载（753）李白游宣城时所作。诗以忧思发端，情调激越，将一腔的苦闷倾泻而出。随后笔调即转为清丽，盛赞汉代文章、建安风骨及谢朓诗歌的豪情逸兴，充满了对于前贤风神的仰慕。"抽刀"二句以形象的比喻将诗人思绪拉回现实，抒写了虚度年华，报国无门的愤懑。最终以出世之思作结，既蕴含着万般的无奈，又充满桀骜不驯的洒脱。全篇结构自然妥帖，章法跳跃多变，感情激荡起伏，充分体现出李白七言古诗逸兴云飞的特色。

在古体诗中，有特殊的一类——歌行。① 歌行是在汉魏六朝乐府诗的基础上发展起来的，音节、格律一般比较自由，形式采用五言、七言、杂言的古体，富于变化。胡应麟《诗薮》内编卷三中说："古诗窘于格调，近体束于音律，唯歌行大小长短，错综阖辟。"这正道出了歌行的特点，而此种特点恰适合李白这样具有热烈感情、豪放性格、坦率胸怀与非凡气魄的诗人。李白的歌行多以行云流水般的笔墨畅抒情怀，《襄阳歌》《南都行》《玉壶吟》《江上吟》《西岳云台歌送丹丘子》《梦游天姥吟留别》《庐山谣寄卢侍御虚舟》等都属于此类。在这些作品中，情感的宣泄更为浓烈，笔法跳荡流动，极尽曲折宛转之能事。如《玉壶吟》：

> 烈士击玉壶，壮心惜暮年。三杯拂剑舞秋月，忽然高咏涕泗涟。凤凰初下紫泥诏，谒帝称觞登御筵。揄扬九重万乘主，谑浪赤墀青琐贤。朝天数换飞龙马，敕赐珊瑚白玉鞭。世人不识东方朔，大隐金门是谪仙。西施宜笑复宜颦，丑女效之徒累身。君王虽爱蛾眉好，无奈宫中妒杀人。

诗人不仅抒写了"壮心惜暮年"、抱负无法实现的苦闷，而且以丑女效颦为喻来表现自己鄙视权贵、耻与为伍的傲岸性格。诗笔擒纵结合，浑灏流转，波澜起伏，变化入神。

---

① 关于歌行与古体诗、乐府的概念关系及分别，目前学界尚无定说。一般将李白古体诗中以歌、行、吟、谣等为题的作品视为歌行。虽然行、歌、引、吟等歌辞性诗题亦为李白乐府诗所共有，但是李白的乐府绝大部分沿用乐府旧题，而歌行不用旧题。

（二）古题乐府的创新与个性张扬

乐府诗是凸显李白创作才华的诗体之一。《李太白全集》自卷三至卷六录其乐府共一百四十九首，多沿用古题，但是又有所创新。胡震亨说："太白于乐府最深。古题无一弗拟，或用其本意，或翻案另出新意，合而若离，离而实合，曲尽拟古之妙。"（《唐音癸签》卷九）李白沿用古意的诗作往往对于古辞古意有所发挥，如《蜀道难》是乐府相和歌辞旧题，《乐府解题》称："《蜀道难》备言铜梁、玉垒（皆为蜀中山名）之阻。"李白也侧重表现蜀道之艰险，但前人所作多五言短诗，李白则拓展为杂言长篇。诗以雄健而奔放的笔调，丰富而大胆的想象描绘了蜀道的奇险壮美。作者围绕"蜀道之难难于上青天"这一中心，天马行空般地驱遣笔墨，将古代神话传说、自己的想象夸张巧妙地融为一体。诗从远古写到近前，从太白山写到锦官城，在时空的纵横变幻中将蜀道的艰险描摹殆尽。《行行且游猎》一般写帝王游猎的情形，李白则写"边城儿"的游猎，展现了边疆民族的生活风俗和边城儿矫健的骑射形象。《将进酒》是乐府鼓吹曲辞旧题，内容多写饮酒放歌时的情怀。李白借劝酒表现出对于人生短暂的慨叹，对于世俗功名富贵的鄙弃，而流贯于全篇的及时行乐思想，则体现出诗人在失意苦闷中力求旷达超脱的心境。《行路难》本乐府杂曲歌辞旧题，内容多感叹世路艰险及人生无常，李白亦借此抒发歧路彷徨之感，但又呈现出盛唐时代持有的风采，如其一：

金樽清酒斗十千，玉盘珍羞直万钱。停杯投箸不能食，拔剑四顾心茫然。欲渡黄河冰塞川，将登太行雪满山。闲来垂钓碧溪上，忽复乘舟梦日边。行路难，行路难，多歧路，今安在。长风破浪会有时，直挂云帆济沧海。

诗中抒写了路途艰险，功业难成的苦闷，同时又表现出积极的追求、乐观的自信和顽强地坚持理想的品格。这正是盛唐诗人精神面貌的展示，也是李白独特的人格魅力的体现。

李白的乐府诗不止于发挥古意，还善于创新，借古题另立新意，如《天马歌》，原属"汉郊祀歌"，内容是歌颂瑞应，但在李白的笔下，则是"为逸群绝伦之士不遇知己者叹，亦白自伤其不用于世而求知于人"（萧士赟《分类补注李太白诗》）。虽然都是以"天马"作为主要意象，但本辞是赞叹天马的神奇，而李白则是哀伤天马的被遗弃，以寄寓自己的胸怀，主旨与本义相去甚远。《远别离》为乐府杂曲歌辞旧题，多写悲伤离别之事。李白通过娥皇、女英二妃和舜帝生离死别的故事，既传达了远别离的悲哀，又从中引出"尧幽囚""舜野死"的传说，说明"君失臣""权归臣"的后果，寄托讽谏，表现出诗人对唐王朝前途的忧虑。

明代王世贞说："太白古乐府，窈冥惝恍，纵横变幻，极才人之致。"(《艺苑卮言》卷四)李白善于从乐府的旧题古义中寻找与自己人生经历和身世感慨相契合之处，并借此抒发自己独特的情感体验和张扬的个性风采。

### （三）绝句的兴到神会

在绝句的创作上，李白也取得了不凡的成就，后人历来将其五绝与王维并举，七绝与王昌龄共称。李白的绝句多是对于自然与人生的感悟，兴到神会，清新自然。五绝多用白描手法，格调明快，语近情遥。如《独坐敬亭山》：

众鸟高飞尽，孤云独去闲。相看两不厌，只有敬亭山。

诗写独坐与山对望之逸趣，情景浑融，物我两忘。"尽"字状景之岑寂，"闲"字写情之淡远，正是这二字才引出不厌之思。"相看两不厌"，已有唯我与山独对之意，"只有"二字更传独坐之神。二十字简洁凝练，韵味无穷。再如《越女词五首》其一：

长干吴儿女，眉目艳新月。屐上足如霜，不着鸦头袜。

抓住眉和足一上一下这两点来描写越女，可以想象其整体之美貌。清新朴素，深得乐府民歌的风神。

沈德潜说："七言绝句，以语近情遥，含吐不露为主。只眼前景、口头语，而有弦外音、味外味，使人神远，太白有焉。"(《说诗晬语》卷上)李白的七言绝句清新飘逸，韵味深远。如《早发白帝城》，李白因参与永王璘幕府获罪，长流夜郎，中途遇赦。这首诗即作于遇赦后从白帝城返舟东下江陵途中。诗中以"我"观"物"，极力渲染当时的欣喜之情，笔调轻快流丽。清人王士禛编选的《唐人万首绝句选》中将此诗推为唐人七绝的压卷之作。① 又如《黄鹤楼送孟浩然之广陵》，"烟花三月"写尽江南风光之美，也营造出迷离的送别氛围。后二句别出机杼，不写人而单写景，借景言情。帆影渐尽表明作者一直在江边注视着友人的身影，江流滚滚正蕴含了他无尽的愁思。

### （四）律诗的自然天成

相较于其他体裁，李白的律诗较少，这大概是因为李白才气纵横，不愿受格律所束缚，更喜欢天马行空式的驰骋诗思。但是也有脍炙人口的佳作，如《送

---

① 王士禛《唐人万首绝句选·凡例》："必求压卷，则王维之'渭城'、李白之'白帝'、王昌龄之'奉帚平明'、王之涣之'黄河远上'，其庶几乎！而终唐之世，绝句亦无出四章之右者矣。"

友人》：

>　　青山横北郭，白水绕东城。此地一为别，孤蓬万里征。浮云游子意，落
>　　日故人情。挥手自兹去，萧萧班马鸣。

　　这首诗写得情深意挚，"浮云"一联将当时之景与双方的心情巧妙地结合，比拟形象而贴切，凝练而准确地表达出作者及友人依依惜别的心境。此外，《渡荆门送别》《夜泊牛渚怀古》《秋登宣城谢朓北楼》等作品都属对稳切，与其他盛唐名家的五律相比，毫不逊色。李白的五律并不刻意求工，而是自然天成，于整饬中见化工。

　　李白的七律只有八首，但也都写得对仗工稳，气势浑浩。如《登金陵凤凰台》：

>　　凤凰台上凤凰游，凤去台空江自流。吴宫花草埋幽径，晋代衣冠成古丘。
>　　三山半落青天外，二水中分白鹭洲。总为浮云能蔽日，长安不见使人愁。

　　诗写登临凤凰台的所见所感，吊古怀今，感慨深沉，境界阔大。"三山"一联写景构图精妙，对仗工整而自然，气象雄浑。前人常将此诗与崔颢《黄鹤楼》一诗相提并论，各有轩轾。《唐宋诗醇》卷七持论较为公允："崔诗直举胸怀，气体高浑；白诗寓目山河，别有怀抱。其言皆从心而发，即景而成，意象偶同，胜境各擅。"

## 二、李白诗歌的特征

　　李白是一位天才式的诗人，他既具有敏锐的艺术洞察力，又有着不凡的创造才情。李白的诗歌气势浩瀚、洒脱飘逸，充分展现出自由浪漫的创作情怀。

### （一）独特的批判视角

　　中国文学中批判的传统源远流长，从《诗经》中的变风、变雅到屈原的怨怼沉江，都充满着批判色彩。两汉魏晋南北朝以来，这一传统也得以延续，讽刺统治的黑暗、抨击社会的不公、揭示生存的困境等带有批判意识的内容构成了古代诗歌创作的重要主题之一。相较于古代其他作家而言，李白是中国古代诗坛上一位特立的批判者。

　　古代作家往往兼有两种身份：一方面是文人知识分子，一方面又是官僚政治家。这种特定的身份，使他们对统治集团的批判大多是温柔敦厚的，其主要意图在于劝诫统治者有所收敛，以便社会的长治久安。李白则终身以"布衣"自居[①]，

---

[①]　关于对李白"布衣"身份的阐释，可参阅林庚《诗人李白》，古典文学出版社1956年版。

他从"布衣"的角度肆无忌惮地嘲笑以政治权力为中心的等级秩序，对当时社会的种种弊端进行了尖锐的批判。

　　李白生活在唐王朝由盛转衰的大转折时代，他一生怀抱建功立业的理想，然而在现实中屡屡受挫，这样的人生经历使得其诗歌中的批判精神尤为强烈。李白用鲜明的艺术形象，反映了安史之乱前后政治的黑暗，社会的混乱和人民的痛苦。《古风》五十九首中有许多首就是揭露、鞭挞当权者的荒淫无耻的生活的。如其四十六："斗鸡金宫里，蹴鞠瑶台边。举动摇白日，指挥回青天。"在其五十一中，李白谴责商纣王不该杀比干、楚怀王不该流放屈原，其实也是借古讽今，以咏史方式把唐玄宗斥为暴君、昏君。对于奸臣当道、扰乱视听、祸国殃民的行为，李白更是切齿痛恨："珠玉买歌笑，糟糠养贤才。"（《古风》其十五）"梧桐巢燕雀，枳棘栖鸳鸯。"（《古风》其三十九）"奸臣欲窃位，树党自成群。"（《古风》其五十三）都揭露了当时佞臣的恶劣行径。他认为这些人正是制造社会混乱的根源。虽然李白对于唐王朝的统治集团多有不满，但还是出于一种谏诤的心态，当安史之乱发生后，他更是痛心疾首，在《奔亡道中五首》（其四）中说："洛阳为易水，嵩岳是燕山。俗变羌胡语，人多沙塞颜。申包惟恸哭，七日鬓毛斑。"对于安史叛军的暴行更是进行了无情的批判。《古风》其十九描绘安史叛军攻占洛阳的情形，李白这样形容："流血涂野草，豺狼尽冠缨。"

　　李白不仅批判当时统治集团的昏聩，也批判世人的庸俗和见风使舵。在《梁甫吟》中，他写道："智者可卷愚者豪，世人见我轻鸿毛。"在《送蔡山人》中又诉说："我本不弃世，世人自弃我。"在《答王十二寒夜独酌有怀》中，他更是对于"世人"的漠然和鄙俗进行了抨击：

　　　　吟诗作赋北窗里，万言不直一杯水。世人闻此皆掉头，有如东风射马耳。鱼目亦笑我，谓与明月同。骅骝拳踢不能食，蹇驴得志鸣春风。折杨皇华合流俗，晋君听琴枉清角。巴人谁肯和阳春，楚地由来贱奇璞。黄金散尽交不成，白首为儒身被轻。

　　在李白看来，他的理想和才华既不能被统治集团认可，在世俗中也难觅知音，这种孤独感使得他唯有以批判的途径来宣泄心中的不平，也希望通过这种批判警醒世人。作为一位充满布衣感的特立批判者，李白将他对于这个社会的认识通过诗歌艺术地折射了出来。

　　（二）"诗成笑傲凌沧洲"的气概

　　李白在《江上吟》中自称："兴酣落笔摇五岳，诗成笑傲凌沧洲。"在他的诗歌里，的确有着这样的气概。

李白一生寄情山水，在壮丽河山中挥洒豪情逸志，实现自己对现实自由的追求。他诗中的自然山水往往气势磅礴，瑰玮而壮美，如《西岳云台歌送丹丘子》："西岳峥嵘何壮哉，黄河如丝天际来。黄河万里触山动，盘涡毂转秦地雷。荣光休气纷五彩，千年一清圣人在。巨灵咆哮擘两山，洪波喷箭射东海。三峰却立如欲摧，翠崖丹谷高掌开。"将黄河的奔腾冲泻之势及华山的峥嵘奇伟之姿描绘得动人心魄。

不仅山水如此，他笔下的万物也都显示出强大的气势，写雪，则"燕山雪花大如席，片片吹落轩辕台"（《北风行》）；写风，则"一风三日吹倒山"（《横江词六首》其一）。诗人自己更是有着驾驭一切的气魄，他在诗中始终是一个强者，是一个征服者，睥睨一切，傲岸不屈。他要登太白峰，就让"太白与我语，为我开天关"（《登太白峰》）；他要饮酒，则"百年三万六千日，一日须倾三百杯"（《襄阳歌》）；他面对山花，则"山花对我笑"（《待酒不至》）；面对大地，则"吾将囊括大块，浩然与溟涬同科"（《日出入行》）。李白诗中那大气磅礴的世界，正是诗人人格中自我肯定的表现。可以说，自始至终，李白都充满着手把乾坤的自信，世间万物都是他的走卒，可以由他任意摆放在理想的棋盘上。

李白作品中的情感表现多呈现出喷射式的状态。他善于将蓄积在心口的情感一泻而出，滔滔汩汩，如《将进酒》：

> 君不见黄河之水天上来，奔流到海不复回。君不见高堂明镜悲白发，朝如青丝暮成雪。人生得意须尽欢，莫使金樽空对月。天生我材必有用，千金散尽还复来。烹羊宰牛且为乐，会须一饮三百杯。岑夫子，丹丘生，将进酒，杯莫停。与君歌一曲，请君为我侧耳听。钟鼓馔玉不足贵，但愿长醉不复醒。古来圣贤皆寂寞，惟有饮者留其名。陈王昔时宴平乐，斗酒十千恣欢谑。主人何为言少钱，径须沽酒对君酌。五花马、千金裘，呼儿将出换美酒，与尔同销万古愁。

这首诗感情激荡澎湃，起伏曲折，正如严羽所评："一往豪情，使人不能句字赏摘。盖他人作诗用笔想，太白但用胸口一喷即是，此其所长。"（《评点李太白诗集》）诗人时而消极、颓放，时而乐观、昂扬，之前还是"朝如青丝暮成雪"的悲观情怀，但紧接着就是"天生我材必有用"的干云豪气，其间情感的变化是如此迅疾突然，大开大阖。这样的情感表现方式使李白的诗歌气势如虹，具有震人心魄的力量。

（三）"飘然思不群"的诗歌魅力

李白在借鉴前代诗歌创作经验的基础上，将自身的性格特征、人格追求融注于作品中，文质兼取，从而形成了别具一格的诗歌风貌。杜甫曾称誉李白的诗："白也诗无敌，飘然思不群。"（《春日忆李白》）他常常借助想象，超越时空，将现实与梦境、仙境相融，把自然界与人类社会交织一起。他笔下的形象不是客观现实的直接反映，而是其内心主观世界的外化，是艺术的真实。如《梦游天姥吟留别》采用梦游的形式，在虚幻的空间中纵横驰骋，描绘出一个奇丽诡谲的境界，周珽《唐诗选脉会通评林》卷一九评价此诗："出于千丝铁网之思，运以百色流苏之局，忽而飞步凌顶，忽而烟云自舒。想其拈笔时，神魂毛发尽脱于毫楮而不自知，其神耶！"整首诗想象奇特瑰丽，节奏舒卷自如，从清静的剡溪到险峻的山崖，再到纷乱的仙界，应接不暇的变化不但表现出梦境的扑朔迷离，更是作者受压抑的精神的完全释放。

李白还善于运用夸张的手法突出其想象。如《秋浦歌》（其十五）：

白发三千丈，缘愁似个长。不知明镜里，何处得秋霜。

作者以大胆的想象和夸张抒写了壮志难酬的悲苦。起句突兀而出，极尽夸张之笔，震人心魄。次句才作出解释，原来是因为愁情太深，使得白发遂长。而长至三千丈是用来形容深重的愁思。后二句以秋霜喻白发，明知故问，充满悲凉之感。这首诗看似不合常理，却充分体现出李白诗歌豪爽纵逸、想象神奇的特色。

## 第三节　李白的文学地位与影响

在中国诗歌发展的漫漫长河中，产生了不少对于后世影响深远的作家，李白无可非议地是这些作家中具有代表性的一位。韩愈称："李杜文章在，光焰万丈长。"（《调张籍》）李白以其天才的创作力为盛唐诗坛留下了浓墨重彩的一笔，也在中国诗歌史上谱写了不朽的篇章。

### 一、李白的文学地位

李白是中国文学史上一位承前启后、继往开来的伟大作家。他继承了《诗经》《楚辞》以及乐府民歌的优良传统，既以复"古道"为己任，提倡风雅，又汲取六朝作家的创作经验，从而形成了想落天外、逸兴云飞、清新自然的创作风格，成为中国诗歌史上一道亮丽的风景。

在唐代诗坛，李白是当之无愧的代表性人物，很多诗人从不同角度对他进行了定位。贺知章称其为"谪仙人",杜甫在多篇作品中提及李白的创作特征和文学地位,如"李侯有佳句,往往似阴铿"(《与李十二白同寻范十隐居》),"昔年有狂客,号尔谪仙人。笔落惊风雨,诗成立鬼神"(《寄李十二白二十韵》)。他认为李白的诗歌在继承南北朝优秀诗人艺术风格和技巧的基础上有更出色的发挥。崔宗之在《赠李十二白》中称赞李曰:"双眸光照人,词赋凌子虚。"将李白与汉代著名文学家司马相如并称。殷璠《河岳英灵集》中评价李白:"至如《蜀道难》等篇,可谓奇之又奇。然自骚人以还,鲜有此体调也。"对李白在诗歌史上的开创性给予了高度评价。李阳冰《草堂集序》:"卢黄门云:'陈拾遗横制颓波,天下质文翕然一变。'至今朝诗体,尚有梁、陈宫掖之风。至公大变,扫地并尽。"揭示出李白继陈子昂之后在唐代诗歌发展进程中的重要地位。杜荀鹤《经青山吊李翰林》:"何为先生死,先生道日新。青山明月夜,千古一诗人。"将李白视为千古难得的一位诗人,充分体现出唐人对于李白的推崇。

唐代以后,关于李白文学地位的评价也一直是诗坛的重要话题。在宋代,虽然杜甫的地位渐高,但是论诗者往往并称李杜,并对李白的文学贡献给予肯定。苏轼《书黄子思诗集后》:"李太白、杜子美以英玮绝世之姿,凌跨百代,古今诗人尽废。"将李杜并举,推崇备至。黄庭坚《荅黎晦叔》:"李白歌诗,度越六代,与汉魏乐府争衡。"从超越六代诗歌、争衡汉魏乐府的角度肯定了李白的文学地位。刘克庄也多次称扬李杜,认为"杜、李,唐之集大成者也"(《李贾县尉诗卷跋》)。元人对李白的诗风极为推崇,吴澄甚至将李白视为与杜甫一样的诗圣:"李太白天才,间气神俊,超然八表之极,而从容于法度之中,如夫子之从心所欲而不逾矩,故曰'诗之圣'。"(《丁晖卿诗序》)明代诗坛一度主张诗必盛唐,对于李白的文学地位也给予了很高的评价。汪道昆《重修采石李太白祠碑》:"夫称诗莫盛于唐,唐诗莫盛于太白。"王穉登《李翰林分体全集序》:"古今论诗者,自三百、十九而后必遵李杜。"至清代,评论者多将李杜并重,乾隆皇帝在《唐宋诗醇》中肯定了李白的重要地位:"太白亦千古一人也……李杜二家,所谓异曲同工,殊途同归者,观其全诗可知矣。"也有一些学者对于李白在文学史上的地位进行了具体的描述,如杨芳灿《重修太白墓碑记》称道李白:"公之文章鞭挞扬马,公之诗篇凌轹鲍谢……巨唐有公,比汉曼倩,长庚英英,上匹岁星。"毛先舒《诗辩坻》:"太白天才纵逸,笔落惊挺,其歌行跌宕自喜,不闲整栗,唐初规制,扫地欲尽矣。"

在中国文学史的发展历程中,虽然时有扬杜抑李或扬李抑杜的倾向,但是不可否认,李白始终是一位典范式的人物,其浪漫洒脱的诗风在中国诗歌史上独树一帜。李白与杜甫共同代表了中国古典诗歌创作的至高境界。

## 二、李白的影响

李白以其狂放不羁的个性、傲视世俗的批判锋芒和"飘然思不群"的创作特色独步于诗歌艺术之林,在当时就征服了朝野上下,赢得了崇高的声誉。李白对唐代及唐以后的诗人和诗歌创作产生了深远的影响。

在传统专制政体下,李白的率真狂放、洒脱飘逸深深地吸引着众多的诗人。纵观中国文学史上的作家,尤其是历代重要作家,大都与"狂"有着或多或少、或隐或显的关系。战国时期的屈原、魏晋时的阮籍都是文人狷狂的典型代表。李白也是"狂"者,苏轼即称:"李太白,狂士也。"(《李太白碑阴记》)然而他的狂既是自身人格的外化,又是时代精神的产物,李白完美地将二者融为一体,诠释了盛唐狂士的独特魅力。在李白身上,狂傲进取与肆意沉沦、精神自守与行为外放都得到了充分的展现。李白的狂融入了儒家"狂者进取"的精神,并把这种精神转化为对政治理想的不懈追求。尽管在政治的道路上屡屡受挫,但他仍然矢志不渝地坚持着、抗争着。李白作为中国古代文人中"狂"的典型,将进取之狂演绎得淋漓尽致,不仅在唐代诗坛具有代表性,也影响着后来的文人骚客。中唐诗人张祜对李白的狂放称赞不已,《偶题》一诗云:"古来名下岂虚为,李白颠狂自称时。唯恨世间无贺老,谪仙长在没人知。"他认为自己身上有着与李白一样的颠狂,只可惜没有遇到贺知章那样赏识后进的知音。明代邢昉《太狂篇》:"谪仙已死一千载,至今天壤蛰狂名。"可见,李白的狂放已经超越了时代,深深影响着后世。

虽然李白的诗歌多凭借才气完成,其间那种飘逸的风格、奇特的想象以及清水出芙蓉的自然美是很难学习的,但仍有不少诗人心向往之,或是对其表示倾慕,或是努力追摹其风神。唐代李益、韩愈、李贺等诗人的创作都受到李白的影响[①],宋代的欧阳修、苏舜钦、王令、苏轼、陆游、辛弃疾等都对李白有高度的评价。如欧阳修"于李白而甚赏爱"(刘邠《中山诗话》);苏轼"晚学李白,至其得意,则似之矣。然失于粗,以其得之易也"(陈师道《后山诗话》)。即如朱熹对李白虽有批评,却也颇为公允地指出"作诗先用看李杜"(《朱子语类》卷一四〇)。元代的杨维桢自称"道人谪世三千秋"(《五湖游》),认为自己如李白一样是"谪仙",其诗歌也充分汲取了李白诗放旷不羁的特点。至明清时期的高启、杨慎、黄景仁、龚自珍等作家,也都对李白仰慕不已,并在创作上深受李白诗歌的影响,从而使浪漫俊逸的诗风得到不断的发扬。

可以说,李白是盛唐时代的一个精神文化符号,他在中国诗歌史上有着不可

---

[①] 陆时雍《诗镜总论》:"李益五古,得太白之深,所不能者澹荡耳。"《唐宋诗醇》卷二十七:"今试取韩诗读之,其壮浪纵恣,摆去拘束,诚不减于李。"张戒《岁寒堂诗话》卷上:"贺诗乃李白乐府中出,瑰奇谲怪则似之,秀逸天拔则不及也。"

替代的地位与不可磨灭的影响。

**思考题**

1. 李白的性格与思想对其创作有何影响?
2. 李白的古题乐府有何特点?
3. 试述李白在中国文学史上的地位和对后世的影响。

# 第四章 杜 甫

杜甫与李白一道被视为唐诗世界中并峙的两座高峰。尽管他们都经历过开元、天宝的繁盛和安史之乱以后的惨淡，但在创作上，他们却有某些根本的不同。杜诗主导风格形成于安史之乱前夕，滋长于遍地哀号的苦难中，自信、浪漫的诗歌情调至杜甫处戛然而止。在不定的旅途中，杜甫以沉重的责任感忠实再现万方多难的时代和悲哀痛苦的内心。这种深入社会、关切政治和民生疾苦、重视写实的创作倾向，以及由此带来的语言表现形式的一系列变化，不仅标志着唐诗内容和风格的重大转折，也对唐以后直至宋代的诗歌发展造成了深刻的影响。

## 第一节 杜甫的生平及创作历程

杜甫生活于唐帝国国力由盛而衰的转折期，他既经历过开元盛世，也经历过安史之乱的全过程。杜甫的思想情感与文学创作都与他的时代，特别是安史之乱前后二十馀年间的时代息息相关。

### 一、杜甫家世

杜甫（712—770），字子美，生于巩县（今河南巩义）。他成长在一个世代"奉儒守官"的家庭，十三世祖杜预是西晋名将兼学者，曾注《左传》。由于他是京兆（长安）杜陵人，故杜甫常以此为郡望，自称"杜陵野老""杜陵布衣"。[①] 他的祖父杜审言是初唐著名诗人，进士及第后曾分别于武后、中宗朝任著作佐郎、修文馆直学士等职。父亲杜闲，曾为兖州司马、奉天县令。对此官宦世家、书香门第，杜甫常引以为自豪，说"自先君恕、预以降，奉儒守官，未坠素业"（《进雕赋表》）。其中"未坠素业"还包括了读书作诗这一传统，杜甫曾说"吾祖诗冠古"（《赠蜀僧闾丘师兄》），又嘱咐儿子曰"诗是吾家事"（《宗武生日》）。杜甫终其一生把"奉儒"和写诗当作自己所追求的事业，是具有家世渊源的。

在家族传统的影响之下，杜甫将仕途事业的辉煌和诗名的不朽视作人生目标，并形成了忠君恋阙、仁民爱物的思想。

---

[①] 杜陵，在长安东南，秦时称杜县。西汉时宣帝葬于此，改称杜陵。杜陵南原为宣帝许皇后葬地，称少陵。一说，杜甫在长安时曾居杜曲，在少陵之旁，故自称"杜陵布衣"或"少陵野老"。

## 二、杜甫生平与创作经历

杜甫的诗歌创作历程与其人生经历紧密相连,随着个人经历和社会环境的变化,其诗歌创作呈现出不同的风貌。纵观其一生,可分为四个阶段。

第一阶段,读书壮游时期(35岁前)。

杜甫早慧,其《壮游》诗追忆道:"七龄思即壮,开口咏凤凰。九龄书大字,有作成一囊。"十四五岁便与文坛前辈相交,并受夸奖:"往昔十四五,出游翰墨场。斯文崔魏徒,以我似班扬。"① 这都为他日后的诗歌创作打下了良好的基础。杜甫的青年时期曾有过一段南北漫游、裘马轻狂的生活。他二十岁南下吴越,二十四岁北归洛阳,举进士考试不第。次年东游齐赵,三十岁回到洛阳,在偃师成婚。三十三岁在洛阳结识被"赐金放还"的李白,相邀同游梁宋,遇高适,三人酣饮纵游,慷慨怀古。后高适南游,李白、杜甫则再游齐赵,寻幽探胜,饮酒论诗,过了一段"放荡齐赵间,裘马颇清狂。春歌丛台上,冬猎青丘旁"(《壮游》)的豪放快意生活。这次壮游使杜甫结交了不少文学造诣深厚的朋友,也使他的诗歌创作充满蓬勃向上的朝气,为他诗歌创作的成熟奠定了基础。

第二阶段,困守长安时期(35岁至44岁)。

天宝五载(746),杜甫怀着"致君尧舜上,再使风俗淳"(《奉赠韦左丞丈二十二韵》)的政治理想来到长安,自谓立登要路,但残酷的现实很快击破了他的幻想。到京后的第二年他参加制科考试,但由于权柄在握的李林甫从中作梗,致未能及第。大约在杜甫入长安不久,父亲去世了,他的生活变得艰难起来。为了生存和求官,杜甫奔走权门,作诗投赠,希望得到引荐,但均无结果。他又向玄宗进献《三大礼赋》《封西岳赋》等,亦收效甚微,直到天宝十四载十月才获得右卫率府胄曹参军这一正八品下的微职。困守长安的十年,杜甫生活拮据,常过着"卖药都市,寄食友朋"(《献三大礼赋表》)的生活,这种"朝扣富儿门,暮随肥马尘。残杯与冷炙,到处潜悲辛"(《奉赠韦左丞丈二十二韵》)的辛酸屈辱与"立登要路津"的雄心形成鲜明对比。贫困的生活体验使诗人的性格逐渐由轻狂转为深沉。这一时期杜甫共有诗作一百馀首,其中《兵车行》《丽人行》《前出塞》等从多方面反映了安史之乱前夕唐代社会的矛盾,而《自京赴奉先县咏怀五百字》既是对自己十年长安生活的总结,也展示了唐代盛世结束、危机四伏的社会图景。这些作品标志着杜甫作为一个忧国忧民诗人的成熟,奠定了他客观写实的创作方向和沉郁苍凉的诗歌风格。

第三阶段,为官、流亡时期(45岁至48岁)。

---

① 诗中"崔魏徒","崔"指崔尚,武则天大足元年(701)进士;"魏"指魏启心,中宗神龙三年(707)进士。此二人年辈皆长于杜甫。

天宝十四载（755）十月，杜甫离开长安赴奉先。十一月，安史之乱爆发，次年六月，长安沦陷，杜甫携带家小由奉先逃至白水，后再逃至鄜州。七月，李亨于灵武即位，杜甫遂只身赴灵武。途中为叛军所获，他亲眼目睹了叛军烧杀劫掠的惨景，写下了《春望》《哀江头》等诗。至德二年（757）四月，杜甫逃出长安，到达肃宗行在凤翔。"麻鞋见天子，衣袖露两肘"（《述怀》）就是他历尽艰险困苦来到朝廷的真实写照。肃宗为褒奖他的忠心，授予他左拾遗一职。这是杜甫仅有的一次在中央任职的经历。不久因上疏救房琯而触怒肃宗，几乎定罪。八月，他离开凤翔往鄜州看望妻子，写下了《羌村三首》和《北征》，记录下了沿途的所见所感。该年秋冬，官军收复两京，杜甫也自鄜州回京。次年六月，终因房琯事被贬华州司功参军。乾元二年（759）春，杜甫往河南老家探亲，据途中所见写下了"三吏""三别"两组诗篇。是年秋，杜甫弃官携家至秦州，十月迁同谷，十二月往成都投靠故交。这一时期国家处于剧烈的震荡中，王朝倾危，而杜甫本人生活也充满危险和艰难。他的诗歌创作，因为受到血与泪的滋养，达到了巅峰状态。他在作品中更加客观地记叙时代的真实。强烈的政治性和炽热的忧国忧民感情，是该时期作品的突出特色，许多叙事性诗作更是思想性与艺术性的完美结合，代表了杜甫诗歌写实艺术的独特成就。

第四阶段，漂泊西南时期（49 岁至去世）。

乾元二年，杜甫到达成都。次年春，在友朋帮助下，他在成都西郊浣花溪畔建了一座草堂，漂泊多年后终于有了安身之所。代宗宝应二年（763），在故交严武帮助下，杜甫对草堂加以扩建。七月，严武回朝，成都大乱，杜甫避乱梓州。广德二年（764），严武再回成都，向朝廷举荐杜甫为检校工部员外郎。寓蜀期间，杜甫大部分时间闲居草堂，生活安逸，当时所写吟咏草堂周围自然景物的诗篇，也显出清新淡雅的韵致。永泰元年（765），严武去世，杜甫在成都生活失去凭依，遂乘舟东下，欲出川归乡（或谓严武离世前不久，杜甫因所任工部员外郎之职由虚衔转为实授，而离蜀赴长安）。但因疾病与战乱，他先居留云安，后又辗转夔州，前后近两年。这一时期是杜甫创作上的丰收期，有诗四百三十多首，内容从国家大事、朋友往来到个人身世都有涉及。在诗歌技巧上，他对诗歌格律、形式等写作技巧也有更深入的探讨，"晚节渐于诗律细"（《遣闷戏呈路十九曹长》），对七言律诗用力甚勤，创作达到了炉火纯青的地步。

大历三年（768）正月，杜甫至江陵，因兵乱受阻，后改道至公安，年底漂泊至岳阳。大历四年正月诗人来到潭州，后又到衡州。大历五年四月，潭州兵乱，杜甫继续南逃。"五十白头翁，南北逃世难。疏布缠枯骨，奔走苦不暖。"（《逃难》）是年冬，五十九岁的诗人客死旅舟。杜甫暮年穷困潦倒，疾病缠身，十分凄凉，但在临终前他仍写下"战血流依旧，军声动至今"（《风疾舟中伏枕书怀三十六韵》)的诗句,至死也没有忘记多灾的国家和受难的人民。

"漂泊西南天地间"(《咏怀古迹》五首之一)的十一年,是杜甫诗歌创作的重要时期,留下千馀首作品,占《杜工部集》存诗总数的三分之二。其中《闻官军收河南河北》《登高》《秋兴》《诸将》《咏怀古迹》《旅夜书怀》等都是这一时期的优秀作品。

### 三、诗史的性质

杜甫诗歌内容博大精深,现存一千四百多首诗,既是他伟大人格的写真,又是安史之乱前后唐代社会的一面镜子。诗人从各个角度艺术地再现了特定历史时期的社会面貌,历史的真实与艺术的真实在他的诗中得到了高度的统一。其反映现实生活的广度与深度,不仅同时代人无法比拟,也是古代文学史上任何一个诗人难于企及的,杜甫的诗堪称唐代由盛而衰的诗史。①

作为一代诗史,杜甫在诗中揭露了尖锐的社会矛盾和悬殊的贫富差距。天宝时期玄宗穷兵黩武,不仅使生产遭到严重破坏,也大大加剧了对农民的盘剥。对此,杜甫在《兵车行》中有形象的反映:

> 边庭流血成海水,武皇开边意未已。君不闻汉家山东二百州,千村万落生荆杞。纵有健妇把锄犁,禾生陇亩无东西。况复秦兵耐苦战,被驱不异犬与鸡。长者虽有问,役夫敢伸恨?且如今年冬,未休关西卒。县官急索租,租税从何出?

统治阶级穷奢极欲、挥霍无度,势必敛财无已。"彤庭所分帛,本自寒女出。鞭挞其夫家,聚敛贡城阙……朱门酒肉臭,路有冻死骨。荣枯咫尺异,惆怅难再述。"(《自京赴奉先县咏怀五百字》)诗人用集中概括、典型对比的手法,揭露了造成黎民百姓饥寒交迫的根源。安史之乱的爆发,更是加剧了统治阶层对人民的渔夺。"群盗相随剧虎狼,食人更肯留妻子。"(《三绝句》其一)不仅导致"儿童尽东征""垂老不得安",还带来了"况闻处处鬻男女,割慈忍爱还租庸"(《岁晏行》)、"存者无消息,死者为尘泥"(《无家别》)的惨剧。像杜甫诗这般刻画如此众多"乱离人"的群相,如此广泛反映他们的生活,深刻表达他们的思想情感,的确是前无古人的。

忧心时局、关心黎庶是杜诗"诗史"特质的另一表现。安史之乱的祸根早在

---

① "诗史"之称,最早见于孟棨《本事诗》:"杜逢禄山之乱,流离陇蜀,笔陈于诗,推见至隐,殆无遗事,故当时号为诗史。"后宋祁在《新唐书·杜甫传》中亦称:"甫又善陈时事,律切精深,至千言不少衰,世号诗史。"后遂以"诗史"称杜甫的纪实性作品。

天宝时期就已埋下。杜诗对内廷诸杨的奢靡、跋扈已早有关注，《丽人行》铺陈了诸杨游宴曲江的侍从之盛、饮食之精、衣着之丽，揭露其骄横："炙手可热势绝伦，慎莫近前丞相嗔。"而对玄宗骄纵安禄山的做法，他也有揭露："主将位益崇，气骄凌上都。边人不敢议，议者死路衢。"（《后出塞》其五）安史乱作，时局动荡，诗人忧心如焚："乾坤含疮痍，忧虞何时毕？"（《北征》）还写了《哀江头》《悲陈陶》《悲青坂》等一系列反映时局的诗篇。而当两京收复，又写下了《洗兵马》一诗。其他如吐蕃洗劫长安、宦官乱权、藩镇作乱等中晚唐的政治痼疾，此时已露端倪，诗人见微知著，所论多切中时弊。故叶燮曰："杜甫之诗，随举其一篇与其一句，无处不可见其忧国爱君，悯时伤乱。"（《原诗》外篇上）

此外，杜甫的诗歌创作，尤其是其叙事性较强的五七言古诗，多以安史之乱前后的民生百态为对象，在典型环境中通过对典型人物进行叙写，使诗歌情感在具体事件的铺陈过程中自然流露，也体现出浓郁的史诗特点。如"三吏""三别"，不仅深刻广阔地反映了社会现实，还通过对百姓生活的铺写表达其同情。《新婚别》摄取新婚夫妇"暮婚"而"晨告别"这一战乱年代特有的事件，在场景转移中传达出时代悲剧气氛。诗中既有新婚夫妇生离死别的悲痛，"君今往死地，沉痛迫中肠"，又表现出女主人公练达人情和深识大体："勿为新婚念，努力事戎行。妇人在军中，兵气恐不扬。"表达了广大人民深明大义、同仇敌忾的爱国情感。《丽人行》《自京赴奉先县咏怀五百字》等作品亦多具此特征。

杜甫在抒发闲情逸趣的题材中，也常融入身世飘零、忧国忧民之情，从而体现出鲜明的时代风貌和个性特征。其《秋兴》《登楼》《登高》《旅夜书怀》等皆将眼前江山、胸中社稷、国家兴衰与个人坎坷浑然无间熔铸于诗中，所表现出的家国之恨、身世之悲令人长久喟叹。他的咏物诗继承了托物言志传统，图貌写物，水乳交融。他所借以自喻的马、鹰、松柏等神骏高洁之物，风采寓意，篇篇不同。故后人认为其"托物寄言，亦具全副之精神"①。他的思亲念友之作也具有鲜明的时代特征和典型意义，"世乱遭飘荡，生还偶然遂"（《羌村三首》其一）；"有弟皆分散，无家问死生。"（《月夜忆舍弟》）但他并未沉溺于个人和家庭的不幸，而常能推己及人，并由此深化对社稷苍生的关怀。其胸怀之博大和人品之高尚，于此可见。

杜甫的诗歌自古就有"诗史"美誉。他的那些具有历史纪实性的诗篇，以及那些记述自身经历而折射出历史面目的诗篇，乃是他生命与历史相随而饱经忧患的结晶，是浸透他个人辛酸血泪的。杜甫诗歌的诗史特征，标志着杜诗的写实手法达到了一个新的高度，是继《孔雀东南飞》《木兰辞》等作品之后，叙事性史诗

---

① 仇兆鳌：《杜诗详注》附编引《紫房馀论》，中华书局1979年版。

在唐代的新成就，对日后白居易、韦庄等人的长篇叙事诗创作具有重要的影响。

## 第二节　杜甫诗歌的艺术成就

作为深受盛唐文化哺育的诗人，杜甫早年也曾乐观自信、昂扬奋发，但受到时代原因和个人经历的影响，他的诗歌由高唱个人理想转为对社会生活的客观写实。与这种写实方法相适应的是诗人纯熟地运用和创造了一系列艺术手法，并取得了巨大的诗歌艺术成就。

### 一、众体兼长

杜甫在继承前代文学遗产和博采古今作家之长的基础上，形成了自己独特的诗歌风格，并且众体兼长。杜甫对前代诗歌的态度比较宽容，主张"转益多师"而不轻易加以否定。元稹《唐故检校工部员外郎杜君墓系铭并序》说："至于子美，盖所谓上薄风骚，下该沈、宋，言夺苏、李，气吞曹、刘，掩颜、谢之孤高，杂徐、庾之流丽，尽得古今之体势，而兼人人之所独专矣。"元稹是说杜甫兼具各家之所长。宋人秦观《论韩愈》一文也有类似的看法："于是杜子美者，穷高妙之格，极豪逸之气，包冲淡之趣，兼俊洁之姿，备藻丽之态，而诸家之所不及焉。然不集众家之长，杜氏亦不能独至于斯也。"他主要指出杜诗兼备各类风格。二人都指出杜诗在艺术上善于博采众长，也指出杜甫兼具古诗人的各种风格，不仅能熟练地运用各种诗体进行创作，而且经过他的实践和探索，各种诗体也都有了长足发展。他的诗歌应用范围较广，不仅用诗歌来叙事抒情，还用来写作与友朋往来的书信、游记、政论、诗文评等，几乎无所不能。清代管世铭《读雪山房唐诗钞凡例·五古凡例》云："杜工部五言诗，尽有古今文字之体。前后《出塞》、'三别'、'三吏'，固为诗中绝调，汉魏乐府之遗音矣。他若《上韦左丞》，书体也；《留花门》，论体也；《北征》，赋体也；《送从弟亚》，序体也；《铁堂》《青阳峡》以下诸诗，记体也；《遭田父泥饮》，颂体也；《义鹘》《病柏》，说体也；《织成褥段》，箴体也；《八哀》，碑状体也；《送王砅》，纪传体也。可谓牢笼众有，挥斥百家。"

乐府诗是杜诗中习见的体裁，但诗人并不沿袭古乐府旧题，而是根据内容自拟新题，其《兵车行》《丽人行》《哀江头》以及"三吏""三别"都是"即事名篇，无复依傍"（元稹《乐府古题序》）的新题乐府。而七律在杜甫以前多用来歌功颂德或应酬奉和，表现范围较为狭窄，杜甫则为其注入极为丰富的内涵，用它来反映现实政治，书写忧国忧民的情怀。尤其是七律组诗《诸将五首》《秋兴八首》等联系国家的过去、现在和未来，将时间与空间交织，在对整个历史过程进行俯瞰和回忆的基础上，通过反复回环的抒写，多角度多层次地反映了历史与现实，表达了诗人深重的忧患感。五七言古诗也是杜诗中常见的体裁，其著名的五古长篇《自京赴奉先县咏怀五百字》《北征》，规模宏伟而构思精密，熔叙事、议论、抒情为一炉，开阖变化，波澜壮阔。七古则多用来抒发激越、慷慨、奔放的情感，如《醉时歌》《丹青引》《观公孙大娘弟子舞剑器行》等都是感情充沛、极有气势的作品。绝句虽在杜诗中数量较少，但也自有成就。尤其是在七绝的写法上作了新的探索，有的通篇对仗，如《绝句》（两个黄鹂鸣翠柳）；有的则纯以议论入诗，如《戏为六绝句》；有的又语言通俗如民歌，如绝句《漫兴九首》，这些写法在唐代七绝中都是独创一格的。

### 二、律诗的开拓与卓越造诣

杜甫对律诗特别是七律的开拓主要表现在两方面。

首先是在题材上。在杜甫之前，七律多用于宫廷应制唱和，内容贫乏，语言较为平缓无力，亦乏佳作。而至杜甫，他不仅在声律上把七律推向成熟，更重要的是充分发掘了这一诗歌形式所蕴含的可能性。七律与五律一样，是固定的诗型。但杜甫利用它比五律稍大的篇幅，使之能够包含更大的容量。在语言节奏上，虽然七律每句仅比五律多两字，但经过杜甫的精心调节，却可以产生多种多样的变化，使七律成为一种既工丽严整，又开阖动荡，具有独特艺术表现力的诗型。杜甫还使用七律表现现实重大题材，且较多抒情与议论，大大拓展了律诗的表现空间，如《闻官军收河南河北》《咏怀古迹》《蜀相》《登楼》等，均以时事为对象，重点表现自己的政治感受与见解。

其次，杜甫还用多首律诗围绕一个主题展开抒写。这种以组诗形式表现一些较难表现、较宽泛内容的作法，为杜甫所独擅。五律《秦州杂诗二十首》即为一例，集中表现了他在秦州时的心境。写于客居夔州时的《洞房》《宿昔》《能画》《斗鸡》《历历》《洛阳》《骊山》《提封》，虽未标出总题，但就内容言，实是组诗。又如七律《诸将五首》，特别是《秋兴八首》，可以说是杜甫律诗中的登峰造极之作。这组诗写于滞留夔州时期。此时安史之乱虽已结束，战争却并未停止。挚友已先后离开人世，诗人自己仍漂泊沧江，且疾病缠身。山城秋色，引发他的故园之思和对于京华岁月的怀念，回顾一生，感慨尤深。八首诗沿着这一思想脉络展开，一层深入一层，其中交错着感慨、回忆、思念与对于时局的看法。这些复杂、低徊不尽的感情要用一首诗将其表达出来不易做到，而用组诗则可以表现得淋漓尽致。此外拗体虽系变格，但对丰富七律形式，增强表现力，纠救圆熟之弊，不无作用。

杜甫不仅对律诗具有开拓之功，还从诗境创造和艺术技巧两方面推动了唐代律诗的成熟。首先，杜甫律诗曲尽其变，合律而不受声律束缚，对仗工整而不觉其迹，从而营构出了浑然一体的诗境。如《登高》：

风急天高猿啸哀,渚清沙白鸟飞回。无边落木萧萧下,不尽长江滚滚来。万里悲秋常作客,百年多病独登台。艰难苦恨繁霜鬓,潦倒新停浊酒杯。

全诗将风急、猿啸、鸟飞、木落以及滚滚而来的江水融为一体,多个动词连贯使用,使整首诗具有流动感和整体感。全诗八句皆对,却不失形象的流动感,严密而又疏畅。故胡应麟曰:"一篇之中,句句皆律;一句之中,字字皆律,而实一意贯串,一气呵成。"(《诗薮·内编》卷五)杜甫律诗的最高成就,就在于能把这种体式写得浑融流转,无迹可寻,若不经意,使人忘其为律诗。其次,对寺律采取从严谨中求变化的态度。杜甫自己说:"晚节渐于诗律细。"(《遣闷戏呈路十九曹长》)又说:"老去诗篇浑漫与。"(《江上值水如海势聊短述》)这正是他对律诗的追求。"诗律细"不仅在于声律的精心安排,也在于从严谨中求变化,变化莫测而不离规矩。而"浑漫与"则强调诗律之精并非刻意雕琢,而是自然天成的。最后,杜甫律诗造诣还在于他炼字炼句上的成功。杜甫炼字,常着重于表现神情韵味,故刘熙载说"少陵炼神"。杜甫善于用动词使诗句活起来,用副词使诗疏畅而富于转折,用颜色字以强化某种情感色彩,用叠字以创造氛围,用双声叠韵以使诗的声调更加和谐悦耳,用俗字口语使诗读来更加亲切。杜甫曾言:"为人生僻耽佳句,语不惊人死不休。"(《江上值水如海势聊短述》)炼字琢句是他的自觉追求。

### 三、古体诗的开拓与创新

杜甫在律诗创作取得巨大成就的同时,在古体诗创作上也体现出开拓与创新。杜甫的古体诗创作分为两个方面,一类是用五言古体写成的自叙性叙事长篇,其中以《自京赴奉先县咏怀五百字》《北征》最为有名;另一类则是以《兵车行》《丽人行》"三吏""三别"为代表的五七言叙事诗,这类诗直接导源于乐府古题,却又"即事名篇"(根据所叙事实命名)。总体而言,杜甫的古体诗创作有下述四个特点。

首先,杜甫五七言古诗能牢笼千人而又别开生面。他的乐府诗摆脱六朝以来陈陈相因的俗套。如《兵车行》《丽人行》《悲青坂》以及"三吏""三别"等,都是根据内容需要,自拟新题而无复依傍,为乐府诗的发展开辟新路。其五七言古诗尽有汉魏古诗之长而变其面目。如《发秦州》诸诗为记行体;《奉赠韦左丞丈二十二韵》为书信体;《北征》用赋体;《八哀诗》为碑状体;《塞芦子》同奏议体,都是杜甫的创格。其写法也灵活多变,如《石壕吏》全从耳闻目击者的身份道出,《无家别》以无家可归的士卒口吻叙述,《新安吏》则为诗人与新安吏的对话。表现方法,俱不相同。其章法的纵横开阖、遣词造句的照应变化亦蕴含其中。如《哀江头》以"少陵野老吞声哭,春日潜行曲江曲"起始,由"吞声""潜行"可见贼势之猖獗及诗人冒险而行的爱国之情,以"黄昏胡骑尘满城,欲往城南望城北"作结,诗人目迷心乱、思深情苦之状如绘,而前句照应贼势猖獗,后句则照应诗人爱国情深。

其次,善于通过典型事例来反映社会生活和历史事件,对现实进行高度的艺术概括。如《羌村三首》主要以自己的切身遭遇来反映安史之乱给人民带来的苦难:"妻孥怪我在,惊定还拭泪。世乱遭飘荡,生还偶然遂。"可见在战争中有多少家庭的亲人已经不能生还了。《北征》写自己历尽艰辛困苦、华发归来:"经年至茅屋,妻子衣百结。恸哭松声回,悲泉共幽咽。平生所娇儿,颜色白胜雪。见耶背面啼,垢腻脚不袜。"这些对于个人遭遇的叙述,可视作是战乱中无数家庭的缩影,极具典型意义,集中反映了当时社会的普遍问题。

其三,杜甫的古体诗还善于揭示人物复杂的内心活动。如《新婚别》中新娘先是怨恨、悲叹自己"暮婚晨告别","妾身未分明,何以拜姑嫜"的命运,后又劝勉丈夫不要以新婚为念,尽力报效国家,其内心由沉痛转为坚决的过程被诗人描绘得十分清晰。此外,杜甫还善于对细节做精确描绘。诗人不但通过细节描写表现人物的内心活动和精神面貌,还通过细节以小见大去表现重大社会问题,以体贴入微、精雕细刻的方式来创造雄浑阔大的境界。

其四,杜甫的古体诗十分重视诗歌的形象性,并常把自己的主观爱憎融注其中。如《石壕吏》写自己投宿乡村,遇到小吏抓丁的一段见闻,全用客观写实笔墨,而作者无一字主观评述。但正是此种貌似客观的叙述描写,寄托了诗人悲痛、叹息、同情而又无可奈何的复杂情感。杜甫吸收了汉乐府的创作经验,有时纯用对话和人物独白代替叙述描写,在"三吏""三别"《兵车行》和前后《出塞》等诗中,就往往借助诗中人物对自己生活经历的诉说来反映人民普遍遭受的悲惨命运,真切感人。

### 四、沉郁顿挫的风格

杜甫诗歌风格多样,但最主要的风格还是"沉郁顿挫"①。"沉郁"主要是指感情深沉苍凉、境界开阔壮大;"顿挫"则指语言刚健、音调铿锵和章法多变。沉

---

① "沉郁顿挫"一词首见于杜甫的《进雕赋表》:"臣之述作,虽不能鼓吹六经,先鸣诸子,至于沉郁顿挫,随时敏捷,扬雄、枚皋之徒,庶可企及也。"南宋严羽《沧浪诗话》说:"子美不能为太白之飘逸,太白亦不能为子美之沉郁。"后世遂以"沉郁顿挫"作为对杜诗主体风格的界定。但"沉郁顿挫"的具体内涵,则有诸多说法。清人吴瞻泰《杜诗提要》说:"沉郁者,意也;顿挫者,法也。""沉郁"一般与作品的思想内容有关;"顿挫"则与作品的谋篇、结构、遣词造句等技巧有关。陈廷焯《白雨斋词话》认为"所谓沉郁者,意在笔先,神馀言外",它要求"若隐若现,欲露不露,反复缠绵,终不许一语道破。匪独体格之高,亦见性情之厚"。他又说:"忠厚之至,亦沉郁之至。"这是说"沉郁"是诗人忠实、厚道、深沉的人品性格在诗中的艺术体现。今人张安祖《"沉郁顿挫"本意探源》(《文学遗产》2004年第3期)、吴相洲《杜诗"沉郁顿挫"风格含义辨析》(《陕西师范大学学报》2007年第5期)对此问题亦有新见,可参看,此不赘述。

郁顿挫主要概括了杜诗在思想内容方面忧愤深广、表达上波澜曲折的特点。杜甫是一位系念国家安危和生民疾苦的诗人。动乱的时代，个人的坎坷遭遇，一有感触，则悲慨满怀。他的诗有一种深沉的忧思，无论是写生民疾苦，还是写自己的穷愁潦倒，感情都是深沉阔大的。他的诗，蕴含着一种厚积的感情力量，每欲喷薄而出时，他的仁者之心、他的儒家涵养便把这喷薄欲出的悲怆抑制住了，使它变得缓慢、深沉，变得低回起伏。如《自京赴奉先县咏怀五百字》，先叙抱负落空，中间四句一转，感情起伏，待到郁勃不平之气就要爆发出来，却又转入对骊山的描写。由骊山写到"朱门酒肉臭，路有冻死骨"，愤懑之情似乎又要喷薄而出了，但随着感情回旋，又一变而为"荣枯咫尺异，惆怅难再述"的深沉叹息。"入门闻号啕，幼子饿已卒。"悲痛欲绝的感情看来似乎难以自制了，但又没有喷薄而出，"默思失业徒，因念远戍卒。忧端齐终南，澒洞不可掇"。个人的悲痛变成了对于百姓苦难的深沉忧思，留下了无穷韵味。诗境的开阖跌宕、情感的凝练深沉、声韵节奏的雄浑有力，皆充分显示出沉郁顿挫风格的艺术感染力。

值得关注的是，杜甫在语言锤炼方面也体现了沉郁顿挫的风格。杜诗用字下语，安排句式，务使声韵铿锵，抑扬缓急，顿挫有致。如《白帝》中"高江急峡雷霆斗，古木苍藤日月昏"，《阁夜》中"五更鼓角声悲壮，三峡星河影动摇"，《江汉》中"片云天共远，永夜月同孤"，都是炼字炼声兼炼句，颇能体现杜诗沉郁顿挫的风格。

## 第三节　杜甫的文学特点与影响

胡应麟《诗薮》有云："大概杜有三难：极盛难继，首创难工，遭衰难挽。子建以至太白，诗家能事都尽，杜后起集其大成，一也；排律近体，前人未备，伐山道源，为百世师，二也；开元既往，大历继兴，砥柱其间，唐以复振，三也。"该段文字准确地概括了杜甫在中国诗歌史上的地位。杜甫面向社会、客观写实的创作方向和荟萃前代诗歌技巧、开启后世诗歌技法的艺术成就，使杜甫在文学史上具有承前启后、继往开来的地位。

### 一、集大成的特点

在唐代诗坛上，杜甫以其孜孜不倦的创作精神和严肃认真的写实态度，客观真实地描绘了万方多难的时代，抒写深沉的忧国忧民情怀，从而使诗坛创作倾向由盛唐时代的高歌个人理想，逐渐转变为中唐时期面向社会的客观写实和深入剖析。与此同时，杜诗在艺术上也完成了荟萃前人诗歌技巧的历史使命。他不但集以往之大成，而且通过自己的艺术实践加以革新创造，以新的面貌开启后世。杜甫的诗歌创作，实具有集大成的特点。

杜诗集大成的特点主要表现在两方面。首先，继承《诗经》、汉乐府以来诗歌的写实传统，为中国古代诗歌反映社会人生开辟了广阔道路。杜诗的叙事与写实，显然是受到《诗经》和汉乐府的影响，其忠君恋阙、仁民爱物的精神又是对屈原《离骚》的主动继承。在五言古诗的写作中，他接受王粲、曹植、陶渊明等诗人的影响。对于齐梁诗人，杜甫则加以区别对待。他曾"颇学阴（阴铿）、何（何逊）苦用心"，又称赞"庾信文章老更成"，因为他们都是在不同程度上超越了齐梁浮艳诗风的诗人。他的古诗多律句，正是由于学齐梁以来重偶句排比的缘故。讲究声律与对偶的近体诗滥觞于齐梁，在《戏为六绝句》评点的古往今来的作家中，杜甫淡淡提出庾信和"初唐四杰"，实际上是对当时持完全否定六朝文学、反对近体诗意见的人的回应。他主张力崇古调，兼取新声，一方面推重古体，另一方面又注意近体；一方面要求风格、语言的雄浑古朴，另一方面又重视修辞的清丽华美。正是在这种文学思想的指导下，杜甫能够较为全面地认识到各个历史时期的作家作品都有自己的特色与成就，能兼取众人之长。

其次，博采古今作家之长并形成自己独特的诗歌风格。他在《江上值水如海势聊短述》中说："为人性僻耽佳句，语不惊人死不休。老去诗篇浑漫与，春来花鸟莫深愁。"杜甫在句法变化与炼字的精当方面确已达到惊人的地步。为了在色彩的组合上造成先声夺人的艺术意境，他常把色彩字或词置于句首，如"绿垂风折笋，红绽雨肥梅"（《陪郑广文游何将军山林》十首其五），"红稠屋角花，碧委墙隅草"（《雨过苏端》）。他还善于运用动词和副词，描写水常用"动"，描写鸟则常用"度"和"过"，如"大江动我前，汹若溟渤宽"（《水会渡》）。他有意用较宽泛的动词，构成浑融含蓄的意境，如"映阶碧草自春色，隔叶黄鹂空好音"（《蜀相》）。由于注重诗歌语言的锤炼，他的诗歌中常有非常美丽或精警的句子，如"细雨鱼儿出，微风燕子斜"（《水槛遣心二首》其一），"落日照大旗，马鸣风萧萧"（《后出塞》五首其二），"霜皮溜雨四十围，黛色参天二千尺"（《古柏行》），"来如雷霆收震怒，罢如江海凝清光"（《观公孙大娘弟子舞剑器行》），"旌旗日暖龙蛇动，宫殿风微燕雀高"（《奉和贾至舍人早朝大明宫》），"白日放歌须纵酒，青春作伴好还乡"（《闻官军收河南河北》），"春水船如天上坐，老年花似雾中看"（《小寒食舟中作》）。

## 二、儒者的淑世情怀

杜甫作为一个儒者的淑世情怀一直根深蒂固。他所接受的主要是儒家的"仁政""民本"思想,"邦以民为本",这正是"少陵有句皆忧国"(周紫芝《乱后并得陶杜二集》)的思想基础。青年时代的杜甫即立志要"致君尧舜上,再使风俗淳"(《奉赠韦左丞丈二十二韵》),对儒家的社会理想,杜甫不是仅作标榜,也不是稍遇挫折便转向"独善",而是"老大意转拙",非常笃信和执着。尽管他也时常嗟贫叹老,悲愤失望,但更多的还是"穷年忧黎元,叹息肠内热",爱国忧民之心犹如"葵藿倾太阳,物性固难夺"(《自京赴奉先县咏怀五百字》)。与此同时,他对儒家思想中的消极因素也有所批判。儒家讲求在其位谋其政,不在其位不谋其政,杜甫则无论在位与否,都意欲谋政。虽至年老体弱,但他仍说"拔剑拨年衰"。尽管"处处是穷途",但他却"不以哭途穷""艰危气益增"。儒家谈"民为贵",但又轻视劳动和劳动人民,而杜甫不但接近劳动人民,还愿意为了广大人民的幸福而牺牲自己。可以说,"穷年忧黎元"是杜甫淑世情怀的核心,"济世肯杀身"是他的一贯精神。他不仅以此要求自己,而且还用来勉励朋友。他对严武说,"公若登台辅,临危莫爱身"(《奉送严公入朝十韵》)。他对裴虬也说,"致君尧舜付公等,早据要路思捐躯"(《暮秋枉裴道州手札》)。正是这些淑世思想才形成了杜甫的政治热情和乐观精神,也使他成为历史上著名的爱国诗人。

忠君是杜甫淑世情怀的另一侧面。他把君王看成是国家社稷的化身,把"得君"视为"行道"的唯一途径,把振兴国家、改善民生和实现自身价值的希望全都寄托在"明君"身上。这便是"每饭不忘君"的具体内涵。需要强调的是,虽然杜甫充满淑世情怀,充满忠君思想,但他的忠君是以国和民为前提的。因此,他一方面对皇帝充满幻想,希望通过皇帝"下令减征赋"来"各使苍生有环堵"。另一方面又基于爱民悯时,揭露苛政,谴责诛求、黩武,对玄宗、肃宗和代宗祖孙三代都有直接的讽刺;出于忠君忧国,他勉励百姓顾全大局,忍辱负重。朱弁说他:"穷能不忘兼善,不得志而能不忘泽民。"(《风月堂诗话》卷下)。尽管有时他在二者尖锐的矛盾中所能寻求到的折中途径甚是勉强,但如果以理解之同情的眼光来观察,就会发现在那个时代已属难能了,而这也正是他被后世称为"诗圣"的原因。

### 三、对后世诗歌创作的影响

杜甫爱国忧民的思想和精深的艺术技巧对后世诗人具有重要影响。

首先,杜甫继承唐前写实叙事的传统并加以创变,对后世产生极大影响。中国诗歌中的写实传统早在周代就已产生,《诗经》中的《伐檀》《七月》《氓》等即为其代表。汉魏乐府更是将写实精神和创作手法向前推进了一大步,出现了大量"缘事而发"的叙事诗,如《陌上桑》《东门行》《孔雀东南飞》等,对话的运用、人物性格的刻画和细节描写都趋于成熟和完善。建安以后，写实主义创作逐渐转入低潮，至唐方略见起色，因此总结并发扬古代诗歌写实主义传统的任务是由杜甫来完成的，杜甫诗歌的写实主义传统主要表现在他的新题乐府诗中。他没有遵循建安以来沿袭乐府古题的创作方法，而是本着汉乐府"缘事而发"的精神自创新题，即所谓"即事名题"或"因事命题"。对此，白居易在《与元九书》中给予很高评价，而元稹《乐府古题序》中更叙述了其在中唐的影响："近代惟诗人杜甫《悲陈陶》《哀江头》《兵车》《丽人》等，凡所歌行，率皆即事名篇，无复依傍。予少时与友人白乐天、李公垂辈谓是为当，遂不复拟赋古题。"可见元白对乐府诗的推崇是导源于杜甫的。其实，是否使用古题，并非只为单纯的形式问题，而是为后代诗人指出了一条通向现实的创作道路。这一影响一直贯穿到清末黄遵宪等人的诗歌创作中。

其次，杜甫精湛的诗歌艺术泽被后世诸多诗人。从古代诗歌艺术的发展来看，从中唐至明清，历代诗人中受杜甫影响者非常多。在唐代，有的学杜诗亲风雅的写实精神，注重诗歌缘事而发和写民生疾苦，如中唐元稹、白居易、张籍、王建等，晚唐曹邺、皮日休、杜荀鹤等。有的则偏重学习杜诗遣词造句的艺术技巧以求新变，如韩愈、李贺、李商隐等。到了宋代，杜诗在长期接受过程中得到普遍认可，成为宋人作诗效法的最高典范。王安石、苏轼、黄庭坚等宋代诗人都对杜甫推崇备至。黄庭坚大力提倡杜甫夔州后的作品，具体而微地总结杜诗的艺术手法，并被推广为江西诗派作诗的不二法门，学杜成了宋诗的一个标志，并把韩愈和李商隐作为学杜的津梁。明清两代，敬仰杜甫、自觉学杜的人就更多了，其中以李梦阳、王世贞、陈子龙、顾炎武、黄遵宪等人受益最著。他们都从不同侧面学习杜诗，取得了较高的成就。此外，宋以后杜诗注本的繁盛，也从一个方面说明了杜诗的影响。

最后，杜甫忠君爱国、仁民爱物的思想对后世也有巨大的影响。北宋爱国将领李纲在《重校正杜子美集序》中说杜诗"平时读之，未见其工，迨亲更兵火丧乱之后，诵其诗，如出乎其时，犁然有当于人心，然后知其语之妙也"。宋代真正能够继承杜甫爱国思想、发扬杜诗沉郁顿挫风格者，首推陆游和文天祥。陆游终生以爱国忧民为怀，直至临终还"但悲不见九州同"，惦记恢复中原，他的七律深得杜诗神髓，具沉郁苍凉的风格。文天祥一生敬仰杜甫，他在被元军囚禁的三年中，集杜诗中五言绝句二百首，诗前自序说："凡吾意所欲言者，子美先为代言之……但觉为吾诗，忘其为子美诗。"可见他的思想与杜甫的情感完全一致。明清直到近现代，杜甫诗中的爱国精神依然为世人所高扬。

杜诗对后世的影响，除了忧国忧民的精神和精湛高超的艺术技巧外，还体现在他开拓了诗歌的表现领域。后世诗歌中以诗论诗，用诗题画，用诗写日常生活，用诗代替奏疏信札，杜甫都是开风气之先的人物。

**思考题**

1. 杜甫诗歌为何被称为"诗史"？
2. 结合作品，谈谈杜甫律诗创作的主要特点。
3. "沉郁顿挫"的内涵是什么？结合作品分析"沉郁顿挫"在杜甫诗歌中的具体体现。
4. 谈谈杜甫对后世诗人及其诗歌创作的影响。

# 第五章 中唐诗坛

承继盛唐而下，中唐是唐诗发展的又一个高峰。这一时期，逐渐深化的社会矛盾向诗人们提出了贴近现实、反映民生的迫切需要；而另一方面，相对稳定的社会环境又给了诗人们精心创作、锤炼诗艺的有利时机，对诗歌抒情特征、技巧、风格的探索和开拓也成为诗歌创作的重要内容。从中唐前期"大历十才子"、李益、刘长卿、韦应物等继承盛唐馀韵而体格稍变，到贞元、元和年间张籍、王建、元稹、白居易重写实尚浅俗，与韩愈、孟郊等重主观尚怪奇两大诗派的出现和并立，中唐诗歌取得了突破性成就，诗歌的个人风格异彩纷呈。刘禹锡、柳宗元、李贺、贾岛、孟郊等都各树一帜，也是这一时期的杰出代表。

## 第一节 从大历、贞元到元和

从大历至贞元年间，诗人们在创作上呈现出一些共同的创作风貌。他们的诗歌逐渐失去昂扬乐观的精神，大量作品表现出孤独寂寞的冷落心境，情致淡远，气骨顿衰。这种情况直到元和前后韩孟、元白诸人进入诗坛才发生变化。

### 一、大历诗风

大历（766—779）是唐代宗李豫的年号，这一时期唐诗的发展相对停滞，其时王维、李白、高适、杜甫等诗人相继辞世，而新的一代文学巨匠还未出现。此时活跃在诗坛上的主要是一批虽经历过开元盛世和天宝之乱，但对时代转折和诗歌使命的变化还缺乏深刻认识的诗人。他们的诗歌既无李白的磅礴气势，也没有杜甫反映社会现实的激愤和深广情怀，虽然他们的部分诗作存留着盛唐馀韵，但大多数作品却表现出孤寂冷落的心境和淡泊宁静的情趣，气骨顿衰，遂露中唐面目。其中"大历十才子"、李益、刘长卿、韦应物是这一时期的代表。

"大历十才子"是以大历时期十位诗人为代表的一个诗歌流派。"十才子"之名起于姚合《极玄集》，指李端、卢纶、吉中孚、韩翃、钱起、司空曙、苗发、崔峒、耿湋、夏侯审，与《新唐书·卢纶传》所载同。① 他们熟悉诗律，擅长五言近体，作品多为投赠、应酬、送别和写景之作，表现出回避现实矛盾、偏重形式美的创作倾向。他们对于诗律与诗境的精美化有所贡献，但由于身处战乱初平、时世不振之世，其眼界胸襟和骨力已离盛唐气象甚远了。皎然《诗式》说："大历中词人……窃占青山白云、春风芳草以为己有，吾知诗道初丧，正在于此。"《四库全书总目提要》评述："大历以还，诗格初变，开宝浑厚之气，渐远渐漓，风调相高，稍趋浮响，升降之关，十子实为之职志。"十才子的诗，欲袭盛唐之境，却乏盛唐之骨，不免给人以浮浅之感，如钱起《县中池竹言怀》："官小志已足，时清免负薪。卑栖且得地，荣耀不关身。自爱赏心处，丛篁流水滨。"诗中已无盛唐诗人的兼济理想，真正兴趣也不在政事，而是寄心绪于景物，集情趣于山水。又如李端《听夜雨寄卢纶》："暮雨萧条过凤城，霏霏飒飒重还轻。闻君此夜东林宿，听得荷池几度声。"借助自然风物和羁旅愁思，抒发寂寞清冷的孤独情怀，表现出超然世外的隐逸风调。总之，十才子的诗大都写得精致工整，但在情思格调上表现出冷落萧瑟的气象，体现出大历诗坛特有的韵味。

与以长安、洛阳为中心的十才子诗人群同时的，还有长期任职江南的地方官诗人群，他们的作品以描写山水风景为主，其清雅闲淡的艺术追求虽深受盛唐王、孟诗风的影响，但在风格情调、意象营造等方面体现出大历诗歌的鲜明特色。韦应物、刘长卿为其代表。

韦应物（737—791），字义博②，京兆万年（今陕西西安）人，出身关中望族，父祖皆有名于画坛。他少年时以门荫授三卫郎随侍玄宗，安史乱后流落失职，始折节读书。广德二年（764）授职洛阳丞，后曾任滁州、江州、苏州刺史，世称"韦苏州""韦江州"。其早年诗歌不乏昂扬开朗的人生意气，带有刚健明朗的盛唐馀韵。但以去职洛阳丞为界点，他的后期诗作充满对政治的灰心失望，加之受到佛道思想影响，企慕淡泊脱俗、远离尘世的生活，感情遂退回到欣赏山水之美和个人生活的闲静乐趣之中了。向往隐逸的宁静，有意效法陶渊明的冲和平淡，是韦应物诗歌创作的主导倾向。韦应物诗既有陶渊明的清新朴素，也有谢灵运、谢朓的精巧华美，"清雅闲淡，自成一家之体"（白居易《与元九书》）。其

---

① 宋以后，对"十才子"包含哪些具体诗人多有异说。宋计有功《唐诗纪事》载："大历十才子……卢纶、钱起、郎士元、司空曙、李端、苗发、皇甫曾、耿湋、李嘉祐。又云吉顼、夏侯审亦是。或云：钱起、卢纶、司空曙、皇甫曾、李嘉祐、吉中孚、郎士元、李益、耿湋、李端。"严羽《沧浪诗话》把冷朝阳列入"大历才子"，但未明确为"十才子"之一。至清，异说更多，可参王士禛《分甘馀话》卷三、黄之隽《大历十才子诗跋》、管世铭《读雪山房唐诗钞》卷一八、翁方纲《石洲诗话》卷二。
② 见马骥《新发现的唐韦应物夫妇及子韦庆复夫妇墓志简考》，载于 2007 年 11 月 4 日《文汇报》。

《寄全椒山中道士》云："今朝郡斋冷，忽念山中客。涧底束荆薪，归来煮白石。欲持一瓢酒，远慰风雨夕。落叶满空山，何处寻行迹？"情谊真挚，却出之以恬淡之语，诗境雅洁而意味深长。韦应物不像十才子那样才思窘迫，过多依赖语言和形式的精巧来组织诗句，他创作了不少浑然一体、情景交融、篇句俱佳的诗作。如《滁州西涧》：

独怜幽草涧边生，上有黄鹂深树鸣。春潮带雨晚来急，野渡无人舟自横。

以简淡自然的语言传神地写出了闲适生活的宁静野逸之趣，表达了清幽空寂的人生情怀，古淡清寂，悠然意远，似不食人间烟火语。但在宁静的诗境中，有一重冷落寂寞的情思氛围。如其《咏声》诗所云："万物自生听，太空恒寂寥。还从静中起，却向静中消。"这种归结于静穆空寂的诗歌情调，表达出某种冷漠遁世的心理倾向，与其他大历诗人的创作颇为相似。总体而言，韦应物诗在意境上追求恬淡澄明、自然秀丽，意脉上追求连贯流畅，遣词造句上注意锤炼推敲，结合了陶渊明与二谢之长而自成一格。他的诗作与王维较为接近，但他意在脱俗的清峻格调，又不同于王维出于禅理的空灵。

刘长卿，字文房，约生于开元十四年（726），早年家贫，隐于嵩山读书。天宝十一载进士及第，由于"刚而犯上"（高仲武《中兴间气集》）而先后两遭贬谪，一生大部分时间是在逆境中度过的。长期的悒郁寡欢使其诗歌在冷落寂寥的情调外，又增加了一些惆怅衰飒色彩，颇显悲凉凄清。如《重送裴郎中贬吉州》："猿啼客散暮江头，人自伤心水自流。同作逐臣君更远，青山万里一孤舟。"同病相怜，不胜愁别，孤寂的生存体验与特定时代的萧瑟景象相结合，汇聚成生不逢时的冷落情调，在诗中回旋往复。

刘长卿善写五言诗，"尝自以为五言长城"（权德舆《秦征君校书与刘随州唱和诗序》）。五言近体尤为人称道。其诗歌语言清秀淡雅而又流畅谐婉，造境幽远，抒情写景都能达到优美境界。如《送灵澈上人》："苍苍竹林寺，杳杳钟声晚。荷笠带斜阳，青山独归远。"平淡中蕴含了不尽的馀意。又如《逢雪宿芙蓉山主人》："日暮苍山远，天寒白屋贫。柴门闻犬吠，风雪夜归人。"全诗极为简练地勾勒了一幅荒村雪夜归人的图画，烘托出一种茫茫然无着落的惆怅感。刘长卿自觉继承了盛唐诗歌的艺术经验，并从触物生感、随机组合提高到精密构思、取景造象的自觉阶段，这是他对唐诗发展的贡献。但"思锐才窄"限制了他的艺术创新，"大抵十首以上，语意稍同"（高仲武《中兴间气集》）。

大历时期，李益亦以边塞诗创作而饮誉当时。李益（748—829?），字君虞，陇西姑臧（今甘肃武威）人。大历四年（769）进士，"从军十八载，五在兵间"

(《从军诗序》)，晚年以礼部尚书致仕。由于有多年的军旅生涯，李益的边塞诗在中唐独具特色，常于壮怀激烈中略带伤感和悲凉。如《夜上受降城闻笛》：

  回乐峰前沙似雪，受降城外月如霜。不知何处吹芦管，一夜征人尽望乡。

作者简笔勾勒了边塞夜景，渲染出悲凉气氛，有力烘托出征人的无边相思，情韵兼美，悲壮婉转。又如《盐州过胡儿饮马泉》：

  绿杨着水草如烟，旧是胡儿饮马泉。几处吹笳明月夜，何人倚剑白云天。从来冻合关山路，今日分流汉使前。莫遣行人照容鬓，恐惊憔悴入新年。

盐州（即五原）是唐和吐蕃反复争夺的重镇。作者用明丽的色彩描写饮马泉的景色，表达了对失土收复的欣喜和对边防将士的崇敬，情思悠扬。全诗的基调是积极的，但结尾处却流露出远行出塞的悲凉。李益的诗歌具有盛唐诗的余韵，但其中感伤悲凉的情调，又与大历时期的时代风貌休戚相关。

### 二、贞元、元和诗风

  贞元年间是唐诗创作的低潮期，这一时期没有著名诗人，诗歌成就也较一般。但由于它处于连接盛唐、大历和中唐元和之间的特殊阶段，故其诗歌创作仍有值得注意的地方，它和元和年间新的诗歌高潮的到来具有内在联系。有的现象在当时并不突出，如以俚词俗语入诗，发挥奇异想象，以及有意识吸收自《诗经》、楚辞以来的各种前代风格，但对元和诗歌创作具有启迪意义。所以，元和时期，韩愈、李贺奇崛瑰丽的歌行，元稹、白居易平易流畅的乐府，刘禹锡、柳宗元充满情趣的民歌体和清峻明丽的七律创作，大都可以在大历、贞元诗人处找到某种联系。另外，这一时期带有程式化的五言律诗且有不少弊病，但在追求清丽而精巧的语言风格方面，还是有一定成效的。后来贾岛、姚合的更为圆熟工稳、精雕细琢的五律，就是对此的继承发展。

  经过一段衰歇后，诗歌创作在宪宗元和年间又达到高潮。这一时期诗坛名家辈出，流派分立，诗人们着眼于新途径的开辟、新技法的探寻，创作出大量极富创新意味的各体诗歌，展示了唐诗大变于中唐的蓬勃景观。高棅《唐诗品汇》认为："下暨元和之际，则有柳愚溪之超然复古，韩昌黎之博大其词，张王乐府得其故实，元白叙事务在分明，与夫李贺、卢仝之鬼怪，孟郊、贾岛之饥寒，此晚唐之变也。"胡应麟《诗薮》也说："元和而后，诗道浸晚，而人才故自横绝一时。"元和诗风迥异于此前之贞元、大历与盛唐，而独具特色。即白居易在《馀思未尽加为六韵重寄微之》诗中所云:"制从长庆辞高古,诗到元和体变新。"这尽管是指元稹个人创作情况的变化,但同样适用于整个元和时期的诗坛状况。

元和是安史之乱以来唐代国力较为强盛的时期,文人士子重新抖擞精神,欲有所作为。受社会氛围与文化精神影响,元和作家既对大历、贞元诗风不满,又希望在盛唐诗歌之外开辟一条新的创作道路。在这种求新、求异文学思潮的影响下,元和诗风发生变化。表现有三:诗歌审美观念发生变化,走向了求奇与求俗两个方向;诗歌主张上,分别主张"为时、为事"和极力描写主观情感;在诗歌技法上,力求有所突破,或是通过改造乐府而加以创制,或是打破诗歌故有运思和结构方式,通过借鉴散文等章法结构和内容来对诗歌加以改造。元和时期的诗风变化,由于有韩愈、白居易、元稹、孟郊、李贺等作家的参与,故取得重要成果。不仅在当时影响巨大,而且对于后世尤其是宋代诗歌创作、诗歌思想等具有重要影响,后世诗评家将其与盛唐开元、北宋元祐并称为诗坛"三元"(陈衍《石遗室诗话》)。

## 第二节　韩愈与孟郊

韩愈、孟郊的诗歌活动主要集中在贞元、元和至长庆的三十馀年中,对促进中唐诗歌创作的新变和繁荣有重要贡献。以他们为中心所形成的"韩孟诗派",在诗歌主张、创作内容和艺术手法方面都有创获,其尚怪奇、重主观的创作倾向在中唐影响巨大。

### 一、韩愈

中唐诗坛上,韩愈是一位颇富才力和创造性的作家。贞元、元和时期,韩愈、孟郊在李杜高踞盛唐峰巅,后代诗人难以为继的情况下,以艰险力矫大历以来诗风的平庸,开创了诗歌创作的新路。追随其后或受其影响者有李贺、贾岛、马异、刘叉、皇甫湜等,文学史上称其为"韩孟诗派"。韩孟诗派诗歌创作的总体特点是:重视主观感受的传达;追求创新出奇,而不愿从俗趋易;讲究炫才或苦吟,而较少以美刺干世为旨归。

韩愈(768—824),字退之,河阳(今河南孟州)人。他三岁而孤,随兄嫂游宦避乱。七岁读书,十三能文,后从独孤及、梁肃游学。贞元十九年(803),任监察御史,因京畿天旱人饥,上书言情,被贬连州阳山令。后升至刑部侍郎,又因上《论佛骨表》被贬潮州刺史。官终吏部侍郎,卒于长庆四年。苏轼用"文起八代之衰,而道济天下之溺;忠犯人主之怒,而勇夺三军之帅"(《潮州韩文公庙碑》),高度评价了他的一生。

在文学主张上,韩愈强调"不平则鸣"。其《送孟东野序》中所谓"不平",主要是指内心的不平衡,强调的是内心不平情感的抒发。它既是对创作动因的揭示,也是对特定创作心理即"不平"心态的肯定。他以前朝和当朝许多诗人为例,说明忧愤之情"郁于中而泄于外",才能"自鸣其不幸",写出优秀诗文。韩愈"不平则鸣"说突破了"文以明道"的功利主义樊篱,更强调文学抒情言志的功能,可谓抓住了文学的抒情特质。

韩愈还强调"笔补造化"。他认为创作要"能自树立,不因循"(《答刘正夫书》),要大胆创新,"勇往而无不敢"。司空图评价韩愈诗歌曰:"韩吏部歌诗累百首,其驱驾气势,若振雷挟电,奔腾于天地之间,物状奇变,不得不鼓舞而徇其呼吸也。"(《题柳柳州集后序》)可谓切中肯綮。

韩愈现存三百多首诗歌,主要包括时事诗、悲愤诗和写景诗。首先是时事诗。如"前年关中旱,闾井多死饥。去岁东郡水,生民为流尸"(《归彭城》)。这种天灾人祸交作、民不聊生的现象使诗人"归舍不能食,有如鱼中钩"(《赴江陵途中寄翰林三学士》)。在《汴州乱》二首中,他就陆长源为汴州乱军所杀一事指斥"庙堂不肯用干戈","诸侯咫尺不能救"。其次是悲愤诗。韩愈说言直论,几遭贬谪,所作诗歌,多不平之鸣。论关中旱饥,遂有阳山之贬:"中使临门遣,顷刻不得留。病妹卧床褥,分知隔明幽。悲啼乞就别,百请不颔头。"(《赴江陵途中寄翰林三学士》)仕途险恶、中使之无情、生死决别之悲痛一一道出,感慨既深,其情亦惨。但他仍直言除弊,谏迎佛骨,遂又有潮州之贬:"一封朝奏九重天,夕贬潮州路八千。"(《左迁至蓝关示侄孙湘》)被逐出京后,小女亦病死途中。韩愈还有相当数量的写景诗。他数度被贬,所历颇多,常以赋法描绘山水,历述游程,抒发情怀。如《南山诗》《山石》《谒衡岳庙》等。而其绝句《早春》二首之一,则以精细清丽的格调描状早春雨景和诗人的喜悦心情,可见韩愈的写景诗有多副笔墨。

## 二、孟郊

孟郊(751—814)字东野,湖州武康(今浙江德清)人。先世居洛阳。少贫,父早死,值中原战乱,长期漂泊于湖北、湖南、广西等地。屡试不中,贞元十二年(796)四十六岁时登进士第。五十岁时授溧阳尉,因不事曹务,吟诗为乐,被罚半俸。元和九年(814),郑馀庆镇兴元,奏为参谋,卒于应邀前往的途中。

孟郊一生生活穷困,仕途潦倒,性格孤僻,"未尝俯眉为可怜之色"(《唐才子传》)。他的诗"多伤不遇","思苦奇涩"(《新唐书·孟郊传》),他和同样以苦吟著称的贾岛诗风相近,故有"郊寒岛瘦"之称。所谓"郊寒",不仅是因为他在诗中较多描写了自己及其他不幸者的穷苦生活，更重要的是他倾吐了一个不合时宜的正直文人对人生的痛苦认识和孤寂感受。如："尽说青云路，有足皆可至。我马亦四蹄，出门似无地。玉京十二楼，峨峨倚青翠。下有千朱门，何门荐孤士。"（《长安旅情》）表达了他屡试不第的怨愤。"秋风白露沾人衣，壮心凋落夺颜色。"（《出门行》）是他功业未成、岁月蹉跎的悲哀。这些诗作真实反映了唐代文人的贫穷生活、洁身自好的节操和愤世嫉俗的感情，具有典型意义。

孟郊也有一些忧国伤时的诗作。如《感怀》反映了中唐"烟尘相驰突，烽火日夜惊"的现实，谴责李希烈的叛乱（"犹闻汉北儿，怙乱谋纵横"），揭露朝廷的姑息绥靖（"奈何操弧者，不使枭巢倾"），表达了他为国靖难的志向（"岂无感激士，以致天下平"）。孟郊还有一些反映民生疾苦的诗作，如"乱兵杀儿将女去"，"千里无人旋风起，莺啼燕语荒城里"（《伤春》），描绘了连年战乱使无数百姓家破人亡、赤地千里的景象。

孟郊的诗在当时和后世都有影响。李肇《唐国史补》云，元和以后，"学矫激于孟郊"。唐末张为作《诗人主客图》，以孟郊为"清奇僻苦主"。宋代诗人梅尧臣、谢翱，清代诗人胡天游、许承尧等均受到他的影响。

### 三、韩孟诗派的诗歌特点

韩愈、孟郊作为韩孟诗派的主要成员，其诗歌创作在艺术上体现出尚奇尚怪和以文为诗的共同特点。

韩、孟皆崇尚雄奇怪异之美。韩愈"少小尚奇伟"（《县斋有怀》），其诗歌从意境、结构到语言技巧，都力避陈俗。尚奇求怪是他的审美理想："我愿生两翅，捕逐出八荒。精诚忽交通，百怪入我肠。刺手拔鲸牙，举瓢酌天浆。"（《调张籍》）"冥观洞古今，象外逐幽好。横空盘硬语，妥帖力排奡。"（《荐士》）他的诗歌长于古体，借鉴了李白的奇情幻想和壮浪恣纵，杜甫的博大精深和"语不惊人死不休"，形成了其雄奇怪异的诗风。他以匪夷所思的想象、雄伟豪壮的精神气魄和怒张怪诞的变形，塑造生新雄奇的意境，用一系列超现实的不可捉摸的形象表达自己的艺术追求。如"火维地荒足妖怪，天假神柄专其雄。喷云泄雾藏半腹，虽有绝顶谁能穷……须臾静扫众峰出，仰见突兀撑青空。紫盖连延接天柱，石廪腾掷堆祝融"（《谒岳衡庙》），描绘了衡山的雄奇突兀。即便是平凡的生活事件，他也运用奇崛的笔墨捕捉具有强烈视听效果的瞬间情景，描绘出具有震撼力的画面。如《雉带箭》：

  原头火烧静兀兀，野雉畏鹰出复没。将军欲以巧伏人，盘马弯弓惜不发。地形渐窄观者多，雉惊弓满劲箭加。冲人决起百余尺，红翎白镞随倾斜。将军仰笑军吏贺，五色离披马前堕。

前面言"盘马弯弓"，结尾处写仰笑道贺、"五色离披"，都是为了突出"雏带箭"。前人评曰"短幅中有龙跳虎卧之观"（三琬语），"是昌黎极得意诗，亦正是昌黎本色"（朱彝尊语）。

与韩愈相同，孟郊也曾声称自己为诗"孤韵耻春俗"（《奉报翰林张舍人见遗之诗》），其诗作"刿目钅术心，刃迎缕解，钩章棘句，掐擢胃肾，神施鬼设，间见层出。唯其大玩于词，而与世抹搬"（《贞曜先生墓志铭》）。其奇境的创造，一方面是由于其造境别开生面，思新意奇；另一方面则是因为他句奇语奇。韩孟诗派的其他成员或因自身遭际，或因才力所限，取材偏于狭窄，大都在苦吟上下工夫，以致其雄奇不足而怪异有余，诗境也流于幽僻，但他们却以自己的创作实践有力响应了韩愈的主张，强化了韩孟诗派以怪奇为主的风格特征。

韩孟诗派还以散文化的章法、句法入诗，融叙述、议论为一体，写出了"既有诗之优美，复具文之流畅，韵散同体，诗文合一"（陈寅恪《金明馆丛稿初编·论韩愈》）的佳作。韩愈是这方面的突出代表。作为古文大家，他谙熟古文章法。其雄奇精神和豪放性格又使他不受诗律束缚，故常采用较为自由的散文笔调入诗。首先，以议论为诗。韩诗"约六经之旨而成文"，如《谢自然诗》《送灵师》，摒斥佛老，议论纵横，殆同诗中之《原道》和《论佛骨表》。《荐士》《调张籍》，叙诗学源流，论李杜优劣，无异于《孟东野序》。其次，用汉赋的铺陈夸张手法写诗。《南山诗》铺陈春夏秋冬四季景色，在写登山所见时，连用五十一个"或"，叠用"若""如"，虽有辞费之感，但确实写出了南山的光怪陆离，展现了其诗歌铺张宏丽的特色。最后，运用散文的叙述方法、篇章结构、句式虚词以及硬语险韵写诗。如《山石》"只是一篇游记，而叙写简妙，犹是古文手笔"（方东树《昭昧詹言》卷一二）。韩诗多硬语盘空，有的妥帖通顺，但也有不少古奥的生僻字词。他还喜用险韵窄韵，以逞才斗奇，有的也流于文字游戏。

韩愈诗歌成功处在于叙事状物，抒情议论，曲尽其妙，笔墨酣畅，丰富了诗歌的表现手法，扩大了诗歌的表现功能。但有时使用过当，也破坏了诗歌的形象美、音韵美，故有堆砌累赘、枯滞晦涩之弊。

总之，无论在文学思想还是创作主题，以及艺术技巧上，韩孟诗派都是"唐诗之一大变"（叶燮《原诗·内篇》），力矫大历诗风的平庸圆熟，对于中唐诗坛的功利主义创作思想也是一种反拨。

## 第三节　韩孟诗派的其他诗人

在韩愈、孟郊之外，韩孟诗派的其他成员在诗歌创作上也各有表现。其中李贺就是一颗划过长空的耀眼的流星,也是韩孟诗派中最具创造性的年轻诗人。李贺以悲愤作为诗歌底色,通过奇特的想象和凄美的意象表达其短暂一生的各种失意。贾岛、姚合等则以苦吟为主,在五律天地里反复吟咏锤炼,诗风清奇僻苦,对后世影响甚巨。

### 一、李贺

在韩孟诗派中,除韩愈、孟郊外,李贺是最有创造性的诗人。李贺(790—816)字长吉,福昌(今河南宜阳)人,祖籍陇西。李贺少工词章,与前辈李益齐名。他早年家道中落,十八岁至洛阳,为韩愈所器重,但在赴进士试时却因被指责犯父讳而被迫放弃考试。后只做过地位低微的奉礼郎,辞官归家后为生计所迫又再次外出依人。二十七岁因病去世。

李贺是一位不幸的天才诗人。他生活的贞元、元和年间正是唐帝国各种矛盾复杂交织的时期。沦落的家境、险恶的世态、卑微的官职以及孱弱的身体,都给这位渴望施展远大抱负的青年以沉重的打击。理想与现实的尖锐冲突使他沉溺于主观情感和幻想之中,他把诗歌作为呕心沥血的事业,用自己的独特创造实现着生命的价值。

感慨生命短促、悲伤志向蹉跎、宣泄怀才不遇的悲愤,是李贺诗歌的重要内容。"男儿何不带吴钩,收取关山五十州。请君暂上凌烟阁,若个书生万户侯。"(《南园》其五)表现出诗人欲建立功业的雄心壮志,然而在现实的压迫下,他却只能做一个"寻章摘句"的书生,这给他带来巨大的精神痛苦。"我当二十不得意,一心愁谢如枯兰。衣如飞鹑马如狗,临歧击剑生铜吼。"(《开愁歌》)该诗头两句形象地概括了他的一生,如同一朵尚未盛开即遭摧折而凋谢的兰花。第三句真实描绘了他落魄潦倒的生活,最后一句则是他内心哀愁悲愤的宣泄,也是他对不合理社会的愤怒抗争。

李贺诗歌富有奇异乃至荒诞的想象。他常把解脱痛苦的希望寄托在虚无缥缈的神鬼世界,如《天上谣》《梦天》《瑶华乐》等,都描绘了他虚构的欢乐、神奇、美丽的世界。他的诗歌还特别注意语言、意象的新颖。在词必己出的原则下,李贺以不寻常的语言组合营构意象,常给人以强烈的心理刺激。痛苦、抑郁的心境使李贺在搜寻新颖意象时,多偏重于枯寂幽僻一类,"老""瘦""枯""硬"等词汇在其诗中常见。但由于他强烈的生命意识,所以并不喜欢纯粹的空寂落寞,而是在荒凉中寻找斑斓的色彩,于是浓暗与艳丽、衰残与惊悚、幽冷与华美,共同构成了李贺诗歌的特殊美感。李贺诗歌还表现为奇特的艺术思维,跳跃跌宕和飘忽不定的思路使其诗歌情绪万端。"只字片语,必新必奇"(李维桢《昌谷诗解序》),李贺不仅使用色彩意象借代事物,直指本体,而且还善于运用通感,把特定的环境气氛和主观情感注入客观景物的色彩特征，从而构成奇峭的诗境。李贺诗歌创作也有其缺点。一是有的诗作晦涩零乱，令人难以把握其内涵；二是由于诗人沉湎于个人狭窄、扭曲的心境，诗歌情绪显得低沉阴暗，缺乏昂扬向上的精神力量。

## 二、贾岛、姚合与苦吟诗人

贾岛（779—843），字阆仙（一字浪仙），范阳（今北京附近）人，出身于布衣之家，早年为僧。元和间以诗谒韩愈，深获赏识。后返俗应举，终生未第。长庆二年（822），他应进士第，被列为"举场十恶"之一，逐出场屋。①晚年任遂州长江县（今四川蓬溪县西）主簿，迁普州（今四川安岳）司仓参军，卒于任所。与孟郊一样，贾岛视诗歌为生命，以"苦吟"为创作旨趣，属于典型的苦吟诗人。孟郊"一生空吟诗，不觉成白头"（《送卢郎中汀》），贾岛则"一日不作诗，心源如废井"（《戏赠友人》），他更有"二句三年得，一吟双泪流"（《题诗后》）的自白。贾岛是孟郊的晚辈，他清奇僻苦的诗风直接导源于韩愈、孟郊险怪奇新的诗歌特点。

贾岛诗以反映个人生活为主。他描写自己的贫困境遇："鬓边虽有丝，不堪织寒衣。"（《客喜》）感叹自己科举的坎坷："志士中夜心，良马白日足。俱为不等闲，谁是知音目。"（《古意》）他更有大量诗句，刻画出荒寒僻远的诗境，如"鸟宿池边树，僧敲月下门"（《题李凝幽居》）；"樵人归白屋，寒日下危峰"（《雪晴晚望》）；"萤从枯树出，蛩入破阶藏"（《寄胡遇》）等。贾岛诗在取材和诗境上以清僻荒寒为追求，通过刻苦吟咏锤炼，把这种诗歌追求发挥到极致。闻一多说他："爱静，爱瘦，爱冷，也爱这些情调的象征——鹤、石、冰雪。"故后人常以"瘦"论其诗。然综观《长江集》，贾岛诗又非一味地写荒寒瘦僻，他也有其他风格的诗篇和佳句。如"秋风生渭水，落叶满长安"（《忆江上吴处士》）写长安秋景，气势宏大；"半没湖波月，初生岛草春"（《送韩湘》）写初春景象，富有生机。他的《剑客》和《寻隐者不遇》诸诗，体现出他或豪迈或淡泊的情怀和诗风。

贾岛诗在体式上以五律为主，这既是诗人的喜好，也反映了时代风气。闻一多认为："贾岛、姚合领着一群青年人做诗，为各人自己的出路，也为着癖好……一则五律与五言八韵的试帖最近，做五律即等于做功课，二则为拈拾点景物来烘

---

① 《唐诗纪事》卷六五平曾条载："曾，长庆二年同贾阆仙辈贬，谓之举场十恶。"五代何光远《鉴戒录》卷八："贾又吟《病蝉》之句以刺公卿，公卿恶之，与礼闱议之，奏岛与平曾风狂，挠扰贡院，是时逐出关外，号为举场十恶。"

托出一种情调,五律也正是一种标准形式。"① 在诗歌风格上,他"避千门万户之广衢,走羊肠鸟道之仄径"(徐印芳《诗法萃编》),以瘦硬僻涩取胜。如"怪禽啼旷野,落日恐行人"(《暮过山村》)、"独行潭底影,数息树边身"(《送无可上人》)等,都是着意用生涩的语句刻画幽冷意境的显例。

贾岛的诗也存在明显的缺陷,即有句而无篇,"诚有警句,视其全篇,意思殊馁"(司空图《与李生论诗书》)。由于苦吟,他五律中的一联或者两联往往警醒出色,但整首诗却常常显得气弱。尽管如此,贾岛及其诗歌在晚唐五代却有着非常广泛的影响,学习模仿乃至顶礼膜拜的人很多。② 闻一多甚至称晚唐五代时期为"贾岛时代"。在后世诗坛上,贾岛诗风也不乏追随者,如宋初的晚唐体、宋末的四灵诗人等,都以贾岛诗为师法的对象。

贾岛的朋友、《极玄集》的编者姚合,诗与贾岛齐名,人称"姚贾"。姚合为元和十一年(816)进士,授武功主簿,官终秘书少监。姚合早年的经历和贾岛有些类似,清贫苦寒,不过贾岛终其一生都未能摆脱寒蹇,而姚合则晚达。有诗集《姚少监集》十卷行世,存诗约五百首。姚合善于摹写自然景物与萧条官况,标举"清峭"诗风,他的诗以早年任武功县主簿所作的《武功县中作》三十首为代表。这组五律组诗,主要描写县衙生活和周围景致,诗境窄仄,诗风平淡。此录二首:

县去帝城远,为官与隐齐。马随山鹿放,鸡杂野禽栖。绕舍惟藤架,侵阶是药畦。更师嵇叔夜,不拟作书题。(其一)

微官如马足,只是在泥尘。到处贫随我,终年老趁人。簿书销眼力,杯酒耗心神。早作归休计,深居养此身。(其三)

第一首写县境僻远,为官类隐的幽静生活。第二首写官职低微,心生归隐之意。两首诗都平淡而写实,境界和格调都不高。由于这组诗在当时影响较大,姚合的诗被称为"武功体"。

作为韩孟诗派的别支,贾岛和姚合以苦吟为旨归,他们所追求的淡泊世事的寒狭境界和孤寂情调,引起了后世许多诗人的学习效仿。几乎每个朝代的末叶,都有回到贾岛的趋势。贾岛、姚合的诗歌构成了中国古代文学传播、接受史上的一道奇特风景线。

---

① 闻一多:《唐诗杂论》,上海古籍出版社1998年版,第33页。
② 《唐才子传》卷九记载,晚唐李洞"酷慕贾长江,遂铜写岛像,戴之巾中,常持数珠念贾岛佛。人有喜贾岛诗者,洞必手录岛诗赠之,叮咛再四,曰:'此无异佛经,归焚香拜之。'"《旧五代史》卷一三一亦记载,孙晟"画唐诗人贾岛像,悬于屋壁,以礼事之"。

韩孟诗派的追随者还有卢仝、马异、刘叉等人。卢仝（785—835），自号玉川子，曾作《月蚀歌》，长达一千八百多字，运用奇特的幻想和散文化的语言描绘月蚀过程，寓讥时之意。《与马异结交诗》也是"怪异惊众之作"（《唐才子传》）。马异，生平不详，存诗四首，诗风与卢仝相似。刘叉，生平不详，酷好卢仝、孟郊之体，有诗集一卷，其中《冰柱》《雪车》等以奇崛之笔于写景之外直斥时政，格调在卢仝、马异之上。他们多学韩愈的雄奇而偏于险崛粗放，颇不同于孟郊、贾岛之流的苦吟精炼，而尚奇避俗则是一致的。

## 第四节　刘禹锡与柳宗元的诗

顺宗永贞元年（805）的短暂政治革新，是一件对中唐政治和文学发展具有重要影响的事件。刘禹锡、柳宗元等是这场政治斗争的积极参与者和受害者。严重的政治打击，给他们的命运带来了不幸，但也成就了他们各自的文学事业，使他们在元白和韩孟两派之外，成为具有自己独特风格的诗人。

### 一、刘禹锡的诗：雄直刚健

刘禹锡（772—842），字梦得，洛阳人。贞元九年（793）中进士，登博学鸿词科，授监察御史。永贞元年参与王叔文集团，推行新政。失败后被贬朗州（今湖南常德）司马。元和九年（814）十二月奉召回京，次年又因《戏赠看花诸君子》一诗触犯当政者，出为连州刺史，后迁夔州、和州刺史，在外二十余年。宝历二年（826）被召回洛阳，历任苏州、汝州、同州刺史，太子宾客、秘书监分司东都，加检校礼部尚书衔。世称"刘宾客""刘尚书"。

刘禹锡具有朴素的唯物主义哲学思想，著有《天论》三篇，在继承荀子"人定胜天"思想的基础上，提出了"天人交相胜"的观点，认为"天"（自然）与"人"（社会）各有规律，相互区别又相互依存。受其哲学思想的影响，加上刘禹锡本人性格刚毅，饶有豪猛之气，他始终对人生充满信心和进取精神。如《戏赠看花诸君子》：

紫陌红尘拂面来，无人不道看花回。玄都观里桃千树，尽是刘郎去后栽。

该诗作于被贬十年应召回京之时，诗中以桃花影射朝廷新贵，因"语涉讥刺"，遂又遭贬谪。十二年后，刘禹锡再度被召回京，他又作《再游玄都观》：

>百亩庭中半是苔，桃花净尽菜花开。种桃道士归何处，前度刘郎今又来。

诗中他仍以桃花为喻嘲笑政坛上的那些匆匆过客。屡屡讽刺、抨击政敌，导致一次次的政治压抑和打击，这却激起他更为强烈的愤懑和反抗，强化了他的诗人气质。

刘禹锡的诗大都简洁明快，风情俊爽，将哲人的睿智和诗人的挚情渗透其中，极富艺术张力和雄直气势。如"芳林新叶催陈叶，流水前波让后波"（《乐天见示伤微之敦诗晦叔三君子皆有深分因成是诗以寄》）、"沉舟侧畔千帆过，病树前头万木春"（《酬乐天扬州初逢席上见赠》）都具有振衰起弱、催人向上的力量。其七言绝句也别具特色。如《秋词二首》其一：

>自古逢秋悲寂寥，我言秋日胜春朝。晴空一鹤排云上，便引诗情到碧霄。

全诗一反悲秋伤春的传统，颂秋赞秋，赋予秋天一种导引生命的力量，表现了诗人对自由境界的无限向往之情，骨力甚健。

刘禹锡最为人所称道的是咏史怀古之作。在这些诗篇中，诗人常常超越历史与现实的时间距离，借怀古以伤今，在历史与现实的交融中，展开个人对漫漫人生的体认与感悟。如《西塞山怀古》：

>王濬楼船下益州，金陵王气黯然收。千寻铁锁沉江底，一片降幡出石头。人世几回伤往事，山形依旧枕寒流。今逢四海为家日，故垒萧萧芦荻秋。

整首诗主要寄托他对国事的关心和对历史兴亡的理性认识。该诗以西晋灭吴实现统一为题材，歌颂"四海为家"的政治局面。这种选材和立意，显然包含着对当时藩镇割据、分裂国家的批判，与其《平蔡州》等诗直接描写平定吴元济叛乱的胜利异曲同工，且更具有"含蓄靡穷"（汪师韩《诗学纂文》）之妙。全诗充溢着一种悲凉而不衰飒、沉重而不失坚韧的精神气脉，感慨遥深。

刘禹锡还有受民歌启发而创作的诗篇，这些作品被人誉为"道风俗而不俚，追古昔而不愧"（魏庆之《诗人玉屑》卷一五）。刘禹锡长期被贬南方，当地盛行的民歌对他的创作自然产生一定影响，如《杨柳枝词》《竹枝词》《堤上行》《踏歌行》等，风格自然朴实，清新活泼。如《竹枝词二首》其一：

>杨柳青青江水平，闻郎江上踏歌声。东边日出西边雨，道是无晴却有晴。

用谐音双关语表现女子对情人的微妙感情，具有浓郁的生活气息。

### 二、柳宗元的诗：简淡幽深

柳宗元（773—819）字子厚，河东（今山西永济）人。其幼聪敏颖悟，少时经历河北诸镇的叛乱，故较早就"颇慕古之大有为者"（《答贡士元公瑾论仕进书》）。贞元九年（793）与刘禹锡同榜进士，十二年登博学宏词科。永贞元年（805）擢礼部员外郎。参与王叔文等人的政治革新，失败后被贬永州（今湖南零陵）司马。元和十年（815）应诏回京，不到一月又外放柳州刺史。在任多美政，为当地所颂。元和十四年十一月卒于柳州。

柳宗元是唐代著名的思想家，在哲学思想上他是朴素的唯物主义者，肯定"天人相分"。在政治思想上，柳宗元提出以"生人（民）之意"为动力的历史发展观，认为历史不取决于圣人之意，而取决于以"生人（民）之意"为基础的"势"。

柳宗元的诗主要作于遭贬之后，风格独特。蔡绦《西清诗话》称："柳子厚诗雄深简淡，迥拔流俗，致味自高，直揖陶、谢。"大致而言，简淡而兼幽深、温醇不失孤峭是柳宗元诗风的主要特征。他往往在平淡的摹绘与叙述中寄寓个人胸襟，诗境峻峭萧散而意味深长。

柳宗元诗歌简淡幽深的风格，有时是通过诗人心境的表、内层反差表现出来的，表面看似淡泊的意绪，常常隐含不平常的意蕴。如《渔翁》：

渔翁夜傍西岩宿，晓汲清湘燃楚竹。烟销日出不见人，欸乃一声山水绿。回看天际下中流，岩上无心云相逐。

诗作于柳宗元任永州司马期间。诗中主人公静处默宿，闲散淡泊，颇有几分自况意味。然孤来孤往的举动，难掩闲淡中所夹杂的孤寂落寞情绪，隐约传达出当生活失意袭来时诗人欲求淡泊宁静而又无法平静的双重心理。

在更多时候，柳诗是透过平淡的自然山水画面，以凸显作者起伏不平的胸臆，也能形成简淡幽深的风格。"投迹山水地，放情咏《离骚》"（《游南亭夜还叙志七十韵》），政治上遭受的挫折以及因此而造成心灵上的苦闷，使得柳宗元常将目光移向自然山水，徜徉其中，企图以此获得精神的慰藉，排遣心中的忧郁。他在被贬永州、柳州期间，不但写下了许多寄情山水的游记散文，也创作了不少以自然山水为背景的诗篇。这些诗篇常借助描摹山水风光，寄托诗人失意的胸臆。在不少情况下，冲淡画面中的自然景致在诗人主观情绪作用下，交杂着一种峻寒、惊突、荒寂的情调，如《秋晓行南谷经荒村》：

杪秋霜露重，晨起行幽谷。黄叶覆溪桥，荒村唯古木。寒花疏寂历，幽泉微断续。机心久已忘，何事惊麋鹿。

作者用疏淡平缓的笔调来勾勒自然景象，然而诗中所出现的一组组幽深荒寂的深秋景色，被明显地敷上一层主观色彩，映衬出他忧伤失落的内心。尽管诗人自称机心已忘，超然物外，但这不过是强作旷达，寓含其中的恰恰是无法忘却的惆怅。这种在平淡自然画面中融入浓重主观色彩用以遣情抒怀的创作特点，在《江雪》中表现得更加突出："千山"与"万径"皆极言自然境界之空阔广大，但如此广阔的环境中不见鸟影，难觅人踪，只有一叶扁舟上的渔翁在雪中的寒江独钓。冲淡幽清图景中广袤与渺小的差距被极度夸张，孤舟独钓成为画面的核心，诗人心中蕴藏的孤独也更明晰地浮现于诗的画面之中。

柳诗风格中存在的冲淡平和的一面，反映了柳宗元对闲淡萧散心境的追求。然而，政治失意以及个人的不幸遭遇，使他无法摆脱自身命运带来的痛苦，无法保持超然悠游的情怀。其诗因而表现出平和中带峻峭，简淡中带幽深的特点。苏轼称其"外枯而中膏，似淡而实美"（《东坡题跋》）、"发纤秾于简古，寄至味于淡泊"（《书黄子思诗集后》），柳宗元正是以这种简淡的语言、清峻幽深的风格而自立于中唐诗人之林的。

### 三、贬谪文学群体

贞元至元和时期，与韩愈、柳宗元、刘禹锡等人一道，早年具有拯世济时、激切昂扬的参政意识和批判精神，后却屡遭贬谪、蹭蹬仕途者还有元稹、白居易、李德裕、李绅、吕温等，他们共同构成中唐贬谪诗人群体。①

吕温（772—811），字和叔，河中（今山西永济）人。与刘禹锡、柳宗元交好。贞元十四年（798）中进士，授集贤殿校书郎，历司封员外郎、刑部郎中。元和三年（808）秋，因与宰相李吉甫有隙，贬道州刺史，后徙衡州，甚有政声，世称"吕衡州"。其诗歌总体水平虽逊于柳宗元、刘禹锡，但部分篇章却也写得激切愤发，颇具豪气。如《读句践传》："丈夫可杀不可羞，如何送我海西头。更生更聚终须报，二十年间死即休。"后在被贬道州途中所作的《道州月叹》中亦云："壮心感此孤剑鸣，沉火在灰殊未灭。"可谓沉痛中不失坚韧。

李德裕也是中唐时期重要的贬谪诗人。李德裕（787—849），字文饶，赵郡（今河北赵县）人。牛李党争中他身为李党党魁，多次遭受打击，屡次被贬。其诗

---

① 贬谪诗人群体概念的外延与内涵，参见尚永亮《元和五大诗人与贬谪文学考论》，台北文津出版社1993年版；《唐代逐臣与贬谪文学研究》，武汉大学出版社2007年版。

作基本不触及政治,而多写个人生活情感。其优秀作品,多写于被贬之后。"岭头无限相思泪,泣向寒梅近北枝。"(《到恶溪夜泊芦岛》)"独上高楼望帝京,鸟飞犹是半年程。青山似欲留人住,百匝千遭绕郡城。"(《登崖州城作》)这些诗作多于平实描写和造景中寓有浓郁的思乡情怀,表现出身处末路的苍凉之感。

**思考题**

1. 简述大历时期诗歌发展、流变的情况。
2. 如何理解韩孟诗派"以奇为美"的审美和创作倾向?
3. 陈寅恪在谈到韩愈诗歌创作时,说"既有诗之优美,复具文之流畅,韵散同体,诗文合一",你对此如何理解?
4. 陈衍在《石遗室诗话》中将元和诗坛与盛唐开元、北宋元祐诗坛并称为"三元",谈谈你对此问题的看法。

# 第六章 白居易、元稹与元白诗派

中唐时期，与韩孟诗派同时活跃于诗坛的，是以元稹、白居易为代表的元白诗派。与韩孟诗派追求奇崛险怪的风尚不同，元白诗派继承杜甫以及中唐前期元结、顾况等人的现实主义诗歌传统，尚通俗、求平易、重写实，积极发挥诗歌关注现实、经世致用的功能，形成务实尚俗的美学特征。

## 第一节 白居易、元稹的诗歌主张

白居易和元稹在诗歌创作方面的理论主张，不仅实践于他们自己的创作中，而且指导和影响着周围一批志同道合的诗人，是中唐元白诗派的创作纲领。

### 一、白居易、元稹的生平

白居易（772—846），字乐天，原籍太原，后迁居下邽（今陕西渭南）。晚年闲居洛阳，与香山寺僧人结社，自号"醉吟先生""香山居士"，故称白香山。官太子少傅，又称白少傅。

白居易出生于一个小官僚家庭，其祖、父均明经出身，只做过县令、郡佐之类的微官。白居易少年时期曾避乱越中，后又往徐州、襄阳等地，有过颠沛流离的困苦生活。这种经历，使他有机会接触到社会的底层，了解下层民众的苦难，使他的诗歌一开始就走上了关注现实的道路。

德宗贞元十六年（800），白居易进士及第。三年后中书判拔萃科，授秘书省校书郎。元和元年（806），为应制举，撰《策林》七十五篇，涉及对当时的政治、经济、军事、文化等诸方面的主张和见解。是年四月制科入等，授盩厔（今陕西周至）尉。元和二年至五年，白居易为翰林学士、左拾遗。他感激宪宗皇帝的擢拔，以高度的参政热情，直陈时事，剀切谏言，招致皇帝和权贵的不悦。同时，他创作了《秦中吟》《新乐府》等指刺现实的讽谕诗篇，在当时引起了强烈的反响。

元和五年，白居易改官京兆府户曹参军。六年四月至九年冬，他丁母忧居下邽渭村，基本过着隐居的生活。这期间，佛、道二教在他的思想中逐渐占据上风，政治热情开始减弱，流露出退隐情绪。不过，与农民的往来，使他对农村生活有了较为深入的理解，创作有《采地黄者》《村居苦寒》等诗。

元和十年，白居易回朝，任太子左赞善大夫。这年六月，他上疏请捕刺杀宰相武元衡之贼，被劾以"越职言事"，贬为江州（今江西九江）司马。江州之贬，是白居易生平中的重要事件，也是白居易人生历程的分界线，之前，可称为白居易的"志在兼济"时期；之后，则是其"独善其身"时期。这一年，他写下著名的《与元九书》，表达他的人生哲学和诗歌主张。

元和十三年底，白居易迁任忠州刺史。元和十五年回朝，先后任主客郎中、知制诰、中书舍人。长庆二年（822），出任杭州刺史。此后，历任苏州刺史、秘书监、刑部侍郎、河南尹、太子少傅等职。武宗会昌二年（842），以刑部尚书致仕。会昌六年卒，年七十五。

元稹（779—831），字微之，洛阳人，行九，世称元九。贞元九年（793）明经及第。贞元十九年，与白居易同中书判拔萃科，同入秘书省任校书郎。元和元年（806），又与白居易一起应才识兼茂明于体用科试，名列第一，授左拾遗，后转监察御史。元稹性格鲜明，参政意识和功名欲望都很强，因此得罪权贵，多次遭贬。元和十四年冬，宪宗召元稹还京，元和十五年，穆宗即位后，授元稹祠部郎中、知制诰。长庆二年（822）升任宰相。因统治者内部的斗争冲突，为相仅四个月就被罢为同州刺史。长庆三年，调任浙东观察使兼越州刺史。文宗大和四年（827）初，出为武昌军节度使，后得暴疾卒于武昌任所，终年五十三岁。

### 二、白居易、元稹的诗歌主张

白居易有《白氏长庆集》，存诗二千八百多首。他的诗歌主张与传统的儒家诗论一脉相承，主要体现在他的《新乐府序》和《与元九书》中，而以《与元九书》最为全面系统。白居易诗歌主张的主要内容是：

第一，强调诗歌的政治教化功能。白居易认为诗歌必须为政治服务，担当起"补察时政，泄导人情"的政治使命，实现"救济人病，裨补时阙"的政治目的。他提出"文章合为时而著，歌诗合为事而作"（《与元九书》），即诗歌应当"为君、为臣、为民、为物、为事而作，不为文而作也"（《新乐府序》）。将诗歌与政治密切结合，这是白居易诗论的核心。

第二，阐发诗歌的特性。在《与元九书》中，他写道："感人心者，莫先乎情，莫始乎言，莫切乎声，莫深乎义。诗者，根情、苗言、华声、实义。上自贤圣，下至愚骏，微及豚鱼，幽及鬼神。群分而气同，形异而情一，未有声入而不应，情交而不感者。""情""义"指内容，"言""声"指形式，他认为"情""义"对"言""声"有决定作用。

第三，主张诗歌形式为内容服务。《新乐府序》云："其辞质而径，欲见之者易谕也。其言直而切，欲闻之者深诫也。其事核而实，使采之者传信也。其体顺而肆，可以播于乐章歌曲也。"他"不务宫律高，不务文字奇"，注重诗歌的通俗平易、晓畅明白。

总之，白居易特别强调诗歌之于政治的服务功能。这种诗歌主张远绍"诗言志"的儒家传统诗论，近承杜甫诗歌的现实精神，是现实主义诗风的具体体现。但是，白居易过分强调诗歌的现实功用，给诗歌的艺术性造成一定的损伤，对当时和后世诗歌有一定的消极影响。

元稹是白居易诗歌唱和的好友，也是新乐府的倡导者之一。他的《乐府古题序》《唐故工部员外郎杜君墓系铭并序》《叙诗寄乐天书》等文体现他的文学主张，对新乐府的产生起了积极的作用。首先，元稹认为诗歌应该关注现实，有感而发。他指出，诗歌创作应"属事而作"（《乐府古题序》），为此，他尤为推重杜甫那些"即事名篇，无复依傍"的新题乐府诗。其次，重视对《诗经》《离骚》以来的诗歌传统的继承。在《唐故工部员外郎杜君墓系铭并序》里，他历述自尧舜时的君臣赓和开始的诗歌发展源流，从正反两面对历代诗歌进行剖析，指出其优劣所在。元稹最早将李白与杜甫并称李杜，并对杜甫诗做出高度评价，是后世扬杜抑李论及以集大成论杜诗的滥觞者。

## 第二节　白居易、元稹的讽谕诗与新乐府

"诗到元和体变新"（白居易《馀思未尽加为六韵重寄微之》）。宪宗元和年间（806—820），以白居易《新乐府》五十首为标志，诗坛掀起新乐府诗的创作热潮。新乐府继承乐府诗创作的传统，以通俗平易的形式，传达着诗人们对社会现实的深切关怀。

### 一、白居易的讽谕诗与新乐府

白居易在《与元九书》中将自己的诗歌分为讽谕诗、闲适诗、感伤诗、杂律四类。讽谕诗是白居易诗歌重要的组成部分。

白居易讽谕诗今存一百七十多首，最有代表性的是《新乐府》五十首和《秦中吟》十首。《新乐府》五十首作于元和四年（809）①，是一组具有明确的政治教化目的和严格形式的系列诗作，有着鲜明的创作特征。首先，利用"序"的形式

---

① 关于白居易《新乐府》五十首的创作时间，学界尚有不同看法。陈寅恪认为作于元和四年，而至元和七年犹有改定之处。参阅其《元白诗笺证稿》第五章《新乐府》，上海古籍出版社1982年版。日本学者下定雅弘则认为《新乐府》五十首是白居易元和七年冬在下邽完成的，直到长庆四年才因《白氏长庆集》的问世而为世人所知。参阅其《白居易〈新乐府〉五十章——兼论其成立时期》，中国唐代文学学会1996年西安国际学术会议论文。

说明创作原则和目的。在第一首诗前，用"总序"表明创作的意图和原则："凡九千二百五十二言，断为五十篇。篇无定句，句无定字，系于意，不系于文。首句标其目，卒章显其志，《诗三百》之义也。其辞质而径，欲见之者易谕也。其言直而切，欲闻之者深诫也。其事核而实，使采之者传信也。其体顺而肆，可以播于乐章歌曲也。总而言之，为君、为臣、为民、为物、为事而作，不为文而作也。"在每一首诗的标题后，都有一个小序揭示该诗的创作主旨，如《上阳白发人》"悯怨旷也"；《新丰折臂翁》"戒边功也"；《缭绫》"念女工之劳也"；《卖炭翁》"苦宫市也"等，诗歌主旨鲜明突出。其次，遵循"首句标其目，卒章显其志"的写作格式，凸显创作意图和诗篇主旨。但个别篇章不免为了凑这种形式而强发议论，损伤诗歌的整体艺术性。再次，不少诗篇形式灵活，语言生动，描写细致，感情浓厚，具有强烈的打动人心的力量。如《上阳白发人》：

上阳人，上阳人，红颜暗老白发新。绿衣监使守宫门，一闭上阳多少春。玄宗末岁初选入，入时十六今六十。同时采择百馀人，零落年深残此身。忆昔吞悲别亲族，扶入车中不教哭。皆云入内便承恩，脸似芙蓉胸似玉。未容君王得见面，已被杨妃遥侧目。妒令潜配上阳宫，一生遂向空房宿。宿空房，秋夜长，夜长无寐天不明。耿耿残灯背壁影，萧萧暗雨打窗声。春日迟，日迟独坐天难暮。宫莺百啭愁厌闻，梁燕双栖老休妒。莺归燕去长悄然，春往秋来不记年。唯向深宫望明月，东西四五百回圆。今日宫中年最老，大家遥赐尚书号。小头鞋履窄衣裳，青黛点眉眉细长。外人不见见应笑，天宝末年时世妆。上阳人，苦最多；少亦苦，老亦苦，少苦老苦两如何？君不见昔时吕向美人赋，又不见今日上阳宫人白发歌！

上阳，谓上阳宫，在洛阳皇城西南。自玄宗天宝五年以后，杨贵妃专宠，后宫人无复进幸。六宫有美色者，辄置别所，上阳宫即别所之一。无数被选进宫的美丽女子，幽闭深宫，美妃的青春年华在孤独寂寞中白白流逝。故此诗小序曰"悯怨旷也"，就是对这种罪恶的后宫制度及其给无辜女性带来的苦难的深刻揭露与批判。诗写一个十六岁的妙龄女子被采选入宫，却因为美丽，遭到专宠的杨贵妃的嫉妒，连君王一面都不得见，就被潜配上阳宫，从此在幽冷深宫中寂寞度过一生。诗篇用大量的笔墨描绘她独锁深宫的孤寂：秋夜无寐，残灯孤影；梁燕双栖，春日难捱。唯有深宫明月的圆缺轮回，见证着她的孤独；早已过时的妆扮，印证了她从红颜到白发的凄苦岁月。读罢全诗，作者对上阳女子的深切同情，对统治者的无情批判跃然纸上。诗歌采用长短不一的灵活句式，将生动形象的比喻和细致入微的白描相结合，将叙事与抒情相结合，具有浓郁的感情色彩。

《秦中吟》组诗共十首,遵循"一吟悲一事"(《伤唐衢二首》其二)的原则,集中揭露上层权贵的骄淫奢侈和对下层民众的盘剥欺压。其中,《买花》《轻肥》《歌舞》《重赋》几首诗尤为出色。这几首诗有一个共同的写作特征,就是前面以绝大多数诗句极力形容豪门权贵的豪奢淫欲,诗末以两句警醒的句子使之与下层民众的艰困生活形成对照。如《买花》之"一丛深色花,十户中人赋";《轻肥》之"是岁江南旱,衢州人食人"等,将两个对立阶层的生活加以强烈对比,从而取得鲜明的表达效果。但组诗因此形成的模式化和单调性也是显而易见的。

除《新乐府》五十首和《秦中吟》十首外,白居易的讽谕诗还有一些优秀的篇章,如《观刈麦》《村居苦寒》《采地黄者》等,写贫苦百姓的勤劳与艰辛,十分真切。当然,讽谕诗中也有个别诗作并未能体现出"兼济之志",或者虽有讽谕之义,却显得庸常乏味,不能算是成功之作。

### 二、元稹的讽谕诗与新乐府

在诗歌创作方面,元稹与白居易齐名,世称元白。元稹的《元氏长庆集》现存乐府诗四卷,有作品五十余题,涉及的对象很多,其中尤以描写下层民众生活的篇什为世所重,如《织妇词》诗云:

> 织妇何太忙,蚕经三卧行欲老。蚕神女圣早成丝,今年丝税抽征早。早征非是官人恶,去岁官家事戎索。征人战苦束刀疮,主将勋高换罗幕。缲丝织帛犹努力,变缉撩机苦难织。东家头白双女儿,为解挑纹嫁不得。檐前袅袅游丝上,上有蜘蛛巧来往。羡他虫豸解缘天,能向虚空织罗网。

诗写蚕尚未结茧,官府就开始征税,而且要求织品要有新花样,织户家的两个女儿因此头白都不能嫁,徒羡蛛网而发呆。此外,还有表现农民生活苦况的《田家词》、描摹入海采珠人艰险的《采珠行》等,都是乐府诗中的优秀篇章。也有一些乐府诗属于政治抒情诗,如《五弦弹》希望帝王爱惜贤人胜过爱娱乐,《田野狐兔行》借一个小故事讽谕朝廷用人失当等。元稹的乐府诗明白晓畅、形象生动,富有感染力。但也有少数篇章议论过多,主题散乱,诗歌的形象性、审美性嫌弱。

## 第三节 白居易的闲适诗与元稹的悼亡诗

在创作乐府诗的同时,白居易还写作有相当数量的闲适诗,表现他人生理想中知足保和的另一面。元稹的悼亡诗,以真挚的情感,沉痛的笔触,记录下诗人丰富真诚的感情世界。

### 一、白居易的闲适诗

白居易在《与元九书》中尝自陈心迹说："仆志在兼济，行在独善。奉而始终之则为道，言而发明之则为诗。谓之讽谕诗，兼济之志也。谓之闲适诗，独善之义也。故览仆诗者，知仆之道焉。"由此可知，讽谕诗和闲适诗是他本人非常看重的诗歌，分别代表着诗人的兼济之志和独善之义。

白居易的闲适诗与其讽谕诗基本相伴而生。在同一时期，既写"救齐人病，裨补时阙"、表现兼济之志的讽谕诗，又作"知足保和，吟玩性情"、表现独善之义的闲适诗，可以看出白居易人生理想与生活态度的两面性和调和性。闲适诗或作于公退独处时，或作于移病闲居时，着重表现诗人内心的优游自适和闲雅生活的一面。《常乐里闲居偶题十六韵》一诗，列在白集"闲适"类诗第一篇，表现诗人对官场名利的厌倦和对现有生活的满足。诗人对"茅屋四五间，一马二仆夫。俸钱万六千，月给亦有馀。既无衣食牵，亦少人事拘"的生活的描写，处处流露出自足的心理。诗末写道："窗前有竹玩，门外有酒沽。何以待君子，数竿对一壶。"这种优雅闲淡的生活，是中国古代文人独善其身的理想愿景，从这个意义上可以说，白居易的闲适诗，代表着中国古代文人人生理想的另一面。

白居易闲适诗的产生，首先与他的知足思想有密切联系。这和诗人受佛、道二教的影响有关，也和他的"知愧心"有关。在《秋居书怀》诗中，他写道："况无治道术，坐受官家禄。不种一株桑，不锄一垄谷。终朝饱饭餐，卒岁丰衣服。持此知愧心，自然易为足。"这种"知愧心"，是他独善其身的人生理想的体现。其次，闲适诗的产生，和白居易的生活境况也有一定联系。江州之贬，是白居易在政治上遭遇的挫折和打击，但物质生活并未受到明显影响。他的《江州司马厅记》说江州司马"岁廪数百石，月俸六七万。官足以庇身，食足以给家"，物质并不匮乏。司马一职本是闲官，江州又是一个风景秀丽的好地方，故江州之贬后，白居易的闲适情怀反而得到更充分的展示。

白居易晚年，知足保和的闲适情怀越发突出。他尝曰："世间好物黄醅酒，天下闲人白侍郎。"(《尝黄醅新酎忆微之》)知足闲适的生活，超脱闲淡的心境，使他的闲适诗具有闲逸清雅的情趣。如："绿蚁新醅酒，红泥小火炉。晚来天欲雪，能饮一杯无？"(《问刘十九》) 小诗色彩明丽，情味淡雅，悦人心目。

白居易的闲适诗，有一些篇什热衷于描写生活琐事，将衣食俸禄挂在嘴边，津津乐道。虽然颇能直观展示诗人的闲适生活，却不免庸俗单调，是白居易闲适诗中的败笔。

白居易的闲适诗对后世有相当的影响。一方面，其闲适诗平易浅近的语言、悠闲淡泊的情调为后世文人所欣赏、所模仿；另一方面，闲适诗表现出的超脱情怀也容易引起后世失意文人的心理共鸣，成为他们的灵魂抚慰剂。宋代的王禹偁、欧阳修、苏轼等著名文人，都对白居易的闲适诗情有独钟，据此可知白居易闲适诗影响之一斑。

### 二、元稹的悼亡诗

元稹创作了一些优秀的爱情诗。他的爱情诗主要有两类，分别名为"艳诗"和"悼亡诗"（元稹《叙诗寄乐天书》）。他的"艳诗"以女性为描写对象，多写青年时期的浪漫爱情和对恋人的美好回忆。如《杂忆诗五首》其三："寒轻夜浅绕回廊，不辨花丛暗辨香。忆得双文笼月下，小楼前后捉迷藏。"诗写女子的青春活泼，充满爱怜之意。

元稹的悼亡诗成就尤高。西晋潘岳以诗悼亡，开中国古代悼亡诗之先河。元稹的悼亡诗，无论内容还是艺术都比潘岳更胜一筹。元稹和妻子韦丛感情真挚，其悼亡诗充满对妻子的深情厚意，表现了贫贱夫妻相濡以沫的真情，其中以《遣悲怀三首》最为著名。这三首诗全是对妻子生前身后琐事的描摹，字里行间时时流露出夫妻之间的真挚情意。其一曰：

  谢公最小偏怜女，自嫁黔娄百事乖。顾我无衣搜荩箧，泥他沽酒拔金钗。野蔬充膳甘长藿，落叶添薪仰古槐。今日俸钱过十万，与君营奠复营斋。

诗回忆妻子生前与自己患难与共的艰苦生活，抒发如今不能同享甘甜的憾恨之情。

元稹的悼亡诗把自潘岳以来的悼亡之作推向了极致，几乎无人能匹。前人评曰："古今悼亡诗充栋，终无能出此三首范围者，勿以浅近忽之。"（蘅塘退士《唐诗三百首》）陈寅恪说："微之以绝代之才华，抒写男女生死离别悲欢之感情，其哀艳缠绵，不仅在唐人诗中不多见，而影响及于后来之文学者尤巨。"（《元白诗笺证稿》）

## 第四节 《长恨歌》等叙事抒情长篇

"童子解吟长恨曲，胡儿能唱琵琶篇。"（李忱《吊白居易》）《长恨歌》和《琵琶行》是白居易的抒情长诗，具有很高的艺术成就。元稹的《连昌宫词》也是这一时期涌现的优秀叙事抒情长篇。这些鸿篇巨制，表现出诗人们高超的创作才能。

## 一、《长恨歌》解析

元和元年（806）冬，白居易任盩厔尉时，与友人陈鸿、王质夫同游仙游寺，语及唐玄宗与杨贵妃事，诸人颇多感慨。白居易依王质夫建议作《长恨歌》诗，陈鸿另撰《长恨歌传》，诗、传均叙李、杨故事，又各有侧重，并行于世，相得益彰。

《长恨歌》是被白居易归入"感伤类"的七言长篇叙事诗，共六十韵。关于它的创作主旨，据陈鸿《长恨歌传》云，白居易创作此诗，"意者不但感其事，亦欲惩尤物，窒乱阶，垂于将来者也"。即诗歌既有为李、杨爱情所感动的一面，也有以此为鉴、垂训后世的意味。在后世流传中，关于此诗的主题众说不一，成为唐诗研究的热点之一，总起来看，有讽谕说（批判说）、爱情说（歌颂说）、双重主题说（批判兼歌颂）三类。之所以如此，与作者的主观创作意图和实际创作效果之间表现出来的差距有关。

《长恨歌》前半多揭露批判，后半多歌颂同情，呈现出情感的矛盾状态。诗的开篇两句"汉皇重色思倾国，御宇多年求不得"，揭露玄宗后期贪恋女色，荒淫误国，具有强烈的批判性。然而接着的"杨家有女初长成"四句，却又为玄宗讳，这既体现出白居易作为传统文人的局限性，也体现出诗人对"大恶"与"小恶"的明智处理。① 接下来，诗歌极力渲染杨玉环的美貌风情和玄宗对她的极度宠爱，把一场宫廷爱情描写到极致，也为后面的悲剧埋下伏笔。安史乱发，玄宗仓皇逃蜀，马嵬赐死，玉环香消玉殒。长安收复后，作为太上皇的李隆基重返长安，途经马嵬，目睹伤心离魂之地，心中百转千回，感慨万端。回到长安以后的秋雨梧桐、孤魂夜永，渲染出玄宗对杨贵妃的思念之情，爱情的缠绵悱恻被描写得相当动人，洋溢着作者的同情。诗的最后，作者借助道士方术，安排玄宗与杨贵妃的魂魄在仙境相遇，重申盟誓，把李、杨之间"在天愿作比翼鸟，在地愿为连理枝"的爱情推向高峰，给后世留下一曲缠绵的爱情颂歌和历史悲情。

《长恨歌》具有很高的艺术成就。首先，作者的语言极为俭省精练。写杨贵妃的美丽，仅用"天生丽质"和"回眸一笑百媚生，六宫粉黛无颜色"就生动传神地展现出来，给读者留下丰富的想象空间。而仙境里出现的杨玉环"梨花一枝春带雨"的形象，更是成为流传千古的经典比喻。写玄宗的荒政误国，仅用"渔阳鼙鼓动地来，惊破霓裳羽衣舞"就得到生动呈现。其次，诗人充分注意情与景的

---

① 宋赵与时《宾退录》卷九："白乐天《长恨歌》书太真本末详矣，殊不为君讳。然太真本寿王妃，白云'杨家有女……人未识'，何耶？盖宴昵之私犹可以书，而大恶不容不隐。"

结合，通过景物描写传达人物的内心情怀。如对玄宗重返长安以后思念杨贵妃的描写一段，回环往复，层层烘染，将一个多情君王描绘得淋漓尽致。

白居易尝自云"一篇长恨有风情"（《编集拙诗成一十五卷戏赠元九李二十》），可知作者本人对这首诗颇为自许。《长恨歌》所取得的艺术成就，使它得到广泛的流传，对后世文学产生了深远影响。元代白朴的《唐明皇秋夜梧桐雨》、清代洪昇的《长生殿》，俱取材于此。

### 二、《琵琶行》的情蕴

白居易另一首与《长恨歌》齐名的长篇叙事抒情诗是《琵琶行》。此诗作于元和十一年（816）白居易被贬江州期间。元和十年，白居易因"越职言事"被贬官，抑郁寥落。他于浔阳江头夜行送客，偶遇身世遭际相似的琵琶女，顿生同病相怜、惺惺相惜之感，遂满怀感慨写下这首诗。诗从诗人浔阳送客写起，由琵琶声引出琵琶女，接着写琵琶女高超的弹奏技艺，然后听其叙述身世，引起诗人"同是天涯沦落人，相逢何必曾相识"的共鸣，抒发其迁谪之慨。前人评曰："满腔迁谪之感，借商妇以发之，有同病相怜之意焉。比兴相纬，寄托遥深，其意微以显，其音哀以思，其辞丽以则。"（《唐宋诗醇》卷二二）

强烈的抒情性是《琵琶行》的突出特点。诗人首先以枫叶荻花、秋声萧瑟、茫茫江月来渲染琵琶女的出场，为全诗感情定下悲凉寂寥的基调。接着，琵琶女的弹奏声和她如泣如咽的诉说，表达了无尽的幽愁暗恨。而"我"闻琵琶声而生的叹息，强烈地传达出诗人沦落天涯的贬谪感慨。篇末"座中泣下谁最多，江州司马青衫湿"的叙写，将琵琶女与诗人的共鸣情感绾合一处，突出全诗浓郁的抒情性。

生动细腻的描写是《琵琶行》的又一显著特征。作者写琵琶女的出场是"千呼万唤始出来，犹抱琵琶半遮面"，传神地写出女子因羞涩亦因难言的心事而不愿见人的情态。写琵琶女的弹奏是"嘈嘈切切错杂弹，大珠小珠落玉盘"，形象地描摹出音乐的美妙动听。这首诗因为对琵琶声的出色描写，成为唐诗中描写音乐的名篇之一。

《长恨歌》和《琵琶行》同为叙事兼抒情的长篇歌行体诗，艺术成就极高，是白居易"感伤诗"的杰出代表，和白居易的其他诗作一起，确立了他在唐诗史上的崇高地位。

### 三、元稹的《连昌宫词》

元稹的《连昌宫词》是唐代叙事诗的典范之一，向与白居易《长恨歌》齐名。诗通过唐代洛阳附近的离宫——连昌宫边老翁的见闻和经历，叙述了唐王朝半个多世纪的风云巨变，把离宫的兴废与唐王朝的盛衰联系起来。结尾借助老翁之口，表达期盼和平的善良愿望："老翁此意深望幸，努力庙谟休用兵。"诗以作者与老翁的问答形式来结构篇章，有学习杜甫《石壕吏》《兵车行》等乐府诗的痕迹。全诗波澜起伏，形象鲜明，引人入胜。

## 第五节　元白派诗人

白居易和元稹是多年唱和的诗友。宪宗元和年间，元白唱和频繁，他们所作的杯酒光景间的小碎篇章和次韵唱酬的长篇排律，风靡一时，被称为"元和体"诗。这一时期，除元稹、白居易外，还有活跃于诗坛的一批诗人，包括李绅、张籍、王建等人在内，统称为元白派。

### 一、李绅

李绅（772—846），字公垂，郡望赵郡，祖籍亳州谯县（今安徽亳州），父辈移居常州无锡（今江苏无锡）。李绅出生于仕宦家庭，于宪宗元和元年（806）进士及第，与元稹、白居易为诗文之交。因其身材短小，白居易等戏称为"短李"。

元和四年，李绅入朝为秘书省校书郎。这时，元稹读到了他的《新题乐府二十首》，极为欣赏，唱和了其中的十二首。白居易受二人启发，后来居上，作《新乐府》五十首，扩大了乐府诗的声势和影响。李绅的《新题乐府二十首》已佚，我们从元稹的和诗可以推知其有《上阳白发人》《华原磬》《五弦弹》《西凉伎》《法曲》《驯犀》《立部伎》《骠国乐》《胡旋女》《蛮子朝》《缚戎人》《阴山道》等。元稹在《和李校书新题乐府十二首》的序中说李绅的新题乐府二十首"雅有所谓，不虚为文"，并且称所和的十二首为"病时之尤急者"。由此可知李绅的乐府诗切近现实，针砭时弊，具有很强的讽谕性。

李绅的《悯农》二首，篇幅短小，流传广泛：

　　春种一粒粟，秋收万颗子。四海无闲田，农夫犹饿死。
　　锄禾日当午，汗滴禾下土。谁知盘中餐，粒粒皆辛苦。

第一首诗沉痛描写"四海无闲田"的丰收年景里"农夫犹饿死"的不正常现象，引人思索。第二首诗感慨农民劳作的艰辛和粮食的来之不易，满怀同情。两首诗语言浅近，笔墨含情，意蕴丰厚。

### 二、张籍

张籍（766？—830？），字文昌，祖籍苏州（在今江苏），和州乌江（今安徽和县）人。贞元十五年（799）进士及第，元和元年（806）调补太常寺太祝。后历任国子监助教、秘书郎、国子博士、水部员外郎、国子司业。时称"张太祝""张水部""张司业"。

张籍诗现存四百七十多首，其中有乐府诗七十多首。他的乐府诗，有沿袭古题的旧题乐府，有新题乐府，还有借乐府古题写时事的作品。反映现实、描写下层百姓生活是张籍乐府诗的主要内容。《筑城词》《寄衣曲》《别离曲》《塞下曲》等作品，描写战争造成的百姓妻离子散的悲剧。《征妇怨》写士卒戍边惨死，"夫死战场子在腹，妾身虽存如昼烛"，令人不忍卒读。其《野老歌》云：

老农家贫在山住，耕种山田三四亩。苗疏税多不得食，输入官仓化为土。岁暮锄犁傍空室，呼儿登山收橡实。西江贾客珠百斛，船中养犬长食肉。

诗写重税盘剥下的农民，辛勤劳作的成果全部交了官府的租税，不得不采橡实果腹充饥。而与之形成鲜明对比的是，西江贾客养的犬却能长食肉。诗篇通过强烈对比，展现下层民众的悲惨生活图景。这种"反本题结"的结构形式受到后人的推赏。①

张籍的乐府诗多取材于现实生活中的常见琐事，但挖掘深刻，往往能以小见大，反映社会的本质问题。他的乐府诗在其生前就得到很高评价。白居易说他："尤工乐府诗，举代少其伦。"（《读张籍古乐府》）而他看似平易通俗、自然浑成的诗歌其实得自于苦心经营，故宋代王安石说他"看似寻常最奇崛，成如容易却艰辛"（《题张司业诗》）。

### 三、王建

王建（766？—831？），字仲初，颍川（今河南许昌）人。一说为关中三辅人。他出身寒微，经人荐举初次为官时已年逾不惑，曾任县丞、太府寺丞等小官，终陕州（今河南陕县）司马。有《王司马集》，存诗五百馀首。

王建与张籍同岁，又曾比邻而居，有同窗之谊，两人在当时均从事乐府诗创作，时号"张王"。王建生活清贫，尝自道云："四授官资元七品，再经婚娶尚单身。"（《自伤》）沉沦下僚，艰辛苦寒的人生经历，使他对贫民百姓的生活有着更多的了解和同情，其乐府诗多方面表现了民间疾苦。如《织锦曲》写女工之劳，《水夫谣》写运粮之苦，《海人谣》写采珠人的艰辛等。其《田家行》写农村丰收

---

① 元范梈《木天禁语》曰："乐府篇法，张籍为第一……要诀在于反本题结，如《山农词》，结却用'西江贾客珠百斛，船中养犬长食肉'是也。"

之后农民的酸苦：

> 男声欣欣女颜悦，人家不怨言语别。五月虽热麦风清，檐头索索缲车鸣。野蚕作茧人不取，叶间扑扑秋蛾生。麦收上场绢在轴，的知输得官家足。不望入口复上身，且免向城卖黄犊。田家衣食无厚薄，不见县门身即乐。

诗写庄稼丰收，农民却高兴不起来，原因是耕织所获不得不输送给官府交纳苛捐杂税。他们不指望丰收以后能暖身饱腹，只祈愿不用为了交税而不得不卖掉家里的小牛犊。最后，农人表达了卑微的生活愿望："田家衣食无厚薄，不见县门身即乐。"农民的生活在丰收年景尚且如此，歉收之年又会怎样悲惨呢？读罢，不禁令人掩卷沉思。

王建的乐府诗运用质朴的家常语，描写百姓生活，朴素亲切，生活气息浓厚。他善于选取有特色的人物和事件加以细致描绘，给人留下深刻印象。如《羽林行》写一个出身豪门的"长安恶少"，横行霸道，祸害百姓，却总能逍遥法外。诗篇刻画恶少的丑恶嘴脸，揭露了朝廷的昏暗。

除乐府诗外，王建的宫词也很有名。他的大型宫词组诗由百篇七绝组成，几乎涉及宫廷生活的各种人物和各个层面。有的诗篇颇为优秀，如其九十一：

> 树头树底觅残红，一片西飞一片东。自是桃花贪结子，错教人恨五更风。

此诗写宫廷女子的幽怨之情，婉转悱恻，得到王安石的高度评价。① 王建宫词对后世影响很大，唐五代时期的花蕊夫人、和凝，以及宋代的王珪、宋徽宗等都曾仿作，故前人称王建为"宫词之祖"（宋顾乐《唐人万首绝句选》）。

## 思考题

1. 中唐新乐府诗创作的现实主义精神表现在哪些方面？
2. 《长恨歌》的艺术成就体现在哪些方面？
3. 如何评价白居易的闲适诗及元稹的悼亡诗？

---

① 宋陈辅《陈辅之诗话》载："王建《宫词》，荆公独爱其'树头树底觅残红'云云，谓其意味深婉而悠长也。"

# 第七章　古文思潮与唐文的成就

　　由韩愈、柳宗元领导的文体文风改革，是中国文学史上的一件大事。韩、柳将文体文风改革与贞元、元和年间的政治革新联系起来，使之成为儒学复兴思潮的重要部分，古文才得以与六朝以来主导文坛的骈俪文体相抗衡。古文思潮的兴起，一方面是由于骈文日趋没落，已经成为文学发展的羁绊，另一方面也因为古文精练畅达，较之骈文更利于展现丰富的生活和多彩的人生。"古文运动"是儒学复古运动的产物，又反过来推动儒学复古。

　　中唐韩、柳古文是唐代古文的主体，晚唐独具特色的小品文也成就不俗。在骈文创作方面，唐人也取得了新的成就。唐文不仅在数量上超越前代，各个体类均有优秀作品，而且以杂文学视野大大拓展了文章学的新疆域。

## 第一节　古文运动的背景与韩柳的古文理论

　　"古文"这一概念，是韩愈及其追随者针对"骈体文"——即魏晋以来形成、至六朝隋唐仍然流行的讲究对偶、声律、藻饰、典故的时文而提出的，特指散句单行、自由书写、没有固定形式的文体。古文运动在中唐的兴起与文化上儒学的复兴以及政治上的元和中兴密切相关。由韩愈、柳宗元领导的古文运动也是韩、柳之古文理论的具体实践。

### 一、古文运动的背景

　　隋及唐初，文学尚有六朝馀风，骈俪文仍占上风。隋文帝、李谔等人试图用政治手段强行革除骈体之弊，都以失败告终。至初唐时期，高祖和太宗出于施政的需要，提倡公文奏疏，实录切用。当时所修史书和魏徵、马周等人的奏议中，已能嗅到散体的味道。贞观时，在野的隐士王绩感慨自己才高位下，发为牢骚怨愤之文，其文骈散结合，质朴清新。他撰写的《醉乡记》，将阮籍、陶渊明引为同道，颇有遗世之意。王绩在贞观时属于另类，但其为文和为人对后世影响较大，隋唐以后的文士，得意则尊孔孟，失意则学老庄，王绩正是他们的先行者。武周时期，陈子昂试图"以雅易郑"（独孤及《赵郡李公中集序》）、"以风雅革浮侈"（梁肃《补阙李君前集序》），并身体力行，在创作中输入散体的成分。陈子昂早年"以豪侠子驰侠使气"，后折节读书，"经史百家，罔不该览"（卢藏用《陈氏别传》），具备良好的学问素养。陈子昂的最大贡献，是他大张复古的旗帜，"属词皆以经典为本，时人钦慕之，文体一变"（《旧唐书·文苑传》）。不过骈俪的风习依然盛行，玄宗开元时期的苏颋、张说并称"燕许大手笔"，他们的创作还是以骈体为主。

安史之乱后，唐王朝由盛转衰，文章却出现繁荣的局面。元结、李华、萧颖士、独孤及、梁肃、柳冕等作者继起，产生了许多忧时伤世之文。残酷的现实逼迫他们不断思考，寻找挽救衰世的方案。他们普遍认为社会颓败的根本原因在于儒家传统缺失，进而造成社会失序，礼义沦丧，道德水准不断下降。而解决的方案是重建儒学的权威地位，清除六朝以来文坛上的萎靡颓败之风。他们以宗经复古为号召，创作了大量散体文，积极探讨文体与文风改革的理论。萧颖士在《赠韦司业书》一文中说："仆平生属文，格不近俗，凡所拟议，必希古人，魏晋以来，未尝留意。"李华《崔沔集序》也说："文章本乎作者，而哀乐系乎时。"在他们看来，文章的优劣首先取决于作者及其生活的时代，魏晋以后文风俗媚，均是时代风气使然，因此取法对象必须是醇正的先秦两汉古文。然而他们的目的不仅在于改变文风，还在于推动儒学的复兴，借以阐明大道，故萧颖士、李华都提倡宗经。萧颖士称自己"经术之外，略不婴心"（《赠韦司业书》），独孤及称李华"大抵以五经为泉源"，但凡"风雅之旨归，刑政之本根，忠孝之大伦，皆见于词"（独孤及《赵郡李公中集序》）。独孤及认为：'文章可以假道，道德可以长保，华而不实，君子所丑。"（梁肃《祭独孤常州文》引独孤及语）意即文章是道的载体，道通过文章得以施行。而梁肃《补阙李君前集序》则认为："文之作，上所以发扬道德，正性命之纪；次所以裁成典礼，厚人伦之义；又其次所以昭显义类，立天下之中。……故文本于道，失道则博之以气，气不足则饰之以辞。"比其老师独孤及"文章可以假道"更进一步，提出了"文本于道"的见解。

以上诸人打着宗经、复古的旗号，攻击骈体文浮靡空洞、千篇一律的弊端，对韩愈、柳宗元领导的文风文体改革起到有力的引导作用。而韩、柳把文体文风改革与贞元、元和年间的政治革新联系起来，使之成为儒学复兴思潮的重要部分，才形成"古文运动"的巨大声势。

唐初，太宗以儒学多门，章句繁杂，诏令孔颖达等纂修《五经正义》。孔疏据南北诸儒旧义编撰，专宗一家，不取异义，而行文扼要，一改汉人经注繁冗之弊，便于诵习和流通。然而孔疏忽视义理的探讨，显然不利于儒学的发展与传播。武周时，学术上出现了一股怀疑、批判的思潮，经学方面的代表有刘知幾、元行冲、吴兢、朱敬则、王玄感等人。他们对唐初的义疏之学均有不满，但未能改变经学统一的大势。

安史之乱以后，盛唐时代繁荣兴盛、昂扬阔大的气象一去不返，出现藩镇割据、佛老兴盛、吏治日坏、士风浮薄等一系列严峻的社会问题。经学发展也随之出现了新动向，一部分学人开始背离专门之法而另创通学之途，其中成绩最大的当属啖助、赵匡、陆质的新《春秋》学。他们的《春秋》学著作考核三传，取长补短，不拘泥于一经，采兼收并蓄之途。一方面推重《公羊传》《穀梁传》今文经学的观念，另一方面以经驳传，改变了此前疏不破注的解经方法。他们注重对微言大义的阐发，倡导以己意体会圣人之意，与汉儒章句之学截然不同。

这种跨越传注，直指本义的研究方式，直接促成了儒学的复兴。新《春秋》学派也为中唐的政治改革运动提供了理论上的依据。革新派的代表人物柳宗元、刘禹锡、吕温等人都推重陆质学说，重视啖、赵学派不尚空谈的经世儒学。柳宗元在《送徐从事北游序》中说："得位而以《诗》《礼》《春秋》之道施于事，及于物，思不负孔子之笔舌。能如是，然后可以为儒。儒可以说读为哉？"吕温亦在《与族兄皋请学〈春秋〉书》中说："所曰《春秋》者，非战争攻伐之事，聘享盟会之仪也。必可以尊天子、讨诸侯、正华夷、绳贼乱者，某愿学焉。"显示了革新派经世致用的理论特色。韩愈、李翱及其同道倡导和推动的儒学复古，又把经学研究的重心转向心性问题，经学学风又为之一变。韩愈志在重建儒家道统，以孔孟之道的承继者和保卫者自居，试图"适于时，救其弊"（《进士策问》其二），解救现实的困危。对于当时的藩镇割据和佛老流行，他大力鞭挞，目的在于促成国家的大一统和思想界的统一。宋代新儒学家们综合儒、释、道等思想成果，将汉学改造为宋学，其思想先驱正是中唐时期韩愈、柳宗元、李翱以及新《春秋》派这一批儒者。

从儒学复兴到对现实的改革，是安史之乱后的一大变局。面对残酷的现实，士子们慨然奋起，希望唐王朝能够中兴。韩愈面对现实发出由衷感慨："大贤事业异，远抱非俗观。报国心皎洁，念时涕汍澜。"（《龊龊》）甚至连那位以苦吟著称的诗人孟郊，也大声疾呼："壮士心是剑，为君射斗牛。朝思除国难，暮思除国仇。"（《百忧》）肃宗后期到代宗朝任盐铁使的刘晏，在其主管财政其间，采取了一系列理财措施，改进盐铁专卖制度，改革税制，初征茶税；随后德宗朝宰相杨炎正式颁行新的赋税制度——两税法。经过这一系列的财政改革，国家收入有了明显增加，生产力也得到了一定恢复。在此基础上，中央政府展开了对地方藩镇的整顿，到宪宗朝取得了较大的成果。宪宗即位之初，改革旧弊，采纳宰相杜黄裳"以法度整顿诸侯"（《旧唐书·杜黄裳传》）的建议，出兵讨平剑南西川（治今成都）、夏绥（治今内蒙古乌神旗南）、镇海（治今江苏镇江）三处叛乱，后在强硬派宰相裴度的辅佐下，经过四年苦战，终于平定淮西叛乱，声威之下，淄青、河朔三镇相继归顺朝廷。此时藩镇对抗中央的局面暂时结束，因宪宗年号为元和，故史称"元和中兴"。可以说，对中兴的企盼造就了儒学的复兴，而儒学的复兴促发了政治上的改革。在这种背景下，文体文风改革的出现就顺理成章了。

### 二、韩愈、柳宗元的文学理论

贞元年间，唐王朝积极改革弊政，换来了二十年的太平局面。贞元八年（792），韩愈作《争臣论》，预示着他正式步入文坛。自此至长庆四年（824）韩愈去世的这段时间，以韩愈为首的复古主义思潮，发展成为具有广泛社会基础的思想运动。他们打着复古的旗帜，主张恢复孔孟儒家思想的正统地位，反对佛、道二教，借以整饬社会风气，从而阻止统一帝国走向衰落和崩溃。具体反映到文学方面，韩愈、柳宗元和他们的追随者在对散文传统的继承基础上，提倡文体文风改革，并取得了巨大的成绩。韩愈的文学理论主要体现在以下几点：

首先，明确提出"文以明道"的主张。韩愈标举仁义道德为其道的内涵，他的"道"，乃是"夫子、孟轲、扬雄所传之道"（《重答张籍书》）。在《题欧阳生哀辞后》中，他宣称"愈之为古文，岂独取其句读不类于今者邪？思古人而不得见，学古道则欲兼通其辞。通其辞者，本志乎古道者也"。他倡导古文，最主要的目的是尊崇古道，在建立儒家道统之外，用"道"来丰富文的内容，从而使其文章能够在现实生活中发挥作用。他将明道和事功紧密结合起来，用文章表达其排斥佛老、反对割据、振兴儒学的宗旨，这为他的古文理论注入了强烈的现实因子。

其次，主张学习古人的创新精神。他主张"词必己出"（《南阳樊绍述墓志铭》），而不是简单地模拟古文。韩愈重视从古人的作品中学习语言，他曾历数师法的对象："周《诰》殷《盘》，佶屈聱牙，《春秋》谨严，《左氏》浮夸，《易》奇而法，《诗》正而葩，下逮《庄》《骚》，太史所录，子云、相如，同工异曲。"（《进学解》）在《答李翊书》中，他说自己学文，"非三代两汉之书不敢观，非圣人之志不敢存，处若忘，行若遗"。但他并不停留在学习这些古文的技巧和语言上，而是提倡在师法古人的同时不忘语言的创新和风格的个性化。他追求的是"师其意不师其辞"（《答刘正夫书》）的学习方法和"自树立，不因循"（《答刘正夫书》）的语言风格。

再次，标举重道而不轻文的观念。韩愈充分认识到"文"的作用，他曾指出"愈之志在古道，又甚好其言辞"（《答陈生书》），这种重道亦重文的学习态度，和此前的古文家们有了本质的差别。他对于经书以外的各种文化典籍并不抵制，而是广泛学习，博采众长。甚至对于前辈古文家力斥的骈文，韩愈也并未全盘否定，而注意吸收其有益成分。可以说，提倡复古而不泥古，反对因袭而能创新，是韩愈文学理论超越前人的重要方面。

此外，他重视作家个人修养与文章内容的内在联系，也承认作家个人情感在文章中的重要性。韩愈所说的"道"在儒家伦理规范的基础上兼指个人的内在修养和人格精神。他在《三器论》中说:"不务修其诚于内,而务其盛饰于外,匹夫之不可。"在《答尉迟生书》中又说:"夫所谓文者,必有诸其中,是故君子慎其实。"他重视"气"的功用,认为这是决定文章优劣的重要方面。在《答李翊书》中他说:"气,水也。言,浮物也。水大而物之浮者大小毕浮,气与言犹是也。"他对"道"的理解从外在的礼法道德转化为人的内在人格修养,丰富了"道"的内涵,也引导文学趋向于个人情感的抒发。他所说的"气",包括"不平则鸣"(《送孟东野序》)、"穷苦之言"(《荆潭唱和诗序》)等个人情感在文章中的抒发与表现。韩愈的"文以明道"观念是个庞大的体系,对人的喜怒哀乐之情持肯定的态度,不像前人那样一味排斥。

柳宗元的文学理论大体上与韩愈接近,也强调"文"与"道"之间的关系。在《报崔黯秀才论为文书》中他指出:"圣人之言,期以明道,学者务求诸道而遗其辞。辞之传于世者,必由于书。道假辞而明,辞假书而传,要之之道而已耳。"其中"道假辞而明"正是韩愈"文以明道"的另一种表述。而在《答韦中立论师道书》中,他更加明确地提出"文者以明道"。不过柳宗元对文章的经世致用功能特别关注,他在《答吴武陵论〈非国语〉书》中要求文章要"辅时及物",即使在永贞革新失败后,他仍然认为"辅时及物之道,不可陈于今,则宜垂于后"(《答吴武陵论〈非国语〉书》),可见他对"辅时及物"的执着。

柳宗元在阐述"文者以明道"的同时,也能充分认识到"文"的功用。总体上说,他对骈文是持批判态度的,在《乞巧文》中,他讽刺骈文"眩耀为文,琐碎排偶;抽黄对白,啴咔飞走……观者舞悦,夸谈雷吼;独溺臣心,使甘老丑",说骈文徒有其表,并无实际功用,甚至还会迷惑人心。然而他又说:"言而不文则泥,然则文者固不可少耶!"(《答吴武陵论〈非国语〉书》)可见对于"文",他也有充分的重视。他主张广泛学习前人,"本之《书》以求其质,本之《诗》以求其恒,本之《礼》以求其宜,本之《春秋》以求其断,本之《易》以求其动","旁推交通而以为之文也"(柳宗元《答韦中立论师道书》)。柳宗元和韩愈一样,认为:"君子遭世之理,则呻吟踊跃以求知于世。……于是感激愤悱,思奋其志略以效于当世,必形于文字,伸于歌咏。"(《娄二十四秀才花下对酒唱和诗序》)这与韩愈的"不平则鸣"有着内在的关联,其高扬人性情感的主张,对后世有很大的影响。

总的看来,韩愈和柳宗元在评价骈文时出语尖刻,在强调"文以明道"观念时又能强调"文"的作用,凸显"人"的价值,重视文学语言、文章气势等艺术层面。二人以其卓荦之才,在继承前代文学遗产的基础上力求创新,共同领导以文明道、反对华而不实文体文风的革新运动，促成了唐代古文的鼎盛。

## 第二节 韩愈、柳宗元的古文

韩愈、柳宗元不仅以其古文理论指导文体文风改革，同时以其丰富的古文创作实践其古文理论，其古文创作与理论均是留给后人的宝贵财富。

### 一、韩愈的论说文、杂文

韩愈的古文，体甚多样，风格特异，奔放流畅，情感充沛。后人称其"如长江大河，浑浩流转"（苏洵《上欧阳内翰书》），比较形象地概括了韩文的风格。韩文内容丰富，成就最突出的是论说文和杂文。韩愈的论说文结合内容和形式可以分为四类：一是论道之文，重在宣扬道统和儒家思想；一是论政之文，多指摘朝政阙失；一是论学之文，阐述其文学思想及创作理念；一是牢骚之文，多针砭时弊，宣泄愤懑之作。

论道之文，有《原道》《原性》《师说》等。韩愈的这类文章结构严谨，逻辑严密。《师说》虽因李蟠从其为学而作，实际上是借以抨击当时士大夫轻视学习、耻于相师的不良习气。文章开篇即明确指出——"古之学者必有师"，然后逐层深入，从正反两方面阐明"师"的重要性，认为"无贵无贱，无长无少"都可以为师，提出了"道之所存，师之所存"的新师道观。他甚至颠覆了传统的师生关系："弟子不必不如师，师不必贤于弟子；闻道有先后，术业有专攻，如此而已。"他的这种见解直到今天仍对我们很有启发。

论政之文有《论淮西事宜状》《论佛骨表》等。《论佛骨表》的目的是谏止宪宗皇帝从法门寺迎奉佛骨，全篇蕴含着不同寻常的勇毅和胆魄："今无故取朽秽之物，亲临观之，巫祝不先，桃茢不用，群臣不言其非，御史不举其失，臣实耻之。乞以此骨付之有司，投诸水火，永绝根本。"在举国上下奉佛如神明之时，称佛骨为"朽秽之物"，居然还要将佛骨"投诸水火"，这是何等的气魄和胆识。最后以大无畏的精神表示："佛如有灵，能作祸祟，凡有殃咎，宜加臣身。"无怪乎后人称其"慷慨激烈，不以死生祸福动其心"（俞文豹《吹剑录》）了。

论学之文有《送孟东野序》《答李翊书》《送高闲上人序》等。韩愈有很高的艺术修养，在《送高闲上人序》中，他对张旭的草书有独到的认识：

  往时张旭善草书，不治他伎，喜怒窘穷，忧悲愉佚，怨恨思慕，酣醉无聊不平，有动于心，必于草书焉发之。观于物，见山水崖谷，鸟兽虫鱼，草木之花实,日月列星,风雨水火,雷霆霹雳,歌舞战斗,天地事物之变,可喜可愕,一寓于书。故旭之书,变动犹鬼神,不可端倪,以此终其身,而名后世。

韩愈用转折崎岖的长句,又排比罗列物象,造成跌宕顿挫的文势,借以表达自己对艺术创作的理解。

牢骚之文有《进学解》《送穷文》《送李愿归盘谷序》等。《送李愿归盘谷序》借隐士李愿之口,对那些"伺候于公卿之门,奔走于形势之途,足将进而趑趄,口将言而嗫嚅"的小人大事鞭挞,尽情揭露官场的丑恶:

愿之言曰:人之称大丈夫者,我知之矣!利泽施于人,名声昭于时,坐于庙朝,进退百官,而佐天子出令;其在外则树旗旄,罗弓矢,武夫前呵,从者塞途,供给之人,各执其物,夹道而疾驰,喜有赏,怒有刑;才俊满前,道古今而誉盛德,入耳而不烦……粉白黛绿者,列屋而闲居,妒宠而负恃,争妍而取怜;大丈夫之遇知于天子,用力于当世者之所为也。

描摹庸俗官僚的丑态,穷形尽相,令人解气。苏轼在《跋退之送李愿序》中说:"欧阳文忠公尝谓晋无文章,惟陶渊明《归去来》一篇而已。余亦以谓唐无文章,惟韩退之《送李愿归盘谷》一篇而已。"可见此篇在韩愈不平之文中的特殊地位。

韩愈的杂文主要有《杂说一·说龙》《杂说四·说马》《获麟解》《伯夷颂》等,多借龙、马、麒麟等动物为喻,表达作者对个人人生际遇的喟叹以及对现实生活的不满,如《说马》云:

世有伯乐,然后有千里马。千里马常有,而伯乐不常有,故虽有名马,只辱于奴隶人之手,骈死于槽枥之间,不以千里称也。马之千里者,一食或尽粟一石。食马者不知其能千里而食也,是马也,虽有千里之能,食不饱,力不足,才美不外见,且欲与常马等不可得,安求其能千里也。策之不以其道,食之不能尽其材,鸣之而不能通其意,执策而临之曰:"天下无马!"呜呼!其真无马邪?其真不知马也!

在短小的篇幅中腾挪流转,将作者对压抑人才的愤恨表露无遗。

韩愈的墓志文也极为出色。墓志本是应用文体,多用骈文,韩愈之前的墓志创作一般较少文学性,而韩愈用古文写墓志,因人而异,竭尽变化,将墓志变成精彩的人物传记。《殿中少监马君墓志》的志主三十七岁即卒,平生也无事迹可叙，很难叙写。韩愈从生死离合、人世变幻着眼，纯从虚处落笔，可谓创格。无怪乎明人吴讷称其所撰碑志"行文叙事，面目首尾，不再蹈袭"（《文章辨体序说》），在古今碑志中成就最高。

韩愈的创作几乎无体不善，这与他大胆开放的创作理念密不可分，也与他对语言的精雕细琢有关。韩愈是语言的大师，他不仅创造性使用古代的成语，还经常引入当代口语，我们今天所用的成语如"杂乱无章"（《送孟东野序》）、"落井下石"（《柳子厚墓志铭》）、"佶屈聱牙"（《进学解》）等，都出自他的手笔。

### 二、柳宗元的山水游记与杂文

柳宗元擅长写山水游记，他往往在描写景物时，融入个人的遭遇和对现实的不满。山水在他的笔下有了精神、有了人格，山水帮助他获得暂时的心理平衡和精神的超越。他在游记中再现的山水成为他的精神家园。《永州八记》是他游记中最好的作品。

《钴鉧潭西小丘记》中一个被弃的小丘被他描绘得那么生动，"其石之突怒偃蹇，负土而出，争为奇状者，殆不可数。其嵚然相累而下者，若牛马之饮于溪；其冲然角列而上者，若熊罴之登于山。"奇形怪状的山石在他的眼中仿佛具备了灵魂和血肉，充满了个性和生命力。与其说他在写被弃的山丘，不如他在写同样被弃的自己，山丘和他已经融为一体了。他向人购得这片小丘，因为同情也因为小丘的美妙景致；小丘尚且有人知遇，而自己却被贬谪边远之地，作者的内心苦闷不言而喻。《至小丘西小石潭记》则纯粹写景，作者观察的细致、体会的精微在此文中得以体现：

> 从小丘西行百二十步，隔篁竹，闻水声，如鸣佩环。心乐之，伐竹取道，下见小潭，水尤清冽，全石以为底。近岸卷石底以出，为坻为屿，为嵁为岩。青树翠蔓，蒙络摇缀，参差披拂。潭中鱼可百许头，皆若空游无所依；日光下澈，影布石上，怡然不动；俶尔远逝，往来翕忽，似与游者相乐。

描绘景致而体察至微，尤其是潭中之鱼，一经描画，跃然纸上。

柳宗元还擅长写寓言，结构短小而哲理性十足，《三戒》是其代表作。《临江之麋》写麋深受主人的宠爱，乃至"犬畏主人，与之俯仰甚善"，彼此嬉戏玩耍。而后来麋离开主人出门，遇到一群外犬，不知道处境危险，反而"走欲与为戏"，终于被"共杀食之"。《黔之驴》描写外强中干、无德无能的大笨驴，其始虎见之"以为神"，后认识了驴的无能，终于"断其喉，尽其肉"。《永某氏之鼠》写被前主人惯坏了的老鼠，在换了新主人后"为态如故"，最终被新主人全部消灭。作者借三则寓言讽刺那些不明自己本性的人，或仗势而得意忘形，或被纵容而狂妄肆虐，终不免悲惨下场。刻画生动，意蕴深远。

柳宗元的论说文和传记文也很精彩。论说文如《捕蛇者说》，写蒋氏祖孙三代遭受毒蛇之害，但因为捕蛇可以抵偿租税，仍不愿改事他业。文章从渲染捕蛇之险着笔，反衬出赋税之重，最后点出"赋敛之毒有甚是蛇"的主题，尺幅之内极尽变化曲折之能事。传记文如《段太尉逸事状》，没有对人物面面俱到地加以描绘，只是截取段秀实治理驻扎军队、孤身入营劝谕郭晞、卖马市谷代农偿租、拒绝收纳朱泚大绫四个片段，直叙事实，不涉议论，生动而有说服力。这篇文字柳宗元很自负，称"比画工传容貌，尚差胜"（《与史官韩愈致段秀实太尉逸事书》）。

柳宗元在元和以后，长期被贬在外，内心的忧闷只能通过写作表达出来。他将所见山川，所遇人物，但有可描可绘者，尽入文字。其用语精确有力，文风含蓄自然，将孤高脱俗的人生情调融入作品之中，形成了独特的散文风貌。

## 第三节　骈文的新发展

古文是唐代文章中最有光彩的部分，但并非唐文的全部。唐文既包括散体的文，也包括骈体的文；既包括单篇的文，也包括著作的文；既包括无韵之文，也包括有韵之文。唐代骈体文在前代基础上有了新的发展，而文赋和律赋在唐人的创造之下成为新的体式。

### 一、文赋与律赋

唐代的赋，常为明清人所轻视。明人何景明《杂言十首》其五云："秦无经，汉无骚，唐无赋，宋无诗。"清人程廷祚在其《骚赋论》中称"唐以后无赋"。然而也有学者对唐赋特为表彰，王芑孙《读赋卮言·审体》中说："诗莫盛于唐，赋亦莫盛于唐。总魏、晋、宋、齐、梁、周、陈、隋八朝之众轨，启宋、元、明三代之支流，踵武姬、汉，蔚然翔跃，百体争开，曷其盈矣。"着眼于唐赋体类之全，阐明了唐赋承上启下的地位。

赋是介于诗文之间的一类文体，在诗歌具有统一力量的时代，它服从于诗；在散文风行的时代往往又服从于散文。六朝的赋是诗化的，宋代的赋则是散文化的，而散文赋事实上在唐末就已见雏形。文赋之所以在唐末生成，与中唐古文运动的影响有关。唐末文赋的代表作有杜牧的《阿房宫赋》，皮日休的《霍山赋》《忧赋》《河桥赋》等，开始变整齐的四六骈句为骈散间行。杜牧心怀天下，不时感慨古今治乱兴亡之迹,《阿房宫赋》借秦亡的教训,揭露唐敬宗"起宫室,广声色"(杜牧《上知己文章启》)的穷奢极欲,气势宏伟,议论深刻,是文赋中的名篇。皮日休在《皮子文薮》序里对自作赋的主旨有所交待:"赋者,古诗之流也。伤前王太侈作《忧赋》,虑民道难济作《河桥赋》,念下情不达作《霍山赋》,悯寒士道壅作《桃花赋》。"可见其赋多揭露统治阶层的腐败,反映民不聊生的社会状况。文赋到了宋代,在欧阳修、苏轼的手中焕发出耀眼光芒,名作如《秋声赋》《赤壁赋》,既部分保留了骈赋、律赋的铺陈排比、设为问答的形式特点,又呈现出活泼流动的散体倾向,受到晚唐文赋的很大影响。

唐赋最为突出的贡献是中唐时期出现了律赋。律赋的产生,首先是科举考试的需要,同时也受到齐梁声律之学的重要影响。正如在齐梁新体诗的基础上产生了唐代的律诗一样,唐代的律赋是在齐梁抒情小赋的基础上产生的。明人徐师曾《文体明辨序说》说:"唐兴,沈、宋之流,研炼精切,稳顺声势,号为律诗……至于律赋,其变愈下。始于沈约'四声八病'之拘,中于徐、庾'隔句作对'之陋,终于隋唐'取士限韵'之制。"唐代律赋多为应试之作,歌功颂德,故其质量不如同时的骈赋、骚赋,但因为数量众多,与其他赋体相比占压倒性优势,故律赋的创作理当成为辞赋发展史上的重要一环。

律赋在体制上,除了讲求对偶外,还需要限韵。试赋原来并不限韵,后来应试者太多,为了便于评判高下,于是加大难度,在形式上增加限制。律赋的限韵也有一个从松到严的过程,洪迈《容斋随笔》"试赋用韵"条说:"唐以赋取士,而韵数多寡,平侧次叙,元无定格。"他举了三韵、四韵、五韵、六韵、七韵等例子,然后说"自太和以后,始以八韵为常"。在平仄方面,律赋发展到唐庄宗时,才以四平四仄为标准格式。再到后来,律赋不仅限韵、讲求平仄,而且还要求次韵,甚至讲求五声次第,限制愈加严格。大体而言,初、盛唐为律赋的初始阶段,盛唐开元年间,律赋的创作技巧得到很大发展。到中唐贞元、元和年间,律赋的体制渐趋固定,科举试赋成为定例。

律赋与科举考试关系密切,士子们为了参加考试或考前投献名人,往往精心雕刻,以求提携。因此,律赋中也有一些佳作值得重视。特别是到了晚唐,王棨、黄滔等人以律赋来抒发感情,给这一应试文体注入了鲜活的内容。开元、天宝间,王维和钱起写得最为出色。王维的《白鹦鹉赋》,钱起的《晴皋鹤唳赋》《千秋节勤政殿舞马赋》等都能曲尽形容之妙,堪称咏物佳作。贞元、元和年间,律赋名家辈出,如李程、王起、元稹、白居易、蒋防等,其中元、白之作引长句入四六,可谓别开生面。李调元云:"律赋多有四六,鲜有作长句者。破其拘挛,自元、白始。……乐天清雄绝世,妙语天然,投之所向,无不如志。微之则多典硕之作,高冠长剑,璀璨陆离,使人不敢逼视。"(《赋话》卷三)白居易的《汉高祖斩白蛇赋》、元稹的《观兵部马射赋》为各自的代表作。李程、王起更以专工律赋著称，李程的代表作有《日五色赋》和《金受砺赋》等，王起的律赋则以《庭燎赋》最为著名。蒋防为著名的传奇作者，亦以律赋见长，其《嫦娥奔月赋》尤负盛名。至晚唐，律赋出现了一批表现个人生活的抒情之作，这是律赋与科举考试脱节的表现。其中王棨的《江南春赋》《白雪楼赋》《凉风赋》等，黄滔的《馆娃宫赋》《明皇回驾经马嵬赋》等最具代表性。

## 二、骈体与四六

骈文、骈俪文的称呼出现得较晚，唐代以后才有。清李兆洛《骈体文钞序》云："自秦迄隋，其体递变，而文无异名。自唐以来，始有'古文'之目，而目六朝之文为'骈俪'。"骈文发展到中晚唐以后，一般称为"四六"，这是因为骈文句式多为四字句和六字句。柳宗元在《乞巧文》中称骈体文"骈四俪六，锦心绣口"，李商隐则称自作骈文集为《樊南四六》。此后，骈体文被称为四六文就比较常见了。

从骈文的发展历程来看，它兴起于魏晋，盛于六朝，至隋唐时依然兴盛，即使是在古文运动如火如荼的时期，骈文的创作仍然保持了相当大的规模。初盛唐时期，文章创作领域里，骈文居于首要的地位。"初唐四杰"均精于骈体文的创作，他们虽然倡导文风改革，但为文仍带六朝馀色。他们的骈文较六朝作者多了些清新刚健之气，王勃的《秋日登洪府滕王阁饯别序》洋溢着一股阳刚之气，骆宾王的《代徐敬业传檄天下文》更是具有排山倒海的气势。盛唐骈文以张说、苏颋最为杰出，孙梅《四六丛话》称张说"笔力深雄，直追东汉"，高步瀛《唐宋文举要》也称张说的骈文"雅絜渊懿，中郎遗则"，都指出了张说对于蔡邕的师法。张说的《齐黄门侍郎卢思道碑》运散入骈，典雅浩博；苏颋的《太清观钟铭》跌宕起伏，开阖自然。当时李白、王维等也在骈文创作方面取得成就，他们将诗歌的笔法融入骈文，化板滞为流动。如李白《春夜宴从弟桃李园序》开篇谓："夫天地者，万物之逆旅也；光阴者，百代之过客也。而浮生若梦，为欢几何？古人秉烛夜游，良有以也。"无论说理抑或抒情，均简洁明快，如行云流水。王维的《山中与裴秀才迪书》云："比涉玄灞，清月映郭，夜登华子冈，辋水沦涟，与月上下。寒山远火，明灭林外，深巷寒犬，吠声如豹。村墟夜舂，复与疏钟相间。"文字清新淡雅，境界清幽安逸。高步瀛《唐宋文举要》评曰："昔人谓摩诘诗中有画，画中有诗，此文幽隽华妙，有画所不到处。"

中唐以后，骈文在陆贽手中达到了变化的极致。他的骈文主要集中在奏议里，遣散入骈，用散体的文气代替六朝骈文的丽辞翰藻，"真意笃挚，反复曲畅，不复见排偶之迹"（《四库全书简明目录》卷一五）。他的《奉天改元大赦制》是代皇帝所作的罪己诏,全篇一气呵成,全无斧凿之痕,其中如"长于深宫之中,暗于经国之务""不知稼穑之艰难,不察征戍之劳苦""万品失序,九庙震惊;上辱于祖宗,下负于黎庶",用语晓畅,纯任自然。其《均节赋税恤百姓六条》长达七千字,论两税之弊端,情理兼顾,委婉动听。陆贽的奏议善于运用骈对长句,且从容不迫,而其"义理之精,足以比隆濂、洛;气势之盛,亦堪方驾韩、苏"(曾国藩《鸣原堂论文》)。

唐代骈文,至晚唐李商隐始集大成。据《旧唐书·李商隐传》载,李商隐、温庭筠与段成式皆擅长骈文,因三人在其从兄弟中均排行十六,当时号为"三十六体"。他们提倡以四字、六字相间为句的四六文,重辞藻、声韵、典故、对偶,并将骈文创作领域扩大,广泛应用到公文、表奏、书信等日常文体中。李商隐早期致力于古文写作,其骈文创作,实得自令狐楚。《旧唐书》本传称:"商隐能为古文,不喜偶对,从事令狐楚幕,楚能章奏,遂以其道授商隐,自是始为今体章奏。博学强记,下笔不能自休,尤善为诔奠之辞。"李商隐所作骈文不同他人之处在于其瑰丽奇古而又清切典丽的风格,正如《四库全书简明目录》所云:'李商隐骈偶之文,婉约雅饬,于唐人为别格。"其《上河东公启》读来亲切有味,其《为濮阳公陈情表》用语自然,属对精工。而其诔奠之辞尤为出色,如《奠相国令狐公文》《祭裴氏姊文》等,情真意切,凄婉动人。

## 第四节 晚唐小品文

当中唐古文大家们相继谢世之后,古文也逐渐走向衰落。这一方面是由于后继者才力不足,另一方面是因为骈文的复振。而在古文衰落之时,晚唐小品文却异军突起。这一时期的代表作家有皮日休、陆龟蒙、罗隐等人,他们在韩愈、柳宗元杂说、寓言等文体的基础上继续发展,形成了个性鲜明的小品文。

### 一、皮日休

皮日休(834?—883?),字逸少,后改字袭美;复州竟陵(今湖北天门)人。他出身贫寒,早年隐居襄阳鹿门。懿宗咸通八年(867)以榜末登进士第。曾入朝为太常博士,复出任毗陵(今江苏武进)副使。乾符末年,参加黄巢起义军。僖宗广明元年(880),黄巢入长安称帝,他被任为翰林学士。后黄巢兵败,不知所终。

皮日休在咸通七年自编的《皮子文薮》序里说自己的作品"皆上剥远非,下补近失,非空言也",在《桃花赋序》也说"非有所讽,辄抑而不发",可见他的创作主张。他的小品文善于议论，往往发前人所不敢发，托古讽今，一针见血。如他的《鹿门隐书》："古之杀人也，怒；今之杀人也，笑。""古之置吏也，将以逐盗；今之置吏也，将以为盗。""古之官人也，以天下为己累，故己忧之；今之官人也，以己为天下累，故人忧之。"他的《原谤》说："呜呼！尧舜大圣也，民且谤之；后之王天下，有不为尧舜之行者，则民扼其吭，捽其首，辱而逐之，折而族之，不为甚矣。"而在《读司马法》一文中，更在开篇鲜明地揭露历代统治者的凶残："古之取天下也，以民心；今之取天下也，以民命。"他的文章创作于藩镇割据、战乱频频的晚唐时代，具有明显的针对性和批判性。

### 二、陆龟蒙

陆龟蒙（？—881?），字鲁望，姑苏（今江苏苏州）人。举进士不第，隐居松江甫里。自号江湖散人、甫里先生。与皮日休唱和，人称"皮陆"。朝廷以高士征召，不至。躬耕垄亩，喜好泛舟太湖。

他的小品文主要收在乾符六年自编《笠泽丛书》中，多用譬喻、寓言等手法借古讽今，议论精切，现实感强。如《野庙碑》由瓯越民间淫祀切入，借题讽时：

> 今之雄毅而硕者有之，温愿而少者有之。升阶级，坐堂筵，耳弦匏，口梁肉，载车马，拥徒隶者，皆是也。解民之悬，清民之瘝，未尝贮于胸中。民之当奉者，一日懈怠，则发悍吏，肆淫刑，驱之以就事。较神之祸福，孰为轻重哉？

野庙之神，是民自立而自畏，较之地方官吏，则为害又轻。而那些地方官吏"平居无事，指为贤良，一旦有大夫之忧，当报国之日，则佪挠脆怯，颠踬窜踣，乞为囚虏之不暇"，极尽讽刺之能事。在《送小鸡山樵人序》中，借樵夫之口揭露赋税之不堪承受："元和中，尝从吏部游京师。人言国家用兵，帑金窖粟不足用，当时江南之赋已重矣。迨今盈六十年，赋数倍于前，不足之声闻于天下，得非专地者之欺甚乎？"其他如《禽暴》《记稻鼠》等讽刺统治者肆意掠夺人民，均是出色的小品文字。

### 三、罗隐

罗隐（833—909），字昭谏，馀杭（今属浙江）人，十举进士而不第，懿宗咸通十一年（870）始为衡阳主簿，后依镇海军节度使钱镠，历任钱塘令、著作郎等职。

罗隐性简傲，善谐谑，其《谗书》中"诗文凡以讽刺为主，虽荒祠木偶，莫能免者"（元辛文房《唐才子传》卷九），这些文字都是他的"愤懑不平之言，不遇于当世而无所以泄其怒之所作"（方回《〈谗书〉跋》）。其文多借古讽今，如《英雄之言》云：

> 夫盗，亦人也，冠履焉，衣服焉。其所以异者，退逊之心，正廉之节，不常其性耳。视玉帛而取之者，则曰牵于寒饿；视家国而取之者，则曰救彼涂炭。牵于寒饿者，无得而言矣。救彼涂炭者，则宜以百姓心为心。而西刘则曰："居宜如是。"楚籍则曰："可取而代。"意彼必无退逊之心，正廉之节，盖以视其靡曼骄崇，然后生其谋耳。为英雄者犹若是，况常人乎？是以峻宇逸游，不为人之所窥者鲜矣。

引述刘、项二人的所谓"英雄之言"，以揭露那些以"英雄"自命的帝王的强盗本质，正所谓嬉笑怒骂，皆成文章。其他如《说天鸡》《越妇言》《辩害》等，涉笔成趣，文笔犀利，均为佳作。

鲁迅对晚唐小品文在文学史上的地位有精辟议论，他说："唐末诗风衰落，而小品放了光辉。但罗隐的《谗书》，几乎全部是抗争和愤激之谈；皮日休和陆龟蒙自以为隐士，别人也称之为隐士，而看他们在《皮子文薮》和《笠泽丛书》中的小品文，并没有忘记天下，正是一榻胡涂的泥塘里的光彩和锋铓。"① 这也是晚唐小品受到后世读者喜爱和称赞的原因。

## 第五节　唐文的艺术成就

唐代文章不全是美文学类的作品，也有大量应用的、典章制度的、学理类的、史著类的文章。因此，对唐文的考察与研究应当以杂文学或大文学的观念为基础。唐代文章不仅在创作数量上超越前代，在各个体类创作出大量杰作，而且以杂文学视野开拓文章学新疆域，创造出有别于秦汉古文的文章典范。

### 一、文学观念的深化

隋唐以来，骈散既互相竞争，又互相融合，或寓骈于散，如韩、柳古文；或寓散于骈，如陆贽奏疏，促成了骈散的分而复合。因此，当苏轼评价韩愈"文起八代之衰，而道济天下之溺"（《潮州韩文公庙碑》）时，实际上也包含对他集八代

---

① 鲁迅：《小品文的危机》，《鲁迅全集》第4卷，人民文学出版社2005年版，第591页。

之大成的肯定，正如刘熙载所说："韩文起八代之衰，实集八代之成。盖唯善用古者能变古，以无所不包，故能无所不扫也。"（《艺概·文概》）其中自然也包含韩愈对八代骈体的批判和继承。韩文的"无所不包"说明了齐梁以来的文、笔分途正在转向文、笔合一，是唐代以来杂文学观念复归的具体体现。

"杂文学"是与非功利、重抒情的纯文学相对的概念，它指称一种弥合美文与非美文为一体的文学概念。在中唐古文家独孤及、梁肃等人笔下，"文章"一词屡屡出现，取代了六朝文人习用的"文笔"。这反映了唐人文学观念的重大变化，杂文学观念卷土重来。基于这一观念，原本被齐梁文人排除在"文"以外的经、史、子，以至碑、铭、杂说等应用文体重新被归入"文"的范畴。这类文体经过古文家卓绝的创造，被赋予一定的文学特质，出现了大量优秀的作品。正如钱穆《杂论唐代古文运动》评价韩愈、柳宗元所云："二公乃站于纯文学之立场，求取融化后起诗赋纯文学之情趣风神以纳入于短篇散文之中，而使短篇散文亦得侵入纯文学之阃域，而确占一席地。"可见，韩、柳领导的古文运动与这种杂文学观念密切相关，他们这种以复古为革新的文学运动，对当时及以后的文学发展都产生了深远的影响。

### 二、唐文的高度

唐代文章体裁多样，在继承前代诸多文体的基础上，有了很大的发展和变化，并产生了一批大家、名家。除了韩、柳，初唐有王、杨、卢、骆等，盛唐有燕、许大手笔，擅写策论的陆贽、李德裕等，晚唐有温庭筠、李商隐、段成式等的"三十六体"，小品文家皮日休、陆龟蒙、罗隐等。而在具体文体的创作上，又均有超越或匹敌前贤的杰作。如序体，在唐代不仅包括序跋（集序、诗序等），还包括为宴会、饯别所写的序。前者如杨炯的《王勃集序》、陈子昂《〈修竹篇〉序》等，后者如王勃的《秋日登洪府滕王阁饯别序》、李白的《春夜宴从弟桃花园序》、韩愈的《送李愿归盘谷序》等。尤其是韩愈、柳宗元的赠序，情真意切，感人肺腑。如记体，唐前仅有陶渊明《桃花源记》等少数名篇，在唐代则名作如林。如白居易《草堂记》、杜牧《杭州新造南亭子记》等亭台记，如元结《九疑山图记》、韩愈《画记》等书画记，如韩愈《蓝田县丞厅壁记》等官署壁记。文学价值最高的当属山水游记。唐前纯粹的山水游记尚不多见，《桃花源记》描写的是幻境，《与朱元思书》描绘富春江景色，然而未以记名篇。典型的山水游记始于唐代，元结《右溪记》、柳宗元《永州八记》是此类中的杰作。如书、启体，有白居易《与元九书》，李商隐《上尚书范阳公启》等。如颂、赞体，有元结《大唐中兴颂》、韩愈《子产不毁乡校颂》、柳宗元《伊尹五就桀赞》等。如铭、箴、诫体，有唐玄宗《纪泰山铭》、李华《四皓铭》、韩愈《五箴》、李商隐《太仓箴》、柳宗元《三戒》等。如传伝，有刘禹锡《子刘子自传》、白居易《醉吟先生传》、韩愈《毛颖传》、柳宗元《种树郭橐驼传》等。如行状，有李翱《赠礼部尚书韩公行状》、柳宗元《段太尉逸事状》等。如碑体，在唐代不仅用于歌颂功业、记述生平，而且于山川、宫室、桥梁、寺庙、祠堂等处均可立碑，有顾况《衢州开元观碑》、韩愈《柳州罗池庙碑》、张说《姚文贞公神道碑》、李商隐《太原白公墓碑铭》等。如诔、吊、祭文体，有李华《德先生诔》、韩愈《欧阳生哀辞》、柳宗元《吊屈原文》等。如论说体，在唐人笔下多呈现推理周详、逻辑严密、见解深刻等特点，有刘禹锡《天论》、柳宗元《封建论》、韩愈《原道》《师说》《进学解》等。如疏、表、议、状体，有元结《谢上表》、韩愈《论佛骨表》、李善《上〈文选〉表》、令狐楚《代李仆射谢子恩赐状》等。其他如判、移、檄、对策等，唐代均不乏名家名作。由此可见唐人在开拓文章学疆域方面可谓不遗馀力，他们赋予原不属于"文"的碑、铭、杂说等应用文体以文学特质，以杂文学的观念创造了大量优秀的作品。

综观有唐一代，以古文而言，不仅有中唐时期的鼎盛局面，而且有晚唐小品文的繁荣。以骈文而言，不仅拥有"初唐四杰"、张说、苏颋、王维、李白、柳宗元等骈文名家，而且贡献了陆贽、李商隐等骈文大家。其古文直接开启北宋诗文革新的先河，而宋四六又直承晚唐骈体。尤其是韩、柳古文，极大地丰富了古文的表现力。他们所擅长的文体之多，令人叹为观止。至明代中叶，文坛上前后七子欲复古以革新，祭起"文必秦汉"的大旗；在前后七子之间出现的"唐宋派"则推重唐宋古文，借以反对前后七子"文必秦汉"的主张，树立起了区别于秦汉古文的唐宋古文典范。

## 思考题

1. 古文运动与儒学复兴有什么样的关系？
2. 韩愈、柳宗元文学理论的异同比较。
3. 简论唐代律赋与科举考试的关系。
4. 唐代"杂文学"观念的形成对文学的发展有何影响？

# 第八章 传奇与敦煌文学

传奇是唐代的文言小说，它叙写"想象幽怪遇合，才情恍惚之事"（元虞集《道园学古录》卷三八《写韵轩记》），开创了与魏晋南北朝志怪、志人小说不同的新的小说文体。作者摆脱了"明神道"的宗教宣教意识，重在"意想"与"文采"，开辟了中国古代小说史的新时代。变文是伴随敦煌遗书的发现而逐渐为人所知的唐代佛教俗讲文学样式，宋元以后的多种通俗文学都渊源于变文讲唱。

## 第一节 唐传奇与笔记小说

唐传奇是由魏晋南北朝志怪小说演变而出。鲁迅《中国小说史略》设专章论述说："小说亦如诗，至唐代而一变，虽尚不离于搜奇记逸，然叙述宛转，文辞华艳，与六朝之粗陈梗概者较，演进之迹甚明，而尤显者乃在是时则始有意为小说。"[①] 当传奇这种新型小说逐渐流行之时，传统的笔记小说在唐代亦有持续不断的发展。

### 一、唐传奇的发展阶段

唐传奇的发展可分作三期：初盛唐、中唐、晚唐五代。

初盛唐是传奇初步发展的时期，可视为六朝志怪向唐传奇的过渡阶段，此期作品数量不多，艺术上尚不够成熟。如王度《古镜记》按时间顺序，将古镜灵异的十二个独立故事连缀成篇，内容兼及志怪与人事，颇具文采，显示了由志怪向传奇过渡的特征。类似的作品有《补江总白猿传》《梁四公记》等。

初盛唐传奇中，最独特的是张鷟《游仙窟》。这篇作品唐时传到日本，国内没有传本，直到清末才由日本传抄回国。《游仙窟》全文万馀言，以自叙的方式，记述作者奉使途中经过神仙窟，与崔十娘及其五嫂相会，饮酒赋诗，调情戏乐，留宿一夜离去。故事情节并不复杂，但描写细腻生动。《游仙窟》值得注意的有两点：一，此作品所反映的现实内容是文人的纵酒狎妓生活，它摆脱了志怪樊篱，这在唐传奇发展史上是有意义的。二，此作品基本用骈文写成，穿插大量诗歌，此种体制既有中土传统，又有异域之风。中土穿插诗歌的文学作品，较早有六朝时期的《杜兰香别传》，敦煌文学中有的变文作品也是以骈文和诗赞结合以演述故

---

[①] 鲁迅：《中国小说史略》，《鲁迅全集》第9卷，人民文学出版社2005年版，第73页。

事。《游仙窟》叙述语言浅显通俗，说明它接受了当时民间文学和佛教文学的双重影响。

中唐是传奇的兴盛期，作者云兴，作品众多且质量亦高。代表作品有陈玄祐《离魂记》、沈既济《枕中记》《任氏传》、李朝威《柳毅传》、白行简《李娃传》、元稹《莺莺传》、蒋防《霍小玉传》、陈鸿《长恨歌传》、托名陈鸿《东城老父传》、李公佐《南柯太守传》《谢小娥传》。

陈玄祐《离魂记》是唐传奇走向成熟的标志，是唐代最早将异闻与爱情结合起来描写的传奇作品。沈既济《枕中记》《任氏传》被认为是唐传奇史上划时代的作品，《枕中记》重在刺世，主要表达的是对仕途功名追求的价值否定，富贵宦达不过是虚妄的黄粱一梦；《任氏传》则塑造了一位美丽绝伦而富于人性内涵的狐仙形象。李朝威《柳毅传》，原题应作《洞庭灵姻传》，集志怪、侠义、爱情题材于一篇，表现出浓厚的浪漫主义色彩。白行简《李娃传》写歌妓李娃与贵家公子荥阳生的爱情故事，是唐传奇中最优秀的作品之一。元稹《莺莺传》的艺术成就在唐传奇不能算最高，但影响特别大。陈鸿《长恨歌传》大体分成两个部分：一是历史事实，描写杨氏女由寿王妃成为玄宗贵妃，并因而导致唐代变乱直至与兄国忠一道被杀的过程，突出反映唐代安史之乱前后玄宗无心朝政，奸相弄权，变乱发生，玄宗南奔，马嵬诛二杨，玄宗返京的重大历史；二是民间传说，描写蜀中道士为玄宗上天入地觅杨妃，并携致当年玄宗赐与杨妃之信物及天宝十载二人于七月七日"愿世世为夫妇"的盟誓，玄宗闻信郁郁而终，突出玄宗与杨妃二人之间生死不渝的深情厚意。前一部分，从社会价值的角度出发，其要在于批判，既批判了玄宗委任奸臣、以声色自娱的荒淫，又批判了杨氏一门乱国的罪恶。后一部分从人生价值的角度出发，其要在描写李杨之爱。蒋防《霍小玉传》写李益与"不邀财货，但慕风流"的妓女霍小玉之间相爱又离弃的故事。

晚唐五代，传奇创作更加丰富多样，呈现出由盛而转衰的趋势。有更多的作者热心创作，出现了许多种传奇专集，著名的有牛僧孺的《玄怪录》、李复言的《续玄怪录》、袁郊的《甘泽谣》、皇甫枚的《山水小牍》、裴铏的《传奇》。虽然大多数篇什是叙鬼怪诡异之事，篇幅短小，有人生情韵者甚少，然其中有一些反映当时藩镇割据的传奇故事，塑造了一批光彩照人的女侠形象，如袁郊《甘泽谣·红线传》中的红线、裴铏《传奇·聂隐娘》中的聂隐娘。这类传奇成为后世武侠小说的源起。

## 二、唐传奇的叙事特征

唐传奇是魏晋南北朝志怪、志人两类小说的综合发展。就志怪而言，是由以怪异为本转向叙人情世态为本，而不放弃志怪之文笔。就志人而言，是记实有其人言行之短语扩张为虚构人物志传纪。两者都摇摆于写实与幻设两端之间，形成了传奇叙事文体的几个特征。

（一）构思之奇：虚实相生的多样结构

唐传奇叙事绝大多数篇什都是虚实相间，幻中有真，真中有幻，富有奇情奇趣。《离魂记》叙王宙与倩娘相爱而不能结褵，王宙出走，倩娘病，魂离躯体，奔随王宙，王宙不知其异，同居生子，五年后二人归乡，倩娘魂体合一。离魂相合实际是幻影化的私奔。既不能判之违礼，又别有一种审美意趣，所以成为后世广为传诵、被多种戏曲改编的故事。《长恨歌传》依白居易诗歌的意蕴，前半部分实写唐明皇宠幸杨贵妃，朝政废弛，招致祸乱，马嵬军变，杨贵妃终命；后半部分掺入幻笔，叙写蜀中道士为唐明皇天上地下寻觅杨贵妃，传来杨贵妃之思念和昔日定情信物，唐明皇痛悼，抑郁而死。由于增添了真幻交织的仙凡两处相思的悲情，也就在史笔叙事的基础上增加了诗家咏叹的诗情，兼有了讽谕和悲剧的双重内涵。传奇作者多写梦中所遇之事，都不过是把现实生活中的一种情状摆进透明的纱罩中，是一种手法，也形成一种模式。《枕中记》《南柯太守传》都是在一次短暂的梦中，高度浓缩地展示出士人所历功名富贵荣辱兼备的一生，具有真实的共相性，梦境也就是一种人生的写照。《南柯太守传》在其主人公淳于棼梦醒后又写了一段：他在大槐树下看到一处状如人间城郭台殿的蚁穴，"有蚁数斛，隐聚其中"，是夕风雨暴发，群蚁尽没。这种物相并不稀奇，奇妙的是它具较贴切的象征意义，而又深化了以梦幻写人生的题旨。

（二）观照的焦点：人格之价值

唐传奇虽然许多篇章记述的是怪异之事，但基本上是志人的，而不是志怪的，一些为后世广泛传诵的篇什，如《莺莺传》《李娃传》《霍小玉传》《虬髯客传》等，更都是纯写实的小说。即便是记梦幻、神仙物怪，那也是人情化了的，或是世情世态的折光，或是具象化了的伦理的诉求，或是寄托了温馨的情趣。《柳毅传》写的是人的奇遇，柳毅出入江湖水神龙君之家，最后亦成仙，自然是怪异之谈。而龙女、龙君却是人格化的，在这个虚幻世界里发生的纠纷——洞庭君女婚嫁"匪人"，遭到迫害，钱塘君怒而讨伐薄情郎泾阳君，救出侄女——则是人间不罕见的世态。柳毅同情龙女的不幸，毅然为之传书，严词拒绝钱塘君酒后以威胁的口吻为龙女求婚，义正辞严而内心却有悔意，最后龙女变身卢氏女，适情而无伤于义，一个重情尚义、刚直可爱的人物形象便呈现出来。《任氏传》的任氏是变身为人的狐妖，篇中写任氏混迹于市井间为妓，与贫穷的郑六相爱，感郑六诚笃许以终身。一位贵公子悦其美艳，欲施强暴，她笃于郑六之情，奋力抗拒，并责之以理，赢得贵公子敬重。她为酬报贵公子的宽遇，为之谋计买得了美妾。她还利用当时的马政之弊，让郑六做了一笔生意，赢利数万银子，摆脱了贫困。后来郑六选官赴任，要她同行，她预感不祥，但经不住郑六的恳求，为不拂所爱者之意，随之西行。途中为恶犬咬死。作者沈既济既叹曰："嗟乎！异物之情也，有人道焉。遇暴不失节，徇人以至死，虽今妇人有不如者矣……众君子闻任氏之事，共深叹骇，因请既济传之，以志异云。"可见众君子"叹骇"的、作者所要"志"的"异"，主要是这位孤化的人的难能的"人道"——高尚的品格。

唐传奇里更多的是寻常人的人物传和行事记，都是传述其卓异的性情行事。《李娃传》叙妓女李娃与荥阳郑生相爱，郑生赀财用尽，为鸨母逐出，沦为乞丐，又见绝于父母，冻饿待毙。李娃见之悔愧，自赎其身，精心护养，又助其研文艺，中科第授官，求得了郑生做高官的父亲的认同。作者白行简赞曰："嗟乎，倡荡之姬，节行如是，虽古先烈女，不能逾也。"事迹不同，意旨却一致，可以说是全现实版的《任氏传》。他如《谢小娥传》记估客女蓄志为父婿复仇，改男装为佣仆，智擒杀人劫货的江贼，使之伏法。《纪闻·吴保安传》记吴保安和郭仲翔的生死友谊：吴保安为救赎被蛮人囚禁的郭仲翔，弃家十年经商积财；郭仲翔获知吴保安死在外地，立即奔丧，亲负其骸骨，徒行千里，归葬其家乡，守墓三年。《甘泽谣·红线》记藩镇割据，潞州节度使婢女红线，只身夜入魏博节度使军营，盗取其床头金盒，使其惊惧退兵，"两地保其城池，万人全其性命"。这一类的作品都是表彰人的卓异的义勇德行的。

唐传奇中已有反映弱势人群的不幸的。《霍小玉传》中因出身卑贱被排挤出贵家落入烟花巷的霍小玉，美好的爱情连同生命被卑劣的懦夫李益毁灭，形成一幕最动人的悲剧，负心汉遭到了鞭挞，也映射出那个时代的门第观念的荒谬。《莺莺传》里张生始乱终弃的情节，莺莺从守礼到违礼的犹豫、突破，遭弃绝哀而不伤、愁而不怒，表现出大家闺秀的深沉自重，更映照出了张生的轻薄失德。所以，这个轻薄子的绝情和荒谬的女人为祸水的"补过"之论，注定要被唾弃，张生的形象经过脱胎换骨的重新书写，《莺莺传》的故事方才获得永恒的艺术生命。

（三）藻绘可观，意韵深沉

唐传奇变六朝志怪小说的粗陈梗概为"施之藻绘，扩其波澜"，记叙委曲，而且绘形绘色，便增大了文学的直观审美性。《李娃传》叙述名妓李娃与荥阳郑生始合、中弃、终合，一波三折，每一段都细致描摹出真实的情状。中间用限制视角叙写李娃情笃而不得不参与鸨母"计逐"郑生的骗局，假戏做得十分逼真；郑生病落市井，旧店主怜助，进入经办丧殡事的"凶肆"打工，唱挽歌声容兼备，闻者动容，成为了京师无与伦比的挽歌郎；郑生被做官的父亲以其堕落为贱民、有辱门楣而抛弃，沿街乞食，李娃闻其声、见其状、感其情，接纳护养，资助复习文艺，中进士选官，补过尽义，这一切情节都是如实描写，真切细腻；人物可见声态笑貌，具有相当的艺术再现的生动性和说服力。

《霍小玉传》故事简单，情节少波澜，叙霍小玉与李益的情事，从初会、离别到决绝，重在展示霍小玉的举止心态。初会欢爱有忧虑，"妾本倡家，自知非匹"，"一旦色衰，恩移情替，使女萝无托，秋扇见捐"。李益选官相别，霍小玉无奈地以愿李郎"妙选高门"，"妾便剪发披缁"之婉词相激，只是换得李益言不由衷的誓言，心情十分酸苦。李益去后千方百计地筹借聘金，另娶高门女，逾期不回，不通消息；霍小玉苦待李益，"想望不移"，积忧成疾，变卖衣饰，请托亲故"使通音信"，李益终不肯来，陷入绝望的境地。亲友、义士强使李益来见，霍小玉侧身斜视，痛斥李益负心，"长痛号哭数声而绝"，这一切都叙写得声情并现，缠绵悱恻，叙事具有诗情韵致。

诗是唐人盛行的抒情言志和逞才的文体，叙事也要加入诗，人物以诗传情，乃至有对话全用诗者。对以叙事为本的小说而言，并非全都称善，但也有用得极好的，所叙之事极平常、甚平淡，却让读者感到有情致韵味，产生读文学作品的愉悦感。如沈亚之的《湘中怨辞》，叙友人歌咏的人与神女的短暂因缘，神女谪期满即离去，魏晋南北朝志怪、唐代传奇多有这类故事，中间所叙情事极简单，离别十年后有一大段叙写：

> 会上巳日，与家徒登岳阳楼，望鄂渚，张宴，乐酣，生愁吟曰："情无垠兮荡洋洋，怀佳期兮属三湘。"声未终，有画舻浮漾而来。中为彩楼，高百尺馀，其上施帏帐，栏笼画饰。帷褰，有弹弦鼓吹者，皆神仙蛾眉，被服烟霓，裙袖皆广长。其中一人起舞，含颦凄怨，形类氾人，舞而歌曰："溯青山兮江之隅，拖湘波兮袅绿裾。荷卷卷兮未舒，匪同归兮将焉如。"舞毕，敛袖，翔然凝望。楼中纵观方怡。须臾，风涛崩怒，遂迷所往。

已成俗套又平淡无味的故事，有了这段诗情画意的似真似幻的结尾，便有了无限温馨的韵味。

### 三、唐传奇在中国文学史上的地位和影响

唐传奇是对以前的叙事作品的综合性的跃进。源出志怪，却摆脱了六朝志怪小说佛道宣教宗旨和儒家以神道设教的意识，半是借喻半是直叙现实人生状况。为历史家轻视、排斥的虚构叙事，在这里获得了广阔的自由天地，"施以藻绘，扩其波澜"，也就具备了小说文体构成的情节、人物、情境三个要素。唐传奇标志着中国古代文言小说的成熟和定型，后世历代都有众多作者，形成古代小说的一条主要支脉，较著名的有宋乐史的《绿珠传》、秦醇的《谭意歌传》、元宋远的《娇红记》、明瞿佑的《剪灯新话》，清代蒲松龄的《聊斋志异》更是"用传奇法"作

出的一部饮誉世界的小说名著。

唐传奇的影响是深巨的，不仅促进了文言叙事文学的发达，也对通俗叙事文学的发展提供了助力，宋代一些传奇小说的汇编选集，就成为"说话"、诸宫调、南戏和杂剧选材改编的书。宋罗烨《醉翁谈录》里著录了不少根据唐代传奇改编的话本，在明代的话本小说集里仍然保存着不少取材于唐传奇的篇什。唐传奇的一些名篇，如《莺莺传》《长恨歌传》《李娃传》等，大都曾被后世的多种戏曲、讲唱文艺反复改编演出，成为了各自剧种的经典名作。

### 四、笔记小说

在传奇小说之外，唐代还有由六朝志怪、志人传统发展而来的笔记小说。唐代笔记小说是以笔记的形式、文学的手法、史学之追求、简省的篇幅来记录人物或故事的著作。

唐代笔记小说较早的代表作品有张鷟《朝野佥载》、刘𬗟《隋唐嘉话》，二书主要记载武后朝、太宗朝的轶事，时寓批判。中唐时期的代表作品有崔令钦《教坊记》、封演《封氏闻见记》、刘肃《大唐新语》、李肇《国史补》。《教坊记》记述了玄宗时期教坊制度及音乐故事，表达出对盛世繁华的留恋；《封氏闻见记》广泛涉及皇家制度、科举、民俗、名物等项，颇具学术随笔的特征；《大唐新语》注重搜罗唐初至大历间关乎政教人伦的事迹；《国史补》主要记录开元至长庆间事，据李肇自序，此书有意识地摒弃了之前同类著作中的鬼神梦卜之事，留意人伦风俗。

晚唐五代是追述于天盛世笔记小说的繁盛期。此类作品主要有郑棨《开天传信记》、李德裕《次柳氏旧闻》、郑处诲《明皇杂录》、李濬《松窗杂录》、王仁裕《开元天宝遗事》等。段成式《酉阳杂俎》兼具杂传、志怪、博物等笔记小说的多种类型，《四库全书总目》誉为"小说之翘楚"。晚唐又有专记文士书生、艺人妓女遗闻轶事的笔记小说，如范摅《云溪友议》、孙棨《北里志》、孟棨《本事诗》、王定保《唐摭言》等。

## 第二节 变文与敦煌文学

随着敦煌遗书的发现，敦煌文学一度成为国际显学。敦煌文学大致可以分为两类：一类是以《文选》和李白、高适诗歌为代表的文人文学，一类是以变文和曲子辞、王梵志诗等为代表的通俗文学。变文可分为讲经文、佛教变文、非佛教变文三类，它是印度的佛教文学与中土民间文学交融而形成的通俗文学样式。敦煌变文的发现为全方位理解唐代文学的繁荣，理解宋元以后各种俗文学文体的出现提供了充分的资料。敦煌诗歌和王梵志诗则反映了唐代诗歌繁荣的社会文化氛围。

### 一、变文

变文的资料集中保存在敦煌文献当中。敦煌文献，1900年发现于甘肃敦煌莫高窟，之后散失，现主要保存于法国、英国、日本、俄罗斯等地，劫余部分藏于中国国家图书馆等地。敦煌文献中有关变文的写卷，最早吸引了中外研究者的极大关注。

变文之"变"的含义，学者之间达成的共识是，"变"首先与佛教有关，它最初源自于佛教的神变，是在佛经翻译过程中出现的词汇。在翻译佛典和中土僧人记录西行经历的著作中，"变"指故事表演，或有乐器伴奏。① 变文之"变"，当然与中国文化传统中的"变"亦不无关系。《周礼·春官·大司乐》《礼记·乐记》所载周代《大武》"六变"表演程式的"变"，指以舞蹈来表演先王之事迹，这是中古佛经译家运用变字的中土渊源。变文是印度文化与中国文化结合的产物。

变文的发展大致经历了讲经文、佛教变文和非佛教变文三个阶段。变文最初与佛教俗讲伎艺密切相关。俗讲，由佛教讲经发展而来。讲经则主要面向教内信徒，目的在于解说经义；俗讲的对象是教外人士，目的在于宗教宣传，取悦大众。据日本僧人圆仁《入唐求法巡礼行记》卷三、唐段成式《酉阳杂俎·寺塔记》、赵璘《因话录》卷四、段安节《乐府杂录》等的记载，中晚唐俗讲盛行于长安诸寺。俗讲之地点有时也安排在宫廷之中。敦煌文献中有《长兴四年中兴殿应圣节讲经文》，便是为庆祝后唐明宗生日而于皇宫中表演的《仁王护国般若波罗蜜多经》讲经文。俗讲是以通俗讲唱的方式对佛经作逐句逐段的解释，其表演体制是散文讲说与韵文歌唱相结合，其底本或抄录本即俗讲经文，简称讲经文。敦煌文献所见讲经文涉及的主要为《法华经》《维摩经》《涅槃经》等故事性较强的经典。

讲经文的体制一般是先引一小段经文，接着以散文讲说敷演解释经文，再用韵文将散文讲说的内容重复一遍，如《妙法莲华经讲经文》开头的一段：

> 经："击鼓宣令，四方求法，谁能为我，说大乘者，吾当终身，供给

---

① 三国吴支谦译《须摩提女经》、东晋僧伽提婆译《增壹阿含经》卷二《须陀品》第三经均有偈云："……诸变不可计，皆使立正道，我今复值厄，唯愿尊屈神。""诸变"之"变"，当是变文之"变"的较早来源。东晋法显所撰《法显传》记师子国："作菩萨五百身已来种种变现，或作须大拏，或作睒变，或作象王，或作鹿、马。"唐义净译《根本萨婆多部律摄》卷一二："时有乐人取六众苾刍形像，变入管弦。"

走使。"

　　大王道："王有私愿，求经无倦。"闻佛号兮受持，得《莲经》兮讽转。便上高楼，扣其钟鼓。钟声哄哄兮皆闻，鼓响蓬蓬兮满路。钟鼓声中，曰其言语。"谁人解讲《法华经》？万劫千生终不负。"

　　楼上捶钟建道场，六时不绝爇名香。
　　日日满空呈瑞彩，时时四远有祯祥。
　　天龙数数垂加护，贤圣频频又赞扬。
　　诸佛总来相激劝，一时为放白毫光。
　　蒙光照，喜难裁，猛利之心转又开。
　　何日教余闻妙法，几时令我免轮回。
　　大王既若心专至，贤圣多应总愍哀。
　　未审谁人能为说，是何名字唱将来。

此段所引"经"出于鸠摩罗什译《妙法莲华经》卷四《提婆达多品》，24字；而后面的散文讲说有67字，运用三三七体的韵文歌唱达111字。这可能是目前所见讲经文敷演经文最为简约的一个例子，其余作品动辄敷演上千字。

讲经文后来发展为不引经典，直接讲唱佛经内容或佛教故事的佛教变文，如《破魔变》《降魔变文》《大目乾连冥间救母变文》《丑女缘起》《欢喜国王缘》等。佛教变文进而发展为讲唱中国历史故事或民间故事的非佛教变文，其表演体制亦更加灵活。或讲唱兼用，如《伍子胥变文》《汉将王陵变》《王昭君变文》《李陵变文》《张淮深变文》等；或以讲为主，如《舜子变》《韩朋赋》《韩擒虎话本》《茶酒论》《苏武李陵执别词》《庐山远公话》等；或以唱为主，如《季布咏诗》《季布骂阵词文》《燕子赋》（乙种）等。

总体来看，讲经文和佛教变文大体都以宣传宗教思想为主要目的，部分作品注重故事性和谐趣，描写精细，具有较高的文学价值。如《降魔变文》对舍利弗与六师斗法的描写：

　　六师闻语，忽然化出宝山，高数由旬。钦岑碧玉，崔嵬白银。顶接天汉，丛竹芳新。东西日月，南北参辰。亦有松树参天，藤萝万段。顶上隐士安居，更有诸仙游观。驾鹤乘龙，仙歌缭乱。四众谁不惊嗟，见者咸皆称叹。
　　舍利弗虽见此山，心里都无畏难。须臾之顷，忽然化出金刚。其金刚乃作何形状？其金刚乃头圆像天，天圆只堪为盖；足方万里，大地才足为碾。眉郁翠如青山之两重，口㗀㗀犹江海之广阔。手执宝杵，杵上火焰冲天。一拟邪山，登时粉碎。山花萎悴飘零，竹木莫知所在。百僚齐叹希奇，四众一时唱快。

以上只是舍利弗与六师初度斗法，其后又有五度斗法：六师化出水牛，舍利弗化出狮子咬碎水牛；六师化出布满浮萍菱草、岸边绿柳扶疏的水池，舍利化作白象以鼻吸干池水；六师化出毒龙，舍利弗化出金翅鸟王擒杀毒龙；六师化出二鬼，舍利弗化出毗沙门天王制服二鬼；六师化出蔽日干云的大树，舍利弗化出风神吹倒大树。经六度斗法，六师羞愧服输。《降魔变文》有关神通变化的想象性描写，既令人惊叹，又饶有趣味，对后来《西游记》的类似描写无疑有极大的影响。

非佛教变文文学价值更高，如《伍子胥变文》充分肯定了伍子胥的反抗精神，《李陵变文》对李陵遭际寄寓了深切的同情，《王昭君变文》表达了对王昭君不幸遭遇的无限哀惋，《张义潮变文》《张淮深变文》歌颂了归义军的英勇事迹，这些都足以打动人的心灵，引发人的思考。

变文表演大体可分三种体制：韵文歌唱、散文讲说兼用，以散文讲说为主，以韵文歌唱为主。这三种表演体制分别对中国古典戏曲、话本小说以及宝卷、弹词、鼓词等说唱文学的发展有重要影响。此外，作为佛教文化与民间文化交流的硕果，敦煌变文对佛教偈颂和民间歌曲的援引，推进了佛教文学和民间文学对上层文学的影响，中唐时期以韩愈为代表的以文为诗的创作风格的形成，以白居易为代表的通俗诗风的流行，都与变文表演有密切关系。

### 二、敦煌诗歌中的民间诗

敦煌诗歌即敦煌遗书所载的诗体作品，总数约有2000首，主要包括文人诗、民间诗、宗教诗和王梵志诗。

敦煌民间诗歌中值得注意的是训诫蒙学诗和学郎诗。前者如见于S. 4307、S. 4901、P. 3797等多个写本的《新集严父教》：

　　家中所生男，常依严父教。养子切须教，逢人先作笑。礼则大须学，寻思也大好。

　　遣子避醉客，但依严父教。路上逢醉人，抽身以下道。过后却来归，寻思也大好。

　　忽逢斗打处，但依严父教。饶取自然作，叉手却陪笑。忍取最为精，寻思也大好。

　　不用争人我，但依严父教。能得几时活，不久相看老。骂詈佯不闻，寻思也大好。

　　家中学侍用，孝顺伯亲老。处分莫相违，但依严父教。枷杖免及身，寻思也大好。

市头学经纪，但依严父教。斗秤莫崎岖，二人相交道。买卖事须平，寻思也大好。

　　欲拟出门前，但依严父教。无事莫夜行，免交人说道。日在即来归，寻思也大好。

　　我劝世间人，但依严父教。君子有固穷，小人贪窃盗。三乞胜一偷，寻思也大好。

　　酒后触忤人，不知有亲老。过后却来归，好个煞之奥。记取严父言，寻思也大好。

此组诗九章，每章六句，大体通俗易懂，内容上教诫世人要忍让守礼，平安生活；形式上各章末句同为"寻思也大好"，其中六章的第二句同为"但依严父教"，这种程式化的作品在《诗经》中多有，而在汉魏六朝诗歌中却不多见，应当是接受佛教偈颂影响而创作出来的。后者如 S.1824 背面：

　　日日常相望，苑（宛）转不离心。见君行坐处，一似火烧身。

此诗表达了少年学郎对心仪女子企慕却又不敢明白说出的爱恋之情，真率可感。而同时见于不同时期多个敦煌写本和吐鲁番文书的学郎所书"今日写书了""写书不饮酒""今朝好风光'""白玉非为宝"等五言四句诗，则反映了汉语诗歌在西域乃至中国南北传播的广泛性，而这恰恰是唐代诗歌繁荣所赖以依托的坚实的民众文化基础。

　　敦煌文人诗中一部分是唐人佚诗，其中最可珍视的是韦庄《秦妇吟》；另一部分是唐诗选集，对唐诗校勘有重要意义。敦煌宗教诗歌的大部分是佛教作品，或阐发佛教、禅宗义理，或劝人行善积德。此外又有少量的道教、景教诗歌。

### 三、王梵志诗

　　王梵志诗，是伴随二十世纪初敦煌遗书的发现而引起重视的。这批诗歌主要保存在三十多种敦煌写本当中，总共约三百九十首。诸多整理本中，项楚《王梵志诗校注》较为完善，便于使用。王梵志诗主要产生于隋末唐初，是一种口头文学，由僧侣和民间知识分子集体创作而成。

　　敦煌三卷本《王梵志诗集》卷上序云：

　　但以佛教道法，无我苦空。知先薄之福缘，悉后微之因果。撰修欢善，

> 诚勖非违。目录虽则数条，制诗三百馀首。具言时事，不浪虚谈。王梵志之贵文，习丁、郭之要义。不守经典，皆陈俗语。非但智士回意，实亦愚夫改容。远近传闻，劝惩令善。贪婪之史，稍息侵渔；尸禄之官，自当廉谨。各虽愚昧，情极怆然。一遍略寻，三思无忘。纵使大德讲说，不及读此善文。

由序可知，以佛教思想为归依，针对社会底层的生活实际，劝人行善，旨在救世，是王梵志诗的主要内容；"不守经典"，大量运用当时底层社会的口头语进行创作，是王梵志诗的语言特色。王梵志诗以五言为主，多针对社会底层的现实和人生问题而作，表达出强烈的批判意识。如：

> 吾富有钱时，妇儿看我好。吾若脱衣裳，与吾叠袍袄。吾出经求去，送吾即上道。将钱入舍来，见吾满面笑。绕吾白鸽旋，恰似鹦鹉鸟。邂逅暂时贫，看吾即貌哨。人有七贫时，七富还相报。图财不顾人，且看来时道。

此诗嘲笑了以有钱为美、贫窭为丑，"图财不顾人"的炎凉世态。部分作品则表达了作者的人生理想。如：

> 吾有十亩田，种在南山坡。青松四五树，绿豆两三窠。热即池中浴，凉便岸上歌。遨游自取足，谁能奈我何。

此诗道出了对自给自足的朴素生活的追求。又如：

> 梵志翻着袜，人皆道是错。乍可刺你眼，不可隐我脚。

北宋诗人黄庭坚特别喜欢这首诗，认为它讲出了人生的大道理。诗说，我反穿袜子，只为了自己的脚舒服，别人都觉得刺眼我也无所谓。为什么呢？可能作者认为人们为了求得虚名和荣誉，极力隐藏压抑自己，总力图把好的一面展示出来取悦他人，而把糟糕的东西留给自己慢慢自我消解，真正的人其实无需如此，应该首先让自己快乐，首先要真诚。

唐代是中国佛教兴盛的时代。佛教在唐代的发展主要依托底层民众，而佛教的兴盛也提升了中国底层文化的社会影响力。王梵志诗便反映了上述背景下唐代白话诗创作的崛起，此后的寒山诗则是王梵志诗的继承发展。

## 四、寒山诗

寒山诗与王梵志诗一样,属于兼具宗教情感与世俗情感的作品,寒山诗也不是一个人所写。与王梵志诗发现于敦煌遗书不同,寒山诗虽同样在宋代一度备受推崇,但此后在中国基本销声匿迹。与在本土的境遇不同,寒山诗在日本深受喜爱,后流传到欧美,被翻译成英语,对二十世纪下半叶的美国诗歌有积极的影响。此后国内的寒山研究才渐次展开。

寒山与王梵志不同,在历史记载中,王梵志主要是一个传说的人物,王梵志诗也是佛教僧侣和下层书生作品的集合。寒山则历史上实有其人,可能生活在盛中唐时期,晚年隐居在天台山国清寺。寒山诗浸透着对人生无常的感喟。如:

> 城中娥眉女,珠佩何珊珊。鹦鹉花前弄,琵琶月下弹。长歌三日响,短舞万人看。未必长如此,芙蓉不耐寒。

这首诗深得朱熹的赏识。朱熹对弟子说:"如此类,煞有好处,诗人未易到此。"

正因为无常,故寒山诗常常表达对世俗生活的厌弃。如:

> 千云万水间,中有一闲士。白日游青山,夜归岩下睡。倏尔过春秋,寂然无尘累。快哉何所依,静若秋江水。

诗中的闲士愿意与大自然相处,日游青山之中,夜睡岩石之上,没有尘世的烦恼。寒山诗说:

> 人问寒山道,寒山路不通。夏天冰未释,日出雾朦胧。似我何日届,与君心不同。君心若似我,还得到其中。

人的生活选择,关键在于内心的决断。你到底要选择什么样的生活?这是最重要的。如果你选择了与世俗竞争,那就不要艳羡那超脱世俗的生活。

寒山诗的作者对生活曾经是有追求的,而且可能直至生命的晚期,他们也保持了这种与生俱来的自信。如:

> 天生百尺树,剪作长条木。可惜栋梁材,抛之在幽谷。年多心尚劲,日久皮渐秃。识者取将来,犹堪柱马屋。

王梵志诗和寒山诗的作者是对佛教有一定信仰的中下层知识分子。因为与佛教的真切亲近，他们的作品与唐代一般文人诗表现出了很大的不同。

**思考题**

1. 唐传奇在中国古代小说上有什么重要意义？
2. 敦煌变文的类型有哪些？
3. 以变文和王梵志诗为例，谈谈敦煌遗书对于中国文学史研究的意义。
4. 谈谈你对寒山诗独特性的认识。

# 第九章 晚唐五代诗坛

就整体而言，晚唐五代诗歌在盛唐和中唐的辉煌局面上并没有很大开拓，但其中也有作家取得了显著成就。他们以不同的诗歌内容和诗歌风格，展现着自我特色，构成晚唐五代丰富多姿的诗歌世界。有"小李杜"之称的李商隐和杜牧，就是晚唐时期优秀诗人的代表。

## 第一节 杜　牧

生活于唐王朝没落时期的杜牧，出身世家，胸襟远大，以诗歌传达对政治时局的关切。其咏史怀古诗的理性精神，既是他淑世情怀的诗意体现，也开拓了咏史怀古诗的新境界。

### 一、杜牧的生平

杜牧（803—852），字牧之，唐京兆万年（今陕西西安）人。他出生于一个富有文化传统的仕宦家庭。其远祖杜预为西晋著名的政治家和学者，曾祖杜希望为玄宗时戍守边塞的名将，爱好文学。祖父杜佑是中唐著名的政治家、史学家，官至宰相仍手不释卷，所撰《通典》二百卷，是关于中国古代典章制度的重要著作。杜牧的父亲杜从郁是杜佑的第三个儿子，官至驾部员外郎，早逝。这样的世族家庭对杜牧的成长具有良好的影响，杜牧也常常以其家庭深厚的文化传统为自豪："旧第开朱门，长安城中央。第中无一物，万卷书满堂。家集二百编，上下驰皇王。"（《冬至日寄小侄阿宜诗》）杜牧的童年，生活富裕而快乐，祖、父相继去世后，家道中落，备尝艰辛。文宗大和二年（828），杜牧进士及第，同年中贤良方正直言极谏科，授弘文馆校书郎，试左武卫兵曹参军。后任地方幕僚、佐官，出为黄州、池州、睦州、湖州刺史。宣宗大中五年（851），被召为考功郎中、知制诰；次年，迁中书舍人，岁暮卒于长安，终年五十岁。

杜牧的一生，历经唐王朝德、顺、宪、穆、敬、文、武、宣八帝。这是唐王朝意欲中兴最终却梦想破灭而走向全面溃退的时期。杜牧的理想和抱负随着时代风云的变化呈现出一个动态历程。早年的杜牧，受家庭氛围的影响，对历史、政治、军事、文化等都有着广泛的兴趣，尤为关心"治乱兴亡之迹，财赋兵甲之事，地形之险易远近，古人之长短得失"（《上李中丞书》）。他写过《罪言》《论战》等政治、军事的文章，注过《孙子》十三篇，还致书执政者，陈述自己的政治、军事方略。著名的《阿房宫赋》，就是他有感于敬宗大造宫室、耽于声色享乐而作的借古讽今的名篇。忧时伤世的《感怀诗》也作于这一时期。步入仕途后，长期沉沦下僚，对杜牧的政治热情不啻是严酷的打击。仕途的不得意，加上文人习性，杜牧时常流连于歌楼酒肆，"十年一觉扬州梦，赢得青楼薄倖名"（《遣怀》），是他这段生活一个方面的真实写照。杜牧后期，连任地方官，"三守僻左，七换星霜。拘挛末伸，抑郁谁诉"（《上吏部高尚书状》），似乎也没有大的作为。晚年虽入朝为官，然痼疾缠身，不久即辞世。杜牧集落魄公子与风流文人于一身，胸怀抱负却生不逢时，他对现实的观照、对历史的反思、对政治的感喟、对自身的抒写，构成他的文学世界，是唐王朝最后的士族对社会现实和自我心灵世界的深情吟唱。

### 二、杜牧的诗歌创作及其咏史怀古诗的理性精神

杜牧诗文兼擅，其诗现存世四百餘首。① 在诗歌创作上，他自称"苦心为诗，本求高绝。不务奇丽，不涉习俗。不今不古，处于中间"（《献诗启》）。可知他对诗歌创作的孜孜以求及对诗歌境界的独特体会。他追求高绝诗风，不满绮丽俗艳的诗坛风气，但他自己又风流多情，故形成俊爽豪迈中又带柔美绮情的诗歌风格。

杜牧的诗歌内容丰富多样，展现了复杂的社会现实和诗人多彩的生活。作为出身世家又怀有雄心壮志的士大夫文人，关心政治、关注国计民生的淑世精神在他的诗歌里有着多方面的表现。作于二十五岁时的《感怀诗》，是诗人有感于文宗大和元年（827）朝廷讨伐横海节度使叛乱一事而作。诗首先追忆唐王朝的建立和唐初的政治面貌，表达对清明盛世的缅怀。接着以很大篇幅历述"安史之乱"后藩镇割据、朝廷孱弱、兵连祸接、民不聊生的惨痛事实，最后抒发了诗人面对满目疮痍的忧愤心情。这是一首长达一百零六句的长篇五古，容纳了极多的内容，却不枝不蔓，以历史进程为线索，将叙事、抒情、议论融为一体，既表现了诗人关注政治的用世热情，也体现出他高超的诗歌艺术才能。《郡斋独酌》也是长篇五古，着重传达诗人"平生五色线，愿补舜衣裳"的政治热情。《河湟》则是一首表达其现实关怀的七律：

> 元载相公曾借箸，宪宗皇帝亦留神。旋见衣冠就东市，忽遗弓剑不西巡。牧羊驱马虽戎服，白发丹心尽汉臣。唯有凉州歌舞曲，流传天下乐闲人。

诗围绕收复河湟地区事件，将当朝统治者与代宗时的宰相元载及前朝宪宗皇帝作比较。前朝君臣尚有收复之志，当今的统治者却不思进取，甚至沉溺于从河湟地

---

① 杜牧的诗集，有上海古籍出版社1962年出版的《樊川诗集注》，共收诗五百餘首，然据今人考证，其中有许浑、张祜等他人的作品，可信者为四百餘首。参看吴在庆《杜牧论稿》（厦门大学出版社1990年版）、胡可先《杜牧研究丛稿》（人民文学出版社1993年版）。

区传来的凉州歌舞，忘却了在沦陷区的白发丹心的子民。诗歌充分运用对比手段，表达诗人的政治见解。《早雁》一诗则用比兴手法，同情受到异族侵扰的边地百姓，鞭挞统治者的昏弱无能。

写景、咏物、纪行，是杜牧诗歌的又一表现内容。杜牧感情丰富，细腻多情，对自然和人事有着敏锐的感受。如他的《山行》诗："远上寒山石径斜，白云生处有人家。停车坐爱枫林晚，霜叶红于二月花。"写诗人秋日山行的所见所感，色彩鲜艳，情感丰沛，随口道来，清新如画。《清明》诗："清明时节雨纷纷，路上行人欲断魂。借问酒家何处有，牧童遥指杏花村。"写清明所见，是千古传唱的名篇。《夜泊秦淮》诗则以"商女不知亡国恨，隔江犹唱后庭花"的犀利笔锋，在写景纪行的同时，融入对世风人心的感慨。

李商隐写给杜牧的《赠杜司勋》诗中尝云："刻意伤春复伤别，人间唯有杜司勋。"说明杜牧那些伤春伤别的诗篇在当时就颇为人注意。如下列两首诗：

> 自是寻春去校迟，不须惆怅怨芳时。狂风落尽深红色，绿叶成阴子满枝。（《叹花》）
> 多情却似总无情，唯觉樽前笑不成。蜡烛有心还惜别，替人垂泪到天明。（《赠别》）

《叹花》诗，借写春花凋落，子满枝头，感叹青春已逝，时不我待。《赠别》诗，以蜡烛垂泪、替人惜别的绝妙想象写离别的忧思，成为咏物抒情的佳篇。

杜牧成就最高的是他的咏史怀古诗。晚唐五代时期是咏史怀古诗创作的高峰期，诗人们借助这一题材，抒写他们因为社会现实的黑暗腐败和个人前途的暗淡而产生的落寞悲观的情绪。杜牧的三十多首咏史怀古诗大体可以分为两类，第一类借助典型画面和细节传达历史感怀，第二类则直接抒发历史见解。

利用细节和画面传达历史感怀，在杜牧篇幅短小的咏史怀古的七绝中表现得非常明显。如这两首诗：

> 长安回望绣成堆，山顶千门次第开。一骑红尘妃子笑，无人知是荔枝来。（《过华清宫绝句三首》其一）
> 细腰宫里露桃新，脉脉无言度几春。至竟息亡缘底事，可怜金谷堕楼人。（《题桃花夫人庙》）

第一首诗，杜牧通过驿骑运送荔枝这一事件，鞭挞了唐玄宗和杨贵妃骄奢淫逸的享乐生活。"一骑红尘妃子笑"的"笑"字，含无限血泪，讽刺深刻。作者仿佛一个高明的摄影师，由远及近，依次推出几幅醒目的画面，其批判讽咏的意味就寄托在这样的画面中。第二首诗，前两句描写息夫人忍辱偷生的孤寂生活图景，最后一句推出刚烈求死的绿珠堕楼的画面，二者形成鲜明对比，以此讽刺息夫人的懦弱。赵翼评曰："以绿珠之死，形息夫人之不死，高下自见；而词语蕴藉，不显露讥讪，尤得风人之旨耳！"（《瓯北诗话》卷一一）

杜牧的另一类咏史怀古诗则好直接发表议论，表达自己对历史的见解。如《题乌江亭》诗："胜败兵家事不期，包羞忍耻是男儿。江东子弟多才俊，卷土重来未可知。"诗人完全以一个政治评论家的身份发表见解。他的咏史怀古诗还好作翻案语。作者通过或然性假设对历史进行评说，体现出他本人的军事观点和政治谋略。《题乌江亭》诗就是用此笔法。再如《赤壁》诗："折戟沉沙铁未销，自将磨洗认前朝。东风不与周郎便，铜雀春深锁二乔。"仍然假设历史，却通过"铜雀春深锁二乔"的假想画面来表达，前人因此对这首诗有"用意隐然，最为得体"的称颂（吴乔《围炉诗话》卷三）。在咏史怀古中阐发议论，表达自己对历史事件的反思和见解，这是杜牧咏史怀古诗的独到之处。这种带有反思和批判的理性精神，与此前重在抒发感慨的咏史怀古之作有了区别，直接影响了宋代咏史怀古诗的创作。

杜牧重视文学的思想内容，主张"文以意为主，气为辅，以辞采章句为之兵卫"（《答庄充书》）。这是他的诗歌内容充沛的原因所在。杜牧同时又高度重视诗歌艺术，苦心为诗。他推崇李白、杜甫、韩愈、柳宗元，尊之为"四君子"。他才华横溢，又转益多师，广泛吸取别人的长处，形成自己独特的艺术风格。前人评价说："杜牧之与韩、柳、元、白同时，而文不同于韩、柳，诗不同于元、白，复能于四家外，诗文皆别成一家，可云特立独行之士矣。"（洪亮吉《北江诗话》）

## 第二节　李　商　隐

李商隐是晚唐时期的重要作家。他用精湛的诗歌，展现了晚唐社会复杂的时代特色和丰富的文人心灵世界，把唐诗艺术推向了一个新的高度。

### 一、李商隐的生平

李商隐（811？—859？）①，字义山，号玉溪生，又号樊南生。原籍怀州河内

---

① 李商隐的生年，两《唐书》均无明文记载。学界主要有三种观点：一是清代钱振伦的《玉溪生年谱订误》所持之元和六年（811）说；二是近人张采田《玉溪生年谱会笺》所持之元和七年（812）说；三是清代冯浩《玉溪生年谱》所持之元和八年（813）说。三说以钱振伦观点较为合理可信，故依其说。参看董乃斌《李商隐生年为元和六年说》（《文学遗产增刊》第十四辑）。近年学界采张采田说者较多，参看刘学锴、余恕诚《李商隐诗歌集解》（中华书局1988年）附录之《李商隐生平若干问题考辨》。李商隐的卒年亦有大中十二年（858）和十三年（859）之说，此采大中十三年说。

(今河南沁阳)，自其祖父辈起，移居荥阳（今河南郑州）。李商隐家庭为李唐王室旁支，但自其高祖以来日渐衰微，其祖、父不仅官职低微，且寿数不永。李商隐十岁时，父亲卒于幕府。少年失怙，家境清贫，对李商隐敏感细腻多愁的性格特征的形成有一定的影响。

大和三年（829），李商隐结识白居易、令狐楚等前辈。令狐楚欣赏他的文采，让他与其子令狐绹等交游，并亲自授以"今体"骈文。开成二年（837），经过长期的悬首苦学，加上令狐绹的延誉，李商隐进士及第。不久，他赴兴元（今陕西汉中）入令狐楚幕。令狐楚死后，又入泾原节度使王茂元幕。王茂元亦爱惜李商隐之才，把小女儿许配给他。当时，朝廷正值"牛李党争"激烈，令狐楚父子属牛党，王茂元被视为李党。李商隐受令狐父子之恩，却与王氏结亲，引起令狐绹等人嫉恨，被斥为"背恩""无行"。次年，他应博学宏词科考试，最终以"不堪"的由头落选，可能与此有关。受党人的成见影响，加上李商隐孤介的个性，他一直沉沦下僚，在京先后任秘书省校书郎、秘书省正字、太学博士等微官，晚年曾三次离家远游做幕僚，二十年间辗转于各幕府，备尝艰辛。生活的崎岖坎坷，使他感伤、内向的性格变得更加细腻丰富。这一时期，随着对腐败昏弱政治现实的失望，文人们的心态也发生着由开放宏阔到内敛沉潜的转移，失望乃至绝望的心绪成了时代的主调，文坛弥漫着衰飒式微的情绪。个性、经历、时代因素三者的合流，促成李商隐敏感、细腻、复杂的内心世界的形成，并在他的诗歌创作中得到充分展现。

### 二、李商隐的咏史怀古诗

李商隐诗现存世约六百首。他的诗内容丰富，艺术精湛，在当时及后世都具有很大影响。作为受儒家传统思想浸润的文人，尽管仕宦不显，李商隐对社会现实仍然充满关切。《行次西郊作一百韵》是一首五古政治长诗，作者以雄阔的气势，描述了李唐王朝二百年的历史。诗篇先追叙唐前期社会的安定繁荣局面以及玄宗后期耽于享乐，奸佞擅权，导致安史之乱的发生，然后着重描述唐王朝自安史之乱到甘露之变近百年的历史，展现唐王朝由盛而衰、满目疮痍的颓唐之势。诸如藩镇割据、宦官专权、皇帝昏庸、吏治腐败、外敌侵扰、赋税沉重、民不聊生等当时社会政治生活中的主要问题都在这首诗里有所体现，堪称诗史。诗歌先写自己亲眼所睹，然后通过村民的叙述，展示一幅幅社会图景。诗的结构、风格和气势都明显有来自杜甫《北征》的影响。《有感二首》《重有感》《富平少侯》《寿安公主出降》等诗，也从不同侧面展示了当时的社会现实。

李商隐的咏史怀古诗和杜牧诗一起，代表着晚唐这一题材诗作的最高成就。他的咏史怀古诗，善于抓取典型细节，运用对比手法，通过形象画面来表达对于历史的喟叹。如下面的三首诗：

　　　　永寿兵来夜不扃，金莲无复印中庭。梁台歌管三更罢，犹自风摇九子铃。（《齐宫词》）

　　　　此日六军同驻马，当时七夕笑牵牛。如何四纪为天子，不及卢家有莫愁。（《马嵬》其二节选）

　　　　宣室求贤访逐臣，贾生才调更无伦。可怜夜半虚前席，不问苍生问鬼神。（《贾生》）

　　在第一首诗里，作者抓住九子铃这个特殊的物件来作文章。九子铃为齐时故物，是南齐帝王奢靡荒淫的见证。如今南齐覆亡，铃声依旧，物是人非。诗人从细小的物件着眼，却反映出历史天翻地覆的巨变。纪昀评曰："妙从小物寄慨，倍觉唱叹有情。"第二首诗充分运用对比手法。先将昔日"七月七日长生殿，夜半无人私语时"的恩爱场景，与今日六军驻马、马嵬赐死以安军心的无奈之举进行对比；后将帝王爱情与平民爱情进行对比，突出不幸生在帝王家的悲剧成分，令人叹惋。第三首诗选取贾谊自长沙召回、宣室夜对的情景为题材。首两句从正面着笔，写文帝求贤若渴，贾谊得遇。第三句承前用笔，以"虚前席"的具体动作，描写文帝倾身以听的专注会神。运笔至此，作者似乎都在塑造文帝的贤明君主形象，然而第四句道出宣室夜对的内容却是"不问苍生问鬼神"。读者至此恍然大悟，原来诗人意在对文帝不问社稷苍生，只关心鬼神迷信进行辛辣讽刺。作者的这种写作意图，不是直接站出来宣布的，而是借助于形象画面表达出来，加之欲抑先扬的艺术手法的成功运用，使诗篇的讽刺力量格外鲜明突出。联系到晚唐时期的帝王大都崇佛媚道，服药求仙，妄图长生，而置江山社稷于不顾的社会现实，作者的感慨指刺，实有强烈的现实针对意义。将无限慨叹不直接道出，而是诉诸画面和形象，这是李商隐咏史怀古诗的主要艺术手法。

　　善于用典也是李商隐咏史怀古诗的一大特色。如《隋宫》诗："紫泉宫殿锁烟霞，欲取芜城作帝家。玉玺不缘归日角，锦帆应是到天涯。于今腐草无萤火，终古垂杨有暮鸦。地下若逢陈后主，岂宜重问后庭花。"诗讽刺隋炀帝贪欲奢靡而至死不悟，几乎句句用典。语典、事典的大量使用，扩大了诗篇的内蕴，又具有含蓄婉转的韵味。

### 三、李商隐的抒怀诗及无题诗

　　抒写襟抱，是李商隐诗的又一表现内容。敏感细腻的心灵，艰难坎坷的遭际，奔波动荡的生活，使诗人的心中常常生发出种种复杂幽微的感受。文宗开成三年，李商隐因为莫名的原因落选博学宏词科试，不得已赴王茂元幕。暮春之际，诗人登上泾州（今甘肃泾川北）城楼，写下《安定城楼》一诗。诗以登临远望开端，抒写自己的不遇。诗的结句写道："不知腐鼠成滋味，猜意鹓雏竟未休。"运用

《庄子·秋水》庄子见惠施的典故，表白自己对功名利禄并不放在心上，却还是遭到醉心世俗利禄之人的猜忌排挤。《乐游原》诗也是诗人登临的所见所感："向晚意不适，驱车登古原。夕阳无限好，只是近黄昏。"何焯评曰："迟暮之感，沉沦之痛，触绪纷来，悲凉无限。"（《李义山诗集辑评》卷一）他的自我怀抱、身世之悲也常常寄托在咏物诗中。如以流莺象征诗人漂泊无依的生活（《流莺》）以蝉寄托自己的激愤情怀（《蝉》）等。

《夜雨寄北》则是一首思亲念乡的深情之作："君问归期未有期，巴山夜雨涨秋池。何当共剪西窗烛，却话巴山夜雨时。"诗的主旨，有寄内、寄友人二说。而无论是写给妻子，还是寄赠友人，诗中的情意都是一样的感人至深。诗的首句以回答对方的询问发端，以见对方对自己的挂念，第二句把"未有期"之答的难言之隐以眼前景致宕开，是写凄风苦雨，也是写凄迷之情。第三句是对团聚的美好期许，末句却重提巴山夜雨的凄凉。诗只短短二十八字，却有"归期"与"未有期"的回环，有"巴山夜雨"的重言之笔。在反复跌宕中，诗人欲说还休，欲罢不能，把缠绵悱恻的情思演绎得柔肠百结，动人心扉。

最能体现李商隐高超的诗歌艺术、代表他诗歌风格的是无题诗。他的无题诗，或径以"无题"标目，或取诗的首句的前两个字为题，等同于无题。李商隐大约有六十首无题诗。这类诗篇大多题旨隐曲，颇费索解，却缠绵精致，具有高妙的艺术美感。如这首《无题》："相见时难别亦难，东风无力百花残。春蚕到死丝方尽，蜡炬成灰泪始干。晓镜但愁云鬓改，夜吟应觉月光寒。蓬山此去无多路，青鸟殷勤为探看。"诗写暮春时节与相恋女子的伤别，沉痛缠绵，哀伤幽怨。相见时难，意味着男女的相恋或因外力的阻扰而艰难；分别时难，则是因两情相悦而难舍难分。"春蚕"两句最为脍炙人口，写尽为爱生死相许的炽烈情意，缠绵秾挚，刻骨铭心。

《锦瑟》被认为是李商隐无题诗的代表作。全诗如下：

　　锦瑟无端五十弦，一弦一柱思华年。庄生晓梦迷蝴蝶，望帝春心托杜鹃。沧海月明珠有泪，蓝田日暖玉生烟。此情可待成追忆，只是当时已惘然。

关于此诗主旨，历来有多种说法①，其中"自伤身世"说最为中肯。诗的前两句和

---

① 关于《锦瑟》诗的主题，主要有如下几种观点：1. 艳情说。宋代刘攽、计有功，清代纪昀持此说。2. 悼亡说。清代朱鹤龄、朱彝尊、何焯、冯浩、程梦星、姚培谦，近代张采田、孟森持此说。3. 自伤说。清代何焯、汪师韩、薛雪、宋翔凤持此说。4. 咏物说。宋代许顗、黄朝英持此说。5. 政治影射说。清代杜诏、近代张采田持此说。6. 诗序说。清代王应奎持此说。7. 寄托不明说。清代屈复、近代梁启超持此说。众说纷纭，且个别人本身的观点即游移不定，足见此诗之晦涩难解。参看刘学锴、余恕诚：《李商隐诗歌集解》第三册，中华书局1988年版，第1420—1438页。

最后两句叙述兼抒情,中间四句全部用典,且运用的四个典故有共通之处,那就是迷离惝恍,缥缈氤氲,似梦似幻,如烟如雾。以这样的四个典故来写"此情",自然当时就是"惘然"的,而当时即成惘然,何况追忆呢?"一篇锦瑟解人难",要明晰此诗的主旨是困难的。也正是这种不可确解、朦胧多义乃至谜团一般的表达效果,才构成此诗无尽的艺术魅力。基于无题诗这种特殊的艺术魅力,有学者把李商隐的无题诗看作中国古代的朦胧诗,认为他的无题诗与当代诗坛的朦胧诗在艺术审美、艺术境界上有相通之处。李商隐的无题诗,通过运用含蕴丰厚的典故、选择具有神话色彩的意象等手段,表现人类复杂深幽的心灵世界。情感的朦胧幽邃,意象的恍惚迷离,构成李商隐无题诗独特的艺术境界,为后世文人抒写心灵、抒发襟怀提供了一个兴寄的新范本,对后世的抒情文学产生了深远影响。

## 第三节 晚唐五代的其他诗人

在杜牧、李商隐之外,晚唐五代诗坛还有温庭筠、郑谷、司空图、韦庄、韩偓、皮日休、陆龟蒙、杜荀鹤等一批诗人,他们或风流绮艳,或苦吟不辍,或愤世嫉俗、指刺现实,留下各具特色的诗歌作品。

### 一、温庭筠

温庭筠(812?—866),字飞卿,太原祁(今山西祁县)人。他是初唐宰相温彦博的裔孙,才华卓异。计有功《唐诗纪事》载其吟诗作赋,思维敏捷,八叉手而八韵成,时号"温八叉"(《唐诗纪事》卷五四)。但他恃才傲物,颇为权贵所不喜,被指"有才无行"(《北梦琐言》卷二),久困场屋,屡试不第。先后担任方城尉和国子助教,人称温方城、温助教。

在晚唐五代诗坛上,温庭筠与李商隐齐名,时称"温李"。尽管整体不及李商隐,但温庭筠诗歌仍然取得了很高的成就。以女性为题材的诗歌在温诗中所占比重较大。温庭筠以细腻柔婉的笔触,描写女子的容貌、服饰和情态,含蓄地暗示出她们隐秘幽约的内心情怀。《夜宴谣》《湘宫人歌》《舞衣曲》《巫山神女庙》等乐府诗,都具有这样的特点。小章短句则更为含蓄精练,如《瑶瑟怨》:"冰簟银床梦不成,碧天如水夜云轻。雁声远过潇湘去,十二楼中月自明。"诗写女子离别的幽怨,除"梦不成"三字正面直写外,其馀笔墨全是环境和景物的描摹,通过刻意选择的景物的衔接组合,渲染烘托出女子的相思别离之怨,笔墨凝练精致。

身为簪缨之后而沉沦落魄,才华卓荦却不得其用,温庭筠的诗歌抒发了自己沉抑不遇的心绪。无论是睹物写景,还是咏史怀古,都渗透着诗人的个性情怀。

如《过陈琳墓》："曾于青史见遗文，今日飘蓬过此坟。词客有灵应识我，霸才无主始怜君。石麟埋没藏春草，铜雀荒凉对暮云。莫怪临风倍惆怅，欲将书剑学从军。"这是一首吊古之作，通过咏写汉末建安七子之一的陈琳的命运，抒发自己生不逢时、霸才无主的寂寞胸臆。《蔡中郎坟》中"今日爱才非昔日，莫抛心力作词人"两句，则不仅是对自我遭际的感慨，也是对晚唐五代时期广大文士生逢乱世、前途暗淡的喟叹。

温庭筠的诗体物细腻，笔墨精致，情意蕴藉，充满诗情画意。其《商山早行》诗云："晨起动征铎，客行悲故乡。鸡声茅店月，人迹板桥霜。槲叶落山路，枳花明驿墙。因思杜陵梦，凫雁满回塘。"诗写早行旅人的孤寂况味和思乡情绪，音韵铿锵，意象具足。领联全部用名词组成精工对仗，传达敏锐的内心感受，精妙绝伦，被宋人当作"状难写之景如在目前，含不尽之意见于言外"的典范。①

## 二、郑谷与晚唐五代苦吟诗人

郑谷（851？—910？），字守愚，袁州（今江西宜春）人。幼年即能诗，僖宗光启三年（887）进士，曾官都官郎中，人称郑都官。又以《鹧鸪》诗得名，时称"郑鹧鸪"。曾寓居云台道舍，因自名诗集为《云台编》。晚年隐居于袁州仰山草堂而终。今存诗三百馀首，全部是近体。

郑谷的诗，受到晚唐没落的时代气息的影响，带有悲凉凄清的情调。如其《久不得张乔消息》诗云："天末去程孤，沿淮复向吴。乱离何处甚，安稳到家无？树尽云垂野，樯稀月满湖。伤心绕村落，应少旧耕夫。"对友人行程的牵挂和对动荡时局的感伤交织在一起，形成衰飒苍凉的意味。"十口漂零犹寄食，两川消息未休兵"（《漂泊》），通过自身的飘零写出战乱给百姓生活带来的苦难。郑谷在《云台编自序》中称自己的诗"虽属对声律未畅，而不无旨讽"，就是指这一类诗而言。

郑谷作诗讲究字句，锻炼刻苦，其"一字师"的典故颇能道出他在诗歌创作上的孜孜以求。② 晚唐五代时期，贾岛和姚合刻苦雕琢、清奇僻苦的诗风盛行一

---

① 宋欧阳修《六一诗话》载梅尧臣语说："诗家虽率意，而造语亦难。若意新语工，得前人所未道者，斯为善也。必能状难写之景如在目前，含不尽之意见于言外，然后为至矣。""作者得于心，览者会以意，殆难指陈以言也。虽然，亦可略道其仿佛。……又若温庭筠'鸡声茅店月，人迹板桥霜'，贾岛'怪禽啼旷野，落日恐行人'，则道路辛苦，羁旅愁思，岂不见于言外乎？"
② 宋陶岳《五代史补》卷三记载："郑谷在袁州，齐己因携所撰诗往谒焉。有《早梅》诗曰：'前村深雪里，昨夜数枝开。'谷笑谓曰：'数枝非早，不若一枝则佳。'齐己矍然，不觉兼三衣叩地膜拜，自是士林以谷为齐己一字之师。"宋人魏庆之《诗人玉屑》卷六亦载本此。宋计有功《唐诗纪事》所载与此不同，可互相参看。

时，郑谷受此影响，作诗亦苦吟不辍。同时，他也受到白居易浅近诗风的影响，形成浅显易懂的风格。北宋初郑谷诗家诵户习，被当作教习蒙童的读物，流传广泛。

晚唐五代时期，诗坛上有一批以苦吟而著称的诗人，他们生逢动荡不安的时局，政治的腐败，科举的艰难，出身的寒微，才力的窄薄，使他们虽看不到科举仕进的希望，却也只能把个人的命运和前途维系在读书科举这座摇摇欲坠的独木桥上。作诗，是他们谋生的手段，是他们希望的寄托，也是他们生命和价值的体现。苦吟诗人继承贾岛姚合琢字炼句、刻苦作诗的传统，尤其讲究律诗的对仗。如李洞"马饥餐落叶，鹤病晒残阳"（《郑补阙山居》）、马戴"疏雨残虹影，回云背雁行"（《送客南游》）等，无论字句还是诗歌气象，都和贾岛姚合非常相似，闻一多因此把晚唐五代称为"贾岛的时代"（《唐诗杂论·贾岛》）。呕心为诗的苦吟诗人群，构成了当时文坛的一道独特风景线，也成为唐以后一批才小而名微的诗人们效法的对象，使得中国古代的苦吟诗人及苦吟诗风代不乏人。

### 三、司空图、韦庄与乱世诗人

晚唐时期，唐王朝面临的种种矛盾日趋尖锐，整个王朝犹如岌岌将倾的大厦，危机四伏。自懿宗咸通后期到唐哀帝天祐四年近四十年间，是唐王朝各种矛盾大爆发时期，社会进入动乱阶段。这一时期的文人，不仅人生理想的实现更加渺茫，甚至有生命之虞。他们的诗歌，是乱世的忠实记录，也是文人们在乱世中绝望而无奈的哀鸣。司空图、韦庄、皮日休、陆龟蒙、杜荀鹤等诗人，就是这样一批生逢乱世的不幸的哀鸣者。

司空图（837—908），字表圣，河中虞乡（今山西永济附近）人。咸通十年（869）进士，官中书舍人，知制诰。后因不堪乱世而归隐。朱温代唐后，他绝食呕血而死。他的诗篇，有对黑暗动荡现实生活的反映和感受。如《淅上》其二："西北乡关近帝京，烟尘一片正伤情。愁看地色连空色，静听歌声似哭声。""伤""愁""哭"之类的字眼连连出现，诗篇弥漫着哀伤绝望的意绪。他的诗更多的是对隐居遁世思想和生活的叙写。"自此致身绳检外，肯教世路日兢兢。"（《退栖》）他的隐居是逃遁现实的无奈之举，故他对隐居生活的描写偏于凄冷清幽一路。如《王官》二首其一："风荷似醉和花舞，沙鸟无情伴客闲。总是此中皆有恨，更堪微雨半遮山。"诗少了传统隐逸诗人的淡泊平静，显得躁乱不宁。

韦庄（836？—910），字端己，京兆杜陵（今陕西西安）人。他生当乱世，汲汲于科举而不得，亲历了黄巢义军攻占长安，在战乱中大病几死。后来，写出以此事件为主要内容的长篇叙事诗《秦妇吟》，声名大振，时称"秦妇吟秀才"。《秦妇吟》通过黄巢义军攻陷京都时一个被掠的"秦妇"之口，写她身陷长安、被俘入军、脱身东行等一系列事件，借助秦妇的亲身经历和所见所闻，描绘唐末社会这一重要的事件和社会现实画面。"含元殿上狐兔行，花萼楼前荆棘满""内库烧为锦绣灰，天街踏尽公卿骨"等诗句所描绘的景象，真实地反映出战乱后的长安帝京的荒败凄凉，令人触目惊心。他还有《悯耕者》这样的诗篇，对农民的不幸充满同情。韦庄也有部分诗作写得浅显平易，富有情趣。如《登咸阳县楼望雨》："乱云如兽出山前，细雨和风满渭川。尽日空濛无所见，雁行斜去字联联。"生动清新，轻浅晓畅。

亡国之音哀而伤。乱世的吟唱，总是弥漫着深到骨髓的哀痛。这痛，不仅是诗人自己的，也是国家和时代的。

**思考题**

1. 杜牧和李商隐咏史怀古诗异同比较。
2. 结合作品分析李商隐无题诗的独特风格。
3. 晚唐五代苦吟诗人的诗歌创作特征是什么？

# 第十章　词的兴起与晚唐五代词

唐代文苑，除了诗歌这种韵文体式外，还有一种新兴的韵文——词。唐五代词的价值和意义非常重要，不仅在唐代文坛占有自己的席位，对唐以后词的发展更有导启和示范作用。

## 第一节　曲子词的兴起

词是一种音乐文学。词的兴起和音乐关系密切。敦煌曲子词保存了词的民间形态，中唐文人词的出现，是词由民间走向文人案头的标志。

### 一、燕乐的兴盛和敦煌曲子词

词体起源于何时，是词史研究中十分重要而迄今尚有争议的话题。目前学界一般认为，词的起源和燕乐密切相关。燕乐，又作宴乐、讌乐，其源可以上溯到南北朝时期，经过漫长的发展演变，到隋唐时期成熟，是当时的新乐。沈括《梦溪笔谈》卷五记载："自唐天宝十三载，始诏法曲与胡部合奏，自此乐奏全失古法，以先王之乐为雅乐，前世新声为清乐，合胡部者为宴乐。"雅乐、清乐、燕（宴）乐，是中国古代音乐发展的三种形态，与词相关的是燕乐。《宋史·乐志》记载："一曰燕乐，二曰清商，三曰西凉，四曰天竺，五曰高丽，六曰龟兹，七曰安国，八曰疏勒，九曰高昌，十曰康国，而总谓之燕乐。"燕乐是隋唐时期的外来音乐和地方民间小调的融合，即所谓"胡夷里巷之曲"（《旧唐书·音乐志》）。唐代教坊曲是隋唐燕乐的典型代表，故词体的形成和唐代教坊曲有非常直接的联系。崔令钦的《教坊记》记录的教坊曲名有三百多个，都是当时的流行新曲，其中不少后来转化成为词牌。

二十世纪以前，由于存世的文人词大多是中唐以后文人所作，故隋到中唐以前词的生存状态一直是令人疑惑的难解之谜。二十世纪初年，敦煌民间词的发现，填补了这段词史研究的空白。敦煌词曲最主要的抄卷是《云谣集杂曲子》。这是我国词有总集之始，比我国第一部文人词的总集《花间集》的结集要早三十年左右。包括《云谣集杂曲子》在内的敦煌曲子词题材十分广泛。王重民《敦煌曲子词集·叙录》说："今兹所获，有边客游子之呻吟，忠臣义士之壮语，隐君子之怡情悦志，少年学子之热望与失望，以及佛子之赞颂，医生之歌诀，莫不入调。其言闺情与花柳者，当不及半。"这与稍后《花间集》专写思妇闺情显然有别。兹举两例：

> 枕前发尽千般愿，要休且待青山烂。水面上秤锤浮，直待黄河彻底枯。白日参辰现，北斗回南面。休即未能休，且待三更见日头。(《菩萨蛮》)
> 叵耐灵鹊多满（谩）语，送喜何曾有凭据。几度飞来活捉取，锁上金笼休共语。　比（北）拟好心来报喜，谁知锁我在金笼里。欲他征夫早归来，腾身却放我向青云里。(《鹊踏枝》)

第一首词是热烈的爱情誓言，作者连用生活中不可能出现的六种现象发誓，表达对爱情的坚贞，与汉乐府民歌中的《上邪》非常相似。第二首词的上下阕采用思妇和喜鹊之间的对话体，形式活泼新颖，富有戏剧色彩。且词中的"在""却""向"都是衬字，显示了民间词形态的不确定性。

敦煌词的价值还在于给我们提供了词在初起状态和民间状态的体式特征。敦煌词有衬字，字数不定，平仄不拘，叶韵不定，咏调名本意者多，曲体曲式丰富多样等特点，都是词体尚未成熟定型的体现。朱祖谋跋《云谣集杂曲子》云："其为词朴拙可喜，洵倚声椎轮大辂。"对敦煌词的评价十分中肯客观。

### 二、早期文人词

随着民间词的传播，大约到中唐时期，文人们开始了词的创作。今人所能看到的早期文人词，基本都是中唐文人所作。① 如张志和的《渔父》五首其一云："西塞山前白鹭飞，桃花流水鳜鱼肥。青箬笠，绿蓑衣，斜风细雨不须归。"刻画一个悠闲自在的渔父形象，色彩鲜明，风格清新。其咏写调名本意的做法，显然是受到敦煌民间词的影响。白居易的《忆江南》："江南好，风景旧曾谙。日出江花红胜火，春来江水绿如蓝，能不忆江南？"同样以生动鲜明的画面，写出对江南水乡美好景致的眷恋。刘禹锡有《忆江南》词，自注云："和乐天春词，依《忆江南》曲拍为句。"依曲拍为句的做法，表明中唐文人已经有把诗的写作和词的写作区别开来的自觉意识。

中唐时期的文人作词的并不多。早期的文人词，具有明显的向民间词学习的痕迹，又带有文人创作的个性特征。这些词篇，显示着词由民间词向文人词的转移，是词的一种过渡形态，也是词在晚唐时期得到较大发展的必经

---

① 关于传为李白所作的《菩萨蛮·平林漠漠烟如织》和《忆秦娥·箫声咽》两首词的作者问题，历代争议很大。系于李白名下的，因之推许李白为"百代词曲之祖"。但也有人断然否认其为李白所作。参阅杜晓勤《二十世纪隋唐五代文学研究综述》第八章第五节"李白词真伪问题的讨论"。

阶段。

## 第二节　温庭筠与花间词人

晚唐五代时期，在西蜀地区形成的花间词派，是中国文学史上第一个词人群体。花间词风对后世词的发展产生了深远的影响。

### 一、《花间集》的产生

后蜀广政三年（940），赵崇祚选录十八位文人的"诗客曲子词"共五百首，编成《花间集》。《花间集》是最早的文人词总集。十八位作者中，温庭筠、皇甫松生活于晚唐，未入五代。孙光宪仕于荆南，和凝仕于后晋，其余十四位都是西蜀词人。① 晚唐五代时期，时局动乱，中原板荡，川蜀地区却相对稳定富庶。西蜀立国较早，收容了很多北方的避乱文人。西蜀君臣不思进取，耽于声色享乐，《花间集》就是在这样的文化土壤中孕育而生。

欧阳炯在《花间集·序》中说："则有绮筵公子，绣幌佳人，递叶叶之花笺，文抽丽锦；举纤纤之玉指，拍按香檀。不无清绝之辞，用助娇娆之态。自南朝之宫体，扇北里之倡风，何止言之不文，所谓秀而不实。有唐已降，率土之滨，家家之香径春风，宁寻越艳；处处之红楼夜月，自锁嫦娥。……因集近来诗客曲子词五百首，分为十卷。以炯粗预知音，辱请命题，仍为序引。……庶使西园英哲，用资羽盖之欢；南国婵娟，休唱《莲舟》之引。"这段话，把花间词的渊源、风格、用途等，都描叙得很清楚。在这种社会背景和风气下，花间词形成了红香翠软、绮艳靡丽的面貌。花间词多写香闺女性的幽思愁怨，着力刻画她们的容貌修饰之美，富丽精工，像一幅幅精美画面的组合，将人物深邃幽密的心绪含蕴其中。由于题材狭窄，描写对象单一，花间词的意象和意境大量重复或近似。这是花间词的特征，也是其不足所在。

### 二、温庭筠词

《花间集》收词最多的作者是温庭筠，共录其词六十六首。温庭筠精通音律，"能逐弦吹之音，为侧艳之词"（《旧唐书》本传）。他的词把南朝宫体诗的传统引入词中，结合北里倡风，形成绮靡华艳的词风。王国维曰："读《花间》《尊前》

---

① 关于十四人中薛昭蕴、张泌两人的生平和籍贯，学界尚有不同意见。参看缪钺、叶嘉莹《灵谿词说·花间词评议》，上海古籍出版社1987年版。

集，令人回想徐陵《玉台新咏》。"(《人间词话》) 刘熙载说他："词精妙绝人，然类不出乎绮怨。"(《艺概·词概》)《菩萨蛮》十四首是他的代表作。其一曰：

小山重叠金明灭，鬓云欲度香腮雪。懒起画蛾眉，弄妆梳洗迟。　照花前后镜，花面交相映。新帖绣罗襦，双双金鹧鸪。

这是温庭筠最著名的一首作品。写一个幽怨的女子，容貌美丽，妆饰精细，却百无聊赖，了无情绪。结句里出现的成双成对的鹧鸪鸟暗示出她心意灰懒的原因。词用华美的语言将她的容貌、梳妆、服饰等一一细细摹画，用不动声色的笔墨暗示人物隐幽的心理，使人物的无限伤心隐含在外在的摹画中。它的艺术美感，主要表现在给予读者的感官审美，而不是内在的抒情性。再如这首《菩萨蛮》："水晶帘里颇黎枕，暖香惹梦鸳鸯锦。江上柳如烟，雁飞残月天。　藕丝秋色浅，人胜参差剪。双鬓隔香红，玉钗头上风。"与"小山重叠金明灭"篇的意境和作法如出一辙。实际上，不惟温庭筠如此，《花间集》里以幽怨女子为对象的词篇，基本都是这种套路。这既反映出温庭筠此类词作在当时的影响力，也昭示出花间词的模式化特征。

温庭筠的词，多诉诸人的感官审美，而将人物的内心世界含蓄隐约地暗示出来，从而引起后世读者关于温词有无寄托的争论。清代张惠言《词论》评价《菩萨蛮》(小山重叠金明灭)说："此感士不遇也，篇法仿佛《长门赋》。……'照花'四句，《离骚》初服之意。"认为温庭筠此词承继了屈原《离骚》"香草美人"的比兴寄托传统。陈廷焯《白雨斋词话》亦云："飞卿词，全祖《离骚》，所以独绝千古。"都是强调温词有寄托之意。而王国维则坚持认为温词没有寄托，他说："固哉！皋文（按，张惠言字皋文）之为词也。飞卿《菩萨蛮》、永叔《蝶恋花》、子瞻《卜算子》，皆兴到之作，有何命意？皆被皋文深文罗织。"(《人间词话》)

温庭筠的词也有风格清新率真的一面。如他的《梦江南》："梳洗罢，独倚望江楼。过尽千帆皆不是，斜晖脉脉水悠悠。肠断白蘋洲。"词写思妇念归的情怀，通过女子的楼头颙望，把她的思念与痴情刻画得淋漓尽致。

### 三、韦庄词

花间词人中，韦庄与温庭筠齐名，《花间集》收其词四十八首。他的词亦以写男女之情为多，却不似温词那样含蓄，而是明快直接，直抒胸臆。如《菩萨蛮》："劝君今夜须沉醉，樽前莫话明朝事。珍重主人心，酒深情亦深。　须愁春漏短，莫诉金杯满。遇酒且呵呵，人生能几何？"词写酒席宴饮，明白如话，意思醒豁。

写深悲浓愁的意绪，韦庄也是直接道来："夜夜相思更漏残，伤心明月凭阑干。想君思我锦衾寒。　咫尺画堂深似海，忆来唯把旧书看。几时携手入长安？"（《浣溪沙》）论者多以为韦庄此类写哀情的词作，与蜀主王建夺其宠妾及他本人居蜀思唐的情绪有关。俞陛云即解释此词说："端己相蜀后，爱妾生离，故乡难返，所作词本此两意为多。此词冀其'携手入长安'，则两意兼有。"（《唐五代两宋词选释》）且不论韦庄这类词作是否必含"两意"，单就抒情而言，他用直白的语言直道胸臆，比之温庭筠的同类词作，无疑更为明白显豁。《思帝乡》词云："春日游，杏花吹满头。陌上谁家年少，足风流。　妾拟将身嫁与，一生休。纵被无情弃，不能羞。"写少女思春，大胆热烈，画面鲜明，颇有民歌风味。在香艳旖旎的西蜀词坛上，韦庄的这类词作别树一帜，开启了用词直接抒怀的风气，他因此被看作是词由供歌儿舞女演唱的"伶工之词"向抒发情怀的"士大夫之词"过渡的关键人物。

但韦庄词的抒情，并非一味直白，也有曲折深婉、低回悱恻的作品。如《菩萨蛮》："人人尽说江南好，游人只合江南老。春水碧于天，画船听雨眠。　垆边人似月，皓腕凝霜雪。未老莫还乡，还乡须断肠。"陈廷焯评曰："一幅春水画图。意中是乡思，笔下却说江南风景好，真是泪溢中肠，无人省得。"（《白雨斋词话》）

韦庄与温庭筠并称"温韦"，同被视为花间词的代表作家。但二人词风同中有异，存在较大差别。王国维《人间词话》曰："'画屏金鹧鸪'，飞卿语也，其词品似之。'弦上黄莺语'，端己语也，其词品亦似之。"颇能道出两人词风的相异。

## 第三节　李煜与南唐词人

晚唐五代时期的词创作有两个中心，一在西蜀，一在南唐。南唐词比西蜀词稍晚出，其词风与花间词有着较大的不同。

### 一、南唐词风及中主李璟词

南唐政权是建立在长江中下游地带的小朝廷，以建康（今江苏南京）为中心。南唐词人以二主一冯为代表。二主即南唐的中主李璟和后主李煜，一冯即南唐宰相冯延巳。王国维《人间词话》说："（冯正中词）堂庑特大，开北宋一代风气，与中、后二主词，皆在《花间》范围之外。"指出了南唐词与花间词的相异。南唐词在花间词之外另立门户，与西蜀、南唐不同的地域文化和两个词人群不同的身份、个性及文化修养等因素都有关系。简言之，西蜀僻处一隅，相对稳定，经济富庶，君臣耽于享乐，催生了华艳绮靡的花间词风。南唐政权孱弱无力，风雨飘摇，岌岌可危，主要的词作者政治地位很高，文化素养深厚，造就了高华闳约的南唐词风。然西蜀词与南唐词并非泾渭分明，其间亦存在着词学风气的承续与潜换。

中主李璟存词仅四首。最著名的是这首《浣溪沙》：

> 菡萏香销翠叶残，西风愁起绿波间。还与韶光共憔悴，不堪看。　细雨梦回鸡塞远，小楼吹彻玉笙寒。多少泪珠何限恨，倚阑干。

此词首两句，王国维认为有"众芳芜秽，美人迟暮之感"（《人间词话》）。词写秋荷之凋零，融入悲秋意绪和思妇情怀，情蕴深远，含不尽之意。《南唐书·冯延巳传》记载："元宗（按，李璟庙号元宗）乐府辞云'小楼吹彻玉笙寒'，延巳有'风乍起，吹皱一池春水'之句，皆为警策。元宗尝戏延巳曰：'吹皱一池春水，干卿何事？'延巳曰：'未如陛下小楼吹彻玉笙寒。'元宗悦。"君臣对话，颇能见出对彼此词句中复杂难言意绪心领神会的惺惺相惜。

## 二、冯延巳词

冯延巳（903—960），一名延嗣，字正中，广陵（今江苏扬州）人，数为南唐宰相，官终太子太傅。有《阳春集》传世，存词九十馀首。他的词往往不注重具体情事的描写，而重在传达内心的感受，带有明显的抒情性质。如其《采桑子》："花前失却游春侣，独自寻芳。满目悲凉。纵有笙歌亦断肠。　林间戏蝶帘间燕，各自双双。忍更思量。绿树青苔半夕阳。"上阕以"失却""独自"点明失侣独游，以"悲凉""断肠"写出独游心境；下阕以成双成对的蝶和燕反衬人的孤独，以夕阳烘托孤寂凄凉。词作触景感怀，却不粘滞于景，而重在借景抒情，疏隽明朗。他的纯是写景的词作，也常常潜含情感的因素。《清平乐》词曰："雨晴烟晚，绿水新池满。双双飞来垂柳院，小阁画帘高卷。　黄昏独倚朱栏，西南新月眉弯。砌下落花风起，罗衣特地春寒。"词写女子的闺中闲眺，从阁外远景的绿水新池，写到春燕双栖的近前，又写黄昏独自倚栏，睹如眉新月、砌下落花而感春寒。通过女子的视角写她的所见，笔墨清雅闲婉，而暮春时节黄昏时分的独自凭栏，隐隐传达出女子的芳心自警，使得结句的"春寒"意味深长，引人回味。唐圭璋评曰："纯写景物，然景中见人，娇贵可思。……通篇俱以景物烘托人情，写法极高妙。"（《唐宋词简释》）

冯延巳广为后世所传的是这首《鹊踏枝》词：

谁道闲情抛掷久，每到春来，惆怅还依旧。日日花前常病酒，不辞镜里朱颜瘦。　　河畔青芜堤上柳，为问新愁，何事年年有？独立小桥风满袖，平林新月人归后。

　　词起笔即写"闲情"，给人闲淡之感，然而此被词人抛掷已久的"闲情"却非常沉重顽固，以致每到春来，词人都会因它而生惆怅。词人花前病酒，朱颜消瘦，都因它而起。渲染至此，"闲情"不仅不闲，简直沉重得令人无法承受。下阕继续就"闲情"作意。此情不仅年年有，且年年不同。"年年有"，谓其难以摆脱，而年年所起之愁又有所不同，故曰"新愁"。此"闲情"如此沉重如此顽固，词人何以释怀解脱？结篇却不再粘滞于此，而是以写景之笔宕开，显得空灵高华。关于此词主旨，或解为怀念旧人，或解为写闺情，都未免坐实。词其实主要是传达一种内心的感受，抒写自我情怀，至于引起此种感受者为何事何人，似乎并不重要。

　　冯延巳在南唐数度为相，中主李璟和后主李煜都素善厚之，可谓富贵显达。但他的词中却多次写到"愁""闲愁""闲情"一类的情绪，且非常沉郁浓厚。前人因此认为他的词或有寄托之意。清代冯煦在《阳春集·序》中说："翁俯仰身世，所怀万端，缪悠其辞，若显若晦，揆之六义，比兴为多……其旨隐，其词微，类劳人思妇、羁臣屏子郁伊怆恍之所为。"此说或许有一定道理。风雨飘摇的南唐政权，不免给词人朝不保夕之感，他专蔽固嫉的个性很容易惹人忌恨，其家事亦令他谨小慎微，察言观色。① 诸种因素的合力，形成其词深婉蕴藉、沉郁缠绵、多言外意旨、可令读者多维解读的面貌。

　　由于冯延巳的词重在抒写一种感情的意境，而不是具体的情事，他的词常常引起读者深刻的感受和丰富的联想，内蕴广阔深远。故王国维说："冯正中词虽不失五代风格，而堂庑特大。"（《人间词话》）他的词对宋初词人影响很大，"晏同叔得其俊，欧阳永叔得其深"（刘熙载《艺概》）。

### 三、后主李煜词

　　南唐词人中声名最著的是后主李煜。李煜（937—978），字重光，是南唐最后一位皇帝，世称李后主。他是中主李璟的第六子，二十五岁那年，即宋太祖建隆二年（961）七月继承南唐王位，开始了他偏安江南十五年的帝王生活。热衷文艺的李煜不思治国，却在文学艺术上耗费心力，也取得很高成就。而这时的南唐小朝廷，强敌压境，国力空虚，危机四伏，摇摇欲坠，一步步走向毁灭。宋太祖开宝八年（975），

---

① 南唐的伐闽之役，牵涉到冯延巳同父异母的弟弟冯延鲁，冯延巳因此颇受政敌攻讦。可参看夏承焘《冯正中年谱》，收入其《唐宋词人年谱》（修订版），上海古籍出版社1979年版。

宋兵攻陷金陵，李煜肉袒出降，国破家亡。成为阶下囚的李煜，被押解到汴京软禁起来，辱封"违命侯"，受尽欺凌和侮辱。宋太宗太平兴国三年（978）七月，李煜被赐毒药，于生辰的次日卒于赐第，时年四十二岁。李煜多才多艺，精书法，善绘画，通音律，更以填词为擅。其词多有散佚，现存世者有三十余首。

李煜的词以南唐灭亡为界，分为前后两期。前期的李煜，过着风流奢靡的帝王生活，极尽享乐，其词作多是对他风流帝王生活的叙写。如《玉楼春》：

> 晚妆初了明肌雪，春殿嫔娥鱼贯列。笙箫吹断水云开，重按霓裳歌遍彻。
> 临风谁更飘香屑，醉拍阑干情未切。归时休放烛花红，待踏马蹄清夜月。

词写一场奢华盛大的宫廷宴会场景。美丽的嫔娥鱼贯而列，春殿的歌舞尽态极妍，临风飘散的香气氤氲弥漫，令人沉醉。最后两句，笔墨宕开，写宴会散场之归，不放烛花，月夜踏马，直见出李煜帝王文人的风流潇洒。唐圭璋评价结尾两句说："想见后主风流豪迈之襟抱，与《花间》之局促房栊者，固自有别也。"（《唐宋词简释》）

李煜前期词，也有作品不涉帝王家生活，而以传统的伤春悲秋题材表现他多愁善感的敏锐才思。如《清平乐》：

> 别来春半，触目愁肠断。砌下落梅如雪乱，拂了一身还满。
> 雁来音信无凭，路遥归梦难成。离恨恰如春草，更行更远还生。

此词以落梅写春愁，兼以归雁写别情，妙在自然流露，不见雕饰。最后两句将春愁与别情绾合一起，以春草喻离恨，以更行更远还生写离恨之多，比喻奇妙，多为后世模仿。欧阳修"离愁渐远渐无穷，迢迢不断如春水"（《踏莎行》）似受此启发，秦观"倚危亭，恨如芳草，萋萋刬尽还生"（《八六子》），更是直接袭用。

国破家亡的剧变，使李煜后期词发生显著变化。他将丧家亡国的悲伤和耻辱倾注于词篇当中，写下一首首沉痛悲怆的作品。如这首《破阵子》：

> 四十年来家国，三千里地山河。凤阁龙楼连霄汉，玉树琼枝作烟萝。几曾识干戈。　一旦归为臣虏，沈腰潘鬓销磨。最是仓皇辞庙日，教坊犹奏别离歌。挥泪对宫娥。

此词当是后主被掳后不久所作，以对照之笔写今昔之别。亡国前的南唐，地处富庶的江南，豪华侈靡，不识干戈。亡国后的李煜，从一国之主沦为阶下囚，刹那间体味到人生的大悲剧。两相比照，天上人间，令人无限感慨。然而李煜确乎不是个好君主，亡国之痛，于他最感悲哀的只是自己的风流倜傥不再，是与宫娥的挥泪决别。南唐的百姓苍生于这场大灾难中遭遇的苦难，在这位君主笔下丝毫不见提及，其为人主之失德失政于此可见一斑。

李煜的后期词，多以抒情之笔调写自己沉重悲伤的情感。如《相见欢》："无言独上西楼，月如钩。寂寞梧桐深院锁清秋。　　剪不断，理还乱，是离愁。别是一般滋味在心头。"词写别愁，凄婉至极。李煜以南朝天子，沦为北地幽囚，其愁情之复杂纠缠难以言说，其中的别一般滋味恐怕只有他本人懂得。俞陛云评曰："后阕仅十八字，而肠回心倒，一片凄异之苦，伤心人固别有怀抱。"（《唐五代两宋词选释》）他写伤痛情怀最为著名的是这首《虞美人》：

> 春花秋月何时了，往事知多少？小楼昨夜又东风，故国不堪回首月明中。雕栏玉砌应犹在，只是朱颜改。问君能有几多愁，恰似一江春水向东流。

词依然是抒写伤痛怀抱。上阕写时光流逝，故国不堪回首；下阕写物是人非，不胜其恨。尤其结句以一江东流水比喻愁情，极言悲愁，沉痛无比，真可谓"以血书者"之词。且这首词虽是写一己之悲愁，但传达出的却是所有人面对韶光易逝、美物不再的悲伤和忧愁。王国维认为李煜"俨有释迦、基督担荷人类罪恶之意"（《人间词话》），就是指此类词博大的境界和深广的悲悯情怀。

从抒情内容看，李煜词可以分为前后两期，但从抒情艺术看，李煜词有一以贯之的特质，那就是他所抒发的真率自然、真挚深厚的情感。李煜用词传达自己的感情世界，把词当做抒情文字，而不再是酒席宴前的应歌之作，发展了词的抒情性，开拓了词的境界，提升了词的品质。故王国维说："词至李后主而眼界始大，感慨遂深，遂变伶工之词而为士大夫之词。"（《人间词话》）李煜词以其真挚深厚的情感和精湛的艺术成就，取得了崇高的词史地位。

从词史进程看，李煜词对宋词发展有重要影响。宋代的著名词人晏殊、欧阳修、晏幾道、秦观、贺铸、苏轼、李清照等人的词创作，从不同方面体现出对李煜词的模仿承继，故胡应麟曰："后主乐府为宋一代开山。"（《诗薮·杂编》）

**思考题**

1. 比较温庭筠和韦庄词风的异同。
2. 结合作品分析李煜词的艺术成就。
3. 分析花间词和南唐词不同风格的形成原因是什么？

# 阅 读 文 献

- 《全唐诗》,(清）彭定求等编,中华书局 1960 年排印本。
- 《全唐诗补编》,陈尚君辑校,中华书局 1992 年排印本。
- 《全唐文》,(清）董诰等编,中华书局 1983 年影印清刊本。
- 《全唐文补编》,陈尚君辑校,中华书局 2005 年排印本。
- 《先秦汉魏晋南北朝诗》,逯钦立辑校,中华书局 1983 年版。
- 《隋书》,(唐）魏徵等撰,中华书局 1973 年版。
- 《乐府诗集》,(宋）郭茂倩编,人民文学出版社 2010 年影宋本。
- 《唐文选》,阎琦、李浩、李芳民注释,人民文学出版社 2011 年版。
- 《唐代文学研究》（光盘版）,西北大学唐代文学研究室编,西北大学出版社 2012 年版。
- 《王子安集注》,(唐）王勃著,(清）蒋清翊注,上海古籍出版社 1995 年版。
- 《杨炯集》,(唐）杨炯著,中华书局 1980 年版。
- 《卢照邻集校注》,(唐）卢照邻著,李云逸校注,中华书局 1998 年版。
- 《卢照邻集笺注》,(唐）卢照邻著,祝尚书笺注,上海古籍出版社 1994 年版。
- 《骆临海集笺注》,(唐）骆宾王著,(清）陈熙晋笺注,上海古籍出版社 1985 年版。
- 《陈子昂集》,(唐）陈子昂著,徐鹏校,中华书局 1960 年版。
- 《沈佺期宋之问集校注》,(唐）沈佺期、宋之问撰,陶敏、易淑琼校注,中华书局 2001 年版。
- 《王右丞诗笺注》,(唐）王维撰,(清）赵殿成笺注,中华书局 1961 年版。
- 《王维集校注》,(唐）王维撰,陈铁民校注,中华书局 1997 年版。
- 《孟浩然集校注》,(唐）孟浩然著,徐鹏校注,人民文学出版社 1989 年版。
- 《孟浩然诗集笺注》,(唐）孟浩然著,佟培基笺注,上海古籍出版社 2000 年版。
- 《高适诗集编年笺注》,(唐）高适著,刘开扬笺注,中华书局 1981 年版。
- 《高适集校注》,(唐）高适著,孙钦善校注,上海古籍出版社 1984 年版。
- 《岑参集校注》,(唐）岑参著,陈铁民、侯忠义校注,陈铁民修订,上海古籍出版社

2004年版。

- 《岑嘉州诗笺注》,(唐)岑参撰,廖立笺注,中华书局2004年版。
- 《王昌龄诗注》,(唐)王昌龄撰,李云逸注,上海古籍出版社1984年版。
- 《李太白全集》,(唐)李白著,(清)王琦注,中华书局1977年版。
- 《李白集校注》,(唐)李白著,瞿蜕园、朱金城校注,上海古籍出版社1980年版。
- 《李白全集编年注释》,(唐)李白著,安旗主编,中华书局2015年版。
- 《李白全集校注汇释集评》,(唐)李白著,詹锳主编,百花文艺出版社1996年版。
- 《杜诗详注》,(唐)杜甫著,(清)仇兆鳌注,中华书局1979年版。
- 《钱注杜诗》,(唐)杜甫著,(清)钱谦益笺注,上海古籍出版社1979年版。
- 《杜诗镜铨》,(唐)杜甫著,(清)杨伦笺注,中华书局1962年版。
- 《读杜心解》,(清)浦起龙著,中华书局1961年版。
- 《杜甫全集校注》,萧涤非主编,人民文学出版社2014年版。
- 《杜甫大词典》,张忠纲主编,山东教育出版社2009年版。
- 《韦应物集校注》,(唐)韦应物著,陶敏、王友胜校注,上海古籍出版社1998年版。
- 《韩昌黎文集校注》,(唐)韩愈撰,马其昶注,上海古籍出版社1986年排印本。
- 《韩昌黎文集注释》,(唐)韩愈著,阎琦校注,三秦出版社2004年版。
- 《韩昌黎诗系年集释》,(唐)韩愈著,钱仲联集释,上海古籍出版社2007年版。
- 《昌黎先生集考异》,(宋)朱熹著,上海古籍出版社1985年版。
- 《柳宗元集》,(唐)柳宗元撰,吴文治等校点,中华书局1979年排印本。
- 《李贺集》,(唐)李贺著,王友胜、李德辉校注,岳麓书社2003年版。
- 《刘禹锡集笺证》,(唐)刘禹锡著,瞿蜕园笺证,上海古籍出版社1989年版。
- 《贾岛诗集校注》,(唐)贾岛著,李建昆校注,台湾里仁书局2002年版。
- 《白居易集笺校》,(唐)白居易撰,朱金城笺校,上海古籍出版社1989年版。
- 《元稹集校注》,(唐)元稹撰,周相录校注,上海古籍出版社2011年版。
- 《张籍诗集》,(唐)张籍撰,中华书局上海编辑所1959年排印本。
- 《王建诗集》,(唐)王建撰,中华书局上海编辑所1959年排印本。

- 《唐传奇笺证》，周绍良笺证，人民文学出版社2000年版。
- 《敦煌变文校注》，黄征、张涌泉校注，中华书局1997年版。
- 《敦煌变文选注》，项楚选注，中华书局2006年版。
- 《王梵志诗校注》（增订本），项楚校注，上海古籍出版社2010年版。
- 《樊川文集》，（唐）杜牧撰，上海古籍出版社1978年排印本。
- 《樊川诗集注》，（唐）杜牧撰，（清）冯集梧注，中华书局上海编辑所1962年排印本。
- 《樊南文集》，（唐）李商隐撰，（清）冯浩详注，钱振伦、钱振常笺注，上海古籍出版社1988年排印本。
- 《李商隐诗歌集解》，（唐）李商隐撰，刘学锴、余恕诚集解，中华书局1988年版。
- 《郑谷诗集笺注》，（唐）郑谷撰，严寿澂、黄明、赵昌平笺注，上海古籍出版社1991年版。
- 《韦庄集》，（唐）韦庄撰，向迪琮校订，人民文学出版社1958年版。
- 《花间集校》，（后蜀）赵崇祚编，李一氓校，人民文学出版社1958年版。
- 《南唐二主词》，（宋）阙名辑，王仲闻校，人民文学出版社1957年版。
- 《温韦冯词新校·阳春集》，（南唐）冯延巳撰，曾昭岷校，上海古籍出版社1988年版。

# 第五编 宋代文学

# 绪　论

## 第一节　宋代社会形态与文化面貌

宋代文学作为中国古代文学史上具有里程碑意义的一页，其形成的基本动力就是宋代独有的社会经济形态以及由此而生的社会意识形态。宋代社会经济处于中国古代历史的巅峰状态，北宋真宗时期四川地区开始使用世界上最早的纸币，这一"金融革命"，标志着中国社会由金属铸币时代进入信用货币时代。这一社会转型与先此实现的"两税制"改革，促成了中国农业文明的历史积淀和宋代城市化发展的历史统一，造就了独特的都市繁荣景象。汴梁、临安坊市合一型都会城市人口规模逾百万，农村劳动力向城市转移带动工商业高速发展，伴随着创造性思想活动，科学技术的发明创造和人文学术的思辨讨论活动十分活跃。

赵宋王朝是中国古代历史的一个转折点。宋代之后，虽然王朝更迭依然如故，但是类似于魏晋南北朝或五代十国那样长期分裂割据的社会形态却再也没有出现。这说明中国古代社会政治体制中潜在的分裂因素"门阀贵族"及其经济基础在宋代之后便不复存在。这种贵族政治代表极少数利益集团的诉求，最广大人民群众和最高统治者之间的沟通被贵族势力隔绝，普通百姓很难通过自己的努力进入国家权力中心来表达诉求。唐代开始的科举制度虽然力图打破这种"贵族事实统治"的局面，但李唐统治集团与世家大族之间利益关系错综复杂，因此唐代的科举取士，其象征意义远远大于实际作用。在五代十国的动乱中，一批来自民间的精英开始用非常规的手段迅速走向统治核心。赵宋王朝在立国之初就力求打破贵族势力的控制，转而依靠通过科举进身的士大夫阶层，甚至在宗庙立誓与士大夫公天下、不杀上书言事者（李心传《建炎以来系年要录》卷四）。苏轼《上神宗皇帝书》即证实云："历观秦、汉以及五代，谏诤而死，盖数百人。而自建隆以来，未尝罪一言者，纵有薄责，旋即超升。"与此相关，宋代的科举制度无论从规模还是影响力上都远远超过了唐代，这使得大量的民间人才能够迅速地填充到中央统治核心，由此皇权和民意之间有了一个相对有效的沟通渠道，"官吏从君主独裁时代的配合庶民方式变为容许机会均等"①。庶民政治势力的崛起在宋代最重要的表现就是其开创的文官政体。北宋文官体制的核心就是分权与防止武将专权。为了防止权力向某一固定的职位集中，赵宋终其一代都在不断调整"相权"的分布。宋

---

① ［日］内藤湖南：《概括的唐宋时代观》，译文载刘俊文主编《日本学者研究中国史论著选译》，中华书局1992年版，第11—18页。

朝初期，以同平章知事为丞相，以参知政事为副相；神宗元丰改制后，虽然名义上恢复了三省长官，但都是虚有其名。以尚书省左仆射兼门下侍郎，右仆射兼中书侍郎，作为丞相，名义上是三省，实际上是合三为一。徽宗时，改左右仆射为太宰、少宰，仍兼二省侍郎；高宗时，改门下侍郎为参知政事；孝宗时，改左右仆射为左右丞相。为了防止武将专权，宋代官僚集团从根本上排斥军人进入国家的核心中枢，建宋伊始，鉴于安史之乱二百年来的方镇强权，宋太祖曾对赵普说："五代方镇残虐，民受其祸。朕令选儒臣干事者百馀，分治大藩，纵皆贪浊，亦未及武臣一人也。"（李焘《续资治通鉴长编》卷一三）于是，不但宰相需用读书人，掌兵的枢密使也多由文人担任，就连战功彪炳的狄青也未能久居枢密院。这种从宋初即推行的"崇文抑武"措施，一直延续了两宋王朝三百馀年。《宋史·文苑传序》对此总结道："自古创业垂统之君，即其一时之好尚，而一代之规模，可以豫知矣。艺祖革命，首用文吏而夺武臣之权，宋之尚文，端本乎此。太宗、真宗其在藩邸，已有好学之名，及其即位，弥文日增。自时厥后，子孙相承，上之为人君者，无不典学；下之为人臣者，自宰相以至令录，无不擢科，海内文士彬彬辈出焉。"时至今日，但凡研究政治史、文化史者，只要论及知识分子群体的历史性壮大以及相应的主体性作用，都会高度重视宋代文化的建构。

和文人政治相适应，宋王朝十分重视文治教化。印刷术虽然发明于隋唐，但宋初以来，雕版印刷术才获得普遍使用，这使书籍的撰著和流通大大超越前代。景德二年（1005）真宗至国子监阅书库，问邢昺书板几何。昺答："国初不及四千，今十馀万，经、传、正义皆具。臣少从师业儒时，经具有疏者百无一二，盖力不能传写。今版本大备，士庶家皆有之，斯乃儒者逢时之幸也。"（《宋史》卷四三一）内府之外，私人的藏书也动辄万卷，于是宋代出现了以私人藏书为对象的目录学专书《郡斋读书志》《直斋书录解题》等。与此同时，两宋学校遍天下，中央设有国子监、太学、四门学；地方有郡学、府学、县学；民间有书院、乡校、家塾。像岳麓书院、白鹿洞书院等都是当时著名的学术中心，由此便形成了崇尚讲学的社会风气。① 总之，"尚文""讲学"是对两宋时代精神的主要概括。

当然，对士大夫阶层采取"既团结又分化"政策的宋代统治者，面对思想文化前所未有的狂飙突进，也采取了相应的分化策略。先秦儒家思想中包含很强的士大夫独立精神，在其理论中士大夫是国政治理的支柱而非君王的奴仆。士大夫有向君王讽谏的义务和权利。当儒家仅仅作为一种学说时，其对政府的反抗也不过是"乘桴浮于海"。但是汉代用行政手段赋予儒家思想以国家意识形态的地位以

---

① 具体论述可参曾枣庄《文史哲齐头并进，两宋之世华夏文明登峰造极》，《光明日报》2009年第5期。

后，就形成了以太学为中心，太学生为主体的独立政治力量。从一定程度上来讲，太学势力的壮大，也是东汉末年"党锢之祸"的主要原因之一。到了唐代，文人士大夫的权力其实得到了进一步的加强，很多文人通过成为节度使或者三省的尚书，获得了与皇权抗衡的能力。面对汉唐两代的教训，宋代朝廷实际上放弃了对儒术的独尊，虽然表面上依然承认孔孟之道是国家的核心意识形态，实际上却尽可能地加强佛教思想和道家思想的影响力，使士大夫从思想上出现复杂化、多元化，从而无法形成对抗性的思想合力。宋太祖亲自倡佛，在其登基后，即诏除破佛禁令，并于乾德四年（966）派行勤和尚等一百五十七人到印度求法；五年，命文胜和尚编修《大藏经随函索隐》六百六十卷；开宝四年（971），又命张从信赴成都刻印《大藏经》，到太宗太平兴国八年（983）完成了中国第一部刊行的《大藏经》。对于道教而言，宋初即尊封老子为"太上老君混元上德皇帝"。当时陈抟隐居华山，种放隐居终南山，魏野、林逋分别在陕州、杭州学道，皆曾得到皇帝的直接嘉赏。太宗时，命徐铉与王禹偁收集道经，有七千馀卷，并在汴京、苏州等地建立道观。太宗还召见陈抟，赐号"希夷先生"。真宗时，任命张君房为著作佐郎，专修道藏，天禧三年（1019）编成《大宋天宫宝藏》七藏，后又编成《云笈七签》一书，对道藏进行了彻底的清理。真宗还曾召见江西上清龙虎山道士张正随，并封为"虚静先生"。真宗曾撰《崇释论》称："释氏戒律之书，与周、孔、荀、孟迹异而道同，大指劝人之善，禁人之恶。"王安石又曾对神宗说："臣观佛书，乃与经合，盖理如此，则虽相去远，其合犹符节也。"（李焘《续资治通鉴长编》卷二三三）宋神宗时，又命道士陈景元研究老、庄哲学，注释道教经典。

正是这种多元并峙的思想文化政策事实上孕育了宋明理学。而宋明理学标志着新儒学传统的生成。程颐谓："今之学者，歧而为三：能文者谓之文士，谈经者泥为讲师，惟知道者乃儒学也。"（《二程遗书》卷六）这里标志以"知道者"的"儒学"自然是指宋代特有的理学或谓之新儒学。新儒学之发展，主要由北宋周敦颐、邵雍发轫，二程、张载等扩充，后以南宋朱熹集大成，至此，儒学历经千年的演变，臻于极高明而尽精微的"理学"境地。但在整合的意义上，"理学"所以成就其高明精微境界的思想生态环境，乃是儒、释、道三教并重的社会思潮。到北宋中叶，三教合一已成为时代思潮，例如程颐就说其兄程颢的学术是"泛滥于诸家，出入于老、释者几十年，返求诸六经而后得之"（《伊川先生文集》卷七）。不仅理学家大都以融会三教为荣，许多文士的诗文创作，亦每每可见三教合一思想。

缘此，整个社会哲学氛围浓郁，士大夫群体热衷于讲道论学，往往为了探寻真理而进行思想辩论，所以北宋有王安石与司马光等人的新旧学之争，有苏轼的蜀学与二程的洛学之争，南宋又有朱熹、叶适、陈亮等人相互的论学问道。宋人文集中大量的辩难文章，说明宋人文化气质上鲜明的理性特征。当然，热衷于理论思辨，并不等于大家都是哲学家，但普遍存在的论道风习，以及时代风习推助下文学主体所富有的"思想者"精神意态，决定了契合于宋代文化精神的文学理趣。这种文学理趣与启动于中唐时代的儒学复兴和古文复兴思潮相呼应，在重塑儒家理想人格的人文精神建构过程中，形成了道学中人与艺林中人莫不心仪"孔颜乐处"，并以"吾与点也"之意为孔子人格范式的思想旨趣。和所谓"宋诗散文化、议论化"的形迹描述相比，这显然是更为内在的精神意态。

然而，不容忽略的是，北宋立国伊始便面临着严重的生存危机。随着数次北伐的失败，宋人永远失去了"燕山—长城"国防线，这使极具机动性的游牧民族骑兵对中原地区构成威胁，而宋人只能被迫动用大量人力物力在华北平原构建新的纵深防御线。即便这样，在抗击游牧民族入侵的战争中，宋人多数处于不利地位，由此带来的沉重的"岁币"负担，加之内政中不可调和的"三冗"问题，看似物阜民丰的赵宋王朝实际上却陷入无休止的财政危机。惟其如此，讨论"宋型文化"和两宋时代精神，就有一个如何把特定意义上的社会危机与另一种视野中的文明昌盛历史地统一起来的问题。宋代国祚长达三百二十年，然而，两宋时期都存在着与辽、西夏、金、元政权之间的对峙。在以往的宋代文学史观建构和文学史叙述话语体系中，围绕着南北对峙出现的"爱国主义"文学主题，以及与此相应的在"战""和"两端之间扬"战"抑"和"的价值标准，无不体现出华夏本位的人文意识，以至于影响到中国作为一个多民族国家的民族和谐。如何站在统一的多民族国家的"中国性"立场上，以历史主义的中华民族多元一体的大文学史视阈透视，树立"冲突与交融"的文明发展史观，重新描述、辨析和阐释两宋期间的文学现象及其社会文化背景，是当前人文研究领域的重大课题。

宋代城市经济特别繁荣，张择端《清明上河图》就艺术地再造了汴河沿岸车马杂沓、交易繁忙的城市景象。深进一层思考，这幅国宝级的宋代绘画长卷，其都市风俗画的题材标示出"宋型文化"的世俗化与城市化同出并存的典型特征，其精工写实的艺术风格和巨幅长卷的艺术形态，标示出沈括所谓"以大观小"的全景透视意识和宋人格物致知的实学精神，而作者张择端在徽宗朝入画院为宫廷画家，标示出国家意志与民生景观的和谐关系。与此同时，还有一个历史细节很能说明问题，宋人提倡"诗中有画""画中有诗"的诗画交融艺术，缘此讲求诗意的"文人画"应运而生。殊不知，就在"文人画"讲求诗意化之际，作为新兴画种的"界画"，实则具有绘画艺术与建筑设计的双重底蕴，由此展现出来的艺术科学的自觉，不啻是宋代科技发达直接影响到文学艺术的最佳例证。有鉴于此，宋代文化之特性以及两宋时代精神之要素，显然应该包括"艺术与科学"这样的组合观念，就像同时必须强调"艺术与哲学"一样。

## 第二节　两宋文学的发展轨迹与典型特征

在宋人独具特色的思想意识和文化形态的影响下，宋代文学在充分吸收前代营养的基础上，开始了一次充满生命激情的勃发。关于两宋文学的主体风貌，可以分别用唐宋一体之古文传承和唐宋异体之诗词变创来概括。

"唐宋八大家"正是唐宋一体之古文传承的经典描述。

明代茅坤《唐宋八大家文钞》所标举的八位古文大家中，宋代就占有了六名，是之谓"宋六家"。这就意味着，唐宋一体论的古文成就，实质上是以宋人为主体的。或曰：中唐韩、柳开创，北宋六家集成。无论如何，在古代文明史的背景下，凸显"中唐—北宋"的特殊地位，其底蕴和意味，是值得在文明史的深度上去解读的。《宋史·文苑传序》曰："庐陵欧阳修出，以古文倡，临川王安石、眉山苏轼、南丰曾巩起而和之，宋文日趋于古矣。"苏轼《六一居士集序》亦云："自汉以来，道术不出于孔氏而乱天下者多矣。晋以老庄亡，梁以佛亡，莫或正之。五百馀年而后得韩愈，学者以愈配孟子，盖庶几焉。愈之后三百有馀年，而后得欧阳子，其学推韩愈、孟子以达于孔氏，著礼乐仁义之实以合于大道。其言简而明，信而通，引物连类，折之于至理，以服人心，故天下翕然师尊之。"显而易见，"宋文日趋于古"的复古态势，是以改革"道术不出于孔氏"之历史现实的价值追求为内在精神的，从而最终属于新儒学"文以载道"观主导下的文章学传统。

这一点，完全可以从南宋理学家吕祖谦的《古文关键》编选旨趣中体会出来，该书专选韩、柳、欧、三苏、曾及张耒八家文，已然呈现出"唐宋八大家"的雏形。《古文关键》分上、下两卷，上卷选韩愈文十三篇，柳宗元文八篇，欧阳修文十一篇，下卷选苏洵文六篇，苏轼文十四篇，苏辙文二篇，曾巩文四篇，张耒文二篇。所选八家文，明人标举的"唐宋八大家"中有七家入选。理学家所选定的古文典范，也代表着文坛的趋向。罗大经《鹤林玉露》云："江西自欧阳子以古文起于庐陵，遂为一代冠冕，后来者莫能与之抗。其次莫如曾子固、王介甫，皆出欧门，亦皆江西人。老苏所谓执事之文，非孟子之文，而欧阳子之文也。朱文公谓江西文章如欧阳永叔、王介甫、曾子固，做得如此好，亦知其皓皓不可尚已。"可见，论宋文于欧阳修之后列王安石、曾巩及三苏，朱熹已经如此，再加上对韩、柳文的推崇，八家之名实已呼之欲出。因此，可以认为，明人建构的"唐宋八大家"古文体系，在南宋理学家手中已具雏形。由于南宋以后理学成为官方哲学，作为理学宗师的朱熹之论必然对文坛产生影响，而首先专选八家文的吕祖谦《古文关键》广为流行，成为文坛范本，更对"八大家"之名有着直接的启迪。从这一意义上看，在北宋后期即与理学分流自立的唐宋古文体系，却恰恰是由理学家所初建，在理学基本精神的始终贯穿以及理学家对古文领域的积极参与之中逐渐确立起来。① 至于明代人朱右所编《八先生文集》，实为"八家"名义之肇始，只是该书早已散失未传。唐顺之纂辑《文编》虽不局限于八家，但于唐宋亦仅取八家。其后，茅坤即本朱右、唐顺之编选准则而成《唐宋八大家文钞》，流传至今，影响深远。经过清代桐城派的称扬，唐宋八大家古文更由文坛扩展到民间，成为一切为文者的典范，从而在中国文学史上确立了"文以载道"为宗旨的文学主流传统。

在宋代古文运动完成其历史传承使命的同时，宋代诗歌开始走向了一条与唐诗并行不悖、各放异彩的新路，同时也开启了中国后世诗史的"唐宋诗之争"。宋代诗歌在经历了北宋初年"白体""西昆体""晚唐体"的模拟徘徊后，在北宋古文运动思潮的冲击下，开始从唐人诗歌审美范型的制约中逐渐走出，并在理论上对唐诗审美范型展开集成变创的深度思考。宋诗审美范型生成于对魏晋以来"高风绝尘"与唐人始有之"集大成"两种境界的兼容。这也就是说，宋代文学思想之精华，乃在"集大成"而返自然，"并众妙"而"造疏淡"，穷尽艺文能事而又尽显无意于此之萧散意趣。② 而萧散意趣，恰恰也是禅宗盛行时代的精神产物。禅宗活泼洒脱的思想风格以及融会贯通的思辨方式，对士大夫产生了巨大的吸引力，成为士人们在仕途风浪中的心灵安顿之地。《宋元学案·苏氏蜀学略》即说苏轼："自为举子至出入侍从，忠规谠论，挺挺大节。但为小人挤排，不得安于朝廷，郁憀无聊之甚，转而逃入于禅。"所以士大夫阶层的"居士禅"现象蔚为大观，《五灯会元》甚至将黄庭坚列入黄龙派的法嗣之中，黄庭坚也描绘自己的形象为"似僧有发，似俗无尘。作梦中梦，见身外身"（黄庭坚《写真自赞》）。此外，像杨亿、富弼、文彦博、张方平、欧阳修、王安石、晁补之、晁说之、李纲、范成大、杨万里等宋代诗人都是染于禅佛者。实际上，宋人对于释教的接受，主要是吸取其中的禅学智慧。有研究者指出"理禅融会"的现象促成了宋型文化的特质，正是在理学与禅宗的双重浸染下，宋代诗人形成了治心养气的涵养论、格物致知的认识论、体悟内省的思维方式和平淡恬静的审美观。③ 而到了黄庭坚为代表的江西诗派，宋人逐渐开始形成一套属于自己的作诗家法。这套家法的核心就是在唐代诗歌艺术世界的内在结构中生发创新灵感，从而在一定程度上扬弃"唯在兴趣"

---

① 许总：《论理学与唐宋古文体系建构》，《文学评论》2005年第4期。
② 具体论述可参韩经太《宋诗学阐释与唐诗艺术精神》，《文学遗产》2011年第2期。
③ 具体论述可参张文利《理禅融会与宋诗研究》，中国社会科学出版社2004年版。

的创作原则,在"意新语工"的双向追求中,以全新的"言尽意"论来绽合"言尽意"和"言不尽意"两种语言哲学观,以力求"无一字无来处"的学问涵泳再造"隐秀"诗美境界。

如果说江西诗派是唐诗法度的转型,那么在两宋交替之际,诗学界严羽《沧浪诗话》提出"别材别趣"说则意味着江西诗派诗学的转型。《沧浪诗话》的诗史背景,是南宋诗坛江湖诗人效仿四灵诗风所形成的诗坛"宗唐"风尚,而其主旨则是不满四灵诗境的清苦狭小而郑重提出"以盛唐为法"的诗学理想。南宋江湖诗人仿效四灵性情而形成的诗坛风貌,实际上是在苏、黄诗风与江西诗法的广泛影响之馀,作为一种历史性的反弹现象,带着重温宋初"晚唐体"的底色,注入南宋江湖诗人清苦而空灵的精神诉求,由此生成的特定诗学追求。严羽心目中的"盛唐气象",之所以会被后世学者认定为是偏向于平淡清远一派,恰恰因为这原是植根于南宋清美诗派艺术土壤里的理想之树,其以"盛唐气象"而内涵"晚唐风韵"的特殊构成,乃是一种历史的自然生成。

清人蒋士铨有言:"唐宋皆伟人,各成一代诗。"(《忠雅堂诗集》卷一三)当今学界也认为,唐诗宋诗在艺术成就上是双峰并峙的。这种双峰并峙的说法,其实正好体现唐宋诗各极其趣而呈现为两种范式。缘此,遂形成古典文学研究领域承传不绝的以"唐宋诗之争"为中心问题的诗史发展观。于是,"唐诗妙境在虚处,宋诗妙境在实处"(翁方纲《石洲诗话》卷四)的虚实辨析,"唐人诗主情……宋人诗主理"(杨慎《升庵诗话》卷八)的情理区分,以及多维聚合的美学评判如"唐诗以韵胜,故浑雅,而贵蕴藉空灵;宋诗以意胜,故精能,而贵深析透辟。唐诗之美在情辞,故丰腴;宋诗之美在气骨,故瘦劲。唐诗如芍药海棠,秾华繁采;宋诗如寒梅秋菊,幽韵冷香"(缪钺《诗词散论》),"唐人之诗,主情者也,情亦莫深于唐。及王季之卑弱,而宋诗以出。宋人之诗,主意者也,意亦莫高于宋"(程千帆《古诗考索》)。或谓"唐诗多以丰神情韵擅长,宋诗多以筋骨思理见胜"(钱锺书《谈艺录》),如此等等,不一而足。总之,我们已经习惯于并且完全可以把唐诗、宋诗看成古典诗歌美学的两大基本范式。

但是,事情的另一面缘此而被遮蔽。须知,"唐宋诗之争"的另一面恰恰是"唐宋诗之合"——不仅意味着唐诗"接受学"的唐诗艺术精神阐发,而且意味着唐诗艺术精神内化为宋诗艺术追求的要素而一体生长,从而使唐宋诗之间的关系,既不单纯是高峰在前而必须另辟蹊径,也不单纯是同一根基上的再上一层楼,而是两者交织在一起的诗学"和合"景观。惟宋人最能变创唐诗,是因为惟宋人最知唐诗妙处。透过宋诗变创唐诗的轨迹,发现宋诗学阐发唐诗艺术精神以自立的另一轨迹,然后辨析于两种轨迹之间,相信才能深入一层去窥视中国古典诗学的内核结构。① 其实，严羽《沧浪诗话·诗辨》中有一段世人熟知而未必进境于深度领会的话语："夫诗有别材，非关书也；诗有别趣，非关理也。然非多读书、多穷理，则不能极其至。所谓不涉理路、不落言筌者，上也。诗者，吟咏性情也。盛唐诸公，唯在兴趣，羚羊挂角，无迹可求。故其妙处透彻玲珑，不可凑泊，如空中之音，相中之色，水中之月，镜中之象，言有尽而意无穷。"不难理解，严羽诗学思想最为精彩的地方，与其说在于以"别材别趣"说批判苏、黄和江西诗派以来宋诗以书卷理趣见长的特殊风貌，毋宁说是在"非关书""非关理"而又必须"多读书""多穷理"的艺术辩证法。如若换用学界阐释"唐宋诗之争"的既定话语，那就意味着，与其说严羽的诗学理想是让宋诗放弃"主意""主理"的特性而回归唐诗之"主情""主韵"，倒不如说其旨归在于"情韵"与"理趣"的艺术集成。惟其如此，严羽才反复强调"熟参"的诗学实践方法论。细读《沧浪诗话》，其所谓"透彻之悟"与其所谓"熟参"之间，实质上是一种将禅家顿悟的灵感思维与诗家技艺的精熟经验密切结合起来的诗学追求，充分体现出宋人"技道两进"的艺术哲学精神。

"词"，有赵宋"一代之文学"的称誉。词的艺术特性可部分地由"依声填词"的描述中体味出来，词乐之渊源为唐代"燕乐杂曲"，故又名"曲子词"或"曲子"。李清照曾经在《论词》中明确无误地称词为"歌词"，其论述也是自盛唐李八郎之"能歌，擅天下"说起，且有"乐府、声诗并著"的判断，这些信息汇总在一起，已然构成一个宋词历史生成的基本脉络，那就是植根于都市音乐文化生活的流行艺术传统。换言之，宋词是从"浅斟低唱"之中滋长起来的，宋词的成就必然折射出宋代商业性都市生活的繁荣。唐代的长安固然繁华，但其城市格局却没有宋代的汴梁那样更富于商业化特性。尤与歌词艺术相关的是，宋代朝廷曾施行"设法卖酒"（金盈之《新编醉翁谈录》卷七）的商业性经济文化政策，使针对商业本身的刺激同时转化为对弹唱活动的刺激。酒肆之间，歌女之间，为利润计，必须加快词曲更新的速度，而这样一来，自然就形成了一个歌词作品的需求市场。既有出自作者的主动心态，又有来自社会的需求市场，词体遂得迅速振兴。那位"忍把浮名，换了浅斟低唱"的柳永，"妓者爱其有词名，能移宫换羽。一经品题，声价十倍。妓者多以金物资给之"（罗烨《醉翁谈录》丙集卷二）。这条材料生动地说明，这种歌女资助金物的物质刺激方式，是可以大大推动文人词创作活动的。当然，歌女资给词人，原为提高自身身价；而此身价，又与"设法卖酒"中的竞争相关。环环相扣，层层推助，经济文化政策遂起到了文艺政策的作用。正是在这个意义上，我们完全可以说，宋词之所以兴盛，也是特殊政策

---

① 具体论述可参韩经太《宋诗学阐释与唐诗艺术精神》，《文学遗产》2011年第2期。

的作用所致。同时，宋世制禄丰厚，坊间歌伎又出于自身利益而出金资助词客，这种物质力量的推动势必成为词集刊行的有效保证。宋初总集的编辑，显然与歌词市场的需求有关，总集的流行，又转而推动了文人自结词集的决心。①

宋词流派纷呈，名家辈出。大体而言，可将词人分为三类：第一类的代表是柳永、周邦彦、姜夔，他们是典型的音乐文学家，既精通音律，又擅长文词，于是成就为歌词艺术大家，但其间也有两宋音乐文化的适俗与复雅问题，不宜笼统述说；第二类的代表，始于晏、欧、小山、秦观北宋诸子而收束于草窗、梦窗南宋诸家，属于明人二元论词所谓"婉约派"的词人群体；第三类的代表人物自然就是苏、辛，不仅属于婉约与豪放并存之所谓"豪放派"，而且表现出"以诗为词"乃至于"以文为词"的"文人化"倾向——也就是歌词与诗文合流的文学史走向。需要注意的是，不管是源自明人的婉约、豪放之辨，还是"尊体"与"尚文"对峙的词学体式之分，精通音律的歌词专家与融会诗文的学者词人，貌似两派，实则一体，共同沉浸于宋世风流，也共同沉浸于"造极两宋"的华夏文明。如"凡有井水饮处，即能歌柳词"的柳永，其一唱三叹的抒情主题中便含蕴着"宋玉悲凉"的士人情怀，又如历来词家认为"最为雅正"的周邦彦，其《汴都赋》显现出的学识广博乃至于书卷气横溢的特点，未尝不与李清照所谓"学际天人""文章西汉"的文化气息相通。

随着宋代城市文化的进一步发展，仅仅以锦词绣句和优美乐调为特点的"曲子词"已经不能够满足市民日益增长的娱乐需求，而戏剧和讲唱艺术的兴起则填补了"曲子词"的空白。唐代已经有了参军戏和傀儡戏等戏剧表演形式，但是受到诸多因素的影响，唐代戏剧艺术并没有得到蓬勃发展。宋代的戏剧以歌舞剧为主要形式，在很大程度上汲取了"曲子词"表演的艺术精华。宋代戏剧门类繁多，其中以杂剧和诸宫调最为代表。宋代的杂剧是由滑稽表演、歌舞和杂戏组合而成的一种综合性戏曲，北宋时风靡东京汴梁，南宋时临安也很流行。宋杂剧一般由四个角色组成，有时会根据情节需要增加一到两名角色。正剧上演前一般会表演一段百姓喜闻乐见的生活趣事作为引子，以期达到招揽观众的效果。"正杂剧"又分为两段，表演一个完整的故事，是杂剧的主体。到了南宋，杂剧变为三个部分，即"艳段""正杂剧""杂扮"。"杂扮"是由民间的滑稽戏演变而来的，作为杂剧之后的散段，又称"杂班"或"拔扣"。后来，北方的杂剧逐渐发展为元杂剧，南方的杂剧逐渐发展为宋元南戏。诸宫调则是发源于宋代，流行于金元的一种讲唱艺术，它取同一宫调的若干曲牌联成短套，首尾一韵，再用不同宫调的许多短套联成长篇，以说唱长篇故事，因此称为"诸宫调"或"诸般宫调"。又因为它用琵

---

① 具体论述可参韩经太《宋词与宋世风流》，《中国社会科学》1994年第6期。

琶等乐器伴奏，故又称"弹词"或"弦索"。诸宫调由韵文和散文两部分组成，演唱时采取歌唱和说白相间的方式，基本上属叙事体，其中唱词有接近代言体的部分。

在宋代戏剧发展的过程中，叙事部分逐渐脱离了表演艺术的范畴，开始变为一种新的文学形式——宋代话本。无论是宋代戏剧中的叙事情节或是宋代话本小说，它们都有一个共同的艺术源头，就是兴盛于唐代的变文和俗讲。唐代的变文和俗讲原本是佛教弘法的一种宣教手段。简言之，变文和俗讲就是把深奥的佛教典籍转换为通俗易懂的神佛故事，在其发展过程中逐渐将一些中国本土的民间传说和英雄故事改编成了变文和俗讲的内容。宋代出现了专业的"说话"艺人，其讲述的内容就是所谓的话本。就其内容而言可分为四种，也就是所谓的"说话四家"，指的是"小说""说经""讲史"和"合生"。宋代话本在语言上多用当时流行的民间口语，故事情节也多为市井百姓喜闻乐见的悲喜传奇故事。但宋代话本不同于后世的章回体小说，没有一个确定的作者和版本，可能同样的故事情节在不同地域和不同艺人的口中都有不同的表现。

## 第三节　宋代文学精神与宋代文化建构特征

关于两宋文学精神历史生成的探讨，必然要涵涉宋代文化的独特建构，而关于宋代文化建构特征的讨论，又离不开唐代文化转型，这是一个与所谓"百代之中"的文化理念相关的通观型文明史话题。在这个意义上，从宋代文化建构特征的角度来把握两宋文学精神，就具有超越各自独立的时代性来把握中华文化之历史典型的特殊意义。

如前所述，现代学术研究证明，宋代生产力的发展水平超过了唐代，宋代文化建设的成就，居于当时世界的前列。朱熹就认为"国朝文明之盛，前世莫及"。陆游也说："宋兴，诸儒相望，有出汉唐之上者。"今人陈寅恪先生在邓广铭《宋史职官志考证》序中更是说："华夏民族之文化，历数千年之演进，造极于两宋之世。"迄今为止，围绕着文明昌盛、儒学复兴、文化造极于两宋而展开的讨论，其涵涉极为广泛，其间有不同观点的争鸣。但无可争议的是，就其最终表现为时代精神者而言，宋代文化建构总体上具有哲学思辨与技艺探求共进的"技道两进"精神，并且凸显出中国艺文传统特有的"文人"意态。

如果把宋代文学艺术放到中国历史的长河中，可以看到它经历着一个重要的社会变迁过程，即逐渐走向平民化、世俗化。但这只是事情的一个侧面，与此同时，我们又会发现，宋代文学艺术又经历了一个向"雅化"演进的发展过程，崇尚高雅而洒脱的人格境界和艺术风格,这是宋代诗文辞赋各体文学共同的追求。于是,一方面产生了导致"文人艺术"兴起的"文人艺术精神",另一方面则伴随着倚声应歌、愉悦随俗的"大众艺术趣味",而这种雅俗各极其妙的兼综性发展态势,又充分体现为同时讲求"理趣"和"兴趣"——哲理悟解与直觉感触的复合艺术——的文学艺术精神。以诗歌为例,宋人同时确认陶渊明与杜甫为诗美典型,这也就意味着宋人在人格理想和审美理想相统一的意义上,一面具有超逸自然的人生哲学自觉,一面又具有颠沛流离而不忘君国的忧患襟怀,于是才有了辛弃疾词所谓"看渊明风流,酷似卧龙诸葛"的形象抒写。当然,与此相应,表现在文学观念上,道学家的"作文害道"与文学家的"技道两进"各自言说而并行不悖,"夺胎换骨"的技法讲求与"唯在兴趣"的妙悟会透过"熟参"的实践论而暗通消息;从宋初诗学家确立的"意新语工"之双重意义上的创新,到南宋理学家强调的"涵泳情性"之心性哲学意义上的人生实践,如此等等,两宋文学精神的核心内容,亦即宋代文化建构的典型特征,一言以蔽之曰:徜徉两端。

总之,史学界所谓"士大夫政治"及相应的与文官制度建设密切关联的科举制度的正面价值,世界科技史视阈中宋代科技的发达以及与此高度契合的宋代国家艺术研究实体的建设,新儒学参融佛老之学的心性哲思以及以脱俗相号召的"文人的艺术",一旦自觉地将这些文明史成就整合为一体,就将促使我们把两宋时代看作是中国文化的集大成时代。两宋文明意味着艺术与科学的两翼齐飞,意味着审美想象与实用技艺的相得益彰,意味着哲学理性与艺术灵感的互动互补。

# 第一章　北宋初期文学

北宋初期文学，指的是自赵宋建国（960）至仁宗明道年间（1037）的文学。这一时期的文学，具有相对独立性。如苏轼所说："宋兴七十馀年，民不知兵，富而教之，至天圣、景祐极矣，而斯文终有愧于古。"（《六一居士集叙》）北宋于979年灭南汉后，又经过近十年时间，相继编成了大型类书《太平御览》《太平广记》《文苑英华》等，刊刻完成了《大藏经》等，成为北宋重建文化的标志性成果。正是在此阶段，从割据政权入宋的五代文人逐渐凋谢故去，而北宋政权新培养的文士渐次养成。从雍熙四年至仁宗明道年间，北宋政权培育的文士开始展现其光彩，他们努力探求新的文学范式，形成了新的文学风尚。由此，在诗坛上产生了"宋初三体"即白体、晚唐体与西昆体，在文章方面则有以穆修为代表的古文探索，在骈体文方面又有杨徽之、钱熙、吴淑、许洞等人接续五代传统而时有出新。这些努力，为后来者如田锡、王禹偁、杨亿、范仲淹、欧阳修等人所继承和发扬，北宋文学面貌才终于初步形成。

## 第一节　宋初文坛和"宋初三体"

入宋后，五代文学的儒学之"道"的缺失，继续左右着当时的文学风尚，并影响着当时文士艺术范式的选择。宋初一些文士面对新生政权建设的需要，尤其是原割据政权的降宋士人，就不得不三缄其口，诗歌遂成为"颂美新政"和相与应付的工具。五代时期重视锻炼雕琢、崇尚苦吟、气象卑弱的诗歌审美取向，也开始发生变化。不过，就其主流而言，由五代而入宋的士人，虽然他们诗歌创作范型可以追溯到"元和体"[①]，但实际上，晚唐五代作家给他们的影响更大些。王仁裕、冯道、杨凝式等人的"通俗流易"，姚合、贾岛、孙鲂、郑谷、杨夔、齐己等人的"寒素苦吟"，是宋初文学士人乐于取法的对象，而徐锴的典赡，陈贶、刘洞、杨徽之的雕琢苦吟，亦为入宋诗人所尊奉。此外，前后蜀卢延让的浅陋偏僻，蒋贻恭的诙谐等，都对入宋后的诗人有一定影响。

北宋初期文学，作家的地域性特征表现得比较明显，"降臣"群体、原后周文人群体，是初期文学创作的主要作者群体。由割据地区入宋的士人中，李煜、徐铉、张洎、郑文宝、陈彭年、乐史、舒雅、钱俨、钱易、句中正、汤悦、赞宁等

---

① 参见刘宁《唐宋之际诗歌演变研究》，北京师范大学出版社2002年版。

人的文学成就较高。而原后周入宋的士人中，宋琪、陶谷、卢多逊、扈蒙、王溥等人享有声名，但文学创作却少有成就。

宋初文坛，由于宋初太祖、太宗对原割据政权入朝士人的猜忌、提防，致使由割据地区入宋的士人心怀恐惧，他们在入宋后不再像原先一样在诗文中表述情志，颂美时政、应酬交谊、表达闲适安逸心态，成为他们的文学创作乐于表达的主题。虽然南方士人的创作水准远超原后周士人集团，但由于政治上太祖、太宗二朝北方士人政治上的优势，北方士人集团所主导的浅易文风占据主流地位。这一风尚，直接促使了"宋初三体"的产生。

值得注意的是，宋初文坛一些有识之士对沿袭晚唐五代诗文以至于形成了"文体卑弱"的文风，予以抨击。其中，以高锡、梁周翰、柳开、范杲为代表，而以柳开最著名。

柳开（947—1000）字仲涂，大名（今河北大名）人。《宋史》载："（开）有胆勇……既就学，喜讨论经义。五代文格浅弱，慕韩愈、柳宗元为文，因名肩愈，字绍先。既而改名字，以为能开圣道之涂也。著书自号东郊野夫，又号补亡先生。"

柳开的文学主张在当时影响很大。主要有：重道轻文、主张文章平易、尊韩柳而倡道统等。其中前两者对宋代文学的发展产生了极为广泛的影响：

> 补亡先生，旧号东郊野夫者，既著野史，后大探六经之旨，已而有包括杨孟之心，乐为文中子、王仲淹，齐其述作，遂易名曰开，字曰仲涂。其意谓将开古圣贤之道于时也，将开今人之耳目使聪且明也，必欲开之为其涂矣。（《补亡先生传》）

> 天之文章，日月星辰也；圣人之文章，诗书礼乐也。天之性者，生即合其道，不在乎学焉。……文学为道之筌也。筌可妄作乎？筌之不良，获斯失矣。女恶容之厚于德，不恶德之厚于容也；文恶辞之华于理，不恶理之华于辞也。（《上王学士第三书》）

柳开以儒家"道统"为"文统"，强调道与文相斥，混淆了"道"与"文"的本质属性，对宋代文学产生了一些消极的影响。但柳开在当时文坛片面追求文学艺术的形式而对内容有所忽略之际，号召学习韩愈、柳宗元诗文而旨在推扬诗文回归儒家之"道"，客观上对宋初文学的发展起到了积极的作用。

宋初实行右文黜武政策，既为确保原后周统治地区的稳定，并提防南唐、闽越、西蜀等降臣的复辟图谋，又要不断提升文臣的政治地位和社会影响，以渐次削弱武将割据坐大的政治隐患。利用君臣唱和、馆阁唱和等手段，来提领、倡导和推行其政治策略，提升文人政治地位，是宋初崇文政策的重要内容。此期君臣唱和与馆阁唱和活动的内容，主要包括赏花钓鱼宴作诗唱和、赐宴唱和、结会或者集团唱和、节日唱和等。这些诗歌唱和形式，作为制度化的礼仪活动，含有重要的政治意图。各种唱和活动，拓展了宋初诗歌的功能，提升了诗歌品位。"宋初三体"即白体、晚唐体和西昆体的发育及流播，都与之紧密相关。

### 一、白体

白体是宋仁宗朝出现的说法，指的是宋太宗、真宗时诗坛流行的学习白居易闲适、浅易、通俗风格的诗歌创作。宋初最早提出学习白居易诗歌的是李昉，而对助长白体流行贡献最大的是宋太宗。宋太宗即位之后，为了强化皇权意识，激发文臣的"颂美"热情，便把君臣唱和看作是"君臣之际，先要情通，情通则道合"之要务，试图以诗歌的形式宣扬"知足常乐"以巩固统治。白体诗派因此得以发展开来。白体的倡导者是李昉、李宗谔、李至，其代表人物为宋太宗、李昉、王禹偁与晁迥。

李昉（925—996），字明远，饶阳（今属河北）人，仕后汉、后周，后归宋，太宗时拜平章事。奉敕参撰《太平御览》《文苑英华》《太平广记》等书。李昉仕当五代，其时诗坛上推崇冯道、杨凝式等人的诗歌，他们共同的诗歌追求是文辞浅近、内容平实。李昉与同时的著名文人如窦仪、陶谷、卢多逊、范质等，或为同僚，或与之相与应酬，所以他们往往自觉不自觉地学习和模仿冯道、杨凝式的诗歌，常以浅近诗风抒写世俗生活的义理。入宋后，面对最高统治者希冀"颂美时政"的政治诉求，这些重臣只能是或"颂美时政"或相与唱酬"吟咏性情"。如李昉诗：

> 朝退归来只在家，诗书满架是生涯。吟成拙句何人和，按得新声没处夸。夜景最怜蟾影洁，秋空时见雁行斜。望君偷眼来相访，犹有东篱残菊花。（《偶书口号寄秘阁侍郎》）

诗篇抒写了诗人安于世俗生活的情趣和汲汲于富贵功名的人生追求。诗人以浅近的语言，表达安于闲适生活的乐趣，兼有"颂美时政"之意，表达出对帝王知遇之恩的感激之情。类似的诗作主题在李昉、李至等人的作品中比较常见。

宋初白体诗人还有几位代表性人物。其中，宋太宗诗作有一定特色。宋太宗诗今存有五百六十馀首，其诗主旨多为阐发佛老义理，倡导安心静处、满足现状，勉励士人淡泊功名，修养身心。诗篇颇有白居易"闲适诗"风调。其他如李至、李宗谔、晁迥等，诗风则与李昉非常相近。而李宗谔、晁迥因为后期参与跟杨亿等人唱和，又被视为"西昆体"诗人。这说明，一些白体诗人认识到了白体诗追求浅近、平易、不用典所带来的局限性，因之而有改革诗风的愿望并进行了一定的努力；同时也说明，诗人的诗风具有多面性和复杂性。

宋初白体诗人多学白居易、元稹等人作唱和诗，作为朝廷而言，是以唱和的方式传达出希冀文臣"颂美时政"之意，并试图以唱和形式来起到"君臣逭情"以和合化同原割据地区士人的目的；作为文臣而言，写作白体唱和诗篇，除了迎合朝政需要，美化新政权之外，也起到了"吟咏性情"，表达"闲适"生活情趣和心归新朝之意，更有全身避祸的考虑在其中。白体诗人多效白诗浅切随意、不求典实的诗歌创作方式，随意而吟，作来便捷，恰恰与宋初朝政重臣"少文"相吻合；同时，白体诗人效仿白居易旷达随缘、乐天知足的生活态度，又与宋初崇文偃武、广收利权的基本政治方略相一致。宋初白体诗继承了白居易、皮日休、冯道、杨凝式等以来的"闲适诗"传统，发扬其浅近、平易、不用典的长处，以吟咏性情、颂美王政为诗歌主题，着力于抒写和乐自适的优游世俗生活，呈现出中国古典诗歌的"和乐"之境与"平易"之美。

宋初白体诗的发展与昌盛，为两宋诗歌树立了一个可资借鉴的范型，同时的晚唐体、稍后的西昆体，正是在批判白体的进程中绽放出自己的个性之花。作为宋初重要的诗歌范型，白体诗虽然具有浅切平易、追求和乐的诗歌审美取向，但是当这种诗歌审美取向发展到极致时，必然导致诗歌在表达方式上的直白、俗气、缺少意蕴等弊病。欧阳修曾提及白体诗句"有禄肥妻子，无恩及吏民"，指出某些诗人"常慕白乐天体，故其语多得于容易"（《六一诗话》），正是对后期白体诗人的中肯批评。

### 二、晚唐体

赵宋建国后，隐逸之风可视为五代的延续。在很长一段时间里，宋初的隐逸之士似乎对新政权并不急于表达他们的态度，而采取了"深根宁极而待"的做法，观望色彩甚浓。如戚同文、陈抟、魏野、林逋、杨朴、潘阆、曹汝弼、樊知古、万适、田诰等人，多拒征召，乐于终老山田。鉴于佛老思潮的巨大影响，以及隐逸人群中儒学之士的传道传统与热情，对隐逸之士施以感化，使之为新生政权服务，对于赵宋政权来讲，极具政治价值。因此，赵宋王朝对隐逸之士施以格外的恩典，隐逸之士的政治地位得以迅速提升，其社会影响和文化地位也随之提高。五代宋初隐逸思潮造就了一个较为庞大的诗歌创作群体，因为这些诗人推崇晚唐贾岛、姚合诗风，诗歌创作也模仿贾、姚，故被称为"晚唐体"。

"晚唐体"诗派是后起的一个概念。宋初晚唐体诗人的构成情况比较复杂，一则当时所谓的晚唐体诗人的诗派意识并不明显，缺乏比较统一的诗派主张和组织形式等；二则构成晚唐体诗人群体的成分比较复杂，除了"九僧"群体外，还有隐逸诗人、仕宦诗人等。另外，晚唐体诗人的诗风也呈现出多样性的特征，一些诗人同时也表现出宗尚白居易的倾向，与当时流行的白体诗风颇有相近之处。

宋初晚唐体诗人中最恪守贾、姚门径的是"九僧"，即希昼、保暹、文兆、行肇、简长、惟凤、惠崇、宇昭、怀古九位僧人，其中惠崇成就最为突出。九僧继承了贾岛、姚合的诗风，诗作内容多为描绘清邃幽静的山林景色与枯寂淡泊的隐逸生活。诗作尤其重视五律，特别是五律的第二联、第三联，经常是他们努力经营、镂句铄字的重点所在。九僧颇为精警的诗句也多在这两联，如"虫迹穿幽穴，苔痕接断棱"（保暹《秋径》）、"照水千寻迥，栖烟一点明"（惠崇《池上鹭分赋得明字》）等。九僧在宋初诗坛上的影响是比较大的。明代胡应麟就评价说："九僧诸作，多在晚唐贯休、齐己上，惠崇尤杰出。如'露寒金掌重，天近玉绳低''人游曲江少，草入未央深'之类，佳句不可胜数，几欲与贾岛、周贺争衡。"（《诗薮·外编五》）不过，九僧诗作内容相对贫乏，也对他们的诗作成就有所制约。进士许洞曾经与九僧赋诗，相约不得犯"山、水、风、云、竹、石、花、草、雪、霜、星、月、禽、鸟"，结果九僧为之搁笔（欧阳修《六一诗话》）。

晚唐体另外一个诗人群体由魏野、潘阆、林逋等隐逸诗人组成。他们一方面模仿贾岛的字斟句酌，另一方面也颇有白居易平易流畅的诗歌风格，其中林逋诗歌成就较高，但魏野、潘阆在当时的名气很大，在诗坛上的影响并不逊于林逋。魏野（960—1019），字仲先，祖籍蜀州（今四川崇州），后居陕州东郊（今河南三门峡）。宋人《庚溪诗话·卷上》记魏野诗篇多得当时名人称赞："'千林蠹如尽，一腹馁何妨。'司马温公颇称之。然又有一联云：'莫因饥不足，翻爱蠹偏多。'其言有规戒矣。……又《秋夕怀人》诗云：'空看新雁字，不得故人书。'亦为佳句。"魏野有诗："寒食花藏县，重阳菊绕湾。一声离岸橹，数点别州山。"《墨客挥犀·卷三》以为是警句。魏野若干诗句对仗工稳，饶有意境，深得晚唐贾岛、姚合诗法，因此魏野诗作被后人称为"姚合流亚"（《诗薮·外编五》）。清人以为："野在宋初，其诗尚仍五代旧格，未能及林逋之超诣，而胸次不俗，故究无龌龊凡鄙之气。"（《四库全书总目提要》）

潘阆（？—1009），字梦空，大名（今河北大名）人。早年有志于功名，被太宗赏识，赐进士及第，后因友人下狱被牵连，逃入中条山。潘阆诗《岁暮自桐庐归钱塘》："久客见华发，孤棹桐庐归。新月无朗照，落日有馀辉。渔浦风水急，龙山烟火微。时闻沙上雁，一一皆南飞。"刘攽的《中山诗话》以为"有唐人风格"，后两联亦受到司马光的称赞。潘阆注重摄取静止与活动的景物入诗，诗歌意境清冷雅致，诗句工于锤炼，被《古今诗话》评为"不减刘长卿"（《诗话总龟》前集卷一〇引）。潘阆诗篇，因为多写隐逸生活，重视诗句对仗、声韵的锤炼，因此也被视为晚唐诗风的余绪。

林逋（967—1028），字君复，钱塘（今杭州）人。林逋诗篇的主要内容是吟咏山湖胜景和抒写隐居不仕、孤芳自赏的生活方式及其由之而来的心境。如其诗篇《秋日西湖闲泛》：

> 水气并山影，苍茫已作秋。林深喜见寺，岸静惜移舟。疏苇先寒折，残虹带夕收。吾庐在何处，归兴起渔讴。

诗篇写景精细，注重锤炼字句，意境完整，情趣活泼，于山水自适中带给人雅致欢愉的情感体验。

林逋的咏梅诗为他赢得了巨大声誉。那些神清骨秀的梅花往往具有象征意味，被认为与林逋的超然洒脱、山水自适的志趣相契合。最有名的当属其《山园小梅》：

> 众芳摇落独暄妍，占尽风情向小园。疏影横斜水清浅，暗香浮动月黄昏。霜禽欲下先偷眼，粉蝶如知合断魂。幸有微吟可相狎，不须檀板共金尊。

其中，"疏影横斜"一联因为"曲尽梅之体态"而为欧阳修、司马光等所激赏，而另一咏梅诗中有"雪后园林才半树，水边篱落忽横枝"（《梅花三首》其一）一联，因遗貌取神而得到黄庭坚的称赞（《苕溪渔隐丛话》前集卷二七）。

在晚唐体诗人中，寇准的地位比较独特，成就也最高。寇准（961—1023），字平仲，华州下邽（今陕西渭南）人。寇准少年入仕，二度官至宰相，一生功业彪炳，后因涉于皇室之争，遭谗被贬逐，以风节著称于时。他与上述两个宗尚贾岛、姚合等晚唐诗人的群体都有交往，因此事实上成了晚唐体诗派的盟主。寇准前期诗歌绝少涉及政治内容，反而与九僧、林逋等人诗风相近，多写山林之思，风格含思凄婉，有晚唐风韵，其中五律、七绝等均佳。后期因为饱受政治斗争倾轧，甚至连过普通人的田园生活都成为奢望，因此其诗歌在主旨、情感与审美情趣上都发生了很大变化。如其前期代表性诗作《春日登楼怀归》：

> 高楼聊引望，杳杳一川平。野水无人渡，孤舟尽日横。荒村生断霭，古寺语流莺。旧业遥清渭，沉思忽自惊。

其中，第二联化用韦应物《滁州西涧》诗句，妥帖自然，毫不勉强，意境简净，高于韦诗。整首诗以诗人的视觉、感受来摄取景物，在书写景物的同时又有深沉的历史兴衰感与宦情沉思沉浸其中,情思蕴藉而感慨深切,极有唐诗意境。寇准晚年遭谗去国,诗风明显改变。如其《书河上亭壁四首》其三:

> 岸阔樯稀浪渺茫,独凭危槛思何长。萧萧远树疏林外,一半秋山带夕阳。

诗中有画,江河、帆船、烟波、远树、疏林、秋山、夕阳,诸多景物被有机统摄到一起,诗篇意境中透露出作者清冷孤寂、难以言说的悲苦情思,包含了无尽的人生感慨。诗篇风格苍凉、雄浑,颇有唐诗风致。

宋初晚唐体诗人努力营造的清冷、荒凉、悲凄、闲逸、脱俗等诗歌审美类型,是对当时流行于诗坛的白体的疏离与变革,具有历史进步意义。

### 三、西昆体

在真宗时期,宋太祖、太宗两朝实施的科举政策得以继续实施,南北文化得到进一步交流,代表南方文化成就的文章之士与代表北方文化成就的儒学之士,已经都被纳入国家的文化建设中,朝廷已经不再按照地域对士人区别对待。不过,如何进一步整合各地尤其是来自五代割据地区的文化,拉拢、同化不同层次的士人,仍然是朝廷面临的重要问题。

其中,利用编撰大型总集类图书,可算是较为成功地对文化精英实施钳制与施加恩惠的措施之一。编撰大型图书就要披览、汇集大量的文献,这在客观上开阔了从事此项工作的文人的文化视野。杨亿等人参与编撰、裁定了一些大型丛书和类书,如《君臣事迹》《景德传灯录》《太平广记》《事类赋》等。真宗朝乐于作诗唱和的风气,客观上也对落实国家崇文政策,提升文人地位起到了重要作用。宋真宗本人就热衷于唱和赋诗,流风所及,朝臣也乐于此道。朝臣从事唱和结集的数量是比较多的。据记载,当时唱和结集就有十三种之多,《西昆酬唱集》即是其中之一。

《西昆酬唱集》是宋真宗景德二年(1005)到大中祥符元年(1008)间杨亿等编修《册府元龟》时,与人相与酬唱应和所作之诗。其中收入杨亿、钱惟演、刘筠等17人作品250首(现存248首)。诗作结集后,一时流布广泛,时人争相模仿,影响极大。后来刘攽《中山诗话》称之为"西昆体"。

西昆体的代表人物为杨亿、钱惟演和刘筠。杨亿(974—1020),字大年,建宁州浦城(今属福建)人。十一岁以文步入仕途。太宗淳化三年(992)赐进士及第,真宗为翰林学士,户部郎中,知制诰。杨亿为人天性颖悟,博闻强记,为人耿直刚介。刘筠(970—1030),字子仪,大名(今河北大名)人,真宗咸平元年(998)赐进士及第,为秘阁校理。初为杨亿识拔,后与杨亿齐名。钱惟演(977—

1034），五代吴越王钱俶之子，真宗授太仆少卿，命直秘阁，知制诰，预修《册府元龟》，官至枢密使。

西昆体为宋代诗歌发展提供了一个可供借鉴的诗歌创作范本。"昆体工夫"对宋代诗歌和诗人产生了巨大影响，很长一段时间内，宋诗的发展都是围绕着继承还是反对西昆体而展开的。

西昆体在审美追求上，推崇深隐、渊博、典雅、华美；主张以雅言、英词、藻思写闲情逸兴。其长处在于对仗工稳，用事深密，文字华美，风格整饬典丽；短处在于缺少真挚的情感，往往徒有华丽外表。从诗歌题材看，西昆体主要学习李商隐的咏史诗、咏物诗与无题诗；从诗歌创作技巧上看，主要学习李商隐诗歌的多用典、心思深隐、讲究辞藻华美与色调渲染。大体而言，西昆体诗作普遍缺少李商隐诗歌中的情调幽美与凄艳浑融的审美韵味及兴象难以指实等特征，也缺少李商隐诗歌中的意象组合方式（如跳跃意象组合、朦胧情思与境界创造等）。如杨亿和钱惟演的同题《无题》诗：

> 巫阳归梦隔千峰，辟恶香销翠被空。挂魄渐亏愁晓月，蕉心不展怨春风。遥山黯黯眉长敛，一水盈盈语未通。漫托鹍弦传恨意，云鬟日夕似飞蓬。（杨亿《无题》）

> 绛缕初分麝气浓，弦声不动意潜通。圆蟾可见还归海，媚蝶多惊欲御风。纨扇寄情虽自洁，玉壶承泪只凝红。春窗亦有心知梦，未到鸣钟已旋空。（钱惟演《无题》）

上述杨亿、钱惟演诗中极力铺写主人公的积怨深悲，虽然用了很多表示怨、悲的典故，却缺乏李商隐诗中隐藏在恰切典故和精美字句中的真情实感。

杨亿在《西昆酬唱集》中表现出的特征，也是西昆体诗人共同的创作追求。杨亿的诗学主张对西昆体诗人有重要影响，他强调"恬愉优柔，无有怨谤，吟咏性情，宣导王泽"（杨亿《温州聂从事云堂集序》）。这种创作宗旨，决定了西昆体诗人创作题材的狭窄。因此，《西昆酬唱集》中的作品，脱离现实社会和现实生活，思想内容空虚贫乏，多写馆阁词臣们的优游生活和日常琐事，往往一人首唱，他人酬和，很多诗篇纯粹成为文字游戏。据统计，《西昆酬唱集》全集七十个诗题中，主要内容有三类：一是怀古咏史，如《始皇》《汉武》《明皇》等；二是咏物诗，如《鹤》《梨》《柳絮》《泪》等；三是描写流连光景的生活内容，如《直夜》《夜燕》《别墅》等。

西昆体对宋代诗歌产生重大影响，还在于注重用典、藻饰、锻炼等诗歌写作手法，形成被后世称为"昆体工夫"的诗歌创作技巧。所谓"昆体工夫"，表现为西昆体诗人注重对诗句进行雕琢，诗作中往往含有多个历史典故，强调诗句的对偶、押韵以及诗句语言的色彩等，追求诗歌雍容典赡、炼词工整的诗歌风格。如杨亿的《泪》：

> 锦字梭停掩夜机，白头吟苦怨新知。谁闻陇水回肠后，更听巴猿拭袂时。汉殿微凉金屋闭，魏宫清晓玉壶欹。多情不待悲秋气，只是伤春鬓已丝。

诗中把窦滔妻苏氏织回文诗、卓文君作《白头吟》、陇头流水、三峡听猿、汉陈皇后、魏文帝美人薛灵芸、荆轲别易水等一些与流泪有关的典故堆砌一起，词藻华丽，对仗精工。全诗缺乏结构线索，感情表达比较隐晦。

西昆体在当时影响很大。欧阳修云："盖自杨、刘唱和，《西昆集》行，后进学者争效之，风雅一变。"（《六一诗话》）直到仁宗时期，西昆体仍然盛行不衰，晏殊、宋庠、宋祁等人，都是西昆体的追随者。晏殊尝试以清丽典雅的景致来表达富贵气，可以看作是西昆体后期代表作家对昆体末流的矫正。"昆体工夫"在黄庭坚诗歌里，得到了弘扬，并最终成为宋代诗歌代表性的表达方式之一。西昆体以华丽、雍容的审美追求替代了宋初诗人追摩五代的浅切、悲苦诗风，后继者踵武其式，诗歌创作随之开始抒写士大夫的"文人气"，从而形成宋代诗歌的独有风貌。它通过学习李商隐倡导诗句用典、注重字面修饰、对仗精切和吟咏自适性情的诗歌品格，历经两宋诗人的扬弃，贯穿于两宋诗歌的发展历程，成为宋代诗歌重要的特征。

西昆体也表现出很多不足，主要为：忽视诗歌的"言志"功能，作者的真情实感很少在诗作中表现；过于重视用典，经常在诗作中使用生僻的典故，使诗作成为炫才逞能的工具；偏重向史书、经书等寻求写作材料和灵感，使创作者忽视社会生活等。西昆体诗歌创作的优劣，都在后来的宋代诗歌中有所反映。

## 第二节 王禹偁

王禹偁（954—1001），字元之，济州巨野（今属山东）人，一生仕途坎坷，三为翰林学士，却三次被贬，为商州团练、知滁州、知黄州。他的诗文创作反映其命运多舛的人生遭际及不屈的生命抗争。

### 一、王禹偁的思想与文学主张

王禹偁一生以改革弊政为念，志向远大："致君望尧舜，学业根孔姬。"（《吾志》）史载"其为文著书，多涉规讽，以是颇为流俗所不容，故屡见摈斥"（《宋史》本传）。他在《上真宗五事疏》提出"谨边防，通盟好""减冗兵，并冗吏""汰僧尼""亲大臣，远小人"等，均切中时政弊端。王禹偁的作品体现了儒家倡导的"民本"思想，提出"夫天下者，非一人之天下，乃天下人之天下也"（《代伯益上夏启书》）。这些思想主张，代表了其诗文创作主旨的进步方面。

在宋初，王禹偁的文学主张具有独特性。针对五代以来诗文背离社会现实，不复"雅正"的情况，他大声疾呼："可怜诗道日已替，风骚委地何人收！"（《还扬州许书记家集》）由此，他强调"传道""求理""复雅"等文学精神。针对晚唐以来诗文追求"艳冶"文风的情况，他提出批评："文自咸通后，流散不复雅。因仍历五代，秉笔多艳冶。"（《五哀诗·高公锡》）他强调诗文的"传道明心"功用，对"文"的功用与价值进行了界定。他指出了"文"之所以存在价值，"人能一乎心，至乎道，修身则无咎，事君则有立，及其无位也，惧乎心之所有不得明乎外，道之所畜不得传乎后，于是乎有言焉，又惧乎言之易泯也，于是乎有文焉"（《答张扶书》）。这对于转变宋初盛行的五代文风具有重要意义。在文学表达方式方面，他特别指出"模其语而谓之古，亦文之弊也"，强调在文学创作上应该做到"易道而易晓"，他理解的"功深"在于"理"正，"谓功用深者，取其理之当尔，非语迂义暗而谓之功用也"（《再答张扶书》）。这些论述，在宋初文学沿袭五代追求怪奇、雕琢的诗文创作风气下，对于端正文风和提升士人政治地位，都有重要的价值。

### 二、王禹偁的诗文创作

王禹偁以白体诗人著称。贬官蛰居商州期间，他对白居易诗做过精心研究。不过，与其他白体诗人学习白居易诗歌的浅切、顺易、吟咏性情的取向不同，王禹偁表现出中正平和、自然流畅的风格，较好地贯彻了其"词丽而不冶，气直而不讦，意远而不泥"（《冯氏家集前序》）的诗学主张，成为宋初诗人学习白体的翘楚。如《村行》：

> 马穿山径菊初黄，信马悠悠野兴长。万壑有声含晚籁，数峰无语立斜阳。棠梨叶落胭脂色，荞麦花开白雪香。何事吟馀忽惆怅，村桥原树似吾乡。

诗篇作于商州，是诗人首次遭贬后真实情感的流露。诗篇写作深受白居易诗风的影响，诗篇语言浅近，不用典故，叙述层次清楚，对仗工稳而不求雕琢，拾取自然物境以组织诗歌意象，在诗篇中自然地透露出自己的感情变化，于平易处自有深致。

不过，与其他白体诗人不同，王禹偁不但学习白居易的闲适诗，而且继承了白居易诗歌的干政与讽谕传统。他屡屡提及"寄语采诗官""传于执政者"，希冀发挥诗歌的政治功用，这在宋初诗人中是极为少见的。如其《对雪》：

> 帝乡岁云暮，衡门昼长闲。五日免常参，三馆无公事。读书夜卧迟，多成日高睡。睡起毛骨寒，窗牖琼花坠。披衣出户看，飘飘满天地。岂敢患贫居，聊将贺丰岁。月俸虽无馀，晨炊且相继。……因思河朔民，输税供边鄙。车重数十斛，路遥几百里。羸蹄冻不行，死辙冰难曳。……自念亦何人，偷安得如是。深为苍生蠹，仍尸谏官位。謇谔无一言，岂得为直士。褒贬无一词，岂得为良史。不耕一亩田，不持一只矢。多惭富人术，且乏安边议。空作对雪吟，勤勤谢知己。

诗篇以自己的安逸生活与为戍边将士运输的"河朔民"的艰辛、边塞兵的苦寒进行对比，愈见诗人的真实情感，篇末的自我拷问，更是令人感受到作者的崇高品格。

值得注意的是，王禹偁诗歌风格是多样的。除了宗法白居易之外，王禹偁对杜甫和李白的诗篇也有研究。他有诗"李白王维并杜甫，诗颠酒狂振寰宇"（《题安秘丞歌诗集》），又有"本于乐天为后进，敢期子美是前身"等诗句，表达了对李杜诗歌的推崇。如其《新秋即事》：

> 露莎烟竹冷凄凄，秋吹无端入客衣。鉴里鬓毛衰飒尽，日边京国信音稀。风蝉历历和枝响，雨燕差差掠地飞。系滞不如商岭叶，解随流水向东归。

诗中透露出诗人谪居商州的失落与对京城的依恋。诗篇结构开合跌宕，声韵顿挫有致，对仗工稳严谨，情景有机融合，深得杜诗"沉郁顿挫"神韵。

作为宋初影响巨大的诗人，王禹偁学习与模仿的前代诗人涉及先秦、六朝及唐代的诸多名家，如屈原、鲍照、庾信、李白、王维、孟浩然、杜甫、韦应物、白居易、元稹、李邕、韩愈、李贺等人。正因如此，王禹偁才成为宋初最为著名的诗人。清人吴之振说"元之独开有宋风气"，这个评价是恰当的。

王禹偁的文学创作成就是多样的。他的政论文往往切实精当，指陈时弊痛快淋漓，有汉初贾谊、晁错之风。如《上真宗疏五事》分析问题深刻细致，史实陈述与问题分析相结合，显示出作者缜密细致、平实精当的文风。王禹偁最为著名的散文应属《待漏院记》。如文中段：

其或兆民未安，思所泰之；四夷未附，思所来之；兵革未息，何以弭之；田畴多芜，何以辟之；贤人在野，我将进之；佞人立朝，我将斥之；六气不和，灾眚荐至，愿避位以禳之；五刑未措，欺诈日生，请修德以厘之。忧心忡忡，待旦而入。九门既启，四聪甚迩。相君言焉，时君纳焉。皇风于是乎清夷，苍生以之而富庶。若然，则总百官，食万钱，非幸也，宜也。

其或私仇未复，思所逐之；旧恩未报，思所荣之；子女玉帛，何以致之；车马玩器，何以取之；奸人附势，我将陟之；直士抗言，我将黜之。三时告灾，上有忧色，构巧词以悦之；群吏弄法，君闻怨言，进谄容以媚之。私心慆慆，假寐而坐。九门既开，重瞳屡回。相君言焉，时君惑焉。政柄于是乎隳哉，帝位以之而危矣。若然，则死下狱，投远方，非不幸也，亦宜也。

文章从"天道"到"人道"，强调宰相"勤"政之正当性，又从"正""邪"对比指出宰相为政的不同结果，中间使用赋体展开对"相"之才德的说明，最后以"慎"结束全文。文章又正词严，层次分明，名为"记"体而实为"箴言"，令人警醒。

"宋初三体"奠定了宋诗基本审美取向与文学风格追求的重要基础。以王禹偁、杨亿等人的诗文创作为代表，体现宋人开创新的文体形式的可贵努力。可以说，经过宋初士人的艰辛探索，宋代文学已经初具面目。

**思考题**

1. 试述五代宋初政治形势与诗歌风貌之关系。
2. 试述"宋初三体"的总体艺术风貌。
3. 试述王禹偁诗歌艺术的取法方式及其独创性。

# 第二章 欧阳修与北宋诗文革新

经过七八十年的涵育，北宋在仁宗朝前期呈现出新的气象。儒学、道教和佛教等都得到长足发展。妥协怀柔的外交政策，换来了澶渊之盟后边疆的相对安宁。伴随着鼓励拓荒、计田、茶盐铁酒专营等诸多经济措施的陆续实行，北宋经济基础得以夯实。但是，七八十年政治管理制度的探索，尤其是真宗朝后期大搞天书迷信、郊祀，连带产生的无节制推恩荫补，以及官员贪污腐化等与专制统治相孪生的痼疾，也给北宋王朝带来了前所未有的政治和经济困境。因此，自真宗朝后期开始，如何巩固政权，兴利革弊，成为朝廷必须面对的政治课题。这对以儒学为本的官僚和士人提出了严峻挑战。在这一历史时期，深探儒学精义，使之能够立定根基而不为佛教摇动，进而笼系人心、激扬士大夫气节为政权服务，就成为仁宗朝对儒学之士提出的迫切要求。可以说，复兴儒学的学术指向与兴利革弊的现实政治需求，历史性地落到了科举入仕的新兴官僚阶层身上，政治关注的焦点问题已经转移到重建士人气节上来。一大批官僚和士人都不约而同地在儒学经典中寻求维护统治的理论支点与历史经验。于是，以回归儒学道统为号召而重在塑造士人气节的政治诉求，就成为有识之士的政治主张和努力方向。仁宗朝前期的历史境遇，为宋代文学风气的转变提供了历史需求。

## 第一节 欧阳修的文学思想与文学创作

欧阳修（1007—1072），字永叔，号醉翁，晚年又号六一居士，江西庐陵（今江西泰和）人。于天圣八年（1030）中进士，次年到洛阳任钱惟演幕下的留守推官，结识了尹洙、梅尧臣等人，相互切磋诗文。一生勇于言事，风骨凛然，颇有政治建树。晚年官至参知政事。六十五岁致仕，定居颍州，次年病逝。欧阳修博学多才，兼有名臣、文人两重身份，对宋代诗文产生了重大影响。

《宋史》论及宋代之"文"的演变："国初，杨亿、刘筠犹袭唐人声律之体，柳开、穆修志欲变古而力弗逮。庐陵欧阳修出，以古文倡，临川王安石、眉山苏轼、南丰曾巩起而和之，宋文日趋于古矣。"在诗歌方面，正是欧阳修以独到的诗歌主张及创作实绩，并得梅尧臣、苏舜钦为羽翼，宋诗初步具有了独立的面目。在词体的发展上，欧阳修继承了当时流行的南唐、西蜀一派婉媚旖旎、流丽疏隽的词风并有所发展，具有婉媚清丽与豪放跌宕两种不同风格，进而影响到后来的词人，成为有宋一代基本的词体范式；在散文方面，欧阳修推崇韩愈而有新变，丰约有度而又曲折自然，感慨生神而又含蕴丰富，其中含有丰富的人文意趣与践道崇德的政治伦理内容，成为宋代基本的文章范式而溉育百代。欧阳修于文学众体兼善，特别是他主张以儒学之道为文学之本，这又使他的文学创作充满了内在的力量。他以深邃的诗文主张和杰出的创作成就，成为宋代文化的杰出代表。

### 一、欧阳修的文学思想

欧阳修在《答吴充秀才书》中，提出了"道不远人""道盛文至"等文学思想，把"道"看作自然存在的规律和原则，"文"与"道"因为创作主体具有了一致性，作为创作主体的人的道德修养和创作素养，就得到了彰显。他又讲"知古明道而后履之于身，施之于事，而又见于文章而发之，以信后世"（《与张秀才第二书》），这说明，欧阳修推崇以道为本。如果道统不立，则文统必然出现混乱，乃至"不知其守"。在《与乐秀才第一书》中，他批判了时文的"巧其词""张其言""规模于前人""屈曲变态"，指出这都是作者不明道统导致的问题。他主张"道"应该是"易知而可法"，"文"自然就应该"易明而可行"（《与乐秀才第二书》）。"道"体既然具有"其充于中者足，而言发乎外者大以光"的"自然"特性，那么，"道"的功用也就只能在"自然"中得到发挥。

### 二、欧阳修诗歌的独特表现方式

方回对欧诗发展变化的历程及其特征进行了总结："读欧公诗，当以三法观。五言律初学晚唐，与梅圣俞相出入。其后乃自为散诞。七言律力变昆体，不肯一毫涉组织，自成一家，高于刘、白多矣。如五、七言古体则多近昌黎、太白，或有全类昌黎者，其人亦宋之昌黎也。"（《瀛奎律髓》卷四）欧阳修向前代很多诗人进行了学习。如在其诗集中，有学谢灵运、刘长卿、李贺、贾岛、韩愈、孟郊、梅尧臣等的诗歌。他还评论了战国时期的屈原、宋玉；汉代的苏武、李陵；魏的曹操、刘桢；唐代王维、宋之问、沈佺期、陈子昂、杜甫、李白、白居易、李商隐，五代的王建、郑文宝，宋初的陶谷、九僧、杨亿，同时期的晏殊、石曼卿、宋祁等人的诗歌。显然，欧阳修是在认真研究了很多诗人的作品后，才把韩愈、李白诗歌作为其主要的取法范型。

欧诗以散文布局的方式来安排诗意、糅合诗篇内容，使诗篇表现出曲折幽深的艺术风貌，诗中多用感叹词、转折词和递进词形成"逢感慨处便生精神"（《文章精义》）、"逆转顺布"（《昭昧詹言》卷一二）的艺术风格。欧阳修古诗长调结构主线和情感主线有机交织，可以称为"复调式结构"。一种是以"岂……"或"……岂……"句式和"……而……"句式为基本构型。这种句式在诗篇总束、分说、递进、转折等多种关系中，寓含着作者或深沉，或感慨，或意气飞扬，或思致萧索，或意志消沉的情绪。如在《送任处士归太原》诗中有句"天威岂不严，贼首犹未献"，上句以"岂"为反问语气，目的是引出"贼首"还没有被打败俘获的战争现实。这就为下文展开对"贼首犹未献"的原因分析预留了伏笔，最终过渡到诗篇主题：为任生的不遇鸣冤，同时也表达出作者对庙堂大臣压抑人才的愤怒之情。

另一种是以情感的发展来统摄事物和景象的复调式结构形式。欧诗中亦有以情感的发展过程来统摄事物景象，以达到表达诗旨的目的。如《晋祠》，诗篇有叙事，有议论，现实之景与历史时空得到有机结合，将晋地多战争、并儿多豪侠与当今并人多游乐、并地尽享太平相对比，于历史空间的转换中，感慨遥深，诗篇最后以鸟啼、山月作结，更增添了馀音袅袅的滋味。显然，诗篇时空跨度很大，情感跌宕起落与景物密切结合，文气自由流转，这种以情感发展线索来统摄景物、事项的写作技巧，是形成欧诗"感慨遥深"风格的重要原因之一。

### 三、欧阳修诗歌的"自然"艺术风格

欧阳修诗歌具有平易流畅的总体风格。这一风格，在其律诗、古诗中有所体现。如其五律《秋怀》：

> 节物岂不好，秋怀何黯然。西风酒旗市，细雨菊花天。感事悲双鬓，包羞食万钱。鹿车终自驾，归去颍东田。

第一句直接抒发面对秋景而伤怀的情感，入题自然。第二句写景，含有作者的悲秋意绪。第三句透出因政事伤怀而欲说不得的心情，只好转笔写愧对俸钱。第四句则于黯然伤感之下，迸发出去职归田的打算。诗篇中秋景与心绪相互交织，写景与抒情均流畅自然，没有刻意造语，在诗篇结构的安排上也不落痕迹，整首诗表现出平易流畅的风格。又如其七律《秋日与诸君马头山登高》：

> 晴原霜后若榴红，佳节登临兴未穷。日泛花光摇露际，酒浮山色入樽中。金壶恣洒毫端墨，玉麈交挥席上风。惟有渊明偏好饮，篮舆酩酊一衰翁。

第一句写景与抒情交融，入题自然。第二句转笔写景，用词贴切而新奇，"入樽中"用语十分巧妙，既写山色又把山水景物的描写与诗中人物的活动结合在一起，为下句写酒宴席上之事作了铺垫。第四句以陶渊明自比，勾画出沉醉宴上的主人公形象，欧诗"平易流畅"的风格得到了很好的体现。

比较而言，最能体现欧诗这种风格的，当属其古诗。如作于庆历二年的《洛

阳牡丹图》：

> 洛阳地脉花最宜，牡丹尤为天下奇。我昔所记数十种，于今十年半忘之。开图若见故人面，其间数种昔未窥。客言近岁花特异，往往变出呈新枝。洛人惊夸立名字，买种不复论家资。比新较旧难优劣，争先擅价各一时。……四十年间花百变，最后最好潜溪绯。今花虽新我未识，未信与旧谁妍媸。当时所见已云绝，岂有更好此可疑。古称天下无正色，但恐世好随时移。鞓红鹤翎岂不美，敛色如避新来姬。……争新斗丽若不已，更后百载知何为。但应新花日愈好，惟有我老年年衰。

诗篇第一句点题。第二句却拓开笔锋，不写牡丹而写自己对牡丹的了解。第三句说明对牡丹的评价及对以往生活中所了解牡丹的回忆，都是由于观画而生，画作中的牡丹因其品种新而为作者重视。由此引出下三句洛阳人对新品牡丹的痴迷争爱。下四句是作者的回忆，忆及当年几种牡丹珍贵品种，并对四十年间牡丹品种的变化而感慨，提及"潜溪绯"为最珍贵的品种。诗由此展开评论，以为今花与旧品很难比较孰胜，惟是人心随时而异，笔墨由观画评花而穷理悟道，过渡到针砭世风人心上来，对世风浇漓、人心愈加巧伪作了严厉批评。诗歌最后以自己年老身衰与新花愈好进行对比作结，表达出欲言还休的无限感慨。诗篇十分讲究布局谋篇，以观图而及赏花，进而因花而表达出创作主体对于世风浇漓、人心尚巧伪的批判。诗篇从叙述的流畅程度、内容、表现技巧上，都实现了欧阳修平易流畅的诗风追求。

欧阳修平易流畅的诗风，是针对当时以西昆体、晚唐体为代表的诗风而采取的策略。稍前范仲淹、石介等人已经就时文的流弊提出了激烈的反对意见，朝廷也于天圣七年（1029）、明道二年（1033）两次下诏申诫时文浮华，显然影响到包括欧阳修在内的视科举为进身之阶的广大士人。如何适应时代要求，以一种新的诗风去取代晚唐体、西昆体就成为具有先觉意识的士人的共同选择。如京东士人群体的豪逸狂怪、感慨多气诗风①，石介师徒的怪奇聱牙诗风，梅尧臣的闲淡诗风，都是具有先觉意识的士人，以自己的创作来回应时代需求的尝试。在这一尝试过程中，欧阳修以韩愈诗文为典范，但又对韩愈的怪奇拗硬诗风有所警惕。显然，如果沿着韩愈怪奇拗硬的诗风发展，不但与朝廷诏令相背离，也容易与石介以及京东士人集团所倡导的诗文风格相混淆，并且极易与晚唐体的精于锻炼及西昆体多用典造成的诗歌意脉不明、意象破碎等弊端纠结在一起，这当然是欧阳修

---

① 参见程杰《北宋京东文人群体及其诗文革新实践》，《文学遗产》1996年第3期。

所不愿意看到的。因此，欧阳修在认真研究前代著名诗人诗歌的基础上，确立了以韩愈、李白诗歌为主要的学习范式，而以李白诗歌的飘逸流畅来矫正韩愈的怪奇拗硬，终于成就其平易流畅的诗风。

欧阳修平易流畅诗风的形成，也是其长期学习前人而有意识去取的结果。如他对孟郊诗歌有过研究，并在其晚年还作有孟郊体的诗，但他又对孟郊诗体中的某些特征表示反对："空山流水空流花，飘然已去凌青霞。下看区区郊与岛，萤飞露湿吟秋草。"（《太白戏圣俞》）就是对他最为赞赏的前代诗人韩愈与李白，欧阳修也有所去取。欧阳修主要是从诗歌出人意表的议论和诗篇结构，以及感情抒发的方式上来向李白学习的。如古诗《晋祠》，全篇虽然于历史空间的转换中，感慨遥深，馀音袅袅，表现为时空跨度很大，情感跌宕起落与景物密切结合，文气自由流转等特征，与李白诗歌风格较为接近。但是，与李白的古诗对比就会发现，李白诗中那种展现诗人狂放自信人格风采的气概，以及以大胆的夸张和巧妙的比喻来突出内心感受的诗歌风格，被欧诗较为客观冷静的叙事与透辟议论所代替。总的看来，欧诗诗篇往往讲究起承转合，叙事议论转换流畅，文风平易自然。与之相似，欧阳修向韩愈诗文学习的同时，也以平易流畅为主调，取代了韩愈诗歌的怪奇、拗硬等特征。如他的《寄圣俞》以散文谋篇方式来布局诗篇，其中对梅尧臣才高而不遇表达了深深的惋惜之情，诗篇结尾复转为对其安慰之意，诗篇结构的变化与诗人情感的变化相一致，用词造句均显平实，诗篇因而表现出一种平易流畅之美。

### 四、欧阳修的散文创作

欧阳修的古文题材广泛，文体形式多样，具有很高的艺术水准。如他的论辩、记叙、序跋、书信、祭文、墓志等，包罗广泛，皆有名篇。他对赋体文的改革和创新，极大地影响到骈体文的发展，在文学史上确立了文赋的历史地位。

欧阳修所创作的古文，总体看来以论道的性理文、政论文、抒情文、史论文成就最为突出。从他的性理文来看，如《答吴充秀才书》《与乐秀才书》《答李诩第二书》等，都提及"道"与"文"的关系问题。与唐代韩愈等人一样，欧阳修对"道"的认识，也是与"性"相联系的，他反对把"性"形而上化，强调对"性"的把握和体认应该从"切于用"出发，不尚空言，开后来两宋道学之士与文章之士文道观念差异的先声。

欧阳修政论文洞达世情，从容不迫，纡徐宛转，且能身置其中，决不作局外语。代表作有《朋党论》《与高司谏书》《准诏言事上疏》《本论》《论杜衍范仲淹等罢政事状》等。《朋党论》从正反两方面剖析了小人无朋而君子有朋的道理，然后下文中引证了历史上兴亡存乱都关系朋党，但小人之朋为伪朋而君子之朋为真朋，可见"朋党"之指斥并无合理性。此文写于庆历三年，当时夏竦、王拱辰等攻击范仲淹、欧阳修等结成朋党，把持朝政。欧阳修此文义正词严，文气舒缓严整，说理严谨细密，文章风格独特。

欧阳修的记叙文能够融抒情、叙事、议论为一体，往往于纡徐和缓的叙述中，寄寓作者对历史更替、人事兴衰以及特定历史时空中的事物发展过程等所作的深沉思考，感情体验深刻强烈，时或透露出作者身世感慨。《丰乐亭记》《醉翁亭记》《有美堂记》《非非堂记》《相州昼锦堂记》等都是其代表作。如《丰乐亭记》，文章名为"记"，顾名思义题中之义似应"记"亭之建造经过、位置、环境等，但欧文在第二段却突然插入对历史兴亡的感慨，回顾了滁地由乱到治的缘由，最终归结到因天下太平而为最大乐事，自然点出"丰乐亭"的取名用意。文章波澜起伏，首尾呼应，看似突兀，却贴合"记"体文章要求，感情饱满深刻。

欧阳修的史论文主要以《新唐书》和《新五代史》中对历史人物和事件的评论文为代表，如《一行传》《伶官传》等。《伶官传》以盛衰史实相对比，说明了"忧劳可以兴国，逸豫可以亡身"这一"天命"，实际上就是"人事"所导致的结果。文章于叙事中有议论，有抒情，结构具有层次性，含有作者深沉而饱满的思想情感。

欧阳修对赋体进行了改造。他尝试打破传统律赋对仗工整、音律谐协、韵脚固定的体式要求，使用散体文的手法来写赋，取得了很高的创作成就。他的《秋声赋》从多方面来描绘秋夜的物态，以巧妙的比喻将秋声抒写出来，表现出高超的艺术水准。

欧阳修诗文在当时就已经为人所推崇。苏洵评欧阳修的创作成就可谓得当："纡徐委备，往复百折，而条达疏畅，无所间断；气尽语极，急言竭论，而容与闲易，无艰难劳苦之态。"（《上欧阳内翰第一书》）由于欧阳修的文学创作成就和较高的政治地位，加之他乐于赏拔、奖掖人才，所以在他周围团结了一大批人才，被后世称为"唐宋八大家"的著名文人苏洵、苏轼、苏辙、曾巩、王安石等都因他的赏识与奖掖而成名。而当时具有重要影响的文人或官僚，如梅尧臣、苏舜钦、苏舜元、江休复、尹洙、范仲淹、韩琦、蔡襄、赵概、孙复、石介、刘敞、刘攽、苏颂、司马光等人，或为其同僚，或为其友人，或为其指教过的后学晚辈。除了其杰出的文学创作对时人的影响之外，欧阳修还在知贡举期间，大力打压太学体等不良文风，提拔了大批富有才学之士，为宋代文学的发展指明了方向。

## 第二节 苏舜钦和梅尧臣

欧阳修顺应政治需求和文化建设的时代要求，发起的诗文革新运动，一方面通过"破"除太学体等矫正文风，另一方面通过"立"苏舜钦、梅尧臣等诗歌创作范型来导引诗歌创作风尚。

## 一、苏舜钦的文学主张及其诗歌创作

苏舜钦（1008—1049），字子美，祖籍梓州铜山（今四川中江）人，曾祖移居开封，为太宗朝宰相苏易简之孙。苏舜钦于宋仁宗景祐元年（1034）进士及第，历任县令等职，庆历四年（1044）因范仲淹举荐任集贤殿校理、监进奏院。同年，他因鬻进奏院旧纸与王易柔等馆阁词臣饮酒，而被政敌诬陷，投狱几死。政治上的失败，对苏舜钦的打击是非常沉重的。出狱后，苏舜钦寓居苏州沧浪亭，四年后病卒。

苏舜钦具有良好的学识，年轻时他与其兄苏舜元一起向穆修学习古文、歌诗。穆修在北宋儒学复兴过程中，具有传承道统的重要地位。苏舜钦重道轻文、诗文以用世等文学主张，均与之有关。

苏舜钦对文道之间的关系进行了考察。在《上孙冲谏议书》中，他把道、德、文、词、辩糅合为一个逻辑演进的次序，以为"道"弊生"文"。由此出发，他得出了"文之生也，害道德"的结论。他认为德的作用在于"复性"，即恢复人的性情之正，而文为"表"，亦即文为内在道德修养而致性情之正的外在表现形式。这种把不同事物强作统一的思维模式，正是北宋中期士人热衷于求道、努力构建其哲学体系的共同特征。

重道、求道思想在诗文上的表现，自然就体现为苏舜钦的"文必归于道义"的文学主张。针对西昆体"淫巧侈丽，浮华纂组"的文风，他大声疾呼恢复"古道"，"正声今遁矣，古道此焉存"（《怀月来求听琴诗因作六韵》），目的在于重建以"风雅"为指向的诗歌传统，"风雅久零落，江山应寂寥"（《诗僧则晖求诗》）。最终目的是以诗文为儒学道统建设服务，"笔下驱古风，直趋圣所存"（《夏热昼寝感咏》）。

苏舜钦的诗歌较好地实现了他的文学主张。他的诗歌创作关注现实。诗作主题或针砭弊政，或陈述政见，或高歌理想，或同情人民苦难，其宗旨都可以归结到"重道"上来。如著名的《昭应宫火疏》《乞纳谏书诣匦疏》《答韩维书》等，前二书是苏舜钦直面政事而纳谏，后书则为其被投狱削职后的内心独白。《庆州败》则对北宋与西夏战争中宋军将士丧师辱国的丑闻予以抨击，《城南感怀呈永叔》对达官贵人无视民间疾苦而空谈的行径予以揭露，《林书生诗》对朝廷名曰广开谏议之门实则枉杀忠良之士甚为激愤等，都表现出关注现实、直面人生的儒者情怀。

推崇儒学，张扬济世，使他特别推崇唐代诗人杜甫的诗歌。而杜甫诗歌深刻的忧民患时、建功立业思想，反过来又成为苏舜钦借以表现其文学主张的重要助力。在学习杜诗的过程中，他继承了杜甫关注社会现实的传统，创作了大量的诗篇，有抨击时局弊政的诗如《升阳殿故址》《感兴三首》《哭师鲁》《林书生诗》等；有反映人民苦难的诗如《吴越大旱》《城南感怀呈永叔》等，至于反思战事失败原因，揭露官吏奸诈等内容的诗也为数不少。以王禹偁为先导，苏舜钦踵武其式推扬杜诗，对北宋诗歌的发展具有重要意义。

苏舜钦诗歌创作以庆历四年进奏院事件为界，分为两个阶段。前一时期，他的诗歌多为政治性主题，往往以直抒胸臆的表现方式来表达"便将决渤澥，出手洗乾坤"（《夏热昼寝感咏》）的雄心壮志。如作于景祐元年（1034）的《庆州败》，对不修战备、将帅苟且而致兵败的庆州战役进行了总结，逼真地刻画出统兵将帅尸位蠹柱、耽于廪禄的无能与无耻。对那些被掳的将士，作者也细致地刻画出他们毫无节义廉耻的行为。诗末作者又痛心地指出，庆州兵败的教训并没有引起带兵主将的警惕，他们仍然存有侥幸之心，作者关心时局、针砭军政的激愤之情跃然纸上。整首诗以散文笔法写时事，气势豪迈而又酣畅淋漓，指弊深切且透辟，作者态度极其鲜明。

以进奏院事件为标志，苏舜钦的诗歌创作进入了后一时期。这一阶段，苏舜钦为避祸而远走南方，其诗歌在充满豪气的风格基础上，又增身世之悲与抱负无从实现的穷途绝望之感，使诗歌又有了沉郁悲愤之气。如其在南奔途中写有《吴越大旱》诗，诗篇首先对吴越大旱之景进行了细致的铺陈叙述，然后指出，朝廷为了西羌用兵而虐使吴越人民，致使死亡相继，怨气上冲九天，才是导致天气大旱无雨的原因。诗末作者没有对朝廷应该采取的措施提出建议，却表达出对解除旱情的渴望，实际上也就间接含蓄地表达出只有朝廷改变政治措施，才能解救难民的政治主张。诗篇多用赋体的铺陈渲染手法，刻画景象事物深切逼真，气势豪迈而且文笔冷峻，于含蓄中渗透着作者强烈的忧国忧民情感。

苏舜钦诗歌的豪迈风格，在一些写景咏怀诗中也有所表现。如他在削职后南奔途中，写有《中秋夜吴江亭上对月怀前宰张子野及寄君谟蔡大》：

> 独坐对月心悠悠，故人不见使我愁。古今共传惜今夕，况在松江亭上头。可怜节物会人意，十日阴雨此夜收。不惟人间重此月，天亦有意于中秋。长空无瑕露表里，拂拂渐上寒光流。江平万顷正碧色，上下清澈双璧浮。自视直欲见筋脉，无所逃遁鱼龙忧。不疑身世在地上，只恐槎去触斗牛。景情境胜反不足，叹息此际无交游。心魂冷烈晓不寝，勉为笔此传中州。

诗篇摹写月下之景，意境开阔，风格奔放，想象奇特，而全篇又以月下怀故人为主线，情景交融，充分表现出其诗篇雄豪奔放、超迈奇绝的特征。这种风格，也在其短篇律绝诗体中有所表现。如其《淮中晚泊犊头》，诗篇写春天晚间野景，最后一句忽然将笔拓展开来，即由眼前之景转入苍茫灏浑、无可捉摸的宇宙大化之中，想象奇诡而过渡自然，气势极为开张。又如其《和淮上遇便风》，诗篇抒发作者行舟淮上遇便风的快感，表达出作者放情万里的情怀。第一句就写出了淮水苍茫浩瀚的气象，长风万里又极写归家似箭的迫切心情，最后两句，作者把眼前之景与人生感慨相联系，表达出诗人冲决羁绊、愿负天而为逍遥游的豪情壮志。

苏舜钦诗歌在宋代诗歌史上首开风气，具有重要的诗歌史意义：

第一，苏舜钦的诗歌，多以超逸豪迈的审美旨趣为统摄，突出创作主体的崇高伟岸人格和气吞宇宙的阔大胸怀，彰显创作主体的真性情。从诗歌意境上看，他的诗写月色则长空无瑕，江平万顷（《中秋夜吴江亭上对月怀前宰张子野及寄君谟蔡大》）；登楼则四望，但见秋色入林，日光穿竹，视野辽阔，不对具体之境、局限之景精细描绘（《沧浪亭怀贯之》）。即使诗题专写一小景小事，则一定要小中有大，在写小景的同时必定连带阔大的景象，如其《初晴游沧浪亭》开篇先渲染阔大景物：春雨连夜，春水涌生，晓明出游，娇云弄暖；次写小景：帘虚日薄，乳鸠鸣叫于花竹之中，打破了原有的寂静。这些景象构成的诗歌意境，与其说是作者在写景，毋宁说是作者阔大胸怀的写照，而这种崇尚广阔、悠远的审美取向，又与作者的人格、性情相联系。以关心民瘼、重视用世，与天下共休戚的内容，与诗歌的意境构造指向相呼应，使诗歌生发出浓烈的飘逸豪迈之美。

第二，苏舜钦的诗歌，多以"造境"为手段，以彰显作者的超逸豪迈情怀为构建意境、剪裁物象的主要标准。这种诗歌意境的构造方式，又与其关注现实、寄托抱负的诗篇内容相一致，造就了苏诗的崇高之美。如其《舟行有感》为庆历五年春被削职为民后南下苏州所作。诗中第二联写景，天色阴霾，鸟儿孤独自语，河水寂然退落，河岸露出青苔痕迹。春天正是万物并茂的季节，苏舜钦因为被政敌陷害，不得不离开京都南游以避祸，远大抱负无从实现，孤独、寂寞与伤感无时无刻不在啮噬着失意的诗人。诗篇调子低沉，但作者取泛指的景物而不坐实，显然，诗中景物构成的意境是为凸显作者的情感服务的。

苏舜钦的诗歌，从诗境言，忧国忧民、急于建功立业和着眼于个体道德的诗作主旨，与善于使用"造境"与"写境"而衬托、渲染情感的表达技巧共同作用，形成了其超逸豪迈的诗歌风格。值得注意的是，苏舜钦诗歌在意境的构造技巧上，虽然较多使用"造境"艺术，但在感情表达方式上，却主要使用议论而很少依靠意境。这种方式使用过度，就容易造成作品的直白、直率、不够含蓄、不够精炼的缺点。在苏舜钦诗歌中，有些诗就出现了这种弊病。如《过濠梁别王原叔》纯以议论抒发被削职为民、抱负无从施展的愤懑，《送子履》因送而发议论，叹息人生多难,勉励子履报答君王之恩。对此,清人叶燮评价说:"自梅、苏变尽昆体,独创生新,必辞尽于言,言尽于意,发挥铺写,曲折层累以赴之,竭尽乃止。才人伎俩,腾踔六合之内,纵其所如,无不可者;然含蓄渟泓之意,亦少衰矣。"(《原诗》卷四)

## 二、梅尧臣的文学主张及其诗歌创作

梅尧臣(1002—1060),字圣俞,宣州宣城(今安徽宣城)人。梅尧臣名高而宦滞,久沉下僚,这使他的诗歌具有不同于他人的深切生活感受。梅尧臣知识广博,注有《孙子》十三篇,撰《唐载记》二十六卷、《毛诗小传》二十卷、《宛陵集》四十卷(《宋史》本传)。

梅尧臣重视诗歌与儒学之"道"的关系,主张"因事有所激,因物兴以通",强调诗歌与外在"事"与"物"的联系,试图以诗歌的讽诵劝谏功能来影响政治,引导世道人心向着儒学"五常"回归。因此,他强调"诗本道性情"(《答中道小疾见寄》),"我于诗言岂徒尔,因事激风成小篇"(《答裴送序意》)。同时,梅尧臣也对诗歌艺术表现方式给予高度重视。他强调诗歌创作要追求"造语""意新",做到"前人所未道","状难写之景如在目前,含不尽之意见于言外"(《六一诗话》引)。梅尧臣"意新语工"的诗歌创作主张,可以从三个方面来理解:

一是"平淡美"统帅梅诗其他诗学旨趣和艺术表现手段。梅尧臣为了实现其"平淡"诗学,在诗歌造意、用语、命题等方面表现出与他人迥异的诗歌特征。可以说,梅尧臣"意新语工"是为了实现其"平淡"美的手段,而"平淡"之美,只有在满足了"意新语工"这一基本前提才能够实现。如其诗:

适与野情惬,千山高复低。好峰随处改,幽径独行迷。霜落熊升树,林空鹿饮溪。人家在何许?云外一声鸡。(《鲁山山行》)

行到东溪看水时,坐临孤屿发船迟。野凫眠岸有闲意,老树著花无丑枝。短短蒲茸齐似剪,平平沙石净于筛。情虽不厌住不得,薄暮归来车马疲。(《东溪》)

第一首诗,方回认为"尾句自然"(《瀛奎律髓》卷四),正是尾句的流丽蕴藉,使诗篇充满了情韵,并使诗篇呈现出雕刻后的绮丽之美。第二首诗,则以思理之致表现平淡之旨,言尽意止,无复含蕴。不追求浓烈的诗情画意,而是摹写、铺叙了一个常见的山野情景,这一情景引起诗人静谧安详的心境,其中还有诗人出游归来的淡淡倦意。而这一切,都与其"平淡"的诗学审美追求相关。

二是梅尧臣强调"以故为新,以俗为雅"(《后山诗话》引)。此语与黄庭坚的

"点铁成金"等诗论应有一定联系，都强调要融化前人陈言而自铸伟词。梅尧臣为了实现"意新语工"的诗学主张，特别重视在诗歌题材、主旨、表现方式、造语等方面实现突破。

梅尧臣诗歌善于捕捉生活中细小、琐碎甚至丑陋的事物。这就拓展了诗歌表现的对象，表现出浓郁的生活气息，给当时的诗坛带入了一种陌生之美。如其诗作《山鸟》《观放鹞子》《夜闻居人喊虎》《咏蜘蛛》等，摄入诗篇的无非是些司空见惯的物象与生活内容，但是却提供给人以陌生新奇的审美感受。《范饶州坐中客语食河豚鱼》一诗特别具有代表性：

> 春洲生荻芽，春岸飞杨花。河豚当是时，贵不数鱼虾。其状已可怪，其毒亦莫加。忿腹若封豕，怒目犹吴蛙。庖煎苟失所，入喉为镆铘。若此丧躯体，何须资齿牙。持问南方人，党护复矜夸。皆言美无度，谁谓死如麻。我语不能屈，自思空咄嗟。退之来潮阳，始悼餐笼蛇。子厚居柳州，而甘食虾蟆。二物虽可憎，性命无舛差。斯味曾不比，中藏祸无涯。甚美恶亦称，此言诚可嘉。

诗篇描绘了河豚的腹、目等怪异形状，对其毒性与味美作出了一番拷问，最后，以"甚美恶亦称"这一哲理体验为结尾。诗篇在题材选择、审美诉求以及写作视角等方面，对于同时代的人而言是陌生而新奇的。

梅尧臣的某些诗篇，与同时期欧阳修、宋祁等人的诗篇一起，开宋诗注重抒写文人意趣的先河。其《斑竹管笔》《王殿丞赴莫州日就余求钓竿数茎以往今因其使回戏赠》等诗，透露出梅诗善于从文人的情趣出发来观察事物的一面，开拓了宋诗的文人意趣，这种创作追求，同样也给当时的诗坛带来了崭新的审美类型。梅诗的这种审美取向，为后来宋代诗人所继承并发展，成为宋诗诗境及意象特征之一。当然，梅尧臣在诗歌题材、审美意趣等方面的探索，也出现了一些缺失。选题不当造成了以丑为美的弊端，透露出片面追求新奇而导致的局限性，如其《扪虱得蚤》《八月九日晨兴如厕有鸦啄蛆》等。

三是梅尧臣诗歌题材关注世事人生，对同时期的政治、军事、经济重大事项，以及建设符合时代需求的士节士气等问题，都有所反映。如《岸贫》写渔民，《宣州杂诗二十首》写漆民，《陶渠》写城市贫民，《陶者》写手工业者等。梅尧臣的诗歌，也注意关注重大政治事件。1036年范吕党争中范仲淹一党失败，范仲淹、尹洙、欧阳修、余靖等被逐，梅尧臣就有《闻欧阳永叔谪夷陵》，诗作中透露出作者对欧阳修等人深深的担忧之情。这类直面人生苦难、关心政治动向、立足现实问题的诗歌题材，在欧阳修、梅尧臣、苏舜钦等之前的宋代诗人诗作中，尚不多见，正因如此，这类诗歌题材对于当时的诗人而言，无疑是新奇的，自然也就为当时的诗坛带来了新鲜的审美类型。

总之，在宋代诗歌史上，梅尧臣与欧阳修、苏舜钦等人一起，迎合了时代政治对于文风和士人气节建设的迫切要求。他们大胆探索，以复古的名义对诗歌这种文艺体裁进行革新。欧、梅、苏等所创作的诗歌，因而成为能够初步代表宋诗面目的重要诗歌范型。后来王安石、黄庭坚、姜夔、朱熹以及"永嘉四灵""晚唐派"等代表性诗人和诗歌流派，正是在学习、模仿梅尧臣等人诗歌范型的基础上变化出新，开创出各自的诗歌面目。

## 第三节　王安石和曾巩

以梅尧臣去世为标志，北宋中期诗坛呈现出相当寂寥的局面。这一时期，距离苏舜钦去世已经十多年，新一代杰出的诗人如苏轼年轻、黄庭坚尚幼。除欧阳修外，诗人虽多而有独特面目者少。于此之际，王安石以其杰出的诗文实践，成为北宋中期文坛的标志性人物。同时，作为欧阳修的得意门生及早期与王安石交往非常密切的人物，曾巩的诗文创作在当时影响也是很大的。

### 一、王安石的文学主张及其诗文创作

王安石（1021—1086），字介甫，晚号半山，抚州临川（今江西抚州）人，早年担任鄞县、舒州等地的地方官多年，积累了丰富的从政经验，政绩卓著。王安石在从政之余自励向学，不汲汲于求进，这也为他带来了很高的声誉。宋神宗即位后，应诏进京，于熙宁二年（1069）任参知政事，次年拜相，主持变法，以图革弊兴国，施惠民生。但因改革的很多措施缺乏周密论证，极大地触动了社会中产阶层利益，下层群众又没有得到实惠。加上此时官僚阶层臃肿腐败，王安石本人又褊急躁进、独断专行，因此，虽有神宗鼎力支持，但改革带来的弊端，最终把他推上了失败的境地。改革终以熙宁九年（1076）王安石第二次罢相退居江宁而结束。王安石的诗文创作与其政治生涯密切相关。

王安石的文学主张，突出体现在他对文道关系的探讨上。王安石尝试以"诚"作为联系文道的出发点，以实现"文"与"道"的"表里相济"为最高境界，似乎吸收了欧阳修的观点。他在《上邵学士书》中写道："非夫诚发乎文，文贯乎道，仁思义色，表里相济者，其孰能至于此哉？"试图从文与道两者共同的出发点"诚"来沟通文与道，是王氏文道观的重要贡献。王安石又有以"治教政令"为"文"的论述，他在《与祖择之书》中写道："治教政令，圣人之所谓文也。……

私有意焉，书之策则未也。间或悱然动于事而出于词，以警戒其躬，若施于友朋，褊迫陋庳，非敢谓之文也。"显然，王安石是直接把"文"当作了"道"，他认为"文"与"道"在本体上是一致的。

王安石的诗歌创作，以五十六岁退居江宁为标志，可以分为前后两个时期。

第一时期，包括他读书应举时期、游宦鄞县舒州时期、为官常州饶州时期、任度支判官迁知制诰时期、入参大政主持变法时期等五个时间段内所作的诗歌。这一时期，王诗在内容上注重反映社会现实，诗歌题材广泛，形式多样，形成了以议论凸显意气、诗意开张不复含蓄、好用险韵赋难题而语句峭拔严正、好作翻案思想深刻为主要特征的诗风。这一时期即使以《闲居遣兴》诗算起，时间横跨约四十年。其间，王安石的生活经历发生了很大变化，他的诗歌创作也经历了一个从不成熟到成熟的过程。

王安石读书应举时期。这一时期，王安石经常随父亲王益辗转各地谋生，所作诗歌不多，但往往反映出他年少即有非凡的用世抱负，诗作精整，但语言尚欠锤炼，尚未形成独立风格。代表作有《到家》《忆昨诗示诸外弟》《次韵答陈正叔二首》等。

游宦鄞县舒州时期。这一时期，王安石接触到社会的各种情况，包括官场黑暗、人民疾苦等。因此他的诗歌开始关注现实，忧心国计民生，提出了一些亟待解决的社会课题，表达了自己的改革主张。从形式上看，此期诗歌多用古体，语言质直，多用议论化的表现手法，有不少作品因为过于直露自己的主张，诗意缺少含蓄，在语言上也有雕琢不精之弊。如皇祐元年的《省兵》诗，诗意为针对当时宰相文彦博等人的省兵主张表示异议，提出应该把省兵同改革吏治、发展生产、选任将领等结合起来进行，否则减员之兵必酿成大乱。诗篇反映出王安石具有杰出的政治才能和报国情怀。值得注意的是，这一时期有些表达思念亲友的抒情诗，凡是涉及骨肉亲情的，诚如清代刘熙载所评，均具"酸恻呜咽，语语自腑肺中流出"(《艺概》)的特点，极有感染力。如《宣州府君丧过金陵》："百年难尽此身悲，眼入春风只涕洟。花发鸟啼皆有思，忍寻《棠棣》脊令诗。"诗篇以平实的语言，表达出对兄长过世的深切悼念之情。诗篇富有真情实感，语言平实，代表了王安石诗歌的另一面。

为官常州饶州时期。这一时期的诗歌重在反映社会现实，表达自己期望政治上有所建树、以拯时济世的抱负和胸襟。诗风较前更为遒劲宏肆，笔力纵横。如《日出堂上饮》借用寓言以主客对话的形式来喻赵宋王朝面临的内在困境与政治弊端，表达出自己希望为国家革除弊政的迫切愿望。这一时期，王安石的很多作品较之前期更为圆熟，思理也更加深刻，其中蕴含的对现实政治的深刻觉察和时日不待的建功立业渴望，共同构成了王安石此期诗歌的气势开张、情感激越、慷慨淋漓，诗句缺少含蓄的风格。

任度支判官迁知制诰时期。这一时期，经过多年的政治历练，王安石对赵宋王朝的政治弊端已有深刻的认识，母亲吴氏于嘉祐八年病故后，长达四年的守制，也为他提供了难得的静思机会。与欧阳修、司马光、曾巩、梅尧臣等人的唱和，也多在此时期。这一时期，王安石的诗作有三个主题值得引起注意：一是他写了多首反映政治主张、揭露政治弊病的诗。如《酬王詹叔奉使江南访茶利害》，诗篇对榷茶之法进行评论，对官营茶叶交易的危害性作出了批评，提出了自己的政治主张，思致深刻而见解独到，表现出王安石诗歌凡是涉及政治议论便峭刻风生的风格。二是写有多首咏史诗。某些咏史诗见解独到，思考深刻，在当时就产生了很大影响，如《明妃曲》在同情明妃（王昭君）的同时，把批评的矛头指向皇帝，诗中说人生的不幸时时皆有，是对诗意的深化和提升，较之同时期同题的其他人诗作，立意高远，境界开阔，峭拔开张。三是因陪伴契丹贺正旦使返国，而有机会对边塞地区细致考察，写有多首纪行诗。王安石在诗中对赵宋政权的军事提出了一些主张，这些诗因其细致的景物人情摹写，兼有咏怀、咏史功能，而表现出独有的艺术风格。

入参大政主持变法时期。这一时期的诗歌，反映出王安石思想变化的轨迹。作者的进取与隐逸、济世与独善的矛盾思想，在诗歌中时有表现。从诗风上看，质直峻峭、闲雅萧散的诗篇共存，这些都可以看作是王安石诗歌从前期向后期过渡的迹象。如《钓者》："钓国平生岂有心，聊甘身与世浮沉。应知渭水车中老，自是君王著意深。"在咏史中寄托情怀，思致深刻而兴寄遥深。这一时期，随着变法中遇到的矛盾日益尖锐化，王安石众叛亲离，威望急剧下降，他的诗歌反映出内心的彷徨与苦闷，思慕归隐、怀念地方官宦生涯的诗篇较多。如《雨过偶书》，诗篇前半部分写了甘霖普降、雨过云归，生意盎然，而继之却以浮云联想到人生出处进退，透露出在巨大政治压力之下的疲惫心态。

第二时期，主要是指他退居江宁时期所作的诗歌。这一时期，从内容上讲，他的诗歌以写景抒怀诗代替了前期的政治社会诗，诗歌内容或描写秀雅幽静的自然风光，寄托恬淡闲适的生活情趣，如《答韩持国芙蓉堂二首》表达了自己彻底摆脱官场羁縻之后的轻松心情，充满了对隐居生活的向往；或借流连山水而悟道，倾吐对险恶政治生活的激愤，如《示元度》记述作者闭门闲居，诗篇写与花鸟鱼虫相伴的寂寞生活，隐约表达出对投身政治的反思，反映出晚年的思想感受；或移情于物，表现自己倔强不屈的性格，如《后元丰行》以一系列的丰收景物与和平景象的描写，赞美了当年改革为赵宋政权争来的来之不易的成就，表达出作者坚信变法有功于国家的不屈情怀；或触景生情，抒发与亲朋故旧的深挚情意，如《邀望之过我庐》抒发出淡泊闲适、怡然自乐的情怀，表达了作者对友人的深挚情感。

　　这一时期，王安石诗歌取得了巨大艺术成就。此期的长篇古诗，不乏抒发徜徉山丘、慷慨悲歌的情怀，但更引人注目的还是他的短篇律绝，这些诗篇诗律精严，意与言会，浑然天成，达到了炉火纯青的艺术境地。黄庭坚评价说："荆公暮年作小诗，雅丽精绝，脱去流俗。"（见胡仔《苕溪渔隐丛话·前集》）这一成就的取得，是王安石长期学习前代众多诗人的结果，当然也是与其艰苦努力分不开的，他对于诗律诗艺的不懈追求，最终使他成为整个宋代最杰出的诗人之一。

　　王安石早年的诗歌，多追求直露峭刻之风，主要依靠说理来发表对时局政事的看法，表达革弊图新的政治主张。连带而及，凡是需要表达观点和感受的地方，他多以议论精辟来出奇入胜，往往是精细的刻画、精当的议论而以散文的笔法表现出来，故其诗风显得开阖跌宕、意气纵横，于峭拔中见警奇。如"人怜直节生来瘦，自许高才老更刚"（《与舍弟华藏院此君亭咏竹》），"天下苍生待霖雨，不知龙向此中蟠"（《龙泉寺石井二首》），"平治险秽非无德，润泽焦枯是有才"（《次韵和甫咏雪》）等，都表现出安石前期诗作以意气自许，因此诗句不复有含蓄的特点。

　　王安石的后期诗歌，特别重视诗律的使用。如王安石在熙宁七年（1074）首次罢相之后，写作《读眉山集次韵雪诗五首》及《读眉山集爱其雪诗能用韵复次韵一首》，都用"叉"韵。陆游曾评价说："苏文忠公《雪》诗，用尖、叉二韵，介甫当时皆有和章，今集中所载，止叉韵六首耳。"（《查注苏诗》）其一如下：

　　　　若木昏昏未有鸦，冻雷深闭阿香车。抟云忽散筵为屑，剪水如分缀作花。拥布尚怜南北巷，持杯能喜两三家。戏挼弄掬输儿女，羔袖龙钟手独叉。

　　方回评价说："和险韵，赋难题，此一诗已未易看矣。第一句谓日晦，第二谓雷蛰；皆所以形容寒天也。三、四谓抟云而筵为屑，剪水而缀为花，所以形容雪之融结也。'拥布''持杯'，则谓以雪为苦者多，以雪为乐者少。末两句最佳，'戏挼乱掬'者，儿女曹不畏雪也，老人则叉手于袖中耳。"（《瀛奎律髓》）诗篇虽用险韵而诗意圆满无碍，描摹景物人情细致入微，显示出高度的艺术造诣。王安石诗也有用他人诗律作同题诗，反而能够超越原诗的作品，这一类诗作也越发显出王诗追求诗律高妙的意图，如其晚期杰作《梅花》："墙角数枝梅，凌寒独自开。遥知不是雪，为有暗香来。"诗篇与苏子卿《梅花落》前四句用韵相同，诗意相似，但诗中的梅花形象更加鲜明，意境更加完美。

　　王安石诗精于造意。清人顾嗣立评价说："最喜王半山咏史绝句，以为多用翻案法，深得玉溪生笔意。如《范增》诗云：'中原秦鹿待新羁，力战纷纷此一时。

有道吊民天即助，不知何用牧羊儿？'千古别具只眼。"（《寒厅诗话》）叶梦得记："荆公晚年，诗律尤精严，造语用字，间不容发；然意与言会，言随意遣，浑然天成，殆不见有牵率排比处。如'含风鸭绿鳞鳞起，弄日鹅黄袅袅垂'，读之初不觉有对偶。至'细数落花因坐久，缓寻芳草得归迟'，但见舒闲容与之态耳。而字字细考之，皆经隐括权衡者，其用意亦深刻矣。"（《石林诗话》卷上）

　　王安石的散文最有特色的是其政论文，如《上仁宗皇帝书》《本朝百年无事札子》《答司马谏议书》等。《答司马谏议书》只用短短380字就回答了司马光以3000多字提及的关于"侵官""生事""征利""拒谏""招怨"等五点指责，文笔简练，语意完足，说理精辟透彻，极有说服力。王安石的史论文善于独辟蹊径，对问题的认识往往出人意表，善做翻案文章。如其《读孟尝君传》所发议论，认识与众不同，思想认识超卓，境界突过常人。

　　王安石的散文布局谨严，以议论见长，逻辑性很强。他的散文，因思想深刻，立论警绝，而又布局谨严，故往往体现为文气充沛、语气斩绝的风格，显示出傲岸倔强的独特个性。前人对此多有评价，如刘熙载认为王安石文章"取法孟、韩""兼似荀、扬""善用揭过法，只下一二语，便可扫却他人数大段，是何简贵"（《艺概》）。《答司马谏议书》《读孟尝君传》《本朝百年无事札子》《上仁宗皇帝言事书》等，都有这种风格。

　　王安石的散文也有一些缺陷。他的散文主要靠议论说理，因此文章的艺术感染力往往不很强烈，一些文章因为过于注重表达见解而有脱离题旨之嫌。如《游褒禅山记》虽然议论透辟精警，为尊"义理"者所赞赏，但实则议论脱离文章题旨。刘熙载《艺概》评价说："余谓深、难、奇三字，公之学与文得失并见于此。"

## 二、曾巩的文学主张及其诗文创作

　　曾巩（1019—1083），字子固，南丰（今属江西）人。庆历元年（1041），曾巩太学肄业，由于博学能文得到欧阳修的赏识。庆历四年，范仲淹、欧阳修等推行新政，他有《上欧阳舍人书》，陈述改革弊政的意见。欧阳修被贬滁州后，他于庆历六年跟从欧阳修学习古文。嘉祐二年（1057），考中进士，被任命为太平州司法参军。嘉祐五年（1060）任集贤院校理。次年出任越州通判。熙宁五年（1072）后，历任齐州、襄州、福州等地知州。元丰五年（1082）拜中书舍人。

　　作为欧阳修的门生，曾巩在诗文理论和创作实践方面都沿着欧阳修所开辟的道路前进，并发展了欧阳修的文道观。欧阳修提出"事信而言文，乃能表见于后世"，"言之所载者大且文，则其传也章"（《代人上王枢密求先集序》），强调文章内容的重要性。曾巩继以发挥，指出"古之所谓良史者，其明必足以周万事之理，其道必足以适天下之用，其智必足以通难知之意，其文必足以发难显之情，然后其任可得而称也"(《南齐书》目录序),强调从"明理""道用""智通""文情"四方面来提升创作主体的素养。曾巩强调"蓄道德而能文章"(《寄欧阳舍人书》),自觉调适文道关系,这是很有特色的。

曾巩散文以杂文、序文、书启等为最高。其代表作有《墨池记》《唐论》《〈战国策〉目录序》《先大夫集后序》《谢杜相公书》《宜黄县县学记》《筠州学记》《徐孺子祠堂记》《道山亭记》《范贯之奏议集序》等。

曾巩散文善于叙事,风格多样。他的散文或详赡周密,或简洁凝练,或气势雄壮,或委曲周详。常用的写作方法是寓说理于抒情,借用历史故事来说明现实问题,很好地继承了欧阳修散文迂曲委婉的风格,而以古雅平正、雍容和缓见长。

曾巩文章布局严谨,节奏舒缓安雅,长于说理。如《墨池记》以"记"体而发议论,脱离了题目本来的体式要求,此属两宋文章之"变格",曾巩继承并发扬了这一传统。但此文紧扣"墨池"名的由来,并进而推理,得出"后世未有能及"王羲之书法在于"学不如彼"的结论。文章更深入一层,强调"欲深造道德者"应该"以精力自致"。最后因墨池所在地而言及学舍,以及教授王君书事,自然引出了作者作文以记的缘由。但作者由此更进一层,由揣知王君之心进而勉励"仁人庄士"宜自克力奋发,泽被后人。文章由具体事而言及推扬儒学之道,从其内在思理来看,颇与儒家强调的"格物致知""明理"的逻辑相一致。此文层次递进、内容相连、思想深刻,故而表现出严谨完整、委曲周详等特征。因此,曾巩文章得到了文学家和理学家的共同推崇。《宋史》本传论及曾巩作文的渊源说:"为文章,上下驰骋,愈出而愈工,本原六经,斟酌于司马迁、韩愈,一时工作文词者,鲜能过也。"又论及曾巩的历史地位:"曾巩立言于欧阳修、王安石间,纡徐而不烦,简奥而不晦,卓然自成一家,可谓难矣。"这些评价是比较精当的。

曾巩不以诗歌著名,时人至有"曾子固短于韵语"之说(陈师道《后山诗话》),后来刘克庄、方回、王士禛、方东树等皆力辨其谬,指出曾诗为其文才所淹。总的看来,曾诗吸收了欧阳修、梅尧臣等人诗歌的某些特点,而又有新的发展,形成了古朴典雅、格调超逸的风格,对宋诗发展作出了一定贡献。

曾诗长于七言近体,写景抒怀,颇有特色。如其《上元》"明月满街流水远,华灯入望众星高",对仗工巧,意境高华流丽。又如《甘露寺多景楼》:

欲收嘉景此楼中,徙倚阑干四望通。云乱水光浮紫翠,天含山气入青红。一川钟呗淮南月,万里帆樯海外风。老去衣裾尘土在,只将心目羡冥鸿。

诗篇对仗工整,语言流丽,融情入景,意态高旷超逸。其七言绝句与王安石诗风有相近之处，如《城南二首》：

> 雨过横塘水满堤，乱山高下路东西。一番桃李花开尽，惟有青青草色齐。
> 水满横塘雨过时，一番红景杂花飞。送春无限情惆怅，身在天涯未得归。

诗句取景看似随意实则工巧，语句自然不费力气，但境与情结合得浑融无间，诗味盎然。

曾巩亦有不少的咏史诗，代表作有《垓下》《孔明》《读五代史》《咏史》《隆中》等。诗篇往往能够于咏史中寄托作者的兴亡感慨，自然流美，文气纵横，别有风致。

**思考题**

1. 试述欧阳修倡导"古文"的历史文化背景及主持科举对于转换文风的重要意义。
2. 试述欧阳修诗歌艺术历史地位及其艺术独创性。
3. 试述梅尧臣、苏舜钦的诗歌史地位。
4. 试述王安石的诗境诗艺特色。
5. 史称曾巩古文从儒学经典中来，谈谈你的认识。

# 第三章　北宋前期词坛

从北宋建国（960）到英宗朝（1064—1067）的一百年，一般被看作北宋词的前期。这一时期的词坛具有承前启后、革故鼎新的特点。新型的宋代社会充满着浓郁的享乐风气，为词体的勃兴准备了优越的发展环境。词作内容与词体风格主要还是继承晚唐五代那种花间尊前的柔情传统，但在继承中也有新变，出现羁旅行役、人生喟叹、登临怀古等新的题材。即便是在一些男情女爱、伤春悲秋的传统题材里，也常常会注入词人的理性观照，在一定程度上表现出议论说理之风。对词体功能的认识上，由北宋前期词人"敢陈薄伎，聊佐清欢"（欧阳修《西湖念语》）的写作态度，逐渐向"诗词一体"过渡。这些变化，都为词坛巨擘苏轼的出场做了充分准备。

## 第一节　宋初词坛概况

### 一、相对沉寂的宋初词坛

建宋之初，歌词发展的良性条件尚未具备。首先，在政局不稳的大环境下国力急需奠基。其次，南唐、西蜀的覆灭，使最高统治者视词为前代的亡国之因。再次，词为"艳科""主乎淫"的观念，与儒学的重建、宋初中书台谏对士大夫加强监督等因素的综合作用，使宋初词体的地位不高。这从欧阳修《归田录》卷二中载钱惟演"坐则读经史，卧则读小说，上厕欲阅小词"之语中可见一斑。最后，政治文化上重北轻南的格局，使原本繁荣于南方的文人词受到压抑。所以相对于晚唐五代词作的繁荣，宋初词坛"顿衰于前日"（王灼《碧鸡漫志》卷二）。从北宋建隆元年（960）到真宗景德元年（1004）的四十年间，有作品传世的不过十馀人，词作仅存三十馀首。

据现存文献来看，掀开两宋词坛帷幕的是王禹偁。他主要以诗文名世，词作仅存一首，却当仁不让地酿就了新的词坛风气。

　　雨恨云愁，江南依旧称佳丽。水村渔市。一缕孤烟细。　　天际征鸿，遥认行如缀。平生事。此时凝睇。谁会凭阑意。（《点绛唇·感兴》）

王弈清《历代词话》卷四称赞此词"清丽可爱"，随即指出王禹偁"岂止以诗擅名"。的确，这首小词语言白净可爱，取景开阔自然，具有清新旷远的风格，显然不是五代时期那种佳人檀郎、花间尊前的秾丽面目，这预示着北宋词的新风尚。

其他还有潘阆的《逍遥词》一卷。潘阆一生颇富传奇色彩，常以卖药为生。虽是隐士，但又热衷功利，曾先后两次卷入宫廷皇位斗争。他是宋初著名的诗人，词也写得很好，其中比较引人瞩目的是《酒泉子》组词，这十首词选景富有典型性，都是回忆杭州的景观风光，如：

> 长忆观潮，满郭人争江上望。来疑沧海尽成空。万面鼓声中。　弄潮儿向涛头立。手把红旗旗不湿。别来几向梦中看。梦觉尚心寒。（《酒泉子》其十）

这一首写钱塘江的观潮盛况与弄潮情景，笔触劲健，气势豪迈，于夸张的笔法中，传达出独特的浪漫气质。所以这组词在北宋时代就卓有名声，石延年曾请画师为其绘图，苏轼也将其书于屏风之上。

名臣寇准留下了六首词作，均为伤时惜别之作，风格清丽缠绵：

> 波渺渺，柳依依。孤村芳草远，斜日杏花飞。江南春尽离肠远，苹满汀洲人未归。（《江南春》）

一幅烟波渺渺、芳草萋萋的江南春景图，还有一位寂寞无奈的佳人望穿秋水。语意风貌和寇准政治家的形象有一定距离，所以南宋胡仔在《苕溪渔隐丛话·后集》卷二〇评此词云："观此语意，疑若优柔无断者；至其端委庙堂，决澶渊之策，其气锐然，奋仁者之勇，全与此诗意不相类。盖人之难知也如此！"实际上，为人特点和为文风格并不具有统一性，寇准的诗作正属晚唐一派，所谓"诗思凄惋，盖富于情者"（胡仔《苕溪渔隐丛话·后集》卷二〇），所以他笔下的词作自然呈现绮丽婉转的风貌。又如《踏莎行》"春色将阑，莺声渐老。红英落尽青梅小。……倚楼无语欲销魂，长空黯淡连芳草"，也是同样的风格。其实，寇准的词反符合当时人们对词体审美风貌的理解与接受。

林逋爱梅，曾留下"疏影横斜水清浅，暗香浮动月黄昏"（《山园小梅》）的著名诗句，《霜天晓角》亦是他仅有的三首词作中的一首咏梅词。但更广为传诵的是下面这首：

> 吴山青。越山青。两岸青山相对迎。争忍有离情。　君泪盈。妾泪盈。罗带同心结未成。江边潮已平。（《相思令》）

和以上所举的文人案头词不同,此词采用民歌中常见的复沓形式,具有回旋往复、一唱三叹的节奏。词本就来自民间,此时这种重新采用民歌风韵入词的写法,大有复古之美。

### 二、宋初词体的生成环境

因为宋初的词创作并没有形成较大的规模,所以作家们也未能形成一定的风格,他们或深婉,或明丽,主要是沿袭花间、南唐之风。体制上多为小令,结构上一般"前段布景,后半说情",这一时期为两宋词坛的序幕期,词体正潜在地发育和酝酿。我们可以看到,宋初音乐、歌舞、娱乐、宴会等促进词体发展的载体和力量,正从上至下地慢慢繁荣开来。

朝廷重建乐府机构,虽然太常系统的礼乐仍保持着政教礼仪色彩,但在宋代宫廷各类燕乐活动中,教坊系统的音乐机构发挥了相当重要的角色。宫廷每逢重要宴飨与节日,总要召集教坊搬演音乐,内容大致包括百戏、器乐独奏与合奏、杂剧、队舞、鼓吹乐曲等,这反映了宋代勃兴的民间俗乐进入宫廷。统治者将五代十国"执艺精者"的乐工聚集到汴京,同时进行乐谱的收集整理,把从前的旧曲、俗曲都改换成了新声,曲调比以往更加流丽。在这个转换过程中,皇帝往往亲自操刀。《宋史·乐志》记载:"太宗所制曲,乾兴以来通用之,凡新奏十七调,总四十八曲……其急慢诸曲几千数。"

统治者也极力倡导大臣们的日常文化娱乐。建隆二年(961)宋太祖"杯酒释兵权",劝导诸将"多积金帛田宅以遗子孙,歌儿舞女以终天年"(《宋史·石守信传》),使重文轻武、平和娱乐成为一代国策。沈括《梦溪笔谈》卷九也说:"时天下无事,许臣僚择胜燕饮,当时侍从文馆士大夫各为燕集,以至市楼酒肆,往往皆供帐为游息之地。"在士大夫阶层,歌舞宴饮、竞畜声妓,成为当时盛行的风气。

同时,唐代以来的市坊制与宵禁制度逐渐瓦解。乾德三年(965),宋太祖曾"诏开封府,令京城夜市至三鼓以来,不得禁止"(《宋会要·食货》)。全天候的娱乐营业,使民间百姓流连教坊、聚集勾栏瓦舍变成生活中的常态。真宗朝驸马李遵勖《滴滴金》词描写汴京元宵夜景云:

> 帝城五夜宴游歇。残灯外、看残月。都人犹在醉乡中,听更漏初彻。
> 行乐已成闲话说。如春梦、觉时节。大家同约探春行,问甚花先发。

可见当时北宋都市繁华与太平盛景。所谓"新声巧笑于柳陌花衢,按管调弦于茶坊酒肆"(孟元老《东京梦华录》)的社会状态,正是宋词发展繁荣的温床。在全社会兴起的享乐风气中，文人士大夫在相互宴请中普遍进行词作演唱，宋初寇准就"因早春宴客，自撰乐府词，俾工歌之"（释文莹《湘山野录》卷下）。文人士大夫一边对歌女演唱进行欣赏，一边又对歌词部分进行文学品鉴。另外，曾经对诗歌所采用的分韵、次韵唱和之风也被移植词中。《续湘山野录》记载："太宗尝酷爱宫词中十小调子……命近臣十人各探一调撰一辞。苏翰林易简探得《越江吟》，曰：'神仙神仙瑶池宴……'"君王的喜好与实践推动词体繁荣。同时，坊间歌妓又出于自身利益资助词客，例如歌妓们为了得到歌词而资助柳永。歌女资助的物质刺激，大大推动文人词的创作活动。词因此成为宋代社会中文坛官场、公私宴会中的交际工具，这对于词体的兴盛是一个重大的推动力量。

宋初百年时间里，全面兴盛的宴饮、燕乐、风俗生活等综合而成一种绝佳的环境，既扩大了词的社会需求，又奠定了词作为娱乐消遣的风格基调。继太宗朝徐铉等人主盟文坛后，真宗朝杨亿又领袖文坛，南人的政治地位开始逐渐确立。这为宋初四大词人柳永、张先、晏殊、欧阳修由南入北创造了有利条件，宋词作为"一代之文学"崛起。

## 第二节 柳 永

### 一、柳永其人

仁宗朝（1023—1063）的四十年"号为本朝至平极盛之世"（叶适《财总论（二）》），社会安定、经济繁荣、市民阶层壮大使城市生活丰富多彩，以娱乐生活为依托的宋词也相应地展现繁荣气象，其中的先驱人物是柳永。正如李清照《词论》中所言："逮至本朝，礼乐文武大备。又涵养百馀年，始有柳屯田永者，变旧声作新声，出《乐章集》，大得声称于世。"如今看来，柳永的词作代表着十一世纪上半叶北宋词坛的最高成就和发展趋势。

柳永（987？—1053？），原名三变，字景生，后改为永，字耆卿。因排行第七，遂人称"柳七"，崇安（今福建武夷山）人。景祐元年（1034）登进士第，终官屯田员外郎，世称"柳屯田"。柳永也善为诗文，然"皆不传于世，独以乐章脍炙人口"（周煇《清波杂志》卷八）。柳永所著《乐章集》共收词二百馀篇。他的词作自成一派，世称"屯田蹊径""柳氏家法"，在词史上有开疆拓土之功。

### 二、柳永词的开拓性

"柳氏新变"首先体现在词体的创制上。从中晚唐到五代，词体的主要形式是小令，字数至多不过六十字，这种现象一直延续到了宋初，而那种"调长拍缓"

的慢词并未发展起来。慢词相对于小令来说，曲调变长、字句增加，容量加大；旋律上更加悠扬，抒情上更加曲折。柳永积极尝试这种体制，正如清人宋翔凤《乐府馀论》云："词自南唐以后，但有小令。其慢词盖起宋仁宗朝。中原息兵，汴京繁庶，歌台舞席，竞赌新声。耆卿失意无俚，流连坊曲，遂尽收俚俗语言，编入词中，以便伎人传习。一时动听，散播四方。其后东坡、少游、山谷辈，相继有作，慢词遂盛。"他先后创作了慢词一百馀首，最长的慢词《戚氏》长达212字，稍后的作家如晏殊、张先、欧阳修等的慢词总共也就三十馀首。柳永又擅长自度曲，例如《黄莺儿》《鹤冲天》《望海潮》等，所以邹祗谟《远志斋词衷》说"僻调之多，以柳屯田为最"。这都可见柳永卓越的音乐才能和对民间新曲的改造利用。

其次，柳永词作尝试变"雅"为"俗"。北宋陈师道认为柳词"骫骳从俗，天下咏之"（《后山诗话》），南宋王灼也认为柳词"浅近卑俗，自成一体，不知书者尤好之"（《碧鸡漫志》卷二）。其实，柳永是有意运用通俗化的语言来表现市民生活的世俗情调。柳永为人放荡不羁，青年时流连于秦楼楚馆，史云"耆卿居京华，暇日遍游妓馆。所至妓者爱其有词名，能移宫换羽，一经品题，声价十倍。妓者多以金物资给之"（罗烨《醉翁谈录》丙集卷二）。如此看来，他的词创作甚至可以为他换来物质财富。既然有这样的生活环境和创作目的，传统文人词的路径必然要有所改变。

> 自春来、惨绿愁红，芳心是事可可。日上花梢，莺穿柳带，犹压香衾卧。暖酥消，腻云亸。终日厌厌倦梳裹。无那。恨薄情一去，音书无个。　早知恁么。悔当初、不把雕鞍锁。向鸡窗、只与蛮笺象管，拘束教吟课。镇相随，莫抛躲。针线闲拈伴伊坐。和我。免使年少，光阴虚过。（《定风波》）

词中描写的并非是深闺女子的温柔娴静，完全是世俗女性的大胆与泼辣。同时，日常口语和俚语代替了高雅绮丽的案头语言，贴近市井生活。史载柳永曾去拜访宰相晏殊，晏殊就以这首词中"针线闲拈伴伊坐"相嘲蔑（事见张舜民《画墁录》卷一）。所以，对柳永词也有"以俗为病"（张端义《贵耳集》）、"有鄙俗气"（沈义父《乐府指迷》）的批评声音。

再次，柳永词作中表现了生动广阔的社会风貌。北宋的大型城市如汴京、洛阳、益州、扬州、金陵等绮靡的都市生活和多彩的市井风情，都可以在柳永的词作中找到精彩的描述。如《望海潮》：

> 东南形胜，三吴都会，钱塘自古繁华。烟柳画桥，风帘翠幕，参差十万

人家。云树绕堤沙。怒涛卷霜雪，天堑无涯。市列珠玑，户盈罗绮竞豪奢。　　重湖叠巘清嘉。有三秋桂子，十里荷花。羌管弄晴，菱歌泛夜，嬉嬉钓叟莲娃。千骑拥高牙。乘醉听箫鼓，吟赏烟霞。异日图将好景，归去凤池夸。

柳永使用波澜起伏的笔法，配以浓墨重彩的铺叙，写尽杭州的山水景致与城市富庶，可谓"承平气象，形容曲尽"（陈振孙《直斋书录解题》卷二一），是一种饱含着主体生命、情感的形象表现。

"柳氏新变"还在于他大量使用词体进行自我化的情感抒发。柳永去除了晚唐五代词中那种模式化的男情女爱与伤春悲秋，取而代之的是自我独特的人生体验和个人心态。早在年轻时代，他曾多次赴试不中，面对坎坷的科举之路，他写有一首《鹤冲天》，预示了自我化的创作方向：

　　黄金榜上。偶失龙头望。明代暂遗贤，如何向。未遂风云便，争不恣狂荡。何须论得丧。才子词人，自是白衣卿相。　　烟花巷陌，依约丹青屏障。幸有意中人，堪寻访。且恁偎红翠，风流事、平生畅。青春都一饷。忍把浮名，换了浅斟低唱。

这是柳永落第之后的一纸"牢骚言"。据说宋仁宗临轩放榜时，想起柳永这首词，就说道"且去浅斟低唱，何要浮名"，于是柳永又一次名落孙山（事见吴曾《能改斋漫录》卷一六）。柳永并没有因此而转变他的自我抒发之路，顺势自称"奉旨填词柳三变"，成就了一首首经典的市井都市词。

仁宗景祐元年（1034），年近半百的柳永终于得中进士。他所历任的睦州团练推官、余杭令、盐场监官、泗州判官、太常博士等，皆是低微的小官。代替早年的流连平康里，"游宦成羁旅"（《安公子》）。"迩来谙尽，宦游滋味"（《定风波》）成为他后半生的常态。这时，他再用词体来抒发人生体验，便造就了他"尤工于羁旅行役"（陈振孙《直斋书录解题》卷二一）的艺术特色，其中的代表作便有这一首：

　　寒蝉凄切。对长亭晚，骤雨初歇。都门帐饮无绪，留恋处、兰舟催发。执手相看泪眼，竟无语凝噎。念去去、千里烟波，暮霭沉沉楚天阔。　　多情自古伤离别。更那堪、冷落清秋节。今宵酒醒何处，杨柳岸、晓风残月。此去经年，应是良辰、好景虚设。便纵有、千种风情，更与何人说。（《雨霖铃》）

这首词极有名气，以其缠绵悱恻、深沉婉约，多用来代表柳永词的独特风貌。北宋当时人道："柳郎中词，只好十七八女孩儿，执红牙拍板，唱'杨柳岸、晓风残月'。"（俞文豹《吹剑续录》）如此看来，这首词成了柳永的一个标签。由于柳永以词作为自己心态的写真，所以我们在《乐章集》中可以看到完整的柳氏人生：青年不得志，客居京都，流连坊曲；中年沉沦下僚，宦游各地，羁旅行役。可谓终身潦倒不偶。

### 三、柳永词的艺术与地位

以上所举词例，虽然题材各不尽同，但其中一以贯之的是柳氏所擅长的层层铺叙、回环断续的艺术手法。夏敬观《手评〈乐章集〉》中认为柳词"用六朝小品文赋作法，层层铺叙，情景兼融，一笔到底，始终不懈"（龙榆生《唐宋名家词选》引）。柳永正是依赖调式变化、句式参差，从而造就了一种急促的节奏和繁密的语势。同时他又通过特色景物的点染、大量细节的描写和场面的铺陈，将描写对象加以渲染，为全词带来一种"细密而妥溜"（刘熙载《艺概》）的繁复之美。所以郑振铎认为："《花间》的好处，在于不尽，在于有馀韵。耆卿的好处却在于尽，在于'铺叙展衍，备足无馀'。"（郑振铎《插图本中国文学史》）这便是柳永的自家风貌。

作为第一位对宋词进行全面革新的词人，柳永的影响力甚大。叶梦得《避暑录话》卷三曰："凡有井水饮处，即能歌柳词。"如今，当我们着重标举苏轼、周邦彦词时，也要看到宋初柳永的巨大身影。苏轼总是力求在"柳七郎风味"之外自成一家，这正说明柳永巨大的影响力。苏轼的抒情自我化，正是将柳永以自我入词的意识进一步深入开拓。柳永的铺陈章法，又给了周邦彦以巨大的启示。近人夏敬观《手评乐章集》指出："耆卿多平铺直叙，清真特变其法，一篇之中，回环往复，一唱三叹，故慢词始盛于耆卿，大成于清真。"（龙榆生《唐宋名家词选》引）

## 第三节　晏殊和欧阳修

### 一、晏殊的词艺

与善于描写市井生活的柳永相对应的是台阁词人群，如晏殊、欧阳修、宋祁等都曾居于文坛核心地位。王灼《碧鸡漫志》卷二就将他们并举，认为"晏元献公、欧阳文忠公，风流蕴藉，一时莫及，而温润秀洁，亦无其比"。

晏殊（991—1055），字同叔，抚州临川（今江西抚州）人。少有才名，以神童荐于朝。历任翰林学士、礼部侍郎、御史中丞等，仁宗庆历中官至加同中书门下平章事兼枢密使，卒谥元献。史载晏殊"文章赡丽，应用不穷，尤工诗，闲雅有情思"（《宋史》本传）。惜其诗文集今已不传，但有《珠玉词》存词一百三十余首，遂以词名家。

与柳永善于创作慢词不同，晏殊擅长的是小令；与柳永表现秦楼楚馆、羁旅行役不同，晏殊表现的是士大夫的诗酒生活和雍容闲雅。叶梦得《避暑录话》卷上载晏殊"惟喜宾客，未尝一日不燕饮，……每有嘉客必留，……亦必以歌乐相佐"。晏殊的词作体现着北宋前中期具有良好文化素养的士大夫的生活情趣，具体表现：一是描摹富贵气象，二是叹息美好易逝。

晏殊词圆融平静，多存富贵气象。所谓富贵气象，并不是词藻上的镂金错彩，不在形貌，而在于精神。"每吟咏富贵，不言金玉锦绣，而唯说其气象，若'楼台侧畔杨花过，帘幕中间燕子飞''梨花院落溶溶月，柳絮池塘淡淡风'之类是也"（吴处厚《青箱杂记》卷五）。所以，晏殊词中的富贵并非金玉满眼，而只是一种闲适之景。这种闲适的环境，自然要有富贵生活支撑，用晏殊自己的话说："夯儿家有这景致也无？"（吴处厚《青箱杂记》卷五）而在这种景致中活动的人物，自然也就是一位安雅闲适的士大夫。如《踏莎行》：

> 小径红稀，芳郊绿遍。高台树色阴阴见。春风不解禁杨花，濛濛乱扑行人面。　　翠叶藏莺，珠帘隔燕。炉香静逐游丝转。一场愁梦酒醒时，斜阳却照深深院。

景物清丽雅致，温润秀洁；笔法清圆婉转，从容不迫，一切皆和他的富贵身份相协调。生活的美好与闲适，不免使人产生岁月匆匆流逝的哀愁。片刻的时光、有限的生命是"太平宰相"晏殊所不满意的。美好年华能延续下去吗？这是《珠玉词》中最常有的慨叹。

晏殊词与其卓有修养的士大夫心态相称，他不会直书"人生非金石，岂能长寿考"（《古诗十九首》），而是将这种生命哀愁表现得含蓄淡然，难以言传，例如"一向年光有限身，等闲离别易销魂"（《浣溪沙》）。所以，丰厚的文艺修养、浓重的人生感慨，使他的词发展成"情中有思"的个人风格，即词中渗透着理性沉思的特质和对生命的深层探寻。名作《浣溪沙》最能代表这种特色：

> 一曲新词酒一杯。去年天气旧亭台。夕阳西下几时回。　　无可奈何花落去，似曾相识燕归来。小园香径独徘徊。

晏殊词中描写的都是他特别钟爱的夕阳和落花、今日和去年，这些景致虽然司空见惯，但其中记录的却是留不住的时光。词作表达的是时间永恒而人生有限这样深广的矛盾，但晏殊却在闲雅的景物和淡雅闲适的情调中，将其表现得悠悠含蓄。

《珠玉词》中的另一个现象是以女性描写来寄托个人情感，作品占到了近一半数量。有学者认为这是继承屈原的《离骚》传统，以男女恋情暗喻君臣不遇、宦海忧患，这种"臣妾心态"把在内忧外患中宰相词人的精神世界展露无遗。晏殊笔下的爱情多是难以实现的，是迷茫彷徨的，这的确可以暗喻词人一生在朝堂之上的理想失落和价值迷茫。但也应该看到，晏殊的高明之处是他将这种爱情的愁苦推向理性的境界，如"满目山河空念远，落花风雨更伤春。不如怜取眼前人"（《浣溪沙》），这就使其词有了某种指引人生的意味。

刘攽《中山诗话》提出："晏元献尤喜江南冯延巳歌词，其所自作，亦不减延巳。"也就是说，晏殊的词风酷似五代词人冯延巳。的确，晏殊词得花间遗韵和南唐俊逸。同时，他又以"情中有思"的个人风格，将小令的创作推向了更加圆熟的境地，于是，他被称为"北宋倚声家初祖"（冯煦《蒿庵论词》）。

### 二、欧阳修的词艺

作为晏殊的门生，欧阳修以诗文创作成为一代文坛领袖，他的词却是以其余力为之。欧阳修在《西湖念语》中陈述自己作词的出发点是"因翻旧阕之辞，写以新声之调，敢陈薄伎，聊佐清欢"，"词乃小技"这种观念在欧阳修身上有着突出的表现。但欧阳修的存词数量达到二百五十馀首，超过柳永、晏殊与张先，可以说是宋代开国以来的第一大词家。现在看，他这些游戏之作也是精心建构、才情迸发，是一笔丰厚的文学遗产。有研究者指出欧阳修的词学观念与词创作之间存在表里不一的矛盾性。从根本上来推究，这应该与时代共同的词体观念、自身社会身份的多重化及其诗词艺术价值取向的二元性等因素有关。

和晏殊一样，他的词形式上多为小令，内容也以婉约含蓄见长。但欧词中有不少香艳之作，这一点令后世尊欧者尽力掩饰。曾慥《乐府雅词序》指出："欧公一代儒宗，风流自命，词章幼眇，世所矜式。当时小人或作艳曲，谬为公词，今悉删除。"实际上这些词，学界已经公认是欧阳修的作品。其实，欧阳修艳曲小词里包含浓重享乐成分，除了应歌娱乐的需要，还有更深层的心理动机，如：

> 今日相逢情愈重。愁闻唱、画楼钟动。白发天涯逢此景，倒金尊、殢谁相送。（《夜行船》）

> 两翁相遇逢佳节。正值柳绵飞似雪。便须豪饮敌青春，莫对新花羞白发。（《玉楼春》）

在此之前，词中出现的多是年少行乐者形象。欧词中首次出现"白发翁"的形象，这个白发翁是和歌舞尊联系在一起的，"白发戴花君莫笑，六幺催拍盏频传。人生何处似尊前"（《浣溪沙》）。生命的忧患至深，其中蕴含着一种顽强的生命欢乐意识。

除去艳词，欧词其他的词作，则沿着柳永开拓的写景纪实化、自我抒情化道路继续前进。例如他著名的《朝中措·送刘仲原甫出守维扬》：

平山阑槛倚晴空。山色有无中。手种堂前垂柳，别来几度春风。　　文章太守，挥毫万字，一饮千钟。行乐直须年少，尊前看取衰翁。

首句以自己当年任扬州太守时所建的平山堂发端，气势磅礴的建筑风貌为接下来的整首词定下了疏宕豪迈的基调。虽然最后两句抒发的依然是人生易老的困境，但这位笑傲诗酒的文章太守并非是低沉无奈，而是豪迈郁勃。

宏观上看，宋初名家名作虽然在词的格调上多有提振，但都徘徊在自家情绪上，没有跳出五代词风的苑囿。欧阳修在其词体创作中，将题材引向自然山水、社会百态与个人生命意识，同时又将明朗豪迈的个人情怀渗入词体的审美世界中，这种抒情方向为后来苏轼一派的"以诗为词"开了先路。

## 第四节　张先和其他词人

### 一、张先其人其词

和晏、欧同时活动的小令作家还有张先。他平生所任皆是小官，既没有柳永的羁旅行役，也不曾入过台阁，为人"善戏谑，有风味"（苏轼《杂书琴事》），词作风格"味极隽永"（周济《宋四家词选目录序论》），于是自成一家。

张先（990—1078），字子野，乌程（今浙江湖州）人。天圣八年（1030）进士，历任宿州掾、吴江知县、嘉禾判官。因其曾任安陆县的知县，故人称"张安陆"。治平元年（1064）以尚书都官郎中致仕，《宋史翼》卷二六载其事。张先"能诗及乐府，至老不衰"（叶梦得《石林诗话》卷下），诗文已佚，今存《张子野词》一百八十余首。生活经历的平淡，使其词作内容不过诗酒生活与男女恋情，所以，张先"以歌词闻于天下"（苏轼《书游垂虹亭》）的成就，源自于他工巧的语言。

张先《行香子》词中有"心中事，眼中泪，意中人"之句，因此被人称为"张三中"。张先更为得意的是他的"影"字。例如"云破月来花弄影"（《天仙子》)、"娇柔懒起,帘幕卷花影"(《归朝欢》)、"柔柳摇摇,坠轻絮无影"(《剪牡丹》)等,所以张先又以其精于取景与炼字,被称"张三影"(《苕溪渔隐丛话·前集》卷三七引《古今诗话》)。且看全词:

水调数声持酒听。午醉醒来愁未醒。送春春去几时回,临晚镜。伤流景。往事后期空记省。　沙上并禽池上暝。云破月来花弄影。重重帘幕密遮灯。风不定。人初静。明日落红应满径。(《天仙子·时为嘉禾小倅、以病眠不赴府会》)

作者因病而眠,不得参赴聚会。春天离去,白发上头,宿醉未醒,追忆往事一切都笼罩在寂寞孤独的情绪之中。正在此时,云来破月,花去弄影,"著一'弄'字而境界全出矣"(王国维《人间词话》)。词的最后能够将一天酒病的苦闷及韶光易逝的春愁等复杂的情绪都抚摸揉平,体现出张先琢句炼字的功夫。

张先对"影"字有明显的偏好,他的词中共有十五处用到这一字眼,这种以影写形、化实为虚的方法,能够很巧妙地传达对象的神韵。张先的"影"构成了他词中独特的审美符号,同时借助"水""月""梦"等介质,形成了清幽杳渺且空灵的艺术意境。这就脱离了"花间词"秾艳的色调,展现了北宋前期文人尚韵的审美情韵与内敛的创作心态,晁补之就曾提出:"张子野与耆卿齐名,而时以子野不及耆卿,然子野韵高,是耆卿所乏处。"(《能改斋漫录》卷一六)

另外,神宗熙宁时期,柳永与晏、欧一时俱逝,张先则作为词坛耆宿,与初濡词笔、尚属新进的苏轼唱酬,又成为维系北宋前期至中期这两代词人的纽带,代表了其间词风嬗变的趋向(吴熊和、沈松勤《张先集编年校注》)。张先一生大部分时光来往于湖州与杭州,和苏轼在杭州为官时期有过不少交往,从张先的题序和苏轼的词作都可见二人的酬唱交游。苏轼为张先写作的祭文:"我官于杭,始获拥彗,欢欣忘年,脱略苟细。送我北归,屈指默计,死生一诀,流涕挽袂"(《祭张子野文》)。"拥彗"之典的使用可见苏轼对这位长者的敬意。张先的词作实践同时也对年轻的苏轼产生了重要影响,这包括以士大夫日常生活为主要创作对象、频繁使用题序(宋代词人中张先较早使用题序,其词中有题序的共六十六首,约占40%)、增强词体内容的真实性与实用性、风格清新自然等方面。所以,吴梅《词学通论》中对张先的评价可谓中肯:"子野上结晏、欧之局,下开苏、秦之先,在北宋诸家中适得其平,有含蓄处,亦有发越处。但含蓄不似温、韦,发越亦不似豪苏腻柳。规模既正,气格亦古,非诸家能及也。"

## 二、范仲淹与张昇的词作特色

仁宗朝另一位卓有成就的词人是范仲淹。范仲淹(989—1052),字希文,吴县（今江苏苏州）人。大中祥符八年（1015）进士。庆历三年（1043）任枢密副使、参知政事，主持"庆历新政"，卒谥文正。《宋史》《东都事略》有传。虽然他只留下了五首词作，却在词史上占有一定的地位。

康定元年（1040），范仲淹与韩琦并为陕西经略安抚副使，领兵对抗西夏。魏泰《东轩笔录》谓范仲淹守边时曾作《渔家傲》数阕，皆以"塞下秋来"为首句，颇述镇边之劳苦。现只存一首，将宋初温婉绮丽的词调转为慷慨雄壮之声，用词写出了唐人边塞诗的气度，在豪放词史上是开风气之先的杰作，其词云：

塞下秋来风景异。衡阳雁去无留意。四面边声连角起。千嶂里。长烟落日孤城闭。　　浊酒一杯家万里。燕然未勒归无计。羌管悠悠霜满地。人不寐。将军白发征夫泪。（《渔家傲·秋思》）

北宋前期边境持续的宋夏战争直接促使了当时文学内容上多持国事、述灵情、达时变，这种政治局势也正好触发了范仲淹的豪放词风。这些词作以异于侬艳词的审美特征，给传统的词体注入了深广的现实内容，为后世豪放词的创作提供了启示与榜样，推动了词体的演变进程。

此外，范仲淹的《御街行》《苏幕遮》二词，也是传诵一时的名作。《苏幕遮》上片"碧云天，黄叶地。秋色连波，波上寒烟翠。山映斜阳天接水。芳草无情，更在斜阳外"，写景如画，元代王实甫的《西厢记·长亭送别》中的部分曲词就是化用这些词句而来的。范仲淹另一些词句如"年年今夜，月华如练，长是人千里"（《御街行》），"都来此事，眉间心上，无计相回避"（《御街行》），"明月楼高休独倚。酒入愁肠，化作相思泪"（《苏幕遮》）等，都成为后代词人的语言养分，被多次化用。

仁宗朝值得关注的词人还有张昇（992—1077），字杲卿，韩城（今属陕西）人。大中祥符八年（1015）进士，官至御史中丞、参知政事兼枢密使，卒谥康节。《全宋词》录其词二首。其一云：

一带江山如画。风物向秋潇洒。水浸碧天何处断，翠色冷光相射。蓼岸荻花中，隐映竹篱茅舍。　　天际客帆高挂。门外酒旗低迓。多少六朝兴废事，尽入渔樵闲话。怅望倚危栏，红日无言西下。（《离亭燕》）

用词体的形式来怀古，这首词开了先例。而且词人在对六朝兴亡的感慨书写里，那种情感的苍凉萧远有别于当时婉约的词风。这就是说，张昇与范仲淹一样，在创作中透露出将要由花间尊前走向广阔生活的路径，逐渐由婉约向豪放转变的时代气息，这对于词境的开拓来说是不小的贡献。

**思考题**

1. 柳永词在北宋词坛上有什么样的开拓之功？
2. 如何理解晏殊词中的"富贵气象"？
3. 张先又称"张三影"，请结合具体作品，谈谈张先精于取景与巧于炼字的词作特点。
4. 如何解释欧阳修词作中大量的艳词现象？

# 第四章 苏轼及其文学家族

苏轼受到欧阳修的提携，与曾巩、王安石等皆有交往，并对黄庭坚、秦观、晁补之和张耒等人的文学创作给予了指导和帮助，是继欧阳修之后公认的文坛领袖。他统合儒释道思想，形成既热爱生活又超脱达观的人生态度，对当时及后世文人具有极大影响。他的诗文笔力纵横，穷极变幻，笔锋犀利，富有理趣。他扩大了词的题材，丰富了词的意境，拓展了词的艺术表现力，确立了词体若干新的审美类型。苏轼在诗、文、词、书、画等方面均取得了很高的艺术成就，被公认为中国历史上最伟大的文学家之一。

苏轼的文学成就，得益于其父苏洵的教育与其弟苏辙的扶助，父子三人以杰出的文学才能为中国文学增添了光彩，而其子迈、迨、过俱善为文，尤其是苏过的文学才能非常突出。眉山苏氏文学家族的杰出创作成就，是中国文学史上不多见的盛事之一。

苏轼还以其恢弘的气度和杰出的文化艺术修养，团结和培育了一大批文人，在其周围形成了"苏门六学士"等文人集团，为北宋文学艺术的繁荣作出了独特的贡献。苏轼作为中国文学史上具有标志性的伟大诗人之一，成为代表中国文化和文学的重要坐标。

## 第一节 苏轼的思想和文学主张

苏轼（1037—1101），字子瞻，号东坡居士，眉州眉山（今四川眉山）人。其家庭有文学传统，祖父苏序好读书，善作诗。父苏洵二十七岁始"大究六经百家之说，以考质古今治乱成败，圣贤穷达出处之际，得其精粹，涵蓄充溢，抑而不发"（《欧阳文忠公集》卷三四），嘉祐二年（1057），苏轼、苏辙在京参加礼部省试及第，其才华为欧阳修所叹赏。嘉祐六年苏轼中"贤良方正能直言极谏科"第三等（实本应为最高等），被任命为大理评事、凤翔府签判，从此迈入仕途。在对策中，苏轼倡议改革弊政，后又在《思治论》中提出"丰财""强兵""择吏"的建议。苏轼在凤翔任职三年后还朝（1065），被授职直史馆。1066年，苏轼回蜀居丧，熙宁二年（1069）还朝。苏轼政治上属于旧党，指出王安石新法"求治太速、进人太锐、听言太广"（《上神宗皇帝书》），从此卷入党争漩涡。

熙宁三年，苏轼自请外任，先后任杭州通判和密州、徐州、湖州知州，达八年之久。元丰二年八月（1079），苏轼以作诗"讪谤朝政"罪遭御史台弹劾，被捕入狱，史称"乌台诗案"。后蒙旧党诸人多方营救，于十二月被贬为黄州（今湖北黄冈）团练副使。贬居黄州四年期间，苏轼躬耕自给，借助佛老思想慰藉苦闷，自号"东坡居士"。元丰七年，苏轼改任汝州（今河南汝州）团练副使。元丰八年三月，哲宗即位，神宗母亲高氏垂帘听政，废除新法。苏轼奉调入京，当年十二月为起居舍人，后又任中书舍人、翰林学士，掌"内制"。但苏轼不赞同司马光之务除新党及新法的做法，曾与司马光激烈争论。后旧党分裂，苏轼陷入洛蜀党争，于元祐四年（1089）三月出任杭州知府。

从元祐四年到绍圣元年（1094），苏轼历任颍州、扬州、定州（今河北定县）等地知州。元祐七年九月又被召回汴京，进官端明殿学士、翰林侍读学士、礼部尚书。因不断受到御史的弹劾，他又要求外任，元祐八年六月任定州知州。当年九月，高太后去世，哲宗重又起用新党人士，苏轼与旧党诸人一起再度被新党诸人严酷打压乃至清洗。

绍圣元年，苏轼在贬谪途中，被五改谪命，一直被贬到惠州。在绍圣四年，随着朝廷再一次大规模地追贬"元祐党人"，苏轼又被贬为琼州别驾，到海南儋州居住。这一时期，苏轼艰苦备尝，促使他开始有意识地糅合儒释道三家思想，来平衡其身心。元符三年（1100）正月，徽宗即位，欲平衡新旧二党。于是苏轼得以内迁。建中靖国元年（1101），苏轼过大庾岭，经行南安，先后抵达虔州、金陵、常州，随即卧病不起。六月，上表请老，以本官致仕。七月二十八日，于常州逝世。

### 一、苏轼的思想

苏轼一生广学兼容，吸收融合儒释道三家思想，构成了自己博大精深的思想体系。苏轼思想是复杂的，儒家、佛教、老庄等思想对他影响很大。不过，苏轼并没有构建起独立、系统的思想体系。他以禅学释儒、老，试图会通三教而经常混用概念，义理斑驳不纯，曾受到朱熹等人的批判。

苏轼年轻时期，具有强烈的儒者淑世情怀："有笔头千字，胸中万卷，致君尧舜；此事何难？"（《沁园春·赴密州早行马上寄子由》）写作诗文也追求"言必中当世之过"（《〈凫绎先生诗集〉叙》）。苏轼在第一次通判杭州时，适新政日下，他"常因法以便民，民赖以少安"（苏辙《亡兄子瞻端明墓志铭》）。在密州时，他同情劳苦大众："秋禾不满眼，宿麦种亦稀。永愧此邦人，芒刺在肤肌。"（《和孔郎中荆林马上见寄》）在动荡曲折的一生中，苏轼始终坚持以儒者的行健进取来试图建立事功或修养心性。他在年轻时慨然以范滂自许，有澄清天下之志，入仕后更期望"致君尧舜"，其文章重视通经致用，充满了积极入世精神。

在其遭遇蹭蹬、艰难备尝之际，苏轼又能够融合佛老，以超旷委化、豁达随缘之心态，从容面对苦难人生。《老子》《庄子》中的一些思想对苏轼有直接影响。如苏轼《行琼、儋间，肩舆坐睡。梦中得句云：千山动鳞甲，万谷酣笙钟。觉而遇清风急雨，戏作此数句》诗："四州环一岛，百洞蟠其中。我行西北隅，如度月半弓。登高望中原，但见积水空。此生当安归，四顾真途穷。眇观大瀛海，坐咏谈天翁。茫茫太仓中，一米谁雌雄。幽怀忽破散，永啸来天风……"显然化用了《庄子·秋水》中的名句："计中国之海内，不似稊米之在太仓乎？"以此思想来观照自身处境，则远谪边地之"幽怀"当然不必在意。苏轼亦受到了若干佛教思想的影响，其中"无常""无所住""性空"等思想，对其影响尤其明显。如苏轼《与参寥子二十二首》其十九云："自揣省事以来，亦粗为知道者。但邪心屡起，数为世务所移夺，恐是诸佛知其难化，故以万里之行相调伏耳。"佛教的忏罪思想成为苏轼反观内心、真诚忏悔的重要因缘。

严格地说，儒释道三家思想在核心命题上是矛盾的。苏轼对于儒释道思想一视同仁，强调为我所用："孔老异门，儒释分宫；又于其间，禅律相攻。我见大海，有北南东；江河虽殊，其至则同。"（《祭龙井辩才文》）他吸收了道家的"清静无为""齐物""安时处顺"，以及佛教的"无住生心""随缘"等思想，而又以儒家的进取、立德、守中等思想为主干，试图建构起自己的哲学思想。这一愿望虽没有实现，却也可以令他能够泰然应对一切处境。苏轼试图调适三教而为其所用，而儒释道三者义理深处的不可调和性，又恰恰容易成为摇荡其思想的根源。苏轼思想体系、核心思想观点上的不相侔合，是形成其诗文丰富思想内容和多彩艺术风格的重要原因。

## 二、苏轼的文学思想与学术观念

苏轼的学术观念与其思想体系是紧密联系的，其文学主张在很大程度上植根于他的思想体系和学术观念。

苏轼哲学思想的核心概念是"道"，指的是宇宙自然之规律。他认为："圣人知道之难言也，故借阴阳以言之，曰一阴一阳之谓道。一阴一阳者，阴阳未交而物未生之谓也，喻道之似莫密于此者矣。"（《东坡易传》卷七）他经常提到"道"具有"生生"的特性。苏轼之"道"，是一切事物的整体性存在，可以从寓意于物中来体现。苏轼对道的理解不同于当时的理学家，也不同于韩愈、欧阳修等人。在《日喻》中，他提出"道可致而不可求"，以为道要从践履中来，指出"日与水居"，"必将有得于水道"。由此进一步，苏轼把"道"的存养与践履以至于成圣人的过程分为三阶段：第一阶段是学以穷理；第二阶段是内化知识和技能，达到"入神"；第三阶段是学以致用。显然，学以致用是其修"道"的最终归宿，他在《送钱塘僧思聪归孤山叙》强调"才艺"为"道"的途径，明确提出"以一含万"

来取得诗意境界的跃升。由此，他进一步提出"道艺两进"的文学思想。在《书李伯时〈山庄图〉后》中有言：

> 画日者常疑饼，非忘日也。醉中不以鼻饮，梦中不以趾捉，天机之所合，不强而自记也。居士之在山也，不留于一物，故其神与万物交，其智与百工通。虽然，有道有艺，有道而不艺，则物虽形于心，不形于手。（《东坡全集》卷九三）

"神与万物交"强调认识事物要把握其本质规律；"智与百工通"则强调认识事物的技巧方法。"技进于道"强调的是超越技艺而直以求道为最终归宿。在《净因院画记》中，苏轼以文与可的竹画为例，说明了"常理"比"常形"更重要。

在苏轼的哲学观中，道为大全之存在，包涵了物态的多样性。由此，提出了他的重要文学主张：诗文创作要随物赋形，妙尽形理：

> 吾文如万斛泉源，不择地皆可出。在平地滔滔汩汩，虽一日千里无难。及其与山石曲折，随物赋形，而不可知也。所可知者，尝行于所当行，常止于不可不止，如是而已矣。其他虽吾亦不能知也。（《文说》）

他以水喻文，水无常形，犹如诗人之没有思维定势，能够根据事物当下的情状作出最贴切的描写。显然，这一思想来自《庄子》，并兼有佛教禅宗的一些思想。苏辙曾指出苏轼学文的程序："初好贾谊、陆贽书，论古今治乱，不为空言。既而读《庄子》，喟然叹息曰：'吾昔有见于中，口未能言，今见《庄子》，得吾心矣。'""后读释氏书，深悟实相，参之孔、老，博辩无碍，浩然不见其涯矣。"（《亡兄子瞻端明墓志铭》）苏轼对事物随物赋形、妙尽形理之"道"的追求，自然就表现为他对文学之"理"与"真"以及对"空""静"等境界的崇尚上。他推崇诗文平淡自然、独得神韵的意境："所贵乎枯淡者，谓外枯而中膏，似淡而实美，渊明子厚之流是也。"（《评韩柳诗》）

苏轼持"重德崇道"的文学思想，特别强调"道""德"等命题对于作为文学艺术之"文"的支配、引领作用。他非常重视"德"对于"文"的价值，"有德者必有言，非有言也，德之发于口者也"（《范文正公文集叙》），"与可之文，其德之糟粕"（《文与可画墨竹屏风赞》）。但这种"德"非儒家之道德，而是"合道"的境界。他强调对道之变化了达透彻，随其斡运，穷极变态；从另一方面来说，描写了事物千变万化的形态，就从中体现出了"道"的身影，这就是苏轼所反复表达的"寓意于物"。但苏轼在重道的同时，也注意到了文的独立性，他强调

"吾所谓文,必与道俱"(朱熹《朱子语类》引)。苏轼重道思想体现在其文学主张上,表现为重视文学的思想性。在调适文、道二者关系上,他讲"务令文字华实相副,期于适用乃信"(《与元老侄孙四首》),"文章以华采为末,而以体用为本"(《答乔舍人启》)。

苏轼认为学艺须从规矩入手,在熟练掌握之后才谈得上出新。他说:"子美之诗,退之之文,鲁公之书,皆集大成者也。学诗当以子美为师,有规矩,故可学。……学杜不成,不失为工。"(《后山诗话》引)他又在《盐官大悲阁记》中进一步阐明了法度的意义,强调掌握每一艺术门类的法度,是自由创造的基础。他又指出必须超越法度而臻于自由境界,也就是"出新意于法度之中"。

苏轼的文学思想根植于其充满了矛盾的哲学思想,文学思想亦具有矛盾性。如其"道艺两进"文学思想就与其文道观主张中的"道""为本"而"华采为末"相矛盾;苏轼重视"规矩法度"的文学思想,又与其哲学思想中的"随化适运"等相矛盾。苏轼文学思想的若干矛盾性,典型性地反映出宋代士人上下求索探讨包括诗文在内的文道关系的艰辛努力,也为后世文学家、理学家等士人群体探讨文道关系提供了理论参照,为宋代文学理论的大发展、大繁荣做了准备。

## 第二节 "三苏"文章

苏洵及其子苏轼、苏辙在北宋古文运动中成就非凡,父子三人在古文理论、创作方面都卓有建树。

苏轼兄弟以父为师,接受了良好的教育,苏洵的文学观和散文取法范式,对兄弟二人影响很大。苏洵强调文须"有为而作",他取法《战国策》以及贾谊、陆贽等人的著作,并由纵横家、兵家入而深究"古今成败得失",重视评论史事,这显然也是为了斟酌古今,为现实政治找到历史根据和借鉴。苏洵讲:"洵著书无他长,及言兵事,论古今形势,至自比贾谊。"(《上韩枢密书》)苏辙明确指出:"先君予师也;亡兄子瞻予师友也。父兄之学,皆以古今成败得失为议论之要"(《历代论》)。

苏洵(1009—1066),字明允,二十七岁始努力向学,四十八岁到汴京拜会欧阳修,为欧阳修所赞赏,并为宰相韩琦所知,但未得重用。嘉祐五年(1060)为秘书省校书郎,六年为霸州文安县主簿,留京编纂《太常因革礼》,书成去世。

苏洵文章的根柢是纵横家、兵家学说,其文章写作目的在于总结、矻究古人"已往成败之迹",以经世致用为旨归。欧阳修评价为:"论议精于物理,而善识变权。文章不为空言,而期于有用。其所撰《权书》《衡论》《几策》二十篇,辞辩闳伟，博于古而宜于今，实有用之言，非特能文之士也。"（《荐布衣苏洵状》）苏洵文章有战国策士之风，往往反复言说，纵横铺陈，指事析理深刻细微，议论犀利。其中《权书》十篇、《衡论》十篇、《管仲论》等皆为其名篇。如其《管仲论》，文章首先历述管仲的功绩，但马上把"齐之治"之功归属于鲍叔，而把齐之后乱归因于管仲，可谓发语惊人。文章继之对桓公用人提出了批评，而又把这一错误用人方略的根源归因于管仲。最后，文章又因管仲而论及大臣谋国事应该坚持的原则。此文说理层层深入，语言简洁朗净，议论警策犀利，有战国策士风采，在宋文中独具风格。

苏洵还有一些书启赠序之作，其中不乏名篇，如《送石昌言使北引》《上欧阳内翰第一书》等。这一类文章往往情真意切，往复吞吐，气势雄劲，具有与其策论、史论不一样的风格。但苏洵的一些文章，因为在内容上"大抵兵谋、权利、机变之言也"（邵博《闻见后录》引王安石语），加之有意于追求"务一出己见，不肯蹑故迹"（曾巩《苏明允哀词》），因此，在某些文章的观点上有偏颇不当的现象，"苏家立论，多自骋笔力，未必切当事情"（林云铭《古文析义》）。

苏轼写作文章受到了苏洵的指导。从苏轼学习写作文章的经历来看，《战国策》和贾谊、陆贽等纵横家、兵家著作，《左传》《礼记》等儒家经学著作，司马迁、班固等人的史学著作，韩愈、欧阳修等人的文章，都是他下过很大功夫来学习的。儒家著作、《庄子》以及禅宗说法的方式与技巧，都给苏轼作文以启发。苏轼散文中成就最高的主要集中于赋、论、记、策、序、书、史评等文体中，其政论文、史论文、记游叙事文与辞赋等都得到了后世历代文人的高度评价。

苏轼的政论文、史论文大都语言明快，气势雄浑，说理犀利透辟。代表作有《思治论》《六国论》《续朋党论》《留侯论》《教战守策》《日喻》《刑赏忠厚之至论》等。如其《日喻》用了两个比喻来说明"言道"，强调无论"即其所见而名之"还是"莫之见而意之"，都是拘泥于事物本身，均为"求道之过"而非对"道"体本身的认识和把握。作者提出"道可致而不可求"的主张，又引证孙武、子夏言论作强调，再举南方"没人"的例子为喻，来说明"不学而务求道"的错误性。文章最后又复转为评议以"诗赋"还是"策论"取士的重大政治问题。文章俾和于当时人们热衷的"求道"思潮，借辨析"道"体而提升文章的哲思高度，增强了说理力量。以此再作深入推进，则对朝廷衮衮多士争议不休的取士方式作出合"道"与否的评判。这种写作文章的方式，体现出苏轼文章常见的立论高远、说理谨严、议论精妙的特点。

苏轼的记游叙事文，在叙述游历、记载风物时，往往把大量笔墨放在阐发哲理上，形成了叙事、议论、抒情相结合的艺术风格。代表作有《喜雨亭记》《凌虚台记》《超然台记》《放鹤亭记》《石钟山记》《清风阁记》等。如《石钟山记》

虽是记述游石钟山事，但中有考证，有记游，有辨析求真。文章最后得出一个结论：事需亲身实践方能得出正确认识。文章由此呈现出层层递进，将抒情、记叙、议论相结合的特征，具有理论思辨性和哲理性。

苏轼的辞赋、四六等亦因融入了散体文而使文章更多地有了疏宕萧散之气，很多文章因之具有了诗歌的优美意境。代表作有《赤壁赋》《后赤壁赋》等。如《赤壁赋》中写景的段落：

> 清风徐来，水波不兴。举酒属客，诵明月之诗，歌窈窕之章。少焉，月出于东山之上，徘徊于斗牛之间。白露横江，水光接天。纵一苇之所如，凌万顷之茫然。浩浩乎如冯虚御风，而不知其所止，飘飘乎如遗世独立，羽化而登仙。

外在的自然景物与作者的审美情趣相统一，作者超然物外的人生志趣与外在的景物相结合，作品因而呈现出虚幻缥缈的美境。

苏轼文章往往渗透着创作主体的情感旨趣，嬉笑怒骂往往形诸纸上，作品主题往往就是作者的情感表达。这一特征不仅表现在苏轼的叙事抒情文、序跋等文章里，也表现在其论道文、史评文中。如其《日喻》《文与可画筼筜谷偃竹记》等。后文一方面记述文与可画竹情形，一方面回忆自己与之亲密交游，以及文与可死后作者对于人世的感慨。同时，苏轼又在文章中总结了艺术的创作规律。这种文章写作方式很难说是传统意义上的"记"体文章了。

苏轼文章往往在流转多变中贯穿着其创新求奇的艺术追求。苏文长于创新，表达自由。这正是苏轼追求的"道法自然"在文章写作方面的表现。他的一些文章，往往因此而平中出奇，出人意料。《留侯论》《石钟山记》等都具有这一特征。明代茅坤评《留侯论》："此文只是一意反复，滚滚议论。"（茅坤《宋大家苏文忠公文抄》）也是看到了这一点。

苏轼文章具有"破体"特点，亦即使用多种文体的表现手法来抒情表志。如"记"体文章中往往有抒情、议论，而"论"体文中又往往有叙事成分。如其《赤壁赋》《日喻》《潮州韩文公庙碑》等都是如此。

苏辙（1039—1112），字子由。十九岁与兄苏轼同登进士科。苏辙政治上属旧党，反对王安石及其新党变法，但亦不同意司马光尽废新法，毕生因政治主张而仕途跌宕。曾为右司谏、尚书右丞、大中大夫等。晚年退居徐州颍川之滨，号颍滨遗老。

苏辙散文的主要风格为平稳淡泊而时见波澜疏宕。如其《黄州快哉亭记》，这是苏辙贬官筠州时，探望当时谪居黄州的苏轼所作。全文由江山形胜而及历史遗迹，而以"快哉"为主线，对"士"之如何处世求乐进行探讨。文章叙事、议论与抒情相结合，开阖纵横，颇有苏轼为文的风采。不过较之苏轼之文，此文虽文意波澜却又因其内在以"快哉"为主线，而呈现出层次分明、穷尽事理、寓意深刻的特点。

苏辙的散文在写景上也有独到之处。主要表现为疏宕有致，风神洒落，极为简洁凝练。如其《武昌九曲亭记》，文章写景采用"面"中取"点"的方式，点出西山、寒溪的偏僻幽美，萧然脱俗，强调也只有这样的风景才能配得上风神洒落、飘逸出尘的苏轼。而写苏轼的胸中境界，又非"倚怪石，荫茂木，俯视大江，仰瞻陵阜，旁瞩溪谷，风云变化，林麓向背"之境不可形容。文章中写景亦是写人，刻画人物又以境中之景来表现，可以说两者取得了高度的统一。

## 第三节　苏轼诗歌

苏轼现存两千七百多首诗。由于其知识视域、哲思体验等与众不同，其哲学观具有丰富性和内在的学理矛盾性，其政治生涯深受朋党之争等冲击，苏轼的政治理想、文化心态、人生体验等具有鲜明的个性，因此苏诗的题材、内容以及审美取向呈现丰富多变性。其中，苏轼人生政治生涯中的重大转折，相应地带来了其诗歌风格的明显变化。他在元丰黄州和绍圣、元符岭海两次谪居期间，诗风由前期的豪健清雄逐渐向清旷简远、自然平淡转变。

### 一、苏轼诗歌的题材与内容

苏轼诗歌题材多样，内容丰富。"空""静"的哲学思想，形成了苏轼独特的"诗眼"，使他能够把不为人所注意的题材纳入诗歌，并加以裁剪提炼。他认为，物类是平等的，没有大小之分。如果诗人能够"游于物之外"，以一种泛功利的态度观赏当下的每一个事物，一切事物都可以成为审美的对象，成为丰富的诗材。如苏轼《无锡道中赋水车》：

翻翻联联衔尾鸦，荦荦确确蜕骨蛇。分畦翠浪走云阵，刺水绿针抽稻芽。洞庭五月欲飞沙，鼍鸣窟中如打衙。天公不见老农泣，唤取阿香推雷车。

水车是农村重要的劳动工具，前四句用具象的形式描绘水车的形象、功能，后四句借咏水车表达了对旱情的焦虑忧心，提升了咏物诗的境界。《唐宋诗醇》卷三四说此诗"只是体物着题，触处灵通，别成奇光异彩"。对此，明人李东阳评价说："赖杜诗一出，乃稍为开扩，庶几尽天下之情事。韩一衍之，苏再衍之，于是情与事无不可尽。"(《麓堂诗话》)清人叶燮亦云："苏轼之诗,其境界皆开辟古今之所未有,天地万物,嬉笑怒骂,无不鼓舞于笔端。"(《原诗》卷一)

苏轼重视文学的社会功用,强调"有为而作""言必中当世之过""凿凿乎如五谷必可以疗饥,断断乎如药石必可以伐病"(《〈凫绎先生诗集〉叙》),主张"缘诗人之义,托事以讽,庶几有补于国"(苏辙《亡兄子瞻端明墓志铭》)。如其《荔支叹》:

> 十里一置飞尘灰,五里一堠兵火催。颠坑仆谷相枕藉,知是荔支龙眼来。飞车跨山鹘横海,风枝露叶如新采。宫中美人一破颜,惊尘溅血流千载。永元荔支来交州,天宝岁贡取之涪。至今欲食林甫肉,无人举觞酹伯游。我愿天公怜赤子,莫生尤物为疮痏。雨顺风调百谷登,民不饥寒为上瑞。君不见武夷溪边粟粒芽,前丁后蔡相笼加。争新买宠各出意,今年斗品充官茶。吾君所乏岂此物,致养口体何陋耶。洛阳相君忠孝家,可怜亦进姚黄花。

诗篇前四句描写汉代进贡荔枝龙眼的情形,后四句开始写唐代玄宗时进贡荔枝事。"美人破颜"与"惊尘溅血"两个画面,形成强烈的对照,"永元"四句夹叙夹议,批判李林甫而对世间无人纪念忠言上谏的唐羌表示愤慨。"我愿"两句既是对前面诗意的总结,又从前代巧妙过渡到当今,对当时丁谓、蔡襄"争新买宠"进贡茶叶进行了讽刺。"吾君"二句实则是对皇上的委婉提醒。最后二句总结全诗,点出向皇帝献媚之风十分普遍。方东树评此诗云:"小物而原委详备,所谓借题。章法变化,笔势腾掷,波澜壮阔,真太史公之文。"(《昭昧詹言》卷一二)

### 二、苏轼诗歌的艺术追求

苏轼诗歌具有"求物之妙"的艺术追求。苏轼诗歌往往能够抓住独特之处,刻画事物的属性和本质。他的《新城道中》诗有"岭上晴云披絮帽,树头初日挂铜钲。野桃含笑竹篱短,溪柳自摇沙水清"句,运用拟人手法,赋无情之物以有情,将自然景物刻画得生动可爱。其诗《游径山》有句:"众峰来自天目山,势若骏马奔平川。中途勒破千里足,金鞭玉蹬相回旋。"把山势比作平原上狂奔中的骏马,突然受到御者的控勒,而呈现出腾跨跳踉、势不可已的样子,形象生动逼真。"求物之妙"往往典型地表现于苏轼的咏物诗和风景诗之中。苏轼精通画理,所以在许多写景诗中追求"诗中有画"的效果,苏轼讲"论画以形似,见与儿童邻。赋诗必此诗,定非知诗人"(《书鄢陵王主簿所画折枝二首》其一),强调诗篇要抓住事物的"理",凸显其本质、规律及其蕴含的意义。如《寓居定惠院之东杂花满山有海棠一株土人不知贵也》:

> 江城地瘴蕃草木，只有名花苦幽独。嫣然一笑竹篱间，桃李漫山总粗俗。也知造物有深意，故遣佳人在空谷。自然富贵出天姿，不待金盘荐华屋。朱唇得酒晕生脸，翠袖卷纱红映肉。林深雾暗晓光迟，日暖风轻春睡足。雨中有泪亦凄怆，月下无人更清淑。先生食饱无一事，散步逍遥自扪腹。不问人家与僧舍，拄杖敲门看修竹。忽逢绝艳照衰朽，叹息无言揩病目。陋邦何处得此花，无乃好事移西蜀。寸根千里不易到，衔子飞来定鸿鹄。天涯流落俱可念，为饮一樽歌此曲。明朝酒醒还独来，雪落纷纷那忍触。

诗篇写于元丰三年（1080），"乌台诗案"之后，苏轼在咏海棠中寄寓身世之感。作者从容、形、韵等来描摹海棠之美，又以"佳人"生于深谷来凸显其"幽独"，从而表达出己身不遇于世的悲怆感慨。纪昀曾评点云："纯以海棠自寓，风姿高秀，兴象深微。后半尤烟波跌宕。此种真非东坡不能，东坡非一时兴到亦不能。"（《苏文忠公诗集》卷二〇引）

"求物之妙"也表现为苏轼善于描写瞬息万变的景物以展现变化的过程，这表现出苏轼诗歌的重要风格之一：诗篇写景、叙事富有动感美。如《望湖楼醉书》：

> 黑云翻墨未遮山，白雨跳珠乱入船。卷地风来忽吹散，望湖楼下水如天。

这首诗描写了望湖楼上所见西湖夏天暴雨前后的奇特景象。前三句写三种自然物象连续的变化。第一句用"翻墨"喻云，强调其来势迅猛、云层厚重。第二句写雨，以珠拟雨，强调雨势之疾、雨点之大。"跳"和"乱"字，灵动而传神。第三句写风，"卷地""忽吹散"，强调风势。第四句写雨后湖景。风起云散，雨停水平，水天一色，开阔明净。在动静对比、颜色变换之中，生动地表现了夏日西湖暴雨的景象，充满画面感，令人有身临其境的感觉。

苏诗具有郁勃、自然、豪放的总体风格。苏轼诗歌重视反映社会生活。丰富的社会现实内容、深刻的社会洞察力，与作者体恤黎元、关注民瘼的儒者情怀相互交织，而这一切又以自然流畅的表达方式抒写出来，外显为苏诗的郁勃、自然、豪放的风格特征。苏轼自述其性情："余性不慎语言，与人无亲疏，辄输写腑脏，有所不尽，如茹物不下，必吐出乃已。"（《密州通判厅题名记》）这一人生态度，决定了他对于社会、人生、自然界必定投放出真实情感。由此，他的诗歌，往往以饱满的情思注入抒情客体，达到主客体的有机统一，作者的情感志向借助客体而得以充分表达出来。如其《游金山寺》：

> 我家江水初发源，宦游直送江入海。闻道潮头一丈高，天寒尚有沙痕在。

中泠南畔石盘陀，古来出没随涛波。试登绝顶望乡国，江南江北青山多。羁愁畏晚寻归楫，山僧苦留看落日。微风万顷靴文细，断霞半空鱼尾赤。是时江月初生魄，二更月落天深黑。江心似有炬火明，飞焰照山栖鸟惊。怅然归卧心莫识，非鬼非人竟何物。江山如此不归山，江神见怪警我顽。我谢江神岂得已，有田不归如江水。

这首诗写于宋神宗熙宁四年（1071）。诗以望乡怀归为主旨，写景、抒情、想象、用典有机结合，韵味深长，颇有特色。全诗除"微风万顷靴文细，断霞半空鱼尾赤"两句一联是对偶句外，其余全是散文句式。诗人以江水为线索，把思乡之情贯穿起来。江水的行程犹如诗人的宦游生活历程。中间以"望乡国"三字与开头的"我家"和末尾的"归"字相照应，结构严谨。"江"字的连续使用，显示出该诗针线紧密、语意贯通、层次分明的特点，于豪放不拘中看出他笔法森严。

苏诗的"理趣"，也是其比较显著的诗歌风格。苏轼在近四十年的官宦生涯中，有三分之一的时间都于贬谪中度过，饱尝宦海沉浮之苦。然而他处之坦然，游刃有余，将对宇宙人生的思考、社会人生的深刻体察都写入其诗、词、文作品中，从而外显为"理趣"之美。苏诗中的"理趣"，多通过灵动的意象来表达。如其《题西林壁》：

横看成岭侧成峰，远近高低各不同。不识庐山真面目，只缘身在此山中。

诗篇从对现象的观感入手，以象入理，以理验境，颇有遗貌取神、不落言筌之意。又如《饮湖上初晴后雨》："水光潋滟晴方好，山色空濛雨亦奇。欲把西湖比西子，淡妆浓抹总相宜。"诗的前两句紧扣"初晴后雨"，写杭州水光山色、晴姿雨态，概括中见具体，"晴方好""雨亦奇"出语自然，却贴合湖光山色秀丽无比的景象。诗的后两句以西施比西湖，语意新奇。

苏轼以杰出的诗文创作成为这一时期的标志性人物，其贡献是多方面的。就诗歌而言，他开拓了诗歌的表现领域，丰富了诗歌的表现手法和艺术技巧，拓深了诗歌的审美意蕴和审美类型，宋诗的理趣化、学问化、议论化特征在苏诗中表现得非常突出。

## 第四节　苏轼词的艺术成就

作为中国文化进程中不多见的杰出人物，苏轼在哲学、绘画、文学等诸方面取得了众多成就。北宋中晚期党争日趋激烈，皇权、相权与台谏制衡权的政治力量格局日渐失衡，意图以改革求富强的王安石变法又因不顾实际、急于求成而更添乱局。政治腐败、经济凋敝、民生困苦的社会状态，又促使士人形成了清议风尚。上述因素相互激荡，给处于其中的苏轼带来了重大的人生苦痛和政治挫折，但同时也历史性地为其准备了各种机遇。得益于这一文化生态的历史性孕育，苏词作为苏轼最有创造性、突破性的文学体裁，才得以独成风貌。

苏词取得了很高的艺术成就。宋人胡寅《斐然集》卷一九评价苏词贡献云："词曲者，古乐府之末造也。……唐人为之最工，柳耆卿后出，掩众制而尽其妙，好之者以为不可复加。及眉山苏氏一洗绮罗香泽之态，摆脱绸缪宛转之度，使人登高望远，举首高歌，而逸怀浩气超然乎尘垢之外，于是《花间》为皂隶，而柳氏为舆台矣。"苏词所代表的北宋文人词，一改柳永词的世俗风韵，将宋词的格调进行了大幅度的提升，这其中既有技法观念上的飞跃，更来自于个人人格赋予其文学作品的高洁品格与自由高蹈的精神境界。

苏轼认为"微词宛转，盖诗之裔"（《祭张子野文》），作词具有鲜明的"以诗为词"的"破体"倾向，在传统题材、艺术风格及写作技巧诸方面都做出了大的突破。所以苏词一如其诗，包蕴广泛，题材丰富，情感多样，几乎到了无事、无情不可以表达的程度。他的词，题材上可以分为哲理词、咏物词、纪事词、闺怨词、应酬词、农事词、游仙词、戏谑词、集句词等。苏词如此广泛地反映生活和表达各种情感志向，较之以抒写闺怨、两性情感与色情为主要内容的传统词而言，极大地丰富了词体的抒写空间。如其哲理词《定风波》：

莫听穿林打叶声，何妨吟啸且徐行。竹杖芒鞋轻胜马，谁怕？一蓑烟雨任平生。　　料峭春风吹酒醒。微冷。山头斜照却相迎。回首向来萧瑟处。归去，也无风雨也无晴。

词从沙湖道中遇雨入手，于琐事中抒发心定而坦然的人生态度，词中见出东坡识见高远、乐得随缘的个性品质。与之相似，东坡词常常融入其个人的人生体验和哲思体悟，如"蜗角虚名，蝇头微利，算来著甚干忙。事皆前定，谁弱又谁强"（《满庭芳》），分明有融汇释、道哲理因素。又如其词句"人生如逆旅，我亦是行人"（《临江仙》），表达出浓厚的佛教因缘思想。苏词往往取儒、道、释思想来消解人生的无奈、挫折与苦痛，最终实现对外在痛苦体验的情感超越。

苏词突破了词作内容上的"闺情""相思""近色"等传统藩篱，而借鉴诗歌中常见的"言志"功用来抒情表意，这就拓展了宋词的文化功能。苏词经常抒写其独有的个体精神、气质与人生抱负，表达其不遇于时而蹉跎困顿的人生苦闷，及其善以儒道佛思想自我排遣与超越的践行与体验，所有这些，就在其词作中塑造出了"坡仙"这一文学形象。如其《卜算子》（黄州定惠院寓所居作）：

> 缺月挂疏桐，漏断人初静。时见幽人独往来，缥缈孤鸿影。　　惊起却回头，有恨无人省。拣尽寒枝不肯栖，寂寞沙洲冷。

词为苏轼贬谪黄州时所作。苏轼在黄期间，"深自闭塞，扁舟草履，放浪山水间"（《与李方叔书》）。词作风格凄清、幽冷。词以孤鸿自喻，词中"鸿"之形象孤独、自惜、高洁，正代表了作者孤傲不群、洁身自好的君子品格。

苏词的总体艺术风格也与其诗歌非常接近，总体风格偏向于豪放雄奇。苏轼词中的风景，经常出现气势雄奇，境界阔大的景象。如词："我梦扁舟浮震泽。雪浪摇空千顷白。觉来满眼是庐山，倚天无数开青壁。"（《归朝欢》）"归去来兮，清溪无底，上有千仞嵯峨。"（《满庭芳》）苏轼笔下的"大风景"往往气势高昂澎湃，地势雄健险峻，有的还带有飘逸清旷的浪漫色彩（《念奴娇》中秋'凭高眺远'），苏轼还善于将自己对人生的感悟、对世态炎凉的认识融合到这些风景描绘中，直抒胸臆，寄托豪情。如《江城子》：

> 老夫聊发少年狂。左牵黄。右擎苍。锦帽貂裘，千骑卷平冈。为报倾城随太守，亲射虎，看孙郎。　　酒酣胸胆尚开张。鬓微霜。又何妨。持节云中，何日遣冯唐。会挽雕弓如满月，西北望，射天狼。

这首词创作于宋神宗熙宁八年（1075），苏轼外任密州太守的时期。词作抒写的狩猎场面阔大雄浑。又如其词《水调歌头·明月几时有》，为中秋怀苏辙所作。上阕写景，以明月横亘古今来入题，继之以自己恋亲而不舍述意，尾句以天上、地下其乐如同来自我劝慰。下阕转而述写相思之苦，继之以人生本有悲欢离合来自作劝慰。词作最后，又因不亲而希冀天下人都能够长久守候亲情，颇有儒家强调的"亲亲"之意。从此词格调而言，言相思而不堕愁苦，忆亲人而及天下人，自作宽慰而求解脱，因情而悟及事理，表现出苏词的超脱豪迈风格。

不过，苏词风格也表现出多样性。他的很多词也追求本色"当行"，继承了词体的"言情"传统与"佐欢佐酒"功能，情致深婉、清丽纯正。如《水龙吟·次韵章质夫杨花词》，因"幽怨缠绵，直是言情，非复赋物"（沈谦《填词杂说》），而被后人推为苏轼咏物词的代表作：

> 似花还似非花。也无人惜从教坠。抛家傍路，思量却是，无情有思。萦

损柔肠，困酣娇眼，欲开还闭。梦随风万里，寻郎去处，又还被、莺呼起。
　　不恨此花飞尽，恨西园、落红难缀。晓来雨过，遗踪何在？一池萍碎。春色三分，二分尘土，一分流水。细看来、不是杨花，点点是离人泪。

词虽曰咏物，实有所寄托。词中情景交融，而情思却含蓄蕴藉。此词被张炎称为"清丽舒徐"（《词源》），词作表情往复折叠，风格婉约清雅，表现了苏词的另一种风貌。

苏轼"以诗为词"的另外一个显著特点，表现为苏词的"理趣"化特征。如其《渔家傲》：

　　些小白须何用染。几人得见星星点。作郡浮光虽似箭。君莫厌。也应胜我三年贬。　　我欲自嗟还不敢。向来三郡宁非忝。婚嫁事稀年冉冉。知有渐。千钧重担从头减。

词以"染胡子"琐事入笔，由之联想外贬中时光易逝，转又言及儿女婚嫁已就而责任顿减，强调事物发展"有渐"，而人生亦只能乐化随运、与时相安，词作意思层叠递进，风格亦雅亦俗，思想复杂而涵蕴丰富。词作以平淡口吻表达深刻人生体验，境界高远，而又诙谐有趣。

苏词的词体创作成就，也表现在对传统词体形式及音律的突破上。苏词在表达技巧上，也引入了诗、赋、散文等文体的写作技法。如苏轼在词体创作中引入了传统诗文表达上的重要方式——序。他在词牌下所写的序，或记载写作缘由，或点明写作主旨，或述及写作地点，或说明词作用途，有的序就是简短的叙事文。如《水调歌头》之序：

　　欧阳文忠公尝问余："琴诗何者最善？"答以退之《听颖师琴》诗最善。公曰："此诗最奇丽，然非听琴，乃听琵琶诗也。"余深然之。建安章质夫家善琵琶者乞为歌词，余久不作，特取退之词，稍加隐括，使就声律，以遗之。

序文介绍了作词的由来，表达出对欧阳修的推崇与怀念之情，这就可以在词中集中笔墨专力摹写琵琶声音及听弹琵琶而引起的感受。序与文意得以相互生发而各有分工。又如苏词《江神子》《哨遍》两首词之序均介绍作词的缘由，或为陶渊明旧事（《游斜川》）而起兴，或为陶渊明《归去来兮辞》而起兴，两首词的序已成抒情小文，对词作内容具有重要补充作用。同时，苏词也往往有意地突破音律的束缚，而充分照顾到内容表达的需要。苏词因为重视内容表达而突破音律等方面的束缚，而受到后来者如李清照等人"此非当行本色"的批评。但苏词的这一努力，却因此而拓展了词体的用途、功能，提升了宋词的文化品位。继起者如黄庭坚、李纲、辛弃疾、刘过等人的词作，正是沿着苏轼所创造的这一路数前行，才创造出宋词的多样性风貌。

苏词在内容、审美取向乃至创作技巧等方面，都指出了词的"向上一路"（王灼《碧鸡漫志》），为当时词体及其他文学体裁的发展，带来了创作思想的大解放。苏词以其"破体"实现了对传统词的超越，在词的发展史上具有重要地位。

**思考题**

1. 梳理苏轼文学成就与社会政治文化背景之间的复杂关系。
2. 苏轼文章、诗歌与词作的主体艺术风格是什么？
3. 苏轼非常重视各类文体的"破体"，后人对此褒贬不一。请谈谈你的看法。

# 第五章　黄庭坚与江西诗派

　　黄庭坚是代表着宋代诗歌高峰的著名诗人，他的诗歌以崛傲不群、思力精深、诗法精绝为典型特征。黄庭坚以其独有的诗法理论、杰出的诗歌创作成就，位列"苏门四君子"，又被"江西诗派"宗奉，成为宋代影响最大的诗人。由学习黄诗入手而上探杜甫诗歌，成为始于两宋之交而一直延续到南宋末年的诗歌创作风气。一大批诗人因此成长起来，形成了被后人称为"江西诗派"的诗歌创作群体。陈师道正是由学习黄诗入手而得以名家的著名诗人。作为以杜甫、黄庭坚、陈师道诗为圭臬的"江西诗派"作家群，以参与人数众多、诗歌理论精炼实用、诗作特色鲜明在文学史上占有重要地位。

## 第一节　黄庭坚的思想个性

　　黄庭坚（1045—1105），字鲁直，号山谷道人，晚号涪翁，洪州分宁（今江西修水）人。其父黄庶，诗风学习杜甫、韩愈，著有《伐檀集》，其舅父李常有诗名，交游广泛，是著名藏书家。黄庭坚幼得庭训，又有机会博览群书，打下了坚实的文化基础。

　　治平四年（1067），黄庭坚中进士后，任汝州叶县尉。熙宁五年（1072）正月，除北京国子监教授。在此期间，他与苏轼订交，从此结下深厚的友谊。元丰八年（1085）以秘书省校书郎被召。元祐三年（1088）参与撰修《神宗实录》，除著作佐郎、集贤校理。元祐八年哲宗亲政，改元绍圣，黄庭坚被劾修史失实，贬为涪州别驾，先后安置于黔州（今四川彭水）、戎州（今四川宜宾）。元符三年（1100）徽宗即位，被召还，后流寓荆州，又因《承天院塔记》一文获罪，被编管于宜州（今属广西），卒于流放地。

　　黄庭坚思想十分复杂，儒道释三家思想都对他有深刻影响，而儒家思想占据主流，但他是以圆融的态度来对待三家思想而力图兼容并包，通过整合使其成为自己的思想。他以追求"道"为目的而以心性存养为入门途径，关注的重心以躬行践履为主。

　　黄庭坚对"心性"问题有深刻理解。他评价周敦颐具有"光风霁月"的气象，这一论断涵盖了中唐韩愈、李翱等人对道体的体悟，并充分吸收了佛学对性体的认知，成为后人形容北宋理学家的经典表述之一。从周敦颐的著作来看，他是以诚为性，以神为心，把心性合而为一，以为神"发之微妙而不可见，充之周遍而不可穷"(《周元公集》),诚即仁义中正之性,通过神的妙用表现出来,心体以诚为本,而诚以神的妙用来表现,心体如同日月"充周不可穷"。

黄庭坚所讲的性体是圣人的质地,慎独、自讼等存养功夫,是实现道德目的的必须手段。他写道:"道行不加,穷处不病,此之谓性。……性则圣质,学则圣功。……道立德尊,宗吾性有。"(《山谷集》,下同)黄庭坚认为,"道"与"德"都是建立在儒学的"性有"的基础上的。他所讲的性体,也是儒家所认为的性体:"今儒子总发而服大人之冠,执经谈性命,犹河汉而无极也,吾不知其说焉。……吾子强学力行,而考合先王之言,彼如符玺之又可印也。"黄庭坚认识性体走的是中唐李翱的理路,都是以"光明""寂然"等作为对"性体"的觉相表述:"禅心默默三渊静,幽谷清风淡相应。丝声谁道不如竹,我已忘言得真性。罢琴窗外月沈江,万籁俱空七弦定。"黄庭坚体认的性体,有着佛学渊源,他是以佛学的思理来论证心体性体的。黄庭坚所讲的心体等同于性体:"明月本无心,谁令作寒鉴。""王度无畦畛,包荒用冯河。"黄庭坚的心体同他所表述的性体一样,同样可以外显为日月,这个心体,是无欲无求的,是自然存在的。

黄庭坚对心体的研究与体认较之北宋那些著名的理学家尚缺少深度,他注重对存养功夫的探求。他在《孟子断篇》中说:"曾不知前圣后圣,所谓若合符节者,要于归洁其身者观之。"这就抓住了北宋儒学发展的核心之路。北宋理学家在孔孟等一千多年以后掀起了发挥儒学的热潮,凭其体悟感受而得以深入孔门,而不是演化为其他学说,走的恰是通过体悟来把握儒学精髓之路。黄庭坚敏锐地看到了这一点,他说:"方将讲明养心治性之理,与诸君共学之,惟勉思古人所以任己者。"可见,黄庭坚的存养目的是非常明确的,那就是修养心体性体。他之所以强调存养,其目的便是加强自身道德修养,为求做圣人积累功夫:"阅世行将老斵轮,那能不朽见仍云。岁中日月又除尽,圣处工夫无半分。"这一点,宋人已经有所认识:"宋儒黄伯起称其著作合周孔者居多而流于庄周者无几。"(《黄庭坚集》序)黄庭坚的心性存养,其宗旨与儒者所提倡的修身、事功等主张相一致,至于他学习道、佛修养心性的方法,是为实践心性而采取的手段。

黄庭坚所认同的存养途径是多方面的。他特别重视从传统的儒学经典中摄取存养的方法。他强调:"由学者之门地,至圣人之奥室,其途虽甚长,然亦不过事事反求诸己,忠信笃实,不敢自欺,所行不敢后其所闻,所言不敢过其所行,每鞭其后,积自得之功也。"他强调使用诸如自讼、慎独、践行、不自欺等手段,来实现求做圣人的目标。他从道家学说中,体悟出以修心作为存养功夫的重要性:"看着庄周枯槁,化为胡蝶翩轻。人见穿花入柳,谁知有体无情。"黄庭坚由庄周梦蝶而体悟到,"有体无情"才能够存养真性,不惹外在的是非。他又以佛教的止观之法来修心,以之实现存养的目的:"观水观山皆得妙,更将何物污灵台。"显然，他以止观法所求的是保持心体性体的纯洁与无瑕。他仿照佛教存养功夫而给以儒学化的改造，以实现道德存养的目的，写有《食时五观》。元人虞集在《道园学古录》中评价：

> 君子之道，坐如尸，立如斋，瞬有存，息有养，一动静，通梦觉，心无不在也。食时之观，省察之一事也。山谷老人之示戒密矣，苟善用之，诚修身之良药，彼冥然罔觉者，固无难焉，而妄谈法空，谓世教为不足行者，亦不可不以善性比丘为戒也。

可见，黄庭坚以佛教的心性修养方法入手，在《食时五观》里实现的是道德修养的功夫，而非追求佛教的"佛性清净"体验。所以，在黄庭坚的诗文创作中，求理与求道往往是分不开的，求道亦是求理，都是与心性有关，或者是指心性的存养功夫，或者是借用佛教与道教的术语来表达存养所达到的境界，或者是对心体性体之"实"的体悟。

佛、儒、道的互融，使黄庭坚的思想在出处之间超脱无碍。他安时处顺，在建功立业时不执着于功名。他的思想以儒家为主，在心性存养方面吸收了释道内容，"正心诚意""克己自讼""主敬"等思想又与当时的理学家主张有相通之处。由此，他构建了"俗里光尘合，胸中泾渭分"的处世态度。他讲"胸次九流清似镜，人间万事醉如泥"（《戏答禅月作远公咏》）。表现在政治态度上，他不以贬谪为意，超脱新旧党争，虽属旧党，但对新党诸人亦有比较公允的态度，这与苏轼、王安石等人有着明显区别。

## 第二节　"黄庭坚体"诗词

黄庭坚诗词集中表现了宋人另辟蹊径的文化创新精神。他发展了诗歌的文化功能，强调"因诗求道"来存养心性。他在诗歌语言形式方面总结出一整套与唐诗抗衡的翻新出奇的艺术手段，形成了以生新瘦硬为主要特征的艺术风格，集中体现了宋代诗人对探索诗歌发展路程的反省，与苏轼一起树立了宋诗的范式。他注意广学博取，从汉古诗、齐梁艳体诗中吸取营养，又重视向陶渊明、李白、刘禹锡等人的诗歌学习。他的诗歌创作，大致以杜甫诗歌为宗，古体诗兼学韩愈、孟郊，以蕴藉收敛为主调；近体诗兼学李商隐、唐彦谦，而立之以拗句硬语。在词体创作上，黄庭坚拓展了词的题材、内容，举凡儒释道哲思、尘世欢爱欲望等杂陈其中，构成了黄词的主要方面。他重视颜色词的使用，喜用红、青、紫、金等颜色词给人以强烈的意境体验。黄庭坚词作风格多样,秾丽香艳、豪迈横绝、俚俗尘下等各种风格并存。他把诗歌创作的一些经验也引入词体创作,艺术技巧上讲究用典隶事、讲究炼字等,颇近于其诗。因杰出的诗词创作成就,黄庭坚所创作的诗词被称为"黄庭坚体"。其诗词特征主要表现为以下几方面。

## 一、因诗求道与存养心性

黄庭坚有把写诗当作求道亦即践履其心性观的倾向,他认为诗歌是克治存养的手段,而不仅仅是"言志抒怀":"江津道人心源清,不系虚舟尽日横。道机禅观转万物,文采风流被诸生。与世浮沉惟酒可,随人忧乐以诗鸣。"(《山谷集》)他以为诗歌的功能,就在于写作者以其抒写心性及存养体悟,从而潜移默化地影响读者。他把诗人的心性存养功夫高低与诗歌写作水平的高低结合起来进行讨论,他赞同苏轼的意见,并进一步说明:

> 苏子曰:世之工人,或能曲尽其形,至于其理,非高人逸才不能办,意其在斯故。籍外论之,梓人不以庆赏成虡,痀偻不以万物易蜩,及其至也,禹之喻于水,仲尼之妙于韶,盖因物而不用吾私焉。若夫燕荆南之无俗气,庖丁之解牛,进技以道者也。文湖州之得成竹于胸中,王会稽之用笔如印印泥者也。《诗》云:"鹤鸣于九皋,声闻于天。"妙万物以成象,必其胸中洞然,好学者,天不能掣其肘。(《山谷集》)

黄庭坚认为,诗歌的写作与文同之画竹、《庄子》中的"梓人""痀偻老人"相同,只有不假人力而实现"技进乎道",才能到达高超境界。要想实现以文笔的描摹而把万物逼真地刻画出来,需要"胸中洞然",强调只有通过对心体性体道体的认知和存养,达到"无私""清静""无欲"等层次,才能实现"技进乎道"。他称赞陈师道不以贫苦和路穷而改变学诗的志趣,肯定他身体力行体悟与钻研写作诗歌的技巧,以至于达到了"春风吹园动花鸟""霜月入户寒皎皎"的得道气象,这些都说明黄庭坚把写作诗歌作为一种手段来实现求道的目的。

黄庭坚的很多诗歌都表现出创作者对于心性存养的体认。他在选择物象时,重视挖掘事物之间关系所蕴含的"理",来表达诗歌主旨。如在《古诗上苏子瞻》诗中,以梅、桃李、皎洁冰雪、松、菟丝子、茯苓小草等来比喻苏轼及其门人的高洁人格与杰出才华,并表达了自己想结交苏轼的急切心情。又如其诗《咏旦呈徐仲车》,用诸葛、杜微等人的故事来烘托徐氏的自由、高节,尤其用杜微事,暗示徐仲车耳聋,却正好以杜为榜样,虽去职而更有机会学习经纶。因此,黄庭坚在选取表现方式时,或因情裁景,因情生境,而非借景生情或者情景交融;或取历史故事多方叠加,形成密集的意象群,来表达既定主旨。黄庭坚诗歌"自然简远""格韵高远"风貌的形成,是与其心性存养分不开的,他所着意塑造的高洁人物形象的内核,就在于人物的心性存养,通过参悟求理,进而为其德性建设服务。

为了充分表现诗歌的"载道"功能,黄庭坚常以观物而求心性修养,凸显创作主体对世网与自由、物性与自性的体认,从而实现对道体心体性体的体悟,并付诸以诗求道的践履实践。黄庭坚诗歌中荷、竹、松、鸟、鱼虫、字画等,都被拿过来充当见明心性的"话头"。由此,黄庭坚诗歌中往往表现为程式化的特征。如其诗:"道人手种两三竹,使君忽来唾珠玉。不须客赋千首诗,若是赏音一夔足。世人爱处但同流,一丝不挂似太俗。客来若问有何好,道人优昙远山绿。"诗有序:"简州景德寺觉范道人种竹于所居之东轩,使君杨梦觊题其轩曰'也足',取古人所谓但有岁寒心,两三竿也足者也。"(《山谷集》)诗中所取景物,都是为了表现自我主体人格的高洁与脱俗。

## 二、句法生新与拗律险韵

黄庭坚讲究诗歌的语言技巧。他说:"学者若不见古人用意处,但得其皮毛,所以去之更远。"强调仔细琢磨古人文"意","读老杜诗,精其句法,每作一篇,必使有意为一篇之主,乃能成一家,不徒老笔砚,玩岁月矣"。他推崇"句中有眼""拾遗句中有眼,彭泽意在无弦"。"句中有眼"的目的是为了更好地理解、传达其言外之意。具体到句法创新上,黄庭坚既学习杜甫、韩愈"无一字无来处",又向禅宗"点铁成金""夺胎换骨""翻案"等技巧学习。他提出:"自作语最难,老杜作诗,退之作文,无一字无来处。盖后人读书少,故谓韩、杜自作此语耳。古之能为文章者,真能陶冶万物,虽取古人之陈言入于翰墨,如灵丹一粒,点铁成金也。""点铁成金"主要是指借用前人的语言材料,根据自己的构思重新组织,为我所用。本此,他又提出化用典故与前人诗语的技巧为"夺胎换骨"。他曾讲:

> 诗意无穷,人才有限。以有限之才,追无穷之意,虽少陵、渊明不得工也。然不易其意而造其语,谓之换骨法。规模其意而形容之,谓之夺胎法。

"夺胎"指的是利用别人的语言材料、构思经验,注入新的意蕴;而"换骨"就是利用前人的语意、诗意重新组织,使诗意生新。

黄庭坚注重在句中炼字,尤其在动词的选用上追求新警。在句法上则打破传统的声调节奏,造成警奇拗口的效果。在声律上则主张变化出奇,用韵不拘一格,有时以险韵显示功力。在律诗中运用不合平仄规范的拗句,或有意使对偶不切,产生奇崛顿挫的语言效果。张耒对此评价说:"以声律作诗,其末流也,而唐至今

谨守之。独鲁直一扫古今，直出胸臆，破弃声律，作五七言。"（《王直方诗话》）

黄诗还有声律奇峭的特点。他有意识地打破音节常规，如"心犹未死杯中物，春不能朱镜里颜"（《次韵柳通叟寄王文通》）等，矫健奇峭。在律诗中又多用拗句，以避免平仄和谐以至圆熟的声调，如《题落星寺》：

> 落星开士深结屋，龙阁老翁来赋诗。小雨藏山客坐久，长江接天帆到迟。宴寝清香与世隔，画图妙绝无人知。蜂房各自开户牖，处处煮茶藤一枝。

此诗大拗大救，奇崛劲挺，为表现幽僻清绝的境界创制了恰到好处的语音形式。黄庭坚的三百多首七律中有一半是拗体，这也是形成其生新风格的重要因素。

黄庭坚借鉴杜甫等人的七律变体而加以发展，尤重对仗的变化。黄诗的对仗常常变幻莫测，或一气贯注，或迥不相属，或如骏马注坡，语句流畅而逸出格律；或如车走羊肠，语法艰涩而意脉可寻。譬如"流水对"，在杜甫诗中，不过偶一为之，而黄庭坚则是有意识地使用，如"谁谓石渠刘校尉，来依绛帐马荆州"（《次韵马荆州》）、"腹里虽盈五车读，囊中能有几钱穿"（《和张沙河招饮》）等。这种流水对打破格律和语法的平行关系，从而突破了七律的严整格式，表现出飞动、流丽之美。黄诗中另有一种对仗与流水对完全相反，一联的上下句不仅各自成句，而事类不相侔，仿佛意义也不相关，如"万里书来儿女瘦，十月山行冰雪深"（《寄上叔父夷仲三首》），上句言人情，下句言景物，既非"正对"，又非"反对"。这种对仗，故意切断脉络，旨在引起人的联想，形式上是不连贯的，意义上是有联系的。这种对仗，把律诗从严整的对仗格式中解放出来，增大了诗歌的容量。黄庭坚更有一种破弃格律的对仗，常在七律的颔联或颈联（必须使对之处）上追求变化，如"翁作入关倾意气，林宗异世想风流"（《郭明甫作西斋于颍尾请予赋诗二首》），"何处拭目穷表里？太平飞阁暂登临"（《太平寺慈氏阁》），对仗极不工稳，或全不对仗。这种写作方法使律诗对仗灵活，产生了新奇之美。

除了七律的对仗外，黄庭坚其他诗体的句法变化也是丰富多彩的。如五言诗"吾早知有觏，而不知有觊"（《赠秦少仪》）是一二二句式；"吞五湖三江"（《子瞻诗句妙一世乃云效庭坚体》）是一四句式。他注意运用散文化的句式，大量加入虚词。如"且然聊尔耳，得也自知之"（《德孺五丈和之字诗韵》），纯是散文笔法。黄诗注重使用浓缩、省略、倒装、词汇活用等手段"造硬语"，造成句法的拗折瘦劲。如"眼中故旧青常在，鬓上光阴绿不可"（《次韵清虚》），把青眼和绿鬓这样固定的词组拆开使用，语法逻辑消失而"青""绿"形象和情感性得到凸显。

黄庭坚晚年的诗体现出归真返璞的倾向。求新求变的精神在晚期黄诗中虽仍有所体现，但随着诗人阅历的加深和修养的提高，已渐渐达到炉火纯青、形迹尽泯的境界。如《雨中登岳阳楼望君山二首》：

> 投荒万死鬓毛斑，生出瞿塘滟滪关。未到江南先一笑，岳阳楼上对君山。
> 满川风雨独凭栏，绾结湘娥十二鬟。可惜不当湖水面，银山堆里看青山。

虽然诗中仍有典故成语及化用前人成句之处，字里行间也仍有一股兀傲之气，但意境清新，语言流畅，呈现出平淡质朴、精光内敛的老成境界。

### 三、以诗为词与雅俗并存

黄庭坚词中存在着两种不同的创作倾向：其一是继承《花间集》的传统，以词抒写男女间的相思爱恋之情、伤离怨别之绪，一些词也涉色情；其二是突破了词为"艳科"藩篱，表现人生的际遇和感慨，乃至哲理的思考。黄庭坚有一部分词表达了文人与青楼女子之间相悦、爱恋、相思的多种情感。如其《阮郎归·效福唐独木桥体作茶词》：

> 烹茶留客驻金鞍，目斜窗外山。别郎容易见郎难，有人思远山。　　归去后，忆前欢，画屏金博山。一杯春露莫留残，与郎扶玉山。

代表黄庭坚词成就与风格的是他的雅词。黄庭坚有些词作着力抒发虽遭贬谪而仍傲岸豪健、达观放旷的胸怀。如《定风波·次高左藏使君韵》先写重阳节久雨后天晴，于是开怀痛饮，下片接写："莫笑老翁犹气岸，君看，几人黄菊上华颠？戏马台南追两谢，驰射，风流犹拍古人肩。"年虽老而豪情不减，在这样的佳节良辰，不仅要头插菊花，还要追慕古时在戏马台置酒高会的风流人物，骑马射箭，吟诗作赋，口吻间流露出老当益壮的气概。因此他每以侮世慢俗表现出他的兀傲，他的豪情中也常流露出落寞孤寂，折射出心灵深处积淀的人生创伤。如《水调歌头》：

> 瑶草一何碧，春入武陵溪。溪上桃花无数，枝上有黄鹂。我欲穿花寻路，直入白云深处，浩气展虹霓。只恐花深里，红露湿人衣。　　坐玉石，倚玉枕，拂金徽。谪仙何处，无人伴我白螺杯。我为灵芝仙草，不为朱唇丹脸，长啸亦何为！醉舞下山去，明月逐人归。

词中不仅有直贯而下的气势，且透露出向慕与疑虑、超脱与留恋的人生矛盾。

黄庭坚把江西诗派句法运化入词，使作品呈现出格调闲逸而语言隽拔的风貌，体现出文人墨客的儒雅情趣。如《满庭芳》这首咏茶词,上片写茶叶形状、影响和精神品格以及消食、克睡、启思的功能;下片写司马相如以茶醒酒,文思愈壮,而晚归不倦。全词构思新颖,作者运用渲染比喻、美人衬托、点化故实等诸种手法,使作品格调浩逸,语言隽拔,字面典雅,意境形象生动,充满了浓厚的文人墨客的骚雅情趣。

黄庭坚与东坡一样,在词的创作中也经常以理趣入词,塑造了超轶绝尘的抒情主人公形象。如两首《点绛唇》:

> 浊酒黄花,画帘十日无秋燕。梦中相见,似作枯禅观。 镜里朱颜,又减心情半。江山远,登高人健,寄语东飞雁。
>
> 几日无书,举头欲问西来燕。世情梦幻,复作如斯观。 自叹人生,分合常相半。戎虽远,念中相见,不托鱼和雁。

这是黄庭坚思念其弟而作。词前小序云:"重九日寄怀嗣直弟,时在涪陵。用东坡余杭九日《点绛唇》旧韵二首。"这些词,以禅境作为自我的解脱,风格清刚峭拔,呈现出独特的艺术风貌。

## 第三节 陈 师 道

陈师道(1053—1102),字无己,又字履常,号后山居士,彭城(今江苏徐州)人,自幼好学,十六岁以文谒曾巩,为巩所重。元祐四年(1089),因"擅去官次"见苏轼而改颍州教授。元符三年(1100),除棣州州学教授。第二年授秘书省正字。建中靖国元年(1101),朝廷举行郊祀典礼,陈师道患寒疾而死,年四十九岁。

陈师道诗歌创作诸体皆善。生前与黄庭坚并称"黄陈",其文得曾巩真传。《四库全书总目提要》称之为"简严密栗,……固不失为北宋巨手"。亦能词。

### 一、陈师道诗学渊源

陈师道对黄庭坚极为推崇,"仆于诗初无诗法,然少好之,老而不厌,数以千计,及一见黄豫章,尽焚其稿而学焉。豫章以为譬之弈焉,弟子高师一着,又能及之,争先则后矣。仆之诗,豫章之诗也"(《答秦觏书》)。黄庭坚对陈师道诗的影响主要在章法方面。陈师道诗虽不如黄诗那样多层次,但上下句之间有着极大的跳跃性。如《妾薄命二首》中"起舞为主寿,相送南阳阡"以内容的跳跃作忧乐对比，内容跨度很大。

与黄庭坚诗歌取法杜甫相似，陈师道重视学习杜诗的锤炼功夫，如他的《小放歌行》有句"不惜卷帘通一顾，怕君着眼未分明"，当时有人以为奇语，但实际上杜诗有句"帘户每宜通乳燕"正是陈诗"通"字所祖源。陈师道学习杜甫诗歌，也注重学习杜甫诗歌的句法。黄庭坚曾称赞陈师道"作诗渊源，得老杜句法，今之诗人不能当也"（《答王子飞书》）。有的诗歌直接借用杜句，如杜诗"回首望松筠"（《寄张十二山人彪三十韵》），陈诗亦有"回首望松筠"（《元日》）。有的诗句在结构上模仿杜诗，如杜诗"松浮欲尽不尽云，江动将崩未崩石"（《阆山歌》），陈诗"欲落未落雪迫人，将尽不尽冬压春"（《谢赵使君送乌薪》）。陈师道艺术视野较为开阔，学杜、黄、韩、孟等人之长，而有融会，有创造，推陈出新，形成了"陈师道体"。

### 二、陈师道的诗歌成就

从题材内容来看，陈师道诗歌多写个人身世际遇。陈师道一生贫苦，故诗歌中多出现"贫""困""寒""穷""饥"等字。啼号饥寒成为陈师道诗作的一个重要内容，如《拟古》："盎中有声囊不癭，咽息不如带加紧。人生七十今已半，一饱无时何可忍？"即写其不能饱腹的饥饿之状。其诗作中亦体现其"固穷"之精神，以古人自励，从而获得精神支持来超越现实生活的困苦。如《雪》诗前四句先通过写晚风、树木、鸟等自然物态来烘托雪夜寒冷，五、六句表现出诗人受冻之窘态，最后表达虽贫仍不改其节之决心。元丰七年（1084），陈师道的岳父郭概提点成都府路刑狱，因生计问题，陈师道不得不让妻儿随岳父入川。临别之际，陈师道写下凄恻感人的《送内》。此诗先引类起兴，表达自己不愿与妻子分别的悲苦之情。接着向妻子倾诉自己未能同行之因，流露出深深的无奈之情。再用"父子各从母，可喜亦可悲"来安慰妻子和自己，意欲缓解一下悲哀的气氛，实则悲痛更重。"关河"两句言此一别，未知何时能再相见。妻子则以"白首"为期，表现夫妻间的忠贞不渝的深情。最后表达自己的愿望，能有百亩之田而无口腹之饥。然而愿望只能是愿望，在现实生活中不堪一击，虽明其因，却不能言说，只能把在嘴边的话硬吞回去，不言之言，激愤之情溢于言表。此诗语言简练，情感沉郁，对妻子的不舍之情，对父母的不忍之情，对社会的愤慨之情在诗中融合贯穿，感人肺腑。诗人还写下《别三子》（卷一）、《送外舅郭大夫概西川提刑》（卷一）等诗，均为深情至性之作。

陈师道一生多在地方上做一些闲散之官，但不乏关注政治之作。《赠二苏公》（卷一）一诗体现对王氏新学的不满，《呜呼行》为针对赈旱灾之时事所作。任渊注曰："元祐初，左司谏朱光庭，奉使赈济河北，不问民户之等，一概支贷，而河北措置司,积年物斛九百万为之一空。"(《后山诗注补笺》)诗中通过去年钱粮的滥赐与今年情形对比,指出官员剜肉补疮、远水救近渴之短见,抨击赈灾官员之昏庸。

陈师道笃于情谊,诗集中多怀念妻儿子女及与亲朋好友唱和赠别之作,体现其对亲人师友的真心实意,感人至深。曾巩逝世后,他写下《妾薄命二首》表达对恩师的沉痛哀悼之情。第一首先化用鲍照《代陈思王京洛篇》中"凤楼十二重,四户八绮窗"及白居易《长恨歌》中"后宫佳丽三千人,三千宠爱在一身"之句,言侍妾极受主人之宠爱,接着通过起舞与送葬情景之对比,乐未至而悲已继,然后表达不事他主的忠贞之心。最后,直接抒发胸臆,哭声彻天,泪流彻泉,生死相隔,空留生者独自悲叹。第二首同样以侍妾的口吻表达主死愿舍身相从之意。诗句以景结尾,感伤之景中含无尽凄凉之情。

陈师道诗歌各体兼擅。咏物细腻形象,写景生动细致,语言简雅,色彩明丽,意境优美。五律写景如《雪后黄楼寄负山居士》,前六句写登高所见景,仅最后两句带出忆友。诗由静景言及动景,人行,鸟吟,动静结合,最后反用王徽之夜访戴逵之典故,表明自己长忆张公之情。

陈师道诗炼字造句精工。如《春怀示邻里》(卷一〇)中"雷动蜂巢趁两衙"之"趁",《登快哉亭》(卷六)"暮霭已依山"之"依"等,着此一字,境界完全不同,均为炼字之经典。陈师道造句追求简、工、丰,试图以最简洁的语言表达丰富的内容,因此,他的诗篇多注重压缩他人诗句来入诗。如杜甫有"无边落木萧萧下,不尽长江滚滚来"句,陈诗缩成"落木无边江不尽"(《次韵李节推九日登南山》)等。当然,陈师道有时因为过于追求简练,结果导致语意破碎,如其"冥冥尘外趣,稍稍眼中稀"(《秋怀示黄预》)一句注者多不解。

陈师道诗生前已具盛名,苏轼、黄庭坚对其诗多加称赞,陆游《陆游集》称之为"陈无己诗妙天下"。戴复古、王直方、吕本中、刘后村对其诗评价尤高。总的来说,陈师道对后世的影响虽不及欧、王、苏、黄等人,然其自成风格的"陈师道体"对后世影响很大。

## 第四节 江西诗派

南宋初期吕本中作《江西诗社宗派图》,以黄庭坚为诗派之祖,以下列陈师道、潘大临、谢逸、洪刍、饶节、僧祖可、徐俯、洪朋、林敏修、洪炎、汪革、李錞、韩驹、李彭、晁冲之等二十五人,江西诗派的名称从此确立。江西诗派在宋代影响很大。除此之外,陈与义、吕本中、曾幾、赵蕃、韩淲等也被看作是诗派中人。江西诗派以学杜相号召，故后来方回《瀛奎律髓》提出"一祖三宗"之说，以杜甫为祖，黄庭坚、陈师道、陈与义为三宗。

吕本中《江西诗社宗派图》所列的二十五位作家，或为黄庭坚亲属，或与之有交往，多人受过黄庭坚指点，他们之间有许多关于诗法的探讨。

江西诗派人在诗学观点和写作风格上大体一致，学杜、黄，但是大部分人缺乏杰出才力和深刻的思想，只是在诗歌句法、用事等创作形式方面下功夫，而对诗歌的内容、主题等缺少必要关注，更缺乏黄庭坚那种对于儒、释、道哲理的深刻把握与自觉融合文道的意识。因此，虽然江西诗派诗人在诗歌创作上取得一定的成就，在当时影响较大，但较之黄庭坚而言，他们重诗歌技巧而轻诗歌内容及境界，继承多而创新少，诗歌成就有限。

**一、诗学主张**

江西诗派诗人尊崇杜甫、黄庭坚。黄庭坚对杜甫的推崇，影响到江西诗派作家："老杜虽在流落颠沛，未尝一日不在本朝，故善陈时事，句律精深，超古作者，忠义之气，感发而然。"（《潘子真诗话》）"但熟观杜子美到夔州后古律诗，便得句法。简易而大巧出焉，平淡而山高水深，似欲不可企及。文章成就，更无斧凿痕，乃为佳作耳。"（《与王观复书》之二）但黄庭坚对杜诗诗旨的摹写，却显然与杜诗有距离，黄庭坚是力图通过"以诗求道"来加强心性存养的，而这一点，江西诗派的其他诗人却与其有很大差异。江西诗派诗人对黄庭坚诗歌的推崇，主要是重视黄诗创作的技巧、技法，而对黄庭坚重视心性存养、注重"以诗求道"等诗学主张有所忽视。因此，江西诗派过于强调诗歌的求新、奇巧，特别是在句法、诗律、用典等方面的刻意经营，往往导致诗境破碎、句意失当等弊病。

吕本中"活法"理论的出现，是对江西诗派诗人学黄弊端的自觉救正。南渡以后，理学迅速繁荣，很多南渡诗人受到了理学家或理学文化思潮的重要影响，如吕本中、曾幾、王庭珪、张九成、刘子翚、张浚等，都对理学非常关注，有的本身就是学养深厚的理学门人。另外，彼时禅宗也对南渡诗人产生了一定影响。在这种文化思潮影响下，诗人们逐渐形成一些共同的审美追求和诗学主张。其中最重要的就是吕本中的"活法"论。吕本中在《夏均父集序》中对"活法"的内涵做了解释："学诗当识活法。所谓活法者，规矩具备而能出于规矩之外，变化不测而亦不背于规矩也。是道也，盖有定法而无定法，无定法而有定法，知是者则可以与语活法矣。谢元晖有言'好诗流转圆美如弹丸'，此真活法也。"（《夏均父集序》）其"活法"论又主张要"饱参"、要"悟入"。据曾幾《东莱先生诗集后序》："公一日寄近诗来，几次其韵，因作书请问句律。公察我至诚，教我甚至，且曰：'和章固佳，本中犹窃以为少新意。'又曰：'诗卷熟读，治择工夫已胜，而波澜尚未阔;欲波澜之阔,须令规模宏放,以涵养吾气而后可,规模既大,波澜自阔,少加治择,功已倍于古矣.'"(《茶山集》拾遗)吕本中的"活法"论对当时诗风产生了重要影响。曾幾在《读吕居仁旧诗有怀其人作诗寄之》中说,"学诗如参禅,慎勿参死句","居仁说活法,大意欲人悟",就点明了吕本中"活法"论的精华所在,即"参"与"悟"。江西诗派其他诗人的诗学观也基本体现为综合苏、黄的"活法"精神。如韩驹《赠赵伯鱼》:"学诗当如初学禅,未悟且遍参诸方。一朝悟罢正法眼,信手拈出皆成章。"从"遍参"到"悟罢",与吕本中的"活法"论如出一辙。王庭珪在《题惠崇画秋江凫雁》中亦言"老崇学画如学禅,中年悟入理或然"。

### 二、创作成就

江西诗派自黄庭坚而后,虽然人数较多,但成就突出者只有黄庭坚、陈师道、陈与义、吕本中、曾幾等五人,其他作者或因才力有限,或存世作品较少,对后世的影响并不大。

除了"活法"理论之外,吕本中的诗歌创作取得了突出成就。在北宋末年的党争和文字之禁的高压下,诗歌的声调音节、用意命字等得到推崇,而诗歌的题旨、内容等被诗人有意识地疏离。在中原板荡、家国破亡的危局下,南渡诗人才体会到杜甫诗歌的深刻内涵和强烈的现实精神。作为南渡诗坛的核心人物之一,吕本中以其史诗般的创作,深刻影响了南渡以后的诗坛。吕本中描写汴京之战的惨烈:"戈戟连梁苑,头颅塞浚渠。""间巷经鏖战,空余池上亭。檐楹镞可拾,草木血犹腥。"(《兵乱后自嬉杂诗》)无论是命如草芥的普通百姓,还是簪缨世家的贵族公子,生命都呈现为微小与脆弱,杜诗"世乱遭飘荡,生还偶然遂"(《羌村》)往往让人生出无限感慨。

吕本中力图综合苏、黄两家的诗学精神。他的诗既继承了黄庭坚的很多字法、句法以及思想内蕴,也表现出对苏轼诗歌章法结构的有意识的学习。如吕本中诗常常出现的一些语辞"无食肉相"(《次韵折仲古见赠》)、"四壁立"(《晁公诗九经堂》),以及一些诗句"出处虽未同,气味固相似"(《别林氏兄弟》)、"羡君须作绿陂竹,饭饱哦诗声彻屋"(《和汪教授》)等,都表达出黄诗经常出现的君子固穷的儒者精神。吕本中强调引苏入黄,在其诗歌中有不少明显学习苏轼的作品。如《墨梅》:

岭南十月春渐回,妍暖先到前村梅。问君何处识此妙,一枝冷艳随霜开。长江凛凛欲崩岸,乃见好事移墙隈。初疑渗漉入瘴雾,更恐寂寞埋烟煤。微风不动暗香远,淡月入户空徘徊。坐看粉黛化膻恶,岂但桃李成舆台。我行万里厌穷独,疾病未已心先灰。对此不觉三叹息,恐是转侧同南来。异乡久处少意绪,破壁相对无根荄。古来寒士每如此,一世埋没随蒿莱。遁光藏德老不耀,肯与世俗相追陪。轮囷离奇多见用,牺尊青黄未为灾。含毫吮墨去颜色,况自不必须穿栽。岁穷路远莫惆怅,此去保无蜂蝶猜。

吕本中的墨梅诗明显借鉴了苏轼的海棠诗,以咏花寄寓身世流落之感和寒士不遇之叹,不但主题相似,其笔力纵横、一气流转的特点也明显继承了苏诗,从中可见吕本中以苏轼诗的笔法多变、结构灵动、气势畅达来救江西末流拘于成法、生硬拗涩的努力。又如《柳州开元寺夏雨》:"风雨潇潇似晚秋,鸦归门掩伴僧幽。云深不见千岩秀,水涨初闻万壑流。钟唤梦回空怅望,人传书至竟沉浮。面如田字非吾相,莫羡班超封列侯。"诗歌对仗的工整和典故的叠加虽仍体现出江西诗派的特色,但对仗在工整中显流畅,用典在叠加中毫不黏滞,使整首作品生气流转,语言平易而意蕴深厚。

曾幾(1085—1166),字吉甫,号茶山居士,赣州(今江西赣州)人。从学于江西诗派人韩驹,并以韩驹弟子自居,可知江西诗风对其诗歌创作有很深的影响。曾幾前期的诗歌大部分为抒发个人情怀之作,多似江西诗法,刻意炼字、务求生新,学黄庭坚七律体诗歌。据统计,曾幾《茶山集》中共有146首七律,其中约有1/3是拗体。

两宋之际,金兵南侵对文人的生活产生了深远的影响,促使诗人从个人的书斋生活中走出来,经历流离失所、辗转漂泊的生活,接触到现实社会内容,故诗歌创作的题材有所扩大。靖康之变后,面对山河破碎,个人飘摇的情形,曾幾诗歌中也出现不少写时事政事之作,表达了忧时伤世之情,如《寓居吴兴》(卷六):

相对真成泣楚囚,遂无末策到神州。但知绕树如飞鹊,不解营巢似拙鸠。江北江南犹断绝,秋风秋雨敢淹留?低回又作荆州梦,落日孤云始欲愁。

此诗为曾幾客居吴兴时所写,首联暗用《世说新语》"过江诸人"典故,以东晋王朝比南宋偏安之势,感叹徒作楚囚而无计可施的悲痛苦怀。颔联又化用曹操《短歌行》"月明星稀,乌鹊南飞。绕树三匝,何枝可依"来说明自己流离失所的处境。颈联写景抒情,先言江南江北对峙之局面,再写秋风秋雨,营造出一种辗转奔波、去留无计的凄凉氛围。尾联用王粲离开长安,至荆州依刘表之事,表明自己无路可走之处境,化用李白《送友人》"浮云游子意,落日故人情"之句,以孤云自喻,无依无靠,愁从文出。全诗身世国事相渗透,情感伤感低沉,极具艺术感染力。

金兵南渡后，曾幾诗风发生了很大的变化。这一时期，曾幾通过对吕本中的"活法"论的实践，形成了自己轻快活泼、清淡流畅的风格。其诗用语自然，无奇字僻文；少用典故，自然妥帖；声调委婉，音节和谐，呈现出轻快流动之风。如下面两首：

> 不逐春风去，仍当夏日长。一双还一只，能白或能黄。恋恋不能已，翩翩空自狂。计功归实用，终自愧蜂房。（《蛱蝶》）
>
> 梅子黄时日日晴，小溪泛尽却山行。绿阴不减来时路，添得黄鹂四五声。（《三衢道中》）

第一首用语浅近，中间两联蝴蝶形象活灵活现，跃然纸上，刻画极其细腻逼真。全诗语言平易轻快，形象鲜明活泼，体现出曾幾诗歌轻快活泼之风。第二首诗为后人极为称道。初看无规矩法度，用语平易近口语，然细加品鉴，耐人寻味。第一句点明季候天气，正值江南初夏之时，与柳宗元《梅雨》"梅实迎时雨"，赵师秀《约客》"黄梅时节家家雨"不同，此时黄梅季节却"日日晴"，为下文写旅途风物作铺垫。第二句点明地点"道中"，接着叙述行程，先泛舟而上，然后舍舟登陆，"却"字透露出诗人由水路转陆路的喜悦之情。第三、四句写所见所闻，不写"来时路"之景物，而是通过此时路的对比顺便提及，突出回程的新鲜体会。听到黄鹂啼叫本是一件极为平常的事，然而在诗人的笔下却极具诗趣。此诗用语自然，未用典故，看似平淡无奇，却馀味无穷，这正是曾幾清新活泼诗风的具体表现。

曾幾诗才力显然不及杜、黄，诗风有时失之浅近。然其接受吕本中的"活法"说，在实践中进行创新。在江西诗派袭旧成风外，形成自己轻快流动的诗风，在后期江西诗派中占有重要的地位，陆游和杨万里都受其影响。

## 思考题

1. 试论黄庭坚诗文中的思想复杂性及其文学表现。
2. 试论黄庭坚诗歌观及其哲理与诗歌的会通性。
3. 试论黄庭坚诗歌的总体艺术特征。
4. 谈谈对黄庭坚诗歌用典方法及其对拓展诗歌意境作用的理解。
5. 比较黄庭坚诗歌与词体创作的不同。
6. 比较苏轼、黄庭坚诗歌创作的不同。
7. 把握江西诗派及吕本中、曾幾的诗学主张及诗歌创作成就。

# 第六章　北宋后期诗词

从熙宁元年（1068）神宗登基变法，到靖康二年（1127）金兵攻陷汴京的六十年，可称之为北宋后期。北宋后期既是朝廷内部党争剧烈、反复变法的时代，又是金人铁蹄踏来、最终导致北宋崩溃的时代。北宋后期诗词就是植根于这种动荡的土壤之上。然而，长期的文化积累，使得神宗、哲宗时代的诗词创作在暴风雨来临前的平静中，依然呈现出繁荣的景象。这一时期的文坛作家们，几乎都受到苏轼的影响。张耒、晁补之作为苏轼的弟子，其平易自然的诗风和诗坛主流江西诗派取径不同。词坛也相应地分为两大创作群体。一为苏门词人群，包括秦观、晏幾道、贺铸、李之仪、赵令畤、毛滂等。另为大晟词人群，包括周邦彦、曹组、万俟咏、田为、徐伸、江汉等人。

## 第一节　晁补之和张耒

### 一、晁补之的诗词创作

苏轼的周围聚集着一大批青年才士，他们或者在诗词写作上受到了苏轼的指导点拨，或者继承着苏轼的诗味和词风，其中关系最为密切的是"苏门四学士"。黄庭坚的诗可堪开宗立派，秦观以词名世，晁补之和张耒的诗词皆有所成就。

晁补之（1053—1110），字无咎，晚号归来子，济州巨野（今属山东）人。元丰二年（1079）进士，元祐中以秘阁校理出判扬州。绍圣中坐元祐党，贬监处州、信州酒税。徽宗立，为吏部员外郎、礼部郎中。《宋史》《东都事略》有传。著有《鸡肋集》七十卷，词集《晁氏琴趣外篇》六卷。

历代对晁补之的文章评价较高，例如《宋史》本传称其"文章温润典缛，其凌丽奇卓出于天成"，《四库全书总目提要·鸡肋集》云："今观其集，古文波澜壮阔，与苏氏父子相驰骤。"他的词也同样享有盛名，《四库全书总目提要·晁无咎词》即谓："其词神姿高秀，与轼实可肩随。"以下这首可以视为晁词的压卷之作：

买陂塘、旋栽杨柳，依稀淮岸江浦。东皋嘉雨新痕涨，沙觜鹭来鸥聚。堪爱处。最好是、一川夜月光流渚。无人独舞。任翠幄张天，柔茵藉地，酒尽未能去。　　青绫被，莫忆金闺故步。儒冠曾把身误。弓刀千骑成何事，荒了邵平瓜圃。君试觑。满青镜、星星鬓影今如许。功名浪语。便似得班超，封侯万里，归计恐迟暮。（《摸鱼儿·东皋寓居》）

此词作于崇宁二年（1103）左右，因苏轼党争的牵连，苏门弟子尽数贬谪，晁补之也回乡居于东山"归去来园"。上片是一幅乡间月夜图，轻快流转中取景阔大。下片则纯以议论出之，官场误人，直需急流勇退。晁补之对老师苏轼的词学观是持肯定态度的，他曾说"东坡词，人谓多不谐音律，然居士词横放杰出，自是曲中缚不住者"（胡仔《苕溪渔隐丛话·后集》卷三三）。由此词可见，传统婉约绮丽的词家传统，被激越的感情、充沛的辞气一扫而光，这与苏轼的词风一脉相承，所以宋人王灼《碧鸡漫志》卷二谓补之词"学东坡，韵制得七八"，这种致力于表现东山隐居之乐的词作，晁补之还有近二十首，皆是洋溢着吟咏潇洒、昂首尘外的格调，但仔细体味又存在浓郁的身世之感与追悔之叹。而且这一类型的词上片写田园之景，下片写隐退思想，开辟了遣怀词的创制，刘熙载就曾指出此词为辛词滥觞："无咎词堂庑颇大。人知辛稼轩《摸鱼儿》'更能消几番风雨'一阕，为后来名家所竞效，其实辛词所本，即无咎《摸鱼儿》'买陂塘、旋栽杨柳'之波澜也。"（《艺概·词曲概》）

此外，晁补之还有数首写给妻子的代言体与祝寿词，感情真挚深隽，品格质朴无华，有别于一般投寄歌儿舞女的缠绵悱恻的恋情词。晁补之又是使用《洞仙歌》词牌数量最多的词人，用《洞仙歌》词牌来咏物也是他的开创。

相比之下，晁补之的诗则不为人所重视。虽然存诗较多，各体兼备，却没有形成突出特色，但胡仔在《苕溪渔隐丛话·前集》卷五一中曾指出"余观《鸡肋集》，惟古乐府是其所长，辞格俊逸可喜"。例如书写农事的《豆叶黄》：

  蒹葭苍，豆叶黄，南村不见冈，北村十顷强。东家车满箱，西家未上场。豆叶黄，野离离。鼠窟之，兔入畦。豕母从豚儿，豕啼豚呦呦，衔角复衔其。豆叶黄，谷又熟，翁媪衰，铺糜粥。豆叶黄，叶黄不独豆，白黍堪作酒，瓠大枣红皱。豆叶黄，穰穰何肬肬。腰镰独健妇，大男往何许？官家教弓刀，要汝杀贼去。

一幅原汁原味的农家生活情景，通过民歌修辞手法的运用，将一股清新气息迎面送来。南宋人曾将这首《豆叶黄》"编入《文鉴》，为后人矜式"（张侃《张氏拙轩集》）。此外，晁补之擅画，其"善山水而特工于摹写，每一图成，必自题诗其上。不读其诗，不知其为临笔也"（王毓贤《绘事备考》卷五下），他的"题画诗"则是他诗画艺术融通的结晶，其中阐述的艺术理论也多有真知灼见。

## 二、张耒的诗词创作

张耒（1054—1114），字文潜，号柯山，楚州淮阴（今江苏淮阴）人。熙宁六年（1073）进士，累迁起居舍人，绍圣初以直龙图阁知润州，寻坐党籍，徙宣州，谪监黄州酒税，再贬监竟陵郡酒税。徽宗立，起复。崇宁初再坐元祐党籍，贬官。晚年退居陈州宛丘，人称"宛丘先生"。《宋史》《东都事略》有传。著有《张右史文集》六十卷，词存六首。

　　钱锺书在《宋诗选注》中认为，张耒"在苏门里，他的作品最富于关怀人民的内容"。这是张耒诗歌内容最突出的一部分。这是因为绍圣元年（1094）以后，张耒坐党籍一直辗转于贫僻的贬所，对百姓生活有切身的感受和了解。《一百五歌》中云"平明士女出城闉，黄土岗前列尊俎。箬包粉饵蒸野蔬，富家烹羊贫荐鱼。日暮肩舆踏风雨，江乡人家无犊车。插花饮酒山边市，醉后歌声动邻里"，描绘的是黄州民间于寒食傍晚祭祖扫墓的活动，明白如话，真切自然。《劳歌》一诗则通过对"负重者"的描写，反映劳动人民的悲惨命运：

　　　　暑天三月元无雨，云头不合惟飞土。深堂无人午睡馀，欲动身先汗如雨。忽怜长衢负重民，筋骸长毂十石弩。半衵遮背是生涯，以力受金饱儿女。人家牛马系高木，惟恐牛躯犯炎酷。天工作民良久艰，谁知不如牛马福。

通过描写人卧高堂，未动而汗下的情形突出天气之"热"。以牲畜都可以拴在阴凉下休息，对比"负重民"做苦力的艰辛。最后明确指出人不如牛马的悲惨生活，发扬的是汉乐府"感于哀乐，缘事而发"的现实主义传统。在张耒诗歌中这类作品较多，如《食菜》《田家三首》《有感三首》《巢官粟有感》《和晁应之悯农》等。张耒希望统治者能够更多地关心民生，确保社会的稳定，这也是张耒的写作目的所在。

　　艺术成就上，好友晁补之评曰："君诗容易不着意，忽似春风开百花。"（《题文潜诗册后》）杨万里读其诗言："晚爱肥仙诗自然，何曾绣绘更雕镌。"（《读张文潜诗二首》其一）都指出了张诗不事雕琢、平易自然的特色。对此，王应麟分析道："秦少游、张文潜学于东坡，东坡以为秦得吾工、张得吾易。"（《困学纪闻》卷一七）除了反映社会的诗歌，张耒还有一些咏景小诗颇有唐人风味。如《发长平》：

　　　　归牛川上渡，去翼望中迷。野水侵官道，春芜没断堤。川平双桨上，天阔一帆西。无酒消羁恨，诗成独自题。

仍然是明白晓畅、毫无雕饰的语言，其中的取景造境，自有疏通秀朗的韵味。这就和苏黄议论风发、求新求奇的笔墨大有不同，所以方回称其"自然有唐风，别成一宗"(《送罗寿可诗序》)。胡应麟《诗薮》外编卷五亦云:"张文潜在苏、黄、陈间,颇自闲澹平整,时近唐人。"张耒又喜欢写作体制短小的绝句,数量占其作品总数的三分之一,无议论、无典故,多是满心而发,肆口而成。如《晓雨》:"轻阴江上千峰秀,小雨墙边百草生。惟有春禽慰孤客,晓啼浑似改园声。"大儒朱熹对张耒这一写作特色极口称赞:"张文潜诗只一笔写去,重意重字皆不问,然好处亦是绝好。"(《朱子语类》卷一四〇)南宋不少诗人如陆游、范成大等都直接或间接受到张耒诗歌理论与创作实践的影响,尤其是杨万里晚年对张耒的诗学观念多有传承,其《读张文潜诗》中"后来全集教渠见,别有元珍渠得知",并非只是随口一谈,而是证实了张耒在宋诗发展史上承前启后的重要位置。

张耒的词,则以抒情见长。

木叶亭皋下,重阳近,又是捣衣秋。奈愁入庾肠,老侵潘鬓,谩簪黄菊,花也应羞。楚天晚,白苹烟尽处,红蓼水边头。芳草有情,夕阳无语,雁横南浦,人倚西楼。　　玉容,知安否,香笺共锦字,两处悠悠。空恨碧云离合,青鸟沉浮。向风前懊恼,芳心一点,寸眉两叶,禁甚闲愁。情到不堪言处,分付东流。(《风流子》)

此词极力抒写游子思妇的情怀,婉转缠绵,体现出与他质朴平易的诗歌完全不同的审美风貌,看来,张耒对于诗词职能的分工是十分认同的。

## 第二节　晏幾道、秦观、贺铸

### 一、晏幾道其人其词

苏轼之后,周邦彦之前,活跃于词坛的是晏幾道、秦观和贺铸。这三位各有特色,晏幾道虽然生活于北宋中后期,但受家学的影响,他的词作继承的是宋初小令的主要成就。秦观虽然游于苏轼之门,但他主要继承的是柳永的慢词传统。贺铸则展现出多样化的写作趋向,一方面是他的性格与生活经历的造就,一方面又是他远绍《离骚》,近取苏轼的结果。

晏幾道(1038—1110),字叔原,号小山,临川(今江西抚州)人。晏殊第七子,曾任太常寺太祝。熙宁七年(1074)以郑侠上书反对王安石变法事,受株连下狱。元丰五年(1082)为颍昌府许田镇监官,"年未至乞身,退居京师赐第"(《碧鸡漫志》卷二)。有《小山词》一卷,存词二百六十首。

晏幾道与其父晏殊齐名,史称"二晏"。黄庭坚在《小山词序》中即称晏幾道词"清壮顿挫,能动摇人心,士大夫传之,以为有临淄之风"。词作内容上父子二人一脉相承,皆未离恋情相思和别恨离愁的范围,但晏几道在选取角度上却有突出的特点,那就是执着的"追忆"。这是因为和身为"太平宰相"的父亲不同,晏几道经历了人生的沧桑巨变:"以贵人暮子,落拓一生。华屋山丘,身亲经历。"(夏敬观《映庵词评》)所以冯煦《宋六十一家词选·例言》称小晏是"古之伤心人",因为是由盛转衰,这就难免对往昔富贵欢乐生活一再地追思与回忆,其中弥漫的情感基调必然是感伤哀怨的。例如他的名作《临江仙》:

  梦后楼台高锁,酒醒帘幕低垂。去年春恨却来时。落花人独立,微雨燕双飞。  记得小蘋初见,两重心字罗衣。琵琶弦上说相思。当时明月在,曾照彩云归。

这里的"小蘋"是一个真实的人物形象,同时活跃在他词集中的还有小莲、小鸿、小云等,《小山词》中所写的相思情爱内容,均与这四位女子有关。对此,他自言:"始时沈十二廉叔、陈十君龙家有莲、鸿、蘋、云,品清讴娱客。每得一解,即以草授诸儿。吾三人持酒听之,为一笑乐而已。而君龙疾废卧家,廉叔下世,昔之狂篇醉句,遂与两家歌儿酒使,俱流转于人间。"所以他用词"追惟往昔过从饮酒之人","感光阴之易迁,叹境缘之无实也"(《小山词序》)。了解了这种创作缘由,我们更容易理解《小山词》中那些往日的欢乐与今夕的落寞。

  小山词的语言精美典雅。晁补之曾举出"舞低杨柳楼心月,歌尽桃花扇底风"(《鹧鸪天》)一联,称赞小晏不蹈袭人语,风度闲雅,"知此人必不生在三家村中也"(赵令畤《侯鲭录》卷七)。又有《鹧鸪天》末句云"梦魂惯得无拘检,又踏杨花过谢桥",连理学家程颐都甚为激赏,赞其为:"鬼语也!"(邵博《邵氏闻见后录》卷一九)

  小山词最主要的内核是工于言情。和一般男性的应景往来不同,晏几道对这些歌女们表现出婉转缠绵、一往情深的完全投入。俞陛云《唐五代两宋词选释》说:"不过回忆从前,而能手写之,便觉当时凄怨之神,宛呈纸上。"这就使小山词具有"词情婉丽""曲折深婉"的特色。如此的创作,正是希望读者仿佛能够置身于作者所经历、所体验的生活境况之中,产生强烈的情感共鸣。所以,陈廷焯又说:"其词则无人不爱,以其情胜也。情不深而为词,虽雅不韵,何足感人?"(《白雨斋词话》卷七)而且,晏几道的挺拔之处,更在于他在男女相思情爱的追忆中,融入了自己的身世之感,抒发了人世无常、欢娱难再的忧患与哀愁,这就为小山词带来了能引起共鸣的普泛化情感。

## 二、秦观其人其词

秦观（1049—1100），字少游、太虚，别号邗沟居士，高邮（今属江苏）人。元丰八年（1085）进士及第。绍圣元年（1094）坐元祐党籍，后出为杭州通判，再贬监处州（今浙江丽水）酒税。三年徙郴州（今属湖南），后又编管横州（今广西横县）。元符元年（1098）再贬雷州（今广东海康）。徽宗即位，复宣德郎，北归途中卒。《宋史》《东都事略》有传。存《淮海集》四十卷，另有《淮海词》单刻本，存词约一百首。

秦观诗、词、文皆工，而以词著称。性格敏感内敛的秦观作起词来，并没有沿着苏轼开辟的"一洗绮罗香泽之态"（胡寅《酒边集后序》）的方向，而是坚持遵守南唐李氏、宋初柳永婉转蕴藉的审美风貌。所以秦观词被称为"本色'一派。如其名作《踏莎行》：

> 雾失楼台，月迷津渡，桃源望断无寻处。可堪孤馆闭春寒，杜鹃声里斜阳暮。　　驿寄梅花，鱼传尺素，砌成此恨无重数。郴江幸自绕郴山，为谁流下潇湘去。

郴江本来是应该围绕着郴山的，为什么要流到潇湘去呢？自己本来要为盛世做一番事业的，为什么要贬谪到衡州那种蛮荒之地呢？释惠洪《冷斋夜话》云："东坡绝爱其尾两句，自书于扇，曰：'少游已矣，虽万人何赎！'"（《苕溪渔隐丛话·前集》卷五〇引）从生平履历可以得见，秦观的后半生处于一贬再贬的状态，可谓"可无时霎闲风雨"（《蝶恋花》）。哲宗绍圣四年春，当他到达郴州（今湖南郴州）旅舍的时候，便有了这首绝唱。王国维在《人间词话》指出："少游词境最为凄婉，至'可堪孤馆闭春寒，杜鹃声里斜阳暮'，则变而为凄厉矣。"

早在南宋，李清照《词论》中就说秦观"专主情致"，后来，冯煦把秦观、晏幾道称为"古之伤心人"，认为"少游以绝尘之才，早与胜流，不可一世，而一谪南荒，遽丧灵宝。故所为词，寄慨身世，闲雅有情思，酒边花下，一往而深。……他人之词，词才也；少游，词心也"（《蒿庵论词》）。他的词多是纯情任心之作，其写男女情爱或贬谪之思，无不深长而真挚。周济《宋四家词选目录序论》即认为秦观"将身世之感打并入艳情，又是一法"。例如名作《满庭芳》：

> 山抹微云，天连衰草，画角声断谯门。暂停征棹，聊共引离尊。多少蓬莱旧事，空回首、烟霭纷纷。斜阳外，寒鸦万点，流水绕孤村。　　销魂。当此际，香囊暗解，罗带轻分。谩赢得、青楼薄幸名存。此去何时见也，襟袖上、空惹啼痕。伤情处，高城望断，灯火已黄昏。

此词当时便名扬于时,从苏轼那句"山抹微云秦学士,露花倒影柳屯田"(叶梦得《避暑录话》卷下引)中,就可见一斑。"山抹微云"中的"抹"字,又是有意运用绘画的笔法入词,形成的艺术效果就是诗中有画。晁补之又说"斜阳外,寒鸦万点,流水绕孤村"句,"虽不识字,亦知是天生好言语"(《苕溪渔隐丛话·后集》卷三三引)。

秦观在词史上的地位,正如陈廷焯《白雨斋词话》卷一云:"秦少游自是作手,近开美成,导其先路。"其创作实践直接影响到了后来的周邦彦、李清照等人,启发了南宋文坛雅词主脉。

### 三、贺铸其人其词

贺铸(1052—1125),字方回,号庆湖遗老,卫州共城(今河南卫辉)人。太祖孝惠后族孙。年十七,宦游京师,授右班殿直、监军器库门。熙宁中出监赵州临城县酒税,后历徐州宝丰监钱官、州管界巡检。崇宁初以宣议郎通判泗州,迁宣德郎,改判太平州,后以承议郎致仕。《宋史》《东都事略》有传。贺铸有集名《东山词》,存词二百八十馀首。贺铸起初乃是一武官,直到四十岁时,因为李清臣、苏轼等人的推荐,才改为文阶。这种官职履历,在两宋词人中是少有的。而且他的外貌在历史上也留有记载,"状貌奇丑,色青黑而有英气,俗谓之'贺鬼头'",但这位外表粗狂的武夫,却"喜校书,朱黄未尝去手。诗文皆高,不独工于长短句也"(陆游《老学庵笔记》卷八)。这种矛盾交融的人生,也造就了他词作的双重风格。所以张耒《贺方回乐府序》云:"(贺铸)乐府之词高绝一世……夫其盛丽如游金、张之堂,而妖冶如揽嫱、施之袪,幽洁如屈、宋,悲壮如苏、李。"悲壮词如这首《六州歌头》:

> 少年侠气,交结五都雄。肝胆洞。毛发耸。立谈中。死生同。一诺千金重。推翘勇。矜豪纵。轻盖拥。联飞鞚。斗城东。轰饮酒垆,春色浮寒瓮。吸海垂虹。闲呼鹰嗾犬,白羽摘雕弓。狡穴俄空。乐匆匆。　似黄粱梦。辞丹凤。明月共。漾孤篷。官冗从。怀倥偬。落尘笼。簿书丛。鹖弁如云众。供粗用。忽奇功。笳鼓动。渔阳弄。思悲翁。不请长缨,系取天骄种。剑吼西风。恨登山临水,手寄七弦桐。目送归鸿。

此词为一首自叙身世的长调。先是回忆了少年时代倜傥逸群的豪侠生活,短小的句式、密集的韵脚,带来雄姿壮彩、奇健警拔的审美风貌。结尾三句笔锋突转,取而代之的是报国无门的悲愤沉郁。

与此同时,贺铸还有不少软语旖旎、情思缠绵之作。正如陈廷焯评贺铸曰:

"方回词,儿女、英雄兼而有之。"(《云韶集》卷三)例如这首:

> 凌波不过横塘路。但目送、芳尘去。锦瑟年华谁与度。月桥花院,琐窗朱户。只有春知处。  飞云冉冉蘅皋暮。彩笔新题断肠句。试问闲愁都几许。一川烟草,满城风絮,梅子黄时雨。(《青玉案》)

雄赳赳的侠客,正在为了份"闲愁",沉浸在飞絮与梅雨的伤感之中,王灼评云"语意精新,用心甚苦"(《碧鸡漫志》卷二)。他所追逐的美人,也可以说是一种理想的境界,这种理想的难以把握,便带来了无限的幽私愁怨。黄庭坚曾有《寄贺方回》诗云:"少游醉卧古藤下,谁与愁眉唱一杯?解作江南断肠句,只今唯有贺方回。"此词为《东山集》中的压卷之作,也为他赢得了"贺梅子"的称号。

此外,贺铸还有一首悼亡词《半死桐》引人注目,它与苏轼的《江城子》(十年生死两茫茫)一起被称为宋代悼亡词的双璧之作:

> 重过阊门万事非。同来何事不同归。梧桐半死清霜后,头白鸳鸯失伴飞。原上草,露初晞。旧栖新垅两依依。空床卧听南窗雨,谁复挑灯夜补衣。(《半死桐》)

当年和妻子一起来到苏州,如今却要自己一个人离开。在触景生情中出语沉痛,又在平实无华的生活细节中,展现夫妻间相濡以沫的温情。陈廷焯《云韶集》卷三赞云:"此词最有骨,最耐人玩味。"

## 第三节 周 邦 彦

### 一、周邦彦及清真词的历史地位

作为大晟词人群中的杰出代表,周邦彦"负一代词名"(张炎《词源》卷下)。柳永词回环往复的章法布局,张先词的炼字炼句,苏轼词刚健流丽的审美风格,小晏、秦观词沉郁深婉的情绪力量,都可以在周邦彦的作品中找到很好的诠释,称周氏为"集大成",并非虚誉。

周邦彦(1056—1121),字美成,号清真居士,钱塘(今杭州)人。神宗时擢为试太学正。政和六年(1116)入秘书监,进徽猷阁待制,提举大晟府。大晟府是北宋掌管朝廷音律的官署,设置于徽宗崇宁四年(1105)九月,朝廷新乐《大晟》修成,所以设置府署掌管。《宋史·乐志》云:"朝廷旧以礼乐掌于太常,至是专置大晟府，……为制甚备，于是礼乐始分为二。"虽然周邦彦在这个官职上停留并不太长，但他的艺术气质和围绕着这一官署的词人群体颇为贴切。宣和二年（1120）他移知处州（今浙江丽水），晚年辗转避居于江浙一带。事迹可见《宋史》《东都事略》与《咸淳临安志》等。传世词集《清真集》（又名《片玉词》），存词二百零六首。

周邦彦所处的北宋中后期，党争激烈，党禁严酷，而周邦彦尤怨旧党，与倡导新法的王安石关系密切。熙丰之际，周邦彦学习的太学三舍是王安石培养本系人才的重要基地。绍圣四年（1097），周邦彦还京为国子主簿，正是新党大得其道之际，他得授秘书省正字，也与重施新法的政治背景相合。尽管周邦彦在党争之中一直处于外围，尽管他词中的政治感怀不是直接奔放，但其词中对于时事动荡的忧患、宦海浮沉的孤苦与末世情怀的吞吐也是可知可感的。此外，周邦彦有比较深厚的道教信仰，他自号"清真"，罗忼烈曾将其归纳为"寡欲、清静、无为"三层意思（《清真集笺注》），所以他那些营造出清醇雅致美学境界的词作，也浸染着他的道教情结。周邦彦以其卓越的艺术成就结束了北宋词，并打开南宋词的新风。正如吴梅《词学通论》中曾说："余谓词至美成，乃有大宗。前收苏、秦之终，后开姜、史之始。自有词人以来，为万世不祧之宗祖。"

此外，周邦彦的艺术地位还体现在历代词人对周词追和次韵的频率上，据刘尊明《历代词人次韵周邦彦词的定量分析》一文统计，从南宋前期始至清康熙朝止约六百年间，历代词人共有九十五人创作次韵清真词凡四百九十一首，这个数量超出了辛弃疾和李清照，仅次于苏轼，由此可见清真词创调之多、格律之精与技巧之工。从这一角度也可见周邦彦与苏轼比肩并辔的词史地位。其中《兰陵王》（柳阴直）、《瑞龙吟》（章台柳）、《霜叶飞》（露迷衰草）三首，被追和得最多。

## 二、清真词的艺术成就

清真词的艺术特点，一是语言工巧典雅、章法曲折，二是自度新曲、格律精严。

首先，周邦彦的咏物词达到了一定的语言成就。例如小令《丑奴儿·梅花》：

> 肌肤绰约真仙子，来伴冰霜。洗尽铅黄。素面初无一点妆。　　寻花不用持银烛，暗里闻香。零落池塘。分付馀妍与寿阳。

各种典故与代字，将梅花充分拟人化，把洁白素雅的外貌与气质全面烘托出来。所以王国维在《人间词话》中有"美成深远之致不及欧、秦，唯言情体物，穷极工巧，故不失为第一流之作者"的评价。

周邦彦的语言典雅还体现在对前人诗句巧妙、体贴的化用中，例如：

> 佳丽地。南朝盛事谁记。山围故国绕清江，髻鬟对起。怒涛寂寞打孤城，风樯遥度天际。　　断崖树，犹倒倚。莫愁艇子曾系。空馀旧迹郁苍苍，雾沉半垒。夜深月过女墙来，赏心东望淮水。　　酒旗戏鼓甚处市。想依稀、王谢邻里。燕子不知何世。入寻常、巷陌人家，相对如说兴亡，斜阳里。（《西河·金陵》）

"此词纯用唐人成句，融化入律，气韵沉雄，苍凉悲壮，直是压遍古今。……金陵怀古词，古今不可胜数，要当以美成此词为绝唱。"（陈廷焯《云韶集》）上片化用了唐人刘禹锡《石头城》中"山围故国周遭在，潮打空城寂寞回""淮水东边旧时月，夜深还过女墙来"两句，还有李商隐《莫愁》诗中"若是石城无艇子，莫愁还自有愁时"，以及韩偓《南浦》诗中的"应是石城艇子来，两桨咿哑过花坞"。最后又出现了刘禹锡《乌衣巷》中"旧时王谢堂前燕，飞入寻常百姓家"的句子。这正是张炎所评价的"采唐诗融化如自己者"（《词源》卷下），这种写作方法，一可显示博学，所谓"无一字无来历"，二又化用得贴切自然，不露痕迹，体现出工巧的构句能力。三则援引已经成名的唐诗句子，会在审美效果上为自己的词作提供与经典唐诗的"互文性"，艺术境界上更容易达到"醇雅"境地。

在语言之外，清真词还有章法之妙，例如这首《苏幕遮》：

> 燎沉香，消溽暑。鸟雀呼晴，侵晓窥檐语。叶上初阳干宿雨，水面清圆，一一风荷举。　　故乡遥，何日去。家住吴门，久作长安旅。五月渔郎相忆否。小楫轻舟，梦入芙蓉浦。

表达的是很常见的思乡题材，但它最大的成功之处就是几度转折的缜密构思。先是夏日溽暑的沉闷，再有鸟雀呼来雨后的清爽气息，荷花舒展摇摆，天空彻底放晴，心情完全欢畅。下片再一转，转入梦中还乡的虚幻情景。最后，全词在一种荷花衬托的梦境中，在语言表达之外，消融痕迹，袅袅而止。其中的景物描摹细腻，尤其是那几句对荷花的叙述，王国维《人间词话》中赞赏道"此真能得荷之神理者"。

应该说，南宋"雅派"词人的典雅艺术之风正是继承清真而来。宋末沈义父《乐府指迷》就说："凡作词，当以清真为主。盖清真最为知音，且无一点市井气。"而且，周邦彦在审定古音、创制新曲、格律精严等方面又有巨大贡献。

和柳永一样，周邦彦亦通晓音律，自度的曲子有五十多调。如《瑞龙吟》《兰陵王》等，都具有音律和谐的特点。例如《六丑·落花》：

> 正单衣试酒，恨客里、光阴虚掷。愿春暂留，春归如过翼。一去无迹。为问花何在，夜来风雨，葬楚宫倾国。钗钿堕处遗香泽。乱点桃蹊，轻翻柳陌。多情为谁追惜。但蜂媒蝶使，时叩窗隔。　　东园岑寂。渐蒙笼暗碧。静绕珍丛底，成叹息。长条故惹行客。似牵衣待话，别情无极。残英小、强簪巾帻。终不似一朵，钗头颤袅，向人欹侧。漂流处、莫趁潮汐。恐断红、尚有相思字，何由见得。

虽然词乐已经失传，但他词中所流露的调美字工是史上有载的，他用字不仅分平仄，而且严分仄字中的上、去、入三声。近人邵瑞彭《周词订律序》说宋代"词律未造专书，即以清真一集为之仪準"。吴文英等作词分四声，便是以周词为典范。宋末方千里、杨泽民两家的《和清真词》和陈允平的《西麓继周集》，几乎遍和清真的所有词调，而且"一一按谱填腔，不敢稍失尺寸"（《四库全书总目提要·片玉词》）。这些都是周邦彦词严守格律的结果，所以王国维《清真先生遗事》说"先生之词，文字之外，须兼味其音律"，"今其声虽亡，读其词者，犹觉拗怒之中，自饶和婉，曼声促节，繁会相宣，清浊抑扬，辘轳交往。两宋之间，一人而已"。

在语言、章法、格律三方面，可以看出周邦彦和苏轼横放杰出的天风海雨不同，他的词作有种法度上的井然，门径上的体制，所谓"下字运意，皆有法度"（沈义父《乐府指迷》）。这就有老杜诗歌的那种示范作用，故"作词者多效其体制"（张炎《词源》卷下）。

## 思考题

1. 王灼《碧鸡漫志》卷二谓晁补之的词作"学东坡"，具体体现在哪些方面？
2. 冯煦《宋六十一家词选·例言》称晏幾道是"古之伤心人"，这一点是如何在他的词作中体现出来的？
3. 张耒《贺方回乐府序》云："（贺铸）乐府之词高绝一世……夫其盛丽如游金、张之堂，而妖冶如揽嫱、施之袪，幽洁如屈、宋，悲壮如苏、李。"如何理解这句话？
4. 如何评价周邦彦在词史上的成就与地位？

# 第七章　南宋前期文学

公元1127年，金国大兵南下，攻破北宋都城汴京，徽、钦二帝被俘，北宋宣告灭亡。五月，康王赵构在河南商丘即皇帝位，改元建炎，建南宋王朝，这就是历史上著名的"靖康之变"。自高宗建炎元年（1127）至宁宗开禧北伐（1206）为南宋的前半期。其中隆兴议和（1164）前，宋金之间的民族斗争十分激烈。在这一时期"靖康耻，犹未雪"的现实，使大批志士才子将他们的"臣子恨"纷纷反映到文学中来。强烈的政治抱负与英雄本色，作为一股文学洪流，使这一时期的词作显示出时代的强音。这一时期的词人，被称为南渡词人群。同样，在这一时期的诗坛里，国破家亡之痛，战乱流离之苦，使诗人们忠愤所激，慨然成章，这就冲破了江西诗派痴迷的锤炼句律之束缚。其中的杰出人物如陈与义，其南渡后的诗歌更能接近他们的宗主杜甫。

## 第一节　李　清　照

### 一、李清照及其词创作

李清照（1084—1155?），号易安居士，济南章丘（今山东济南）人。父李格非"以文章受知于苏轼"（《宋史·李格非传》），为苏门"后四学士"之一。丈夫赵明诚为金石考据家。李清照善属文，工诗，王灼《碧鸡漫志》卷二云："若本朝妇人，（李清照）当推词采第一。"然而其文集不传，流传至今的词作计四十馀首，后人辑为《漱玉集》。这些数量不多的作品，却篇篇都是精品，具有独立而卓越的艺术面貌，人称"易安体"。

李清照的创作历程横跨南北两宋。在时代变迁的浪潮中，她经历少女时代、嫁为人妻到寂寞寡居三个人生阶段，所以她的词作显示出了鲜明的阶段性。她生长于书香世家，其家学在齐鲁一带颇负盛名，"自少年便有诗名，才力华赡，逼近前辈"（王灼《碧鸡漫志》卷二），在这个家庭中，她少女时代的活泼天性，得到了很好的保护与展现。

> 常记溪亭日暮。沉醉不知归路。兴尽晚回舟，误入藕花深处。争渡。争渡。惊起一滩鸥鹭。（《如梦令》）

这首词作于李清照十六岁左右，面对澄澈山水景致，李清照选择了浅白语言与洁净烂漫的情致，绘出了一幅活泼的荡舟少女与藕花、鸥鹭自然相映的极清纯优美的图画，诗意盎然。

李清照的婚姻生活是当年人所传诵的美满结合。崇宁二年（1103）随着丈夫赵明诚的出仕，二人以著录古代金石文字为志向，开始《金石录》的编纂工作。后来因为公公赵挺之官场失意，大观元年（1107）后夫妇二人屏居青州（今山东益都）乡里十年，共同度过的时光都是甜蜜与和谐的。这期间夫妇短暂的离别相思，促成了李清照笔下数首怀人名作，例如《醉花阴》：

> 薄雾浓云愁永昼。瑞脑销金兽。佳节又重阳，玉枕纱厨，半夜凉初透。东篱把酒黄昏后。有暗香盈袖。莫道不消魂，帘卷西风，人比黄花瘦。

缠绵繁复的相思之愁中，流露女性细腻的心理流程。伊世珍《琅嬛记》卷中记载，赵明诚曾废寝忘食三日夜，亦做了五十首《醉花阴》，再将李清照的词混入其中，请好友陆德夫评判，陆玩之再三，认为只三句佳，正是李清照"莫道"三句。

这种好景，随着靖康之变的爆发而骤然消散。二人于战乱中携金石文物仓皇南下，建炎三年（1129）赵明诚病逝于建康（今南京）。自此李清照出走浙中，开始了凄凉孤寂的后半生，七十馀岁不为人知地悄然陨落。在她凄惨的晚境中，词作满溢着浓烈的愁苦：

> 风住尘香花已尽，日晚倦梳头。物是人非事事休。欲语泪先流。闻说双溪春尚好，也拟泛轻舟。只恐双溪舴艋舟，载不动、许多愁。（《武陵春·春晚》）

"只恐双溪舴艋舟，载不动、许多愁。"读者为这种将愁绪化虚为实的表现手法击节叫好，也深深哀叹往日那些赏心乐事难以再次浮现。

体验过锦衣玉食中的父兄教育、繁花满眼中的夫妇唱和，此时李清照的前路惟有沉沉的黑夜。于是，最善于使用浅白晓畅语言来构词的李清照，最后创作了这首千古传诵的《声声慢》：

> 寻寻觅觅，冷冷清清，凄凄惨惨戚戚。乍暖还寒时候，最难将息。三杯两盏淡酒，怎敌他、晚来风急。雁过也，正伤心，却是旧时相识。满地黄花堆积。憔悴损，如今有谁堪摘。守着窗儿，独自怎生得黑。梧桐更兼细雨，到黄昏、点点滴滴。这次第，怎一个、愁字了得。

开篇连用七对叠字，将全词紧紧地笼罩在一腔愁苦凄厉的心情之下。宋人张端义《贵耳集》卷上评价云："'寻寻觅觅，冷冷清清，凄凄惨惨戚戚'，此乃公孙大娘舞剑乎？本朝非无能词之士，未曾有一下十四叠字者，用《文选》诸赋格。""守着窗儿，独自怎生得黑"中用"黑"字押得十分巧妙。最后一句，用直白的口语作结，表面上明白如话，却是千种构结、万般陶炼的结果。所以清人彭孙遹《金粟词话》赞云："用浅俗之语，发清新之思，词意并工，闺情绝调。"

## 二、李清照词的创作成就

李清照作为一位女性词人，有着女性独特的审美视角与艺术精神，先言展示出率真多情的少女情怀、封建大家庭的淑女风范与寡居女性的晚年心态。而且，她的女性主体意识是超越于古代一般女性，表现出刚强洒脱、刚毅不屈的男儿气度。如《题八咏楼》诗："千古风流八咏楼，江山留与后人愁。水通南国三千里，气压江城十四州。"其中的气象十分宏敞。著名的《乌江》诗："生当作人杰，死亦为鬼雄。至今思项羽，不肯过江东。"短小的句子中满载着英雄情结与侠客情怀。其《上枢密韩公工部尚书胡公》一诗又被陈衍收入《宋诗精华录》，并赞曰"雄浑悲壮，虽起杜、韩为之，无以过也。古今妇女，文姬外无笃三人"。即便是她那些红肥绿瘦的词作中也柔中带刚，透露出勃勃英气。比较引人注目的如《渔家傲》词"天姿云涛连晓雾。星河欲转千帆舞。……九万里风鹏正举。风休住。蓬舟吹取三山去"，清人黄氏《蓼园词选》评云"此似不甚经意之作，却浑成大雅，无一毫钗粉气"。梁启超在《饮冰室评词》中也说："此绝似苏、辛派，不类《漱玉集》中语。"

幼时良好的家庭环境与教育，使得她多与士人接触，眼界开阔，并且饱读诗书，具有卓越的见识。婚后夫家的政治地位又使之多了解朝中之事，与丈夫频繁的唱和、博弈、辩论、鉴赏等文化互动，使她主体意识不但没有受到压抑，相反更加自信洒脱。即便在国破家亡、夫死财尽、再婚又离异与老来无子的凄凉晚年里，她仍保持着"寻寻觅觅"的追索精神。李清照在两宋诸媛中，卓然一家。李调元《雨村词话》卷三认为李清照"不在秦七、黄九之下。词无一首不工。其炼处可夺梦窗（吴文英）之席，其丽处直参片玉（周邦彦）之班。盖不徒俯视巾帼，直欲压倒须眉'。

此外，李清照在词论上也有突出贡献，她指出相对于诗来说，词"别是一家"，因为词需要具有"协律""可歌"的独特性，所以它不仅像诗那样要分平仄，而且还要"分五音，又分五声，又分六律，又分清浊轻重"（李清照《词论》），这就从本体论的角度确立了词体独立的文学地位。

## 三、朱淑真及其词创作

南宋还有另一位女词人朱淑真。朱淑真（生卒年不详），号幽栖居士，"钱塘民家女"（徐伯龄《蟫精隽》卷一四《女人咏史》），为南宋升平时代人。和李清照的多彩生活不同，她的活动天地仅限于家庭，没有交游与唱和，没有国难与流离，她的词中多是花卉萎谢、草木凋零、风雨凄凄，时代的特征与社会意义在她的词中难以寻觅。且和李清照夫妇琴瑟协奏不同，从朱淑真的词作中可以见得她所嫁非人。魏仲恭《断肠诗集序》中说她"早年不幸，父母失审，不能择伉俪，乃嫁为市井民家妻，一生抑郁不得志"，这种志趣相悖的婚姻，让她唱出了不少凄苦幽怨之曲，词中多是抒发其与丈夫志趣相异，渴望知音却又知音难求的苦闷愁情：

> 独行独坐。独倡独酬还独卧。伫立伤神。无奈轻寒着摸人。　　此情谁见。泪洗残妆无一半。愁病相仍。剔尽寒灯梦不成。（《减字木兰花·春怨》）

一连五个"独"字，愁苦一泻而下，一层深似一层的孤独，既是她现实生活的写照，也是她精神世界的缩影。但从一些词作如《清平乐·夏日游湖》中，也可见后来朱淑真似乎另有所爱，但史料不多，难以考索。

艺术作为掌握世界的方式，是一种最充分地显示主体精神自由与审美需要的创造性劳动。宋代这两位女作家，写作对于她们来说具有实现自己存在价值的目的，对于朱淑真来说，更有一种寄托生命的需要。因为词境的相对狭小与缺乏文坛背景，朱淑真的词没有进入当时的主流文坛与上层社会，所以其影响力不及李清照词。但在明代，朱淑真的词集传刻渐广，声誉日隆，开始与李清照齐名并称。特别是在民间通俗文化圈，说到宋代才女，经常是朱李二人比较，朱李二人成为古代差可比肩的女性文化名流。

## 第二节　张元幹、张孝祥、岳飞与其他爱国词人

### 一、张元幹的词创作

在以朝臣与武将为代表的爱国词人群中，张元幹的创作实践是比较有特色的。他比较早地运用词来支持抗金斗争，延续了苏轼之路，进一步拓宽词体的容纳范围。所以张元幹被看作是词体由北入南转折的关键人物之一。

张元幹（1091—约1170），字仲宗，号芦川居士、芦川老隐、真隐山人，永福（今属福建）人。靖康元年（1126）金兵围汴，他入李纲幕府亲身迎战，后李纲罢，亦遭贬逐。绍兴元年（1131）以将作监丞致仕。绍兴二十一年（1151）以忤秦桧除名削籍，晚年漫游江浙等地，《宋史翼》有传。张元幹有《芦川词》二卷，存词一百八十馀首。

张元幹"在政和、宣和间，已有能乐府声"（周必大《跋张元幹送胡邦衡词》）。他早年的词作极妍秀，如《风流子》《菩萨蛮》等，"多清丽婉转，与秦观、周邦彦可以肩随"（《四库全书总目提要·芦川词》），靖康之变后，社会现实与自身际遇使得他纸上字迹皆轩昂，词风发生很大变化，词境也得以扩充。

绍兴八年（1138）秦桧当国，力主和议，李纲上书反对，遂被罢居福州，张元幹赋《贺新郎》赠纲以声援：

> 曳杖危楼去。斗垂天、沧波万顷，月流烟渚。扫尽浮云风不定，未放扁舟夜渡。宿雁落、寒芦深处。怅望关河空吊影，正人间、鼻息鸣鼍鼓。谁伴我，醉中舞。　十年一梦扬州路。倚高寒、愁生故国，气吞骄虏。要斩楼兰三尺剑，遗恨琵琶旧语。谩暗涩铜华尘土。唤取谪仙平章看，过苕溪、尚许垂纶否。风浩荡，欲飞举。（《贺新郎·寄李伯纪丞相》）

下片以"谪仙"比李纲，虽然宝剑蒙尘、琵琶幽怨，切不可就此隐退，垂钓自遣。最后以"浩荡飞举"相期待，这就是他写作本词的旨意所在。

四年后，名臣胡铨上书请斩秦桧，后被送新州编管，张元幹不避嫌畏祸，又持所赋《贺新郎》词为胡送行：

> 梦绕神州路。怅秋风、连营画角，故宫离黍。底事昆仑倾砥柱。九地黄流乱注。聚万落、千村狐兔。天意从来高难问，况人情、老易悲如许。更南浦，送君去。　凉生岸柳催残暑。耿斜河、疏星淡月，断云微度。万里江山知何处。回首对床夜语。雁不到、书成谁与。目尽青天怀今古，肯儿曹、恩怨相尔汝。举大白，听金缕。（《贺新郎·送胡邦衡待制》）

为何昆仑天柱竟然崩溃？为何大好河山全成沦陆？为何衣冠礼乐的文明之地变成狐兽盘踞？在"天意从来高难问"的万般无奈中，透着苍劲有力。后来秦桧听闻此事，便寻事端将张元幹追赴大理寺除名削籍。但这首词的社会影响力很大，连当时吴江垂虹桥上的溪童，都可以歌"目尽青天"等句，"音韵洪畅，听之慨然"（杨冠卿《客亭类稿》卷一四）。这两首词雄健豪宕，力能扛鼎，气势上横扫千军，以其刚风劲节获得历代词评家的一致赞美："慷慨悲歌，数百年后，尚想其抑塞磊落之气"（《四库全书总目提要·芦川词》）。所以南宋人周必大即认为《芦川词》"以《贺新郎》二篇为首"（《跋张元幹送胡邦衡词》）。

### 二、张孝祥与岳飞的词创作

在南宋前期词坛，张孝祥的成就也较为突出。虽然张孝祥与张元幹都写了大量的婉约词，也有相当的艺术成就，如陈廷焯《白雨斋词话》卷七谓张元幹《楼上曲》（楼外夕阳明远水）"意味深长，意调古雅，艳体中阳春白雪也"；况周颐谓张孝祥的《菩萨蛮》（东风约略吹罗幕）"绵丽蓓艳，直逼《花间》。求之北宋人集中，未易多靓"（《蕙风词话》续编卷一）。但在词史上，"二张"的主要贡献还体现在爱国词上。他们上承苏轼，下启辛弃疾，在宋代豪放派词的发展史上是关键的一环。

张孝祥（1132—1169），字安国，和州乌江（今属安徽）人，寓居芜湖，因号于湖居士。绍兴二十四年（1154）进士第一。曾知平江府，迁中书舍人、领建康府留守。后历知静江、广南西路经略安抚使，卒年三十八岁，《宋史》有传。词有《于湖居士长短句》五卷，存词二百二十馀首。

其爱国词《六州歌头》（长淮望断）有句云："念腰间箭，匣中剑，空埃蠹，竟何成！时易失，心徒壮，岁将零，渺神京。……使行人到此，忠愤气填膺。有泪如倾。"淋漓痛快，笔绝墨酣，据《朝野遗记》载，"安国在建康留守席中赋此。魏公（张浚）为罢席而入"（《白雨斋词话》卷六引），可见其艺术感染力之强。

名作《念奴娇·过洞庭》更能展示其个人俊发的才情与深厚的艺术修养：

洞庭青草，近中秋、更无一点风色。玉鉴琼田三万顷，著我扁舟一叶。素月分辉，明河共影，表里俱澄澈。悠然心会，妙处难与君说。　　应念岭海经年，孤光自照，肝肺皆冰雪。短发萧骚襟袖冷，稳泛沧溟空阔。尽吸西江，细斟北斗，万象为宾客。扣舷独笑，不知今夕何夕。

乾道元年（1165）张孝祥出任静江府（治在今广西桂林），兼广南西路经略安抚使，次年六月遭谗降职北归，途经湖南洞庭湖。时近中秋，头顶是星月皎洁，船边是湖水无涯。张孝祥用奇特的想象、奇高的兴寄、奇富的文才，创造了一个澄明高远的艺术境界，其中词人萧散出尘之姿，自在神如之笔，凌云迈往之气，都可以品而见之。胡仔曾经说道："中秋词，自东坡《水调歌头》一出，馀词尽废。"（《苕溪渔隐丛话·后集》卷三九）其实，张孝祥这首《念奴娇》词也是中秋词的一绝。肝胆冰雪的人格，即便蒙冤，仍然表里澄澈。摆脱人世纠葛，换以宇宙意识，吸尽长江水，以北斗七星为酒杯，邀请天地万物来做客。"今夕何夕"的发问中，在人格气度上有苏轼之馀韵。王闿运在《湘绮楼评词》中甚至赞这首词云"飘飘有凌云之气，觉东坡《水调》有尘心"。

张孝祥是颇有抱负器识的人物，而且工书法，王十朋称他"当代才子""翰墨妙天下"（《梅溪文集·后集》卷二七）。惜其享寿不永，不得全尽其才。此外，张孝祥诗文兼擅，其中那些对社会人生、国家命运深切关注的记体文成就较高，如

《金堤记》《太平州学记》《万卷堂记》《宣州修城记》《观月记》等，文辞精粹简洁，现实意义强烈，在南宋散文史上占有一席之地。

同样的洪钟大吕，还有岳飞（1103—1142），字鹏举，相州汤阴（今属河南）人。绍兴中屡破金兵，接连收复数座城池，但秦桧欲弃淮北之地与金人讲和，绍兴十一年（1141）收岳飞兵权，以"莫须有"的罪名将其杀害。后得平反，孝宗朝追谥武穆，宁宗朝追封鄂王。岳飞现存词三首，虽然也有人质疑《满江红·写怀》是否为岳飞所作，但它确是一首在后世民族存亡关头最振奋人心的好词：

怒发冲冠，凭栏处、潇潇雨歇。抬望眼、仰天长啸，壮怀激烈。三十功名尘与土，八千里路云和月。莫等闲、白了少年头，空悲切。　　靖康耻，犹未雪。臣子恨，何时灭。驾长车，踏破贺兰山缺。壮志饥餐胡虏肉，笑谈渴饮匈奴血。待从头、收拾旧山河，朝天阙。

从艺术角度上看这首直抒胸臆的词作可能失之粗豪，然而它留名词史的关键在于其中起顽镇懦的英雄主义情怀。正如陈廷焯《云韶集》中所云："何等气概！何等志向！千载下读之，凛凛有生气焉。"这首词可以看作是南渡爱国词中的最强音，后来每当中华儿女遭受外敌侵侮时，这首词都会被广泛唱响。在王兆鹏运用定量分析方法所作的"宋词排行榜"中，岳飞的《满江红》名列亚军，主要是因为此词在二十世纪抗日战争期间备受关注而排名飙升。

### 三、南宋四名臣的词创作

清末王鹏运合刻《南宋四名臣词集》，李光、李纲、赵鼎、胡铨四位爱国名臣因此得名并称。李光（1078—1159）南渡后官历参知政事，存词十四首。李纲（1083—1140）曾任兵部侍郎、尚书右丞，金兵攻汴京时，曾亲自督战以解围。有《梁溪词》一卷，约五十首。赵鼎（1085—1147）亦为抗金名臣，今存词四十五首，"清刚沉至，卓然名家"（况周颐《蕙风词话》卷二）。胡铨（1102—1180）曾因上书反对秦桧，被一贬再贬。其词集名《澹庵长短句》，存词十六首。四名臣作为爱国主战的朝廷中坚，当目睹国势陵替、权奸当道、苦难流离的社会现实时，他们把江山故土之思、忧时厌乱之情与愤世抗争之气，一概倾注于词作之中。

如赵鼎于建炎元年（1127）南渡时所作的《满江红·丁未九月南渡，泊舟仪真江口作》：

惨结秋阴，西风送、霏霏雨湿。凄望眼、征鸿几字，暮投沙碛。试问乡关何处是，水云浩荡迷南北。但一抹、寒青有无中，遥山色。　　天涯路，江上客。肠欲断，头应白。空搔首兴叹，暮年离折。须信道消忧除是酒，奈酒行有尽情无极。便挽取、长江入尊罍，浇胸臆。

北宋沦亡，皇室在风雨中仓皇南渡，时局的前途被作者赋予一个满眼荒寒的"惨"字。雁失乡关，烟波江上，再用一个"迷"字点出当时茫然无适的心境。回首中原，故国河山只在"有无中"。清人陈廷焯论南渡词时，首先标举的就是赵鼎这首《满江红》，认为"慷慨激烈，发欲上指，词境虽不高，然足以使懦夫有立志"（《白雨斋词话》卷六）。

此外，李纲有"塞上风高，渔阳秋早。惆怅翠华音杳"（《苏武令》），李光有"兵气暗吴楚，江汉久凄凉"（《水调歌头》），胡铨有"欲驾巾车归去，恐豺狼当辙"（《好事近》）等许多悲愤激越的精彩词章。他们与二张等人共同谱写了南宋初年雄伟壮阔的爱国词大联唱。

## 第三节　朱敦儒、叶梦得、向子諲

### 一、朱敦儒的词创作

南宋前期，词坛上还活跃着一批文人士大夫，由于国事的巨变，他们的词作皆存在着明显的分期状况。南渡词人里存词最多的是朱敦儒。

朱敦儒（1081—1159），字希真，号岩壑、伊水老人、洛川先生，洛阳（今属河南）人。早年隐居故里，志行高洁，曾被征召为学官，固辞不就，南渡初流寓两广。绍兴五年（1135）赐进士出身，为秘书省正字，寻兼兵部郎官。后被劾罢官，退隐嘉禾。晚年依附秦桧，为时论所讥，《宋史》有传。词集有《樵歌》（一名《太平樵唱》）三卷，存词约二百四十首。

朱敦儒在两宋之交颇有词名。南渡以前他就获得"词俊"之名，与陈与义等并称为"洛中八俊"（楼钥《跋朱岩壑鹤赋及送闾丘使君诗》）。朱敦儒词的突出特点是自抒其一生境遇感受。

南渡前的朱敦儒词中不乏一些倚红偎翠、萧散轻狂的自述。当朝廷征召其进京为官时，他毅然拒绝，申称"麋鹿之性，自乐闲旷，爵禄非所愿也"（《宋史》本传），并写下著名的《鹧鸪天·西都作》：

我是清都山水郎。天教分付与疏狂。曾批给雨支风券，累上留云借月章。诗万首，酒千觞。几曾着眼看侯王。玉楼金阙慵归去，且插梅花醉洛阳。

风格豪迈明快。建炎元年（1127）底，洛阳被兵，朱敦儒仓皇避难东南，曾辗转至岭南一带。故国黍离之叹、背井离乡之愁，开始清晰出现在他的词作中。往日的飘逸潇洒，也被浓重的凄苦忧愤代替。如《卜算子》：

> 旅雁向南飞，风雨群初失。饥渴辛勤两翅垂，独下寒汀立。　鸥鹭苦难亲，矰缴忧相逼。云海茫茫无处归，谁听哀鸣急。

孤雁与风雨、饥寒与孤单，正是逃亡中词人自身的写照。以旅雁来比兴南奔，是当时不少词作都使用的手法，但朱敦儒这一首最称绝唱。南渡途中，他还用词来直接抒发颠沛流离中的家国之恨，苍凉悲壮、沉郁浑雄，这就不是那个曾经"玉楼金阙慵归去"的朱敦儒了：

> 金陵城上西楼。倚清秋。万里夕阳垂地、大江流。　中原乱。簪缨散。几时收。试倩悲风吹泪、过扬州。（《相见欢》）

饱尝仕途沉浮之后的晚年，朱敦儒开始了"寻云弄水，是事休问"（《桂枝香》）的人生态度。这一阶段的词作大有隐逸风味，所谓"世事短如春梦，人情薄似秋云。不须计较苦劳心，万事原来有命"（《西江月》）。其中代表性作品，便是他退居嘉禾时所作的六首《好事近·渔父词》，梁启超《饮冰室评词》即认为"飘飘有出尘想，读之令人意境翛远"。

> 摇首出红尘，醒醉更无时节。活计绿蓑青笠，惯披霜冲雪。　晚来风定钓丝闲，上下是新月。千里水天一色，看孤鸿明灭。（《好事近·渔父词》）

到宋末世衰，他晚年的这些隐逸词又获得许多人的情感共鸣，经常被提及。

### 二、叶梦得的词创作

叶梦得（1077—1148），字少蕴，吴县（今江苏苏州）人。绍圣四年（1097）进士。绍兴间任江东安抚制置大使，兼知建康府、行宫留守，全力抗金。后隐居湖州卞山石林谷，自号石林居士。《宋史》有传。著有《石林燕语》十卷、《避暑录话》二卷、《石林诗话》二卷、《建康集》八卷，其《石林词》现存词约一百首。

同大部分南渡词人一样，石林词也有前后两期的明显变化。例如早年明净婉丽的《贺新郎》"睡起流莺语。掩青苔、房栊向晚，乱红无数"，"其词婉丽，绰有温、李之风"(关注《题石林词》)。南渡后,家国之恨的心怀、自身阅历的丰厚,使他的词更展佳境。早年的繁华褪尽,以清壮融之,形成了气韵高华的风格。宋人关注称赞叶词"晚岁落其华而实之,能于简淡时出雄杰,合处不减靖节、东坡之妙"(《题石林词》)。如《水调歌头》:

> 秋色渐将晚,霜信报黄花。小窗低户深映,微路绕欹斜。为问山翁何事,坐看流年轻度,拚却鬓双华。徙倚望沧海,天净水明霞。　念平昔,空飘荡,遍天涯。归来三径重扫,松竹本吾家。却恨悲风时起,冉冉云间新雁,边马怨胡笳。谁似东山老,谈笑静胡沙。

此词是建炎三年(1129)叶梦得被罢尚书左丞后在卞山所作。英雄失路后抒怀寄意,悲慨高歌之外,还有对生命徒然流逝的感伤。叶梦得是一位有文韬武略的人,是当时颇精于财政的实干家,又是具有军事才能的将帅。所以我们看到他虽写柔情,但以健笔出之,虽显婉约,但又有豪放内核,词作整体上显示出风华神俊的美学风貌。

另外,值得一提的是,叶梦得历来被认为是蔡京的门生,参与镇压苏轼等元祐党人,立元祐党籍,"以门户之故,多阴抑元祐而曲解绍圣"(《四库全书总目提要·避暑录话》)。然而当代不少研究表明叶梦得并不对蔡京曲意逢迎,没有参与定元祐党籍和元符上书人等第之事。相反,叶梦得对新法旧法评价比较公允,在很多问题上敢于坚持己见,反对和抵制蔡京的错误做法。而且,叶梦得和众多苏轼的追随者有着深厚的血缘、情缘与学缘关系,在学术旨趣上有浓郁的苏门特色,王灼《碧鸡漫志》卷二即将叶梦得归为"学东坡者"。在创作实践中,叶梦得确有学苏轼的痕迹。《念奴娇》"云峰横起"一首,全仿苏轼"大江东去",并参用其韵。《鹧鸪天》"一曲青山映小池"后阕,直用苏轼诗语足成。洪迈《夷坚志》丁志卷二〇又指出,叶梦得《贺新郎》(睡起流莺语)"脍炙人口,配坡公'乳燕飞华屋'之作"。所以今人多将叶梦得列入苏轼词的后派。如程千帆、吴新雷《两宋文学史》云:"(叶梦得)在南渡后创作的歌词,却转而向苏轼的豪放词学习。"王兆鹏《唐宋词史论》又认为叶梦得后期词中抒情主人公的"自我化"于南渡初发展了"东坡范式"。

### 三、向子諲的故国追忆

向子諲(1085—1152),字伯恭,号芗林居士,临江(今江西樟树)人。建炎元年(1127)统兵勤王,三年知潭州,率军奋力抵抗金兵侵犯,后官至户部侍郎。因反对和议,触怒秦桧,闲居十馀年后卒于清江。身后有《酒边词》,存词一百七十馀首。

向子諲的词集编排上颇具特色,上卷名"江南新词",下卷名"江北旧词",分别为南渡前后两个时期,显然作者已经意识到自己创作实践中的分期现象。而那些往昔繁华故国的追忆,是《酒边词》中最为精彩的部分:

华灯明月光中,绮罗弦管春风路。龙如骏马,车如流水,软红成雾。太一池边,葆真宫里,玉楼珠树。见飞琼伴侣,霓裳缥缈,星回眼、莲承步。

笑入彩云深处。更冥冥、一帘花雨。金钿半落,宝钗斜坠,乘鸾归去。醉失桃源。梦回蓬岛。满身风露。到而今江上,愁山万叠,鬓丝千缕。(《水龙吟·绍兴甲子上元有怀京师》)

全词极力渲染往日汴京的繁华热闹,最后三句点明,这是一首怀旧之作。曾经的元宵花灯是宣和年间北宋繁华的象征符号,此时的国家残破,民生凋敝,作者并没有直接描写。但那种触目惊心的现状,会在读者想象的空间中悲哀展开。

## 第四节　陈与义与南渡初期诗歌

北宋末年,受制于党争等因素,诗歌创作的艺术取向发生了变化,形式上注重雕章琢句、内容上热衷于抒发个人情感的诗篇成为主流。南渡之后,家国板荡、生灵涂炭的残酷现实,抵抗强金与妥协退缩两派相互争斗的政治环境,成为诗人重点关注的诗歌主题。其中,陈与义以杰出的诗歌创作,成为诗坛上的重要代表。

### 一、陈与义与"简斋体"

陈与义(1090—1138),字去非,号简斋,洛阳(今属河南)人。早年受江西诗派影响,写诗重视雕章琢句。如其《眼疾》诗:"天公嗔我眼常白,故着昏花阿堵中。不怪参军骑瞎马,但妨中散送飞鸿。著篦令恶谁能对,损读方奇定有功。九恼从来是佛种,会知那律证圆通。"用满篇的典故、戏谑的语言,以日常小事表达文人意趣,在整齐的格律中参以虚词,对仗工整而句意流畅,正是江西诗派诗风的典型特征。与吕本中、曾幾等人相似,陈与义也在对江西诗派的改造中,探索出诗歌新路。

陈与义"简斋体"的产生,来源于对江西诗派诗风的反思。如"且复哦诗置此事,江山相助莫相违"(《次韵光华宋唐年主簿见寄》),"物象自堪供客眼,未须觅句户长扃"(《寺居》),强调在"江山""物象"中寻找诗意,而不闭门索句于书本之中。这就为陈与义跳出江西诗风的束缚而自创新调,打开了广阔的天地。"靖康之变"的发生,更使陈与义对杜甫诗歌有了全新的理解,也使自己的创作达到了新的高度。在丧乱之中流落转徙于湖广一带的陈与义,对杜甫的忧国伤时之作有了深切体会,正如他自己所说"但恨平生意,轻了少陵诗"(《正月十二日自房州城遇虏至奔入南山十五日抵回谷张家》)。此后陈与义才真正得杜诗之意境,再熔铸其对杜诗艺术手法的学习改造,终于成就其"新体"诗歌。陈与义诗歌总的风格是沉痛真挚,悲怆苍劲,写出了爱国士大夫的共同心声,成为两宋之际最出色的诗人之一。

靖康之变带来的家国板荡,迫使陈与义迁徙流转,尝遍苦辛,诗作一变为悲怆苍劲。如其《感事》诗:"丧乱那堪说,干戈竟未休。公卿危左衽,江汉故东流。风断黄龙府,云移白鹭洲。云何舒国步,持底副君忧。世事非难料,吾生本自浮。菊花纷四野,作意为谁秋。"诗歌格调气度上追杜甫,开始显露出与其前期诗作不同的气息。不过,其诗作在修辞用语上仍时见江西诗派的影响。但自此之后,陈与义开始努力向杜诗学习的痕迹已非常明显了。

陈与义对杜诗的学习并非亦步亦趋,而是自出己意。如《巴丘书事》:"三分书里识巴丘,临老避胡初一游。晚木声酣洞庭野,晴天影抱岳阳楼。四年风露侵游子,十月江湖吐乱洲。未必上流须鲁肃,腐儒空白九分头。"洞庭、白头、腐儒的语辞虽然总是使诗歌模糊地叠加着杜甫的形象,但作者自我的声音也并没有因此而湮没。中间两联写"游子"所见洞庭秋景,动词的使用颇为精警传神,"抱""酣""吐"颇见炼字之功。又如《登岳阳楼》:"洞庭之东江水西,帘旌不动夕阳迟。登临吴蜀横分地,徙倚湖山欲暮时。万里来游还望远,三年多难更凭危。白头吊古风霜里,老木苍波无限悲。"诗律之精严、意境之宏深,直追杜甫。又如"乾坤万事集双鬓,臣子一谪今五年"(《再登岳阳楼感慨赋诗》),"乾坤""双鬓"等可见杜诗的影响,以"一"对"万"、以"五"对"双",摹写出作者漂泊于茫茫天地时的孤寂悲凉之感。

陈与义也注意学习杜诗的苍劲雄浑。如其《伤春》:"庙堂无策可平戎,坐使甘泉照夕烽。初怪上都闻战马,岂知穷海看飞龙。孤臣霜发三千丈,每岁烟花一万重。稍喜长沙向延阁,疲兵敢犯犬羊锋。"诗歌融化典实和前人名句,境界雄浑深阔,风格悲慨沉郁,深得杜诗神髓。又如《陪粹翁举酒于君子亭下海棠方开》中的两联:"春风浩浩吹游子,暮雨霏霏湿海棠。去国衣冠无态度,隔帘花叶有辉光。"上下两句都是景中带情,从而形成工整的对仗。这一写法来源于杜诗,为陈与义所发扬。再如"时改客心动,鸟鸣春意深"(《岸帻》),"客子光阴诗卷里,杏花消息雨声中"(《怀天经智老因以访之》)。这些句子突破了律诗中间两联多为情对情、景对景的基本写法,营造出创作主体形象与物境兼备的独特审美境界。

陈与义南渡后所作咏物写景诗往往感慨良多、寄托遥深。方回《瀛奎律髓》选录陈与义"雨"诗有二十五首。如《雨中》："北客霜侵鬓，南州雨送年。未闻兵革定，从使岁时迁。古泽生春霭，高空落暮鸢。山川含万古，郁郁在樽前。"诗篇愁思茂密而境界阔大，颇有杜诗诗意。陈与义诗作除了向江西诗派靠拢之外，也试图综合苏轼与黄庭坚诗作长处，以求创变。陈与义曾自陈心得："诗至老杜极矣，东坡苏公、山谷黄公奋乎数世之下，复出力振之，而诗之正统不坠。然东坡赋才也大，故解纵绳墨之外，而用之不穷；山谷措意也深，故游咏玩味之馀，而索之益远，大抵同出老杜，而自成一家，……近世诗家知尊杜矣，至学苏者乃指黄为强，而附黄者亦谓苏为肆；要必识苏、黄之所不为，然后可以涉老杜之涯涘。"(《简斋诗外集·简斋诗集引》) 陈与义主张融会苏诗之纵横笔力与黄诗之涵泳深长，认为如此才可达杜诗堂奥。这一看法也贯彻于其诗歌创作中。陈善《扪虱新语》记载："客有诵陈去非《墨梅》诗于予者，……予摘其一曰：'粲粲江南万玉妃，别来几度见春归。相逢京洛浑依旧，只是缁尘染素衣。'世以简斋诗为新体，岂此类乎？'客曰：'然。'予曰：'此东坡句法也。坡《梅花》绝句云：'月地云阶漫一樽，玉奴终不负东昏。临春结绮荒荆棘，谁信幽香是返魂？'简斋亦善夺胎耳。"(《扪虱新语》上集卷四) 可见，陈与义的"新体"确实受到了"东坡句法"的影响。诗歌紧扣墨梅特征，遗貌取神，写出其超于形迹之上的神韵。

陈与义有一些小诗则在平淡中带着圆转如弹丸的灵秀活泼。如"飞花两岸照船红，百里榆堤半日风。卧看满天云不动，不知云与我俱东"(《襄邑道中》)，"杨柳招人不待媒，蜻蜓近马忽相猜。如何得与凉风约，不共尘沙一并来"(《中牟道中》) 等，意象新颖，时有奇趣，于平淡中显出活脱笔致。

### 二、南渡初期的诗歌主题

北宋末年，党争之祸导致了非此即彼的党司伐异，政治路线的频繁变更带来了朝纲的紊乱，奢靡贪腐习尚导致了官僚气节的丧失，积弊难返的军事管理与募兵制度造成了兵将毫无战斗力的局面。"靖康之变"打碎了北宋腐败糜烂的统治，同时也给生活在此际的人们带来了深重的苦难。

宋金战争改变了人们习以为常的生活方式，杀戮与反抗、避乱与逃奔、穷愁与思乡，成为南宋初期的时代主旋律。战争主题成为众多诗人不约而同的关注焦点。诗人们以诗笔绘制时代的悲惨画面，如吕本中"戈戟连梁苑，头颅塞浚渠"(《兵乱后自嬉杂诗》)，汪藻"诸将争阴拱，苍生忍倒悬""地下皆冤肉，人间半劫灰"(《己酉乱后寄常州使君侄四首》)，诗句刻画出战事之后的惨状，连带而及也表现出作者对能否重开国运的深沉忧虑。南宋建国后，各地因起兵抗金、武装保卫家园等而形成的所谓"义军"，成为遍布江南江北特有的时代景象。这些武装力量，为了存活与发展，往往罔顾人民生死，甚或草菅人命。如汪藻有诗"闻道官军人，吴侬尽倒戈。指挥移地轴，湔洗用天河。尚作苍头起，当如赤子何。汝曹宜面缚，环垒即恩波"（《次韵蔡少张遣兴四首》），记载的是吴越之地起义军响应朝廷之事。如刘一止有诗"饥来命饷寒索衣，官家养兵如养儿。……邻州之兵如此兵，呜呼此难何时平"（《闻杭州乱二首》），提及南宋初年军队叛兵的巨大危害。兵乱与盗贼，犹如孪生兄弟一样，成为南宋初期诗歌的重要主题。

生活在战事频繁的苦难时代，士人饱尝了人生的苦楚。亡命天涯，父子不保，图谋生存成为士人首要的生活目标。刘一止有诗"长亭连短亭，只堠复双堠。居然送行客，历历记奔走。十里同五里，先后无好丑"（《道中杂兴五首》其五），貌似自嘲，其中深含逃奔之悲。刘一止又有诗记载了官宦之家逃奔亡命的故事，《闻杭州兵乱》其一："缒城将母走者谁，吾宗贵人丞相儿。……衣冠自古皆贼仇，玉石俱焚无好丑！"可见在战事频仍时代，无人能够幸免于难。上述诗篇内容，可看作北方士人因战争而不得不漂泊流落异乡的真实生活与心态写照。背井离乡而亡命南国，因战事而不得不与故土亲人离散，思乡之情自然会时时萦绕脑际。因此，南宋初期诗歌多涉南北消息因战争隔绝的主题。如曹勋《过淮甸》："长淮烟静是天津，兵里因循一半分。当有旧时鸥与鹭，夕阳归去记南云。"这些诗句，都记述了南宋初期士人因战事而不得不流落他乡，经常涌现出的羁旅乡思之情。

面对国破家亡的现实，士人思考产生的原因。李光有诗《可叹》"守臣顶香率父老，开门罗拜惟鞠躬。翠华遥遥遵海道，汉家诏令不得通。外交内应傅与邺，所在州县皆望风。坐观岂但宣抚望，拜降亦有丞相充"，诗句抒写了作者在亡国之际的屈辱与悲愤，对守臣、权臣、州县之官的无能猛烈抨击。沈与求有诗《次韵张仲宗感事》"将臣拥强兵，首鼠事前却。专雄怀顾望，散党失归着。……群公争护前，循习久弥确。黄屋泛沧溟，黔首寄矰缴"，诗篇沉痛回顾了二帝被掳往事，对朝廷大臣朋比为奸、将帅无能怕死予以斥责，指出"循习""祖宗故事"、朋党之争正是导致"靖康之变"的原因。由此很多士人主张张扬血性，重拾权谋，励精图治，以图雪耻，字句之间充满了忧思国家、感慨世事的爱国之情。程俱有《送傅国华墨卿赴保塞簿》"男儿重性命，慷慨轻远适。非关饥所驱，岂为五鼎食"，对傅氏尽忠国事激赏不已。刘一止有诗"所愿将与士，感此艰食时。忠义发饫腹，向敌争先之。驱逐狐鼠群，宇县还清夷。我辈死即休，粒米不敢私"（《南山有蹲鸱一首示里中诸豪》），诗句极有感染力，表达出渴盼上下团结一心，戮力抗敌的决心和豪情。面对国难兵弱，将相守成怯战的局面，亦有大批主张抗金的志士，如李纲、宗泽、李郛、赵鼎、张守、胡铨、陈东、洪皓等人，因主战而或受秦桧等主和派打压，或被贬死荒凉远地。这些诗人其政治抱负虽不能实现，其志向气节等便发之于诗。陈与义有诗《次韵尹潜感怀》"胡儿又看绕淮春，叹息犹为国有人。可使翠华周宇县，谁持白羽静风尘。五年天地无穷事，万里江湖见在身。共说金陵龙虎气，放臣迷路感烟津"，诗篇前部充满了对有安定乾坤之才具的渴盼之情，后四句意志则陡然变化，抒发自己被贬外地而不能报国的迷茫无助之情，诗句内容与所表达出的深沉感喟，大有深意。

两宋易鼎之际，面对急于安定域内的危急形势，呼唤中兴，期盼出现贤帝名相而恢复失土，遂成为朝廷以及士大夫凝聚人心、维系政统的重要手段。在此时代背景下，南宋初期诗人诗歌多涉及中兴主题。很多诗篇歌颂力挽狂澜、扶大厦于倾危的贤相将帅，以此寄托作者呼唤才俊之士投身国家政体建设的愿望。胡寅《题浯溪小景》"乾坤巨石知多少，待看中兴第二篇"，曹勋《闻江上捷音》"中兴大业书歌咏，愿刻浯溪颂九重"，都表达出诗人们对于重建强盛国家的热望。一些诗人则通过探讨唐代产生"安史之乱"的原因，从反面提供实现中兴的策略。李清照《和张文潜浯溪中兴颂二首》，提及"五十年功如电扫，华清花柳咸阳草。五坊供奉斗鸡儿，酒肉堆中不知老"，"何为出战辄披靡，传置荔枝多马死"。指出玄宗耽于享乐而任用奸臣，宦官专权而政治腐败，才是导致"安史之乱"的原因。这实际上指出了创造中兴之业所必须重视的方面：政治清明、任用贤才与远斥奸邪。

南宋初期，大量的士人因战争而漂荡他乡。生活无着，穷困无路，亲友消息断绝以及家人亡于战事等，经常带给诗人巨大的心理创伤。从这一时期的诗歌主题来看，悲、泪、愁、老、衰颜、苍鬓等词出现的频率相当高。如汪藻有诗《己酉乱后寄常州使君侄四首》，第一首述及举室亡命经历，其中作为家长的作者之羁旅穷愁与作为儿童的孩子的懵懂无知形成了鲜明的对比，刻画出战事带来的流播之悲。第二首则写及时局困危之际，千里白骨，饿殍满道，诗人心里只有无尽的深悲，生活困顿、生计艰辛已经无心倾诉了。朱敦儒亦有《小尽行》："藤州三月作小尽，梧州三月作大尽。哀哉官历今不颁，忆昔升平泪成阵。我今何异桃源人，落叶为秋花作春。但恨未能与世绝，时闻丧乱空伤神。"《竹坡诗话》记："顷岁，朝廷多事，郡县不颁历，所至晦朔不同。朱希真避地广中，作《小尽行》一诗。"王朝颁历向来被看作是国家行使统治的象征，作者因此事而联想到往昔太平，不由得洒下了悲伤的热泪。与之相关，浮萍、孤蓬、萍迹、鸟啼、岁云暮、杜鹃等成为这一时期重要的诗歌意象，所传达的感情都与这一时期人们的悲怆、穷愁悲苦等心理体验有关。

出于对现实政治的无奈，很多士人选择一边逃难，一边寻求所谓的"高致雅趣"，试图平静心中因战争而造成的骇恐惊怵。如汪藻有《次韵董禹川二首》其一："江山怪我数能来，政坐刀斤赦不才。生理喜于鱼得计，交情羞似鸩为媒。烟尘回首烽三月，花柳关情酒一杯。日夜故园归梦好，忆冲细雨履蒿莱。"时当战事正酣之际，诗人却浑似毫不在意，这与他在时事诗、战争诗中经常提及的"衰泪""笛哀""漂泊梦""庾信愁"等意绪情感迥然有别。比较而言，南宋初期的士人在其诗歌中表现更多的则是因际遇不至，而选择了全身避祸的"闲适"生活，诗人常常在干戈之际亦有高致情怀。如陈与义有《出山道中》"避地时忽忽，出山意悠悠。溪急竹影动，谷虚禽响幽。同行得快士，胜处频淹留。乘除了身世，未恨落房州"，本来是避乱，但山景胜地如此动人情怀，以至于不愿意离开。显然，诗人试图以美景胜境暂时替代战事所带来的亡命逃奔之忧虑。但亦苦亦乐的心境调和，毕竟不是易事。因此，在战事频仍的时代，仍然有士人试图探求通过"息机心""忘情""守贫贱"等存养心性，以实现对悲惨愁苦现实的暂时疏离。于此之际，佛教、道教以及理学中的存养心性思想及践行方法，就自然地为此际的士人所使用。受到苏轼等元祐诗人很大影响的郭印，亦写有《次韵蒲大受书怀十首》，其中言及"时乱那能定，民生不自聊"，但在此情形下，他试图从道教以及儒家思想中寻求平静心性的方法。"物齐""丹田""神定"等都来自道教或道家思想。"肉食谋""梦周"等来自儒家经典《左传》《论语》。

值得注意的是，两宋之际的家国板荡，也对此期诗歌的体裁产生了重大影响。咏史诗、集句诗、述行诗等概莫能外。李纲写有《胡笳十八拍》，诗篇明言"靖康之事可为万世悲，暇日效其体集句聊以写无穷之哀"。诗作因反映"靖康之变"而令人很难觉察是集历代诗句。如第一拍："四海十年不解兵，朝降夕叛幽蓟城。杀气南行动天轴，犬戎也复临咸京。铁马长鸣不知数，寇骑凭陵杂风雨。自是君王未备知，一生长恨奈何许。"其中对北宋末年纲常紊乱以至金人入侵表达出深深的谴责之情。

**思考题**

1. 南宋前期诗人与词人的创作普遍表现出阶段性的特点，请结合具体的作家、作品谈谈这一现象。
2. 具体分析李清照词"易安体"的艺术特征。
3. 谈谈南宋前期爱国词人词作的写作背景与艺术特点。
4. 陈与义的"简斋体"主要取法杜诗，请结合具体作品谈谈你的理解。

# 第八章 陆游与中兴诗坛

宋室南渡后，南宋政权经过二十多年的努力，逐渐稳定了局面，形成了南北对峙的政治格局。宋孝宗主张北伐收复故土，追求"中兴"伟业，但最终以失败告终。皇权与相权之争，朋党之争，理学家与文学家之争等，造成了此际政治派系纷争不已，士人命运随之起伏跌宕。于此之际，以陆游、杨万里、范成大、尤袤等"中兴四大诗人"为代表的一批作者崛起于文坛，他们以其杰出的文学创作，书写时代风貌、世态人情和士人出处取舍的困惑，反映出对于民族、国家及自身的深沉思考，为南宋文化建设注入了新的活力。

## 第一节 陆游的文学主张与诗歌艺术

陆游（1125—1210），字务观，越州山阴（今浙江绍兴）人。祖父陆佃为王安石的学生，父亲陆宰是藏书家、学者。陆游少时，其父等人"言及国事，或裂眦嚼齿，或流涕痛哭，人人自期以杀身翊戴王室"（《跋傅给事帖》），给陆游强烈的爱国主义教育。

绍兴二十三年（1153），陆游参加进士考试，名列第一，因位列秦桧之孙秦埙前，遭到秦桧忌恨，因此次年礼部复试被黜落第。秦桧死后第三年（1153），陆游得以出任福州宁德县主簿。宋孝宗一度主战，陆游乘机提出一些具体政治策略，但因当时主战派代表人物张浚冒进而北伐失利，陆游亦受到牵连罢官回乡。乾道六年（1170），陆游出任夔州通判。八年，王炎聘陆游入其幕，三月陆游到达南郑前线。不久王炎被调离川陕，陆游亦离开前线，先后任蜀州、嘉州等地地方官。淳熙二年（1175），范成大任成都府路安抚使兼四川制置使，聘陆游担任参议官。五年，陆游奉诏回朝。其后，陆游辗转福建、江西、浙江等地担任地方官。绍熙元年（1190）到嘉定二年十二月（1210年1月）去世，二十年间陆游一直在故乡闲居。陆游一生主张抗金恢复故土而不得，其练达恢弘之才，激愤忠贞之气，一发之于诗文，奠定了陆游在南宋诗坛的重要地位。

### 一、陆游的文学主张

陆游被认为是"中兴四大诗人"之首。他学诗从江西诗派入手，而又能够摆脱江西诗派的束缚，既有继承江西诗派重视诗句锤炼、工于表达技巧的一面，又有反对江西诗派忽略生活内容的一面。陆游强调诗歌从生活中取材，诗歌内容充实饱满，境界高远。他讲究诗歌表达的技巧、方法，注重转益多师，兼收并蓄。因此，陆游的诗歌既重视平淡自然又讲究法度精严，是南宋中期诗坛上集大成式的诗人。

陆游虽然晚年对江西诗派持否定态度，但并没有完全否定江西诗派主张艺术锤炼、讲究诗法的艺术取向。他有诗句"诗家忌草草，得句未须成"（《子聿入城》），又有"我得茶山一转语，文章切忌参死句"（《赠应秀才》），强调作诗应从"活法"入手而重视作诗的"句法"。他强调"律令合时方帖妥，工夫深处却平夷"（《追怀曾文清公呈赵教授，近尝示诗》），主张作诗重视韵律的妥帖而以自然面目呈现。这种由锤炼而归于自然的诗歌创作主张，正是黄庭坚强调的"平淡而山高水深"的老成诗歌创作境界。但与江西诗派后学有所不同的是，陆游在继承、学习江西诗派的同时，受到时代政治、文化思潮等影响，重视诗歌从社会现实生活中取材，这就与片面强调诗法"圆活"的吕本中、曾几等人，以及重视"师法自然"的杨万里等诗人，拉开了距离。陆游重视"工夫在诗外"："纸上得来终觉浅，绝知此事要躬行"（《冬夜读书示子聿》），又讲"君诗妙处吾能识，正在山程水驿中"（《题庐陵萧彦毓秀才诗卷后》），表明了其重视诗歌创作向现实生活取材。陆游在诗歌中摄入国难家恨、克复中原的爱国感情，更使其诗具有了重气节、重视反映现实生活的内容。他认为："古声不作久矣。所谓诗者，遂成小技。诗者果可谓之小技乎？学不通于人，行不能无愧于俯仰，果可言诗乎？"（《答陆伯政上舍书》）本此，陆游对江西诗派追求藻饰雕琢、片面强调诗法的诗歌创作风尚给予了批评。陆游提倡平淡自然、清新古朴的诗歌创作风尚。他认为："大抵诗欲工而工亦非诗之极也。锻炼之久，乃失本指，斫削之甚，反伤正气。"（《何君墓表》）又提出"文章最忌百家衣"（《次韵和杨伯子主簿见赠》），推崇"诗情随处有，信笔自成章"（《即事》），这些都显示出陆游对江西诗派诗歌的纠偏补正。

### 二、陆游的诗歌创作

陆游一生创作的诗歌数量超过一万首。爱国主题的诗歌作品占了很大比重。清代赵翼总结说："放翁则转以诗外之事，尽入诗中。……举凡边关风景，敌国传闻，悉入于诗。虽神州陆沉之感，已非时事所急，而人终莫敢议其非，因得肆其才力，或大声疾呼，或长言永叹，命意既有关系，出语自觉沉雄。"（《瓯北诗话》）陆游因世事而咏叹其志，沉郁中具有悲愤勃发之气。如其"丈夫不虚生世间，本意灭虏救河山"（《楼上醉书》），"酒醒客散独凄然，枕上屡挥忧国泪"（《送范舍人还朝》）等，将人生志业抱负与国家民族命运紧紧联系在一起。

陆游的诗歌题材是比较丰富的。除了爱国诗之外，还有农村诗、风俗诗、景物诗、纪游诗、爱情诗、闲适诗等。他的农村诗深刻反映了南宋人民的生活苦难，表现出诗人如杜甫般"穷年忧黎元,叹息肠内热"的淑世情怀,透露出诗人对农村恬淡自然、涤除机心的真实人生的向往。如"山村处处晴收麦,邻曲家家午晒丝"(《致仕后即事》),"老农爱犊行泥缓,幼妇忧蚕采叶忙"(《春晚即事》)等。这些诗篇,连同其他题材的诗歌作品,反映出陆游诗歌内容的丰富性。

陆游的爱国诗,有的主张抗战,讴歌北伐,志在收复故土。如"君不见昔时东都宗大尹,义感百万虎与狼。疾危尚念起击贼,大呼过河身已僵"(《感秋》),褒扬抗战名将宗泽。有的谴责金人的野蛮统治,满含对沦落故土人民的思念,如"中原昔丧乱,豺虎厌人肉。辇金输房庭,耳目久习熟。不知贪残性,搏噬何日足"(《闻虏乱次前辈韵》),强烈抨击金人的贪残凶暴。如"三万里河东入海,五千仞岳上摩天。遗民泪尽胡尘里,南望王师又一年"(《秋夜将晓出篱门迎凉有感》),刻画沦落故土人民渴盼光复的心情。有的谴责南宋统治集团苟安妥协的政略,如"诸公尚守和亲策,志士虚捐少壮年"(《感愤》),"战马死槽枥,公卿守和约"(《醉歌》),表达出作者对英才见弃、恢复故土主张无从实现的无奈与愤慨。

陆游的爱国诗,塑造出伟岸高大、胸怀磊落而见识不凡、干练进取的爱国主人公形象。诗中的主人公形象往往是多元的、丰富的,有的诗句着重突出的主人公形象表现为孤愤难言、壮志难申,"腰间羽箭久凋零,太息燕然未勒铭。老子犹堪绝大漠,诸君何至泣新亭。一身报国有万死,双鬓向人无再青。记取江湖泊船处,卧闻新雁落寒汀"(《夜泊水村》),在慨叹报国无门的同时又夹杂有雄心仍在的热血抱负。有的诗句着重突出的主人公形象表现为信念坚定,必偿所愿,"故国吾宗庙,群胡我寇仇。但应坚此念,宁假用他谋?望驾遗民老,忘兵志士忧。何时闻遣将,往护北平秋"(《纵笔》),诗句主题集中,表达出不与敌人妥协而宜善自绸缪的政治主张。陆游诗歌中,爱国思想已经成为诗中主人公形象的重要组成部分,无论是投赠诗、登览诗、读书诗、记梦诗,还是行役诗、闲逸诗、饮酒诗,诗篇中主人公的忠义之气、志士之节、善谋能断的政治才能,往往充溢于其中,读来令人心生激扬奋发之豪情。

陆游诗歌取得了很高的艺术成就。他的诗歌善于借助梦境来抒发感情,富有浪漫情调。如"大散关"等就是一个多次出现的意象。大散关,位于陕西南部宝鸡大散岭上,在南宋是宋金边境的关防重镇。陆游从戎南郑时曾亲到此地。大散关记载着他铁马金戈的光荣,也承载着他北伐收复的梦想。于是无论是在南郑、在成都,还是在远离剑南的故乡山阴,都时时萦绕在他的心头笔下。乾道八年(1172),陆游在南郑各地视察后,于返回途中作《归次汉中境上》:"云栈屏山阅月游,马蹄初喜蹋梁州。地连秦雍川原壮,水下荆扬日夜流。遗虏屡聚宁远略,孤臣耿耿独私忧。良时恐作他年恨,大散关头又一秋。"诗歌表达了作者的"喜"与"忧"。他所"喜"的是来到两军对峙的边塞,有了实现报国之志的机会;他所

"忧"的是眼见壮丽的河流山川沦于敌手,不知何时才能收复。他的复杂的思绪,最后都凝于"大散关"。一个"又"字,将历史时空联系起来,表达出作者对于朝臣延宕岁月、恢复故土无望的愤慨和无助的复杂心情。淳熙四年(1177),陆游在成都担任闲职,秋晚登楼远眺而赋诗:"幅巾藜杖北城头,卷地西风满眼愁。一点烽传散关信,两行雁带杜陵秋。山河兴废供搔首,身世安危入倚楼。横槊赋诗非复昔,梦魂犹绕古梁州。"(《秋晚登城北门》)诗中主人公在卷地西风中幅巾藜杖、倚楼搔首,悲叹年华老去而不舍故国,表达出匡复中土而不得、英雄失路的孤愁悲慨情怀。诗中,"大散关"意象成为陆游自慰雄心的凭借。又如陆游《书愤》诗,以"大散关"意象表达英雄易老而壮志难酬的愤慨:

早岁那知世事艰,中原北望气如山。楼船夜雪瓜洲渡,铁马秋风大散关。塞上长城空自许,镜中衰鬓已先斑。《出师》一表真名世,千载谁堪伯仲间。

在闲居山阴六年之后,体会着当年的豪情与难堪的现实所形成的巨大落差,诗人百感交集。以并列的名词组成一联诗,于对比中愈见感情落差之大,令人不忍卒读。前四句意境雄阔、悲壮,写出抗金的艰难和作者的坚定志向,寄寓了作者的恢弘豪迈之情、匡复故土热望。下四句则写英雄老去而志业无望实现的深重悲哀,表达出作者悲情难诉、只有倾诉于历史的无助与苦痛。

陆游诗篇中的梦境,多与不能实现的壮志有关。如淳熙八年,陆游作《十月二十六日夜,梦行南郑道中。既觉恍然,揽笔作此诗,时且五鼓矣》。"南郑"代表着诗人终身难忘的军旅生涯。由于梦境通常具有迷离惝恍的特性,往往能够引发诗人更加丰富的激情与想象。诗歌先描写了南郑山中的险峻,从而衬托出跋涉其间的诗人豪气。诗歌的高潮则是对一次猎虎经历的描绘:"眈眈北山虎,食人不知数。孤儿寡妇仇不报,日落风生行旅惧。我闻投袂起,大呼闻百步。奋戈直前虎人立,吼裂苍崖血如注。从骑三十皆秦人,面青气夺空相顾。"在陆游的南郑生活中,猎虎无疑是给他留下极深印象的一次经历,因此一旦触动他的南郑记忆,对于猎虎情形的描述自是必不可少的。接下来诗歌写道:"国家未发渡辽师,落魄人间傍行路。对花把酒学酕醄,空辱诸公诵诗句。即今衰病卧在床,振臂犹思备征戍。南人孰谓不知兵,昔者亡秦楚三户。"在猎虎过程中与奋戈直前的诗人形成对照的"面青气夺"的"秦人",是作者颇具意味的一个陪衬,他是以其作为"南人"英武豪壮的自我形象,表达北人不可惧、北地必可收复之意。

陆游诗歌风格多样,各体兼工。讲究锤炼与追求自然有机地统一是其诗歌的显著艺术特色。陆游律诗常以两联写景传神,对偶整饬而多有情致。如《史院晚出》:"已乞残骸老故丘,误恩重作道山游。龙津雨过桥如拭,凤阙烟消瓦欲流。

直舍小眠钟报午,归途微冷叶飞秋。心知伏枥无千里,纵有王良也合休。"诗歌中间四句写出京城雨后的清新明净,流露出诗人在秋意萧瑟中的落寞心绪。又如《春日小园杂赋》的"风生鸭绿纹如织,露染猩红色未干",描写风拂绿草、红花带露的景象。诗中"鸭绿""猩红"的对仗可谓工致,诗人不说"水未干"而曰"色未干",将清晨花上带着露水表述为仿佛花被带色的露水所染,使常见的景象带给人新鲜的感受,摹写物态自然新奇,体贴形象,很有艺术感染力。

陆游对黄、陈和江西诗法的学习与改造,也是形成其独特艺术风格的原因之一。《园中赏梅》诗曰"春前春后百回醉,江北江南千里愁",明显出自黄庭坚《次元明韵寄子由》"春风春雨花经眼,江北江南水拍天",所不同的是黄诗纯粹出之以写景,而将离别相思之情暗寓其中;陆诗则在写景中包含着显著的情感表达。又如咏梅诗《射的山观梅》"射的山前雨垫巾,篱边初见一枝新。照溪尽洗矫春意,倚竹真成绝代人"。"绝代人"暗藏了杜甫《佳人》"绝代有佳人,幽居在深谷。……天寒翠袖薄,日暮倚修竹"的诗意,"真成"则取法黄庭坚诗"天下真成长会合,两凫相倚睡秋江"(《睡鸭》),"坐对真成被花恼,出门一笑大江横"(《王充道送水仙花五十枝,欣然会心,为之作咏》)。陆游也有不少学习黄、陈直接用典的作品。如《春晚杂兴》"相法无侯骨,生年直酒星",用汉翟方进和酒旗星之典,表达仕进无门、只能借酒浇愁之意,"侯骨"之典为山谷诗中所习见。

陆游将使事用典与自我情感表达融为一体,同时将江西诗法的瘦硬与苏轼诗歌的流畅自然结合起来,创造出既新警又流畅的诗风。如《雪中作》:"竹折松僵鸟雀愁,闭门兀亦拥貂裘。已忘作赋游梁苑,但忆衔枚入蔡州。属国餐毡真强项,翰林煮茗自风流。明朝日暖君须记,更看青鳌玉半沟。"诗篇中间四句连用四典,皆用雪事,而都切合着身世之感。"衔枚入蔡"暗含诗人念念不忘的中原之志,表现苏武气节的"属国餐毡"与"入蔡"句相关联,表现文人风流的"翰林煮茗"则与"游梁"句相联系。作者以雪为触媒,在与雪有关的历史人物与自身现状的对照之中,表达既不能横刀立马、北取中原,又不能泼墨挥毫、仕途有为的苦闷情绪。不过作者并不像在一些古体诗中那样直抒胸臆,而是通过用典含蓄蕴藉地传达出来,艺术表现上更加精微细致,有引人回味之美。

## 第二节 杨万里和"诚斋体"

杨万里(1127—1206)字廷秀,号诚斋,吉州吉水(今江西吉水)人。绍兴二十四年(1154)中进士。乾道六年(1170)任国子博士,不久迁太常丞,转将作少监。淳熙十二年(1185)五月,以地震应诏上书,极论时政十事,坚决反对放弃两淮、退保长江的误国建议，主张选用人才，积极备战。高宗崩，杨万里因力争张浚配享庙祀事，出知筠州（今江西高安）。光宗即位，召为秘书监。后出为江东转运副使。朝廷欲在江南诸郡行铁钱，杨万里以为不便民，拒不奉诏，忤宰相意，改知赣州。杨万里见自己的抱负无法施展，遂不赴任，乞祠官而归，从此不再出仕。开禧二年（1206），因痛恨韩侂胄弄权误国，忧愤而死。

### 一、《诚斋诗话》与杨万里的文学主张

杨万里《诚斋诗话》定稿于晚年，从中可见江西诗派的深刻影响。其中，杨万里经常谈及用典的出处，又喜欢探讨具体的诗法。其《书王右丞诗后》："晚因子厚识渊明，早学苏州得右丞。忽梦少陵谈句法，劝参庾信谒阴铿"，讲求具体诗法自然不同于苏轼的"无法可依"而颇近黄庭坚江西诗派的作法。他要求广泛学习前人诗歌，最后达到"纵横出没"的自由境界，这就明显有吕本中"活法"的特色。他在《和李天麟二首》中提及："学诗须透脱，信手自孤高。衣钵无千古，丘山只一毛。句中池有草，字外目俱蒿。可口端何似？霜螯略带糟。"（其一）"句法天难秘，工夫子但加。参时且柏树，悟罢岂桃花？"（其二）体现出杨万里因理学修养而来的胸次圆成、襟怀朗澈的境界，就诗法而言则是继承吕本中的"活法"精神。其中提到的"句法""工夫""参""悟"等都是吕本中"活法"观念的体现。至于杨万里所谈到的要自得"句法"，须先下"工夫"，由"参"而"悟"，由"悟入"而达"透脱"，更是明显来自吕本中的"活法"论。吕本中"活法"的重要核心是引苏入黄，一方面以苏轼的自由创作精神救江西诗派末流雕章镂句之弊，另一方面则强调苏、黄所代表的元祐诗学精神。杨万里五十八岁时所作《江西宗派诗序》，正体现了综合苏、黄诗学精神之意。他把李、苏和杜、黄分作两派，杜、黄是"有待"于成法、但又不受法的束缚的"圣于诗者"，李、苏是"无待"于法的"神于诗者"。杨万里对二者都给予了高度评价，并希望能把二者结合起来，实现"合神与圣"的目标。

杨万里强调诗歌应有言外之"味"。他在《江西宗派诗序》中指出"江西宗派诗者，……以味不以形也"，又在《诚斋诗话》中推崇"诗已尽而味方永"，强调言意之外的悠远韵味即"晚唐异味"（《读笠泽丛书》）。杨万里强调"晚唐异味"，推崇陆龟蒙、罗隐、皮日休、杜荀鹤等人的关怀现实之作，亦推崇李商隐等人诗歌的含蓄、蕴藉之美。《诚斋诗话》也推崇陶渊明、柳宗元的"五言古诗，句雅淡而味深长"，体现出宋人对"平淡"审美精神的普遍追求。杨万里对于"晚唐异味"的推崇，表面是为纠江西末流之弊而复归唐风，实际上却是对北宋庆历、元祐诗学精神的重新倡导。

### 二、杨万里的"诚斋体"

杨万里绍兴三十二年（1162）所焚去的旧作中，虽有明显模仿黄、陈瘦硬风

格的特色，但多是从表面的字句以形近之，并未得江西体之精髓。他后来向王安石及晚唐诗人学习，最终领悟到独出机杼方能自成一家，形成了独具面目的"诚斋体"。"诚斋体"的风格特征是以自然活泼、饶有谐趣见长。不过，"诚斋体"是杨万里多方学习形成的，因此，其自然流畅中时时见出杨万里学习黄庭坚诗歌的迹象。如其《夏夜追凉》："夜热依然午热同，开门小立月明中。竹深树密虫鸣处，时有微凉不是风。"诗歌写夏夜因静而体验到微微凉意，将因静生凉的意思简约地表达了出来。在一句之中体现主语的转换、意思的转折，这正是"山谷体"的特征。不过，杨万里将句意跌宕隐藏在平易流畅的表达之中，形成了独特的诗歌风貌。

杨万里有着融合苏、黄的自觉诗学追求，其要在于引苏入黄。杨万里学习了苏轼诗歌流畅的节奏、连贯的气势以及平易自然的表达，如《峡中得风挂帆》："楼船上水不寸步，两山惨惨愁将暮。一声霹雳天欲雨，隔江草树忽起舞。风从海南天外来，怒吹峡山山倒开。百夫绝叫椎大鼓，一夫飞上千尺桅。布帆拦了却袖手，坐看水上鹅毛走。"诗歌描写大风来时峡中惊心动魄的场景，作者利用步步押韵，使节奏如鼓点般密集，又韵随意转，张弛有度，将整个短暂而惊险的过程表现得极为生动。杨万里不仅继承了苏轼诗的流畅节奏和连贯气势，更加注重表现转瞬即逝和不断变换的景象，从而形成了自己独特的"活法"特色。如《雪晓舟中生火》："乌银见火生绿雾，便当水沉一浓炷。却因断续更氤氲，散作霏微暖袍袴。须臾雾霁吐红光，炯如云表升扶桑。阳春和日曛满室，苍颜渥丹疑醉乡。忽然火冷雾亦灭，只见红炉堆白雪。窗外雪深三尺强，窗里雪深一寸香。"苏轼亦有相似题材的《夜烧松明火》诗，同样描写了烧火之后红光满室、烟雾升腾到火冷灰残的过程。不同的是，东坡诗后半部转以人文之典寄寓自己遭贬时的心情，杨万里诗则无寄托，只是细细观察、多方描摹，从而将点火生烟、烟雾氤氲、炭火吐红、火冷雾灭的过程写得波澜迭起、兴味盎然。在用"旋""须臾""忽"等词连贯起来的快速变幻的画面前，读者既感受到"状难写之景如在目前"的精彩，又于其轻松灵巧的语言表达中体会到"圆转如弹丸"的"活法"特色。

杨万里"诚斋体"注重表现自然景象和日常生活场景。如《过招贤渡》"一江故作两江分，立杀呼船隔岸人。柳上青虫宁许劣，垂丝到地却回身"，诗中'青虫'吐丝表现出秋日的宁静，反映出作者闲雅的家居心情，于是"俗物"也变得高雅起来，这正是宋诗"以俗为雅"特征的体现。杨万里"诚斋体"体现出宋诗题材的日常化、琐细化、生活化特征，而这些物象在之前的诗歌中是少见的。'诚斋体"虽与南宋时期很多诗作有共同之处，但杨万里的很多诗歌并不着意于"以俗为雅"，而是体现出他独特的观照方式，或是以诗人之眼见出自然界的活泼灵动，或是以理学家之"观物"感受宇宙的生机化育，这显然是理学思潮对"诚斋体"诗歌所产生的影响。

在杨万里眼中，自然界的万事万物都充满了活泼意趣与灵动生机，如《冻蝇》："隔窗偶见负暄蝇，双脚挼挲弄晓晴。日影欲移先会得，忽然飞落别窗声。"晒太阳的苍蝇不停搓动双脚，似乎在阳光下嬉戏。看到日影西移，立刻飞到了另一片有阳光的窗户上。《鸦》诗则写道："稚子相看只笑渠，老夫亦复小胡卢。一鸦飞立钩栏角，子细看来还有须。"诗人见一群孩子笑得很开心，一看究竟之下不禁也捋须而笑，原来站在钩栏角处的乌鸦竟然还长着胡须。杨万里以万物皆有可爱之处的观物态度，写到苍蝇的灵活机敏与乌鸦的其态可掬，使人获得审美的愉悦，拓展了诗歌的表达范围。又如杨万里一再写到雨中蛛丝，将一般诗人不大关注的题材写得生趣盎然。《宿孔镇观雨中蛛丝》五首其三曰："空中仰面却飞身，寂似毗耶不动尊。忽有一蚊来触网，手忙脚乱便星奔。"将蜘蛛静动变化的过程和由此体现的机智或狡黠写得活灵活现。

杨万里对自然的兴趣并不仅仅出自诗人的眼光，还与他作为理学家的观物态度有关。如其《题胡季亨观生亭》诗："谁信秋霜腊雪中，雪中霜里有春风。菊花未了梅花发，休说桃花入嫩红。""观天地万物生意"本是理学的一个重要命题，被朱熹、吕祖谦等人认为是有关"道体"的重要理学概念。这一话语涵蕴丰富，内容复杂，实在是理学体系中颇为难懂的重要问题。杨万里诗篇以"观生亭"入题，诗中的梅花、菊花等都是说明天地之德"生生不已"化生特质的"物"，至于这些"物"的外相，并非作者所重视的。杨万里以传统儒学的"格物"，来观天地万物之"生意"，就具有了一般诗人所不及的细腻、敏锐的眼光。值得注意的是，杨万里的"观物"与理学诗派诗人的很多诗歌写作方式相近，但他以自然活泼、随意通俗的写作方法表现主题，仍具其独有的特征。

## 第三节　范成大与新型田园诗

范成大（1126—1193），字致能，号石湖居士，谥文穆，吴郡（今江苏苏州）人。其诗风格轻巧，但好用僻典、佛典。晚年所作《四时田园杂兴》六十首，钱锺书认为"算得中国古代田园诗的集大成"（《宋诗选注》）。

范成大的田园诗，注重以乐府诗写田园生活。乐府诗是古老的诗歌体式，但以乐府写田园题材到唐代才逐渐兴起，尤以中唐以后的张籍、王建乐府值得重视。自杜甫开创新题乐府以来，经元稹、白居易新乐府运动的发扬，张籍、王建也往往以新题写时事，这从诗歌体式到表现方式都启发了范成大，他的《乐神曲》《催租行》等便标明是"效王建"而作。如其《缫丝行》：

小麦青青大麦黄，原头日出天色凉。姑妇相呼有忙事，舍后煮茧门前香。缫车嘈嘈似风雨，茧厚丝长无断缕。今年那暇织绢着，明日西门卖丝去。

诗中写农妇煮茧缫丝的忙碌景象，揭示出农民即使得到丰收，也仅是在租税的盘剥之下勉强解决温饱而已。范成大也有直接描写农民在租税重压下的悲苦生活的作品，如《催租行》《后催租行》等。作者敏锐地抓住"催租"这一重要的社会问题，集中地加以表现。如《后催租行》：

老父田荒秋雨里，旧时高岸今江水。佣耕犹自抱长饥，的知无力输租米。自从乡官新上来，黄纸放尽白纸催。卖衣得钱都纳却，病骨虽寒聊免缚。去年衣尽到家口，大女临岐两分首。今年次女已行媒，亦复驱将换升斗。室中更有第三女，明年不怕催租苦。

范诗所反映的并非正常纳租，而是种种反常的现象以及由此造成的农民的悲苦生活。"黄纸放尽白纸催"则涉及百姓灾荒之年的输租问题。在《后催租行》所描写的这户人家的境遇当中，去年卖一女、今年卖一女、明年尚有一女可卖的背后，体现的是连年的灾荒与官府毫不放松的盘剥，在主人公"室中更有第三女，明年不怕催租苦"的看似庆幸实则心酸无奈的口气中，实际上隐藏着更大更深的悲苦。作者没有发表任何议论，但他对典型场景的客观描写，本身就足以耐人寻味了。

范成大的田园诗，最显著的特征是诗歌的生活气息和通俗化取向。他的《四时田园杂兴》组诗六十首，内容丰富而思想深刻，往往于自然圆活中富有情味，成为中国文学史上田园诗的集大成者。田园诗往往是从文人隐士的视角入手，在恬静美好的田园风光的描写中，寄托他们离生绝俗的隐居之意。范成大的田园诗也体现了这种文人雅意，如"雨后山家起较迟，天窗晓色半熹微。老翁欹枕听莺啭，童子开门放燕飞"，"斜日低山片月高，睡馀行药绕江郊。霜风扫尽千林叶，闲倚笻枝数鹳巢"。诗中的山家老翁，与王维诗中所表现的高雅隐士形象并无二致。杨万里的田园诗，较之王维则更为直白率真。范成大笔下的田园风光同样是恬静美好的，但更具质朴的泥土气息和生活气息，而非王维诗的世外桃源之境，如"梅子金黄杏子肥，麦花雪白菜花稀。日长篱落无人过，惟有蜻蜓蛱蝶飞"，"新霜彻晓报秋深，染尽青林作缬林。惟有橘园风景异，碧丛丛里万黄金"。无论从题材的琐细还是作者静观万物的态度来看，这类作品都体现出范成大诗歌的田园新意和艺术独创性。

范成大的《四时田园杂兴》虽也涉及文人意趣，但更多的是直接对田家劳作与苦乐生活的描写，"田家"成为其田园诗的主角。例如表现田家劳作生活的诗：

> 百沸缲汤雪涌波，缲车嘈囋雨鸣蓑。桑姑盆手交相贺，绵茧无多丝茧多。
> 小妇连宵上绢机，大耆催税急于飞。今年幸甚蚕桑熟，留得黄丝织夏衣。
> 下田戽水出江流，高垄翻江逆上沟。地势不齐人力尽，丁男长在踏车头。
> 新筑场泥镜面平，家家打稻趁霜晴。笑歌声里轻雷动，一夜连枷响到明。

诗歌表现田家男耕女织的场景。"小妇连宵上绢机""丁男长在踏车头"，表现了劳作的辛苦忙碌，尽管有租税紧逼，但在田家劳作的农民看来，今年也许能得到丰收的好光景，输租之后也许还能剩些馀粮，还能"留得黄丝织夏衣"。作者以散点透视的方式描绘出煮茧、织布、踏车、打稻等一个个劳动场景，田家的辛劳、乐观与对微薄希望的憧憬也一并从字里行间显现出来。然而微薄的希望也往往归于失望：

> 垂成穑事苦艰难，忌雨嫌风更怯寒。笺诉天公休掠剩，半偿私债半输官。
> 黄纸蠲租白纸催，皂衣旁午下乡来。长官头脑冬烘甚，乞汝青钱买酒回。
> 采菱辛苦废犁锄，血指流丹鬼质枯。无力买田聊种水，近来湖面亦收租。

收获的季节终于要来了，田家的心里非常忐忑不安，他们祈求老天爷不要掠夺他们的心血，因为这些一半要拿去偿还青黄不接时借的高利贷，另一半则是交给官府的租税。诗歌表面写田家对风雨的担忧，让人以为不过是靠天吃饭的田家常有之心态，然而最后一句却揭示了他们微薄的希望也原本就不存在：天灾可躲，人祸难避，即使丰收，也只不过是能将公私欠债偿清而已。要是碰上灾年，不仅食不果腹，就连官府的租税也无法交上了。"黄纸"一诗写的便是输租之事。"黄纸放尽白纸催"，官府的虚伪与贪婪、小吏的鄙陋与下作，在作者的《催租行》《后催租行》中都已有生动具体的表现。此处作者将其浓缩在短短四句中，如同简笔素描，用墨虽少而形神毕肖。"采菱"一诗则进一步写出官家租税的无孔不入。田家已是生计维艰，更有无田可种者，希望靠采菱找到一条活路，尽管他们累得十指流血、形销骨立，收获未见，交租的命令却已发布下来了。作者写田家在天灾人祸中难以为生，又写失去土地的采菱人的悲惨生活，正暗示着他对田家的深沉忧虑。

范成大田园诗之特色不仅在于继承前人传统，以悲悯的情怀写出田家之苦，还在于全面反映田家生活，表现田家之乐与风俗民情。这种田家之乐不同于王、孟笔下寄托着隐居情怀的雅士之乐，而与范成大所描绘的田园风光一样，充满了真实、质朴的泥土气息。如：

> 千顷芙蕖放桊嬉，花深迷路晚忘归。家人暗识船行处，时有惊忙小鸭飞。
> 乌乌投林过客稀，前山烟暝到柴扉。小童一棹舟如叶，独自编阑鸭阵归。
> 昼出耘田夜绩麻，村庄儿女各当家。童孙未解供耕织，也傍桑阴学种瓜。

"千顷"一诗表现荷塘嬉戏与日暮晚归，此前李清照有《如梦令》词，范诗题材内容与之颇为相似，而浓郁的农村生活气息与李词的清新雅致则判然有别。"乌乌"与"昼出"二诗皆以村童为主角，更是充满盎然之趣，同时在他们亦是游戏、亦是劳作的放鸭种瓜的活动中，不难感受到真实的田间乡野的特色。又如范成大田园诗中表现风俗民情之作：

> 老盆初熟杜亨柴，携向田头祭社来。巫媪莫嫌滋味薄，旗亭官酒更多灰。
> 社下烧钱鼓似雷，日斜扶得醉翁回。青枝满地花狼藉，知是儿孙斗草来。
> 朱门巧夕沸欢声，田舍黄昏静掩扃。男解牵牛女能织，不须徼福渡河星。
> 村巷冬年见俗情，邻翁讲礼拜柴荆。长衫布缕如霜雪，云是家机自织成。

社祭既是祈求丰年，亦借此聚会的重要节庆活动。"老盆"与"社下"二诗，表现的便是春社日祭酒、烧钱风俗，诗中可见各色人等的活动情况，一醉方休的老翁、斗草嬉戏的儿孙，还有社祭中的重要角色巫媪，每个人物都有自己关注的事情。到了七夕之节，与朱门小姐少妇忙着乞巧不同，田家傍晚早已掩门而睡。诗篇既写出了不同社会阶层的生活，又在两种社会状态的对比中，展现出田家生活的平静和艰辛。而到了冬至节，即使村巷中人也讲究礼仪，田家的自给自足、礼尚往来与醇厚人情都是朴素而真实的。

在诗歌的内容上，范成大的田园诗体现出取材上的鲜明倾向性，表现为对自然万物、农村风光、山水田园、人情物态的普遍兴趣。尽管这些题材内容大体来说并不新颖，甚至为诗中所常见，但范成大的田园诗往往表现出一种更为日常化、生活化、琐细化的特质。如同是描写田园风光，王孟之诗充满高雅闲逸的牧歌情调，范诗却体现平淡质朴的泥土气息；同是描写田夫渔父，王孟之诗刻画得如同世外桃源的隐逸之士，范诗却写出他们作为底层劳动者的平凡而真实的苦乐生活。

## 第四节 两宋理学诗派与朱熹的诗歌创作

自北宋中期以后，理学在逐渐发育、流布的历史进程中，它的众多命题与范畴在自身变化的同时，也历史性地渗透到中华民族的民族心理和文化品格中，并在众多的文化形式上表现出来。自北宋中期开始，作为哲学范畴的理学逐渐渗透到作为文学艺术的诗歌中，两者的结合形成了理学诗。伴随着理学诗的昌盛及其成为范型的过程，众多的理学诗作者共同作用，便形成了理学诗派。理学诗派绵延于两宋二百多年，是值得重视的文化现象。

两宋理学诗，指的是由具有明显理学学缘和学养或与理学家有密切交游的两宋诗人所创作的具有理学学理和旨趣的诗歌。理学诗具有独特性：从题材与内容上看，它旁溢多体，不拘一格，往往于理学家的纪事、咏史、记游等，表现出诗歌创作主体的理学素养、个人情操和人生旨趣。一些理学家往往有意识地利用诗歌的形式，抒写其理学境界，表达其理学感悟，记录其有关理学心性存养的认知与践行，以及使用诗歌为其传道服务。不同的理学家在理学发展的不同历史阶段，理学诗的内容都有所变化，但其主旨都集中于"成圣"为目的的"内圣之学"上，理学的宇宙论与本质论、人性论与人生论、认识论与方法论、天人关系论与体用论等众多范畴，都是理学诗的内容。理学诗以理学为出发点和归宿，理学所强调的心性存养、成圣、淑世等，左右着理学诗创作主体的审美指向。除了与其他类型的诗歌具有一样的表达方式如议论、抒情、写景和叙事之外，理学诗还有以物观物、明心见性、格物致知等。这些独特的表达方式，对成就理学诗的独特风貌具有重要意义。

### 一、理学诗派诗歌的内容与主题

北宋"五子"是理学诗派的重要代表，其诗歌奠定了理学诗派的主要范型。其中，邵雍、周敦颐、程颢等人的影响比较大。他们的诗歌很大程度上代表了理学诗派诗歌的内容与主题特征。

邵雍（1011—1077），字尧夫，谥号康节，自号安乐先生、伊川翁，后人称百源先生。其先范阳（今河北涿州）人，幼随父迁共城（今河南辉县），少读书苏门山百源上。仁宗嘉祐及神宗熙宁中，先后被召授官，皆不赴。创先天学，以为万物皆由太极演化而成。著有《观物篇》《先天图》《伊川击壤集》《皇极经世》等。

《四库全书总目提要》引明代朱国桢言并进而论及邵雍诗歌的儒语特征："朱国桢《涌幢小品》曰佛语衍为寒山诗，儒语衍为《击壤集》，此圣人平易近人，觉世唤醒之妙用。"指出了邵雍诗歌的内容，都与其理学体系中的认识论与实践论命题紧密相关。如其诗《乐物吟》：

日月星辰天之明，耳目口鼻人之灵。皇王帝伯由之生，天意不远人之情。飞走草木类既别，士农工商品自成。安得岁丰时长平，乐与万物同其荣。

这首诗反映了邵雍的"乐"主题,某种程度上是理学家强调的"观天地万物生意"亦即是"仁"之内涵的精神。与之相似,在邵雍诗歌中,多有以性理主题命名的诗篇。如《名利吟》《言默吟》《诚明吟》《先几吟》《思义吟》等。邵雍诗歌中,与理学主旨有关的诗篇,多数是因景、因事而作,特别是那些于日常生活的平常事中,以体验、察识有关性情之理而写作的诗篇,对后来诗人的影响是很大的。如因景而作的诗篇有《芳草吟》《垂柳吟》《春水吟》《花月吟》等;因事而作的诗篇,以及与人交往应酬的诗篇,有《放小鱼》《听琴吟》《寄谢三城太守韩子华舍人》等,都是因景因事而抒发性理的诗篇。邵雍在其《击壤集序》中所言的八"因"之"观物"方法,与他诗歌的取材方式极有关联。邵雍诗歌的内容,其实就是其理学内容的诗化表达。

周敦颐(1017—1073),字茂叔,道州营道(今湖南道县)人,被朱熹等推为理学派开山鼻祖。著有《太极图说》《通书》等。现存的周敦颐诗歌尽管数量较少,但其中蕴含极高的道德境界和理学情趣。周敦颐诗歌多以山水记游为诗歌题材,其诗歌主旨包括:

抒写理学的"慎几""慎动"主题,强调"自掩"以为功。如其哲理诗《题门扉》:"有风还自掩,无事昼常关。开阖从方便,乾坤在此间。"诗篇以"门扉"为题,抒发自己的一些人生感受,强调"自掩""常关"为应付外物的手段,"关""掩"为"静"态,这与周敦颐理学内容强调"慎动""知几""无欲"等"去恶之大功"是一致的。周敦颐以诗歌为传运理学命题的手段,从对外在事物的物理中通过体察来悟"道"。

强调守贫乐道,胸怀风月,独寻"乐"趣。如在其《题濂溪书堂》诗中,除了写庐山之田、书堂环境之外,重点突出了诗人书堂生活的惬意,以及安于贫困、不追求物欲的生活方式,表达了自己向往"风月"的"乐道"胸襟。诗中着意突出的物象是"清""无尘",风俗为"不欺",堂中的生活为或语或默,或酒或琴,或书或枕。在诗中,人与物,堂与境,相处和皆,诗人的"乐道"与"处困"都因"无欲"而取得统一。从周敦颐的理学观来看,他强调"诚"为宇宙和人的本源,"慎动""无欲""去恶""体悟孔颜乐处"等理学思想都在诗中得到反映。

体现"观天地生意"的"万物一体"情怀,强调"仁"为天地之本、人之本。如其诗《题春晚》:"花落柴门掩夕晖,昏鸦数点傍林飞。吟余小立阑干外,遥见樵渔一路归。"诗篇渲染花落夕阳下,于家园看昏鸦与渔樵共存的情景,诗中人面对此景心并不为所动,只是如明镜一般"照见"此一天地之境。这一诗境与周敦颐理学"主静""寂然不动"主旨是一致的,而这都是实现"人极"即"诚"的必须途径。诗中,夕阳落花、昏鸦傍林、人物闲吟、渔樵归家,组成一幅万物一体而生意盎然的图画,这就是周敦颐所体认的天体之"生生不息"的"仁德",

落实到人就是所谓"五体"即"仁义礼智信"。

与周敦颐相同,程颢多用记游诗、写景诗来表达自己的理学思想以及人生感悟。程颢（1032—1085）,字伯淳,号明道。世称明道先生,洛阳伊川（今河南洛阳）人,程颢与其弟程颐皆理学大师,世称"二程"。北宋嘉祐二年（1057）进士,历官鄠县主簿、上元县主簿、监察御史、宗宁寺丞等。著作有《定性书》《识仁篇》,均收入后人编的《二程全书》中。程颢诗歌所抒发的主题有：

天地万物一体。以这一类理学主题为诗旨的诗歌,在程颢诗中多数又与"乐意"结合在一起。如其《偶成》："云淡风轻近午天,望花随柳过前川。旁人不识予心乐,将谓偷闲学少年。"诗篇前二句写景,交代诗人在接近中午的时刻外出游玩,他描述了天地之间的风景与物况：云淡风轻,花柳成荫,诗人就在这春末夏初的季节中信步而行,感受着天地万物生生不已,感到自己与外在的气候、生物气息一致,身心与之打成一片,因此而有一种愉悦。这种感受显然脱离了一切私欲与物欲,把精神境界提升到察识宇宙万物的"生意"亦即天地万物之"仁"上来。按照程颢的理学思想,这种快乐也就是天地降临到人身上的"性"。因此,程颢诗中所乐的是识察天地万物与人的本性。对人来讲,所乐的是人的"仁"性亦即"德",这个"仁"性因与天地万物相沟通而具有了本体的意味。这种与物同体,和顺性定的理学主旨,成为程颢此诗的诗旨所在。在中国诗歌史上,写景多以拂晓与傍晚为多。程颢通过中午生机茂盛的景物以抒发天地万物生生不已的主题,无意间却突破了中国抒情诗歌中的取景传统,这说明了理学性理诗对于中国诗歌诗境的贡献。

"乐意"主题。一是安贫乐道之"乐"。如其诗《秋日偶成》："寥寥天气已高秋,更倚凌虚百尺楼。世上利名群蠛蠓,古来兴废几浮沤。退居陋巷颜回乐,不见长安李白愁。两事到头须有得,我心处处自优游。"诗篇抒写秋日登楼所感,由登楼而仰观俯察,思索人生兴废名利,抒发自己安贫乐道、不以外物干扰内心的情怀。只有"道"才是诗人的"乐"之所在。二是因定性而和乐。如其诗《晚春》："人生百年永,光景我逾半。中间几悲欢,况复多聚散。青阳变晚春,弱条成老干。不为时节惊,把酒欲谁劝。"诗篇抒写自己不因外物的变换而改变自己心境,表达了诗人的理学主张,即认为人的情感应该完全顺应事物的自然状态,情感应该顺延事物的来去,不以个人的利害而产生不宁的心境,达到这一境界,则人生自然呈现和乐之美。程颢反复强调的"槛前流水心同乐,林外青山眼重开","醉里乾坤都寓物,闲来风月更输谁"等,都是抒写心因定性而和乐的主题。三是天地生趣之乐。如其诗："新蒲嫩柳满汀洲,春入渔舟一棹浮。云幕倒遮天外日,风帘轻扬竹间楼。望穷远岫微茫见,兴逐归槎汗漫游。不畏蛟螭起波浪,却怜清泚向东流。"（《春日江上》）诗篇写景很有特点,蒲嫩柳满,云幕倒遮,山野苍茫,人在天地间漫游，心境和乐，与天地万物共有生机乐趣。反映这一主题的诗，往往又与"天地万物一体"主题的诗相交融，反映出程颢以与天地万物共融一体为乐趣。

可见，奠定理学诗派诗歌范型的北宋诸人，其理学诗都是以抒写理学思理和命题为旨归，"理学"的诸多命题和范畴都成为其诗学的命题与范畴，举凡乐意主题、天地万物一体主题、"仁"为天地万物之本的主题等，都是理学命题和范畴的诗化表达。显然，这一诗歌创作主题为中国古典诗歌带来了独特的诗境和审美意蕴，也为中国古典诗歌提供了道、艺并进的发展可能性，所产生的影响是非常深远的。

北宋理学五子之后，理学诗派诗人的诗作主题又有了一些变化。如周行己，早年从程颐游，开永嘉学派之先，依《四库全书总目》的说法，其文章"明白淳实，粹然为儒者之言"。他虽学出程氏，但因其与曾巩、黄庭坚、晁说之、李之仪、左誉诸人相唱和，因此其"诗文皆娴雅有法，尤讲学家所难能"。考察周行己诗作可见，其诗歌主题并不以理学的心性存养为主，而更倾向于行健入世、月进舍藏、反身修己等原始儒学的传统。他的诗虽也有如北宋五子诗歌注重内修体悟与践行的诗歌主题，但更多的是那种弘道励志、虽穷而志不坠的入世进取理想。对世移事迁而功业不遂的焦虑，对世态炎凉冷峻而深沉的感慨，往往构成了其诗的基调。如其诗《营居有感》，因鹊衔枯枝筑窠而起兴，生发出"人生结栌宇，斩木与诛茅。经营壮有室，耆艾尚勤劳"的深沉主题。与周行己诗歌创作主题的摄取取向相近，南宋杨时、许景衡、尹焞、张九成、吕祖谦、陆九渊、张栻、袁燮诸人，他们的诗歌创作主题也往往呈现出与其理学素养不尽一致的情况。

## 二、理学诗派诗歌的诗境生成方式

自北宋晚期开始到南宋中后期，理学逐渐成为整个社会文化的精神内核，时人多受其润泽。就诗歌创作主体而言，有的与理学家多有交往，如王炎、韩元吉与朱熹过从甚密；有的是理学家的门人，如黄榦、陈淳都曾向朱熹问学；有的本身就是理学家，如魏了翁、真德秀、杨万里等；有的与理学家或宗奉理学之士相与唱和，如袁说友与杨万里唱和，王阮与张孝祥唱和，赵蕃从学于朱熹且与杨万里唱和等。受此影响，很多诗人的诗歌作品，都表现出理学家的哲思情感。诗人抒写理学义理和理学范畴的诗歌主题，以及学习、追摹北宋五子的诗境建构方式，逐渐蔚成风气。如《四库全书总目》评陆九渊门人袁燮《絜斋集》："大抵淳朴质直，不事雕绘，而真气流溢，颇近自然。"又如朱熹门人陈淳有《闲居杂咏三十二首》，诗篇主旨全部是阐发理学的三纲五常道德伦理主题，诗句不讲究对偶、格律等形式方面的要求，也缺乏诗歌意趣情境，只不过是把理学范畴以诗句的形式表达而已。显然，这种诗歌创作形式，无论是在诗作主题上还是在诗歌内容、诗境构造方式上，都可以从邵雍等理学诗派诗歌中找到源头。

邵雍的诗被称为"邵康节体"，在诗境建构上，其主要特色是创作主体与道德实践主体合二为一，诗篇所着意凸显、抒写的主题是诗歌创作主体的道德理性与认知理性相结合的、与道德践行体验与识察有关的理学命题。因此，"邵康节体"呈现出维系形而上的道德伦理品格而具有的崇高与优美境界。周敦颐、程颢、张载等人的诗境构造，也与"邵康节体"相似，都与他们诗歌的主题紧密相关。北宋理学诗派代表人物的诗歌在构建其诗境时，主要是以理学命题中的理、意、趣为旨归，摄入到诗中的景物、景象，乃至构成诗中的情境与意境，都服从和服务于诗歌主题的需要。具体说来就是以凸显性情之正为出发点，以悟道、求道为旨归，意之所适，情、境随之，强调以明理为本，诗情与诗意都以理学范畴与命题为旨归。这里的"境""情"，都已被置换为浸染着实践主体的道德伦理、道德判断和以儒学政治伦理为框架的"境""情"，而非传统诗歌中发于自然，渗透着审美情趣和人生欲望的"境""情"，与传统诗歌尤其是唐诗那种情景交融来表现诗歌主旨，反映作者情怀的诗境构造方式迥异。

理学诗派的诗歌审美意蕴基于这种诗境建构方式，表现为独有的哲思意趣。理学诗派的诗歌因为着意抒写理学命题而具有崇高道德之美，由此就带来了这一类诗歌审美意蕴的重要特征：一是崇高与优美的诗歌境界。无论是周敦颐诗歌抒发理学的"慎几""慎动"主题，强调"自掩"以为功的《题门扉》，强调"仁"为天地之本人之本的《题春晚》；还是邵雍抒发自己安贫乐道、不以外物干扰内心、因道而乐的情怀的《秋日偶成》，抒发"天地万物浑然一体"的《偶成》，诗篇都展示给我们一种道德主体重向内追求道德完善而轻外在物欲人情的高致情怀。这种情怀往往给人一种脱俗、无尘的道德审美体验，从而外显为一种崇高美境。这种美境，显然是与理学诗派诗境的构建方式有联系。二是与万物为一体的自然意趣。抒发万物一体的自然意趣，在宋代以前已经存在。如陶渊明"采菊东篱下，悠然见南山"，韦应物的"春潮带雨晚来急，野渡无人舟自横"等，主体与客体已然混为一体。不过，在理学诗之前，以天地万物为一体作为诗境的建构类型，尚不多见。即使陶、韦等人的诗歌，也与朱熹等理学家的推扬紧密相关。理学诗所抒发的"自然万物一体"的诗境，其中透露出强烈的主体意识，是之前的诗歌所不太重视的。

如果把理学诗派以审美沟通自然界与价值界的探索看作是其文化哲学层面上的贡献的话，那么，那些创作较为成功的理学诗，就因独特的诗境构建方式、聚焦于哲思意趣的诗歌主题与具有自身特点的诗格追求特征，成为中国古典诗歌的一道亮丽风景。理学诗派诗歌丰富了中国古代诗歌的表现形式和审美类型，拓展了中国古代诗歌的哲思深度，从而具有了独特的文学史地位。

### 三、朱熹的文学主张与诗歌创作

作为"理学诗派"的代表性诗人，朱熹的文学思想与诗歌创作影响很大。朱熹（1130—1200），字元晦，号晦庵，别号紫阳，徽州婺源（今江西婺源）人。宋高宗绍兴十八年进士，曾任秘阁修撰等，为南宋集大成的理学家，也是南宋时期影响很大的学者和诗人，他的文学思想和诗歌创作都对当时及后世产生了重要影响。

两宋理学家文道观大致有"重道轻文""作文害道""文道两分"与"调适文道"等四种类型，不同类型各具特征，其中又有着深刻的矛盾性。[①] 大致而言，两宋"道学之士"在处理文道关系时，一是把"文"泛化，他们所用的"文"，其涵义是"文化""文明""礼治教化"等，由此，理学家所谈的文、道关系，实际上是文化意义上的文化载体与文化精神的关系。二是从"文章""文学"义等来使用"文"，但普遍存在着不是从文学的整体而是从文学的一部分，如内容、形式或者文辞等方面来论及文道关系，其基本的思维取向是降低或者否定"文"的独立地位及主体性，使"文"成为"道"的附庸。

朱熹的文学主张，主要体现在他对文道关系的处理上。与很多理学家相似，朱熹的文道观念也表现出矛盾性。一方面，他强调文与道的关系为本末关系，"道"为主而"文"为末，"这文皆是从道中流出，岂有文反能贯道之理？文是文，道是道，文只如吃饭时下饭耳。若以文贯道，却是把本为末，以末为本，可乎？其后作文者皆是如此"（《朱子语类》）。他批评"文者，贯道之器"说，认为若承认文能贯道，则出发点是强调"文"的独立性和主体性，那么"道"则成为了"文"的附庸。由此出发，他批评苏轼之文："今东坡之言曰'吾所谓文，必与道俱'，则是文自文而道自道，待作文时，旋去讨个道来入放里面，此是它大病处。"（《朱子语类》）朱熹强调"道"为根本，而"文"为枝叶，否定苏轼的文、道二元观点。他在谈及作"文"时，亦云"一日说作文，曰'不必著意学如此文章，但须明理。理精后，文字自典实。伊川晚年文字，如《易传》，直是盛得水住！苏子瞻虽气豪善作文，终不免疏漏处'"（《朱子语类》），依朱熹哲学思想而言，此中之"理"当然是与"道"有关。因此他对孟子、韩愈至欧阳修的重文轻道倾向给予了批评。

另一方面，朱熹虽然强调"道"居于"文"的核心位置，但在很多情况下，也注意到"文"具有独立性，并对"文"的写作技巧、审美特质、形式与内容诸

---

[①] 参看王培友《两宋理学家文道观念及其诗学实践研究》，南京大学出版社2016年版。

要素等进行了较为精到的分析。他论及苏轼之文时，谈及"文"与"道"的关系："……若曰惟其文之取而不复议其理之是非，则是道自道、文自文也。道外有物，固不足以为道，且文而无理，又安足以为文乎？盖道无适而不存者也，故即文以讲道，则文与道两得而一以贯之，否则亦将两失之矣。"（《朱子语类》）此中朱熹就苏轼之学连带论及苏文与道的关系，实际上涉及文、道两分的问题。朱熹注意到苏文中有邪有正，强调"求道者"不得不对其中是非邪正详加辨析，否则就会出现"文自文，道自道"的情形。其中，朱熹虽然强调修道者应该就"文"而求"道"，但也指出了"文"自有其"理"在。可见，朱熹对文、道两者的本质规律是有一定认识的，他在注重求"道"的同时，注意到"文"自有规律。但出于"天下万物之一理也"的论证需要，朱熹必以先验的思想来论证"道"对"文"的决定作用，以及为了求"道"而对"文"的限定与要求。另外，朱熹在《楚辞章句》《诗经集注》等著作中，从文学角度论及了"兴观群怨""温柔敦厚""香草美人"等与"文"相关的内容，从另外方面说明朱熹是承认"文"的独立价值与文学功用的。

除了直接论及文、道关系之外，朱熹还有在思理上会通诗歌审美与理学哲理的倾向。朱熹评价韦应物诗歌具有"气象近道"的特征，影响极其深远，他认为韦应物摄入其诗的物象，构造的意境和反映的感情，与儒学家所认同的"生生不息""活泼泼"的自然万物运行面貌，以及人天生具有的"仁义礼知"关系密切。正是基于上述两点，朱熹才说韦诗"气象近道"。

朱熹的诗歌创作，继承了北宋理学代表人物周敦颐、邵雍、程颐、程颢、张载等人的诗歌创作传统，而又有新的突破。朱熹的诗歌创作题材较为广泛，其中有纯说理者如《斋居感兴》二十首，效仿陈子昂《感遇诗》。他又有《训蒙诗》一百首，是向初学者阐明义理的。类似这种纯以阐明理学义理为主旨的诗篇，在朱熹诗歌创作中占有不少的数量。这种"语录讲义之押韵者"的诗歌，也是当时理学诗人创作的一种风尚。较之同时期的其他理学诗人，朱熹诗歌继承了北宋理学代表人物的诗歌创作主旨，但在诗歌表现方法方面又有很大变化。如其《次韵择之见路旁乱草有感》：

世间无处不阳春，道路何曾困得人。若向此中生厌教，不知何处可安身。

诗篇因路旁乱草而起兴，因此而探究此中物理，得出了"世间无处不阳春，道路何曾困得人"的道理。由此，诗歌境界陡然提升到了普泛化的哲理层面，亦即境非境。人只要行健奋发，就能够物随心愿，路畅志得。这种诗境构造方式与邵雍那种纯粹抒写理学命题与范畴的诗篇有了距离，其突出特色是将人情、物态、世事、具体事物发展变化过程的内容，以实践主体的主观认识来感受、把握，从中抽绎出具有一定客观性的道理。显然，这种诗境构造方式，在思辨性、抽象性的层面上，较之邵雍、周敦颐等人的诗歌更加突出议论性和说理性。又如其《观书有感二首》之一：

半亩方塘一鉴开，天光云影共徘徊。问渠那得清如许，为有源头活水来。

明明是谈读书的认识，却由塘水如镜起兴，以"天光云影"写尽塘水所涵蕴的无尽光景。转笔却重在追寻塘水的"清"之由，得出"源头活水"才是其原因。可见，因"理"而选景，因景而造境，是朱熹诗境构造的重要特色之一。他在创作诗篇时，往往特别注重以诗篇主旨来约束表现方法。朱熹的理学诗，往往带给我们脱俗、高致、诚信、和美的审美体验，表现出他的儒学学养和理学观念。诚如罗大经所言："公尝举似所作绝句示学者云'半亩方塘……'，盖借物以明道也。又尝诵其诗示学者云'孤灯耿寒焰，照此一窗幽。卧听檐前雨，浪浪殊未休'，曰'此虽眼前语，然非心源澄静者不能道'，观此则公之所作又可概见矣。"（《鹤林玉露》卷六）朱熹的诗歌创作，大多可作如是观。

**思考题**

1. 试论陆游诗歌的艺术成就。
2. 试论陆游诗艺在诗歌技巧上的突破性贡献。
3. 谈谈"诚斋体"的"自在"特点与当时理学思想的关系。
4. 试论范成大田园诗的诗歌史贡献。
5. 谈谈对理学诗派诗歌艺术风格及其形成原因的认识。

# 第九章　辛弃疾

在词史上，辛弃疾与苏轼齐名，并称"苏辛"。辛弃疾行伍弓刀出身，一生以事功自许自期，乃人中之龙，但剑锋化软笔，最终以文词留名。他将苏轼豪放的词风、以诗为词的词体认识及南渡后以词来战斗的爱国传统熔冶为一炉，最终达到无事无意不可以入词的高度。例如写英雄的战斗与失意，写农村的自然风物，都是辛弃疾对词坛的新贡献。此外，其词多样性的审美风貌、强烈主体意识的渗透及以文为词的写作手法，形成了独特的个人风格。在南宋词坛，他是为众人所仰的一面光辉旗帜。不少词人直接或间接继承他的词风，这一群体被称为"辛派词人"。

## 第一节　辛弃疾生平与词作

### 一、生平经历

辛弃疾（1140—1207），字幼安，号稼轩，济南历城（今山东济南）人。他出生于金人统治之下的北方沦陷区，幼时祖父辛赞就经常带着他指点关河，议论时局。于是，年少的他就"思投衅而起，以纾君父所不共戴天之愤"（辛弃疾《美芹十论·序》）。绍兴三十一年（1161），年仅二十二岁的辛弃疾便带领两千余人参加了耿京的起义军。次年正月，受耿京的委派，辛弃疾等人奉表赴南宋投诚。使命完成后，他却意外获知耿京被降金的叛徒张安国杀害。辛弃疾率领五十余骑，北上直奔济州（今山东巨野），从重兵把守的金兵营地将张安国绑缚于马上，疾驰送到建康（今江苏南京）处决。这一事件振奋当年朝野，"儒士为之兴起，圣天子一见三叹息"（洪迈《稼轩记》）。

"男儿事业，看一日、须有致君时"（《婆罗门引·用韵答先之》），这是辛弃疾一生的追求。南渡后，辛弃疾官职尚微，作为一位不被南宋朝廷信任的"归正人"，越位向孝宗皇帝进奏了"万字平戎策"——《美芹十论》。五年后，又向宰相虞允文再进《九议》，力主抗金，并提出恢复失地的建议。淳熙元年（1174）差知江陵府兼湖北安抚使，迁知隆兴府兼江西安抚使。淳熙五年（1178）出为湖北转运副使，改湖南转运副使。又改知潭州兼湖南安抚使，他曾创建飞虎军，"雄镇一方，为江上诸军之冠"（《宋史·辛弃疾传》）。同时人朱熹就称赞"辛弃疾颇谙晓军事"，认为"辛幼安亦是一帅才"（《朱子语类》）。辛弃疾自身的能力与自信也使其有"舍我其谁"的使命感。在地方任上，他以治军之严、处事之烈，被朝廷谏官纷纷侧目。孝宗曾给辛弃疾下发"金字牌",要求他立刻停止营建军事工程,但辛弃疾竟藏起金牌,加紧施工。后来剩下屋顶瓦片未盖,恰逢连绵阴雨天气又无法烧制,于是辛弃疾下令全城百姓每家取下两片瓦救急,等天晴刮出新瓦后再悉数归还。结果匝天之内便瓦片凑足,盖好营房,诸事完备后,才上报朝廷。后被当政者所忌,他在壮年即被弹劾罢职,先后退居江西上饶、铅山近二十年。深居简出的落寞时光里,只好"笑吾庐,门掩草,径封苔。未应两手无用,要把蟹螯杯。说剑论诗馀事,醉舞狂歌欲倒,老子颇堪哀"(《水调歌头·汤朝美司谏见和,用韵为谢》)。

嘉泰初,韩侂胄定议伐金,辛弃疾遂被大用,先后数度召见,进爵赐金。嘉泰三年(1203)起知绍兴府兼浙东安抚使。此数年内辛弃疾积极筹划北伐,曾"屡次遣谍至金,侦查其兵骑之数,屯戍之地,将帅之姓名,帑廪之位置等,并欲于沿边招募士丁以应敌"(邓广铭《辛稼轩年谱》)。从其晚年不少词作中,可见其在白发之际犹有立功之机的欣喜。但南宋朝廷并没有北伐的实力与决心,开禧北伐以战败议和告终,辛弃疾旋被弃用。开禧元年(1205)以言者论列,奉祠归铅山。"独立苍茫醉不归"(《一剪梅》),暮年的辛弃疾是失望落寞的,两年后即病卒。德祐元年(1275)追谥忠敏。《宋史》有传。

## 二、词作内容

辛弃疾词集有四卷本《稼轩词》及十二卷本《稼轩长短句》两种。存词六百二十馀首,数量为两宋词人之冠。他的词作题材广泛、内容丰富,大致可以分为以下几类:

一为英雄词。辛弃疾天生孔武高大,目光炯炯。他的好友陈亮就说他"眼光有棱,足以照映一世之豪;背胛有负,足以荷载四国之重"(《辛稼轩画像赞》),辛弃疾自己平生也"以气节自负、以功业自许"(范开《稼轩词序》)。所以辛弃疾更愿意被人看作是一位具有谋猷远略的英雄人物,而不是一位词人。他词中很多内容是描述他虎啸生风、叱咤风云的英雄情怀,特别是早年从军时的情境,常常会一再显现,如"少年握槊,气凭陵、酒圣诗豪馀事"(《念奴娇·双陆和坐客韵》),"壮岁旌旗拥万夫。锦襜突骑渡江初。燕兵夜娖银胡䩮,汉箭朝飞金仆姑"(《鹧鸪天·有客慨然谈功名,因追念少年时事戏作》)。这种以英雄自许的雄心壮志,也随处流露在与僚属、友人交往的词中。他曾赋写壮词寄赠好友陈亮:

> 醉里挑灯看剑,梦回吹角连营。八百里分麾下炙,五十弦翻塞外声。沙场秋点兵。　马作的卢飞快,弓如霹雳弦惊。了却君王天下事,赢得生前身后名。可怜白发生。(《破阵子·为陈同甫赋壮语以寄》)

即便是登临古迹之时，抒发的仍是英雄老矣，但尚可驱驰的豪情。如晚年知镇江任上的《永遇乐·京口北固亭怀古》：

> 千古江山，英雄无觅，孙仲谋处。舞榭歌台，风流总被，雨打风吹去。斜阳草树，寻常巷陌，人道寄奴曾住。想当年，金戈铁马，气吞万里如虎。元嘉草草，封狼居胥，赢得仓皇北顾。四十三年，望中犹记，烽火扬州路。可堪回首，佛狸祠下，一片神鸦社鼓。凭谁问，廉颇老矣，尚能饭否。

词中尽是对往古英雄的追慕，同时又有自我的"英雄感怆"（刘辰翁《辛稼轩词序》）。这首词被明人杨慎目为"稼轩词中第一"（先著、程洪《词洁》）。

二为失意词。辛弃疾南归的四十多年间，大半时间皆被朝廷弃而不用。南归之初，辛弃疾壮志勃勃地上表，因"持论劲直，不为迎合"（《宋史·辛弃疾传》）。乾道三年（1167）他心绪寥落地返回金陵，西风黄叶、淡烟衰草中，登上赏心亭，回首层城，生得愁绪千斛，这就有了名作《水龙吟·登建康赏心亭》：

> 楚天千里清秋，水随天去秋无际。遥岑远目，献愁供恨，玉簪螺髻。落日楼头，断鸿声里，江南游子。把吴钩看了，栏杆拍遍，无人会、登临意。休说鲈鱼堪鲙。尽西风、季鹰归未。求田问舍，怕应羞见，刘郎才气。可惜流年，忧愁风雨，树犹如此。倩何人，唤取盈盈翠袖，揾英雄泪。

辽阔苍然的背景之下，一个孤单人影正在徘徊，自己原本心怀壮志地南下，然而却英雄无用武之地。故乡难归，流落江南；投闲置散，沉滞下僚；壮志难伸，英雄失路，于是感慨万端，把栏杆拍遍。这首词沉郁顿挫、慷慨悲凉，最能体现辛词的风格。

后来的二三十年间，他历遍宦海浮沉，失意的情绪更为浓重，《鹧鸪天·有客慨然谈功名，因追念少年时事戏作》云："追往事，叹今吾。春风不染白髭须。都将万字平戎策，换得东家种树书。"当年征战的壮举只能出现在回忆里，自己年轻时所献的"万字平戎策"，已经替换成了退居山林的农耕之书。辛弃疾的那首《清平乐》，被认为是对他晚年心境的最好概括：

> 绕床饥鼠，蝙蝠翻灯舞。屋上松风吹急雨，破纸窗间自语。　　平生塞北江南，归来华发苍颜。布被秋宵梦觉，眼前万里江山。（《清平乐·独宿博山王氏庵》）

三为闲居词。淳熙八年（1181）辛弃疾自江西安抚使改任浙西提刑，尚未启程赴任，台臣王蔺就有弹劾奏上。此时，江西上饶的带湖新居已经落成，辛弃疾便退居此地，自号稼轩居士，开始了十年赋闲的农村生活。绍熙三年（1192）起为提点福建刑狱，次年知福州兼福建安抚使。然而再以谏官弹劾，徙铅山，家居瓢泉长达八年。无奈的辛弃疾便在乡村山水中安顿心灵："一丘一壑也风流"（《鹧鸪天·鹅湖归病起作》）、"高处看浮云，一丘壑、中间甚乐"（《蓦山溪·昌父赋一丘一壑，格律高古，因效其体》）、"我见青山多妩媚，料青山、见我应如是。情与貌，略相似"（《贺新郎》）。他开始与乡村的自然风物互为知音，从"一松一竹真朋友，山鸟山花好弟兄"（《鹧鸪天·博山寺作》）、"却怪白鸥，觑着人、欲下未下。旧盟都在，新来莫是，别有说话"（《丑奴儿·博山道中效李易安体》）、"窥鱼笑汝痴计，不解举吾杯"（《水调歌头·盟鸥》）等词句中，可以展现出他与物为友的生态意识，进而使其闲居词表现出人与自然和谐相处的生态美。

用词作描写乡村的闲适生活，今稼轩词集中存有二十馀首清新明快的农村词：

茅檐低小，溪上青青草。醉里吴音相媚好，白发谁家翁媪。　　大儿锄豆溪东，中儿正织鸡笼。最喜小儿无赖，溪头卧剥莲蓬。（《清平乐》）

明月别枝惊鹊，清风半夜鸣蝉。稻花香里说丰年。听取蛙声一片。　　七八个星天外，两三点雨山前。旧时茅店社林边。路转溪桥忽见。（《西江月·夜行黄沙道中》）

在他的词中，有客来即掀老坛、拨新醅的敦厚老者；有趁着蚕生的空闲，匆匆回娘家的小媳妇；有北陇之上踏水的劳动者，竹边村头的卖瓜人。乡村的平凡人物，生气勃勃地走进词世界。还有东家娶女，西家嫁女等充满乐趣的农村生活。在词史上，苏轼也有二十多首农村词，但多治怀逸情，其中活跃的是一种浪漫热烈的士大夫情调，而辛弃疾却以沉稳的笔法刻画真切的生活画卷，为我们呈现一道清新自然的乡村风景线。

## 第二节　辛词艺术成就

### 一、主体精神与军事意象

从晚唐五代以来，"绮筵公子""绣幌佳人"这种类型化、模糊性的人物形象，一直作为词中主流。待柳永、苏轼等人一步步对其进行改造，词中开始活跃着一个"我"。到辛弃疾这里，符号化的人物已经完全淘汰，代替的是有着强烈主体精神的自我形象。他的胸怀、抱负、情感、意绪，全都可以付之词体，而不需要再用诗体来表现。这正如范开所言："果何意于歌词哉，直陶写之具耳。"（《稼轩词序》）

在辛词中，"余""我"等第一人称代词经常可见，还有"把吴钩看了，栏杆拍遍"（《水龙吟·登建康赏心亭》）的"江南游子"；"说剑论诗馀事，醉舞狂歌欲倒，老子颇堪哀"（《水调歌头·汤朝美司谏见和，用韵为谢》）的潦倒"老子"等。这种主体品格的强烈主宰，就使词体进一步摆脱了席上歌舞饮宴的需要，而变成文人案头上表现自我的工具。另外，辛弃疾还通过词序的写作，来突出作者的主体精神。从苏轼开始，词序大量出现，而辛词绝大部分都拥有词题或者词序，这一比例高达百分之八十以上。词序的使用，就为词人的主体认知和身份确认提供了一个现实情境。有时间、有地点、有人物、有故事，这种词就不是为了应景酬唱，而是为了突出主体精神的有意创作。

再有，唐五代词的意象群主要来自闺房绣户、青楼酒馆；至柳永、苏轼，则是自然山水与文人日常生活意象；辛弃疾这里，词的意象群显示了大的转折，那就是与军事战争有关的意象——刀、枪、剑、弓、钩、铁马、旌旗、将军、士兵等，大规模地现身词的世界。艺术家再现或表现生活时，最钟情的还是那些自己曾经深刻理解或者强烈体会过的艺术素材，从而体味自己自由自觉的本质。所以，即便是描写山川风物，在英雄词人的眼中，却是峰如马、松如兵、急湍似箭、缺月是弓，如这首：

> 叠嶂西驰，万马回旋，众山欲东。正惊湍直下，跳珠倒溅，小桥横截，缺月初弓。老合投闲，天教多事，检校长身十万松。吾庐小，在龙蛇影外，风雨声中。　　争先见面重重。看爽气朝来三数峰。似谢家子弟，衣冠磊落，相如庭户，车骑雍容。我觉其间，雄深雅健，如对文章太史公。新堤路，问偃湖何日，烟水濛濛。（《沁园春·灵山齐庵赋，时筑偃湖未成》）

情感寻找具象来传达，也就是文学主体情感的客观化与对象化。这种写作手法，让山水风物都和词人一样，充满了雄壮激扬的英雄之气。检校山川的词人，更显现出了睥睨六合、指点江山的伟岸形象。所以南宋刘克庄在《辛稼轩集序》中说："公所作大声鞳鞺，小声铿鍧，横绝六合，扫空万古，自有苍生以来所无。"文学活动主体具有既掌握世界，又肯定自身的统一特征。人们在实践活动中，实现自己的品格个性，在对象中得到关于自我的印证，这样就能够获得审美的愉悦。在这些军事意象中，辛弃疾的内心情感获得了对象化存在。

### 二、刚柔并济的审美风貌

清人王士禛论云："张南湖（张綖）论词派有二：一曰婉约，一曰豪放。仆谓婉约以易安为宗,豪放惟幼安称首。"(《花草蒙拾》)"豪放"一词,往往成为辛词审美风貌的代名词。然而辛词实际上是刚柔并济的,叶嘉莹《论辛弃疾词的艺术特色》说:"辛词虽然一方面以其英雄豪杰的志意与理念突破了词之内容意境的传统,另一方面更以其英雄豪杰的胆识与手段突破了词之写作艺术的传统,可是就其词之本质言之,却仍能保有词之曲折含蕴的一种特美。这两种相反而又相成的现象,既是辛词最值得注意的特色,也是辛词在词之发展中所完成的最为不可及的过人的成就。"辛弃疾有着宽阔的艺术掌控能力,除了豪放雄壮,他还可以摧刚为柔,展现出婉转妩媚的一面。如名作《摸鱼儿》:

淳熙己亥,自湖北漕移湖南,同官王正之置酒小山亭,为赋。
更能消、几番风雨。匆匆春又归去。惜春长恨花开早,何况落红无数。春且住。见说道、天涯芳草迷归路。怨春不语。算只有殷勤,画檐蛛网,尽日惹飞絮。　　长门事,准拟佳期又误。蛾眉曾有人妒。千金纵买相如赋,脉脉此情谁诉。君莫舞。君不见、玉环飞燕皆尘土。闲愁最苦。休去倚危阑,斜阳正在,烟柳断肠处。

从词人本年所写的《淳熙己亥论盗贼札子》中"臣孤危一身久矣""生平刚拙自信,年来不为众人所容,顾恐言未脱口而祸不旋踵"等语可见,他当时受人忌恨。由湖北转运使调任湖南安抚史,离开抗金的冲要之地鄂州赴长沙,意味辛弃疾此行乃是受贬,所以他才悲恨有词。词中写了暮春,写了夕阳,采用了《离骚》中香草美人的比兴手法,以宫怨的形式,对朝野小人作了斥责。手法上千回百折,一层深似一层,总体风貌上"回肠荡气,至于此极。前无古人,后无来者"(梁启超《饮冰室评词》)。宋人罗大经《鹤林玉露》甲编卷一载其后事云:"词意殊怨……寿皇(孝宗)见此词,颇不悦,然终不加罪。"大概正是来源于词中的缠绵悱恻。

辛词的曲折含蓄中,还有为人所熟知的《青玉案·元夕》一词:

东风夜放花千树。更吹落、星如雨。宝马雕车香满路。凤箫声动,玉壶光转,一夜鱼龙舞。　　蛾儿雪柳黄金缕。笑语盈盈暗香去。众里寻他千百度。蓦然回首,那人却在,灯火阑珊处。

炫目喧嚣的元宵灯会中,有一个清高寂寞的美人在"自怜幽独,伤心人别有怀抱"(梁启超《饮冰室评词》)。此词柔婉妩媚中又有清刚绝尘之气,后世很多研究者都认为美人形象寄托着作者理想人格的化身。后来王国维又把"众里寻他千百度。

蓦然回首,那人却在,灯火阑珊处"称为成大事业、大学问的第三种境界,更增加了此词的当代影响力。

夏承焘一生对辛弃疾的研究用力甚勤,他就将辛词风格概括为"肝肠似火,色貌如花",认为辛词以豪放风格出之,又不失温婉本色,合此二者方为辛词特色。

### 三、以文为词

苏轼"以诗为词"之后,词体获得转型,诗词初步融合。辛弃疾的写作实践中彻底打破了诗词的疆界,将词体的表现手法与文体功能发挥到最大的限度。具有里程碑意义的是辛弃疾打破了词与文的界限,有"以文为词"的创举。例如,辛词里大量使用"矣""哉""者""也""乎"这些散文中常见的语助词,刘辰翁《辛稼轩词序》说:"自辛稼轩前,用一语如此者必且掩口。及稼轩横竖烂熳,乃如禅宗棒喝,头头皆是。"而且,一些散文的句子也经常被辛弃疾挪用在词中,例如"甚矣吾衰矣。怅平生、交游零落"(《贺新郎》)、"吾衰矣,须富贵何时"(《最高楼》)、"二三子者爱我,此外故人疏"(《水调歌头》)。对此,清人吴衡照《莲子居词话》中感叹道:"辛稼轩别开天地,横绝古今,论、孟、诗小序、左氏春秋、南华、离骚、史、汉、世说、选学、李杜诗,拉杂运用,弥见其笔力之峭。"

就语句层次而言,很多辛词句读虽断,然文气未断。例如"千古江山,英雄无觅,孙仲谋处。舞榭歌台,风流总被,雨打风吹去"(《永遇乐·京口北固亭怀古》)、"东风夜放花千树。更吹落、星如雨"(《青玉案·元夕》)、"倩何人,唤取盈盈翠袖,揾英雄泪"(《水龙吟·登建康赏心亭》)。这就使本来音韵和谐的词句,呈现出散文化的流畅与腾挪跌宕。对话模式的大量出现也是辛词散文化的另一个重要表现,例如《西江月·遣兴》的下阕:"问松:'我醉何如?'""以手推松,曰:'去!'"这就是很明显的叙述模式。再有《沁园春·将止酒,戒酒杯使勿近》全词整体而言,就是词人与酒杯的对话:

> 杯汝来前,老子今朝,点检形骸。甚长年抱渴,咽如焦釜,于今喜睡,气似奔雷。汝说刘伶,古今达者,醉后何妨死便埋。浑如此,叹汝于知己,真少恩哉。　　更凭歌舞为媒。算合作平居鸩毒猜。况怨无大小,生于所爱,物无美恶,过则为灾。与汝成言,勿留亟退,吾力犹能肆汝杯。杯再拜,道麾之即去,招则须来。

词中采用的正是古文中主客问答的形式,赋予了词体一种诙谐幽默的品格,这是辛弃疾对词体的一种新创制。

正因为辛词具备了以上这些独树一帜的新特点,所以在南宋前中期的词坛上领袖一代。正如《四库全书总目提要·稼轩词》云:"其词慷慨纵横,有不可一世之概,于倚声家为变调,而异军特起,能于翦红刻翠之外,屹然别立一宗,迄今不废。"

## 第三节 辛派词人

### 一、辛派词人群体

辛派词人的形成是一个自觉自动的过程,这与辛弃疾巨大的人格魅力与创作成就密切相关。辛弃疾周围聚集着一批志同道合的志士人才,对其十分膺服推重,他们之间也有频繁的群体互动。最早对辛弃疾词风词格予以归纳总结的是其门人范开,他提出了"稼轩体"一说,随后"用稼轩韵""效稼轩体""歌词浑有稼轩风"(戴复古《望江南》)、"愿学稼轩翁"(李曾伯《水调歌头》)等话语,在当时相当普遍,这说明辛弃疾独特词风已经得到了众多词家的欣赏与效法,为"辛派"的形成奠定了文学基础。这一词派能够稳定延续,最主要还是因为政治现实与社会思潮。

"辛派"这一称谓的正式提出,还应归功于清代的《四库全书总目提要·东坡词》:"词自晚唐、五代以来,以清切婉丽为宗,至柳永而一变,如诗家之有白居易;至轼而又一变,如诗家之有韩愈,遂开南宋辛弃疾一派。"现当代以来,"辛派"已经成为具有典型意义的名称,在文学史的书写中多被独立论述。

辛派词人是南宋词坛上的重要力量,总数多达四十余人。他们一般具有抗金北伐的政治要求、尚武任侠的英雄气质、注重事功的实干精神。在词体的写作上皆以辛弃疾词为效法的对象,同时也有意识地学习苏轼;在词体观上以弘扬主体人格、陈说个人怀抱为主,内容上多抚时之作,具有主战爱国的倾向;在风格上主要表现为慷慨豪放、雄杰奔放。较知名的有陆游、刘克庄、刘辰翁、韩元吉、杨炎正、张镃、韩淲、岳珂、陈人杰、吴潜等,其中的重要代表人物是陈亮与刘过。

### 二、陈亮的词创作

陈亮与辛弃疾在政治与文学上都是知音。陈亮(1143—1194),字同甫,号龙川,婺州永康(今属浙江)人。在当时有"国士"之称,曾上《中兴五论》,奏入不报,退而杜门力学近十年。淳熙五年(1178)改名同,诣阙上书,十日内凡三上，指陈古今沿革政治得失，言恢复之大计，然仍不为当政所用。淳熙十五年（1188）复有《戊申再上孝宗皇帝书》，朝廷交怒，以为狂怪，曾三度被诬入狱。绍熙四年（1193）策进士第一，授签书建康府判官公事，未之官，逾年而卒，端平初追谥文毅，《宋史》有传。有《龙川文集》三十卷，《龙川词》一卷，存词七十四首。

陈亮才气超迈，喜谈兵，曾与叶适共创经世济用的"事功之学"，为"永康学派"创始人，学者称龙川先生。辛弃疾《祭陈同父文》谓其"智略横生，议论风凛"，可见为人风貌，"其发而为词，乃若天衣飞扬，满壁风动"（张德瀛《词征》卷五）。陈亮把词体作为陈经济之怀，作陶写之具的重要载体，好友叶适在《书龙川集后》云："（亮）又有《长短句》四卷，每一章就，辄自叹曰：'平生经济之怀，略已陈矣！'"这种对词体功能的推重使其词脱离了娱宾遣兴的一般作用，承担起个人言志与干预社会的重要功能。

淳熙十五年冬，陈亮赴上饶与辛弃疾会于鹅湖，极论世事。别后有数首《贺新郎》词与稼轩往复唱酬，成为词史上的一段佳话。其一云：

> 老去凭谁说。看几番、神奇臭腐，夏裘冬葛。父老长安今馀几？后死无仇可雪。犹未燥、当时生发。二十五弦多少恨，算世间、那有平分月。胡妇弄，汉宫瑟。　　树犹如此堪重别。只使君、从来与我，话头多合。行矣置之无足问，谁换妍皮痴骨。但莫使、伯牙弦绝。九转丹砂牢拾取，管精金、只是寻常铁。龙共虎，应声裂。（《贺新郎·寄辛幼安和见怀韵》）

上片主旨在于议论天下大事。瑟本五十弦，词以"二十五弦"之瑟，暗示半壁江山。下片转入抒发他与辛弃疾根基于共同抗金主张的真挚友谊。最后在铿锵有力的"龙共虎，应声裂"六字中戛然而止，全篇用凌云健笔驰骋挥洒着他满腔济世救国的激情。刘师培《论文杂记》云："龙川之词，感愤淋漓，眷怀君国。……例之古诗，远法太冲，近师太白，此纵横家之词也。"陈亮词有着强烈的政治功利性和现实针对性，在力拔千钧的同时，也造成了太过直露、缺乏含蓄的缺陷。所以陈廷焯《白雨斋词话》卷一评价他的一些词"精警奇肆，几于握拳透爪。可作中兴露布读，就词论，则非高调"。应该是比较中肯的。

### 三、刘过的词创作

刘过（1154—1206），字改之，号龙洲道人，吉州太和（今江西泰和）人。少有志节，以功业自许。尝上书陈恢复方略，不报。又多次应举不第，一生流落江湖间，《南宋书》《宋史翼》有传。有《龙洲词》一卷，存词八十首。

相比于陈亮，刘过词的题材要宽泛得多，除了雄健豪放的英雄词外，其闲适词、艳情词也为数不少。这首怀古词可视为他的代表作：

> 中兴诸将，谁是万人英。身草莽，人虽死，气填膺。尚如生。年少起河朔，弓两石，剑三尺，定襄汉，开虢洛，洗洞庭。北望帝京。狡兔依然在，良犬先烹。过旧时营垒，荆鄂有遗民。忆故将军。泪如倾。　　说当年事，知恨苦，不奉诏，伪耶真。臣有罪，陛下圣，可鉴临。一片心。万古分茅土，终不到，旧奸臣。人世夜，白日照，忽开明。衮佩冕圭百拜，九泉下、荣感君恩。看年年三月，满地野花春。卤簿迎神。（《六州歌头·题岳鄂王庙》）

宁宗嘉泰四年（1204）朝廷追封岳飞为鄂王，作者在追忆岳飞一生的功绩与遭遇中，也抒发了对当朝者的失望、对政局的忧虑，同时也寄托了自己一生的苦难和期冀。最后想象来日的祭祀场面，将这种喷薄的感情适当收束，并赋予希望。情感依然是慷慨激昂，但表达技巧上千回百转，这就和陈亮词的一泻千里、一味酣畅有所不同。

刘过特别推崇辛弃疾，在《呈辛稼轩》（其五）中写道："书生不愿黄金印，十万提兵去战场。只欲稼轩一题品，春风侠骨死犹香。"他的《沁园春》便是继承辛词手法的代表性作品：

> 斗酒彘肩，风雨渡江，岂不快哉。被香山居士，约林和靖，与东坡老，驾勒吾回。坡谓西湖，正如西子，浓抹淡妆临镜台。二公者，皆掉头不顾，只管衔杯。　　白云天竺飞来，图画里、峥嵘楼观开。爱东西双涧，纵横水绕，两峰南北，高下云堆。逋曰不然，暗香浮动，争似孤山先探梅。须晴去，访稼轩未晚，且此徘徊。（《沁园春·寄稼轩承旨》）

词人巧妙地化用前人诗句，邀约古人中寄寓一派闲适自信的情怀。又使用对话等方式，饶有韵味，这种幽默谐谑的笔法，"虽非正调，亦是创格"（俞陛云《唐五代两宋词选释》）。据说辛弃疾得此词后大喜，邀宴刘过数月，且馈赠无数（岳珂《桯史》）。综合来说，刘熙载《艺概·词概》的评价比较中肯："刘改之词，狂逸之中自饶俊致，虽沉着不及稼轩，足以自成一家。"

### 四、其他辛派词人

陆游词风格多样，正如刘克庄《后村诗话·续集》卷四云："放翁长短句……其激昂慷慨者，稼轩不能过；飘逸高妙者，与陈简斋、朱希真相颉颃；流丽绵密者，欲出晏叔原、贺方回之上。"比较为人熟悉的是《卜算子·咏梅》《钗头凤》等，都属于婉约一脉。晚年的陆游在词风上有所改变。其作于淳熙十六年（1189）的《长短句序》中云："乃有倚声制辞，起于唐之季世，则其变愈薄，可胜叹哉！予少时汩于世俗，颇有所为，晚而悔之。然渔歌菱唱，犹不能止。今绝笔已数年，念旧作终不可掩，因书其首以志吾过。"（《渭南文集》卷一四）所以他后期有不少壮志未酬的悲愤之词，如写作于七十馀岁时的《诉衷情》：

当年万里觅封侯。匹马戍梁州。关河梦断何处，尘暗旧貂裘。　胡未灭，鬓先秋。泪空流。此生谁料，心在天山，身老沧州。

刘克庄被认为能够"与放翁、稼轩，犹鼎三足"（冯煦《宋六十一家词选例言》），有《后村长短句》五卷，存词一百二十馀首。其中《贺新郎·送陈真州子华》《沁园春·梦孚若》《玉楼春·戏呈林节推乡兄》等词，是刘克庄的代表作。刘熙载曾抓取刘克庄《贺新郎·席上闻歌有感》中的句子——"粗识国风关雎乱，羞学流莺百啭。总不涉、闺情春怨""我有生平离鸾操，颇哀而不愠微而婉"，认为"意殆自寓其词品耶？"（《艺概》卷四）大致不错。

**思考题**

1. 谈谈辛弃疾的人生经历与其词作内容特色之间有什么关系。
2. 夏承焘将辛词风格概括为"肝肠似火，色貌如花"，请谈谈你的理解。
3. 如何理解辛弃疾的"以文为词"？
4. 何谓"辛派词人"？主要代表作家、作品有哪些？

# 第十章 南宋后期的文学

宋宁宗开禧二年（1206），权臣韩侂胄发动北伐失败。绵延八十多年的战、和之争，终以颇为尴尬的历史困局而被搁置。自此之后，南宋朝廷已不复有北进的锐气和历史担当。此际，南宋朝政日渐腐朽，肱股大臣出于私欲而置国家民族大义于不顾，结党营私以把持权柄，党祸酷烈之馀，士人往往官宦沉滞。与之相应，愈来愈注重心性存养的理学思潮，又引导士人空谈心性而淡漠事功。南宋后期文学，就在这种英雄之气消歇的情境中展开。

从此，流连于自然风物、男女恋情或日常生活的琐屑情感，逐渐取代了光复故土、豪气干云的淑世抱负。江湖诗派、四灵诗派、江湖词派等纷纷登上文坛。到了宋末，当蒙古铁骑大举南侵之际，文天祥、汪元量、谢翱等一批爱国诗人又展现出凛然气节，周密、张炎等遗民词人也变调为激昂悲愤。至此，两宋文学终以悲慨苍凉的风貌而定格为文学史上的辉煌篇章。

## 第一节 四灵诗派与江湖诗派

南宋后期，在诗坛上形成了颇有声势的两大诗派：四灵诗派和江湖诗派。这两派诗人群体，都曾向中晚唐诗人学习，诗风都有中晚唐诗歌的特征。

"四灵"是赵师秀（字灵秀）、徐玑（字灵渊）、徐照（字灵辉）、翁卷（字灵舒）四人的合称。他们都出于叶适之门，各人的字中都带有一个"灵"字，合称"四灵"，叶适为之编选《四灵诗选》，为之鼓吹，经叶适大力揄扬，"四灵"影响日广，后被人称为四灵诗派。

"四灵"诗宗中晚唐体。嘉定七年（1214），叶适在《徐灵渊墓志铭》中再次强调徐玑以及"四灵"倡导唐诗之功："初，唐诗废久，君与其友徐照、翁卷、赵师秀议曰：'昔人以浮声切响、单字只句计巧拙，盖风骚之至精也。近世乃连篇累牍，汗漫而无禁，岂能名家哉！'四人之语遂极其工，而唐诗由此复行矣"（《水心文集》卷二一），这里的"唐诗"指的是文学史上的中晚唐诗。

"四灵"倡导唐诗的目的，是希望以唐诗这种"风骚之至精"来挽救"近世乃连篇累牍、汗漫而无禁"的不良诗歌创作风气。"四灵"的创作以模仿"唐诗"达到逼真为旨归。"四灵"强调"敛情约性"，栢信"心夷语自秀"（赵师秀《哭徐玑》其一），强调不要故意放大自己的情感，不唱高调，不扯古人，他们所关心的是与自己生活相关的种种事物。如徐照"行乐不易得，贫贱焉可捐"（《九月初四日分韵得然字》),"老怜兄弟远,贫喜妇儿安"(《古郡》)。翁卷"知分贫堪乐"(《春日和刘明远韵》),"有口不须谈世事,无机惟合卧山林"(《行药作》)等,都是抒发作者的日常生活感受。

"四灵"也有关怀现实政治的作品,徐玑的《送张尚书出镇建宁》《监造御茶有所争执》,翁卷的《赠张亦》《东阳路旁蚕妇》,赵师秀的《九客一羽衣泛舟分韵得尊字就送朱几仲》《抚栏》等,皆不乏爱国之情和忧国之志。不过,由于"四灵"居于社会下层知识分子的地位,他们的性情趣味也就必然多在山水林泉、寺庙书斋了。

"四灵"非常注意"律吕相应""按节赴之"来救正宋诗,这显然是针对江西诗派的拗体诗。除了标举"风骚之至精"外,从"四灵"的创作上看,他们非常注意五律的写景和意境,这也与江西诗派律诗以意胜和以筋骨见长作风完全不同。"四灵"的诗歌题材以清淡幽静的山水风景为主,他们以极力描摹、刻画出这些风景,从而形成野逸清雅的意境。如赵师秀《桐柏观》:

> 山深地忽平,缥缈见殊庭。瀑近春风湿,松多晓日清。石坛遗鹤羽,粉壁剥龙形。道士玉灵宝,轻强满百龄。

诗篇意境野逸清雅、清淡幽静。其中,诗篇的颔、颈联强调使用严格的对仗,遣词造句严谨细致,颇有晚唐诗的风貌。这些特征也是四灵诗派诗歌的共同风格。

"四灵"很推崇中晚唐姚合、贾岛等人的诗歌。其中原因,除了反拨宋调外,也由于其生活处境和人生遭遇以及面临的政治生态等均与姚、贾相近。"四灵体"被认为是宋初"晚唐体"在宋末的复归,从题材、形式、风格、意境上看,两者之间的确区别不是很大,尽管有人认为四灵"率浅近,不若惠崇辈之精深也"(《诗薮》外编卷五),但是从总体上看,两者相似之处更多。

总体来说,"四灵"才思窘迫,取径不高,规模狭小,琐细无力,所谓"淡狭瘦弱不能免,淡者句好意浅,狭者词窘修边幅,瘦者门阀不伟,弱者骨不劲健,即此是不好处"(《瀛奎律髓汇评》卷三三纪昀语)。他们在创作上未必超过宋初"晚唐体",但是他们的影响却绝非宋初"晚唐体"可比,"风流相沿,用意益笃,永嘉视昔之江西,几似矣,岂不盛哉"(王绰《薛瓜庐墓志铭》),他们使唐诗风靡于南宋后期。"四灵"用唐诗来反拨宋调,他们以其较为杰出的诗歌创作实绩,与刘克庄、严羽等人的诗论一起,开启了复尊唐诗的风尚,后人继之鼓吹而成绵延千年的"唐宋诗之争",在中国文化史上具有重要的历史地位。

江湖诗派是南宋后期继四灵诗派后而兴起的一个诗派,这一诗派因陈起刊刻的《江湖集》而得名。当时书商陈起与江湖诗人相友善,于是刊售《江湖集》《续集》《后集》等书,后人以《江湖集》内诗作气味皆相似,故称之为江湖诗派。《江湖集》中所录诗人或为布衣,或为下层官吏,他们往往身份卑微,常以江湖习气相标榜。江湖诗派时时抒发欣羡隐逸、鄙弃仕途的情绪,也经常指斥时弊,讥讽朝政,表达不与当朝者为伍的志愿。江湖诗派中成就较大的是戴复古和刘克庄。

江湖诗派诗人的论诗之作繁多。除姜夔《白石道人诗说》、敖陶孙《诗评》、刘克庄《后村诗话》等专门论诗之作外,尚有很多笔记如张端义的《贵耳集》、叶绍翁的《四朝闻见录》、戴复古的《论诗十绝》及杜旃《读杜诗斐然有作》等论及诗歌技巧、诗坛趣闻等。江湖诗派面对前代留存的大量诗歌,他们走过了盲从、辨别、选择、学习之路,几乎对所有的诗人、诗派都进行讨论,找出其优缺点,然后努力效仿。姜夔、戴复古等江湖诗人都有学习效仿众多前辈的经历。除了对唐音、宋调研讨、揣摩、效仿、反思、批评外,江湖诗人对唐以前的诗歌也都作了深入细致的研究,《诗经》、楚辞、"选体"是江湖诗人关注的焦点。

与遍参百家、泛学理论及作诗方法相一致,江湖诗派诗人对"众体诗"非常推崇。江湖诗人泛阅众作的目的就是希望最终超越前人,所谓"融液众格,自成一家"(刘克庄《刘圻父序》)。江湖诗派推崇"韵",这种"韵"偏重于风韵、幽韵、清韵、韵致、韵度,与江西诗派的神韵、气韵颇为不同。富有情韵、风姿绰约的晚唐"异味"受到江湖诗人的赏爱,韵度飘逸成了不少江湖诗人的追求。"诗里玄机海样深,散于章句敛于心。……韵胜想君言外得,字新令我意边寻。"(《江湖后集》卷一五邓允端《题社友诗稿》)江湖诗人对"风韵"的追求,使他们的诗比江西诗派等宋调平添了一些风致,"然白石诗风致胜诚斋远矣","高菊涧翥诗,亦有风致,不减白石、方泉"(翁方纲《石洲诗话》卷四)。江湖诗派重韵轻气的文学观念及其诗歌创作,在当时及后世都受到了指责。

同所有的诗人一样,江湖诗人也追求高雅脱俗。与江西诗派相比,江湖诗派更加标举清雅:

因病始知归计好,虽贫不向俗人谋。(王琮《京华病中》)
句律清圆蚌剖胎,断无尘土到灵台。(方岳《次韵刘簿祷雨西峰》其一)
高标去尘远,古调少人知。(严粲《李贾携诗卷见访,贾与严沧浪游》)

江湖诗人的诗,强调惧俗、避俗、去俗。为了高雅脱俗,江湖诗人不与"俗人"结交,不使"尘土"玷污心灵,要高标出尘,选择"不俗"的环境以保持"无俗意",选择优雅的事物如梅花写入诗中以便诗句清雅。江湖诗人特别重视"工巧""巧对",强调诗歌艺术表达要做到"工致""思致"。如刘克庄《后村诗话》言:"诗以体物验工巧,骆宾王《咏挑灯杖》云:'秉质非贪热,焦心岂惮熬。终知不自润，何用处脂膏。'语简而味长。每欲仿此作数题，未暇也。"从所举的诗例看，工巧、巧对、工致主要是指构思、命意以及对偶、用词造句的新颖巧妙。

江湖诗派还提倡诗歌语言的流利与连贯，要求创作要"意连句圆"，这正是对江西诗派为代表的宋诗典型特征"以文为诗"的创作方式的发展。江西诗派为了增强诗歌语言的张力，除了用散语外，致力于造硬语，用反逻辑的语序、意脉，以及散文式的起承转合建构诗歌主线，表达诗歌主旨。江湖诗人的大多数诗歌是这种创作方法和审美追求指导下的产物，所以诗风以流利浅易为主。宋诗自南渡以来日益向流利浅易方向发展，杨万里的"诚斋体"、范成大的田园诗，都有这种倾向。江湖诗派诗人则顺应了这一发展趋势。

江湖诗派泛学众体，选体、晚唐诗等都是其明确的师法对象，但江湖诗人受制于个人才力和社会生活的局限，并没有创造出崭新的诗歌风貌。江湖诗派在"崇雅""复唐"的同时，他们的诗歌也表现出浓郁的平民意识以及俗文化特色。江湖诗人诗歌的浅易、率直、亲切、轻巧、凡熟、不乏机趣等，表征着俗文化的强大生命力。

## 第二节 姜　夔

### 一、姜夔其人

姜夔以其雅词的成就，在南宋处于词坛宗主的位置，他与北宋词的集大成人物周邦彦，并称"周姜"。南宋许多词人都是"远祧清真，近师白石"，正如清人汪森《〈词综〉序》所说的那样："鄱阳姜夔出，句琢字炼，归于醇雅。于是史达祖、高观国羽翼之，张辑、吴文英师之于前，赵以夫、蒋捷、周密、陈允衡、王沂孙、张炎、张翥效之于后。"在这位词家巨擘的引领下，南宋后期词以醇雅的艺术面目，为宋词三百年画上了圆满的句号。

姜夔（1155？—1209？），字尧章，号白石道人，饶州鄱阳（今江西鄱阳）人。他早岁孤贫，曾于长沙结识诗人萧德藻，深得萧氏赏识，萧氏并以兄女妻之。从绍熙四年（1193）起，姜夔出入当时贵胄张鉴、张镃之门，依之十年。曾上书论雅乐，又上《圣宋铙歌鼓吹》十四首，与试礼部，然终不第，遂布衣一生。姜夔为人颇有才情，他富于翰墨图书之藏，又工于书法，精于品鉴，有"书家申韩"（《砚北杂志》）之称，友人范成大即称其"翰墨人品皆似晋、宋之雅士"。在文学创作方面，杨万里赞他"文无不工，甚似陆龟蒙"，和他词风不同的辛弃疾亦"深服其长短句"（周密《齐东野语·白石自述》）。姜词之雅正是源于文人士大夫高雅的情怀，他自身的艺术修为使他倾心于字句、情境的锻炼，倾向于对审美的追求，他也努力使自己的作品区别于市井歌楼的俗曲艳词。今有《白石诗集》《白石道人歌曲》和杂著数部,存诗一百八十馀首,词作八十四首。

### 二、姜夔词的音乐性与语言艺术

姜夔精于乐律,能自制曲。自谓作词"初率意为长短句,然后协以律"(《长亭怨慢·自序》),这种写作方式,便和那些掏谱盲填者有很大的不同。他的词集中有十七首词上有自注的工尺旁谱,这是至今唯一完整的宋代词乐资料,具有重要的文献价值。

绍熙二年(1191)冬,姜夔访苏州石湖,授范成大以咏梅之《暗香》《疏影》新声两阕:

> 辛亥之冬,予载雪诣石湖。止既月,授简索句,且徵新声。作此两曲。石湖把玩不已,使工妓隶习之,音节谐婉,乃名之曰《暗香》《疏影》。
>
> 旧时月色。算几番照我,梅边吹笛。唤起玉人,不管清寒与攀摘。何逊而今渐老,都忘却、春风词笔。但怪得、竹外疏花,香冷入瑶席。 江国。正寂寂。叹寄与路遥,夜雪初积。翠尊易泣。红萼无言耿相忆。长记曾携手处,千树压、西湖寒碧。又片片、吹尽也,几时见得。(《暗香》)
>
> 苔枝缀玉。有翠禽小小,枝上同宿。客里相逢,篱角黄昏,无言自倚修竹。昭君不惯胡沙远,但暗忆、江南江北。想佩环、月夜归来,化作此花幽独。  犹记深宫旧事,那人正睡里,飞近蛾绿。莫似春风,不管盈盈,早与安排金屋。还教一片随波去,又却怨、玉龙哀曲。等恁时、重觅幽香,已入小窗横幅。(《疏影》)

这是姜夔的代表作,也是著名的咏梅词。张炎《词源》卷下云:"诗之赋梅,惟和靖一联(疏影横斜水清浅,暗香浮动月黄昏)而已,世非无诗,不能与之齐驱耳。词之赋梅,惟姜白石《暗香》《疏影》二曲,前无古人,后无来者,自立新意,真为绝唱。"作者在咏梅之外似乎还有所指,或云劝阻范成大归隐,或哀叹徽钦二帝北狩,乃至感慨今昔盛衰、怀念合肥旧游等说法皆有,正因为难以明指,就使得这两首词具有了李商隐《无题》诸诗的朦胧之美。先以"旧时月色"开头,拉开了时间的深远距离,"便欲使千古作者皆出其下"(先著、程洪《词洁》卷四)。接着用皓皓的月色展示了空间的开阔,在幽幽笛声里,一位玉人着轻薄衣衫,采摘梅瓣,境界一任清空醇雅。下片再用"香冷""寒碧"等词,更加凸显了梅花的幽美冷峻的气氛。《疏影》则专注于描绘梅花清幽孤傲的形象,连续铺排五个美好女性的典故,一是赵师雄遇到的那位来去无踪的梅花女神;二是杜甫笔下品性高洁的佳人；再一个是哀怨出塞的昭君；还有一位是创制"梅花妆"的寿阳公主；最后是汉武帝以金屋贮之的皇后阿娇。这样，梅花就具备了以上五位女子的性格、情绪和品貌，从而拥有了精彩的传神写照。这种写作手法是极为独特的。所以清人冯煦认为白石词"天籁人力，两臻绝顶，笔之所至，神韵俱到"（《蒿庵论词》）。

名作《扬州慢》也是姜夔的自度新腔。当淳熙三年（1176）冬至日，姜夔到达满目疮痍的扬州之时，金主完颜亮南犯已经过去十五年了，但扬州仍未从战乱的阴影中走出来。

淳熙丙申至日，予过维扬，夜雪初霁，荠麦弥望。入其城，则四顾萧条，寒水自碧。暮色渐起，戍角悲吟。予怀怆然，感慨今昔，因自度此曲，千岩老人以为有黍离之悲也。

淮左名都，竹西佳处，解鞍少驻初程。过春风十里，尽荠麦青青。自胡马窥江去后，废池乔木，犹厌言兵。渐黄昏，清角吹寒，都在空城。　　杜郎俊赏，算而今、重到须惊。纵豆蔻词工，青楼梦好，难赋深情。二十四桥仍在，波心荡、冷月无声。念桥边红药，年年知为谁生。（《扬州慢》）

陈廷焯《白雨斋词话》卷二："写兵燹后情景逼真。'犹厌言兵'四字，包括无限伤乱语，他人累千百言，亦无此韵味。""玉人吹箫"的风月繁华何在？即便杜牧重来，也会惊讶于河山之异。词中化用杜牧的诗句与诗境有四处之多。"黍离之悲"作为传统诗歌中的主题，在词体中也可以有这样深沉的表现。前人就认为姜夔乃是"以诗法入词"（周济《介存斋论词杂著》）。"波心荡"中的"荡"字，以水波之声反衬扬州的萧条与死寂，非炼字不能到。夏承焘就指出"以硬笔高调写柔情，是白石词的一个鲜明的特色"（《论姜白石的词风》）。

姜夔词一般以抒情为主，较少议论与用典，崇尚空灵纯净、冷寂荒寒的意境，那些孤冷幽峭的词汇，如寒、清、幽、空、冷、乱、寂等，在他词中出现的次数最多，它既是姜夔的存在状态，又是姜夔的个性创造。这些个人风格的综合运用，使得其词具有清雅疏淡、幽远冷逸的词艺风貌。后辈张炎就推尊姜夔词"如野云孤飞，去留无迹"，"不惟清空，又且骚雅，读之使人神观飞越"（《词源》卷下）。于是，人们即以"清空"与"骚雅"标举白石词风。姜夔诗词对语言艺术的审美探求，是执着且卓有成绩的，在南宋词坛即成为许多词人的效法对象。后来，清初的浙西词派专奉姜夔为不祧之宗，形成"家白石而户玉田"（朱彝尊《静惕堂词序》）的盛况，其经典地位甚至超越了苏轼、周邦彦与辛弃疾，从而掀起了清代词坛规模庞大的醇雅风尚。

### 三、姜夔的词序与诗

姜夔的词几乎首首有序，他的词序除了具有引言、纪实、标举词式等传统功能之外，又具有小品文一般的审美特质，可以作为单独的文学作品给予鉴赏，在词序发展史上是浓墨重彩的一笔。就宋词来说，是张先首创词中题序，随后苏轼将之发扬光大；虽然《稼轩词》中的小序最多，却属姜夔词小序的文学质量最高。

从前引《暗香》《疏影》《扬州慢》的词序可见，字数上他往往言简意赅，但笔下的景致却如画似绘，情调上又传递的是魏晋文人清虚舒缓之美，悲情与妙景完美地融合渲染，且凄丽哀感的情绪会随着字句不断流转。再如《一萼红》序云：

> 丙午人日，予客长沙别驾之观政堂。堂下曲沼，沼西负古垣，有卢橘幽篁，一径深曲。穿径而南，官梅数十株，如椒、如菽，或红破白露，枝影扶疏。着屐苍苔细石间，野兴横生，亟命驾登定王台。乱湘流、入麓山，湘云低昂，湘波容与。兴尽悲来，醉吟成调。

句式参差，梅竹之状貌有态有神。音节铿锵，如在读诗。读者会很自然地随着他的笔触移步换景，在景物中感受到他的主体情绪，从而野兴横生。这篇小序完全可以作为圆润玲珑的文之精品。而且词序的韵格高绝又与其词一起虚实相生、散韵结合，从而珠联璧合地产生相成的艺术效果。另外，有研究者指出姜氏有三十多篇词序存在后来补加的可能，这说明姜夔具有独立的"序"文体意识，对进一步认识姜夔词序的生成与价值有很大的帮助。

姜夔诗长久以来多为词名所掩盖，但实际上姜夔"工力于诗盖尤深焉"（俞平伯《姜白石诗集笺注题辞》），姜诗精思独运，在南宋当时也颇有名气，范成大、杨万里等都尤爱其诗。其中最著名的就是《除夜自石湖归苕溪》十绝句，如：

> 细草穿沙雪半销，吴宫烟冷水迢迢。梅花竹里无人见，一夜吹香过石桥。
> 笠泽茫茫雁影微，玉峰重叠护云衣。长桥寂寞春寒夜，只有诗人一舸归。

清婉拔俗，大有萧散自得之趣，尾句尤其为人咀嚼不尽。所以杨万里称赞这些诗有"裁云缝雾之妙思，敲金戛玉之奇声"（姜夔《除夜自石湖归苕溪·题注》）。应该说，姜夔的诗风和他清空醇雅的词风是一脉相承的。

## 第三节　史达祖、高观国与吴文英

### 一、史达祖与高观国的词创作

在南宋上层的文人结社吟词活动中，史达祖和高观国当年得名甚盛，为社中所标榜，于是常常被后世并提。如陈造为高观国词集作序，称其与史达祖"皆秦、周之词，所作要是不经人道语，其妙处少游、美成若唐诸公亦未及也"（黄昇《中兴以来绝妙词选》卷六引）。史达祖的成就要稍高一些，如陈廷焯《白雨斋词话》卷二云："竹屋词最隽快，然亦有含蓄处。抗行梅溪则不可，要非竹山所及。"冯煦《蒿庵论词》："平心论之，竹屋精实有馀，超逸不足。以梅溪较之，究未能旗鼓相当。"

史达祖（1163？—1220？），字邦卿，号梅溪，汴（今河南开封）人。曾为权相韩侂胄堂吏史，权炙缙绅。开禧三年（1207）韩侂胄被杀，遂贬。有《梅溪词》一卷，存词一百一十馀首。因为史达祖与韩侂胄的关系，后人多评价其人品卑下，进而贬低其词品不高。其实在南宋当时，史达祖词还是得到较高评价的，例如姜夔就赞其词"奇秀清逸，有李长吉之韵，盖能融情景于一家，会句意于两得"（黄昇《中兴以来绝妙词选》卷七），在王兆鹏、郁玉英《宋词经典名篇的定量考察》通过定量分析得出的宋代名词前二十五首中，史达祖就坐拥两首，一为《双双燕·咏燕》，二为《绮罗香·咏春雨》，也算名家。

史达祖的咏物词颇有成就，张炎《词源》卷下评论他的《东风第一枝·咏春雪》《绮罗香·咏春雨》《双双燕·咏燕》云："皆全章精粹，所咏了然在目，且不留滞于物。"其中最负有盛名的是《双双燕·咏燕》：

> 过春社了，度帘幕中间，去年尘冷。差池欲住，试入旧巢相并。还相雕梁藻井。又软语、商量不定。飘然快拂花梢，翠尾分开红影。
> 
> 芳径。芹泥雨润。爱贴地争飞，竞夸轻俊。红楼归晚，看足柳昏花暝。应自栖香正稳。便忘了、天涯芳信。愁损翠黛双蛾，日日画阑独凭。

写燕子形神俱似，情辞俱到，妥帖轻圆。史达祖继承了姜夔深于寄托的咏物艺术，虽是咏燕，却包涵了无限之事，邓廷桢《双砚斋词话》就读出了字句之内的意味："史邦卿为中书省堂吏，事（韩）侂胄久。嘉泰间，侂胄亟持恢复之议，邦卿习闻其说，往往托之于词。如《双双燕》……大抵写怨铜驼，寄怀橐幕，非止流连光景，浪作艳歌也。"

史达祖又长于炼句，李调元《雨村词话》卷三有《史梅溪摘句图》录其佳句五十条，并谓："史达祖《梅溪词》最为白石所赏，炼句清新，得未曾有，不独《双双燕》一阕也。"例如"画里移舟，诗边就梦"（《齐天乐》）、"做冷欺花，将烟困柳"（《绮罗香》）等。刘熙载《艺概》卷四亦云："周美成律最精审，史邦卿句最警炼。"但这种专注于句子的精磨，也使得全篇的词境不够浑融，所以周济《介存斋论词杂著》云："梅溪甚有心思，而用笔多涉尖巧，非大方家数，所谓一钩勒即薄者。"

高观国（生卒年不详），字宾王，号竹屋　山阴（今浙江绍兴）人。与史达祖常相唱和，词作也以咏物居多，比较知名的有《御街行·赋帘》《贺新郎·赋梅》《解连环·柳》《祝英台近·荷花》《少年游　草》等，皆呈现出"工而入逸，婉而多讽"（周密《绝妙好词》卷二）的艺术特点。例如：

> 梦湘云，吟湘月，吊湘灵。有谁见、罗袜尘生。凌波步弱，背人羞整六铢轻。娉娉袅袅，晕娇黄、玉色轻明。　香心静，波心冷，琴心怨，客心惊。怕佩解、却返瑶京。杯擎清露，醉唇兰友与梅兄。苍烟万顷，断肠是、雪冷江清。（《金人捧露盘·水仙花》）

词风隽快，作者驾轻就熟地使用比拟手法，本写水仙花，却笔笔在写湘水神女，云月朦胧中，极尽爱慕向往之情。"娉娉袅袅，晕娇黄、玉色轻明"句，极见用笔的工细。"香心静，波心冷，琴心怨，客心惊"又是名句警语。其实，高观国的字句锻炼之功也不下于史达祖，其他如"开遍西湖春意烂，算群花、正作江山梦"（《贺新郎·赋梅》）、"唤起一襟凉思，未成晚雨，先做秋阴"（《玉蝴蝶》）、"棹沉云去情千里，愁压双鸳飞不起"（《玉楼春》）、"新愁万斛，为春瘦、却怕春知"（《金人捧露盘·梅花》）、"云恼月，月羞云。半溪梅影昏"（《更漏子》）等，皆句法挺拔，清俊疏快，颇为传诵。

### 二、吴文英词的艺术特色

姜夔之后，吴文英的词艺成就很高。沈义父《乐府指迷》谓"梦窗深得清真之妙"。尹焕《梦窗词叙》亦云："求词于吾宋者，前有清真，后有梦窗。此非焕之言，四海之公言也。"（黄昇《中兴以来绝妙词选》卷十引）吴文英（1207?—1269?），字君特，号梦窗，晚年又号觉翁，四明鄞县（今浙江宁波）人。一生未第，游幕终身。晚年一度客居越州，先后为浙东安抚使吴潜及嗣荣王赵与芮门下客。《梦窗词集》有四卷本与一卷本两种，词作三百四十首。

近代词论家多以姜词清空、吴词密丽，为二家词风特色。况周颐《蕙风词话》卷二云："近人学梦窗，辄从密处入手。梦窗密处，能令无数丽字，一一生动飞舞，如万花为春。非若雕缋蹙绣，毫无生气也。"从艺术的独创性来看，梦窗以其"运意深远，用笔幽邃"（戈载《宋七家词选》）足与白石抗衡。此外，吴文英还有词意迷幻、意象流动的词作特色，如怀念亡姬的名作《风入松》：

> 听风听雨过清明。愁草瘗花铭。楼前绿暗分携路，一丝柳、一寸柔情。

料峭春寒中酒，交加晓梦啼莺。　　西园日日扫林亭。依旧赏新晴。黄蜂频扑秋千索，有当时、纤手香凝。惆怅双鸳不到，幽阶一夜苔生。

词境似真似梦。尤其是"黄蜂"二句，亦真亦幻。黄蜂扑秋千，为眼前实景；亡姬生前纤纤玉手停在秋千之上，却是思念的幻觉。但残留的香泽却真的存在，便将幻觉写成实有。类似于这种跨越时空、化虚为有的写作手法，在梦窗词中随处可见。

而且，梦窗词的结构往往是一个个缺乏逻辑、不合理性的片段，它们之间的组合全靠内心流淌的思绪，叶嘉莹认为这类似于现代的意识流手法，张炎《词源》卷下就指出梦窗词"如七宝楼台，眩人眼目，碎拆下来，不成片段"。例如《齐天乐·与冯深居登禹陵》，以登禹陵所涌动的思绪作为抒情线索，由眼前残鸦秋树之景，引发三千年前的幽古之情思。再由白日之境，转入夜灯共坐，这才写到禹陵的残碑断壁，照应题目。最后，又把秋日换成春天，设想出热闹的祭祀之景。大开大合中，既悲又喜，幻灭沧桑：

三千年事残鸦外，无言倦凭秋树。逝水移川，高陵变谷，那识当时神禹。幽云怪雨。翠萍湿空梁，夜深飞去。雁起青天，数行书似旧藏处。　　寂寥西窗久坐，故人悭会遇，同剪灯语。积藓残碑，零圭断璧，重拂人间尘土。霜红罢舞。漫山色青青，雾朝烟暮。岸锁春船。画旗喧赛鼓。（《齐天乐·与冯深居登禹陵》）

所以《四库全书总目提要·梦窗稿》说："词家之有文英，亦如诗家之有李商隐也。"刘熙载《艺概·词概》中亦说："梦窗，义山也。"二人在艺术构思上的晦涩难懂，确有相似之处。"观则同于外，感则异于内"（谢榛《四溟诗话》卷三），同一作品也可以让不同读者产生不同的理解，这也是吴文英词作朦胧美艺术的魅力所在。

虽然吴文英的词创作比较专注于长调，但也有一些隽永清蔚、疏快剔透的小词。例如《桃源忆故人》：

越山青断西陵浦。一片密阴疏雨。潮带旧愁生暮。曾折垂杨处。　　桃根桃叶当时渡。呜咽风前柔橹。燕子不留春住。空寄离樯语。

这首小令画面开朗，全无腻味。集中的七首《浣溪沙》也同样清爽峭拔，所以蔡嵩云谓梦窗"慢词极凝炼，令曲却极流利"（《柯亭词论》），这也反映了吴文英词体创作的多面技巧。

吴文英的接受史较为跌宕。他在明代几乎不为人知,当时最为盛行的词作选本《草堂诗馀》中甚至没有他的名字。后来清人周济将吴文英列为宋词四大家之一,改变了吴文英长期被人冷落的局面。等到晚清词坛,王鹏运、朱祖谋、郑文焯、况周颐这四位大家积极校勘整理梦窗词集,揭示其比兴寄托,发掘其艺术特色,一时间"几若梦窗为词家韩、杜"(沈曾植《菌阁琐谈》附录一),吴文英成为晚清词坛典范。其中原因是王鹏运等寄希望以梦窗之"涩"来医治当时词坛滑易空疏之病,所谓"以梦窗词转移一代风会"(钱萼孙《改正梦窗词选笺释原序》)。

## 第四节 王沂孙、周密、蒋捷、张炎

### 一、王沂孙与周密的词创作

王沂孙、周密、蒋捷、张炎被誉为宋末四大家。他们四人都有各自的艺术特点,其中王沂孙的成就较高,论者以为他是周邦彦、姜夔的后继者。

王沂孙(1232?—1306?),字圣与,有碧山、中仙、玉笥山人诸号,会稽(今浙江绍兴)人。与周密、张炎、仇远等交游,往来于会稽、杭州之间。张炎《琐窗寒·序》谓王沂孙"能文工词,琢语峭拔,有白石意度"。有《花外集》(又名《玉笥山人词集》《碧山乐府》)一卷,存词六十四首。王沂孙最工于咏物,其词集中一大半都是咏物词,周济《宋四家词选目录序论》云:"咏物最争托意隶事处,以意贯串,浑化无痕,碧山胜场也。"

祥兴元年(1278)冬,元僧杨琏真伽盗发南宋诸帝后陵墓,有义士唐珏等人收诸帝后遗骨别葬山中,又植冬青树为标志。后,王沂孙与李彭老、仇远、张炎、周密等人在越分咏蝉、萤、白莲、蟹等托物寄情,以悲家国沦亡,编为《乐府补题》一卷。王沂孙的《齐天乐·蝉》为其中名篇:

> 一襟馀恨宫魂断,年年翠阴庭树。乍咽凉柯,还移暗叶,重把离愁深诉。西窗过雨。怪瑶珮流空,玉筝调柱。镜暗妆残,为谁娇鬓尚如许。 铜仙铅泪似洗,叹携盘去远,难贮零露。病翼惊秋,枯形阅世,消得斜阳几度。馀音更苦。甚独抱清高,顿成凄楚。谩想薰风,柳丝千万缕。

上片以蝉喻宫人断魂,极写身世之悲。下片用汉武帝的铜人拆迁之典,暗喻国家灭亡、宗器宝物的流失。全词大有黍离麦秀之感。最后在哀蝉临秋的黯然结局中,插入一笔回忆中薰风绿柳的盛夏时光，意味深长。

同《齐天乐·蝉》一样，王沂孙的许多咏物词都是隐晦地抒发故国之思、遗民之痛。所谓"借物以寓性情，凡身世之感，君国之忧，隐然蕴于其内，斯寄托遥深，非沾沾焉咏一物矣"（沈祥龙《论词随笔》）。正如陈廷焯《白雨斋词话》卷二所云："草窗、西麓、碧山、玉田同时并出，人品亦不甚相远。四家之词，沈郁至碧山止矣。"王沂孙咏物词中这种深厚的情感力量，使其词确实具有了"沉郁"的气质和深度。

碧山词缠绵忠爱的这一特点，为清中叶以后倡比兴寄托的常州词派所推崇，周济《介存斋论词杂著》赞云："中仙最多故国之感。"《张惠言论词》评说："碧山咏物诸篇，并有君国之忧。"等到清代晚期，家国之仇重起，时代氛围的相似性使王沂孙又为人们所钟爱，陈廷焯说："碧山《齐天乐》诸阕，哀怨无穷，都归忠厚，是词中最上乘。"（《白雨斋词话》卷二）王鹏运评碧山词谓"颉颃双白，揖让二窗，实为南宋之杰"（《花外集跋》）。

周密（1232—1298），字公谨，号草窗、蘋洲，又号四水潜夫、弁阳老人、弁阳啸翁等。其先济南人，南渡后寓居吴兴（今浙江湖州）。周密少从父周晋宦游浙、闽。景定二年（1261）入临安府幕僚，监和剂局。约景炎初（1276）曾为义乌令。入元不仕，居杭州。周密"以博雅名东南"（高士奇《绝妙好词序》），晚年悉心著述，意在保存一代文献，有《草窗韵语》《癸辛杂识》《齐东野语》《武林旧事》《浩然斋雅谈》等杂著三十馀种。又集《绝妙好词》七卷，江湖词人多赖以存姓氏。正如《四库全书总目提要·绝妙好词》所云："宋人词集，今多不传，并作者姓名，亦不尽见于世。零玑碎玉，皆赖此以存，于词选中，最为善本。"所著词集有《蘋洲渔笛谱》与《草窗词》各二卷，存词一百五十三首。

周密草窗词与吴文英梦窗词并称"二窗"。周密亦是取法姜夔，追求典雅清丽的词风。然而特殊的时代，使他的词中又多了份沧桑之感。临安陷落后，作有《一萼红·登蓬莱阁有感》，陈廷焯说此词"苍茫感慨，情见乎词，当为草窗集中压卷。虽使美成、白石为之，亦无以过"（《白雨斋词话》卷二）：

步深幽。正云黄天淡，雪意未全休。鉴曲寒沙，茂林烟草，俯仰千古悠悠。岁华晚、漂零渐远，谁念我、同载五湖舟。磴古松斜，崖阴苔老，一片清愁。　　回首天涯归梦，几魂飞西浦，泪洒东州。故国山川，故园心眼，还似王粲登楼。最怜他、秦鬟妆镜，好江山、何事此时游。为唤狂吟老监，共赋销忧。（《一萼红·登蓬莱阁有感》）

## 二、蒋捷与张炎的词创作

蒋捷（1245？—1310？），字胜欲，号竹山，阳羡（今江苏宜兴）人。咸淳十年（1274）进士。宋亡后遁迹不仕。《四库全书总目提要·竹山词》称其词"练字精深，调音谐畅，为倚声家之榘蒦"。蒋捷造句洗练缜密，语多创获，例如名句"流光容易把人抛。红了樱桃。绿了芭蕉"（《一剪梅》），"望断乡关知何处，羡寒鸦、到着黄昏后。一点点，归杨柳"（《贺新郎·兵后寓吴》）等。名作如其自述一生的《虞美人·听雨》：

> 少年听雨歌楼上。红烛昏罗帐。壮年听雨客舟中。江阔云低、断雁叫西风。　而今听雨僧庐下。鬓已星星也。悲欢离合总无情。一任阶前、点滴到天明。

三个时期，三幅画面，三种心境。夜雨伴随着无可奈何的心绪，点点滴滴。刘熙载《艺概》卷四云："其志视梅溪（史达祖）较贞，其思视梦窗（吴文英）较清。"清新疏朗、鲜明自然，确为蒋捷的风格。

张炎可谓两宋词坛的殿军人物，以其《山中白云词》与姜白石并称为"双白"，清末王鹏运合刻姜、张词，即名曰《双白词》。张炎（1248—1317？），字叔夏，号玉田，又号乐笑翁，居临安（今浙江杭州）。南宋名将张俊六世孙。少年成长于豪富之家。宋亡时家产籍没，遂漂游江湖。周密、王沂孙、戴表元、袁桷、仇远等与之交。至元二十七年（1290）曾北游大都，不遇南归。晚年落魄，曾以卖卜为生。今存词三百馀首。

张炎幼承家学，早年即工长短句，因《南浦·春水》篇，人送佳号曰"张春水"：

> 波暖绿粼粼，燕飞来、好是苏堤才晓。鱼没浪痕圆，流红去、翻笑东风难扫。荒桥断浦，柳阴撑出扁舟小。回首池塘青欲遍，绝似梦中芳草。　和云流出空山，甚年年净洗，花香不了。新渌乍生时，孤村路、犹忆那回曾到。馀情渺渺，茂林觞咏如今消。前度刘郎归去后，溪上碧桃多少。

这是《山中白云词》的开卷之作，也是他当年高雅飘逸的生活写照。其中"荒桥断浦，柳阴撑出扁舟小"句，可谓"赋春水入画"（冯金伯《词苑萃编》卷五）。

主体的内在创作激情，乃是来自主体与客体、自我与社会的相互作用。社会的动荡与转变，往往直接刺激着创作的转变。当国难家仇排山倒海而来，宋亡后的张炎词，由风月雅致转变为凄楚哀感。其中《高阳台·西湖春感》《解连环·孤雁》最能代表他宋亡后的词风。

楚江空晚。怅离群万里，恍然惊散。自顾影、欲下寒塘，正沙净草枯，水平天远。写不成书，只寄得、相思一点。料因循误了，残毡拥雪，故人心眼。　　谁怜旅愁荏苒。谩长门夜悄，锦筝弹怨。想伴侣、犹宿芦花，也曾念春前，去程应转。暮雨相呼，怕蓦地、玉关重见。未羞他、双燕归来，画帘半卷。（《解连环·孤雁》）

托辞孤雁以寓身世之感，不单单有他没落王孙的伤感情绪，更是易代之后遗民的共同心绪。天地苍茫，唯有孤雁落寞而飞，饱含山残水剩之感，更有名句"写不成书，只寄得、相思一点"。从"张春水"到"张孤雁"，从承平公子到故家遗老，从剪红刻翠到苍凉激楚，张炎用一生进行了这场痛苦的转变。至此，两宋词也在一片故国之思中缓缓谢场。

后来，清初浙西词派尤为重视张炎词，朱彝尊在《静惕堂词序》中说："数十年来，浙西填词者，家白石而户玉田。春容大雅，风气之变，实由先生。"朱彝尊在《解佩令·自题词集》中又自称"不师秦七，不师黄九，倚新声、玉田差近"，其追随者还有厉鹗、蒋春霖等人。张炎的词集在清代也一再被翻刻，可谓异代重生。

张炎又有论乐理、词艺的理论著作《词源》，书中提出的"清空""骚雅"等概念，成为后世词学研究中重要的审美范畴，他对其他词人的评价，也被后人奉为准绳。

## 思考题

1. 四灵诗派、江湖诗派的总体风格特征是什么？
2. 谈谈姜夔词在南宋词坛的地位与影响。
3. 张炎推尊姜夔词"如野云孤飞，去留无迹""不惟清空，又且骚雅，读之使人神观飞越"（《词源》卷下），请谈谈你对这句话的理解。
4. 请结合具体作品谈谈吴文英词的结构特点。
5. "宋末四大家"有哪些作家，哪些代表作品？

# 第十一章 宋代"说话"与宋元话本

唐代兴盛的俗讲变文已经突破了说佛经故事的范围,讲唱场所由寺院扩展到宫廷、市井,并有了"说话""话本"的名称。"说话"意为现代语之讲故事;"话本"既可指讲唱的故事,又可指所讲故事之文本。到了宋代,随着都市经济社会的繁荣,诸色居民繁多,供应市民娱乐的各种伎艺空前发达起来,"说话"成了诸色伎艺最为发达的一种,广为民众喜闻乐见,十分有力地推动了中国白话叙事文学的大发展,对中国古代文学总体面貌的改观产生了深巨的影响。

## 第一节 说话四家与话本

都市经济的繁荣和市民文化娱乐的需求,招徕了众多以伎艺谋生的人,形成了规模不一的公共娱乐场所。宋孟元老《东京梦华录》卷二记汴京"街南桑家瓦子,近北则中瓦,次里瓦。其中大小勾栏五十馀座"。宋周密《武林旧事》卷六《瓦子勾栏》记载了临安城内的南瓦、中瓦、大瓦等24个瓦子,单北瓦内就有勾栏13座。由此足见宋代各种伎艺演出的盛况。《东京梦华录》卷五《京瓦伎艺》中提及了崇、观后东京瓦肆小唱、嘌唱、傀儡、杂手伎、球杖、踢弄、讲史、散乐、小说、舞旋、影戏、说诨话、合生、商谜、说三分、五代史、叫果子等多种伎艺及其艺人代表,其中说三分、王代史、说诨话等当属于"说话"。南宋《都城纪胜》和《梦粱录》明确指出"说话"有四家。《都城纪胜·瓦舍众伎》:

> 说话有四家:一者小说,谓之银字儿,如烟粉、灵怪、传奇。说公案,皆是搏刀赶棒及发迹变泰之事。说铁骑儿谓士马金鼓之事。说经谓演说佛书。说参请谓宾主参禅悟道等事。讲史书,说前代书史文传、兴废争战之事。最畏小说人,盖小说者,能以一朝一代故事,顷刻间提破。合生与起令、随令相似,各占一事。

《梦粱录》卷二十有更详细的记载,由于文字层次含混,以至于研究者们对"说话"四家的分法各执一词,在诸多说法中,有一点是公认的,即小说、说经和讲史都在"说话"诸家之列。

随着说话伎艺的发展兴盛,话本产生了。"话本"有两种形态,口述形态即讲唱的故事，书面形态为所讲故事之文本。今作为阅读研究对象的话本只是书面形态的。话本因说话伎艺产生、成长，所以与传统叙事文学相比，它的体制结构具有鲜明的"说话"特征。首先，总体结构方面，在主体故事前有个引子，有些是一首或几首诗词，有些是相关的小故事，这相当于"说话"中的定场诗及"得胜头回"。在主故事结束后，以总结全篇、深化主旨的诗句为结尾，呼应篇首。其次，叙事手法方面，话本多使用第三人称全知全能视角，叙述者对故事人物的动机和行为了若指掌。在叙事过程中，叙述者时不时跳出来和观众交流，如"说话的""今日为甚说这段话""今日说一个……""你道"之类的措辞，这是说话人现场调动听众情绪的一种方式。

话本，早在唐代就已产生。隋唐时期已有"说话"的记录。隋《启颜录》记载杨玄感对长于"剧谈"的侯白说："侯秀才，可与玄感说一个好话。"唐《高力士外传》："每日上皇与高公亲自扫除庭院，芟薙草木；或讲经、论议、转变、说话，虽不近文律，终冀说圣情。"敦煌文献中有《庐山远公话》（斯2073）和《韩擒虎画（话）本》（斯2144）。《庐山远公话》题目和正文保存完整，结尾缺失，话文中多有"大师有偈""偈曰"等语，相当于后世话本的"有诗为证""诗云"之类。《韩擒虎画（话）本》题目缺失，但话文完整，文末的"画本既终，并无抄略"同后世话本"话本说彻，权作散场"之类的结语如出一辙。因此，从体制结构上看，敦煌话本可以说是宋元话本的先驱。

留存至今的宋元话本，存在着叙事习惯、语言风格等多方面差异。有些是提纲式的，叙事简略，语言粗浅，如《三国志平话》等；有些近于直录，叙事详尽，语言平顺，如"三言"中的"宋元旧篇"。这种差异源于话本产生方式的不同。虽说话本都因"说话"而生，然而有的结撰在"说话"之前，如宋代书会组织底层文人专门创作的话本；有的话本是"说话"内容的记录，说话艺人为了伎艺的传承和发展，会自己动手或雇人负责记录"说话"内容，如戏文《宦门子弟错立身》有唱词："我能添插更疾，一管笔如飞，真字能抄掌记，更压着御京书会。"这说明元时剧团有抄写的戏曲脚本，纸幅较小，称"掌记"，如同书会编抄的戏曲小说文本。

## 第二节　小说话本

"小说"是说话伎艺的重要家数之一。宋罗烨《醉翁谈录·小说开辟》中提到了一百馀种小说名目，足见宋代"小说"之盛。可是真正的宋刊话本今已无从见到。所谓的宋元小说话本，除了《红白蜘蛛》残页是元刊，其他的都保存在明代刊行的话本集中，多少经过明人的修订、改编。

## 一、现存小说话本概况

现存宋元小说话本，除《红白蜘蛛》残页外，都仅见于明刻话本集。研究者依据《醉翁谈录》《宝文堂书目》《也是园书目》等文献，并参证宋元戏曲、官制、地理等多方资料，鉴定宋元旧篇约有40篇，如：《熊龙峰刊行小说四种》中的《张生彩鸾灯传》；《清平山堂话本》中的《合同文字记》《杨温拦路虎传》《西湖三塔记》《洛阳三怪记》《简帖和尚》《刎颈鸳鸯会》《五戒禅师私红莲记》等；"三言"中的《陈可常端阳仙化》、《崔待诏生死冤家》(《碾玉观音》)、《崔衙内白鹞招妖》(《定山三怪》)等。

民国初年，缪荃荪发现"影元人写"《京本通俗小说》，存卷十至卷十六，内有《碾玉观音》《错斩崔宁》等篇。鲁迅《中国小说史略》采信，现在多认定是伪书。

《红白蜘蛛》，1979年黄永年于西安发现其末页，最后两行位置刻大字"新编红白蜘蛛小说"，与元刊《大唐三藏法师取经记》卷末题目相似；文中"但见""正是"字眼是阴文，与元刊"全相平话五种"一致。依其版式、字体，可断为元代建阳坊刻。《醉翁谈录·小说开辟》所列举小说名目，灵怪类有《红蜘蛛》，殆即此篇。① "红白蜘蛛"故事在宋元间颇为人知。南戏有《郑将军红白蜘蛛记》(钱南扬《宋元戏文辑佚》)，杨景言撰有《红白蜘蛛杂剧》(《录鬼簿续编》)，可惜都不传。幸而《醒世恒言·郑节使立功神臂弓》保存了这个故事。通过对比元刊残页和《郑节使立功神臂弓》可知，后者对原话本有所增饰。《红白蜘蛛》这一残页的发现，弥补了近世只能见到元刊讲史话本和说经话本而未曾见到元刊小说话本的缺憾。虽然只有一页，但对研究宋元明话本小说，鉴别明代刊行的宋元旧篇的情况，有多方面的参考价值。

## 二、小说话本的体制

小说话本篇幅不大，故事紧凑。其体制较为固定，可细分为题目、篇首、入话、头回、正话和篇尾六个部分。篇首即开头，常常是一首或数首诗词，点明主题、总领全篇。入话和头回是由篇首过渡到正话的部分，入话长短不一，形式自由，点明篇首和正话的关联之处，作用是承上启下、穿针引线；头回，又称"得胜头回"，是正话开始前与之相关的故事。在"说话"伎艺中二者能起到定场作

---

① 《红白蜘蛛》残页叙郑信恸别妻子，一路走去，回头再看，"但见：青云藏宝殿，薄雾隐回廊。审听不闻箫鼓之音，遍视已失峰峦之势。日霞宫想归海上，神仙女料返蓬莱"，前文当是郑信遇仙女故事，可归"灵怪"类。

用。正话，是故事的主体部分。篇尾部分，有时以一首诗概括全篇、重申主旨，后或再附上"话本说彻、权作散场"类的结语。如《错斩崔宁》，篇首是一首七言律诗；入话先是七言律诗解释主旨，指出"谨慎"的重要性，然后说明在故事正式开始前，"且先引下一个故事来，权做个得胜头回"；头回部分，讲一个书生因和妻子一句戏言断送大好前程；正话讲刘贵因一时戏言，枉断了自己和其他几人性命，叙事曲折详尽；篇末用一首七言绝句结尾，点明"戏语酿危机"主旨，警示世人。

不过，并非所有小说话本都严格地分为六部分。有的小说话本将入话和头回合二为一，如《简帖和尚》，篇首词之后直接是详细的头回故事，由头回之"错封书"引出正话之"错下书"；《闹樊楼多情周胜仙》则没有头回故事，篇首后只有一段入话。有的或是文本中略去了某个部分，如《宿香亭张浩遇莺莺》没有入话和头回故事。演唱体制较为固定，而文本则有详略。

### 三、小说话本的题材

小说话本的题材多样，《醉翁谈录·小说开辟》按内容将其分为灵怪、烟粉、传奇、公案、朴刀、捍棒、妖术、神仙。无论哪一类，都多少融入了爱情因素。"烟粉奇传，素蕴胸次之间；风月须知，只在唇吻之上。"（《醉翁谈录·小说开辟》）生动传神地讲说爱情故事，是说话艺人的必备技能。

话本小说中的爱情，有未婚青年的怦然心动，也有已婚男女的婚外私情。前者如《闹樊楼多情周胜仙》中范二郎和周胜仙金明池初遇，"四目相视，俱各有情"。二人一见而情根深种，双双卧病在床，后来周胜仙更是两次为情而亡。后者如《刎颈鸳鸯会》中蒋淑珍嫁作商人妻后，耐不住空房寂寞，别恋邻居朱秉中，"但闻秉中在座，说也有，笑也有，病也无。倘或不来，就呻吟叫唤，邻壁厌闻"。小说话本赞扬青年男女，尤其是女性，勇敢追求爱情的举动，却又生出种种阻隔，彰显私定终身的高风险。《闹樊楼多情周胜仙》中的周胜仙遭际可怜，篇尾诗"若把无情有情比，无情翻似得便宜"发人深省。《宿香亭张浩遇莺莺》中，张浩、李莺莺私定终身后，张懦弱地遵从父命与孙氏议婚，若非李以死志打动父母、以智勇博得官员支持，则又是个始乱终弃的悲剧。宋元话本对婚外情持否定态度，以"红颜祸水"来提醒男性，以安分守己告诫女性。《新桥市韩五卖春情》中的商人吴山误入暗娼圈套，破财无数还差点赔上性命。《刎颈鸳鸯会》中的蒋淑珍多情轻佻，不论写她之淫、写她之美，还是写她之不幸，都带着浓烈的讽刺意味。

小说话本的公案故事颇受欢迎，这类话本有《合同文字记》《错斩崔宁》《简帖和尚》等。宋代经济繁荣、夜市兴起，流动人口增加，社会不安定因素增多。可是吏治腐败、刑律失衡，人民利益难以保障，因而期望能有廉明的清官除暴安良。《合同文字记》讲述刘二携妻带子他乡求生，走前与哥哥立下合同文字。十五年后，刘二之子刘安住回乡认亲，刘大拒不相认，闹到包公府衙。小说情节简单，是非易辨，故事里包公的英明表现为体恤民情。包公审问刘大时，三番决定惩罚方式，刘安住三次阻拦。包公不仅不怒，反一一听从，还主动将刘安住的孝义行为上报朝廷，为刘安住一家谋得福祉。《错斩崔宁》叙述的是糊涂官导致的冤案。故事里前府尹审判先入为主，不顾嫌疑人辩解，"死去活来拷打一顿"；他还缺乏寻求真相的耐心，"巴不得结了这段公案"；衙门上下贪腐无情，"将这十五贯钱给还原主，也只好奉与衙门中人做使用，也还不勾哩"。这样草菅人命的府尹、贪婪无情的衙役是当时多数官府的一个缩影。小说结尾部分特意交代是新来的府尹使真相昭雪，更凸显对糊涂官的憎恶，对清官的企盼。《简帖和尚》叙写奸僧设计离散良家夫妻，事败被捉，开封府钱大尹审明此案，严惩了恶僧，让良家破镜重圆。

小说话本还有不少神怪类故事，如《西湖三塔记》《洛阳三怪记》《崔衙内白鹞招妖》等。人们对未知世界总是充满了好奇和恐惧，在万物有灵的古老信仰的支配下，神怪故事总具有别样的吸引力。这类故事，要求能达到"讲鬼怪令羽士心寒胆战"的艺术效果，强化小说的警世意义。

### 四、小说话本的叙事特点

早期小说话本脱胎于说话人的口述，因而其形制上具有鲜明的职业化叙事特点。

首先，文本中运用大量套语，评论、描述语言程式化，次要人物符号化。如引入评论或描述多用"但见""却是""有诗为证"等标志性词语，评论中多有"春为花博士，酒是色媒人"之类老生常谈的套话；写美女，都将其比作月殿嫦娥、瑶台仙女；写人惊惧则是"顶门上不见三魂，脚底下荡散七魄"。小说中次要人物称号固定，如强盗是"静山大王"，丫鬟多为"梅香"，当值多是"王吉"等，这方便听众快速了解书中次要人物所扮演角色。

其次，叙述者常介入叙事过程，或加入评论和警示，或为调节叙事节奏，转换话头。如《错斩崔宁》预示刘贵遭遇不测，插入"若是说话的同时生、并肩长，拦腰抱住，把臂拖回"之句。有时，说书人为延长说书时间，会在构设叙述语境时加入韵语，如《定山三怪》中崔衙内惊慌失措离开血水酒铺，来到一座山岗前，叙述者不顾听众紧张的情绪，兀自插入一段闲笔："山，山！突兀，回不。罗翠黛，列青蓝。洞云缥缈，涧水潺湲。峦碧千山外，岚光一望间。暗想云峰尚在，宜陪谢屐重攀。季世七贤虽可爱，盛时四皓岂宜闲。"

最后，作品以人物行为和事件发展为叙事中心，人物举止与情节推进密不可分。如《错斩崔宁》，刘贵回家，戏言一出，寻致情节突变；其中，推动故事急转的是陈二姐误信丈夫典卖自己；作品写道："那小娘子听了，欲待不信，又见十五贯钱堆在面前；欲待信来，他平白与我没半句言语，大娘子又过得好，怎么便下得这等狠心辣手？"她起意要回娘家通报一下。面对"家变"，她产生错愕与疑惑，最为牵挂的是血肉亲情；而刘贵被入屋小偷杀害，与她悄然离家这一举动相关。作品还重视情节连环相扣，如刘贵凶案被发现，邻居怕事，恐防祸及自身，主动追寻陈二姐"归案"；陈二姐在路上疲惫不堪，遇上崔宁，结伴前行，却被追上来的邻居判有"奸情"；公堂上，府尹急于结案，胡乱判决，酿成奇冤。

此外，小说话本的语言具有口语化、个性化的特点，贴近市井生活，切合人物身份。如《刎颈鸳鸯会》中，蒋淑珍父母商议嫁女："只怕亲戚耻笑！常言道：女大不中留。留在家中，却如私盐包儿，脱手方可。"《闹樊楼多情周胜仙》中，周胜仙"死"而复生去见范二郎，范二郎吓得连叫"灭，灭"，生动写出了他以为白日见鬼时极度的恐惧和慌乱。语言鲜活，增添了小说话本的世俗气味。

宋元小说话本开启了短篇白话小说的新纪元，其多样的题材和卓然的成就为后世的才子佳人小说、公案小说和神魔小说等提供了丰厚的材料和经典范式。

## 第三节 讲史话本与说经话本

### 一、讲史话本

宋元讲史话本，初无定名，文本称"事略"，元称"平话"，建安虞氏刊刻的讲史话本，题名中都有"平话"一词，如《三分事略》改称《三国志平话》。"平话"，指运用平实的语言讲述故事，作品中的韵文部分用以念白，而不歌唱。

讲史话本，主要内容为历代兴废战争之事，如《薛仁贵征辽事略》《武王伐纣平话》开篇诗所说："三皇五帝夏商周，秦汉三分吴魏刘，晋宋齐梁南北史，隋唐五代宋金收。"既有古代故事，又有当代时事，正合《醉翁谈录·小说开辟》所记"新话说张韩刘岳，史书讲晋宋齐梁"。宋人讲史，"说三分"和"五代史"最为流行，并有专门艺人。《东京梦华录·京瓦伎艺》条记："霍四究说三分，尹常卖五代史。"宋徐梦莘《三朝北盟会编》卷二四三苗耀《神麓记》记载了说话人刘敏为金贵族完颜兖说《五代史》事。

宋元讲史话本，《永乐大典》"话"字部收有26卷之多，惜都不存。现存讲史话本有《五代史平话》、元建安虞氏刻"全相平话五种"及《永乐大典》"辽"字部所收《薛仁贵征辽事略》。

《五代史平话》为宋人旧编，分梁、唐、晋、汉、周五个部分，每部分上下两卷，共十卷。今传本《唐史平话》目录及下卷，《汉史平话》下卷缺失，《晋史平话》卷首和《周史平话》卷末亦有缺页。每卷开头结尾都有诗，或概括全篇，或评论史实。此书行文与"全相平话五种"相比偏雅驯：写历史军政大事，少用虚构想象，多贴合史实粗陈梗概；细节纰漏较少，人物姓名、地名、官名极少讹误，俗写字极少。只在写朱温、黄巢、石敬瑭等人身世时，仍主要采用民间传说，颇多传奇色彩。小说讲述五代开国君主发迹变泰的过程，塑造了黄巢、石敬瑭、刘知远等英雄形象，还偶将笔墨投入他们身后的女性身上，朱温妻、李克用妻都给人留下深刻印象。叙事过程中，叙述者很少直接插入长篇议论，其评论和观点集中在卷首尾的诗中，如《周史平话》卷上篇首诗："汉祚相传仅四春，区区篡位谩劳神。浮荣易若草头露，大位归之花项人。五代几年争霸业，千村万落涨氛尘。谁知天意归真主，夹马营中王气新。"可见其"话"在宋代已成型。

明刊《南宋志传》十卷，前九卷与《晋史平话》《汉史平话》《周史平话》事、文都极相近，可以说《南宋志传》是依托《五代史平话》作成。据《南宋志传》可以补足《五代史平话》中部分阙文。①

"全相平话五种"包括《武王伐纣书》（《吕望兴周》）、《乐毅图齐七国春秋后集》、《秦并六国平话》（《秦始皇传》）、《续前汉书平话》（《吕后斩韩信》）和《三国志平话》。五书版式一样，正文部分上图下文。扉页②顶端有"建安虞氏新刊"字样，中为图，下半页左右双行竖题平话名，夹缝小字有三刻本平话别称，《三国志平话》此处刻"至治新刊"四字。至治为元英宗年号，共三年，相当于公元1321—1323年。其他四种未题刊行年代，也当是这期间刊行的。

"全相平话五种"虽出于同一书坊同一时期，但各本风格又有不同。如《乐毅图齐七国春秋后集》讲述乐毅孙膑斗法故事。孙膑布下"天书阵""青龙出水阵"，乐毅布下"九天玄女阵"，乐毅见不能完胜，青出师傅黄伯杨布"迷魂阵"，孙膑闯入阵中，"阴雾间只见无头妇人带血污厮打孙子"。全书近于戏说，偏离史实甚远。历史上，孙膑时代早于乐毅，二人不可能激烈交锋。《三国志平话》行文粗率，有些地方有头无尾，上下难以衔接。如卷下"刘禅即位"页叙诸葛亮南征，有"关索诈败"一语，上下均无交代。书中又多错讹字，人名、地名多非本字，如诸葛多作"未葛"，李傕作"李壳"，杨修作"杨宿"，司马懿作"司马一"，澧阳作"历阳"，新野作"辛冶"等。《秦并六国平话》多平直叙事，少渲染气氛和细节发挥，文人改写痕迹很重。由此可见这些话本成书情况复杂，虽说都是史传文学和民间口传故事结合的产物，但侧重点、口传故事成熟程度、撰述者文学素养不同，造就了不同的文本样貌。

---

① 参见戴不凡《〈五代史平话〉的阙文》，载《小说闻见录》，浙江人民出版社1982年版。
② 《乐毅图齐七国春秋后集》缺扉页。

讲史话本直接影响了明清历史演义和英雄传奇，初步奠定了章回小说的体制。如《三国志平话》和《乐毅图齐七国春秋后集》，除了图中有标题，本文中还有阴文小题目，标明本段所述情节内容，这无疑是后来章回小说回目之肇端。讲史话本还具有多方面的价值，如《三国志平话》情节多与关汉卿《单刀会》、高文秀《襄阳会》、郑德辉《三战吕布》等元杂剧相合，记述了宋元三国故事的内容，可以据之探讨元杂剧的创作情况。其中张飞的故事尤为突出，嫉恶如仇、粗豪俊朗、可爱又可笑，其光芒远胜关羽，可见宋元间人之偏爱和百姓心理。

### 二、说经与《大唐三藏取经诗话》

南宋临安瓦舍众伎有"说经""说参请""说诨经"，这表明唐五代的俗讲也进了公共娱乐场所，成为僧人或信徒谋生的一种伎艺。"说经"说的"话"主要还是俗讲变文中最世俗的和由其演绎出的奇闻趣事，虽然还程度不同地带有宣教的意旨，但娱乐性却成为主导的倾向，有的还很粗俗秽亵。"说参请"，历史学家张政烺做过解说："按'参请'，禅林之语，即参堂请话之谓。说参请者乃借此类故事以娱乐听众之耳。参禅之道，有类游戏，机锋四出，应变无穷，有舌辩犀利之词，有愚骏可笑之事，与宋代杂剧中之打诨颇相似……益舍本而逐末，投流俗之所好，自不免杂入市井无赖之语。"他认为托名"东坡居士撰"之《问答录》就是瓦舍"说参请"者的话本。① "说诨经"之称，便是指"说经""说参请"中庸俗秽亵者。

"说经"类的话本罕见。一是因为没有明显的文体特征，混入小说话本中了，如《清平山堂话本》中的《花灯轿莲女成佛记》《五戒禅师私红莲》即是；二是由于大都是据晚唐五代的俗讲演说，没有另行书写，如《醉翁谈录》著录的《丑女报恩》，研究者疑演《贤愚经金刚品丑女》事，敦煌卷子有《丑女缘起》，都可能与之有关。今存南宋临安刊印的《大唐三藏取经诗话》，虽非说经话本，却应当是充当了说话人讲说唐僧取经故事的原初底本。

《大唐三藏取经诗话》，又一本名《大唐三藏法师取经记》（残），均国内久佚，20世纪罗振玉据日本藏本影印，王国维作跋，据《诗话》卷末有"中瓦子张家印"款一行，考"中瓦子张家"即《梦粱录》所载临安保佑坊前"张官人经史子文籍铺"，当为宋刻。近期研究者就其文体，节目"行程遇猴行者处第二""入九龙池处第七""入鬼子母国处第九"，与唐五代变文散文与韵语转换处多有"处"字；本书名《诗话》，每节散文叙事后以故事中人物吟诗结束，这与变文中"大师有偈"相似；本书的语音、语法、语汇亦与变文有许多相似处；书中取经人的护

---

① 参看张政烺《问答录与说参请》，《历史语言研究所集》第十七本。

法神毗沙门大梵天王，授《心经》的定光佛，都是晚唐五代民间信仰中流行的神，推定此《取经诗话》是俗讲变文的苗裔，其成书当不晚于北宋初年。①

《大唐三藏取经诗话》叙唐三藏法师奉敕去天竺取经，登程便有化作白衣秀才的八万四千岁的猕猴王前来相助，途经香山寺、蛇子国、狮子国、树人国、火类坳、长坑、大蛇岭、九龙池、鬼子母国、女人国、西王母池、优钵罗国。于天竺国取得五千四十八卷经，返程又到盘律国得定光佛授《心经》。这本《诗话》不仅相当粗糙，而且有错舛，是个较为拙劣的文本，显然是唐玄奘天竺取经史事初步神怪故事化的一种形态，有猴行者随行降妖、毗沙门大梵天王随时相助。改恶从善的深沙神无疑是后来西天取经故事中的沙僧。可以说《大唐三藏取经诗话》已形成唐僧西天取经故事的雏形，其中详略不一的情节、话语，经过宋元说话人的演绎、书会才人的增饰，或照原"话"扩展，或移花接木式的嫁接、繁衍，汇入后出的文本中，元末明初的《西游记平话》，就残存的节目和个别情节看，就有了巨大的发展②。最后出的《西游记》小说中的许多情节仍然可以从这本《大唐三藏取经诗话》中找到其原生态和生长点。

**思考题**

1. 如何理解话本与"说话"的关系？
2. 小说话本的叙事艺术有何特点？

---

① 详情可参阅蔡铁鹰《西游记资料汇编》下册附刘坚《〈大唐三藏取经诗话〉写作年代蠡测》，李时人《大唐三藏取经诗话成书时代考辨》，中华书局2010年版，第877—904页。
② 参看古朝鲜汉语教科书《朴通事谚解》。原书作于元末明初，下卷多处说到《西游记》的情况、取经所历险难诸目，称《西游记》是部"平话"。其中有一段车迟国斗法的情节，叙写甚细致。

# 阅 读 文 献

- 《全宋诗》，傅璇琮、孙钦善等主编，北京大学出版社 1991—1998 年版。
- 《全宋文》，曾枣庄、刘琳主编，上海辞书出版社、安徽教育出版社 2006 年版。
- 《全宋词》，唐圭璋辑，王仲闻参订，孔凡礼补辑，中华书局 1999 年版。
- 《宋诗话全编》，吴文治主编，江苏古籍出版社 1998 年版。
- 《宋诗话考》，郭绍虞著，中华书局 1979 年版。
- 《宋诗话辑佚》，郭绍虞辑，中华书局 1980 年版。
- 《历代诗话》，（清）何文焕辑，中华书局 1981 年版。
- 《历代诗话续编》，（清）丁福保辑，中华书局 1983 年版。
- 《词话丛编》，唐圭璋编，中华书局 2005 年版。
- 《宋代词学资料汇编》，张惠民编，汕头大学出版社 1993 年版。
- 《唐宋词汇评》（两宋卷），吴熊和主编，浙江教育出版社 2004 年版。
- 《宋诗纪事》，（清）厉鹗编，上海古籍出版社 1983 年版。
- 《宋文纪事》，曾枣庄、李凯、彭君华编，四川大学出版社 1995 年版。
- 《小畜集》，（宋）王禹偁撰，《四部丛刊》本。
- 《林和靖诗集》，（宋）林逋撰，沈幼征校注，浙江古籍出版社 1986 年版。
- 《西昆酬唱集注》，（宋）杨亿编，王仲荦注，中华书局 1980 年版。
- 《欧阳文忠公集》，（宋）欧阳修撰，《四部丛刊》本。
- 《梅尧臣集编年校注》，（宋）梅尧臣撰，朱东润编年校注，上海古籍出版社 1980 年版。
- 《苏舜钦集》，（宋）苏舜钦撰，沈文倬校点，中华书局 1961 年版。
- 《临川先生文集》，（宋）王安石撰，中华书局 1959 年版。
- 《王荆文公诗笺注》，（宋）王安石撰，李壁笺注，中华书局 1958 年版。
- 《苏轼文集》，（宋）苏轼撰，王文诰辑注孔凡礼点校，中华书局 1982 年版。
- 《苏文忠公诗编注集成总案》，王文诰撰，巴蜀书社 1985 年版。

- 《苏轼诗集》，（宋）苏轼撰，王文诰辑注孔凡礼点校，中华书局 1982 年版。
- 《曾巩集》，（宋）曾巩撰，陈杏珍、晁继周点校，中华书局 1984 年版。
- 《山谷内集诗注》《外集诗注》《别集诗注》《外集补》，（宋）黄庭坚撰，（宋）任渊、史容、史季温注，谢启昆辑，《丛书集成初编》本。
- 《后山诗注》，（宋）陈师道撰，任渊注，《四部丛刊》本。
- 《东莱诗词集》，（宋）吕本中撰，沈晖点校，黄山书社 1991 年版。
- 《茶山集》，（宋）曾几撰，《四库全书》本。
- 《陈与义集校笺》，（宋）陈与义撰，白敦仁校笺，上海古籍出版社 1990 年版。
- 《陆游集》，（宋）陆游撰，中华书局 1976 年版。
- 《剑南诗稿校注》，（宋）陆游撰，钱仲联校注，上海古籍出版社 1985 年版。
- 《诚斋集》，（宋）杨万里撰，《四部丛刊》本。
- 《范石湖集》，（宋）范成大撰，上海古籍出版社 1981 年版。
- 《辛稼轩诗文笺注》，（宋）辛弃疾撰，邓广铭辑校审订，辛更儒笺注，上海古籍出版社 1995 年版。
- 《陈亮集》，（宋）陈亮撰，邓广铭点校，中华书局 1987 年版。
- 《永嘉四灵诗集》，（宋）徐照、徐玑、翁卷、赵师秀撰，陈增杰校点，浙江古籍出版社 1985 年版。
- 《戴复古诗集》，（宋）戴复古撰，金芝山点校，浙江古籍出版社 1992 年版。
- 《后村先生大全集》，（宋）刘克庄撰，《四部丛刊》本。
- 《谢叠山全集校注》，（宋）谢枋得撰，熊飞、漆身起、黄顺强校注，华东师范大学出版社 1994 年版。
- 《文天祥全集》，（宋）文天祥撰，熊飞、漆身起校点，江西人民出版社 1987 年版。
- 《增订湖山类稿》，（宋）汪元量撰，孔凡礼辑校，中华书局 1984 年版。
- 《郑思肖集》，（宋）郑思肖撰，陈福康校点，上海古籍出版社 1991 年版。
- 《珠玉词》，（宋）晏殊撰，胡士明校点，上海古籍出版社 1988 年版。
- 《乐章集校注》，（宋）柳永撰，薛瑞生校注，中华书局 1994 年版。
- 《六一词》，（宋）欧阳修撰，李伟国校点，上海古籍出版社 1989 年版。

- 《张子野词》，（宋）张先撰，吴熊和校点，上海古籍出版社1989年版。

- 《东坡乐府笺》，（宋）苏轼撰，朱孝臧编年，龙榆生校笺，朱怀春标点，上海古籍出版社2009年版。

- 《豫章黄先生词》，（宋）黄庭坚撰，龙榆生校点，中华书局1957年版。

- 《小山词》，（宋）晏幾道撰，王根林校点，上海古籍出版社1989年版。

- 《淮海居士长短句》，（宋）秦观撰，徐培均校注，上海古籍出版社1985年版。

- 《东山词》，（宋）贺铸撰，钟振振校点，上海古籍出版社1989年版。

- 《清真集》，（宋）周邦彦撰，吴则虞校点，中华书局1981年版。

- 《樵歌》，（宋）朱敦儒撰，邓子勉校注，上海古籍出版社1998年版。

- 《李清照集校注》，（宋）李清照撰，王仲闻校注，人民文学出版社1979年版。

- 《芦川词》，（宋）张元幹撰，曹济平校注，上海古籍出版社1991年版。

- 《张孝祥词笺校》，（宋）张孝祥撰，宛敏灏笺校，中华书局2010年版。

- 《放翁词编年笺注》，（宋）陆游撰，夏承焘、吴熊和笺注，上海古籍出版社1981年版。

- 《稼轩词编年笺注》，（宋）辛弃疾撰，邓广铭笺注，上海古籍出版社1993年版。

- 《陈亮龙川词笺注》，（宋）陈亮撰，姜书阁笺注，人民文学出版社1980年版。

- 《龙洲词》，（宋）刘过撰，王从仁校点，上海古籍出版社1989年版。

- 《姜白石词编年笺校》，（宋）姜夔撰，夏承焘笺校，上海古籍出版社1981年版。

- 《梅溪词》，（宋）史达祖撰，雷履平、罗焕章校注，上海古籍出版社1988年版。

- 《梦窗词》，（宋）吴文英撰，陈邦炎校点，上海古籍出版社1988年版。

- 《后村词笺注》，（宋）刘克庄撰，钱仲联笺注，上海古籍出版社1980年版。

- 《须溪词》，（宋）刘辰翁撰，萧逸校点，上海古籍出版社1989年版。

- 《花外集》，（宋）王沂孙撰，杨海明校点，上海古籍出版社1989年版。

- 《竹山词》，（宋）蒋捷撰，黄明校点，上海古籍出版社1989年版。

- 《山中白云词》，（宋）张炎撰，吴则虞校辑，中华书局1983年版。

# 第六编 | 辽西夏金元文学

# 绪　　论

在中国文学史上，辽、西夏、金、元时期是一个具有鲜明特色的重要阶段。这个时期，少数民族执掌地区政权，在渐趋大一统的进程中，多民族的经济与文化互相借鉴、交汇、融合，不同民族的作家显露出各自的文学才华，贡献出一批足以流传千古的文学杰作，成为中国传统文化重要的组成部分。除了诗词散文外，新兴的散曲成为人们喜爱的又一种抒情文体；说唱文学日益成熟并广受欢迎，戏剧文学得到长足的发展，杂剧、南戏的兴起与繁荣标志着古代戏剧文学进入了第一个黄金时代。多民族作家的文学作品并存、传统文体与新兴文体并举，是辽西夏金元文学史的鲜明特色。

## 第一节　多民族经济、文化的交汇与辽西夏金元文学

辽西夏金元文学，就其总体风貌而言，在多民族经济、文化的交汇之下，不同民族的作家在其文学作品里写出了各有特色的生活体验与人生思考。

### 一、契丹族、汉族等经济和文化的交汇与辽代文学

辽代是契丹贵族统治的时期，其时间跨度是辽太祖耶律阿保机于916年建契丹国至1125年为金国所灭，逾二百年；其间，辽代政权长期与中原地区的五代、北宋政权对峙和并存。

契丹族长年过着游牧生活，其经济生活以渔猎为主，并经营畜牧业。辽朝建立后，在汉族影响下，逐步发展农业和工商业。在契丹族的历史上，随着游牧生活的扩展，他们先后征服了奚族人、渤海人和今河北、山西地区的汉族人，在其国境内形成了几个地区：契丹、奚族和其他族群聚居的潢河地区（约相当于今内蒙古自治区）；渤海人聚居的松、辽地区（相当于今吉林、辽宁两省）；汉族人聚居的燕云地区（相当于今河北省）。燕云地区更是辽朝的农业基地。同时，辽朝与宋朝在经济上的互相交流，也促进了辽地的物质生产。这些地区有着各自的生活方式和民族文化传统，但也有相近之处，即都接受佛教文化与中原文化的影响，僧行均（汉人）的《龙龛手镜》、希麟的《续一切经音义》，便是文化交流的产物。在辽朝的统治下，多种经济、文化相互交汇，共同发展。

就辽代文学而言，其存世作品多为质朴、真率之作。辽代诗歌是辽代文学的主要组成部分，流传下来的有原始祭歌、民间歌谣、文士诗作及贵族诗作等。原

始祭歌、民间歌谣与游牧民族的日常生活息息相关，侧面反映契丹等少数民族的生命观念、宗教信仰和生活经验。而文士诗作、贵族诗作不像汉族诗人那样讲究体式、格律，只是有感而发，言为心声。被称为辽诗开山第一篇的是耶律倍的《海上诗》，此诗约写于930年，其时耶律倍作为阿保机的长子失位外逃，写下四句诗，刻于木头上："小山压大山，大山全无力。羞见故乡人，从此投外国。"写出了政治生态中的"僭越"行为对自己的伤害，以及自己在失位之后的心态。没有过多的修饰，却也表达了在重大变故之后的感触与情绪。文士诗作中，有的作品用契丹语写成，内容丰富，思想有一定的深度。像《醉义歌》，相传其作者是寺公大师，其诗感动了元代诗人耶律楚材，楚材将其翻译成汉语。此外，像萧观音、萧瑟瑟等女诗人的作品也播于人口，成为辽代诗歌的重要遗产。

辽代散文以应用文体为主，如表、奏、牒、题铭、碑记、塔记等，这些文章反映了辽代的政治生活、宗教生活与外交事务等，大多朴实无华，应用性较强，文学色彩偏淡。

## 二、党项族、汉族等经济和文化的交汇与西夏文学

西夏，是11至13世纪存在于我国西北地区的一个王朝，史称"夏国"。夏国建立于1038年，是以党项羌为主体，包括汉、吐蕃、回鹘在内的多民族地方政权。它地处西陲，在宋、辽之西，故称西夏；前期与北宋、辽抗衡，后期与南宋、金对峙。宋夏关系、辽夏关系、金夏关系，以及宋、辽、夏、金的多边关系，存在着阶段性的变动和调整，它们相互依存，相互牵制，时和时战，情形错综复杂。夏国政权的存续达190年，于1227年为蒙古所灭。

党项族的族源问题较为复杂，学术界观点不同，有的认为西夏的党项族是古代羌族的一部分，有的认为西夏虽然以党项族为主，但其皇族属于鲜卑族拓跋部。不过，党项与吐蕃在血缘上和文化上有着密切关系，已经成为学界共识。① 大体而言，西夏在政权形态上属于宋、辽、金的藩属国，地缘政治较为复杂，地理位置相当独特。它位于我国西北地区，西通玉门关，北至茫茫大漠，包括今宁夏和甘肃大部、陕西北部、内蒙古西部毗连的大片区域，自然环境相当严酷，其境内的戈壁沙漠约占全境的三分之二。尽管如此，凭借沙漠中的绿洲，西夏的农牧业得以延续和发展，故而能够立国近两百年之久。

西夏人的经济关系较为独特。他们以农牧业为基础，同时重视商业贸易。西夏处于河西走廊，所辖地域是丝绸之路上的一个主要地段，与宋朝、辽朝等均有

---

① 牛达生：《西夏学研究中藏学研究成果的应用》，载杜建录主编《西夏学论集》，上海古籍出版社2012年版，第571页。

贸易往来。代表西夏国家意志的《天盛律令》专门设立了《他国买卖门》，对官方贸易有细致的规定，可见商业贸易在西夏经济关系中的重要地位。与此同时，商业贸易带来了文化交流，如宋朝的汉文典籍随之传入西夏地区，中原文化尤其是儒家文化在西夏传播。我们从相关的出土文献可以了解当时的人们包括普通民众也在努力学习中原文化，如"俄藏黑水城文献"里有西夏汉文写本《论语》残卷（左右两个半页，右半页抄自《子张》章，左半页抄自《子路》章）、《六十四卦图歌》、《西夏习字》（三种，练习书写常见常用的汉字）。① 这些"文化细节"活生生地展示着西夏人的好学与勤奋。

西夏人普遍信奉佛教，其传世的佛教文献颇多。同时，也接受儒家文化的熏染，在治国理念上认同儒家的一些基本价值，如"阴阳和合""仁义忠信""孝顺父母""君子有礼"等（见骨勒茂才编《番汉合时掌中珠》）。他们用西夏文翻译了《论语》《孟子》《孝经》《尔雅》等儒家经典，还依据汉文典籍编译了《经史杂抄》《新集慈孝传》《德行集》等西夏文的教养读物，供人们"立身行道"之用。

西夏文学正是在此社会经济、政治、文化背景下产生的，以诗歌、文章为主，糅合了佛教、儒家的思想，彰显出西夏多民族的游牧特色及其文化价值取向。

## 三、女真族、汉族等经济和文化的交汇与金代文学

金代是女真贵族统治的时期。自金太祖完颜旻于1115年称帝，至蒙古与南宋联军于1234年灭金，前后历时120年。

女真族主要在黑龙江流域一带从事农业和狩猎活动，他们原向辽朝纳贡，接受辽朝的加封。随着量的逐渐强大，他们一步步扩张地盘，攻取辽朝的一些州城。待拥有较强的实力后，金太祖完颜旻称皇帝，在1115年夏历正月元旦建国，国号"大金"。建国后，与辽朝对峙，并继续攻辽；金太宗完颜晟天会三年（1125），擒辽天祚帝耶律延禧于应州（今山西应县），辽朝灭亡。另一方面，金天会三年十月，金太宗下诏攻宋。宋、金交战，金屡屡进逼，宋多次求和。至宋靖康二年四月（金天会五年，1127），历时167年的北宋为金所灭。康王赵构于靖康二年五月初一在南京（今河南商丘南）即位，改元建炎，是为宋高宗，建立起南宋政权。自此，金与南宋长期对峙。至宋理宗端平元年正月（金天兴三年，1234），蒙古与南宋联军灭金，金哀宗完颜守绪自杀，金末帝完颜承麟死于乱军之中。

---

① 参阅孙继民等编著《俄藏黑水城汉文非佛教文献整理与研究》中册，北京师范大学出版社2012年版，第500、535、700页。

金朝的农业生产具有相当水平。商业则以京都中都和北宋旧都汴京为中心，商业税收是朝廷的重要财政来源。但在金朝后期，财政窘迫，物价腾贵，民生大受影响。

就金朝而言，立国后，鉴于自身文化的相对落后，统治者采取了积极的文化政策，最突出的是实行"借才异代"的策略，即从辽代、宋代（此即所谓"异代"）的知识分子中识拔人才，为我所用，其中以汉族士人为多，以此改变金朝人才不足、文化滞后的情形。① 这些汉族士人，有的是由辽入金的（不少是原居住于燕云地区），有的是奉宋朝之命出使金朝而被留下的（有的为了求和，有的为了探访徽、钦二帝），有的是征战期间由宋入金的（有的降金，有的被挟持）。总之，金朝统治者使用多种手段"借"来了一批汉族士人，推崇汉族文化，以此提升金国的文化层次。尤其是在局势比较稳定的金熙宗朝及以后，统治者的汉文化修养逐步提高，这对金朝的文化发展有重要的推动意义。

金代文学在诗词方面取得可喜的成就。一则汉族士人如宇文虚中、党怀英、赵秉文、吴激、蔡松年、元好问等经历丰富，才华横溢，感触敏锐，有深厚的诗学、词学修养，形成鲜明的个人风格，在他们的影响下，金代的诗词创作呈现出独特的风貌。尤其是金末时期的元好问，感于哀乐，言真意切，其诗词作品不仅数量多，而且上乘之作不少，成就颇高，影响深远。一则女真族作家的文学作品也显露出个性，如完颜璹、完颜亮等的诗作或词作，各有性情，真率自然，是金代文学重要的组成部分，体现出文化融合的成果。

除了诗词外，金代文学的重要贡献之一是诸宫调取得了空前的成就。诸宫调是一种兴起于宋代的说唱文体，董解元的《西厢记诸宫调》是该文体成熟的显著标志。这个作品篇幅较大，熟练运用多种宫调说唱"西厢故事"，情节曲折复杂，并对唐元稹的《莺莺传》做了明显改动，由原作的"始乱终弃"，变为一对有情人成为眷属的爱情故事，对后来同一题材的作品如杂剧《西厢记》等产生重要影响。

### 四、蒙古族、汉族等经济和文化的交汇与元代文学

元代是蒙古贵族统治的时期。元世祖忽必烈至元八年十一月（1271），取《易》"大哉乾元"之意，改国号为"大元"；至元十三年，元军攻克临安（今杭州），南宋奉表投降，历时150年的南宋政权至此覆灭；至元十六年，南宋残余势力终于消歇，元朝完成全国的统一，由汉、蒙、藏、维等多民族组成。而于1368年，即元顺帝至正二十八年，明军攻入大都，元顺帝不愿死守，北奔退出中原，

---

① 史家在比较辽、金的差异时指出："金用武得国，无以异于辽；而一代制作能自树立唐、宋之间，有非辽世所及，以文而不以武也。"脱脱等撰《金史》卷一二五，中华书局1987年版，第2713页。

至此结束了其近百年的统治。

元代的社会经济是在大一统格局下逐步发展的。金元之际,由于长年战乱,北方广大地区人口剧减,经济相对落后;南方随着大量北方人口的迁徙以及生产技术的传入,在农业、手工业、商业及海外贸易等方面均有长足进步。南北混一之后,南北经济得到不同程度的发展,但发展并不平衡,经济重心南移已成定局。

元代社会,民族关系复杂,不同民族的地位很不平等,蒙古人与色目人(指蒙古以外的西北各族,以及来自西域、欧洲的其他族群)地位较高,汉人(淮河以北原金朝境内的汉族、契丹、女真等族)与南人(指原南宋境内的各族,以汉族为主)地位较低。于是,民族矛盾比较尖锐,在此背景下产生的元代文学作品反映了这一社会现象。

元朝统一后一度停止科举考试,加之统治者推行民族歧视政策,汉族知识分子的"仕进"之路相当狭窄。相较而言,蒙古人与色目人为吏、做官的途径较多,而且,选拔官员的方法没有"定制",由"吏"而"官"的路径比较常见。有元一代,吏治之腐败,日益严重,元邓牧曾撰《吏道》一文,指出"吏无避忌,白昼肆行,使天下敢怨而不敢言"。又说:"小大之吏,布于天下,取民愈广,害民愈深。"相较之下,在一段时间里,汉族知识分子在社会中几乎没有上升空间,他们怀才不遇,潦倒而深感压抑,每每在社会的底层谋生,亦深深了解民众在黑暗的吏治之下的不幸遭遇,特定的生存处境激发了他们的创作冲动,种种残酷的人生世相也往往借由文学作品展现出来。

另一方面,随着社会的渐趋稳定、各民族交往增多,不同民族文化的碰撞与融合也在同步进行。元朝统治者比较注意在朝廷内外推广汉族文化,并将一些重要的典籍翻译成"国语"(蒙古语),以便蒙古贵族学习,如元仁宗命集贤学士忽都鲁都儿迷失和李孟将《资治通鉴》的"切要"部分"译写以进";又曾对大臣们说:"《大学衍义》议论甚嘉,其令翰林学士阿怜铁木儿译以国语。"(《元史·仁宗本纪》)此外,承继着宋朝理学的盛行势头,理学在元代也得以进一步传播,出现了一批有影响的理学家如许衡、姚燧、刘因、吴澄、虞集等。他们之中,有的还是著名的文学家。

元代文学在诗词、散文方面均有一定的成就,出现了一批颇有成就的文人,如方回、戴表元、赵孟頫、袁桷、虞集、杨维桢,以及耶律楚材、马祖常、萨都剌等,汉族作家与少数民族作家共同为元代文坛添砖加瓦。

在新兴文体方面,主要有散曲文学与戏剧文学(包括杂剧、南戏),它们在元代取得了空前的创作实绩,并且对后世的散曲、戏剧创作产生了不可估量的深远影响。元代的散曲、戏剧也是汉族作家与少数民族作家共同创造的文学奇迹。

## 第二节　多元文化格局下的散曲与诗文创作

辽西夏金元时期，文化形态的共通之处是多元民族文化并存共生。这一格局并非是多种民族文化简单叠加的结果，实则伴随着由文化冲突带来的巨大的社会变动，不少处于"弱势"的知识分子更是产生不适与焦虑。他们要寻找宣泄内心的方式，选择表达自我和传达弱势群体心声的文体形式。散曲是元代知识分子选择的一种新兴的文体，同时，传统诗文的创作也呈现出特定时代氛围下的独特风貌。

### 一、散曲创作与古典抒情方式的演进

文学风貌的变化与作家们的文体选择密不可分。如元代散曲就是古典抒情方式在其演进过程中产生的新文体。散曲作家往往以敏锐的感受力，在作品中抒写他们在特定社会中的人生体验。与诗词相比，散曲对语言的运用更为灵活，它不避俗语，可添衬字。其嬉笑怒骂均不加掩饰，所欲表达的情感也往往尽意抒发，与过去诗歌讲究含蓄的传统大异其趣，读之通畅淋漓，形成散曲特有的"曲味"。这是它区别于传统诗词的特异之处。

"曲味"之中，散曲的"辣味"相当引人瞩目。作家们对丑恶世态加以辛辣讽刺。有一首无名氏的〔中吕·朝天子〕，讽刺贤愚不分、好歹不辨的社会现象："不读书最高，不识字最好，不晓事倒有人夸俏。老天不肯辨清浊，好和歹没条道。善的人欺，贫的人笑，读书人都累倒。立身则小学，修身则大学，智和能都不及鸭青钞。"作品以通俗的语言、对比的笔法，富有概括力地揭示了整个社会价值标准的倒置，从而指出了社会的不公平与不合理。此曲使人联想到关汉卿《窦娥冤》中窦娥的唱词："有日月朝暮悬，有鬼神掌着生死权。天地也，只合把清浊分辨，可怎生糊涂了盗跖颜渊：为善的受贫穷更命短，造恶的享富贵又寿延……"可以说，价值标准的倒置是作家们对元代社会不公平制度的共识，而散曲口语化、平民化、通俗化的特点更易于表达底层人士嬉笑怒骂的情感。

自然，嬉笑怒骂不能解决实际的社会问题，知识分子也意识到无可奈何，于是，除了"辣味""酸味""苦味"的作品外，还有一种因百感交集、无可奈何而故作旷达的作品。面对不利的生存环境，有不少人产生厌世与避世意识，他们从老庄哲学中寻找精神安慰，从陶渊明"采菊东篱下"的诗句中领悟隐居乐趣。在他们的心目中，人世间的争争斗斗，十分卑劣，而且争来争去，到头来只是一场

空:"憎苍蝇竞血,恶黑蚁争穴。急流中勇退是豪杰,不因循苟且。叹乌衣一旦非王谢,怕青山两岸分吴越,厌红尘万丈混龙蛇。老先生去也。"(汪元亨〔正宫·醉太平〕)这也是一种过去少见的"曲味"。

元代散曲尚有一批咏史抒怀、描写风物景色的作品,或者借古讽今、以古喻今;或者情景交融,抒发游子的离愁,表现对山光水色的热爱,往往流露出真见识与真性情。散曲是作家们创造的一种新的抒情方式。

## 二、诗文创作与士人情怀

诗文,是知识分子掌握得最为熟练的文体。他们一方面努力学习前人的创作经验,一方面也在创作中融汇切身的人生感受,尝试新的表达方式和写作风格。

每一次朝代更替,都会出现一批前朝"遗民",他们眷恋前朝,对新朝持保留态度甚至有对立情绪。辽金元时期,政治版图较为复杂,有时不同民族的政权并存,而不同政权之间时有外交事务,时有残酷交战,造成人员身份的变动,或被扣留,或被俘虏,或被诱降,不一而足。这些身份有变动的人士,本是文人,在民族认同、国家认同等方面因受到已有的民族意识、家国观念的影响,或深感痛苦,或彷徨无着,或感慨万千。这种遗民意识是当时的士人情怀的一个突出方面。于是,出现了一批与这类情怀相关的诗文作品。

由宋入金的宇文虚中等人及其诗文,由金入元的元好问等人及其诗文,都是显例。他们历经沧桑,满怀感触,内心有不得不诉诸文字的人生悲慨。他们的人生路径不尽相同,有的立场游移,气节有亏;有的则恪守晚节。但他们也有大致相同的家国情怀。哪怕是出仕金朝的宇文虚中,背离家国,他也会在北国南望故土,难忘家乡。寄居异地之痛与思乡之情混合为一,难以为怀,借吟咏以发抒内心的复杂情感。而像元好问除了隐居著述、致力保存金代文献之外,对"神州陆沉"的哀痛令人动容,故而清代诗人赵翼称赞其诗作"可歌可泣":"唐以来律诗之可歌可泣者,少陵十数联外,绝无嗣响;遗山则往往有之。……感时触事,声泪俱下,千载后犹使读者低回不能置。盖事关家国,尤易感人。"(赵翼《瓯北诗话》)以元好问为代表的这类作家深挚地表达了在大变动时代的爱国热忱,表现出难能可贵的磊落人格。时代变动,犹如一块试金石,可以测试出人格的高下。在大变动时代出现的"遗民意识"与诗文创作,其思想情感的复杂性是不可忽视的,后人宜做具体分析,不可一概而论。

生活在复杂多变的时代,知识分子的感受是敏锐而丰富的。随着政局的稳定、时间的推移,"遗民意识"逐渐淡化,对现实的观察、对民生的关怀、对人生的反思成为士人们内心生活的重要内容。像元代中后期的诗文作家袁桷、虞集、萨都刺、马祖常、吴莱、杨维桢等，各有艺术追求，亦各有人生情怀，他们的诗文创作均有鲜明的个人风貌，有不少作品脍炙人口。

## 第三节　戏剧文学的勃兴及其中国特色

中国古代的戏剧文学历经漫长的孕育、萌芽和发展过程。汉代的"百戏"、唐代的"参军戏"，以及宋代的"大曲""杂剧"等，都属于古代戏剧成熟前的表演形态，初步出现歌、舞与故事的结合。宋、金时期出现的说唱文学如诸宫调等，以多种宫调的音乐形式说唱篇幅较长、情节较复杂的故事，为戏剧文学的进一步形成积累经验。后世的戏剧作品如杂剧、南戏等出现"曲牌联套"的体式，与此大有关系。元代的戏剧文学正是在丰厚的民族文艺的土壤里成长起来的，同时，积淀着人民大众的人生智慧与精神追求。

### 一、市井、乡村、宗族与戏剧文化

古代戏剧，本属市井文化与乡村文化，其接受者、欣赏者主要是市民与村民。戏剧文学与戏剧表演密不可分，而表演的场地或者在"勾栏""路岐"等，即城市人口较易聚集的地方，或者在乡间的庙宇、宗祠、戏台等，也是人们经常聚集的场所。戏剧表演通常是为了满足大众的祭祀与娱乐的需要而安排的。祭祀，可分为乡村祭祀与宗族祭祀等不同性质的活动。乡村祭祀，其戏剧表演有英灵镇魂戏与冤鬼镇魂戏等，前者演出英雄的故事，如关公戏等，是英雄崇拜观念的产物；后者演出公案故事，如包公戏等，是冤狱繁多的社会现实的反映。宗族祭祀，兼具祭祀祖宗与凝聚族群的作用，其戏剧表演或以富家盛衰故事为题材，具有维护家族兴盛的劝谕意义，或以庆贺族中长老生日为主题，具有维护宗法体制、尊老敬老的意义。① 此外，戏剧表演也兼顾大众的娱乐需求，青楼故事戏、男女爱情剧以及一些滑稽逗笑的小戏等，也是在市井、乡村大受欢迎的题材。随着民众娱乐需求的增长，以满足娱乐需求为目的的商业性演出在城市里也日渐增多，元代散曲家杜仁杰的《庄家不识勾栏》对此曾有生动的描述。

戏剧文化的勃兴在中国古代社会有特殊意义。在考虑其祭祀、娱乐的文化因素以外，更应看到，这一艺术形式及其戏剧文本的出现与成熟打破了固有的文学格局。中国古代文学向以诗文为正宗，传统的文学观以文章为"经国之大业，不

---

① 关于古代戏剧与祭祀活动的关系，参阅田仲一成著、布和译《中国戏剧史》，北京大学出版社 2011 年版，第 119—139 页。

朽之盛事",并视之为文人学士立身扬名的途径。诗文以外的文学形式如小说、戏剧等,往往受到正统文人的轻视。因此,文学殿堂一直为士大夫所垄断。自唐宋以来,备受压制的民间文艺以其空前强盛之势,一次次向正统文学发起挑战。在此背景下,元代的戏剧表演及戏剧文本以其深厚的生活气息、活泼生动的故事情节呈现出下层百姓的一幕幕悲欢离合的人生场景,成为正统文学之外不可忽视的重要存在。它们反映民生的疾苦,也表达民众的愿望,更以其综合性的艺术优势赢得了越来越多的知音。

### 二、叙事行为与多种艺术元素的有机融合

戏剧必有故事,剧作家与表演艺人的创作、演出都是一种叙事行为。就中国古代戏剧而言,这种叙事行为与多种艺术元素如音乐、歌舞、杂技等融合为一体,奠定了中国古代戏剧艺术的基本特征。

在多种艺术元素有机结合的基础上,戏剧艺术的肌质是"叙事"。戏剧叙事的产生和发展与民间叙事艺术的繁荣和成熟密不可分。我国的叙事艺术起源早而发育慢,尤其是虚构型的叙事,从先秦神话传说到东晋的《搜神记》,再到唐人传奇,历经千年以上,尚无鸿篇巨制。虚构型叙事的缓慢演进,大抵与中国古代社会崇尚"事记其实"的史书颇有关系,也与孔子"不语怪、力、乱、神"的遗风密切相关。但故事的魅力总是无法抗拒的,唐人喜听"一枝花"等反映世俗生活的故事,也爱听讲述"张飞胡""邓艾吃"之类与史书相距较远的颇有传说意味的历史故事。这是民间叙事活动初步进入繁荣期的标志。入宋以后,民间的叙事活动更加频繁,且形式多样。口头讲述的,有"小说""说经""讲史"等,现存的宋元话本与平话可略见其风貌。叙事艺术的多元发展预示着更新、更富于综合性的艺术类型的诞生。宋金时期,说唱诸宫调融合说书、演唱技艺,以说与唱的结合、曲牌联套的形式叙述一个个线索连贯、情节曲折、情意缠绵、形象生动的大型故事,像《刘知远诸宫调》《董解元西厢记》等,脍炙人口,深入人心。宋杂剧、金院本在合歌、舞、叙事为一体的同时,从过去的叙述体中转化出"代言体"的叙事方式,即由故事中人自说其言,自叙其事,声口毕肖,活灵活现。总之,多种多样的民间虚构型叙事为元代的戏剧准备了故事框架,创新了叙事方式。元代戏剧以代言体的方式演出人间的悲欢离合、历史的风云变幻,是水到渠成的;再加以元代戏剧家在融合多种艺术因素时具有独创精神,其叙事技巧与文本体式在较高的起点上日趋完善。

### 三、杂剧、南戏共通的叙事美学

杂剧与南戏,剧本体制有所不同,可是,其戏剧文本都往往呈现出悲后有喜、

喜中含悲、悲喜交乘的共通的叙事美学。其中，悲剧的故事多以团圆结局，表现古人"善有善报"的道德观念和"邪不胜正"的乐观态度；喜剧的故事多含有悲剧意蕴，表现我国人民防患于未然的忧患意识与不怕蹉跌的顽强意念。

中国古代的悲剧意识与喜剧意识，可以上溯至《诗经》《楚辞》等先秦作品。《诗经·国风》中不少篇章写人间的哀乐，《楚辞·九歌·少司命》中的"悲莫悲兮生别离，乐莫乐兮新相知"，表述人们的悲与喜的观念，揭示了现世生活中既有悲又有喜的复杂境遇。中国的古典诗学，一向正视悲哀与喜乐，不回避悲的存在，也不因一时之喜而忘乎所以。与这种态度相适应，古人强调主体在感受悲或喜时的主观调适功能，即情感活动不能失之太喜、失之太怒、失之太哀、失之太乐，既要直面悲哀或喜乐，又能超越其上，求得"中和"的审美感受。所谓"不发乎情，即非礼义，故诗要有乐有哀；发乎情，未必即礼义，故诗要哀乐中节"（刘熙载《艺概·诗概》），这概括了中国古代富于民族特色的文艺原则。在这方面，元代戏剧并无例外。

当然，元代戏剧家在处理这一文艺原则时，并非胶柱鼓瑟，一成不变，而是根据戏剧文学自身的特点，灵活变通。写戏剧冲突，不可能像诗歌作者那样恪守"温柔敦厚"的诗教，剧中人该悲则悲，乃至悲痛欲绝、义愤填膺；该喜则喜，乃至手舞足蹈、惊喜欲狂。然而，元代戏剧家又不像西方戏剧家那样对悲剧与喜剧做严格区分，悲剧是悲剧，喜剧是喜剧，各有界限；元代戏剧的悲剧或喜剧，并非如此泾渭分明，界限清晰，相反，剧作家往往选取曲折多变的人生历程，以冲突双方力量消长的对比，展现悲剧性矛盾或喜剧性矛盾的发展与变化，以及变化之中出现的转机，较为典型地反映人物命运与社会生活的波浪式运动的轨迹。故而，元代的杂剧和南戏绝少一直哭到底的悲剧，或一直笑到底的喜剧。元代戏剧悲后有喜、喜中含悲、悲喜交乘的剧作原则，是生活中的辩证法在中国古代戏剧美学上的反映。

### 四、戏剧创作与下层文士的时代境遇

元代戏剧家别有机缘地选择了戏剧（杂剧、南戏）这一文体形式。他们多是"书会才人"出身，和几位同道结为"书会"，进行戏剧创作。他们不同于以往文人，最大的区别在于，"书会才人"创作的文本往往不全是在书斋里完成的，而是与民间艺人在日常的演出活动中"磨合"而成，像著名戏剧家关汉卿等与艺人有密切交谊与合作，反映出他们不是传统意义上的"文人"。

他们在元代特殊的社会中置身于"八娼""十丐"之间，名列"老九"。昔日"学而优则仕"的晋身阶梯一时被废，"读书做官"无异于梦幻泡影。作为一个不被重视的群体，他们命定似的无缘插足上流社会，只好寄身于市井，流连于秦楼

楚馆，在社会的下层讨生活、觅知音、解忧愁。他们与地位同样低下的艺人一起观察社会变动，一起以戏剧的形式反映社会生活，与大众同呼吸、共命运。

元代戏剧家善于反映民生疾苦，尤为关注下层妇女的命运。这是文学史上值得格外关注的现象。他们极为同情女性不幸的遭遇，赞美其崇高的品格，激赏其出众的智慧与才情，从而塑造出一系列光彩照人、栩栩如生的女性形象，在她们的身上，闪耀出中国古代女性刻苦耐劳、守正不阿等光辉美德。

元代戏剧家在不能以诗赋策论取功名的年代，改弦易辙，转而为下层百姓写通俗作品，不仅生活上有了新的出路，才华上得到新的发挥，精神上也有了新的寄托。元代熟悉剧坛情况的锺嗣成，在《录鬼簿》中为其朋友鲍天祐写了如下吊词："平生词翰在宫商，两字推敲付锦囊，耸吟肩有似风魔状。劳苦心呕断肠，视荣华总是干忙。谈音律，论教坊，唯先生占断排场。"① 这未尝不是当时众多戏剧家的写照。他们往往以冷眼观世的态度扬弃了向来封建正统文人的头巾气与学究气，"视荣华总是干忙"，于是，"谈音律，论教坊"，在剧作中描写乡间的风情、市井的喧闹，以及历历在目的人间百态，或倾吐黎民百姓的冤屈与愤怒，或抒发小人物战胜大恶霸的喜悦与豪情，以此寄托他们的人文情怀。

**思考题**

1. 试分析民族文化的融合对辽西夏金元文学的意义。
2. 如何理解杂剧与南戏共通的叙事美学？

---

① 中国戏曲研究院编：《中国古典戏曲论著集成》第 2 册，中国戏剧出版社 1980 年版，第 12 页。

# 第一章 辽西夏诗文与金代诗词

辽代、西夏与金代，是中国古代少数民族政权统治西北部地区的时代。这些朝代的作家有的属于少数民族，有的属于汉族。汉族作家由于种种原因置身于少数民族所掌控的政治环境中，参与其间的文化活动、政治事务及文学创作，与少数民族作家一起为中华民族文化的繁荣和发展作出重要贡献。

## 第一节 辽代诗歌

### 一、辽代谣谚

契丹族是游牧民族，长期生活在严酷的自然环境里，风霜雨雪或干旱无雨，都会严重影响其日常生活；同时，放牧、狩猎也时常遭遇变数，内心有一种不安定感。故而，人们会编出一些谣谚，或倾诉愿望，或祈请祖先与上天的护佑。如流传民间的《焚骨咒》，是契丹人焚化父母尸骨时所唱的歌谣："夏时向阳食，冬时向阴食。使我射猎，猪鹿多得。"这是颇为朴素的祝祷方式，既安抚着父母的亡灵，请他们依照时节在或南或北不同的地点接受祭奠；又请祖先庇护，能够在狩猎时多得猎物，以便过上好一点的生活。这首短歌间接反映出以游牧为中心的生活图景。

同样，流传民间的谚语凝聚了人们常年的生活经验，有的谚语还颇为警策，令人过目难忘，如《叹萧岩寿语》："以狼牧羊，安得久长。"又如《牧马谚》："一分喂，十分骑。"① 语句简约质朴，却富含哲理，至今仍然闪耀着智慧的光芒。

传世的辽代谣谚尽管不多，但是极为珍贵，它们是后人了解辽代契丹族精神世界的重要资料。

### 二、寺公大师与《醉义歌》

寺公大师，辽代诗人，生平不详。他的传世诗作《醉义歌》原为契丹文，由元代诗人耶律楚材翻译成汉文，并受到耶律楚材的大力推崇，称之为"旨趣高远"。

这首诗，汉文译本有100多行，可算是长诗。此诗以喝酒为话题，写出了诗人

---

① 以上所引辽代谣谚，见阎凤梧、康金声主编《全辽金诗》，山西古籍出版社2003年版，第3、38、99页。

饱经忧患后的人生态度与生命感悟。开头点出时间："晓来雨霁日苍凉，枕帏摇曳西风香。困眠未足正展转，儿童来报今重阳。"诗人是一位经历丰富的人，在人生路上遭遇过挫折，故说"敛衾默坐思往事，天涯三载空悲伤"。可是，村里的农夫邀请他前去喝酒，心境顿时开朗起来，他感受到人间的温暖，觉得风尘之外还有令人愉悦的时刻，于是"欣然命驾匆匆去，漠漠霜天行古路"。来到农夫家，老老少少热情接待，场面更为感人。诗人深为所动，趁着几分酒意，向主人诉说自己的人生感触："请君举盏无言他，与君却唱醉义歌：风云不与世荣别，石火又异人生何？荣利倘来岂苟得，穷通夙定徒奔波。……争如终日且开樽，驾酒乘杯醉乡里。醉中佳趣欲告君，至乐无形难说似。"风云易散，石火随生随灭，荣华富贵如风云、石火，并无久长之理。这是他在领受了人生严酷的"洗礼"之后的认识，反映了当时社会失意人士在现实里到处碰壁后的心理。诗人转而以豁达的态度看待人生的贵贱、穷通问题。他借助于庄子的"齐物论"与佛家的"无分别心"，将一切都"等量齐观"："人之富贵我富贵，我之贫困非予穷。三界唯心更无物，世中物我咸融通。"这也可见辽代时在契丹族人的精神世界里老庄思想与佛家观念的融合，他们以此对抗命运的不公，宽慰自己不平的心绪。这就是诗人所要表达的"醉义"，即"醉中佳趣"。

《醉义歌》是中原文化与外来文化融汇于契丹文化之中的具体实例，不仅有文学史价值，而且也有思想史上的意义。

### 三、契丹女诗人萧观音

萧观音（1040—1075），契丹族，平州（今河北卢龙）人，枢密使萧惠之女，辽道宗耶律弘基皇后。她曾受到良好的文化教育，并有出色才华，《辽史》本传记载："姿容冠绝。工诗，善谈论。自制歌词，尤善琵琶。"性格直率，看见贵族中人有不当之举，即提出劝诫。因为喜欢音乐，与伶官赵惟一多有交往，被诬与之有私，道宗大怒，"赐后自尽"，死于非命。被追谥"宣懿皇后"。

萧观音传世的诗有5题14首。与直率的性格相关，其诗风并无女性纤弱的意态，有不让须眉的气概。如《伏虎林应制》：

威风万里压南邦，东去能翻鸭绿江。灵怪大千俱破胆，那教猛虎不投降。

从诗句可以感知萧观音并非养在深闺里的娇弱闺秀，而是眼界开阔、见惯风雨、意志强盛的奇女子。她的语言泼辣直露而有威势，不掩饰，不造作，表现出不可阻挡的壮志豪情。

不过，萧观音毕竟是皇后，受制于皇权，置身于皇宫内的明争暗斗，日子过得并不舒心，尤其是道宗沉湎酒色、游猎无度，萧观音有所劝诫，却招来无情的疏远。作为女性，她不失温柔，自尊自重，也想挽回道宗的心，故而写了《回心院》这组作品，一共 10 首。这一组作品语句较为短促，长短不一，各首的句式一致，因是"自度曲"，故被视为"辽词"。这些作品写深宫寂寞、内心悲苦，以及自己精心布置宫寝、等待君王的细节。其中，有一首借写更换泪湿后的枕头来抒发内心悲苦："换香枕，一半无云锦；为是秋来转展多，更有双双泪痕渗。换香枕，待君寝。"另一首写自己借音乐表达心声："张鸣筝，恰恰语娇莺，一从弹作房中曲，常和窗前风雨声。张鸣筝，待君听。"语短情长，将心境寄托在日常细节之中，体现出女性的细致与多情。这也是萧观音性格的另外一面。

萧观音的诗作，刚柔并举，个性鲜明，这在古代的后妃群体中较为罕见。

## 第二节　西夏诗文

### 一、西夏诗歌

西夏诗歌，存世作品不多，却很有西夏的时代特点。存世诗歌已被释读的主要有《夏圣根赞歌》《天下共乐歌》《劝世歌》《月月乐诗》等。它们原为西夏文，已由我国及俄国、日本的西夏学者释读、翻译，以上四篇作品的汉文译本已公开发表。

西夏的诗歌，就内容而言，其写作兴奋点在于回首祖先足迹，赞颂先辈功业，建立民族自信。如《夏圣根赞歌》，顾名思义，是对夏之"圣根"的颂歌，西夏人歌颂他们的"圣祖"，赞美他们的民族之"根"。此诗抄写于一个刻本的书页背面，该刻本刊刻于 1185 年，故此诗的抄写时间不会早于此年，据西夏学家推断，它可能抄写于 12 世纪末 13 世纪初。作者与抄写者均不详。① 此诗开头叙述始祖啰都的家族构成："啰都父亲身材不高多智，初始不愿为小怀大心。美丽蕃女为妻，英勇七儿相爱。"啰都生了七个儿子，他们都骁勇善战，都是西夏人的祖先，为西夏人的生存与繁衍奠定了"根基"。这些啰都之子，各有征战的事迹，也似有"神力"，他们为了捍卫自己的疆土不怕强权，不畏强敌，乃至于还要与野兽作战，其中一人"与香象厮杀堕齿"，其勇武不屈的精神可见一斑。诗歌中，西夏先祖们的故事还带有神话色彩，如作为先祖之一的额登，与龙匹配，"从此子孙代代繁衍"；又如番细皇，"初出生时有二齿，长大后十大吉兆皆主集。七乘伴导来为帝，号召大

---

① 这首诗歌曾由俄国西夏学家克恰诺夫释读，诗歌的汉译文发表于《西夏学》第 8 辑，上海古籍出版社 2011 年版，第 171 页。

地弥药,孰不附?圣王似风疾驰去,拉缰牵马人强国盛"。句中的"弥药",是西夏人的另一种称呼,意为"身材高挑、好看的人"。这些诗句表明番细皇作为西夏人首领具有强大的号召力,而他也不负众望,创造出"人强国盛"的局面。作品的末尾写道:"治田畴,不毁穗,民间盗窃无有,天长日久,战争绝迹乐悠悠。"诗歌以叙事为主,寓抒情于叙事之中,语句间流露出后人对先祖的崇敬与信赖,呈现出西夏人的豪迈气魄与克敌制胜的顽强意志,以及表达了对和平生活的无限向往。

西夏境内多族群共存,他们的最高理想是平息征战、和平共处、鱼水同欢,《天下共乐歌》可谓唱出了人们内心的长久渴望:"从此时,母子安宁息争战,/君国和暖盛文德。/所念者,吉祥瑞相无差异,/明王贤臣德本同。因此上,/治理军民,上下同心如鱼水;/举擢善智,内外同谋似龙云。/千黑头,纷纷攘攘咸拱手;/万赤面,人人屡屡赞德恩。/美日良辰,吉帐神宫仙乐奏,/君臣民庶,共相欢娱宴饮乐悠悠。"诗中的"黑头""赤面"在西夏作品里往往对举,他们是西夏国内两个主要的群体。作品赞美了"黑头"与"赤面"和谐共乐的人生图景。而"明王贤臣德本同""上下同心如鱼水"等表述,也反映出西夏政治家接受了中原儒家文化的影响,暗含着"以德治国""上下一心"的理念。

《天下共乐歌》的作者没息义显,是西夏的一位宫廷诗人。他还有另一首宫廷诗《劝世歌》,劝人信奉佛理、认识"无常":"先祖贤圣先祖君,美名虽在身不存;此后善智此后人,寿常在者何尝有?"表明如果不怀"德念"、不行"仁义",有朝一日,"汝往上天世界时,何由侍奉佛腹心?"① 将《天下共乐歌》与《劝世歌》联系起来看,可以得悉西夏宫廷的意识形态是儒学与佛学兼容并包的。

西夏诗歌还有一项重要内容是描述一年十二个月的物候与习俗,如佚名的《月月乐诗》,以"月月乐问根源,月月乐说根源"开头,从正月说到腊月,一共12段,呈现西夏地域每一个月不同的自然风貌与人文习俗,展示游牧民族与大自然融合的意趣,充满着大地的生机,流露出西夏人对自然变化的敏感以及自强不息的人生态度。②

西夏的存世诗作另有一部无名诗集,汉文,线装,集内的作品每一首均不完整。据西夏学者研究,这些作品约写成于1180至1193年,正是夏仁宗在位的时期。作者是某乡村文人,作品是对中原格律诗的模仿,内容涉及佛理、习俗等。它们作为诗歌

---

① 《天下共乐歌》《劝世歌》的汉译文,见聂鸿音《西夏文〈天下共乐歌〉〈劝世歌〉考释》,《宁夏社会科学》2000年第3期;据聂鸿音推断,这两首作品的抄写年份大致可设定在乾祐十六年即1185年和光定十一年即1221年之间。
② 《月月乐诗》的汉译文,见聂鸿音《关于西夏文〈月月乐诗〉》,《固原师专学报》2002年第5期。

虽然不无稚拙之处,却是西夏人学习中原文化、尝试格律诗写作的实证。①

## 二、西夏文章

西夏文章文体多样,有骈文、序跋、书信、奏表、题记、碑记等,应用文书(如契约、账籍文书等)的数量也颇多。近人编辑的西夏文集有王仁骏的《西夏文缀》与罗福颐的《西夏文存》,后者是在前者的基础上增补而成。今人聂鸿音辑有《西夏遗文录》。

西夏的文章,颇受中原文化影响,结体简练,主旨突出,而又带有西夏人不喜雕饰、简明朴实、条理清晰的特点。如曹道乐的《德行集序》,原为西夏文,当代学者译为汉文,其中写道:

> 昔护城皇帝雨降四海,百姓乱离,父母相失。依次皇帝承天,袭得宝位,神灵暗佑,日月重辉。……是时慎自养德,抚今追昔:恩德妙光,当存七朝庙内;无尽大功,应立万世嗣中。于是颁降圣旨,乃命微臣:"纂集古语,择其德行可观者,备成一本。"
>
> 臣等忝列儒职而侍朝,常蒙本国之圣德。伊尹不能使汤王修正,则若挞于市而耻之;贾谊善对汉文所问,故帝移席以近之。欲使圣帝度前后兴衰之本,知古今治乱之原,然无门可入,无道可寻,不得而悟。因得敕命,拜手稽首,欢喜不尽。众儒共事,纂集要领。昔五帝三王,德行华美,远昭万世者,皆学依古法,察忠爱之要领故也。夫学之法:研习诵读书写文字,能多辞又能弃其非者,中心正直,取予自如,获根本之要领,而能知修身之法原矣。知无尽之恩莫过父母,然后能事亲矣;敬爱事亲已毕,而教化至于百姓,然后能为帝矣。为帝难者,必须从谏。欲从忠谏,则须知人。知其人,则须擢用。擢用之本,须慎赏罚。能定赏罚,而内心清明公正,则立政之道全,天子之事毕也。是以始于"学师",至于"立政",分为八章,引古代言行而求其本,名曰《德行集》。谨为书写,献于龙庭。
>
> 伏愿皇帝闲暇时随意披览,譬若山坡积土而成其高,江河聚水以成其大。若不因人废言,有益于圣智之万一,则岂惟臣等之幸,亦天下之大幸也。②

这一篇文章的写作时间约为十二与十三世纪之交。其作者曹道乐,是世居西夏境

---

① 参阅聂鸿音《拜寺沟方塔所出佚名诗集考》,《国家图书馆学刊(西夏研究专号)》2002 年增刊;孙昌盛《方塔出土西夏汉文诗集研究三题》,《宁夏社会科学》2004 年第 4 期。
② 聂鸿音:《西夏文曹道乐〈德行集〉初探》,载《文史》2001 年第 3 辑,中华书局 2001 年版,第 215 页。

内的汉人,又是西夏"蕃学"(西夏景宗元昊始设的一个学术机构)教授。"护城皇帝"指的是西夏第七代统治者仁宗仁孝,已经去世,故有"雨降四海"之说(此是皇帝已死的隐语)。继位的是第八代统治者桓宗纯祐。纯祐于1194至1206年在位,他应是《德行集序》所提及的在位皇帝。

序文的条理十分清晰。皇位更替,新君颁令以曹道乐为首的"众儒"纂集古代汉文典籍里的嘉言懿行,主旨是"择其德行可观者",编为一册,以便观览。作序者在行文之间,以汉族贤君为鉴,陈述帝王治理朝政的道理,引出修身、孝亲、从谏、知人等要点,并以此为依据,阐明"以德行为本"的编辑理念,介绍《德行集》全书的内容与编排(《德行集》是摘录《易经》《尚书》《礼记》《孝经》《史记》《资治通鉴》等书而成,并由曹道乐等人译为西夏文)。文辞质朴,要言不烦,虽然是上呈皇帝的文章,可是没有诚惶诚恐的心态,只是直陈己见。故而文中"须"字数见,如"须知人""须擢用""须慎赏罚",如此行文,颇有实话实说之意,文风刚健而诚挚。西夏文章风格,于《德行集序》中亦可见一斑。

西夏人信仰佛教,同时也有多神信仰,有的文章反映了佛教信仰与多神信仰并存的事实,如《黑河建桥敕碑》的碑文,以皇帝的口吻敕命镇夷郡内黑水河上下各路山神、水神、龙神、树神、土地诸神发慈悲之心,消除水患:

> 朕昔已亲临此桥,嘉美贤觉兴造之功,仍罄虔恳,躬祭汝诸神等。自是之后,水患顿息,固知诸神冥歆朕意,阴加拥佑之所致也。今朕载启精虔,幸冀汝等诸多神灵,廓慈悲之心,恢济渡之德,重加神力,密运威灵,庶几水患永息,桥道久长;令此诸方有情,俱蒙利益,佑我邦家,则岂惟上契十方诸圣之心,抑亦可副朕之弘愿也。诸神鉴之,毋替朕命。①

这一篇碑文,刻于大夏乾祐七年(1176),即南宋孝宗淳熙三年,正是西夏仁宗仁孝皇帝在位之时。此文记载了仁宗仁孝皇帝前后两次亲临黑河桥祭神,文笔灵动而不板滞;与诸神"沟通",却内含"慈悲""济渡"等佛教用语,对诸神有所赞许,有所祈求,有所敬畏,却也不失皇帝"威严"。可谓多神信仰与皇权崇拜结合为一,是了解西夏独特意识形态的重要文献。

## 第三节 元好问与金代诗歌

金代诗歌,名家辈出。他们遭逢乱世,阅历丰富,感情深沉,学养深厚,每

---

① 此碑文引自邵方《西夏法制研究》,人民出版社2009年版,第143页。

每发为歌诗，感叹世路多艰，时局多乱，百姓多苦，均出自真切的体验，敏感的观察，取得较高的艺术成就，呈现不同的艺术个性和诗歌风格。其中，元好问是最有代表性的诗人。此外，宇文虚中、党怀英、赵秉文，以及女真诗人完颜璹等，在金代诗坛都有较大影响。

### 一、宇文虚中入金及其诗作

宇文虚中（1079—1146），字叔通，号龙溪老人，华阳（今四川成都）人。宋徽宗大观三年（1109）进士及第。曾任宣和殿学士、资政殿大学士等职。建炎二年（金天会六年，1128）以"祈请使"的身份出使金国。其后，被留在金国，不予返回。他在靖康年间曾来往金国，其名声、才华早已为金国所熟悉，故格外受到重视。入金后多年未仕。金天会十二年，参与制定金朝礼乐制度；后任金朝官职，官至翰林承旨兼礼部尚书。金皇统六年（1146）被人告发"谋反"而遇害。

宇文虚中入金后，身份尴尬，而故国之思时时萦绕心头，其诗作抑郁沉痛，难以自遣，试看《己酉岁抒怀》一诗：

> 去国匆匆遂隔年，公私无益两茫然。当时议论不能固，今日穷愁何足怜。
> 生死已从前世定，是非留与后人传。孤臣不为沉湘恨，怅望三韩别有天。

己酉岁，即天会七年（1129），此时已经入金一年；"三韩"，指朝鲜半岛的马韩、辰韩和弁韩，代指辽东。诗中写出了自己于公、于私都无所得的难堪境遇，他本来不求金国的官禄，也预计到自己留在金国会引发议论，但不忘"去国"之悲的情怀并无改变，只好"是非留与后人传"，内心的苦闷与无奈，溢于言表。

而每到节日，思乡之情更为殷切，忧愁也更加浓重，如《中秋觅酒》：

> 今夜家家月，临筵照绮楼。那知孤馆客，独抱故乡愁。感激时难遇，讴吟意未休。应分千斛酒，来洗百年忧。

即景生情，冲口而出，幽怨郁积已久，发为不吐不快的诗句。他还在其他诗作里表达过等待南归的愿望，因原籍四川，故有诗曰"蜀江归棹在，浩荡逐春鸥"（《和高子文秋兴二首》其二），这是困境中的想象。

宇文虚中的诗歌交织着对故国的追怀、对故乡的思念，以及身不由己的无奈。

### 二、党怀英与闲远冲淡的诗风

党怀英（1134—1211），字世杰，号竹溪；祖籍冯翊（今陕西大荔），从其父亲迁徙奉符（今山东泰安）。党怀英是宋初开国勋臣党进的十一代孙。年少时曾与济南辛弃疾同窗共读，师从金朝史馆编修刘瞻。金大定元年（1161），完颜亮伐宋，辛弃疾加入耿京义军，南奔归宋，党怀英与之惜别。他家境清寒，科举之路也不顺利，至三十七岁才及第。先后做过地方县令、国史院编修、翰林待制、翰林学士等职。晚年一度专心修撰《辽史》。其诗文、字画在金代均有较大影响，颇得赵秉文、元好问等人的推崇。著有《竹溪集》。

党怀英的诗作，风格闲远冲淡，得到同时人的称赏，认为有陶渊明、谢灵运的风韵。如其《穆陵道中二首》其二：

> 重山复峻岭，溪路宛盘盘。流水滑无声，暗泻溪石间。岸草凄以碧，鲜葩耀红丹。高云映朝日，流景青林端。我行属朱夏，欲偈不得闲。山中有佳人，风生松桂寒。

穆陵，在山东沂山南麓，有"小泰山"之称。当时，作者因公务路经此处，时值盛夏，而山势盘旋，景色清秀，高云映日，晴朗怡人，兼花红草绿，溪水细滑，流转于形状各异的溪石之间，更是脱俗可爱；况且听说山里有遗老、高人，清风从松树、桂树间徐徐而来，恍如置身于清凉世界，令人神往。作者将沿途的感受转化为充满着视觉、听觉和触觉效果的诗句，营造出一幅形象逼真的"溪山行旅图"。难得的是，作者没有一般文人的故作"高雅"，而直言俗务缠身，不得停留，也显示出真率的性格，自然而不造作，却有着韵外之致。

党怀英的诗作除了造语自然外，还有精警、圆融的一面，语言简洁而富于表现力。如《晓云次子端韵》："滦溪经雨浪生花，晓碧翻光漾晓霞。川上风烟无定态，尽供新意与诗家。"滦溪，即滦河，在今河北省东北部，作者以敏锐的观察力，将多变的滦河风光概括为"川上风烟无定态，尽供新意与诗家"，留下了极大的想象空间，可谓"不写之写"，出人意表，也得闲远冲淡之趣。

### 三、赵秉文与"奇古"诗风

赵秉文（1159—1232），字周臣，号闲闲，磁州滏阳（今河北磁县）人。金世宗大定二十五年（1185）进士。曾任户部主事、翰林修撰、宁边州刺史、礼部尚书等职。为官廉洁，好学不倦，元好问《闲闲公墓铭》对其品德和学养甚为推崇："若夫不溺于时俗，不汩于利禄，慨然以道德仁义、性命祸福之学自任，沉潜乎六经，从容乎百家，幼而壮，壮而老，怡然涣然，之死而后已者，惟我闲闲公一人。"又说直至晚年，依然关怀家国、忧心民生，并且奖掖后进不遗馀力："时公已老，日以时事为忧，虽食息顷不能忘。每闻一事可便民，一士可擢用，大则奏章,小则为当路者言,殷勤郑重,不能自已。"(元好问《闲闲公墓铭》)著有《滏水集》等。

赵秉文的诗作不拘一格,时而"平淡",时而"奇古",但从其喜欢模拟乐府及李白等人诗作的情形看,他对"奇古"的诗风有所偏爱,也有所追求。面对连年的战争,目睹兵荒马乱给人们带来的无尽苦难,尤其是对蒙古军南犯金朝、滥杀无辜的行径充满义愤。赵秉文曾以乐府旧题《饮马长城窟行》作诗,诗中写道:"饮马长城窟,泉腥马不食。长城城下多乱泉,多年冷浸征人骨。单于吹落关山月,茫茫原上沙如雪。十去征夫九不回,一望沙场心断绝。"战争是那样的冷酷、血腥,没有人道,除了男儿遭殃之外,妇女也不能逃脱凄惨的命运:"胡人以杀戮为耕作,黄河不尽生人血;木波部落半萧条,羌妇翻为胡地妾。"这样的局面再也不能继续下去,他希望当政者一方面加强边防,一方面重视生产,使大家过上安定的日子:"九州复禹迹,万里还耕桑;但愿猛士守四方,更筑长城万里长。"虽是用乐府旧题,但是融入了自己切身的体验与真诚的思考,翻出了新意,深沉悲痛而又不失淑世情怀。

赵秉文晚年自觉地"以唐人为法",对当时的诗坛后辈有较大影响。

### 四、元好问生平及其论诗绝句

元好问(1190—1257),鲜卑族,字裕之,号遗山。秀容(今山西忻州)人。他生长于北方,年轻时曾游历山西、山东、甘肃、陕西等多个省份,饱览名山大川,养成豪迈英杰之气。兴定五年(1221)进士及第;正大八年(1231),蒙古军围困汴京前夕,受诏入都;天兴元年(1232),困居围城,任尚书省掾、左司都事等,后入翰林,知制诰。天兴二年,汴京破,目睹金朝的败亡。晚年以著述自遣①。收集金代诗歌编为《中州集》,并为诗人撰写小传,是研究金代诗歌的重要文献。著有《元遗山全集》。

元好问的《论诗三十首》体现着其诗学主张。这组诗全是七言绝句,其论诗的侧重点在于为诗歌创作"正本清源",确认什么是诗歌的"正体",什么是诗歌应有的风格,什么是诗歌创作的弊端。

就"正体"而言,元好问推崇建安时代以曹植、刘桢等为代表的诗人及其作品,推崇西晋末年刘琨的诗歌创作,推崇东晋大诗人陶渊明的传世诗篇。试看其

---

① 元好问于其四十五岁时目睹金朝的灭亡。在金亡后,"笃守遗民之节,不仕新朝。所念念不忘者,惟故国之典章文物及君臣之奇节伟行"。(缪钺《元遗山年谱汇纂》,姚奠中主编《元好问全集》附录,山西古籍出版社2004年版,第1443页)其本传见于《金史》,世人多以"金元好问"称之。然而,在蒙元时期,他依然从事创作;他去世后三年,忽必烈即位,是为元世祖。今为论述方便,将元好问置于金朝。

在诗中的说法："曹刘坐啸虎生风，四海无人角两雄。可惜并州刘越石，不教横槊建安中。"（其二）"一语天然万古新，豪华落尽见真淳。南窗白日羲皇上，未害渊明是晋人。"（其四）联系起来看，元好问认为西晋的刘琨（越石）、东晋的陶渊明是"晋人"的代表，刘琨"雅壮而多风"（《文心雕龙·才略》），陶渊明"天然"而"真淳"，这是对曹植、刘桢等诗人所体现的建安风骨的继承和发展，均属"正体"。

与之相对应，元好问推尊的诗歌风格是慷慨雄浑而含蓄深沉、有风云气概而无纤弱之态，如表彰阮籍"纵横诗笔见高情，何物能浇块垒平？老阮不狂谁会得，'出门一笑大江横'"（其五），从而也可见其艺术倾向之一斑。

元好问对当时诗坛的弊端了如指掌，故而其论诗绝句的意义更在于补偏救弊，针砭诗坛的不良风气，指出诗歌创作的弊病，简而言之，约有数端：其一，诗人不注重人格修养，言行相悖；其二，诗人卖弄才气且以作品数量取胜，而没有真切的人生体验；其三，诗人偏爱冷僻典故，且喜欢走"险怪"的路数；其四，诗人有浓厚的宗派观念，失去诗歌创作的"真义"，尤其是指出江西诗派的末流越来越偏重于诗歌的形式，而忽略诗歌的内容。

总之，元好问的论诗绝句是他研究古代诗歌史、观察并反思宋金诗歌创作的重要成果，可以说贯通古今，成一家之言，是自杜甫《戏为六绝句》后影响深远的论诗诗。

### 五、元好问的"纪乱诗"

元好问的诗歌创作以"慷慨悲歌""可歌可泣"著称。清代诗人赵翼以为"其天禀本多豪健英杰之气，又值金源亡国，以宗社邱墟之感，发为慷慨悲歌，有不求而自工者。"又说："唐以来律诗之可歌可泣者，少陵十数联外，绝无嗣响；遗山则往往有之。"（赵翼《瓯北诗话》）从创作实绩看，元好问在论诗绝句中所提出的诗歌主张都在他的诗歌作品里得以体现。他是一位理论与实践高度统一的诗人。

生当乱世，颠沛流离，心忧家国兴亡，胸怀报国宏愿，元好问置身于动荡的时局里，眼中所见、耳中所闻、心中所思，往往充满着悲凉的氛围、悲惨的景象。其诗歌作品记录了在此乱世之中的深切体验，世人称之为"纪乱诗"。

在金朝将亡未亡之际，蒙古军向南扩张，元好问离开山西，避地河南，曾出任内乡、南阳县令，而忧虑与愁闷无法排遣，如《秋怀》：

凉叶萧萧散雨声，虚堂渐渐掩霜清。黄花自与西风约，白发先从远客生。吟似候虫秋更苦，梦和寒鹊夜频惊。何时石岭关头路，一望家山眼暂明。

身为"远客",白天步步惊心,夜里梦中惊醒,生活凄苦难耐,白发早生;萧萧的秋雨、哀鸣的寒鹊,还有冷飕飕的西风,这些叠加起来的意象令人悲从中来,不能自已。尤其是诗的末句,似乎略显豁达,实际上蕴含着对时局转危为安的期望。

蒙古军攻占的地方越来越多,局面对金朝越来越不利,时时从不同的方向传来极坏的消息,令人闻之痛心疾首、悲愤不已。元好问的《岐阳三首》是其"纪乱诗"中的名篇。岐阳,即陕西凤翔。金哀宗正大八年(1231)正月,蒙古军围困凤翔;四月,凤翔失守,百姓纷纷逃难,境况凄惨。元好问得知后,有感于战事的惨烈,有感于百姓的苦难,也有感于金朝国力的日渐衰弱,为凤翔的沦陷写下三首诗,其中的第二首:

百二关河草不横,十年戎马暗秦京。岐阳西望无来信,陇水东流闻哭声。野蔓有情萦战骨,残阳何意照空城。从谁细向苍苍问,争遣蚩尤作五兵?

诗人着眼于战争给老百姓带来的无尽苦难。那古老的秦国旧地,经过连年的战乱,已经荒废不堪,到了寸草不长的地步;西望凤翔,过去认识的朋友失去了联系,惨死的冤魂哭声一片,似乎随着东流的陇水远远传来。战死的人们尸横遍野,白骨缠绕着野生的藤蔓,空寂的古城什么都没有,一抹血色的残阳好像不经意地落在城头,即将淹没在沉沉夜色之中。生命是如此脆弱,战争是如此残暴,你争我夺的历史却以数之不尽的鲜活生命为代价,苍天无情,人间有恨,试问湛湛青天为何要让凶残的"蚩尤"夺去那么多人的性命?可是,环视周围,真不知向谁发问!元好问的《岐阳三首》可谓声泪俱下,沉郁苍凉,哀痛无比。

元好问的"纪乱诗"继承了杜甫的写实精神,坚守着人道立场,着眼苍生,忧怀家国,既是诗人特定心境的呈现,又是金朝末年"乱世"的写照。

### 六、完颜璹与女真诗作

完颜璹(1172—1232),女真族,本名寿孙,金世宗赐名仲实,一字子瑜,自号樗轩居士,金世宗的孙子。曾先后封为胙国公、密国公。雅爱文学,常以讲诵吟咏为乐。与当时著名文学家赵秉文、元好问等友善,相互唱酬;熟读《资治通鉴》,对历代兴衰成败颇有见地,学养深厚。曾将其诗文编为《如庵小稿》,已经失传。其诗文收录于《中州集》《金文最》等集子中。元好问称他为"百年以来,宗室中第一流人也","文笔亦委曲能道所欲言"(元好问《中州集》),可见他是女真族中汉文修养颇高的人。

完颜璹熟悉历史,对儒家的"王道"有自己的体悟,故在其诗作里表达出一定的治国抱负，如其《绝句》云：

> 孟津休道浊泾泾，若遇承平也敢清。河朔几时桑柘底，只谈王道不谈兵。

孟津，黄河古渡名，是兵家必争之地，在今河南孟津县东北，相传武王伐纣时与诸侯在此会盟，故又称盟津。作者在诗中表露了自己对"承平"时代的向往、对"王道"之治的追求，而厌恶征战、厌恶"谈兵"，希望黄河两岸尤其是黄河以北河朔地区的人民都过上安乐、富裕的生活。言语间颇有政治家的情怀。

而其另外一些诗作则富于文人情趣，如《北郊晚步》：

> 陂水荷凋晚，茅檐燕去凉。远林明落景，平麓淡秋光。群牧归村巷，孤禽立野航。自谙闲散乐，园圃意犹长。

秋意渐浓，天高云淡，水中的荷叶尚未败落，而燕子已经南飞，气候明显转凉；牧归的人们三三两两，河边的水鸟安闲独立。一派悠游恬静，令人心旷神怡。语句淡雅，质朴自然，似有"陶诗"的馀韵。

其他女真族作家如完颜亮（1122—1161）、完颜璟（1168—1208）等，也有汉文诗作传世。

## 第四节 金代词作

金代的词人，承继北宋诸家的风气和传统，自觉接受柳永、苏轼等的艺术熏陶，尤以苏轼的影响为大。他们融汇着自身的时代感受，于纷乱的时局里感世伤生，寄悲慨于长短句之中，每每有佳作问世。这个时期的词人以吴激、蔡松年、赵秉文、元好问等为代表。

### 一、吴激与"东山词"

吴激（1091？—1142），字彦高，自号东山，建州（今福建建瓯）人。宋著名书法家米芾的女婿。曾以宋使臣身份出使金朝，时在靖康二年（1127），却因有名望被滞留，曾出任金朝翰林待制等官职。著有《东山集》等。世称其词为"东山词"。

吴激的词作有较独特的个人风格，绵丽婉约，清秀深沉，时有"凄厉之音"，试看其《人月圆》：

> 南朝千古伤心事，犹唱后庭花。旧时王谢，堂前燕子，飞向谁家？　恍然一梦，仙肌胜雪，宫髻堆鸦。江州司马，青衫泪湿，同是天涯。

据记载，吴激见到一位"宋宗室子"的女子流落民间，有感而发，遂有此作（刘祁《归潜志》卷八）。此词多用唐人诗语，巧于剪裁，浑然一体；以四字句为主，几乎一句一顿，含沉痛之意于短促的节奏之中；篇幅短小，字里行间令人回忆起熟识的古人名诗，连类而及词意，领会个中所寓作者自伤、身寄他邦的心情和沧桑之感，而又出之以婉约之语，含无尽悲凉。

同样邂逅陌生的女性，吴激在《春从天上来》里也写出了自己对不幸妇女的同情与哀愍：

> 海角飘零。叹汉苑秦宫，坠露飞萤。梦里天上，金屋银屏。歌吹竞举青冥。问当时遗谱，有绝艺、鼓瑟湘灵。促哀弹，似林莺呖呖，山溜泠泠。
> 梨园太平乐府，醉几度春风，鬓变星星。舞破中原，尘飞沧海，飞雪万里龙庭。写胡笳幽怨，人憔悴、不似丹青。酒微醒。对一窗凉月，灯火青荧。

此词题下有注："会宁府遇老姬，善鼓瑟。自言梨园旧籍，因感而赋此。"词中的女主角是昔日的宫廷艺人，身怀绝艺，弹奏的音乐富于魅力，"似林莺呖呖，山溜泠泠"；遭遇世变，年华已逝，面容憔悴，四海飘零，与当年"金屋银屏"的生活判若天壤。此词借一个宫廷艺人的不幸遭遇反映出动荡时局给人们的日常生活带来的巨变，而羁留北地的吴激对"海角飘零"的人生格外敏感，字句间也蕴含着身世悲慨，并且深怀"舞破中原，尘飞沧海"之痛。

### 二、蔡松年与"萧闲词"

蔡松年（1107—1159），字伯坚，真定（今河北正定）人，晚年自号萧闲老人。宋宣和末年，随父亲蔡靖驻守燕山，管理机要文书；兵败后从父降金。后出仕金朝，曾任真定府判官、刑部员外郎、户部尚书、尚书右丞等职。著有《明秀集》等。其词作尤有声名，与吴激的词合称"吴蔡体"；世称其词为"萧闲词"。

蔡松年的词作意境清雅，不染俗尘，试看其《相见欢》：

> 云闲晚溜琅琅。泛炉香。一段斜川松菊瘦而芳。　人如鹄，琴如玉，月如霜。一曲清商人物两相忘。

此词有一篇小序，提及自己在夜间置酒前轩，焚香听泉，友人则"坐石横琴，萧然有尘外趣"，因而填此小词，以供清赏。词中充满了文人的雅趣，放下尘虑，心境如缓缓流动的闲云一般，炉香袅袅，月光如洗，泉水叮当，恰与琴曲相和。置身其中，物我两忘。在动荡的时局里，难得有此安宁，故此才格外觉得这一分清雅的可贵。就蔡松年的一生而言，金兵伐宋是最突出的时代背景，加以金朝内部的宗派斗争，每每令人心烦意乱，于此背景下读其《相见欢》这类词作，当别有会心。

蔡松年词的代表作要数《念奴娇》，对历史与人生均有独特的领悟：

> 离骚痛饮，笑人生佳处，能消何物。夷甫当年成底事，空想岩岩玉壁。五亩苍烟，一丘寒碧，岁晚忧风雪。西州扶病，至今悲感前杰。　我梦卜筑萧闲，觉来岩桂，十里幽香发。蒐陨胸中冰与炭，一酹春风都灭。胜日神交，悠然得意，遗恨无毫发。古今同致，永和徒记年月。

此词题下有注："还都后，诸公见追和赤壁词，用韵者凡六人，亦复重赋。"这是一次"雅集"时的唱酬之作，时在金皇统二年（1142），蔡松年返回金上京，与友朋相聚[1]，举杯言欢，颇有当年"兰亭雅集"一般的感触。当时，蔡松年遭受金朝内部宗派斗争的困扰，心情复杂。而在此之前，屡屡有"倦游"之慨，"倦游"二字在其词作中经常出现，他在《雨中花》（嗜酒偏怜风竹）的小序里说："卜自幼刻意林壑，不耐俗事。……长大以来，遭时多改，一行作吏，从事于簿书鞍马间，违己交病，不堪其忧。"又说自丙辰（金天会十四年，1136）、丁巳（天会十五年，1137）以来，已经着手"经营三径"，以作"倦游"之后的立足之地。[2] 反观这一首《念奴娇》，就可以明白，他如此珍惜这一次"雅集"，是因为在宦海之中常常惊恐不定，难得有若干知心朋友相聚的时刻，他称之为"胜日神交，悠然得意"；而人生短暂，功名无期，何况遥想古人，有的如王衍（夷甫）只有虚名，并无实绩，最后还死于非命；有的如谢安，功业显赫，到晚年尚且"忧风雪"，遭忌恨，只得"西州扶病"，抑郁而终。到底都不如王羲之等人在兰亭旁观山听泉、快然自足来得舒畅。词的上片"忆古"，下片"述今"，今古相通，故而歇拍颇为自得地说"古今同致，永和徒记年月"，语调不无谐谑，却也有深沉的感慨寄托其中。

### 三、赵秉文与"闲闲老人词"

赵秉文是金代的重要词家之一。因他自号"闲闲老人"，故世称其词为"闲闲

---

[1] 参阅王庆生《金代文学家年谱》，凤凰出版社2005年版，第57页。
[2] 唐圭璋编：《全金元词》，中华书局1994年版，第11页。

老人词"。他的词作受苏轼词的影响颇深,表达出豁达的胸襟和富于历练的人生体验。试看其《青杏儿》一词:

> 风雨替花愁。风雨罢,花也应休。劝君莫惜花前醉,今年花谢,明年花谢,白了人头。　乘兴两三瓯。拣溪山好处追游。但教有酒身无事,有花也好,元花也好,选甚春秋。

赵秉文自幼深受儒家文化影响,他既入世,又不执着于名利,其内心深处早已种下"吾与点也"的种子,即对"无事"兼"随意"的人生状态的向往。《论语·先进》里有一段子路等人"侍坐"的文字,曾晳在孔子面前表明自己的志向是暮春时节与众人"浴乎沂,风乎舞雩,咏而归"。孔子当即表示:"吾与点也。"这是"无事"兼"随意"的状态。赵秉文在词中所要表达的正是这种人生态度。词的上片一开头提及常人的想法,风雨来临,替花犯愁。可是,他觉得花儿常开常谢,风雨常来常去,都属自然,没有必要为之心情郁结,故而说"风雨罢,花也应休"。何况年华易逝,年岁渐长,人亦渐老,更应珍惜眼前的光景。下片着眼于将"无事"兼"随意"的观念具象化:过片"乘兴两三瓯",承上启下;"拣溪山好处追游"与曾晳"浴乎沂,风乎舞雩"的精神是相通的,而意思更深一层的是"但教有酒身无事",如果天下太平无事,不必为种种俗事担忧,这就是"吾与点也"的真谛。于是,可以过着"随意"的生活,"有花也好,无花也好,选甚春秋",不必一定要等到春天或秋天来赏花,甚至不必执着于"有花""无花",以此回应"风雨替花愁"一句,表明这样的忧愁是多馀的。这首词的末尾暗合着苏轼《定风波》(莫听穿林打叶声)歇拍的"归去,也无风雨也无晴"的旷达、洒脱的意态。

赵秉文的词真率自然,意绪纵横,自有一番脱俗之气,而"脱俗"之中又并无不食人间烟火的"仙气"。像他的《水调歌头》(四明有狂客),借用贺知章称赏李白为"谪仙人"的故事,暗喻身边的朋友也称自己为"谪仙人",可是,自己"俗缘千劫不尽",并以诙谐的口吻说"我欲骑鲸归去,只恐神仙官府,嫌我醉时真"。他耿直真率,曾因上书论朝政而获罪贬官,这样的人生经历并没有使他变得消极避世,尽管在仕途上浮浮沉沉,却从无不问世事的念头。而且,哪怕进入仙界,也要应对"神仙官府",故此,也不必追求缥缈的"仙气",只要保持操守、洁身自爱就于愿已足。故说:"寄语沧浪流水,曾识闲闲居士,好为濯冠巾。"表达出对高洁人格的自觉追求。

赵秉文在词史上有一定的影响,而受其直接影响的是元好问。有词评家称元好问"诚闲闲高足",并指出赵的词作得自天然,没有刻意雕琢,"无复笔墨痕迹可寻"（况周颐《蕙风词话》）。元好问甚至称其词为"闲闲公体"，可见推崇之意。

### 四、元好问与"遗山词"

元好问除诗歌创作外，其词作也自成一格，世称"遗山词"。他师承赵秉文，且对词的特性与创作有自己的体认，曾在《遗山自题乐府引》中提及词有言外之趣，"含咀之久，不传之妙隐然眉睫间，惟具眼者乃能赏之"。并认为宋词的成就以苏轼、辛弃疾为最高："乐府以来，东坡为第一，以后便到辛稼轩。"（元好问《遗山自题乐府引》）由此可见他的词学的审美倾向。

他将自己的词集题为《遗山新乐府》。其词确受苏、辛影响，气象阔大，笔力雄健，心胸豁达，意态、趣味均与流俗迥异。试看其《水调歌头·与李长源游龙门》：

滩声荡高壁，秋气静云林。回头洛阳城阙，尘土一何深。前日和光牛背，今日春风马耳，因见古人心。一笑青山底，未受二毛侵。　　问龙门，何所似，似山阴。平兰梦想佳处，留眼更登临。我有一卮芳酒，唤取山花山鸟，伴我醉时吟。何必丝与竹，山水有清音。

龙门，位于洛阳城南25里处，其地有龙门山与香山隔着伊河对峙，伊河流经此处因地势峻急而激流回旋，滩声轰然，气势壮观。词的上片以"滩声"领起，写自己与友人李长源游龙门时的"现场"感受，并以龙门的晴朗景观反衬洛阳城内追名逐利风气的污浊不堪。李长源性格不羁，好言时事，容易动怒，由此引来流言蜚语，元好问在词中用古人从容应对"非议"的典故宽慰他（"神光牛背"暗指晋代的王衍不与俗人一般见识，出《世说新语·雅量》；"春风马耳"借用李白诗句，暗喻面对"非议"，可以掉头不顾，出李白《答王十二寒夜独酌有怀》）。此词表达了不与庸劣之徒同流合污的意态，并表示寄情山水，洗涤心胸，笑傲人间，不计得失利钝，才是可取的处世之道。

元好问用情深挚，他的一首《摸鱼儿》更是脍炙人口：

问世间、情是何物，直教生死相许？天南地北双飞客，老翅几回寒暑。欢乐趣，离别苦，就中更有痴儿女。君应有语，渺万里层云，千山暮雪，只影向谁去？　　横汾路，寂寞当年箫鼓，荒烟依旧平楚。招魂楚些何嗟及，山鬼暗啼风雨。天也妒，未信与，莺儿燕子俱黄土。千秋万古，为留待骚人，狂歌痛饮，来访雁邱处。

这首词有其"本事"：元好问得知一只大雁被捕杀，另一只悲鸣殉情而死。他将这一对大雁葬于汾水之上，"累石为识，号曰雁邱"。他在词中极写大雁的艰辛与痴情，对大雁的悲壮之举寄予无限的哀婉与赞叹。"生死相许"四字是作品的灵魂，写出一种精诚不二、忠贞深挚的精神力量。而语句沉郁，想象奇伟，借咏物以寄情，使得整个作品富有极强的感染力。

元好问的词作数量可观，其《遗山新乐府》共有五卷。明代时已有高丽刊本，作品传至国外，影响之大可见一斑。

### 五、完颜亮词

完颜亮（1122—1161），女真族，字元功，本名迪古乃。他是金太祖的庶孙。金熙宗皇统九年（1149），杀熙宗而自立，称海陵王，改年号为"天德"。为人残暴，而有文才，留意书史，史家谓"渐染中国之风"，于汉族典籍颇有修养，亦有识见，可谓文武兼备。①

完颜亮的词数量不多，但有个性，极为张扬，有一股刚健雄霸之气。如其《鹊桥仙·待月》，将"雅兴"转化为粗豪之情，绝无忸怩作态的纤巧之风：

> 停杯不举，停歌不发，等候银蟾出海。不知何处片云来，做许大、通天障碍。　　虹髯搅断，星眸睁裂，唯恨剑锋不快。一挥截断紫云腰，仔细看、嫦娥体态。

历来在文人墨客间，"待月"是一种雅兴，可对于完颜亮而言，这种"雅兴"带上了野性的色彩，到底是在马背上长大，完颜亮的一举一动都与中原文士有明显的差异。他忽见一片云彩飘然而来，遮住月光，无处欣赏清晖，恨不得挥剑驱散，恨不得"嫦娥"马上露出真容，故而内心急迫，"虹髯搅断，星眸睁裂"，一番"霸主"的粗豪气概表露无遗。言为心声，文如其人，这在完颜亮的这首词里可以得到印证。这样的作品在词史上可称别具一格，难得一见。

**思考题**

1. 如何评价元好问的文学贡献？
2. 如何理解金朝汉族作家的内心矛盾？

---

① 完颜亮事迹，参阅陶然《金元词通论》，上海古籍出版社2001年版，第147—148页。

# 第二章　元代诗词散文

元代的诗词和散文，尽管其声名不如唐宋两代，却也名家辈出，数量可观。既承继了唐宋作家的创作传统，又有其自身的时代特色，尤其是少数民族作家的作品也取得了颇高成就，为整部中国文学史增添了华彩。

## 第一节　元代前期诗坛

元代前期的诗坛，与南宋诗坛有承接关系，故而受到宋诗影响。随着宋诗的弊端日渐显露，诗人们力图挽回诗歌创作的颓势，提出补偏救弊的诗学主张，转变诗风，使之健康发展。在这一时期，重要的诗人有耶律楚材、方回、戴表元、赵孟頫等。

### 一、耶律楚材与边塞风情诗

耶律楚材（1190—1244），字晋卿，号湛然居士。契丹族。其父耶律履曾在金世宗时任尚书右丞。楚材幼孤，长大后勤奋研读，具备深厚的汉文化修养。蒙古军占领燕京（今北京）后，先后得到元太祖、元太宗的器重，官至中书令；死后追封广宁王，谥文正。他对元初的政治、文化建设尤其是在促进多民族文化的融合上有突出贡献。著有《湛然居士集》。

耶律楚材的诗作是元初诗坛的重要成果。他作为少数民族作家，又曾经扈从元太祖西征，对边塞山川、西域风情等均有长期的体验与深情，发为歌诗，笔触独异，其眼界和视角有不同于汉族文人之处，如《阴山》：

　　八月阴山雪满沙，清光凝目眩生花。插天绝壁喷晴月，擎海层峦吸翠霞。松桧丛中疏畎亩，藤萝深处有人家。横空千里雄西域，江左名山不足夸。

此诗一反汉族诗人的边塞诗常见的苍凉之感与愁苦之情，写出了"胡天八月即飞雪"时那种壮观、奇异、令人着迷的景色，也写出了阴山脚下人们的生活情状：房舍疏落，隐藏于"藤萝深处"；畎亩可辨，在松桧掩映下，田间的排水沟清流潺湲，雪天之下仍然不失生机；更有那高耸入云的奇峰，"横空千里"的山脉，雄伟壮阔，使人倍添豪气，故而语调激昂地传示天下"江左名山不足夸"。显示出一股刚健精进、雄视人间的气概。

耶律楚材用歌行体写元军西征时的军威以及不惧艰险、一往无前的气派。如《过阴山和人韵》一开头写道："阴山千里横东西，秋声浩浩鸣秋溪。猿猱鸿鹄不能过，天兵百万驰霜蹄。"接着以流畅的诗句、生动的比喻描述士兵们置身其中的"古来天险"，在"人烟不与中原通""山角摩天不盈尺"的险绝环境里表现了西域和中原地理风貌迥异的特色；诗的末尾，作者的思绪还是落到了士兵身上，"遥思山外屯边兵，西风冷彻征衣铁"，在奇寒的时节，这些"边兵"令人肃然起敬。这样的诗作赋予边塞诗以新的内涵，也为元代诗坛注入了新的活力。

## 二、方回与"江西诗派"

方回（1227—1307），字万里，号虚谷。徽州歙县（今属安徽）人。宋理宗景定三年（1262）登进士第，曾任严州知州（其辖境相当于今浙江建德、淳安、桐庐）。元军南下，开城迎降。入元后，曾任建德路总管，终被免职。大节有亏，招致物议。而在文学方面，有自己的诗学见解，推崇江西诗派，倡"一祖三宗"之说：以杜甫为"祖"，以黄庭坚、陈师道、陈与义为"三宗"。他为后学指出了一条由陈入黄、由黄入杜的学诗路径，并以杜诗的"活法"为作诗法则。这对认定江西诗派的传承关系、扩大这一诗派及杜诗的影响产生了一定的作用。选编唐宋以来律诗为《瀛奎律髓》一书。著有《桐江集》。

方回的诗作，有对现实生活的观察，有对自己内心苦闷的揭示，大抵出自真切体验，也体现出他对"活法"的参悟。前者如《路傍草》《苦雨行》《种稗歌》《听航船歌》等，都写出了民生的艰辛，表达了自己的关切与同情。《听航船歌》共有10首，写浙江一带船夫的辛酸生活。其中一首写道："雇载钱轻载不轻，阿郎拽牵阿奴撑。五千斤蜡三千漆，宁馨时年欲夜行。"货船满载，船工夫妻合力行船，丈夫在岸边拉纤，妻子在船上苦撑，为了赶时间，还要日夜兼程，备尝艰险。这类作品吸收了竹枝词的创作经验，质朴而深沉。至于揭示内心苦闷，则以《春半久雨走笔》较有代表性：

> 万事心空口亦箝，如何感事气犹炎。落花满砚慵磨墨，乳燕归梁急卷帘。诗句妄希敲月贾，郡符深愧钓滩严。千愁万恨都消处，笑指邻楼一酒帘。

接近暮春，阴雨不断，闭门不出，百无聊赖；心知物议横飞，想写点什么，又不知从何写起，干脆懒得磨墨；逆耳之言，总会引起不快，心潮难平，于是"感事气犹炎"。他一边想在诗学上有所贡献，故以因"推敲"出名的贾岛自诩；一边想自己在出处问题上不如隐士严子陵处理得淡然洒脱，故也心生愧疚。在重大问题上，古代某些士大夫意欲有所作为，然而左右彷徨，怯弱愁苦，乃至失足落水，方回这首诗写出了这一种真实的心态。

方回的一些诗作也有江西诗派模拟前人的倾向,其创作成就因而受到局限。

### 三、戴表元与元诗的转变

戴表元(1244—1310),字帅初,一字曾伯,号剡源先生。庆元奉化(今属浙江)人。幼年聪慧,"五岁知读书,六岁知为诗,七岁知习古文"(《戴剡源先生自序》)。曾从师于著名学者王应麟等。就其一生而言,大体前半在南宋,后半则在元朝。蒙古国改国号为"元"时,即宋度宗咸淳七年(1271,元世祖忽必烈至元八年),戴表元已经二十八岁。元军攻占临安,宋室投降,时在宋恭宗德祐二年(1276,元世祖忽必烈至元十三年),戴表元三十三岁。他于南宋咸淳中登进士乙科,曾除授建康教授等职。入元之后,主要以授徒、卖文为生;因被推荐,曾短时出任信州教授等职,不久托病辞职,默默以终。著有《剡源集》。

戴表元的诗作从当下的生活感受出发,关切民生疾苦,哀感战祸带来的创伤,故而作品每每有独到的观察与痛切的体验。如《同陈养晦兵后过邑》:

搜山马退馀春草,避世人归起夏蚕。破屋烟沙飞飒飒,遗民须鬓雪毵毵。青山几处杨梅坞,白酒谁家榉柳潭。休学丁仙返辽左,聊同庾老赋江南。

这是经过兵乱之后与朋友一起返回故里时的所见所感。春草未尽,夏日已至,蒙古军洗劫乡村,只剩下颓垣败瓦,一片惨淡。年长的村民在惊恐愁苦的日子里容颜憔悴,渐长的白发、白须更显苍老。他们无处可去,只能在战火过后回到破败不堪的家里重拾生计。饲养春蚕的时节已经荒废,不得已赶紧收拾蚕具,追养夏蚕,借此反映出江南以养蚕为业的百姓遭受的苦难和窘迫。然而,经历战火的故乡依然是故乡,杨梅坞、榉柳潭,故乡的景物令人留恋。作者誓言不学"去家千年"的仙人丁令威,要像写出《哀江南赋》的庾信那样心怀故国、永不相忘。诗作表达了对战争的愤慨、对故乡的深情,隐约间谴责了元军的暴行。

戴表元生活的时代,诗坛上江西诗派的影响犹在,宋诗之弊日显突出;尤其是诗坛末流,以"夺胎换骨"为能事,刻板模拟之风未息。戴表元有见于此,在诗歌创作上力图有所扭转,主张"宗唐得古",由"唐风"而上接"陶谢",改变宋元之交诗坛的积习,对元代诗风的健康发展有积极的贡献。

### 四、赵孟頫的感怀诗

赵孟頫(1254—1322),字子昂,号松雪道人。宋宗室后,因赐第湖州(今浙江吴兴),故为湖州人。南宋末年曾任真州司户参军;入元之后,被荐出任兵部郎中，官至翰林学士承旨。其出仕元朝的举动于气节有亏，备受争议。他又是著名的书画家和诗人，造诣颇高，影响较大。著有《松雪斋诗文集》。

作为诗人，赵孟頫是敏感而苦闷的。南宋的灭亡与元朝的建立，使得他在出处的问题上面临考验。他知道自己在元朝任职的人生选择不被世人接受，也没有忘记自己宋朝皇室后人的身份，在人生的"夹缝"里倍感无奈与不安。他有一首五古《罪出》，一开头以比兴的手法做了反思，有自责之意："在山为远志，出山为小草。古语已云然，见事苦不早。"责备自己没有遵循古训，缺乏先见之明，成了"小草"而不能成为"远志"（中药名）。如今的处境只能是"谁令坠尘网，宛转受缠绕；昔为水上鸥，今如笼中鸟"。所以，日子很不好过："愁深无一语，目断南云杳。"这也是他为自己的过失所要付出的代价。

另一方面，赵孟頫毕竟有故国情怀，亡国之痛无法忘记，且看其传世名作《岳鄂王墓》：

鄂王墓上草离离，秋日荒凉石兽危。南渡君臣轻社稷，中原父老望旌旗。英雄已死嗟何及，天下中分遂不支。莫向西湖歌此曲，水光山色不胜悲。

他凭吊西湖边上的岳飞墓，回首北宋的一段痛史，缅怀岳飞保家卫国的英雄事迹，重温失国的痛苦，反思"南渡君臣轻社稷"的历史教训，心中不免十分沉重，正是英雄已死，河山失色，每念及此，悲从中来。这样的诗作显露出赵孟頫的沧桑之感与历史意识。

赵孟頫的诗学观点与戴表元相近，也推崇唐诗，因他有较大的影响力，对元代诗坛纠正宋诗积弊、转变诗风有正面的示范意义。

## 第二节　元代中后期诗坛

随着元代诗坛风气的转变，"宗唐得古"的观念得到不少诗家的认同。在元代的中后期，诗人们在"学唐"的基础上翻出自己面貌，取得可喜成就。这一时期，重要的诗人有袁桷、虞集、萨都剌、马祖常、吴莱和杨维桢等。

### 一、袁桷与"唐人风调"

袁桷（1266—1327），字伯长，庆元鄞县（今属浙江宁波）人。元大德初年，被荐为翰林国史院检阅官，后官至侍讲学士。泰定初年辞官还乡。他是戴表元的学生，深受其影响。著有《清容居士集》。

袁桷的诗作有"唐人风调",这也反映着戴表元、赵孟頫等提倡"学唐"的成效。他的古体诗如《赠张玉田》,以诗歌的形式描述著名词人张炎的奇特生涯,大开大合,生动传神。作品以张炎的显赫家世写起,最后以张炎流落江湖、卖卜为生的境遇作结。字里行间,张炎不羁与磊落的形象跃然而出,诗句气势流贯,充盈着一股刚健豪纵之情。诗中写道:"百年文物意未尽,玉田公子尤超群。紫箫吹残江水立,野雉惊尘暗原隰。夜攀雪柳踏河冰,竟上燕台论得失。大夫未遇空远游,秋风淅沥销征裘。翩然骑鹤归海上,一笑相问夸绸缪。"这些诗句传达出张炎的坎壈与自信。诗的末尾更是写出了他作为一位词人内心纠结着悲慨与豪迈,极富个性:"清歌停云意惨淡,倚声更度《飞龙》篇。"李白有《飞龙引》,其中有"遨游青天中,其乐不可言"句;袁桷在这里将张炎词作的精神风貌与《飞龙引》相比拟,暗含着对张炎文学成就的仰慕之意。其古体诗颇有李白的遗风。

袁桷的近体诗含蓄蕴藉,耐人寻味。如他的一首七绝:"小院春浓落照闲,碧筼相对乳禽还。晚风阵歇游丝尽,留得归云在屋山。"(《晚访仲章不遇》)晚霞映照着屋脊,春意笼罩着小院,翠竹静静,幼鸟声声,寻访朋友而不遇,却也领受了一份难得的清闲与活泼的生机。瞬间的感触,流动的意绪,化为精美的诗句,意境优雅,造语工练。

## 二、虞集与"元诗四大家"

虞集(1272—1348),字伯生,号道园,抚州崇仁(今属江西)人。他是南宋丞相虞允文的五世孙。早年曾师从元代著名理学家吴澄。元成宗期间,被荐任大都路儒学教授,迁国子博士;元仁宗期间,迁集贤修撰;元文宗期间,官至奎章阁侍书学士,是一位名位很高的文臣与诗文家。著有《道园学古录》等。

虞集的诗歌享有盛誉,他与杨载、范梈、揭傒斯并称为"元诗四大家",且居首位,在元代诗坛备受推崇。其诗庄严浑厚,忧挚老练,试看其《挽文丞相》:

徒把金戈挽落晖,南冠无奈北风吹。子房本为韩仇出,诸葛安知汉祚移。云暗鼎湖龙去远,月明华表鹤归迟。何须更上新亭饮,大不如前洒泪时。

文丞相,即南宋末年力挽危局的文天祥。这首诗作于元大德年间,其时元朝统治者眼见大局已稳,鼓励表彰忠烈精神而鄙视变节行为,故而对汉族文士追念先烈的作品并无严禁。虞集此诗表达出对历史变动的唏嘘与无奈,对山河易手的哀伤与感慨。文天祥等先烈当年保卫家国的英勇行为令后人肃然起敬,作者的仰慕之情隐藏在字里行间,并对文天祥无力回天的悲剧命运寄予极大的同情与理解。

虞集的诗作除了给人"老练"的印象之外,还有其率真的一面。他位高名重,长年在京师任职,见惯了宦海风波,已经厌倦官僚生活。晚年写的《听雨》:"屏风围坐鬓毵毵,绛蜡摇光照莫酣。京国多年情尽改,忽听春雨忆江南。"春夜闻雨,百无聊赖,喝酒消遣,烛影摇红,醉态已现,隐约间看到自己两鬓斑白;回首这几十年的生涯,行走于台阁,已意兴阑珊,"京国多年情尽改",世故掩盖了真情,俗务挤压了诗兴,颇觉难堪;而这一场春雨正唤醒了自己的乡间记忆,那时的生活没有那么世故,更显得可爱,更值得珍惜。

虞集与杨载、范梈、揭傒斯四人,诗风不尽相同,均有较大影响,他们是元代中期诗坛的中坚力量。

### 三、萨都剌与"雁门诗"

萨都剌(1274?—1345?),字天锡,号直斋,西域回回人(一说蒙古人)。其父辈曾有军功,镇守晋北。萨都剌出生于雁门(今山西代县),故他以雁门为故乡。因家道中落,曾外出经商,广泛接触社会,饱览山川风光,视野开阔,有深厚的生活积累。中年以后才踏上仕途,于泰定四年(1327)中进士,任镇江录事司达鲁花赤,后转任应奉翰林文字等,官至淮西江北道经历。著有《雁门集》。

萨都剌以"雁门"名其集子,故后人称其诗歌作品为"雁门诗"。他的诗作学唐而自有面貌,在虞、杨、范、揭四人之外别开生面。

在萨都剌的诗作中,北方的风情与南方的风物兼而有之,显示了他"行万里路"的年深日久的功力。如《上京即事》组诗里有一首写道:"紫塞风高弓力强,王孙走马猎沙场。呼鹰腰箭归来晚,马上倒悬双白狼。"写的是蒙古贵族子弟狩猎时的英姿,骏马飞奔,呼鹰腰箭,张弓劲射,倒悬白狼,诗句充满着动感,也洋溢着豪情。再如《闽城岁暮》:"岭南春早不见雪,腊月街头听卖花。海国人家除夕近,满城微雨湿山茶。"作为北方人,他对南国的生活特色格外敏感,一切都是如此新鲜,写出了八闽大地岁晚时节令人陶醉的风物。

萨都剌在诗作里有不少深沉而低回的人生感慨,读来令人动容。如《织女图》:"良人一去无消息,冰蚕吐丝成五色。柔肠九曲细于丝,万缕春愁正如织。"又如《过居庸关》:"道旁老翁八十馀,短衣白发扶犁锄。路人立马问前事,犹能历历言丘墟。夜来芟豆得戈铁,雨蚀风吹半棱折。铁腥唯带土花青,犹是将军战时血。……男耕女织天下平,千古万古无战争。"再如《征妇怨》:"新愁暗恨人不知,欲语不语颦双眉。妾身非无泪,有泪空自垂。云山烟水隔吴越,望君不见心愁绝。"这些诗句,明白如话,而悲慨难掩。国策的失误、民生的艰难、女性的悲苦等,无不细加观察与思考,体现出悲悯天下的一片诗心。有时,这种悲悯情怀上升至历史的高度,更是引发出无尽的哀伤。"春色不随亡国尽,野花只作旧时开。断碑衰草荒烟里,风雨年年上绿苔。"(《次韵登凌歊台》)如此表达兴亡之感,却也别致,另有一番挥之不去的苍凉。

### 四、马祖常与乐府体诗歌

马祖常(1279—1338),字伯庸,号石田。本属西域雍古部(蒙古族)。生于光州定城(今河南潢川)。延祐二年(1315)中进士,授翰林应举,擢监察御史,历任礼部尚书、御史中丞和枢密副使等职。他与袁桷、虞集等同朝为官,又是一位颇有成就的少数民族文学家,著有《石田集》。

马祖常的诗作以乐府体诗歌较有特色,他继承了白居易开创的新乐府传统,关注民间、关怀民生,诗句质朴而富有深情。如《踏水车行》,写遭遇大旱,农夫无以为生,终日脚踏水车,辛苦异常,却难解燃眉之急。"父老踏车足生茧,日中无饭倚车哭。干田荦确稚禾槁,高天有雨不肯下。"而另一方面,有钱人为富不仁,趁着天灾大发其财。"富家操金射民田,但喜市头添米价。人生莫作耕田夫,好去公门为小胥。"老天无情,富人阴险,公门贪腐,底层百姓处于水深火热之中,作者不禁在诗歌的末尾悲叹:"宛转长谣卧陇间,谁能听此无凄恻。"表现了真挚的人道情怀。其他如《室妇叹》《缫丝行》《古乐府》等,也是这一方面的代表性作品。

马祖常身为少数民族诗人,对西域的生活有相当的了解,在其笔下,元代丝绸之路的情景也有所展现。"波斯老贾度流沙,夜听驼铃识路赊。采玉河边青石子,收来东国易桑麻。"(《河湟书事》二首其二)波斯商人领着驼队,不畏长途,不避艰险,日夜兼程,贩运西域物产来到"东国",换取中土物品回去。这恍似一幅"波斯驼铃图",别有意趣,弥足珍贵。

### 五、吴莱与歌行体

吴莱(1297—1340),字立夫,婺州浦江(今属浙江)人。延祐末年,科场失利,隐居讲学,专心经史,心有所得,则"不废纂述",著书自娱;略有余暇,则出游山川,啸咏抒怀。其门人以其"经义宏深而文辞贞敏",私谥曰"渊颖先生",是元代一位知名的学者,著有《渊颖吴先生文集》。

吴莱深受其师宋遗民方凤的影响,是一位着眼于"世道之盛衰,时政之治乱"的诗人。他的诗作多用歌行体,意蕴深沉,才情充沛。其弟子宋濂在《渊颖先生碑》一文中曾生动描述其敏捷的诗才:"当其赋咏,捷如雨风。一日,于故人家见几上堆刻纸数十番,效为长歌,顷刻而尽,属对严巧,文采缛丽,观者惊以为神,谓非人所能及。"吴莱作品才华洋溢,气势纵横,有如号令"千军万马",奔涌而来,如《风雨渡扬子江》:"大江西来自巴蜀,直下万里浇吴楚。我从扬子指蒜山,旧读《水经》今始睹。平生壮志此最奇,一叶轻舟傲烟雨。"接着,纵笔写扬子江上的"怒风"与波涛，如排山倒海，气势非凡。然后，笔锋一转，追忆南宋末年两淮将士抵抗元军战争激烈，万里硝烟，生灵涂炭，慨叹造物弄人，长江天堑，竟不能守：

> 向夹天堑如有限，日夜军书费传羽。三楚畸民类鱼鳖，两淮大将犹熊虎。锦帆十里徒映空，铁索千寻竟然炬。桑麻夹岸收战尘，芦苇成林出渔户。宁知造物总儿戏，且揽长川入樽俎。悲哉险阻惟白波，往矣英雄几黄土。

作者由实地体验生发出悲沉的历史联想，构思奇特而宏伟，在炼字、炼句方面也极见功力。

吴莱的歌行体自成格局，其他名作如《雨晴》《题晋刘琨鸡鸣舞剑图》《题钱舜举张丽华侍女汲井图》等，都意态不凡，既有纵横捭阖之势，又有气足神完之态，酣畅自如，朗朗可读。

就个人喜好而言，吴莱喜读神异故事，并以诗作记录其读后感受。如《观梁四公记》："奇士自古有，我闻梁四公。来从何处所，遂到大江东？举朝无留难，当宸亦动容。胸襟狭海岳，舌颊翻雷风。"唐张说撰写的《梁四公记》（《太平广记》卷八一）写梁天监中四位奇人晋谒梁武帝，他们多闻博识，言谈间神采飞扬，令听者大感惊异。吴莱盛赞这一类"奇士"不仅见识广博，而且胸襟开阔，具有人格魅力，字里行间寄寓着自己的向往之情。同样，其《读穆天子传》也写得洋洋洒洒，意态飞动。这一类诗作有助于我们观察其性情的侧面，了解其内心的追求。

吴莱善于借鉴民歌的创作经验，其诗作除以气势取胜外，亦有语言平易而流畅的特点。如《读书》："我病久不出，满床摊我书。困仍枕书卧，醒即味道腴……"可转念一想，自己并非只是满足于做书中的"蠹鱼"，还要追求自己的事业，但是，现实环境又不允许自己大有可为，不免黯然神伤："但要务真实，何心成蠹鱼？""拨书置床上，所愧为世儒。"诗句几乎平白如话，可又真切地写出自己无由用世的心中愁苦。

清王士禛颇为激赏吴莱的古诗，认为"渊颖歌行格尽奇"（《戏仿元遗山论诗绝句》），赞誉吴莱的作品格调奇古，是元代杰出的诗人。

### 六、杨维桢与"铁崖诗"

杨维桢（1296—1370），字廉夫，号铁崖，又号铁笛道人。绍兴会稽（今属浙江）人。泰定四年（1327）进士，任天台尹等职；后调任浙江行省四务提举，转建德路推官；擢江西儒学提举，尚未赴任，即逢兵乱，择地避居，以声色自娱。

入明后，曾被召赴京，参与纂修礼乐书，不久辞归。他是元代后期的诗坛领袖，不乏追随者，在元末明初有较大的影响。

杨维桢的诗作有独特的个人风格，生前已被友朋推举为"铁崖诗"。他主张诗歌是诗人"情性"的产物，有不同的"情性"就会有不同的诗，故而"认诗如认人"①。在创作实践上，他张扬个性，不拘一格，诗无定体；拒斥律诗，不受束缚；喜用古乐府体，不讲究"整饬"，而随意发为歌诗，杂言句式每每常用，有参差错落之美。在构思、遣词方面，有意融合李白、李贺的诗风，飘逸与奇谲相结合，如《庐山瀑布谣》：

> 银河忽如瓠子决，泻诸五老之峰前。我疑天仙织素练，素练脱轴垂青天。便欲手把并州剪，剪取一幅玻璃烟。相逢云石子，有似捉月仙。酒喉无耐夜渴甚，骑鲸吸海枯桑田。居然化作十万丈，玉虹倒挂清泠渊。

诗中的"云石子"，即元代著名散曲家贯云石，他是杨维桢的好友。这首诗的题下有一小序，称自己做梦与贯云石同游庐山，因而赋诗一首。作品形容庐山瀑布，极尽夸张，而又比喻巧妙。其中，"我疑天仙织素练"等句，想落天外，颇有"诗仙"遗风；而"酒喉无耐夜渴甚"等句显得奇诡壮观，不失"鬼才"意态。整首诗以"凭空而来"起，以"奇思妙想"收，翻腾变化，不可测度。②

杨维桢留意民间文艺，从民间诗歌中吸收营养，故而有《西湖竹枝歌》《吴下竹枝歌》《海乡竹枝歌》等。他还引俗入雅，将民间故事隐括为诗，自有一番意趣。如《的卢马》："大耳主，呼阿卢，阿卢努力托我千金躯。檀溪水深不见底，阿卢一跃三丈馀。君不见当阳桥，沔水渡，一双羽翼真都护。岂知阿卢论功不在关张下。"这是将民间沉传的刘备马跃檀溪的故事转化为诗，并且对那匹神勇的骏马大加表彰，与"关张"并列，可见作者在感受故事时的趣味所在。其他如《银瓶女》《桑中操》等，都是隐括民间故事而成。"铁崖诗"里有不少与民间文艺关系密切的部分。

杨维桢的"铁崖诗"，因与过去正统的诗学不尽一样，不属"正脉"，引发争议，甚至被视为"文妖"，诗论家也评价不一。不过，尽管有的"铁崖诗"过于怪癖诡异，但珍重"情性"，敢于创新，诗笔酣畅，是其特点。对后世的诗歌创作有

---

① 杨维桢的诗学见解，参阅张红《元代唐诗学研究》，岳麓书社2006年版，第146—149页。
② 杨维桢的诗风颇有影响，但在元末，其追随者也有亡"险怪"一路的偏向。曾师从杨氏的贝琼在《志古斋记》一文里提出纠偏的意见："大抵亡言不在于崭绝刻峭，而平衍为可观；不在于荒唐险怪，而丰腴为可乐。"其言有针对性，可以参考。《贝琼集》，李鸣点校，吉林文史出版社2010年版，第162页。

所启迪，对明清诗人有一定的影响，故清王士禛誉之为"铁崖乐府气淋漓"（《戏仿元遗山论诗绝句》），亦道出其鲜明的个人风格。

## 第三节 元代词作

元代的词作，上承宋、金词的馀绪，旁受元代散曲的影响，出现了一些重要的词家。其中，以白朴、张翥、萨都剌的成就最为突出。

### 一、白朴与《天籁集》

白朴是有多方面成就的作家①，他自谓"生平留意于长短句，散失之馀，仅二百篇"。友人王博文为之作序，以其"凡当歌对酒，感事兴怀，皆自肺腑流出"（王博文《天籁集序》），因名之曰《天籁集》。

白朴的词作忱挚刚毅而有风骨。他入元之后，拒绝出仕，可于《沁园春》（自古贤能）一词中见其心声：

> 自古贤能，壮岁飞腾，老来退闲。念一身九患，天教寂寞；百年孤愤，日就衰残。麋鹿难驯，金镳纵好，志在长林丰草间。唐虞世，也曾闻巢许，遁迹箕山。　越人无用殷冠，怕机事、缠头不耐烦。对诗书满架，子孙可教；琴樽一室，亲旧相欢。况属清时，得延残喘，鱼鸟溪山任往还。还知否，有绝交书在，细与君看。

此词题下自注："监察师巨源将辟予为政，因读嵇康与山涛书，有契于心者，就谱此词以谢。"词中"念一身九患""志在长林丰草间""越人无用殷冠"等句，均化用嵇康《与山巨源绝交书》里的文字而来。这首词回应了师监察的"推举"，以当年的嵇康为榜样，表示不屑于当朝的官职，不合作，不卖身，而满足于"诗书满架，子孙可教"的生活。虽用的是词体，却有《与山巨源绝交书》一样的风骨与气概。若将此词与嵇康的名文合看，则可谓一前一后，一文一词，交相辉映，显示了古代知识分子耿直不阿、视气节如生命的高尚情操。

白朴的词另有悲慨彻骨的特色，如《水龙吟》（丙午秋到维扬，途中值雨，甚快然）：

---

① 白朴的生平事迹，请参阅本编第四章第二节。

> 短亭休唱《阳关》，柳丝惹尽行人怨。鸳鸯只影，荷枯苇淡，沙寒水浅。红绫双衔，玉簪已断，苦难留恋。更黄花细雨，征鞍催上，青衫泪，一时溅。　　回首孤城不见，黯秋空，去鸿一线。情缘未了，谁教重赋，春风人面？斗草闲庭，采香幽径，旧曾行遍。谩今宵酒醒，无言有恨，恨天涯远。

这是白朴晚年作品。词中念念不已的是他曾与之相依为命的侍妾，作者深感孤独寂寞。时值苦雨，那一份抑郁、愁苦和凄楚更是积压心头，难以化开。上片写眼前景物，满目苍凉，处处肃杀，惹起无限惆怅；下片上承"青衫泪，一时溅"转入对昔日的回想，以"情缘未了"引出深藏于心的丝丝缕缕的生活细节，是那样的舒心、动情和难忘，可是，如今天涯路远，恨海无边，尤其是酒醒之后，无以慰解，只能倍添哀伤，故而词的题下有"甚怏然"的表述。

白朴的词，除了表达忧挚刚毅、悲慨彻骨的情感外，还有阅尽沧桑之后的旷达之作，如《水调歌头》：

> 北风下庭绿，客鬓入霜华。回首北望乡国，双泪落清笳。天地悠悠逆旅，岁月匆匆过客，吾也岂匏瓜。四海有知己，何地不为家？　　五溪鱼，千里菜，九江茶。从他造物留住，办作老生涯。不愿酒中有圣，但愿心头无事，高枕卧烟霞。晚节忆吹帽，篱菊渐开花。

北风呼呼，庭院树叶飘零，感叹流落异乡，容颜渐老，不免悲伤。可转念一想，"四海有知己，何地不为家"？心境随之开朗。更为重要的是自己有见地，有行为准则，不做违心之事。故此，既不高调做人，也不随波逐流，"不愿酒中有圣，但愿心头无事"，这是作者聊以自慰的人生体验，也是他足以旷达为人的内心依据。

清词坛大家朱彝尊评："兰谷词源出苏、辛，而绝无叫嚣之气，自是名家，元人擅此者少。"

## 二、张翥与《蜕岩词》

张翥（1287—1363），字仲举，号蜕庵，晋宁襄陵（今属山西）人。据《元史》本传记载，他年少时颇为放浪，后幡然悔悟，刻苦攻读，先后受业于当时的名师李存、仇远门下，在诗文方面打下深厚的基础。前半生曾流转于杭州、宁波、临川、扬州等地；年过半百才被荐入京，始入仕。[①] 曾出任国子助教、国史院编修官、礼仪院判官、集贤学士等职。著有《蜕庵集》《蜕岩词》。

---

① 张翥的生平事迹，参阅陶然著《金元词通论》，上海古籍出版社2001年版，第425—440页。

张翥生活的时代，世路多变，不少知识分子在名利场上屡屡挫败，在心灰意冷之馀每每感叹功名利禄之虚幻、向往超凡脱俗之自在，这些内容在元代的散曲里相当常见。而就张翥的《蜕岩词》来看，类似的人生体验却以词的形式抒发出来。试看其《洞仙歌》：

> 功名利达，任纷纷奔竞。纵使得来也侥幸。老眼看多时，钟鼎山林，须信道、造物安排有命。　　人生行乐耳，对月临风，一咏一觞且乘兴。五十五年春，南北东西，自笑萍踪久无定。好学取、渊明赋归来，但种柳栽花，便成三径。

此词题下自注"辛巳岁芜城初度"。张翥生于元世祖至元二十四年丁亥，辛巳年即元顺帝至正元年（1341），可知这首词写于其五十五岁生日。词的语句颇有散曲风味，明白晓畅，而意蕴深长。随着阅历的丰富、见闻的增多，他也见惯了世间很多不平之事，虽说"钟鼎山林，须信道、造物安排有命"，似乎是自我开解之语，但是内含着万般无奈。正是因为"造物安排有命"，故而有的人过着钟鸣鼎食生活，有的人只能退隐山林清贫度日，这种有差异的世相就是老天"安排"不公的证明。读者可以体会到作者无奈的背后还有着愤激不平的心声。词的下片回首平生"五十五年春，南北东西，自笑萍踪久无定"，看似"笑傲人生"，可这样的语句无法掩饰其前半生因常年的坎壈而生发的不平与躁动。尽管末尾以学陶渊明来自我慰藉，但抒发的是在"纷纷奔竞"的社会里自己所领悟到的人生真相。此外，他在《行香子》（酒量无多）里也写道"鸥外风波，蜗角干戈。算百年、一梦南柯"，"便富熏天，气盖世，待如何"！龌龊的现实令人气结，其愤激的情绪不时在词中有所流露。元代的词作在这一方面与散曲有"同调"之妙，是值得注意的，这也是张翥词的一大特色。①

张翥是一位入世颇深的人，他对现实的领悟力使他的词作别有见地，如他的《昭君怨》：

> 队队毡车细马，簇拥阏氏如画。却胜汉宫人，闭长门。　　看取蛾眉妒宠，身后谁如遗冢？千载草青青，有芳名。

此词题下自注："昔人赋昭君词，多写其红悲绿怨，作此解之。"其作意很明显，

---

① 词作有"曲味"，是文体互渗现象。清刘体仁《七颂堂词绎》认为填词的一个准则是"上脱《香奁》，下不落元曲"（刘体仁《七颂堂集》，黄山书社2008年版，第217页），这只是一家之言。而宋以后，词受到元曲的影响是客观事实。

就是一反"红悲绿怨"。他观察到现实里有太多的相互倾轧,也有不少被幽闭于"长门"的故事,作为女性的王昭君能够远离这种是非之地,能够死后在大草原上享有"遗冢"和"芳名",比那些常年在"汉宫"里吃尽苦头的人要"优胜"许多。"却胜汉宫人"是整首词的点睛之笔。都是着眼于"翻案",可其命意与宋王安石的《明妃曲》又有所不同,语句里蕴含着出人意表的洞察力,读来令人耳目一新。

张翥风流倜傥,感情细腻,其词作也有不少流丽婉约的作品。除了写给歌姬的以外,有些作品写自己"萍踪久无定"时的旅途见闻,一时的感触,却也深细动人。如《点绛唇·舟行书见》:"风起云飞,兰舟竞入横塘住。恼人何处。隔岸花笼雾。 一水盈盈,难送凌波步。空相觑,正如牛女,阻隔银河路。"这是一种如云如雾的情感,美好的感触随生随灭,却教人难以忘怀,无法排遣心中淡淡的哀伤。这一首小词凸显了作者的多情与敏感,也表现了捕捉意象的高超能力。

张翥是继白朴之后颇受瞩目、影响较大的元代词人。

### 三、萨都剌词

萨都剌诗名远扬,而他的词作也有特色。其存世的词尽管不多,但是有着鲜明的个人特色。有时,他以短章的形式写出有一定时间跨度的人生感受,既尖巧又隽永,令人过目难忘,如《小阑干》:

去年人在凤凰池,银烛夜弹丝。沉水香消,梨云梦暖,深院绣帏垂。
今年冷落江南夜,心事有谁知?杨柳风柔,海棠月澹,独自倚阑时。

这首词作于元宁宗至顺四年(1333)春。此前,作者由翰林国史院应奉出任江南诸道行御史台掾史。在词中,"去年"的情景与"今年"的境遇形成明显对照:去年自己在京师,生活悠闲高雅,清香袅绕,琴弦轻弹,银烛高照,绣帘低垂,安然入梦,这是作者在翰林国史院任职时的日常生活;可是,人生无常,变动不居,如今被外任为江南掾史,面对的是官衙里的日常琐事,龌龊烦心的事情接连而来,身边无高朋、无知己,独自发愁,心事难诉,就算面对杨柳风柔、海棠月澹,也无情无绪,激发不起丝毫的雅兴,与去年相比,更觉凄清和寂寞。这首小词与欧阳修的《生查子》(去年元夜时)在构思上颇为相近,显然受到后者的启发;可是,萨都剌别开生面,意趣不同。欧阳修的词写男女之间一段若即若离的情感,萨都剌的词却写自己前后一年之间人生体验的反差,显然是匠心独运、有所出新。

有时,作者趁着任职江南的便利,登山观水,访古探幽,多有感触,发为吟咏，故有若干首怀古的词作，像《念奴娇·登石头城》《酹江月·过淮阴》《木兰花慢·彭城怀古》以及《满江红·金陵怀古》等，均写得沉郁顿挫、意境悲凉。兹以《满江红·金陵怀古》为例：

> 六代繁华，春去也、更无消息。空怅望、山川形胜，已非畴昔。王谢堂前双燕子，乌衣巷口曾相识。听夜深、寂寞打孤城，春潮急。　思往事，愁如织。怀故国，空陈迹。但荒烟衰草，乱鸦斜日。《玉树》歌残秋露冷，胭脂井坏寒蛩泣。到如今、惟有蒋山青，秦淮碧。

作者巧妙化用唐刘禹锡《乌衣巷》《石头城》的诗意，化用陈后主与其宠妃张丽华的典故，以流畅而悲沉的语句抒发出物是人非的慨叹。其特别之处在于，作者是一位少数民族作家，其运用汉语时的语感、使用典故时的领悟力，以及沉思历史时其思维的穿透力，相互结合，浑然为一，令人叹为观止。

在元代的词史上，萨都剌词是一种独特的存在，值得后人珍惜。

## 第四节　元代散文

元代的散文，受到唐宋古文的影响，也受到宋代理学的熏陶，往往简洁明晓，说理透彻，叙事杂用小说笔法，自有面貌。其中，姚燧、刘因、戴表元及虞集，是有代表性的散文大家。

### 一、姚燧散文

姚燧（1238—1313），字端甫，号牧庵。河南洛阳人，祖籍营州柳城（今属辽宁）。少孤，早年从学于伯父姚枢；十八岁时，受学于元初北方名儒许衡。至元七年（1270）至京师，跟随许衡教授蒙古贵胄；后任秦王府文学、奉议大夫、翰林直学士、江东廉访使等职，官至翰林学士承旨。著有《牧庵集》。

姚燧为文，数量颇多，每每不失其雍容之风。也有一些作品，下笔奇谲，间有小说笔法，生动传神，有一股英迈之气。如《序江汉先生死生》，就文体而言是一篇赠序，所赠对象是"江汉先生"赵复的儿子赵卿月，可作者的立意在于写出赵复与自己的伯父姚枢的一段惊心动魄的交往，表彰"士为知己者生"的精神，以此与赵卿月共勉。故而，此文打破赠序的常见写法，以蒙古军与南宋军队的一场惨烈战斗引出话题，写姚枢以蒙古军将领的身份俘获南宋儒家学者赵复，赵复意欲殉国，而姚枢迅即劝阻。姚枢受命征集儒生，故对赵复格外管护，要赵复与自己同居一处，以防不测。可是，姚枢不愿意看到的情况还是发生了，随即出现了生动的一幕：

> （赵复）以九族殚残不欲北，因与公诀，蕲死。公止，共宿，实羁戍之。既觉，月色惨然，惟寝衣留故所。公遽鞍马，周号积尸间，无有也。行及水裔，见已被发脱履，仰天而祝，盖少须臾蹈水未入也。公曰："果天不生君，与众已同涡矣。其全之，则上承千百年之祀，下垂千百岁之绪者，将不在是身耶？徒死无义，可保吾而北，无他也。"至燕，名益大著。北方经学，实赖呜之。游其门者将百人，多达材其间。

原来，赵复趁着姚枢熟睡之际，逃离住处，来至河边，准备投水自尽。此时，幸而姚枢一觉醒来，立即上马，到处寻找，见状而晓之以"义"，认为赵复以学问知名天下，应该承继学统，不应"徒死"，劝他到北方来传播学问，以便发扬儒学，作育英才。赵复后来听从劝阻，到北方讲学，对元朝的文化与学术作出重要贡献。姚燧早年在洛阳结识赵复的儿子赵卿月，交情甚好；后在河南的邓县重遇，当后者要离别之际，回忆前辈的一段奇特交往，感慨于赵复"为知己而生"的经历，遂写此文以赠。文章一反"士为知己者死"的固有观念，以尽继学统为由，为"曲仕新朝"的人辩护。而从"不坠儒业"的角度看，此文为后人了解元朝的文化政策提供了可贵的资料。文章精警别致，可见姚燧散文之不拘一格。

### 二、刘因散文

刘因（1249—1293），字梦吉，原名骃，字梦骥。保定容城（今属河北）人。服膺诸葛亮"静以修身"一语，名其居室为"静修"，世称"静修先生"。他是元初很有影响的北方理学家，《元史》本传称其为人"性不苟合，不妄交接"。至元二十八年（1291）召为集贤学士，托病固辞。至元三十年病逝家中。著有《静修先生文集》。

刘因的散文，有的写得质朴而诚挚，行文温婉，力避浮泛。他本是宋朝遗民，内心不愿在元朝为官，而朝廷又颇为推重，坚拒则有莽撞之嫌，不拒却与内心不合，左右辗转之间，上书宰相，请求宽免。其《上宰相书》措辞迂回恳切："因生四十三年，未尝效尺寸之力，以报国家养育生成之德，而恩命连至，因尚敢偃蹇不出，贪高尚之名以自媚，以负我国家知遇之恩而得罪于圣门中庸之教也哉？且因之立心，自幼及长，未尝一日敢为崖岸卓绝、甚高难继之行；平昔交友，苟有一日之雅者，皆知因之此心也。但或者得之传闻，不求其实，止于踪迹之近似者观之，是以有高人隐士之目。惟阁下亦知因之未尝以此自居也。"语句婉转有致，表明自己没有做"高人隐士"的想法。接着，诉说"老母中风"以及自己"素有羸疾"的事实，一五一十，细细道来，虽是日常琐事，却又要言不烦，情状逼真，使人不得不生同情之心。文章一再说明自己并非不问国事，只是因为切身的原因暂时不能服务朝廷，若日后身体好转，再作计议。"乃请使者先行，仍令学生李道恒纳上铺马圣旨，待病退自备气力以行。望阁下俯加矜悯，曲为保全。因实疏远微贱之臣，与帷幄诸公不同，其进与退，若非难处之事，惟阁下始终成就之。"自抑自谦，态度鲜明，而又曲折得体。《上宰相书》等文显示出刘因驾驭语言、表情达意的深厚功力。

刘因为文，在议事论人方面每每有理学家的"底气"，不无峻厉之辞，如《辋川图记》，由唐代王维的《辋川图》引出对王维的议论，以"知人论世"的方法评议王维在"安史之乱"时的"失节"行为，并与颜真卿的"守孤城，倡大义"的气节相比，高下立见，明确表示："呜呼，人之大节一亏，百事涂地！"他对王维有苛责之意，但联系宋元之交汉族知识分子的气节问题，刘因当是有感而发。大体而言，刘因的散文严谨而不苟作。

### 三、戴表元散文

戴表元不仅是诗歌名家，其散文也受到当时人的推重，故《元史》本传称："至元、大德间，东南以文章大家名重一时者，唯表元而已。"其弟子及后学如袁桷、黄溍等对其成就均赞誉有加。

戴表元的散文以"清深雅洁"著称。实际上，在"清深雅洁"的背后更为突出的是对往日的追怀、对沧桑变化的慨叹。如《送张叔夏西游序》，字数不多，却写出了由宋入元的著名词人张炎一生的重大变化。作者与张炎是旧相识，早期的张炎一身贵气，倜傥风流："玉田张叔夏与余初相逢钱塘西湖上，翩翩然飘阿锡之衣，乘纤离之马，于是风神散朗，自以为承平故家贵游少年不翅也。"张炎的气度、神采跃然纸上。可是，进入中年，家道衰落，四方游走，到处碰壁，一再遭受挫折，作者以极为简括的语言写出了张炎的明显改变：

> 垂及强仕，丧其行资，则既牢落偃蹇。尝以艺北游，不遇，失意；亟亟南归，愈不遇。犹家钱塘十年。久之，又去，东游山阴、四明、天台间，若少遇者。既又弃之西归。

以短促的语句概述张炎四十岁（即"强仕"之年）后的经历，如此复杂的行踪、漫长的时间跨度却用如此简要的文字完整表述，而人物的遭际变化、意态表现以及不安定的心境亦在其中,可以视为"清深雅洁"的具体表现。接着,作者记录了自己与张炎日后重遇时的对话,言谈间,张炎对自己游走四方的生涯表示无奈,但毕竟是贵胄出身,又是借着酒意,歌"取平生所自为乐府词,自歌之,噫呜宛抑,流丽清畅,不惟高情旷度,不可褒企,而一时听之,亦能令人忘去穷达、得丧所在"。虽然如此,回到现实,张炎的失意人生还在继续,他还要奔走他方,将要离别作者而去。故而,作者写下这篇文章,今昔对比,顿生感慨,也留下了一段颇为苦涩的记忆。

戴表元学养深厚,又是敏感的诗人,其散文写作显得灵动而厚重,耐人寻味。

### 四、虞集散文

虞集不仅是诗人,也是元代多产的散文作家。苏天爵编纂的《元文类》,是一部元代文章的重要选集,其中收录虞集的散文颇多。虞集为文,颇有大家气派,人们视之为"盛世"文章的典范。

虞集写作的活跃期,是元代政权逐渐得以巩固的阶段。虞集曾参与《经世大典》的修撰,官至国子祭酒,其身份地位对其散文风格的形成不无影响。其行文时有昔日诸子散文高屋建瓴、善用比喻、说理透彻的特点。如《尚志斋说》,本是应弟子黄济也的请求而写,立意宏正,以射箭为喻,透彻地说明了"立志"的必不可少,虽然是"老生常谈",却也翻出了新意,足以启迪后学:

> 亦尝观于射乎?正鹄者,射者之所志也。于是良尔弓,直尔矢,养尔气,蓄尔力,正尔身,守尔法,而临之;挽必圆,视必审,发必决,求中乎正鹄而已矣。正鹄之不立,则无专一之趣向,虽有善器、强力,茫茫然将安所施哉?况乎弛焉以嬉、嫚焉以发,初无定的,亦不期于必中者,其君子绝之,不与为偶,以其无志也。善为学者,苟知此说,其亦可以少警矣乎?

言辞简明切当,有如晤面而谈;说大道理,却以人所共知的细节做诱导,平易而不失严正,循循善诱而又生动自然。接着,反复申说"不可不以尚志为至要至急"的观点,有诲人不倦的风范,使人如坐春风,怡然而心领神会。作者深谙"说教"的艺术,其文章易于为人所接受。

虞集有的文章如《陈炤小传》,表彰南宋抗击蒙古军的"英雄",如果置于元初,显然是"违碍"之作,可是,到了他生活的那个时段,因朝廷政治有所改变,气氛缓和,兼之当政者有表扬忠烈的倾向,这类文章反而不显得"犯忌"。《陈炤小传》以沉痛凝练的笔调写蒙古军南下,势如破竹,而守卫常州的陈炤率领"赢惫"不堪的将士誓死不降,并且"厉士气以守",终于不屈而殉难。文章多写细节与逸闻，其笔法与韩愈《张中丞传后叙》可谓一脉相承。

**思考题**

1. 如何理解耶律楚材、萨都剌、马祖常等少数民族作家的创作特色及其成就？
2. 如何评价元代汉族作家的"家国情怀"？

# 第三章　说唱艺术与诸宫调

宋代至金元时期，流传于民间的说唱艺术多受唐代"变文"的影响，其具体形式在"变文"原有说唱格局的基础上有所变异，或者较为简单地反复运用同一个词调的曲子，或者使用更为复杂的多种宫调的曲子，不过，其共同特点是有"说"有"唱"、"说""唱"交替呈现，以演述一个又一个民众喜爱的故事。"说"的部分是散文，"唱"的部分是韵文，其文体特征是"韵散结合"。

这一时期说唱艺术的主要体式有鼓子词和诸宫调。此外，以口耳相传为基础而形成的蒙古史诗《元朝秘史》瑰丽多姿，具有鲜明的民族特色与史学价值。

## 第一节　鼓子词及其存世作品

鼓子词是一种体式较易掌握的说唱形式，盛行于宋元时期。

### 一、鼓子词的得名与体式

鼓子词，顾名思义，是一种有伴奏乐器的说唱艺术。南宋诗人陆游《小舟游近村，舍舟步归》（其四）曾描述当时乡村说唱鼓子词的情形："斜阳古柳赵家庄，负鼓盲翁正作场。死后是非谁管得，满村听说蔡中郎。"一位盲眼艺人在村里开阔的地方"作场"，演述蔡伯喈与赵五娘的悲欢离合故事。这首诗有几点值得注意：说唱艺人的外在形象是"负鼓盲翁"，其胸前挂着一面鼓，一边敲击，一边说唱；诗句的内容同时说明南宋乡间的鼓子词演出节目里有"蔡中郎"这个家喻户晓的故事；"满村"的人都出来听艺人的说唱，更说明这一艺术形式受到底层民众的普遍喜爱。如此看来，鼓子词的得名，与作为伴奏乐器的"鼓"是分不开的。这一种说唱艺术原是流行于乡村民众之间，艺人流转于各地"作场"。

鼓子词的体式，先是有一段"致语"，类似小序，介绍故事的由来，并说明这一个故事准备使用哪一个词调来演唱，如选用商调〔蝶恋花〕，或商调〔醋葫芦〕等。整篇鼓子词只是使用同一个词调，反复出现。在每一次演唱之前，总会有一句套话，唤起听众的注意，首次演唱时作"奉劳歌伴，先定格调，后听芜词"（或作"奉劳歌伴，先听格律，后听芜词"），馀下的各次演唱均以"奉劳歌伴，再和前声"这句套话引出。反复演唱，以 10 次左右为度，换言之，10 次左右的"唱"配以 10 段左右的"说"，构成一篇鼓子词的主体。篇末以一首词作结，是为尾声。

然而，这一体式主要体现在目前所能见到的文人化的鼓子词作品里，是否与民间艺人的说唱方式完全一致,尚不能确认。鼓子词的篇幅一般不大不小,所演述的故事每每线索清晰,情节集中。

### 二、鼓子词的存世作品

鼓子词的存世作品甚少,现知有宋赵令畤(1061—1134)的《元微之崔莺莺商调蝶恋花词》。

赵氏的小序称:元稹所撰《莺莺传》广为人知,士大夫以此作为谈资,甚至是"倡优女子,皆能调说大略"。不过,"惜乎不被之以音律,故不能播之声乐,形之管弦;好事君子,极饮肆欢之际,愿欲一听其说,或举其末而忘其本,或纪其略而不及终其篇,此吾曹之所共恨之者也"。换言之,演述一段情节比较复杂的故事,如果不借助音乐的配合,并把故事分为若干段落,人们很难记住整个故事,也难以一口气说得完备无误。故此,赵氏依据民间流行的鼓子词的形式,将《莺莺传》加以改编。值得注意的是,所谓"播之声乐,形之管弦",表明他这篇作品要用管弦乐器伴奏,与"负鼓盲翁"的做法不同,鼓子词的伴奏乐器有所增加。

赵氏的改编方式是:"详观其文,略其烦亵,分之为十章;每章之下,属之以词;或全撼其文,或止取其意。又别为一曲,载之传前,先叙前篇之义,调曰商调,曲名〔蝶恋花〕。句句言情,篇篇见意。"他将整篇《莺莺传》分为十段,先叙述一段故事,再用一支曲子来作为段落与段落之间的区隔标志,同时以曲子的形式对前一段故事中人物的心理活动有所描写,以便于听众较为深入地理会该段情节中人物的内心体验。而篇中出现的套话"奉劳歌伴,先定格调",意谓除讲述故事者之外,还有先定音调的乐师和伴唱的歌者。故有学者认为鼓子词的演出"至少须以三人组成"①。这样的演出组合可以同时满足听众对传奇故事的好奇心理以及对美妙乐曲的审美需求,是文学与音乐相结合的一种比较简便的艺术样式;同时,这可能还是对"负鼓盲翁"的说唱方式所做出的符合文人趣味的调整和改进。

赵令畤是士大夫,其创作的鼓子词显然已经文人化,他在自述其写作过程时说,写完十段故事之后,给朋友过目,朋友建议他在第十段故事后增加一支〔蝶恋花〕曲,借以抒写对于崔、张二人"始相遇而终相失"的感伤故事所生发的人生感慨,以此"收煞"会更有意味。于是,赵氏补作了一支曲文:"镜破人离何处问,路隔银河,岁会知犹近。只道新来消瘦损,玉容不见空传信。弃掷前欢俱未忍,岂料盟言,陡顿无凭准。地久天长终有尽,绵绵不似无穷恨。"(赵令畤《侯鲭录》卷五)这是赵氏对崔、张故事意蕴的一种理解,也表达了他对人生多变的慨叹以及对男女主人公未能共偕白首的惋惜。赵氏以"弃掷前欢俱未忍"的看法

---

① 参见郑振铎《中国俗文学史》,商务印书馆 2005 年版,第 301 页。

"消解"了《莺莺传》原作者对张生"始乱终弃"行为的辩解文字,而有了一个新的解读角度,有意无意间启迪了后人对该故事做进一步的改编。因此,赵氏的这篇鼓子词在《莺莺传》故事的传播史上具有不可忽略的意义。

此外,《清平山堂话本》所收的《刎颈鸳鸯会》(亦见《警世通言》),其主体部分疑似使用了鼓子词的样式。这一篇作品,说唱一个风情故事,女主人公蒋淑珍先后有过多次婚姻,不安于室,最终因风流而致命。作品的"致语"部分介绍人物:"(蒋淑珍)自小聪明,从来机巧,善描龙于刺凤,能剪雪以裁云,心中只是好些风月,又饮得几杯酒。年已及笄,父母议亲,东也不成,西也不就。每兴凿穴之私,常感伤春之病。自恨芳年不偶,郁郁不乐。垂帘不卷,羞教紫燕双飞;高阁慵凭,厌听黄莺并语。未知此女几时得偶素愿?因成商调〔醋葫芦〕小令十篇,系于事后,少述斯女始末之情。奉劳歌伴,先听格律,后听芜词。"然后,唱一段,说一段,说与唱各有10段,演述蒋淑珍怎样风流,如何丧命。这大体与赵令畤的〔商调蝶恋花词〕的体式一致,显然是说唱文学。不过,这一篇《刎颈鸳鸯会》又不是纯粹的鼓子词,因为在演述蒋淑珍故事之前,如同宋元的其他话本小说一样,有一段"入话",接着是"头回",演述步非烟与赵象的风流故事。此故事结束时还有"权做个笑耍头回"的字样,符合话本的基本体式。就其全篇结构而言,很可能是"说话"艺人借用了在民间流传的讲述蒋淑珍故事的鼓子词,以之作为"正话",再配以一个"头回",使之成为一个话本。尽管如此,其中的鼓子词形式,可以加深我们对这一说唱文体的印象,增加对它的了解。《刎颈鸳鸯会》可算是一篇内含着鼓子词成分的话本小说。

## 第二节 诸宫调及其存世作品

鼓子词之外,有一种更为复杂、影响更大的说唱文学形式,就是诸宫调。

### 一、诸宫调的构成方式

诸宫调是北宋末年民间艺人孔三传的一种艺术尝试,因演出效果好,遂广为流传,成为新的说唱形式。据宋王灼《碧鸡漫志》卷二记载:"熙(宁)、(元)丰、元祐间,兖州张山人以诙谐独步京师,时出一两解;泽州孔三传者,首创诸宫调古传,士大夫皆能诵之。"宋神宗、哲宗时期,民间文艺创作相当活跃。张山人、孔三传等是其中的佼佼者,尤其是孔三传创出"诸宫调"的形式,即运用多种宫调连缀的方法,以适当变化着的音乐风格演述一个篇幅较长的故事。这一创举不仅受到普通民众的欢迎,还得到士大夫的欣赏,以至于在社会的不同阶层包括在士大夫阶层都能够传播，这是中国古代民间文艺史上一个值得重视的事件。

诸宫调作品，由于篇幅较大，一般都分为若干卷，大致以情节单元来划分；其同一卷内可以使用不同的宫调，如分属于〔商调〕〔正宫〕〔仙吕调〕〔南吕宫〕〔般涉调〕〔黄钟宫〕〔中吕调〕等的曲子（这一宫调连缀方式，见《刘知远诸宫调》第一卷），可以在同一卷里串联起来，其演唱曲式的丰富性与多变性由此可见一斑，较能适时地配合着故事情节与人物情绪的动态变化。诸宫调的构成方式与鼓子词的说唱方式形成明显的对照。

孔三传的诸宫调作品，究竟演述了什么故事，文献阙如，不得而知，洵为憾事。不过，从一些相关资料可知，宋、金时期诸宫调作品的故事题材不少是取自唐代传奇或唐代笔记，比如，《崔韬逢雌虎诸宫调》的本事见唐薛用弱的《集异记》，《崔护谒浆诸宫调》的本事见唐孟棨的《本事诗》，《郑子遇妖狐诸宫调》的本事见唐沈既济的《任氏传》，《倩女离魂诸宫调》的本事出自唐陈玄祐的《离魂记》，《柳毅传书诸宫调》的本事出自唐李朝威的《柳毅传》，等等（以上诸宫调名目，见董解元《西厢记诸宫调》卷一）。从这一情形推测，孔三传首创诸宫调时所演述的故事很可能也有来源于唐代传奇或唐代笔记的，因为这一类作品的故事性强，有足够的吸引力，能引起听众的欣赏热情，成功的机会也较大。同时，这类故事比较曲折多变，篇幅较长，当用多种宫调来说唱，这也是催生诸宫调说唱形式的内在契机之一。

除唐代传奇等故事外，诸宫调也演述历史题材的故事。历史故事颇多风云激荡、金戈铁马、皇家秘史等内容，绝非短小的篇幅可以容纳，故此，用诸宫调的形式亦颇为合适。

## 二、诸宫调的存世作品

现存的诸宫调作品并不多，有金代的《刘知远诸宫调》（缺损较多）、《西厢记诸宫调》，以及元代的《天宝遗事诸宫调》（原本已佚，今有唱词辑录本）。

《刘知远诸宫调》，二十世纪初（1907—1908）被俄国考古学家发现于张掖黑水古城，属于西夏时期的遗存物。原本共有十二卷，今存"知远走慕家庄沙陀村入舍第一"（残损）、"知远别三娘太原投事第二"、"知远充军三娘剪发生少主第三"（严重残损）、"知远探三娘与洪义厮打第十一"（残损）、"君臣弟兄子母夫妇团圆第十二"。作者不详，其文字口语化的程度很高，颇有生活气息，但也有语句欠通之处，疑是民间的艺人或文士所作。作品的一些曲牌并不见于元代的杂剧或散曲，而与金代董解元《西厢记诸宫调》的曲牌使用情况大体相同；且一并被发现的文献里有刊刻于西夏乾祐二十年（金章宗明昌元年，1189）的佛经，故学术界多认为这部诸宫调是金代作品。①

刘知远故事是民间演述的"五代史"里相当引人关注的部分。刘知远从社会底层走向"皇帝"宝座,建立起后汉政权,成为"后汉高祖",其故事的传奇色彩十分明显。而诸宫调所演述的主要是他与妻子李三娘的悲欢离合,其间叠合着多层次的人生体验:有世情冷暖,刘知远被称为"刘穷鬼",备受冷眼、尝尽凄酸;有真情相伴,李三娘对刘知远不离不弃、艰苦守候;有度日如年的悲凉体验,曾经过着"两口儿难为相守,泪点儿多如雨点"的日子;也有苦尽甘来、"一身荣显"的时刻,夫妻团圆,亲人重聚。作品的结束语是"曾想此本新编传,好伏侍您聪明英贤,有头尾结束刘知远",表达了古代首尾完整的叙事理念。

《天宝遗事诸宫调》,作者王伯成,元代作家,锺嗣成《录鬼簿》卷上将他列入"前辈已死名公才人,有所编传奇行于世者"项下,并有注文:"涿州人。有《天宝遗事诸宫调》行世。"这部诸宫调原本已佚,幸而其不少套曲收录于多种曲选之中,后人加以辑录,得六十二套。② 故此,现存的辑录本只有"唱"而没有"说",其散文部分不得而知。

从作品的"引辞"看,其基调是谴责唐玄宗李隆基的"失政":"开元至尊,为舞按霓裳失政。君臣云鬟雾鬓,那其间别是个乾坤。亡家若无安禄山,倾国谁知杨太真?雨露九天恩,难洗妖氛。"作者既受杜甫、白居易相关诗歌的启发,又吸收种种民间传说,以较多的篇幅写李、杨的缠绵与荒淫,揭示"安史之乱"之所以爆发的政治原因;而杨玉环的惨死又引发出一段颇为感伤的描述。末尾部分还有"唐明皇梦杨妃"的唱词:"寂寞云屏秋夜永,恍然间依旧相逢。意匆匆,雾鬟朋松,两叶眉儿淡远峰。贪欢未罢,惊回清梦,玉阶前疏雨响梧桐。"作品在一片愁惨的哀婉情调里作结。这部诸宫调对众说纷纭的李、杨故事做了重新的"整合",作者对李、杨情缘既有批判,又有惋惜,心态复杂。后世同类题材的作品如《长生殿》传奇在这一方面与之有相似之处。

## 第三节 《西厢记诸宫调》

诸宫调的存世作品中金董解元的《西厢记诸宫调》(简称《董西厢》)是影响

---

① 日本学者青木正儿撰有《刘知远诸宫调考》,认为《刘知远诸宫调》比董解元《西厢记诸宫调》更古;郑振铎在其《宋金元诸宫调考》中认同青木氏的判断,并认为《刘知远诸宫调》原为金代刻本而流入西夏,见郑氏《中国文学研究》下册,人民文学出版社 2000 年版,第 82、128 页。
② 《天宝遗事诸宫调》的辑录情况,详见朱平楚《全诸宫调》"前言",甘肃人民出版社 1987 年版,第 7—8 页。

最大的杰作。

## 一、董解元与《董西厢》

董解元，名字及生平不详，"解元"只是当时对读书人的一种通称。据元陶宗仪《南村辍耕录》卷二十七"杂剧曲名"条在谈及金元时期曲名的复杂情形时说："金季国初，乐府犹宋词之流，传奇犹宋戏曲之变，世传谓之杂剧。金章宗时，董解元所编《西厢记》，世代未远，尚罕有人能解之者，况今杂剧中曲调之冗乎？"（陶宗仪《南村辍耕录》）这一方面说明董解元所生活的时代[①]，另一方面，也可见随着诸宫调的日渐衰落、杂剧的日益兴起，曲调的使用随之发生了很大变化。

《董西厢》是目前所知唯一完整的诸宫调作品，一共八卷。作者以极大的气魄、从容的笔致、富丽的文采将《莺莺传》重加改编，使其从一个令人深感抑郁的情变故事"蜕变"为跌宕起伏、情真意切的爱情佳话，颂赞了男女青年为追求爱情而不屈不挠的勇气，谴责了一切阻碍恋爱自由的、不合理的人为因素。

## 二、《董西厢》的旨趣

《董西厢》以"趁了文君深愿，酬了相如素志"为旨趣，写男女双方均有真情，深爱对方，坚贞不渝，终于得偿所愿，结为连理，"美满团圆"。这就显然改变了《莺莺传》"始乱终弃"的故事格局，更大胆变动了原作所蕴含的张生抛弃莺莺是"善补过"的题旨，显示出与原作大为不同的伦理判断，表达了长期受到精神压抑的年轻人自择配偶的意愿以及对自主婚恋的追求。《董西厢》比赵令畤的《商调蝶恋花词》向着讴歌爱情的主题大大跨进了一步。

## 三、人物形象的重塑

要将原有的故事格局做重大改变，重塑张生形象是关键。原作中的张生虽不算无情之辈，却并非坚毅钟情之人，既没有口头承诺，又没有做出实质性的举措让莺莺感受他的诚意与执着，致使莺莺深感"自献之羞"。这是原作之要害所在。而在董解元的笔下，张生是一位有担当的痴情种，他当面向莺莺说"负心的神天放不过"，这是他郑重的誓言；接着，得知在红娘的劝说下，老夫人同意"顺水推舟"，他喜出望外，虽然身无分文，却坚定地表示"定物终须要"，向普救寺的法聪借了"五千贯青铜"，用来购买定情信物，并定下还钱日期。从言语到行动，《董西厢》里的张生已经"蜕去"轻薄，行事持重。作者还在原作的基础上利用原有的情节线索加以"演

---

[①] 元钟嗣成《录鬼簿》将董解元列于"前辈已死名公，有乐府行于世者"之首，并有注文："金章宗时人，以其创始，故列诸首。"此与陶宗仪的记载可以互参。

绎",使之丰富多姿,便于刻画张生的正面形象。比如,着力渲染张生在护卫莺莺一家的安全方面所做的努力和表现,他虽是书生,却不无英气,颇具胆识,其性格有豪俊的一面。这一个重要的环节,在原作里却没有具体的描写,只是简单交代:"张(生)与蒲将之党有善,请吏护之,遂不及于难。"而诸宫调用了颇长的篇幅加以描述,曲折而紧张,细腻而丰满,张生的形象既可亲又可爱。

诸宫调中的莺莺形象,也与《莺莺传》相比有了明显改进。原作里的莺莺,用情很深,却极为内向,张生一而再地要离开她去参加科举考试,她内心痛苦,却不知如何表达,失去与张生及时沟通的机会。而《董西厢》中的莺莺,大有不同,在两情欢浓之际,她对张生说:"异日休要逢别的,更不管负人呵!"(卷五)这是她的要求,也是期待,更是她爱情专一的信念。由于莺莺的性格得到调整,诸宫调在处理男女主人公的爱情"互动"方面显得富于机趣,缠绵动人。尤其是临歧送别之际,千般无奈、万种痴情,殷殷寄语,嘱咐情郎:"专听着伊家,好消好息;专等着伊家,宝冠霞帔。妾守空闺,把门儿紧闭;不拈丝管,罢了梳洗。你咱是必,把音书频寄。"(卷六)这一番话,对张生是叮咛,对自己是自律,为的是一份彼此的坚守,为的是先前双方的盟誓。不再是《莺莺传》中那位强忍着痛苦的女主人公。

### 四、人物关系的配置

董解元的艺术感觉相当敏锐,他活用"说唱"体,不满足于"讲述"原有的故事,而是在"说唱"的框架内,适当地重新配置人物关系,为自己的艺术创造预留更大的空间。如新增的法聪形象,犹如一枚"活棋",故事格局随之富于变化。法聪勇武正直,作者用了一定的篇幅写他手持三尺戒刀与贼兵作战,吸收了民间"朴刀捍棒"故事的套路,写得有声有色,紧张动人。而即便是如此激烈的战斗,依然不能击退贼兵,这就为张生的挺身而出埋下伏笔,也做了较为充分的铺垫,使得张生在普救寺内谋划救援的活动显得更为必要、及时和有效,故事因而充满了戏剧性的张力。而张生在窘迫之际向法聪借钱,得以完成"订婚"礼仪,也为故事增添了喜剧色彩。更值得关注的是,作者赋予红娘更大的"戏份",她不仅穿针引线,来往于崔、张之间,促成了两人的好事,而且,在事情"显露"之后,老夫人疑心重重,责问红娘,气势汹汹,而红娘淡定应对,不掩饰,不惊恐,说"一对儿佳人才子,年纪又敌头",互相爱恋,是合情合理的,况且"姐姐温柔胜文君,张生才调过相如",既然成了事实,不如成全其好事,落得"治家报德,两尽美矣",否则,"夫人罪妾,夫人安得无咎?"① 伶牙俐齿,据理力争,不卑不

---

① 《董西厢》虽然是"说唱体",但人物言语颇有个性化的特点,红娘有红娘的口吻,莺莺有莺莺的口吻,等等,区分度相当明显,已经呈现出一定的"代言"色彩。

亢，成竹在胸，老夫人不得不在红娘的说辞下甘拜下风，改变态度，并称"贤哉，红娘之论！"（卷六）这也是渗透着戏剧性的场面，在"西厢故事"的流变史上具有重要的文学价值。

### 五、亦俗亦雅的说唱语言

《董西厢》的语言，亦俗亦雅，合素朴与典雅为一体。其散文部分，受到原作《莺莺传》的影响，大体用浅易而不失书卷气的文言，在整个故事的演述中起着承上启下的作用。而韵文部分，则以口语为主，描摹心理，叙述情节，均能妥帖逼真。如写张生等候幽会时刻的到来，内心焦躁不安，急切里带着对"漫长"时光的埋怨、对甜蜜时刻的渴望："咫尺抵天涯，病成也都为他，几时到今晚见伊呵？业相的日头儿不转角，敢把愁人刁虐杀！"（卷四）又如描述崔、张分别后的情景："马儿登程，坐车儿归舍；马儿往西行，坐车儿往东拽：两口儿一步儿离得远如一步也！"（卷六）明白晓畅，入耳消融。而在适当的场合，唱词又显得雅俗交融，语句多含诗意，如写张生在京师，秋夜思念莺莺："帘外萧萧下黄叶，正愁人时节，一声羌管怨离别。看时节，窗儿外雨些些"，"经霜黄菊半开谢，折花羞戴，寸肠千万结。卷帘凝泪眼，碧天外乱峰千叠。望中不见蒲州道，空目断暮云遮。"（卷七）这些唱词，写出了张生的一片"志诚"，也贴合其胸藏万卷的气质，人物的情感世界显得细腻而丰满，与原作迥然有别。

## 第四节　宏伟的蒙古史诗

在金宋对峙之际，生活在广袤的蒙古高原的蒙古民族迅猛崛起，建成横跨亚欧大陆的大蒙古国，随之产生了一部后来汉语题名《元朝秘史》的英雄史诗。

### 一、《元朝秘史》的成书与版本

《元朝秘史》又称《蒙古秘史》，原为蒙古汗国宫修的史册。蒙古族初无文字，成吉思汗灭乃蛮国，获得其国师畏兀人塔塔统诃，命他用畏兀文字书写蒙古语，教其弟子学习。《元朝秘史》就是蒙古汗国最早用畏兀字书写的成吉思汗的族谱及其一生事迹的实录，原称"脱卜赤颜"（国史），秘藏于元宫廷中。明初流出，改用汉字音写原文，行间逐词标出汉语意思，每节后附有汉语译文，成一部独特的汉籍，曾收入《永乐大典》十三先元字部。这部蒙古汗国的皇家史册，开头部分是成吉思汗的族谱，主体部分是蒙古弱势部族的青年铁木真在众多部族无休止的掠夺厮杀的困难境况中，奋力拼搏，逐步发展壮大，战胜了多个强势的部族，成为蒙古民族的大汗的历史，最后是其继承人窝阔台汗的事迹。这部官修史册可能是成吉思汗的能文子弟或通畏兀文字的必阇赤（记事官）陆续做出的。记述者应当是蒙古汗国上层圈子里的人。书末附记："此书，大聚会着，鼠儿年七月，于客鲁涟河阔迭额阿剌勒地面处下时，写毕了。"近世研究者推断，此鼠儿年可能是指成吉思汗逝世次年（1228）戊子年，此书基本写毕，亦有可能为蒙古窝阔台汗十二年（1240）庚子或蒙哥汗二年（1252）壬子补写窝阔台汗事之全文定稿。汉字音写、注译的《元朝秘史》成书于明朝初年，则是无疑议的。

### 二、《元朝秘史》的多种价值

《元朝秘史》是蒙古汗国初期自编的"肇立纪号""书君上以显国统"的古史本纪体的史册，本无历史文献的依据，基本上是依据世代口耳相传和当事人的口述撰写的，叙述成吉思汗一生拼搏行事，大体上贴近实况，从中可见当时蒙古游牧生活、多部族相互侵夺，由混乱走向统一，确立了一定的社会秩序和政治结构的过程。具有无可替代的历史学价值，成为后世研究蒙古民族早期社会经济、军事建制、伦理观念的十分珍贵的文献资料。

《元朝秘史》是蒙古民族文字记载的早期历史典籍，但其内容依据传说与当事人口述而写成，人、事、时、地的真实性均非本书所关注，而所叙故事鲜活生动，记叙铁木真、窝阔台以及女性们的形象饱满，对坚韧拼搏、勇武果决、博大善良的品格给予了充分展示，表现出蒙古民族的性格特征与心理构成。因此，《元朝秘史》在近世引起了中西众多研究者的兴趣，最初关注的是文本的特殊性及其历史内容，随后更意识到了它的语言价值和文学性。1989年联合国教科文组织在纪念《元朝秘史》成书750周年的决议中，称它"以其艺术性，美学和韵文的绚烂多彩，语言的丰富优美等独特性，成为蒙古文学史上呈现出的无与伦比的壮观，并已进入世界文学的宝库"。①

### 三、蒙古民族的英雄史诗

《元朝秘史》的原文本是用那时的蒙古民族的语言，以朴素的世界观和思维方式，叙述了做出惊天动地历史伟业的一代天骄成吉思汗的出身和一生拼搏进取的行事，也就本然地映照出了蒙古民族原初的游牧分散的生存状况和由之形成的特有的性情、习俗和精神世界。文本开头追溯到成吉思汗的始祖——应天命而生的孛儿帖赤那和妻子豁埃马阑勒，名字的语义为苍色的狼和白色的鹿，还保留着北方草原游牧民族原始的图腾意识的印记。对苍狼的勇猛攻击的刚性和白鹿的俊美

---

① 《联合国教科文组织决定纪念〈蒙古秘史〉成书750周年》，《内蒙古大学学报》（人文社会科学版）1990年第3期。

和善的柔性的双重崇尚，就贯注在这部史诗的人物性格和内在的精神意蕴中。成吉思汗的勇武刚毅和博大气魄，身边的勇士被形容为铜额铁心，乘风疾行，如狼突羊群，饥鹰捕食似的厮杀，战无不胜，创造了民族辉煌的历史业绩。另一方面，在无比勇武的英雄身边，又有白鹿象征的美丽、睿智、和善的女性。她们是英雄的崇拜者和荣誉的表征，更是养育勇士的母亲。伟大的母亲诃阑豁阿和诃额仑，在丈夫死后的艰苦处境下，含辛茹苦地养育了孛儿只斤氏的两大男性孛端察儿、成吉思汗，教导儿子们要友爱团结，振兴家族。圣母诃额仑更有好生之德，先后在战场上收养了四个被打败的部落遗弃的孤儿，教养成人。她教育儿子们要亲密团结，显示出母性哺育恩情的伟力。

《元朝秘史》的史诗性主要表现在叙写成吉思汗一生英勇拼搏，接连不断的战斗，始终是直观性地直录其个人的行事、语言和内心情状。叙写其打败与之有世仇的蔑儿乞惕人，与父亲也速该有交情的王罕；叙写其与自幼结为"伴当"（结盟兄弟）的札木合的几度分合，最后战而胜之，收其部众，关照到蒙古民族原初的社会状况、家庭伦理、风俗习性等诸多方面。这里面有强势的掠夺、占有，野蛮的报复、杀戮，都是生存竞争的常规现象，即使在亲族家庭中也没有绝迹。但顺乎天性的亲情之爱，人际交往的是非好恶意识，处事竞争的理性和智慧，上升到民族精神的新高度。王罕背信弃义，札木合秉性无常，乃蛮汗柔弱无能，都成为失败者。成吉思汗英勇坚毅、重恩义，具有英雄人格的魅力，赢得众多部族人的归附。他战胜了一个个对手，成就了蒙古民族统一的惊天大业。

《元朝秘史》是用蒙古民族自己的语言、天真纯朴的诗性思维，叙出蒙古民族统一崛起的实况，生活场景有鲜明的草原特色，描写人物取喻草原地方的飞禽走兽和游猎武器，形容英雄勇士的心性、情状，虎虎生气又有抒情韵味。这部史诗的明人汉语译文，略嫌粗糙，但比起当时新兴的白话叙事文学如平话还是更富有文学韵味，更显出蒙古民族文学的大气与俊朗。

**思考题**

1. 如何区别鼓子词与诸宫调的文体特点？
2. 试分析《董西厢》的独特贡献。
3. 《元朝秘史》何以被推许为世界文学经典？

# 第四章　元代前期杂剧

元代杂剧的作家与作品数量繁多。最早且较完备地著录杂剧作家及作品名目的文献是戏曲家锺嗣成的《录鬼簿》（初稿完成于至顺元年，1330）。锺氏生活在元代后期，对有元一代的杂剧创作有比较全面的把握。《录鬼簿》上卷著录前期的杂剧作家与作品，称他们为"前辈已死名公才人，有所编传奇行于世者"；下卷著录后期的杂剧作家与作品，将他们大体分为四类："方今已亡名公才人，余相知者""已死才人不相知者""方今才人相知者""方今才人，闻名而不相知者"。学术界据此大致将元代杂剧分为"前期杂剧"与"后期杂剧"。前、后期的划分一般以元成宗元贞、大德间（1300年前后）为线。①

元代前期杂剧作家除关汉卿、王实甫（另设专章）外，还有白朴、马致远、纪君祥、尚仲贤、康进之、石君宝、李潜夫等。他们大多活跃于北方的剧坛。

## 第一节　金元杂剧的兴起及杂剧的体制

杂剧作为一种文艺形式，其形成与成熟有一个衍化的过程。在元朝统治者建立起大一统的政权之前，杂剧形式在宋金时代已经出现。在金代受到诸宫调等说唱文艺的影响，杂剧逐渐形成了以属于某一宫调（如正宫、双调、仙吕宫等）而数量不等的曲子为一"折"、若干"折"构成一个剧本的体制。这一体制沿用至元代，成为定式。学术界为了尊重这一历史事实，称之为"金元杂剧"②。与"金元杂剧"密不可分的是从事杂剧创作的剧作家在金元时期尤其是入元后数量大增，盛况空前，他们是古代戏剧史上有突出贡献的群体。

### 一、杂剧的形成与诸宫调等艺术形式的关系

杂剧文本，基本由曲文与宾白构成。其一，曲文部分是一个剧本的主体，以至于在元代刊行的杂剧剧本如《元刊杂剧三十种》多数保存曲文而省略宾白，全剧的剧情大致可以呈现，足见曲文举足轻重的地位。而曲文结构是以其音乐结构

---

① 关于元杂剧的分期问题，请参阅王国维《宋元戏曲史》第九章"元剧之时地"，上海古籍出版社 2008 年版，第 64—69 页；张庚、郭汉城主编《中国戏曲通史》上册，第二章"北杂剧的作家与作品"，中国戏剧出版社 1980 年版，第 126—135 页。
② 关于"金元杂剧"，请参阅徐朔方《曲牌联套体戏曲的兴衰概述》，载其所著《徐朔方说戏曲》，上海古籍出版社 2000 年版，第 3 页。

为基础的。

杂剧音乐结构一般由四个宫调的曲文（分别内含数量不等的曲子）组合而成。这是一种四段式结构。如白朴的《梧桐雨》，一共四折，先后是仙吕宫、中吕宫、双调、正宫四套曲子。这些曲子在演唱时结合着歌舞，其渊源可以上溯至唐宋流行的音乐舞蹈形式"大曲"。大曲的结构由三部分组成：散序（器乐合奏）、中序（载歌载舞）、破（歌舞并作而以舞蹈为主）。大曲的曲调对金元杂剧有一定的影响。其后，宋代的说唱形式"唱赚"吸收多种曲调组合为套数，这样的套数都以同一宫调的若干曲子组成，后世的杂剧同一折内使用同一宫调的曲子与"唱赚"相似，只是曲牌增多。而宋金时期的诸宫调在"唱赚"等形式基础上形成了多宫调联缀的套曲结构，其曲牌联套的体式更为杂剧的形成提供了重要的借鉴。

诸宫调艺人以"叙述体"为主，与说书艺人的叙事角度大体相近。这一方面为杂剧积累了叙事经验，另一方面又为杂剧作家留下了艺术创造的空间，因为"叙述体"本不能满足在舞台上"扮演"角色的需要，其体式必定要有所转变。金元杂剧作家在融合歌曲、舞蹈、故事为一体的同时，创造性地将"叙述体"转化为"代言体"的叙事方式，即由故事中人自说自话，自叙其事，声口毕肖，活灵活现，并且让剧中人在具体的情景中互动或发生戏剧冲突。"代言体"的出现标志着杂剧体式的正式形成。这是杂剧超越了诸宫调等艺术形式的最明显之处。

### 二、杂剧的体制

杂剧的体制相对固定。它以四折一楔子为基本体式，每一折使用同一宫调，每一折的套曲均使用同一个韵脚，即所谓"一韵到底"；整个作品四套剧曲只由男主角或女主角主唱，即所谓"一人主唱"。由女主角"旦"主唱的本子称为"旦本"，由男主角"末"主唱的本子称为"末本"。楔子，则起着叙事上的交代、穿插、补叙等作用，它或者置于全剧的开头，交代人物、提示剧情的"由头"；或者置于各折之间，在剧情的演进过程中承上启下，使全剧构成一个有机的整体。

杂剧虽然以曲文为主，但是，宾白也是在戏剧表演中不可缺少的。如果缺少了宾白，剧情的推进就显得不够清晰流畅，人物的活动可能不易理解，戏剧场景的生活气息会大打折扣，剧中人之间的冲突难以充分地展现。杂剧中的曲文与宾白相辅相成，各有重要的功能。

杂剧使用的音乐以北方曲调（内含唐宋大曲、唱赚、诸宫调等说唱音乐的因素，以及其他流行于北方的乐曲）为主，故又称为"北杂剧"。除旦、末这些主要脚色外，还有副旦、小旦、冲末、外末、小末等，以及带有滑稽色彩的净脚。此外，尚有根据年龄、性别、社会地位设定的配脚，如孛老（老汉）、卜儿（老妇）、俫（儿童）、孤（官员）、驾（皇帝）等。

杂剧四折一楔子的体制，并非不可突破。有的作品因为内容的需要，在篇幅上有所增加，如现存纪君祥的《赵氏孤儿》就有五折一楔子。此外，王实甫的《西厢记》分为五本（其中有四本均为四折，一本为五折；五本均有楔子），一共有二十一折五楔子，更是特例。

## 第二节 白朴与马致远

元代前期杂剧作家顺承杂剧这一艺术样式的兴盛之势，以自身丰富的阅历及对历史、社会多方面的观察，专注于杂剧创作，寄意于场上人物的言行举止之间，每有名作问世。其中，白朴、马致远的杂剧作品脍炙人口，流传久远，同为成就突出的杂剧大家。

### 一、白朴生平

白朴（1226—1306后），原名恒，字仁甫，后改名朴，号兰谷。祖籍河曲隩州（今山西河曲），于金哀宗正大三年生于汴京（今河南开封）。父亲白华、伯父白贲均有诗名；他们与金代文学家赵秉文、吴澄、元好问等有交往，尤其与元好问关系密切，有通家之好。金末战乱，白朴年仅七岁，即逢"壬辰之难"（金哀宗天兴元年，1232），蒙古军围困汴京，金哀宗不得不弃城出逃，白华以"右司郎中"的身份随驾离京；白朴在仓皇中与母亲失散，跟随元好问流寓山东聊城等地多年，从之读书受教。其后，与父亲重聚，从父学习经史，而性耽声律之学，有能声。友人王博文在为之所作《天籁集序》中描述其行状："自幼经丧乱，仓皇失母，便有满目山川之叹，逮亡国，恒郁郁不乐，以故放浪形骸，期于适意。中统初（1260）开府史公（天泽）将以所业，力荐之于朝，再三逊谢，栖迟衡门视荣利蔑如也。"他长期寄身于史（天泽）张（柔）两家的军旅中，游走在江淮、江汉一带地方。元军渡江，元朝统一中国的大局已定，白朴便在元世祖至元十七年（1280），时年五十五岁，定居建康（今南京），晚年在此度过。元成宗大德十年（1306）尚有词作问世，其卒年当在其后。①

白朴除了词、散曲等作品外，创作了十六种杂剧，存世的有《裴少俊墙头马上》《董秀英花月东墙记》《唐明皇秋夜梧桐雨》三种，以及《韩翠萍御水流红

---

① 据王文才：《白朴年谱》，《白朴戏曲集校注》，人民文学出版社1984年版，第339页。

叶》《李克用箭射双雕》的残曲若干。《梧桐雨》是其代表作。

### 二、《梧桐雨》的悲剧意蕴

《梧桐雨》叙述唐明皇与杨贵妃的生死情缘。唐明皇与杨贵妃的生死情缘与几乎颠覆了唐王朝的安史之乱是紧密联系在一起的。唐明皇耽于宴乐、宠幸杨贵妃，朝纲废弛，乱前已成为社会关注的焦点。诗人杜甫曾有《丽人行》等诗讥讽。安史叛军进攻长安，唐明皇出奔四川，行至马嵬坡，六军哗变，迫使唐明皇"赐"杨贵妃自缢。杜甫闻讯亦在《哀江头》中咏叹："明眸皓齿今何在，血污游魂归不得。"经安史之乱，唐王朝由盛转衰，唐明皇与杨贵妃的生死情缘成为中唐人反思历史的热门话题，稗史小说传说其事，诗人亦多讽咏。白居易的《长恨歌》以浓情重彩的诗笔，谱写出了一首虚实相生、沉郁顿挫、半是言情半是讽谕的感伤诗。

白朴身经丧乱，怀有国亡家破之痛，词作时抒兴亡之感。中年重游汴梁，目睹故国京城的破残荒芜，自拟如同深陷安史叛军占领的长安中的杜甫："杖藜潜步江头，几回饮恨吞声哭。"① 他作《梧桐雨》剧，就是沿袭了白居易《长恨歌》的感伤基调，着重表现唐明皇与杨贵妃的生死情缘。依杂剧一人主唱的法则，将戏剧情节的重心，放到唐明皇的行事和心理方面，形成与马致远《汉宫秋》同是一种帝王失爱失意的悲剧格套。

全局开头〔楔子〕以唐明皇昏庸为全剧剧情做了既是背景又是外在动因的铺垫：安禄山本是边镇"失机番将"，解京治罪。唐明皇却为其巧言媚语、能跳"胡旋舞"所感，提升他为渔阳节度使，养痈贻患。第一折表现唐明皇对有倾国之貌的杨贵妃的钟情，沉溺于无度的声色之乐，"倦了朝纲"，心意只在永不割舍，尤胜于天上的牛郎织女星。第二折继续表现宫中的宴乐，唐明皇观赏霓裳羽衣舞的"韵美声繁"、婀娜多姿，突然传来安史叛军兵临长安城下的消息，措手不及之下选择出奔四川。这一折戏将《长恨歌》的"渔阳鼙鼓动地来，惊破霓裳羽衣曲"两句诗演绎得象意声情并臻极致。第三折表现"马嵬之变"，杨贵妃殒命，表现唐明皇面对将士们的怨怒必欲以杨贵妃死谢天下的形势，他尽力回护而不能，方无奈"割恩"，赐杨贵妃自缢，不止是"不得已"的悲情，还发出了"可怜见唐朝天下"的感叹。第四折叙写乱后唐明皇退居西宫，凄凉难耐，怀旧思人，融合传统诗歌悲秋悼丧的意象和情景交融、声情并出的表现手法，将唐明皇失爱失势失意的悲情，淋漓尽致地表现出来，达到了抒情悲剧的高潮，别具一格地冲破了古代戏曲往往落入以违情的团圆或超现实的幻影作法的格局，成为一部"纯悲剧"。

---

① 据王文才对《天籁集》〔石州慢〕（丙寅九日，期杨翔卿不至，书怀，用少陵诗语）的注释，《白朴戏曲集校注》，人民文学出版社 1984 年版，第 256 页。

《梧桐雨》在唐明皇与杨贵妃的故事题材的流变史上有承上启下的作用，后世的《惊鸿记》《长生殿》等传奇作品均不同程度地受其影响。《长生殿》更较多地袭用《梧桐雨》的曲文。

### 三、马致远生平

马致远（生卒年不详），号东篱，大都（今北京）人。据锺嗣成《录鬼簿》记载，他曾任"江浙行省务官"（或作"江浙省务提举"），并被列入"前辈已死名公才人，有所编传奇行于世者"，位列关汉卿、白朴等人之后，李文蔚、吴昌龄、王实甫等人之前。天一阁本《录鬼簿》于其名下有贾仲明所补的挽词，其中有曰："万花丛里马神仙，百世集中说致远，四方海内皆谈羡。战文场曲状元，姓名香贯满梨园。"由此可知，马致远在元代梨园界声名显赫，有"曲状元"的美称。

马致远除以散曲家著称外，还是重要的杂剧作家，与关汉卿、白朴以及郑光祖合称"元曲四大家"。他创作了12种杂剧，存世的有《西华山陈抟高卧》《马丹阳三度任风子》《半夜雷轰荐福碑》《吕洞宾三醉岳阳楼》《邯郸道省悟黄粱梦》《江州司马青衫泪》《破幽梦孤雁汉宫秋》。从剧目可知，马致远擅于以历史题材与神仙道化题材创作杂剧。

### 四、《汉宫秋》的历史诠释

《汉宫秋》是马致远的代表作。此剧以昭君出塞故事为题材，而有新的诠释。

《汉书·元帝纪》记载，"竟宁元年春正月，匈奴呼韩邪单于来朝"，汉元帝下诏，诏书称："呼韩邪单于不忘恩德，乡慕礼义，复修朝贺之礼，愿保塞传之无穷，边垂长无兵革之事。其改元为竟宁，赐单于待诏掖庭王嫱为阏氏。"竟宁元年正是汉元帝在位的最后一年，将王嫱赐予单于，是汉元帝采取的一种政治手段，并无单于胁迫的情节。该年的五月份，汉元帝"崩于未央宫"，同年秋七月"葬渭陵"。可见，就汉元帝一生而言，并无汉宫秋哭昭君的可能。又，《后汉书·南匈奴列传》载："昭君入宫数岁，不得见御，积悲怨，乃请掖庭令求行。呼韩邪临辞大会，帝召五女以示之，昭君丰容靓饰，光明汉宫，顾影裴回，竦动左右，帝见大惊。意欲留之，而难于失信，遂与匈奴。生二子。"

随着时间的推移，汉元帝与王昭君的故事在逐步衍生，故事的"生长点"在于王昭君初入宫时的遭遇。传汉刘歆撰、晋葛洪集的《西京杂记》卷二记载，汉元帝后宫佳丽众多，宫廷画工一一画图，皇帝"按图召幸"。入宫佳丽每每贿赂画工，以求"美化"，而唯独王嫱不肯，无缘得见皇帝。其后，"匈奴入朝，求美人为阏氏，于是上案图，以昭君行。及去，召见，貌为后宫第一，善应对，举止闲雅。帝悔之，而名籍已定，帝重信于外国，故不复更人"。这个故事没有强调匈奴与汉朝的对立，没有交代具体是哪一个画工对王昭君的画像做了"手脚"，只是说及汉元帝送昭君出塞有所后悔，而又无法更改，于是，为了追究画工的责任，将宫中的一批画工杀死。

这一题材的故事在宋代已经大体定型，从王安石的《明妃曲》里可以得知，当时流传的故事有如下描述：在宫中索贿的是毛延寿，是他做了手脚导致王昭君没有及时得到皇帝的宠幸。于是，在即将出塞时，一方面，是王昭君"低徊顾影无颜色"，另一方面是汉元帝错失美人，心有郁结，故王安石用"尚得君王不自持"来形容其患得患失的心态。于是，在送别之后，"归来却怪丹青手，入眼平生未曾有"，恼羞成怒，杀毛延寿以泄愤。

到了马致远的笔下，昭君故事发生了新的变化。主要有以下几点：

其一，以匈奴的"强盛"反衬汉朝的衰弱。按照历史记载，汉元帝竟宁元年，呼韩邪单于有归附汉朝的举动，"竟宁"二字含有边境安宁之意，可见，汉朝当时并未处于弱势。可是《汉宫秋》描述匈奴气势强盛，以必得王昭君相威胁，否则大举南侵，直令汉朝江山不保。顿时，满朝文武束手无策，汉元帝十分沮丧地说："空有满朝文武，那一个与我退的番兵！"此语刻意凸显出汉朝的衰弱与无能。而这一戏剧背景的设定，并非无因。

其二，汉元帝早已"偶遇"美人，并与昭君建立起深厚的帝妃情感。过去的同类故事只是强调汉元帝在昭君出塞的前一刻才发现宫中原来有此美人存在，强调王昭君外在的"美"，汉元帝对她的"不舍"也只是局限于"美貌"而已。而《汉宫秋》明显改变了这一种情节安排，写汉元帝在宫中偶然听见美妙的琵琶乐曲，寻声踏访，得遇昭君，惊为天人；而昭君也意外地获得"接驾"的机会。虽邂逅相遇，却两情相悦，情意渐浓。昭君的外在美与内在美均征服了汉元帝。

其三，强化了毛延寿的奸邪性格，使之成为匈奴与汉朝敌对格局中的关键人物。汉元帝与王昭君互通情愫，追问昭君被打入冷宫的缘由，这才暴露出毛延寿故意对昭君画像"点成破绽"的卑劣行径。随即汉元帝下旨要将毛延寿处斩。毛延寿内心阴暗，其背叛国家的罪恶意识随之萌生，戏剧矛盾顿时变得尖锐起来。剧作家从一开始就将毛延寿处理成极为阴险的小人，刚一上场，他自称："为人雕心雁爪，做事欺大压小；全凭谄佞奸贪，一生受用不了。"（楔子）故而，在事情败露后，他急忙逃出边境，向呼韩邪单于献上美人图，挑拨匈奴与汉朝的对立，导致大兵压境，国势危急，汉朝几乎到了难以收拾的地步。

其四，弱化了汉元帝的政治权力，使之成为悲苦不堪的抒情主人公。在古代社会，皇帝拥有无上权力和至尊地位，可是，《汉宫秋》里的汉元帝无力号令军队保家卫国，无力掌控国家大政，甚至无力保护自己的爱妃免于匈奴的算计和胁迫。

在文武百官面前,栖栖惶惶,怯弱而无主见,只好听任大臣摆布。显然,他是一个"弱主"的形象。在剧本的第三、四折,剧作家几乎用了整个作品的一半篇幅着力将汉元帝写成一个悲苦的抒情主人公。在送别的时候,汉元帝一再延宕,而匈奴使节一再催促昭君上路;汉元帝一再依依不舍,而尚书五鹿充宗一再催促皇帝回朝。这一连串的场景,透露出一个强烈信息:汉元帝连自己的行为也不能掌控,只能听命于他人,已经成为一个"不自由"的人。① 因而,他唱出了内心的孤寂与悲凉:

> 他他他,伤心辞汉主;我我我,携手上河梁。他部从入穷荒,我銮舆返咸阳。返咸阳,过宫墙;过宫墙,绕回廊;绕回廊,近椒房;近椒房,月昏黄;月昏黄,夜生凉;夜生凉,泣寒螀;泣寒螀,绿纱窗;绿纱窗,不思量。呀!不思量,除是铁心肠!铁心肠,也愁泪滴千行。(第三折)

失去了爱妃,也丢掉了国威,汉元帝自昭君离别后终日凄楚,伤感度日。可以想见,马致远等元代汉族文人经历了"失国"和"失意"的痛苦,经受着异族的统治,内心的悲苦无法宣泄;其笔下的汉元帝已经与历史人物有了较大的距离,而这一人物所唱出的悲苦与无奈却蕴含着特定时代的人不同一般的人生况味。

其五,彰显了王昭君的不屈气节与悲剧命运。《汉宫秋》的作者着意写出王昭君的家国意识与坚贞气节。历史上的王昭君"和亲"之后,生活于匈奴社会,生儿育女;在呼韩邪单于去世后,听从汉成帝的意旨,"从胡俗"改嫁"后单于"。可是,剧作家做出另一番的处理。在离开汉境、望北而去之际,昭君选择在"番汉交界"的地方,面朝南方,奠酒拜祭,然后趁其不备,投江自尽,成为一个高尚壮美的人物形象。

马致远的《汉宫秋》是一个颇有特色的历史剧。它依托于历史故事,又不囿于历史事件,借家喻户晓的"昭君出塞"寄托了深沉而复杂的历史追忆与时代体验。

后世亦有不少以"昭君出塞"故事为题材的作品,如明代的《和戎记》《昭君出塞》,清代的《吊琵琶》《青冢记》等,都在不同程度上受到《汉宫秋》的影响。

### 五、《黄粱梦》与其他神仙道化剧

元代的社会矛盾复杂而逐步激化,生存的危机感也日渐浓厚,道教文化在此背景下兴盛起来。主张"清静无为"的道教劝人去除"酒色财气",降低生活欲

---

① 《汉宫秋》的题目正名,有的版本有"汉元帝一身不自由"句。参见王季思主编《全元戏曲》第 2 卷,人民文学出版社 1999 年版,第 106 页。

望，以超脱的人生态度远离红尘，以求心安。这在一定程度上适应着一部分在世俗社会里屡遭挫折和失意的人士。杂剧创作因而出现了一种特有的类型，世称"神仙道化剧"。

马致远传世的杂剧作品中，神仙道化剧占了多种：《西华山陈抟高卧》《马丹阳三度任风子》《吕洞宾三醉岳阳楼》《邯郸道省悟黄粱梦》。

《黄粱梦》是元代神仙道化剧的代表作。这个作品，明臧懋循《元曲选》署名"马致远撰"，而《录鬼簿》在李时中的名下著录此剧，并加注说明："第一折马致远，第二折李时中，第三折花李郎学士，第四折红字李二。"或许马致远不是这个作品的唯一作者，但他参与了创作是肯定的。

《黄粱梦》的构思与唐代沈既济的《枕中记》传奇相类似而具体情节又显然有别。《枕中记》中的卢生向往"出将入相，列鼎而食"的生活，在客店里枕着道士吕翁的瓷枕，恍惚间进入梦境，梦里登第做官，屡屡升迁，享尽荣华富贵；又经受官场倾轧，蒙受他人猜忌，惶骇度日，终于老病而死。梦醒之时，客店主人的饭尚未煮熟。杂剧《黄粱梦》的取名与此故事相关。该剧的基本构思是东华帝君派遣锺离权与骊山老母下山度脱吕洞宾，吕洞宾热衷功名，正要上京应举，在客店遇见锺离权，后者劝其出家，吕洞宾执意不肯；两人争执不下，吕洞宾困倦入睡，锺离权于是趁其进入梦乡之际，幻设了"酒、色、财、气"四种情境，让他一一经历，四种情境均令其痛苦不堪；梦醒之时，吕洞宾始知脱离"酒色财气"才是"正道"，遂愿随锺离权出家做道士；而此时，骊山老母所化的店主人还在做饭，尚未煮熟。

以《黄粱梦》为代表的神仙道化剧有图解意念的特点，总体的艺术成就不如以现实或历史为题材的作品。不过，作为一种类型，它们反映了元代知识分子的精神焦虑与痛苦，以及追求解脱的想法。这些作品对于后人了解元代社会的复杂性有一定的价值。

## 第三节　北方其他杂剧作家与作品

元代杂剧兴起于北方，以大都为中心，在北方地区如河北、山西、山东等地产生广泛影响，深受民众喜爱。在关汉卿、白朴、马致远等著名杂剧作家以外，北方地区还出现了一批具有较高水平的杂剧作家，他们也创作了不少脍炙人口的作品，不少作品成为后世推崇的经典剧目。

### 一、纪君祥的《赵氏孤儿》

纪君祥，一作纪天祥，大都（今北京）人。生平不详，与同时的杂剧作家李寿卿、郑廷玉等同被锺嗣成的《录鬼簿》列为"前辈已死名公才人"。纪君祥作杂剧六种：《驴皮记》《曹伯明错勘赃》《李元真松阴记》《韩湘子三度韩退之》，《信安王断复贩茶船》《赵氏孤儿》。前五种已佚，仅存《赵氏孤儿》。

《赵氏孤儿》全名《冤报冤赵氏孤儿》（一作《赵氏孤儿大报仇》），演述春秋末晋国公室的一场权势的殊死大搏斗：赵盾家族权高势大，见忌于国君，遭到灭门之祸，只剩下藏匿宫中的一个婴儿。二十多年后，新国君为之平反，长大成人的赵武恢复了卿位和封地。《左传》《国语》都有简括的记载，《史记·赵世家》记述最详，增写了程婴、公孙杵臼救存赵孤的情状，奠定了后世传说的故事框架。程婴、公孙杵臼的义烈行事，成为了后世兴废继绝主题作品中赞颂的历史典范。到了宋代，由于姓氏的一致，救存赵氏的义士更是受到特别的敬重，朝廷累加封号。① 在宋朝存亡危机的关头，历史上的救存赵孤有了隐喻的政治意义。文天祥曾写诗赞颂抗元忠臣家铉翁："程婴存赵真公志，奈有忠良壮此行。"在被俘北行途中赋诗云："夜读程婴存赵事，一回惆怅一沾巾。"（文天祥《文山先生集》卷十三）在宋元朝代兴替之后，"赵氏孤儿"这个历史故事潜在隐喻的意义不会消失，但也只能是象外之意，弦外之音。

《赵氏孤儿》剧基本上是依据《史记·赵世家》的故事框架进行演绎的，进一步将矛盾冲突聚焦于"搜孤""救孤"的正邪两种人格的拼搏。"搜孤"为邪恶一方，屠岸贾穷凶极恶，屠杀了赵家族亲三百口，必欲斩草除根，搜杀初生的婴儿；若搜不到赵孤，将下令杀害全国新生婴儿。"救孤"为正义一方，先有婴母公主的自缢，奉命搜孤的将军韩厥的自刎（依《史记》所记本事，他原是赵盾同僚，知情救孤，后来助赵武复仇的上层人物），后有退职归田的老臣公孙杵臼担当救孤"罪名"，在受酷刑时撞阶自尽，程婴献亲子代赵孤遭杀害，冒卖义求荣之恶名藏匿赵孤，茹苦含辛将其抚养成人。这么多人物的相继牺牲生命和亲子，正如王国维所评："其蹈汤赴火者，仍出于其主人翁之意志。"便形成紧张激烈的悲剧冲突，表现出崇高的仗义抗恶的人格光辉，诚可谓"即列之于世界大悲剧中，亦无愧色也"②。

全剧最具惊心动魄悲剧力量的是第三折：屠岸贾气急败坏地带走程婴到公孙杵臼庄上搜孤，威逼程婴，拷打与其共谋换孤、救孤的老人。面对不堪暴打的痛苦却坚定不吐真情的老人撞阶自尽和假作赵孤的亲子惨死于恶人之剑的惨状，他

---

① 《宋史·高宗七》及《宋史·礼制八》载，赵宋王朝对先祖功臣屡屡加封，晋封程婴为忠节成信侯，公孙杵臼为通勇忠智侯，韩厥为忠定义成侯。后又改封"婴为疆济公，杵臼为英略公，厥启佑公"；南宋吴自牧《梦粱录·忠节祠》载南宋末又"赐额加美号，升三侯为王爵，以表忠节。程婴去忠济王，杵臼封忠祐王，韩厥封忠利王"。
② 王国维：《宋元戏曲史·元剧之文章》，东方出版社1996年版，第102页。

要强忍难堪的痛苦而又不得不假戏真做，这在程婴是难以忍受的，对观众也具有难以承受的精神刺激。两个救孤者意志强大，内心的道德感、正义感超越了对主人和君主的忠诚感和责任感，更超越了对自己生命的珍视。他们是最激动人心，最荡气回肠的人物。全剧就古代两个政治家族之间极残酷血腥的权势斗争，演绎一场多个人物为扶善抗恶而舍身、献子的感天地、动鬼神的大悲剧。元刊本四折，以赵氏孤儿成人誓为家族复仇结束，表明救孤者获得胜利，凸显"为历史存正气，为世人弘美德"的中华民族的社会责任感和道德价值观。

明《元曲选》刊本增加的第五折，在位君主由晋灵公变成晋悼公，赵孤在晋悼公支持下复仇成功，晋悼公旌表了赵孤和为赵孤献出生命的主要人物，使剧本原来的悲剧精神大为减弱了。

《赵氏孤儿》杂剧影响较大，不仅在后世经常上演，而且被译为多种文字，传播海外，成为人类社会共有的精神财富。

### 二、尚仲贤的《柳毅传书》

尚仲贤，生卒年不详。据《录鬼簿》记载，他是真定（今河北正定）人，曾任江浙行省务官，列于"前辈已死名公才人"。作杂剧十种：《张生煮海》《崔护谒浆》《陶渊明归去来辞》《凤凰坡越娘背灯》《没兴花前秉烛旦》《武成庙诸葛论功》《海神庙王魁负桂英》《尉迟恭三夺槊》《汉高祖濯足气英布》《洞庭湖柳毅传书》，今存后三种。

传世作品中，《柳毅传书》有着深远而广泛的影响。

《柳毅传书》改编自唐代李朝威的传奇小说《柳毅传》。原作构思奇异，写出了书生柳毅与龙女的一段奇遇，以及由此生发的穿行于人世与水府之间的奇幻故事。剧作家较为透彻地领会原作的题旨，描述了龙女遇人不淑的不幸婚姻，揭示了古代女性在宗法社会里的卑微境遇，以及不能自主选择配偶的可悲命运。剧作家在原作的基础上对龙女的境遇做了典型化加工，折射着现实社会中不少女性在家庭里的共同遭遇，抨击了宗法社会对女性的人格与尊严的蔑视，表达了对屡屡遭受家庭苦难的女性的无限同情。

剧作家对女性的同情在很大程度上具体转化为对柳毅形象的精心塑造。剧中的柳毅是一位对女性富于同情心的书生。他赴考失利，遭遇人生的一次打击。在返家途中，偶遇在岸上牧羊的龙女，得悉龙女的不幸遭遇后，悲悯之心油然而生。龙女意欲求托柳毅传递家书，柳毅二话不说，当即表示："我乃义夫也。闻子之言，气血俱动，有何不肯！"此语掷地有声，令龙女顿时感受到久违的温暖。她颇为信赖柳毅，将自己的身世、遭遇全数倾诉，好让柳毅了解个中详情。柳毅满腔热情，侠肝义胆，可问题是，龙族生活于龙宫之中，他又如何担负得起传书重托呢？在这里，原作与杂剧的处置方式都类似于"巫术思维"，龙女传授进入龙宫的"秘法"，极为神异。这是人与异类交往的故事类型常有的做法。然而，进入龙宫之后，柳毅所见到的洞庭龙王等却是高度人格化的形象，他们都有七情六欲、喜怒哀乐，柳毅与他们的交往如同在人间一样，几无二致。柳毅顺利将龙女的家书递上，完成传书的重托。

不过，故事并未至此结束，对柳毅的考验还在后头。此时，摆在柳毅面前的难题是洞庭龙王有感于柳毅的义举，主动表示："兀那秀才，多亏你捎书来救了我的龙女三娘，如今就招你为婿，你意下如何？"其弟弟钱塘君在杀死了轻薄无情的泾河小龙之后，也表示赞同柳毅与龙女成婚，并且以不容置辩的口吻说："秀才，料想我侄女尽也配得你过。你今日允了便罢，不允我与你俱夷粪壤，休想复还！"龙宫是如此繁华富贵，龙王是如此盛意难却，这样的情境不易抗拒。然而，柳毅到龙宫传书，并非为了富贵与美色，纯粹是对孤苦伶仃的龙女助以一臂之力。在女性遭遇家庭不幸的环境下，见义勇为的男性并无一己之私，这是剧作家在塑造柳毅形象时的着眼点。柳毅对龙王说："我柳毅只为一点义气，涉险寄书；若杀其夫而夺其妻，岂足为义士？"龙王的盛情、钱塘君的威逼，都不能改变柳毅的初衷。一介书生，却能做到富贵不能淫、威武不能屈，柳毅的形象在具体的戏剧情境里得到了升华，剧作家在原作的基础上丰富了柳毅作为一名义士的内心世界，强化了书生仗义的个性特色。

曲折而奇幻的情节，诚挚而优美的情感，使得《柳毅传书》广受欢迎，深入人心，一直传演不衰，直至晚清后多种地方戏尚有改编本上演。

### 三、康进之的《李逵负荆》

元杂剧兴盛初期，涌现出一批专写梁山好汉除奸惩恶、救护良善的作品。朱一玄《水浒传资料汇编》载现存元代水浒剧目有二十四种，今存六种：康进之的《梁山泊李逵负荆》、高文秀的《黑旋风双献功》、李文蔚的《燕青博鱼》、李致远的《大妇小妻还牢末》、作者佚名的《争报恩三虎下山》和《鲁智深智赏黄花峪》。它们的剧情颇多雷同，大体是有权势的奸人作恶，正人受害，梁山好汉下山救助，奸夫淫妇受到惩处。这些剧作反映出了元代吏治黑暗、社会紊乱，民众寄希望于江湖好汉主持公道，为其申冤复仇。这是《水浒传》小说成书前故事的生发积累期的戏曲文本，习称"水浒剧"。其中以李逵为主角或重要角色的剧目最多①，康进之的《李逵负荆》又是李逵戏中最为精彩的。

---

① 就元杂剧存目而言，以李逵故事为题材的作品尚有：《黑旋风乔断案》《板踏儿黑旋风》《黑旋风双献头》《黑旋风大闹牡丹园》《黑旋风斗鸡会》《黑旋风借尸还魂》《黑旋风乔教学》，等等。参见马蹄疾编著《水浒书录》，上海古籍出版社1986年版，第441—444页。

康进之，生平事迹不详。《录鬼簿》记为棣州（今山东滨州）人，作杂剧二种：《黑旋风月老收心》和《梁山泊李逵负荆》（简称《李逵负荆》），今存后一种。

《李逵负荆》仍然是表现梁山好汉除恶安良的正义性，却别具艺术匠心，把矛盾冲突的焦点放置于梁山好汉内部。性情粗鲁的李逵轻信酒店王林的诉状，有名叫宋江、鲁智深的人抢走了他的女儿，怒不可遏；回山向宋江、鲁智深兴师问罪，斧砍杏黄旗、大闹聚义厅，以赌头为誓，威逼梁山首领下山对质；后来真相大白，惩治了歹人，解救了王林女儿，李逵向宋江、鲁智深请罪，由他的鲁莽惹出的矛盾方才消解。而这场梁山好汉内部的矛盾冲突，是由歹人冒名作恶引发的，事关梁山好汉聚义的性质和名声。真相大白，李逵误解的消除，也就是对梁山好汉聚义、除暴安良的正义性质和名声的一种深切而有力的张扬。

李逵是全剧矛盾冲突的核心人物，梁山好汉发生矛盾是由他的轻信误解引发的。他的轻信误解和粗鲁行为，出于他太憨直的性情、嫉恶如仇的心灵和对梁山聚义的正义性的极度赤诚。这种心性与行为并不和谐，待到触动他发生鲁莽行事的歹人作恶的事端得以解决，歹人受到惩治，民众得到救助，顺应"原其心而谅其迹"的常情，形成了艺术表现上的虚贬实褒，借其粗鲁行事表彰其高尚心性的审美特征。这便塑造出了在水浒故事文本中最可爱的形丑心美的李逵形象。

《李逵负荆》是一部寓庄于谐的喜剧，在"误会"性的戏剧冲突中，又充溢着饶有滑稽情趣的细节。矛盾冲突越激烈，人物性格就越突出，喜剧性也就越浓。李逵清明节下山踏青，粗人亦有雅兴，面对梁山美丽景致，不禁怡然自乐，想起首领吴学究吟诵过的"轻薄桃花逐水流"的诗句。如此清丽雅致之语，从李逵本人口中讲出，显然异于人们印象中那个勇猛嗜杀的"黑旋风"。但随后脱口抛出的"人道我梁山无有景致，俺打那厮的嘴"一句直白粗豪之语，还是没有失掉其本色（第一折）。与首领们下山对质，一路上总是觉得宋江、鲁智深心里有鬼，其实是误会，却十分认真地说些嘲讽的话，让观众觉得好笑。作家制造了许多让李逵出丑的话语，最后还让他不无狡黠地学古先贤为国事弃私怨"负荆"请罪的嘉德懿行，也不无调侃的意味，却又不失为美德。全剧就是用这样一些戏剧性的生动细节，塑造了可爱的李逵形象，在粗豪中显妩媚，于狡黠中见淳朴，《李逵负荆》便成为一部中国古代戏曲特有的肯定性的喜剧。明代成书的《水浒传》小说第七十三回"黑旋风乔捉鬼，梁山泊双献头"后半段叙写"李逵负荆"故事，情节基本相同，却不如《李逵负荆》杂剧充满着寓庄于谐的蕴藉韵致，其李逵形象也有失天真可爱的风采。

### 四、石君宝的《秋胡戏妻》

石君宝，生卒年不详。据《录鬼簿》记载，他是平阳（今山西临汾）人，列于"前辈已死名公才人"。作杂剧十种：《士女秋香怨》《吕太后醢彭越》《柳眉儿金钱花》《穷解子红绡驿》《东吴小乔哭周瑜》《赵二世醉走雪香亭》《张天师断岁寒三友》《李亚仙诗酒曲江池》《诸宫调风月紫云亭》《鲁大夫秋胡戏妻》，今存后三种。

《秋胡戏妻》是石君宝的代表作。其故事早已流传久远，汉代刘向《列女传》卷五"节义传"收录，原是一个家庭悲剧故事：男主人公是鲁国的秋胡，他新婚五天后留下刚过门的妻子，离家去陈国做官。五年之后，秋胡返家，见一妇人在路旁采桑。他意欲挑逗妇人，妇人劳作不停，不予理睬。秋胡尚未死心，欲以金钱利诱对方，妇人严词呵斥，令他知难而退。回到家里，秋胡拜见母亲后与妻子相见，而妻子正是刚才见到的采桑女子。他羞惭万分，而其妻痛责秋胡品性不良，好色轻浮，对自己的婚姻前景颇为绝望，说："妾不忍见子改娶矣，妾亦不嫁。"说毕，出门向东走去，投河而死（刘向《列女传》）。

在杂剧里，秋胡妻子叫罗梅英，本是村里罗大户的女儿，并不嫌贫爱富，她对媒人说："盖世间有的是女娘，普天下少什么议论，那一个胎胞儿里做县君？"对于既无钱又无功名的秋胡，她寄予厚望，说："你看他是白屋客，我道他是黄阁臣。"（第一折）可是，现实冷酷，人性复杂，一切都不是罗梅英所设想的那样美好如意。这是剧作家改编、创作《秋胡戏妻》的着眼点。

现实是如此严峻，新婚三天，官府派人到鲁家庄征秋胡入伍，成为一名"正军"，不能违令，不得迟疑，马上离家。秋胡不得不辞别新婚的妻子，辞别年迈的母亲。事出突然，对尚在新婚喜悦中的罗梅英来说不啻晴天霹雳。不过，惊魂已定，她清醒地意识到，读书人不再有十年寒窗、一朝成名的机会了："他守青灯受苦辛，吃黄齑捱穷困，指望他玉堂金马做朝臣，原来这秀才每当正军！我想着儒人颠倒不如人，早难道文章好立身？"所谓"儒人颠倒不如人"的哀叹，正是元代废除科举考试后知识分子的共同命运的一种折射；而"难道文章好立身"的反问，也表明以"文章"立身的时代已经结束。言辞之间，剧作家让罗梅英的情感表达带上一定的时代色彩，让罗梅英的生存感受暗含着现实人生动荡不安的特征。秋胡不再是出外"做官"，他是去从军，连书生也要从军，已经含有时代变迁的象征意味。

人的处境是变动不居的。先不说秋胡日后的变化，就是在秋胡走后，罗梅英即要面对意想不到的难题与窘境。原来，村里的李大户早就对罗梅英垂涎欲滴，趁着秋胡久久不归，财大气粗的李大户好说歹说，诡称秋胡"已死"，说通了罗梅英父母，让罗梅英改嫁自己。父母亲自劝说，使得罗梅英极为被动，她更没想到自己的父亲居然会说出恶俗不堪的话："孩儿也，你嫁了他，等我也落得他些酒肉吃。"（第二折）单纯的罗梅英随着阅历的增加，不得不认识到人性并非她原来想象的那么简单。剧作家在这里调动了其生活积累，将现实生活里常有发生的"逼婚"情形"移植"到剧本里来，使得罗梅英受到极大的考验和历练，加强了作品的戏剧张力，刻画出罗梅英形象不惧艰辛、不图富贵、意志坚定的高尚品质。

《秋胡戏妻》没有将罗梅英写成一个"投河自尽"的悲剧人物，她要维护自己的人格尊严，出乎人们意料，她主动提出要"休"了自己的丈夫，向秋胡索取一纸休书。这在文学史上是不多见的情节，是该杂剧的一大亮点。随着戏剧矛盾的冲突与调解，尽管罗梅英最后没有坚持"休"了丈夫，但是，她依然"强势"地表态："非是我假乖张，做出这乔模样，也则要整顿我妻纲。"（第四折）罗梅英提出"整顿妻纲"的口号，可谓振聋发聩。剧作家借此表达了尊重女性独立人格的强烈呼声。

《秋胡戏妻》在后世的众多地方剧种里成为保留剧目，或改称《桑园会》，传演不衰。

### 五、李潜夫的《灰阑记》

李潜夫，生卒年不详，据《录鬼簿》记载，他一名行甫，是绛州（今山西侯马）人，列入"前辈已死名公才人"。作杂剧《包待制智勘灰阑记》一种，今存。

《灰阑记》是一出"包公戏"，但主要戏份围绕出身妓女的张海棠的人生遭际展开。剧作家关注一夫多妻制度下的家庭伦理问题，戏剧矛盾集中呈现为"妻"与"妾"之间的利益冲突。作为"妾"的张海棠遭受正室的诬陷和迫害，境遇凄惨，孤苦无助，亲生儿子也被强行夺走，作品反映出在钱财和私欲的主宰下良心的缺失与道德的沦丧。

张海棠是全剧的主人公。她家道中落，父亲早逝，只有一个哥哥，却是无能之辈，且家中尚有老母要供养，不得已沦为妓女，以此维持家计。她本来有良好的文化教养，通晓琴棋书画、吹弹歌舞。身为妓女，接触到已有家室的马均卿。马均卿对她温柔体贴，与她意趣相投，将她娶为小妾。平平淡淡过了五年，她经历过人间冷暖，本来以为"从良"之后可以过上安稳的日子。没有想到，马均卿的正室为人阴险刻薄，水性杨花，与郑州衙门的赵令史私通，意图谋害亲夫，与赵令史做"长远夫妻"，却诬陷张海棠有"奸情"，故意将马均卿气昏，趁机在一碗热汤里下毒，嫁祸于张海棠。

剧本由此进入剧情的核心环节：马均卿中毒身亡，正室诬告张海棠毒杀亲夫，闹到郑州衙门。此时，张海棠已经有一个五岁的儿子寿郎。而正室无所出，生怕日后寿郎长大后要跟她争马家的财产，于是，趁着寿郎年纪小，硬是将寿郎当作自己的儿子，要从张海棠手中抢夺过去。她为了达到目的，让赵令史买通郑州衙门的官吏，自己另外打点当初帮张海棠接生的刘氏、帮寿郎剃胎发的张氏，以及其他街坊邻里，让他们作伪证。张海棠在郑州衙门里孤苦无依，百口莫辩，而衙门内外在赵令史等人的唆摆之下"通力合作"，众人都站在正室的一边，可见金钱的"威力"与良心的泯灭。

《灰阑记》借张海棠的遭遇折射出严重的社会问题。一方面，是众人财迷心窍，不讲是非，颠倒黑白；像马家正室这样的人物，为了贪图财产，满足私欲，而不择手段，丧尽天良，其一举一动令人齿冷。另一方面，官府上下，利令智昏，贪得无厌，徇私枉法，草菅人命，也到了是可忍孰不可忍的地步。剧中的郑州太守苏顺，自称"虽则居官，律令不晓；但要白银，官事便了"。他一向糊里糊涂做官，当地百姓给他的绰号是"模棱手"，其是非不辨的行径可想而知。剧作家还借他的口说："我想近来官府尽有精明的，作威作福，却也坏了多少人家。"（第二折）吏治的腐败已经到了难以收拾的程度。正是在这样的社会环境下，张海棠的悲剧命运无法避免，她弱小而无助，叫天不应，叫地不灵，在无法抗辩的情形下忍受不住百般折磨，最后屈打成招，判成"死罪"。最后包待制明智断案，判定张海棠为寿郎之亲生母亲，惩治了正室和赵令史。在元代，《灰阑记》与《蝴蝶梦》等作品一再出现，既是吏治黑暗、社会混乱失序的文学写照，又反映出民众幻想有清官良吏主持公道、除恶安良的社会心理。

《灰阑记》内含"二母夺一子"的故事，这一故事类型在其他国家也有出现，引起国外学者的重视，有法、美、德、日等国的译本；德国戏剧家布莱希特还根据这一杂剧改编成《高加索灰阑记》，间接扩大了该杂剧的世界影响。

## 思考题

1. 试分析《梧桐雨》的悲剧意蕴。
2. 试分析马致远杂剧创作的特色。
3. 如何理解尚仲贤《柳毅传书》杂剧的编剧思路？

# 第五章　关汉卿的杂剧创作

关汉卿是元代具有代表性的杂剧作家，他的作品数量多，影响大，承载着民众的人生历练与精神追求，标志着元人杂剧创作高峰时期的到来。关汉卿的杂剧为中国传统文化增添了新的元素。

## 第一节　关汉卿的生平与思想

关汉卿是一位很有个性的作家，见闻广博，爱憎分明，勤奋创作，虽是底层文士，却有坚韧的意志与不屈的精神。

### 一、关汉卿的生平与杂剧创作

关汉卿（1225？—1300？），其名不详，字汉卿，号已斋叟，大都（今北京）人。约生于十三世纪二十年代，卒于元成宗大德元年（1297）以后。其在元代的户籍，或曰"太医院户"①，今学术界多取此说。② 他的真实身世，尚不十分清楚，有待于史料的进一步发现。但他作为杂剧作家，成就非凡，举世公认。据元锺嗣成《录鬼簿》记载，其作品逾六十种，今存十八种：《窦娥冤》《鲁斋郎》《救风尘》《望江亭》《蝴蝶梦》《金线池》《谢天香》《玉镜台》《单鞭夺槊》《单刀会》《绯衣梦》《五侯宴》《哭存孝》《裴度还带》《陈母教子》《西蜀梦》《拜月亭》《诈妮子》。其中若干作品，因各种曲目书籍著录有异，其作者归属，学术界尚存不同看法。③

关汉卿的生平事迹，大多阙如，最为人所熟知的是，在元代演艺界，他是一位颇有影响力的人物："驱梨园领袖，总编修师首，捻杂剧班头。"（天一阁本《录

---

① 此说见元锺嗣成《录鬼簿》之明抄《说集》本、天一阁蓝格抄本，以及明末孟称舜刊《酹江集》附录《录鬼簿》残本。据元代法律书《通制条格》记载："随朝太医每（们），学得高的也有，年纪小的，或承父兄倚托亲戚，医人的勾当，或省得省不得做太医的也有"（方龄贵校注《通制条格校注》卷二十一，中华书局2001年版，第597页），可见，隶属太医院户的人，不一定真是"太医"。当时，有人躲避"军役"，利用关系，混编进"太医院户"；对此，《通制条格》卷三"太医差役"条已有提及（同上，第121页）。
② 别本《录鬼簿》另有"太医院尹"一说。而《元史》及《金史》均无"太医院尹"一职。姑存而备考。
③ 关汉卿剧目的争议情况，可参看李汉秋等编《关汉卿研究资料》第五编"歧见汇录"，及王纲《关汉卿研究资料汇考》下编"著述考"。

《鬼簿》关汉卿挽词）由此约略可知，他以出众的才华、深厚的阅历、骄人的创作业绩，在一定程度上推动着梨园事业的发展；在编剧行当里声望显著，在杂剧戏班中得到艺人的拥戴。当时的著名演员、"独步"杂剧演艺圈的珠帘秀与他结下深厚情谊（元夏庭芝《青楼集·珠帘秀》），杂剧作家杨显之、梁退之、费君祥等都和他有密切交往，有的还是"莫逆之交"（《录鬼簿》）。关汉卿间或"躬践排场，面傅粉墨"，即所谓"偶倡优而不辞"（明臧懋循《元曲选序》），登台演出，参与剧团事务，积累了可贵的舞台经验。他在戏剧文学和舞台演出两方面都是行家里手，均有深厚造诣，可谓相得益彰。

### 二、关汉卿的人生选择与思想倾向

关汉卿生于北方，在燕赵文化的熏陶下成长起来，其作品字里行间每每有英姿勃发之气，也不乏诙谐与幽默。其散曲〔南吕·一枝花〕（不伏老）套数，颇能显示其风神独异的个性："我是个蒸不烂、煮不熟、捶不扁、炒不爆、响当当一粒铜豌豆"，刚毅而不失谐谑，出语惊人，其人其声，如在眼前。他虽然是读书人，可没有一般书生的头巾气，其人格与传统儒家文化所提倡的"温良恭俭让"颇有差异。

关汉卿也曾经离开北地，游历南方，撰有〔南吕·一枝花〕（杭州景）套曲，其中提及"大元朝新附国，亡宋家旧华夷"，可见他到杭州的时候，南宋已灭，南北统一，他才得以亲睹"水秀山奇"的西湖胜景，领略南方的风土人情、人文景观。他一直生活到元代大德初年，曾经创作散曲〔大德歌〕十首。〔大德歌〕是大德元年（1297）后才开始流行的小令，故而关汉卿写道"吹一个，弹一个，唱新行〔大德歌〕"。换言之，从时间上看，关汉卿年寿渐高，亲历了大德之前的至元年间中国社会格局从分治走向统一的巨变，也见证了忽必烈时期为了巩固统一而采取的诸种强硬政治措施。

尽管其行为方式不大符合儒家正统，可是，关汉卿的政治理想比较接近儒家的"仁政"观念。关汉卿是一个关注民生、珍重公义、嫉恶如仇、同情弱小的人道主义者。这决定着他对儒家仁政观念的认同。孟子说："先王有不忍人之心，斯有不忍人之政矣。以不忍人之心，行不忍人之政，治天下可运之掌上。"（《孟子·公孙丑上》）这是儒家"仁政"观念的一种权威表述。而社会不公，民众受难，以及小人弄权，官吏贪墨，权贵霸道，都是关汉卿看在眼里、心里焦虑的社会问题。他看不得弱者被欺，看不得恶人横行，更看不得公理不彰、是非不分。这与《孟子》所说的"人皆有不忍人之心"是相通的。关汉卿的思想及其作品的意蕴体现着当时广大民众的社会共识。他在戏剧创作中调动起如火的激情，利用剧作家的"话语权"，警恶惩奸，伸张正义；在虚拟的戏剧情境中救助弱小，洗刷冤情。虽然吏治腐败，民不聊生，现实是如此令人失望，天理离人间是如此遥远，但是，关汉卿并没有对正义失去信心，即所谓"想人心不可欺，冤枉事天地知"（《窦娥冤》第二折），于是，借助惊世骇俗的戏剧情节，唤起人们对邪恶的痛恨，对正义的追求。希望总有一天，天青云淡，正义回到人间，民众可以安生，"仁政"得以实现。正如《窦娥冤》末尾所言"方显的王家法，不使民冤"。而"不使民冤"正是"仁政"的底线。

## 第二节　关汉卿的悲剧作品

关汉卿关注民生疾苦，尤其是普通民众的悲惨遭遇，更是令他对不公平、不合理的社会进行大胆揭露、严厉鞭挞；他以民众痛苦不堪的遭遇为杂剧题材，其作品具有震撼人心的悲情力度，成为古代悲剧作品的经典之作。

### 一、《窦娥冤》

关汉卿生活在社会底层，那些不幸的人，那些冤屈的事，那些没有公理、令人气涌如山的官场恶习，已经成为"常态化"的社会存在。这一点，连元代朝廷正式文件也无法回避，如至正七年（1347），皇帝颁布《作新风宪制》，其中不得不提到"系狱之囚，冤抑莫释；在位之士，奸恶犹存"，再加上"水旱连年，盗贼时起"（赵承禧等《宪台通纪》），民众的生存环境恶化到何种程度，可想而知。至正七年，已是至元、大德之后，社会相对稳定，犹然如此；那么，关汉卿所经历的至元、大德年间，南北统一不久，社会动荡，族群纷争，风纪隳坏，利益争夺，其程度当更为严重。① 这是悲剧多发的社会，是悲剧文学破土而出的时代。

关汉卿看到，弱小者在社会失序的环境里，不仅承受着沉重的生活压力，而且时时遭遇邪恶势力的无端骚扰、横加迫害，却无力自救。他以极度悲愤的心情，挥动如椽大笔，借助戏剧形式，透过一个小女子的悲惨遭遇，写出了惊天动地的

---

① 至元、大德年间，社会上乱象频生，官方扰民，百姓遭殃。比如，至元年间，地方官吏上下串通，"滥没头目（名目）"，在民间肆意征收苛捐杂税，故而当时的御史台在呈报朝廷的报告中说他们"冒滥多设，作弊扰民"（方龄贵校注《通制条格校注》卷十七，中华书局2001年版，第514—515页）。与此同时，各"路"的官员，借"劝课农桑"名义骚扰百姓（同上，卷十六，第466页）。大德年间，有权贵借"献田土"为名，"徼名贪利，生事害民"，事态严重，朝廷不得不严令禁止（同上，卷十六，第476页）。又史载：大德七年，朝廷鉴于社会状况日趋恶劣，"罢赃污官吏凡一万八千四百七十三人，赃四万五千八百六十五锭，审冤狱五千一百七十六事"（《元史》卷二十一，"成宗本纪"四）。略为举例，可见一斑。

《窦娥冤》。

窦娥形象，是元代弱小者典型化的产物。她出身贫寒，三岁丧母；其父幼习儒业，却无力谋生，欠下债务，又无法偿还，不得不将女儿卖与债主蔡婆婆做童养媳，以此抵债。窦娥幼小心灵，早已深受巨创；没有想到，待到成年之时，好不容易结束童养媳身份，正式成为蔡家媳妇，却不出两年，又遭丧夫之痛，年纪轻轻，成了寡妇。她在剧中出场时才二十岁，本属青春年华，但是，已然饱经人生风霜，遍尝人间苦味；人世的欢愉早已离她远去，巨大的苦难还在后头。

同情和悲悯是关汉卿写作《窦娥冤》的第一层情感因素，也是他观察社会、构思剧本的切入点。他的笔锋切入到平凡、普通的窦娥的日常生活。她只是芸芸众生的一份子，没有显赫家世，不曾受过系统教育，"童养媳"就是她成年前的基本履历，几乎平淡得没什么故事可言。她本来属于这个社会"沉默的大多数"，要是能过上日出而作、日落而息的简单日子，窦娥的名字恐怕不为人知。可是，正是这个再普通不过的小女子，连简单日子也过不了；她对社会毫无所求，而残酷的现实却逼她走入绝境。

压抑不住对苦难现实的拷问，渴望表达对卑微生命的尊重，二者交错在一起构成了关汉卿写作《窦娥冤》的第二层情感因素。他的笔，如同解剖刀，一层一层地剖析窦娥如槁木一般的日常生活。在令人同情和悲悯的同时，关汉卿发现，窦娥原来生活在一个极为可怕的人生漩涡之中。她很意外地成为一个故事人物，乃至于悲剧人物，完全是这个人生的漩涡硬生生地把她裹挟进去，使她冷不防地遭遇躲不掉的灭顶之灾。

剧中，窦娥的婆婆蔡氏素有积蓄，放债度日，收取盛行于金元时期的"羊羔儿利"，其利息越滚越大，当时人则以"如羊占羔"为喻："今年而二，明年而四，又明年而八，至十年则累而千……"（元好问《顺天万户张公勋德第二碑》）欠债人面对如此高额的利息，无力偿还，于是，有的卖儿卖女，家破人亡；有的铤而走险，谋杀债主。窦娥所遭遇的人生漩涡，最初由"羊羔儿利"引发。可是，"羊羔儿利"仅是悲剧的诱因，其不幸命运的成因是社会动荡，官府扰民，弱小的生命毫无法律的保障。在剧中，欠债的赛卢医无钱可还，意图用绳子勒死蔡氏；就在蔡氏命悬一线之时，却意外得到素不相识的流氓张驴儿父子"出手相救"，行凶的赛卢医落荒而逃；但张氏父子随即以有恩于蔡氏为由，在蔡家死乞白赖，要做"上门女婿"，张父企图霸占蔡氏，张驴儿要强娶窦娥，如若不从，以杀人相威胁。总之，民不聊生，伦理失范，这两大因素交互作用，使得窦娥身边发生的人生漩涡异常凶险。

张氏父子乘人之危，心生歹念，这种"人性之恶"顿时将窦娥逼入困境。更为难堪的是，年过六旬的蔡氏害怕张氏父子，半推半就，竟然应承张老头"入赘"，还顺带劝窦娥改嫁张驴儿。如此卑下而失去尊严的生活，窦娥绝对不能接受。卑微的生命也有尊严，窦娥出自生命的本能，愤而抗命，规劝婆婆，叱骂歹徒，义正词严。在猥琐的张驴儿面前，窦娥内心的尊严感被激发出来，她不畏不屈，以弱小的身躯捍卫自己生命的庄严与纯洁，显示出性格的刚毅、人性的高贵。这是关汉卿的伟大发现。在其笔下，一个大写的"人"字，完整地呈现在卑微的窦娥身上。

然而，人的生命又是如此脆弱，一纸胡乱判决的文书，就可以将鲜活的生命瞬间变为"冤魂"。随着剧情的推进，诅咒与谴责构成了关汉卿写作《窦娥冤》的第三层情感因素。他诅咒蔑视生命的卑劣观念，他谴责"无心正法"的无耻官员。自从窦娥拒绝了张驴儿，这个泼皮无赖用尽心机，陷害窦娥；没想到自己暗中下了毒药的"羊肚儿汤"，阴差阳错，被其父亲贪吃误喝，毒发身亡。阴险的张驴儿趁机嫁祸于人，诬告窦娥谋害其父。审案官员楚州太守梼杌偏听偏信，糊里糊涂，更可恨的是，此人全无良知，只认准"人是贱虫，不打不招"，结果，打得窦娥死去活来，血肉横飞。窦娥坚守自己的清白，尽管是"恰消停，才苏醒，又昏迷"，尽管是"一杖下，一道血，一层皮"（第二折），但她坦荡顽强，不屈不挠。梼杌无所不用其极，仍然不能使窦娥屈服，转而毒打蔡氏，逼窦娥就范。窦娥为人至孝，不忍坐观婆婆挨打，此时此刻，她不得不以"屈招"的方式保护婆婆，使其免受痛苦。可怜可悯的窦娥，早年得不到父亲的庇护，从小以童养媳的身份操劳家务，当张氏父子恶意刁难时，她也没得到婆婆的怜惜，而如今深陷"冤案"，却毫不迟疑地牺牲自己、保全婆婆。其情其义，感人肺腑；其冤其枉，惊天动地。她是如此卑微，又是如此高贵。这样可爱的生命无辜被毁，其悲情力度足以撕心裂肺。相比之下，张驴儿的卑鄙恶毒，梼杌的昏愦蛮横，令人发指，天地不容。关汉卿深刻而痛切地观察到：小人的卑鄙恶毒与官员的昏愦蛮横同流合污，世间上什么可怕的事情都会发生。

可无论如何，"人命关天关地，别人怎生替得？"（第二折）这是窦娥的话语，也是关汉卿的生命理念。每一个生命都无比尊贵，独一无二，任何人都不能强行剥夺。个体生命应当得到尊重，而且还应该得到敬畏，全因"人命关天关地"！故而，在对卑鄙小人、昏愦官员痛加谴责的同时，唤醒世人敬畏生命，呼唤良知与公理，构成了关汉卿写作《窦娥冤》的第四层情感因素。他借用民间流行的"不奇不传"的故事生成手法，让窦娥放声悲号，发出"三桩誓愿"：血飞白练、六月飞雪、干旱三年。窦娥说："不是我窦娥罚下这等无头愿，委实的冤情不浅；若没些儿灵圣与世人传，也不见得湛湛青天。"（第三折）此时，"浮云为我阴，悲风为我旋"，在戏剧舞台上，窦娥的誓愿一一灵验；关汉卿以超越常态的表现形式，进一步增强窦娥形象的悲剧意蕴。① 而如此超越常态，正是"人命关天关地"最严重的警示，最"形象"的诠释。

## 二、《蝴蝶梦》与《鲁斋郎》

《窦娥冤》之外，关汉卿的悲剧作品尚有多种，如《蝴蝶梦》《鲁斋郎》等。《蝴蝶梦》是一本"包公戏"，虽托名"包公办案"，其社会背景却是元代的现实。剧中，有权有势的葛彪自称"我是个权豪势要之家，打死人不偿命"（第一折）。他骑着马在大街上横冲直撞，撞倒了坐在路边歇脚的王老汉，却诬赖后者挡住他的去路："这老子是甚么人，敢冲着我马头！好打这老驴！"于是，不由分说，活活将王老汉打死。葛彪见老汉气绝身亡，竟然抛下一句话："这老子诈死唬我，我也不怕，只当房檐上揭片瓦似，随你那里告我来。"然后扬长而去。据《通制条格》卷二十八"蒙古人殴汉人"条记载，至元年间，中书省颁布法律条文，明确规定：汉人要为路过的蒙古人提供粥饭、住处，"如蒙古人殴打汉儿人，不得还报；指立证见，于所在官司陈诉"（《元史》卷一百五"刑法志"四亦有同样记载）。这类维护特权贵族的法律，使得当时的"权豪势要"威风八面，目中无人，横行无忌。这给老百姓造成极大危害。王老汉遽死于权贵手下，其妻及三个儿子悲愤难当，王大兄弟将葛彪打死。顿时，一家人处于惊恐之中，原来平静的生活顷刻被打破，厄运迅即降临头上。这就是元代底层百姓的生存环境。关汉卿在剧中揭示出元代社会矛盾的随机性与多发性，普通民众时刻生活在惊恐莫名的气氛里，安全毫无保障，悲剧随时发生。要不是该故事与包公"嫁接"在一起，王氏一家日后的苦难可想而知。剧中的包公，得到"蝴蝶梦"的启示，解救了深陷牢狱的王氏兄弟，使他们终于获释出狱。这无疑寄托着剧作家的善良愿望，寄托着对社会正义的热切期盼。但是，"蝴蝶梦"毕竟玄虚缥缈，包公的断案只凭"感觉"，并非依托于正义程序；这样的案例，随意性太大，王氏一家奇迹般地脱罪团聚，依然令人对当时的司法制度疑虑难除，忧心忡忡。剧本全称《包待制三勘蝴蝶梦》，原是"题目正名"的最后一句，有意强调"蝴蝶梦"在剧中的作用，似有深意，留下让人思考的空间。

《鲁斋郎》也是一个"包公戏"。戏里的鲁斋郎同样是"权豪势要"，自称

---

① 窦娥的"三桩誓愿"，原有蓝本。晋干宝《搜神记》卷十一"东海孝妇"，记汉弋妇人周青侍奉婆婆，恪守孝道；婆婆年老，为免连累媳妇，自缢身亡。小姑诬告周青杀害其母，周青不堪官府毒打，委屈招认，被处以极刑。临刑之际，周青喊冤："青若枉死，血必逆流。"果如其言。此后，"郡中枯旱，三年不雨"。《窦娥冤》第三折："做甚么三年不见甘霖降，也只为东海曾经孝妇冤"，即指其事。第四折借窦娥父亲窦天章之口，也复述了东海孝妇的冤案。可见，这个古老故事受到关汉卿的重视。不过，《窦娥冤》的思想深度、艺术成就均大大超越了原型，实非"东海孝妇"故事可比。

"花花太岁为第一,浪子丧门再没双;街市小民闻吾怕,则我是权豪势要鲁斋郎"(楔子)。此人极为好色,惯于猎艳,只要看上眼,无论少女、少妇,即欲占为己有。剧中,银匠李四、小吏张珪,他们的妻子先后被鲁斋郎抢走;而在鲁斋郎面前,那些做丈夫的畏畏缩缩,小心翼翼,诚惶诚恐,恰好反衬出"权豪势要"气焰嚣张,不可一世。鲁斋郎抢夺有夫之妇,使丈夫失去妻子,儿女失去母亲,正是"全失了人伦天地心,倚仗着恶党凶徒势,活支剌娘儿双拆散,生各扎夫妇两分离"(第二折)。而做父亲的不能哺育儿女,做儿女的小小年纪就过着孤苦伶仃的生活,一系列的家庭悲剧连环降临。鲁斋郎的恶行,天怒人怨。包公主持正义,剪恶除奸。他一面先后收养了李四、张珪各自的一双儿女,一面伺机将"鲁斋郎"改写成"鱼齐即",历数其罪,上奏朝廷;终于将鲁斋郎"押赴市曹,明正典刑"。在该剧中,包公集慈爱与严明于一身,寄托着人们对仁政的渴求;包公的所作所为,是关汉卿对仁政的具体诠释。可是,与《蝴蝶梦》相似,包公的"鱼齐即"这类小动作,无非是"瞒骗"皇权的一次小尝试,无法成为常规做法,其可行性不易重复出现,作品同样给疑虑者留下寻思的馀地。

关汉卿的悲剧作品直面悲苦人生,揭露社会矛盾,拷问冷峻现实,张扬敬畏生命的理念,鞭挞漠视人命的恶行,同时,赞颂了在苦难之中所呈现出来的人性之美。

## 第三节 关汉卿的喜剧作品

关汉卿对普通民众的勇敢与智慧怀有深深的敬意,在杂剧作品里写出了他们面对恶劣环境所展现出来的大智大勇,揭示了"卑贱者最聪明"的人生辩证法。这一类杂剧作品充满着不畏强权的斗争精神和敢于胜利的乐观态度,是古代喜剧作品的经典之作。

### 一、《望江亭》

现实险恶,巨大的生活压力与精神压力使得底层的人们挣扎在苦难的深渊之中。芸芸众生,有的人比较刚强,有的人比较懦弱;关汉卿发现还有一类人,他们活得很有智慧,不屈服于野蛮的权力,不屈从于苍凉的命运,他们处于弱势,却能够巧用智慧,有胆有识,以弱胜强,扭转厄运,保护了自己,也保护了亲友。在多难的大地上,他们是一群带给人们生存信心的英雄。

《望江亭》中的谭记儿,就是这一群人里的出色代表。

谭记儿寡居三年,她有"没了丈夫,身无所主"的孤寂感,也有"日暮愁无限"的悲凉心绪。其已故丈夫是学士李希颜,谭记儿本来生活在儒家文化氛围之中,却别有主见,不以"三贞九烈"为怀,内心深处对寡居生活颇为厌倦。故而,在遇到丧偶的白士中后,两情相悦,欣然再婚,重新组成一个幸福的家庭。这原是一个好的开始。但是,在元代社会,"权豪势要"如虎似狼,横行掠夺,人身安全毫无保障,这个"好的开始"又成了一场噩梦的肇端。自称"花花太岁"的杨衙内,早就垂涎于谭记儿的美貌,忽听得白士中娶了谭记儿,嫉妒与恼怒一时涌上心头,心生歹念,欲置白士中于死地,以为出此一手,必可将谭记儿拥入怀中。他倚仗权势,上奏朝廷,诬告潭州官员白士中"贪花恋酒,不理公事";皇帝偏信其言,不做调查,随即赐予杨衙内"势剑金牌",务要拿办白士中,取其首级,回朝复命。杨衙内好不得意,气焰嚣张,以为这回十拿九稳,于是,带着随从,架起小舟,直奔潭州而来。白士中得知风声,心神不定,坐立不安,惶惶不可终日。谭记儿见丈夫如此慌张,一再询问;而白士中生怕妻子承受不了,支吾半天。谭记儿以死相逼,白士中不得不道出原委。谭记儿知道大祸临头,可她临危不乱,对丈夫说道:"原来为这般!相公,你怕他做甚么?"言语间,颇有女中豪杰的气概。她马上做出决定,亲自去会一会那个不可一世的杨衙内。丈夫当下表示:"他那里必然做下准备,夫人,你断然去不得。"可谭记儿跟丈夫耳语一番,如此这般交代一遍,坚定地说:"相公,不妨事。"只见她快速应对,胆识过人;在强劲的敌手面前,胸有成竹,智勇兼备。

于是,谭记儿趁着中秋之夜,驾一叶孤舟,扮作卖鱼妇人,来到望江亭前叫卖。此时,杨衙内正要安排酒果,江边赏月。谭记儿假献殷勤,奉上鲜鱼,亲自切脍,其精干麻利的刀法,其如花似玉的美貌,令好色的杨衙内如遇天仙,垂涎三尺,晕乎乎不知今夕何夕。谭记儿欲擒故纵,巧为周旋,虚与委蛇,一步步打消杨衙内的防范心理,套取了杨衙内手中的"势剑金牌"及朝廷文书,并将杨衙内及其随从灌醉,然后,全身而退。这一"中秋切鲙"的场面,始而惊险、紧张,继而嬉闹、轻松,谭记儿的机警与智谋主导着整场戏的情节推进,起伏跌宕,妙趣横生。女主人公举重若轻,大胜而归,气度豪迈,令人在为她捏一把汗之后,不禁为之赞叹不已,由衷敬佩。

失去"势剑金牌"的杨衙内,无计可施,如哑巴吃黄连,狼狈不堪。白士中躲过一劫,全靠夫人谭记儿。谭记儿不畏强权,奋起自救,凭自己的智慧和胆略救了丈夫,也拯救了自己的家庭。剧本末尾,"妄奏不实"的杨衙内被削职为民,白士中夫妇团圆偕老。这一结局,与谭记儿的不惧怕、不示弱是密不可分的。

## 二、《救风尘》

关汉卿另一剧本《救风尘》的女主人公赵盼儿,同样是智勇双全,颇有大丈夫气概。

"救风尘",凸显的是一个"救"字。剧中的汴梁(开封)妓女宋引章入世未深，为人单纯，一心想早日跳出火坑，却误入来自郑州的风月老手周舍的圈套，嫁与周舍为妻，正是出了妓院，又入狼窝。她到郑州后，悔恨当初不听姊妹赵盼儿的忠告，没有认清周舍的丑恶嘴脸，误听误信，中了奸计，凄苦不堪，只好偷偷向赵盼儿送出求救急信。

赵盼儿与宋引章不同，她阅历丰富，洞悉世情，尤其对那些花花公子、纨绔子弟，有敏锐的观察，有极深的了解。她早已看出周舍是个嘴甜舌滑的浪荡公子，表面一套，内里一套，那些涉世未深的姊妹很容易上当受骗。她得知宋引章一度依赖、迷恋周舍，曾经极力劝阻；可惜宋引章当时执迷不悟，反而埋怨赵盼儿多管闲事，甚至放出狠话："我便有那该死的罪，我也不来央告你。"果然不出所料，宋引章落入周舍的魔掌之中，过着"朝打暮骂"的痛苦生活，度日如年。赵盼儿得到急信后，虽然回想宋引章当初的狠话，心中也掠过一丝不快，但她出于姊妹深情，不计前嫌，马上设法救助。在这里，剧作家有颇为精细的心理描写。一方面，赵盼儿对宋引章的不听劝告，尚未释怀："我当初作念你的言辞，今日都应口……他本是薄幸的班头，还说道有恩爱，结绸缪。"一方面，她扪心自问，又义不容辞："（带云）赵盼儿，（唱）你做的个见死不救，可不羞杀这桃园中杀白马、宰乌牛？"（第二折）作者将风尘女子的义结金兰与"桃园结义"相比附，在描述赵盼儿的心理活动时，揭示出其内心以情义为重的价值取向。

此时此刻，姊妹的危难令赵盼儿心急如焚，而周舍的奸诈又使她不得不格外提防，不可贸然行动。周舍是好色之徒，诡计多端，不讲信义，心狠手辣，与此人交手，定要讲究"手段"，方能取胜。在与周舍的交手过程中，赵盼儿知道此人不会轻易就范，适时地调整策略，逐步消除对方的戒心，使之到了忘乎所以的地步，终于赚取了周舍对宋引章的一纸"休书"，及时解救了落难姊妹，而自己亦成功脱险，让周舍落得个"尖担两头脱"。

关汉卿的喜剧作品，善于展现底层小人物的智慧，尤其是女性的智慧。写她们有情有义，斗智斗勇，无所畏惧，为了自身和别人的安危，挺身而出，与蛮横的强权周旋，与邪恶势力作不妥协的抗争，从而维护了自身和别人的生存权利，增强了弱小群体在险恶的社会环境中生活下去、抗争到底的勇气和信心。剧作家在舞台上呈现出一幕幕以弱胜强的动人情景，让观众在弱小者的胜利中感受到自身力量的可贵，领悟到只要敢于抗争，命运可以掌握在自己的手里。

## 第四节　关汉卿杂剧在中国戏剧史上的意义

关汉卿杂剧采取"民间本位"的立场，其鲜明的剧场性以及本色当行的戏剧语言,都在中国戏剧史上具有不容忽视的经典意义。

### 一、"民间本位"与刚健的杂剧风格

关汉卿的杂剧创作充分体现出"民间本位"的立场,没有儒生的酸腐气息,更无粉饰时政的阿谀笔调,笔力千钧、直言无讳地写出民众的苦难与伤痛;酣畅淋漓、激情澎湃地抒发民众的愤怒与悲怨;机灵巧妙、风趣生动地表现民众的智慧与勇敢;笔墨辛辣、语含鄙夷地讥刺权豪势要、宵小无赖的愚妄与卑劣。一洗"温良恭俭让"不痛不痒的文士做派,确立了刚健的杂剧风格。

明朱权曾称关汉卿"初为杂剧之始"(《太和正音谱》"古今群英乐府格势")。若从杂剧的文体创造而言,此语并不准确,一种文体尤其是像杂剧这样的综合性艺术,不太可能由某个人所独创,而是经由长时间的、集体的共同努力才得以形成和定型。但是,如果说,杂剧文体的民间性风格终于得到民众的广泛认同,而开创并且代表这种民间性风格的正是关汉卿的杂剧,那么,在这一意义上称关汉卿"初为杂剧之始",则未尝不可。朱权注意到关汉卿作品有独到的气质,他说"关汉卿之词,如琼筵醉客",这大概指其酣畅淋漓的激情以及意态纵横的气度。这也是民间戏剧不同于正统诗文创作的具体表现。

### 二、重视剧场效应与摆脱"曲本位"观念

关汉卿是梨园行家,既有案头功夫,又有场上经验。其场上经验在很大程度上"规范"着他的案头创作,他的案头创作又成功地融会了场上经验,使得其杂剧作品易于"出戏",而且好戏连场。

自觉地接受场上经验的规范,这是关汉卿作品具有充分的戏剧性的重要原因。关汉卿懂得观众心理与剧场特性,能够摆脱杂剧创作中"曲本位"观念的束缚,其构思不是围着曲文转,而是以组织戏剧冲突作为艺术构思的核心,尽量做到使剧情尽快入戏,使人物尽快出戏。如此一来,观众能够在较短的时间内进入特定的戏剧情境,进入人物的内心世界,并对即将爆发的戏剧冲突产生出一定的紧张心理,适时地形成"剧场效应"。

像《窦娥冤》,女主角窦娥的宝贵生命是短暂的,其凄苦的生活却是漫长的。窦娥的生命定格于二十岁,前十九年的凄苦遭遇如漫漫长夜,然而,所有这一切只在楔子及第一折中以洗练的笔触简要带过。她在第一折出场,剧情已经"入戏":她的婆婆蔡氏向赛卢医讨债,赛卢医意图谋杀蔡氏;蔡氏获救,却又惹出更大的麻烦。窦娥出场不久,迎面而来的是比以前的凄苦生活更为险恶、更为急迫的人生厄运。窦娥该如何应对?在是否改嫁的问题上,窦娥与婆婆已经发生尖锐对立,这种对立会导致何等结果?剧情马上聚焦到窦娥的身上。观众看到如此疾

风暴雨式的人生变故，不禁心头一紧，为可怜的窦娥担惊受怕。而戏剧冲突正是在如此紧张的氛围中一步一步展开。与此类似，《蝴蝶梦》《鲁斋郎》《救风尘》《望江亭》等剧本，不管是悲剧还是喜剧，关汉卿都能够以某一个人生关口作为切入点，迅速在舞台上展示人物关系，呈现人生的多变性。从这种多变性中揭示人物的处境、命运及性格，揭示在弱与强、正与邪的紧张博弈中观念的冲突、意志的较量，剧情峰回路转，引人入胜。

关汉卿在经营剧场效应时，还极为注意处理戏剧冲突的节奏，有张有弛，张弛交错，错落有致。如《救风尘》，宋引章处境危急，情势严峻，刻不容缓，赵盼儿深知对付周舍不能"硬"攻，只能"软"取。于是，以内急外松的心态与周舍展开心理攻防战，一边打情骂俏，说些半咸不淡的闲话，一边又欲迎还拒，故作矜持，口口声声要离开郑州赶回汴梁，弄得周舍心痒难耐，色迷心窍，不知不觉落入了赵盼儿的"圈套"之中。戏剧场面显得跌宕多姿，充满着情节张力。

关汉卿的编剧实践为后世的剧作家树立起案头功夫与场上经验相结合的典范。

### 三、本色当行的语言典范

关汉卿是一位语言大师。其语言的运用着眼于人物性格的刻画与生活气息的再现，对人物的声口有着精细、敏锐的辨析能力，对生活气息有着真切、灵动的描写能力。试看《窦娥冤》，窦娥负屈衔冤，无辜受辱，内心的怨气冲口而出：

> 没来由犯王法，不提防遭刑宪，叫声屈动地惊天！顷刻间游魂先赴森罗殿，怎不将天地也生埋怨。（第三折〔正宫·端正好〕）

这只能是窦娥的声口，换了另一个人，说不出这样的话。

又如《鲁斋郎》中的张珪，平时仗着小吏的身份，也有几分威风，可一涉及权豪势要的事情，却胆小怕事，不敢声张，避之唯恐不及。剧中，李四慌慌张张迎面走来，张珪见状，知道李四被人欺负，说："谁欺负你来，我便着人拿去，谁不知我张珪的名儿！"李四说是鲁斋郎夺走其妻，张珪随即"做掩口科"，说：

> 哎哟，唬杀我也！早是在我这里，若在别处，性命也送了你的。我与你些盘缠，你回许州去罢，这言语你再也休提。（楔子）

这正是张珪的声口，心地善良，颇为世故，也有显而易见的懦弱。与性格刻画相关，关汉卿非常在意其笔下人物对语言的习得，他们的身份、行业、文化修养、生活习惯等都制约着言语的选择与应用，因而呈现出各自的话语风貌，给舞台带来了世俗化、多样化的生活气息。

关汉卿杂剧是一个活生生的语言世界,性格化的语言固然活灵活现、入木三分,而种种来自市井的语言素材,诸如谚语、俚语、成语、口头禅等,亦能运用自如,点铁成金,堪称"本色当行"。

总之,关汉卿杂剧体现出相对稳定的创作风貌,语言本色而传神,情节紧凑而曲折,宾白与曲词浑然结合。其艺术成就标志着元代杂剧摆脱了宋金以来杂剧创作原有的散漫态势,实现了向真正意义的"戏剧"的成功转化。

## 思考题

1. 如何评价关汉卿敬畏生命的观念及其人道情怀?
2. 关汉卿杂剧的戏剧性是如何体现的?
3. 关汉卿杂剧语言风格的基本特征是什么?

# 第六章　王实甫与《西厢记》

自唐元稹的小说《莺莺传》问世后，崔莺莺与张生的故事引人关注，流传久远。金代董解元《西厢记诸宫调》以说唱的形式重加演绎，奠定了"西厢故事"中男女主人公相爱并得到团圆的喜剧性框架。可是，说唱仅仅是一个艺人的表演，难以立体地呈现故事男女主人公在具体情境中的戏剧冲突与悲欢离合。随着杂剧艺术的兴盛，王实甫的《西厢记》以戏剧的形式将此故事搬上舞台，诉诸观众的视觉，突破了说唱艺术的局限，使得"西厢故事"在更为具象化的艺术空间里成为人们观赏的对象，也成为反抗礼教的一曲赞歌。作为一个典型的中国故事，《西厢记》跨越时空，富有久远的魅力。

## 第一节　王实甫的杂剧创作与"西厢"故事的新变

王实甫是一位多产的杂剧作家，《西厢记》是其代表作。"西厢"故事的新变是王实甫继董解元之后对这一故事题材的重要贡献。

### 一、王实甫的杂剧创作

与董解元相似，王实甫的生平事迹基本上不为人知。天一阁本《录鬼簿》记载："王实甫，名德信，大都人。"同书有贾仲明吊王实甫的《凌波仙》曲："风月营，密匝匝，列旌旗；莺花寨，明飚飚，排剑戟；翠红乡，雄赳赳，施谋智。作词章，风韵美；士林中，等辈伏低。新杂剧，旧传奇，《西厢记》，天下夺魁。"从这首吊词来看，王实甫当是失意的底层文士，缺乏仕进机会，流连于"风月营""莺花寨""翠红乡"，接触过不少下层艺伎，在推杯换盏之间，逐渐丰富了自己对男女情感世界的体验。其文学创作以"风韵美"著称，形成自己华丽而不失婉曲、雅洁而富于情韵的风格，赢得同辈作家的赞誉和敬佩。①

据曹楝亭刊本《录鬼簿》著录，王实甫的杂剧作品一共有十四种，今存《崔莺莺待月西厢记》《吕蒙正风雪破窑记》《四丞相歌舞丽春堂》三种，其余十一种如《东海郡于公高门》《曹子建七步成章》《才子佳人拜月亭》等已经散失。

---

① 孙楷第、冯沅君曾据明陈所闻《北宫词纪》卷三署名王实甫作之〔商调集贤宾〕（退隐）散套等文献，考证《西厢记》杂剧作者为官至陕西行台监察御史的王德信，可作一说。参看《王实甫生平的探索》，《文学遗产》1957年第2期。

## 二、"西厢"故事的新变

在礼教盛行、禁锢繁多的时代,"西厢故事"是一个敏感话题。王实甫以大胆违抗礼教的心态,重新阐释故事的内蕴,写出震撼人心的杂剧《西厢记》,为人们尤其是年轻人演述了一个令人心潮澎湃的爱情故事。

同时,王实甫的《西厢记》(以下称《王西厢》)在《董西厢》的基础上成功地将说唱转化为戏剧,既吸收了《董西厢》的创作经验,又在以下两个方面超越了《董西厢》:

其一,重构戏剧情景,强化人物互动关系。

在《王西厢》之前,《董西厢》已经注意借鉴古代风情故事的构成方式,适度改变《莺莺传》原有的故事形态。如《莺莺传》在"孙飞虎事件"之前没有写到男女主人公的正式相遇,而《董西厢》在此事件发生前就增入张生在不经意间"瞥然一见"崔莺莺的情节;增入"佳人见生,羞惋而入"的场景。又如,《莺莺传》在男女主人公幽会之后,没有写莺莺母亲对女儿仪容变化的警觉,更没有老夫人拷问红娘的情景,而《董西厢》都写到了。还有,《莺莺传》写的是张生对崔莺莺的始乱终弃,《董西厢》却描述老夫人在拷问红娘之后无奈地同意女儿与张生的婚事。这一系列故事元素的增补和变动,显然是借鉴和吸收了在民间广为流传的"倚翠偷期话"(《董西厢》卷一),即古代风情故事。这类故事大体已经粗略地描述了古代年轻男女相遇、暗恋、递柬、相爱、受挫、团圆的基本环节,给后人提供了情节框架。① 换言之,《董西厢》借鉴了它们的某些故事元素,并将之化用到早期的"西厢故事"之中。

王实甫接过了董解元的这份"遗产"而更上一层楼,在配置新的故事元素的同时,重构戏剧情景,强化了人物的互动关系。比如,以男女主人公的"初遇"为例,《王西厢》不满足于"佳人见生,羞惋而入"的场景描述,重新构拟出男女双方在毫无心理准备的情形下四目相遇时的微妙细节:一则是张生的一句"我死也"失声而出,一则是崔莺莺"回顾觑末下"的特殊举止,极为敏锐地捕捉到男方刹那间的心灵震颤,同时描摹出女方在陌生人面前虽有矜持之态却又忍不住好奇的少女心理,比《董西厢》的"羞惋而入"更能揭示人物内心活动的丰富性与

---

① 古代早期风情故事具有代表性的文本是《世说新语》"惑溺"门的"韩寿偷香":贾充的女儿在家里偷偷望见外貌俊美的韩寿,暗自喜欢,茶怀不下,"发于吟咏",还派遣身边的丫鬟到韩寿处诉说思念之情;韩寿感动不已,修书一封,托付丫鬟转交贾氏女,相约幽会之期,且依时赴约,"踰墙而入",成其好事。贾氏女因而仪容有异于平常,引起父亲的警觉,甚至拷问女仆,终于得悉内情,在不得已的情况下同意了女儿与韩寿的婚事。这类故事的结构已经含有相遇、暗恋、递柬、相爱、受挫、团圆等后世风情故事常见的情节链条。王实甫《西厢记》第一本第二折〔中吕·粉蝶儿〕就用了"偷香"的典故。可见这类故事已经成为民间作家的"常识"。

层次感。更为重要的是，莺莺的这一回眸的细节颇具戏剧性地激发了张生内心对这一位妙龄少女的爱慕与期待；要是没有莺莺"临去秋波那一转"引发张生的无限想象与渴望，他未必会临时改变主意，打消上京应举的念头，留在普救寺，等候与莺莺重遇的机会。这一戏剧情景，使得一次偶然的相遇富有戏剧性地变为整个故事的重要起点。

又如，张生与莺莺私会后，老夫人已有察觉，要兴师问罪，此处，《董西厢》的处理是："一女奴奔告莺，莺急归。见夫人坐堂上，莺莺战栗。夫人问红娘曰：'汝与莺更夜何适？'红娘拜曰：'不敢隐匿：张生猝病，与莺往视疾。'夫人曰：'何不告我？'答曰：'夫人已睡，仓猝不敢觉夫人寝。'夫人怒曰：'犹敢妄对，必不舍汝！'"（卷六）就诸宫调的文体而言，这样描写已经较为精彩，《王西厢》的处理更为戏剧化：老夫人身边的年轻男仆向夫人报告："前日晚夕，奶奶睡了，我见姐姐和红娘烧香，半晌不回来。"夫人听后，已经明白了几分，赶紧命男仆叫红娘过来；红娘得知消息，告诉莺莺："姐姐，事发了也！老夫人唤我哩，却怎了？"莺莺回应道："好姐姐，遮盖咱！"红娘说："你做的隐秀者，我道你做下来也。"莺莺机智地说："月圆便有阴云蔽，花发须教急雨催。"（第四本第二折）暗示好事总会伴随着某些意外，急切之下要红娘想办法帮她去应付老夫人。此时，莺莺不像《董西厢》的女主人公那样只是"战栗"，而是授意红娘灵活处置这一突发事态："红娘，你到那里小心回话者。"剧中的莺莺以"遮盖"来应付，是一种本能的反应，虽然不能算是明智的做法，但比起《董西厢》同一人物的不知所措的"战栗"，还是显出自己的主见。这正是剧作家刻画崔莺莺形象的基本着眼点，这对人物性格的理解是进了一层的。在这一场景中，莺莺的态度，莺莺与红娘的互动，为接下来红娘在老夫人面前的出色表现做了较为充实的铺垫。

其二，刻画人物性格的多个侧面，深化作品的意蕴。

《王西厢》既注意到舞台演出的节奏感和层次感，又照应了人物性格的多侧面展现，随着剧情的推进，人物刻画的立体感得以强化，作品的意蕴也随之得以深化。比如，"长亭送别"是重头戏，是全剧的情感高潮，《董西厢》与《王西厢》都着力经营这一场面，但后者对原有场景的戏剧化处理更为引人注目。《董西厢》是说唱文学，偏重于叙述："（夫人允婚）后数日，生行，夫人暨莺送于道，法聪与焉。经于蒲西十里小亭置酒。悲欢离合一尊酒，南北东西十里程。"《王西厢》则有所不同，先写夫人与长老上场，在十里长亭安排筵席；次写老夫人在等候，"不见张生小姐来到"，有些焦急，戏剧气氛不免有点凝重；再写莺莺、张生、红娘在这样的氛围下出场，他们姗姗来迟，依依不舍，恨不得多厮守一些时光，别离的情绪郁结得不可化开，为接下来男女主人公的情感交流营造出异常饱满的戏剧空间。加上对此时此刻的季节、情景的生动渲染，使得整个场面处处"出戏"：

"黄花""西风""北雁""霜林"等等似乎都是这一场景里不可缺少的角色,它们与主人公们同在,男女主角的悲情与离愁都似乎投射在这些景物之中,正是它们的存在,使得无形的悲情与离愁都物象化了,好像是可听可视的。剧作家在浓重的伤感氛围里,着眼于揭示莺莺内心深处对爱情的眷恋与不舍,对日渐远去的张生的体贴与担心,以及对孤独生活的忧愁,对未来不可预测的日子的惶恐。然而,莺莺的内心更有一个不可忽视的侧面,就是她对功名富贵的淡然,对幸福的家庭生活的期待。她深情地对张生说:"张生,此一行,得官不得官,疾便回来。"她并不在乎张生未来的社会地位,只在乎他早日回到自己的身边。这是最为淳朴的感情。与此形成对比的是,《董西厢》中的莺莺在对张生难舍难离的同时,还是不能"免俗",对张生的功名也相当在意:"专听着伊家,好消好息;专等着伊家,宝冠霞帔。"(卷六)在她的设想中,如果张生高中了,她就是朝廷"命妇","宝冠霞帔"就是她身份的显示,她是乐于等待、不无遐想的。相较之下,《王西厢》里的莺莺显得更为纯洁可爱,更为痴心深情,更为执着脱俗。剧作家在戏剧化的场面里,在互动的人物关系中,在即将离别的瞬间,充分展示了其性格的多个侧面,以及淳朴高洁的人格魅力。人物性格的调整与变动,不仅使人物形象有所改观,而且有效地深化了作品的题旨,呈现出纯真爱情动人心魄的力量,揭示了主人公不受礼教束缚的坚定意志。

## 第二节 《西厢记》的喜剧性冲突

"西厢"故事,其核心情节是一段发生在佛寺里的刻骨铭心的爱情,男女主人公突破了古代礼教强加于年轻人的不合理"规范"。特定的空间、特殊的人物关系又催生出剧中的喜剧性冲突,作品反抗礼教禁锢的寓意寄托于这种冲突之中。

### 一、冲破"阻隔"的恋爱

"西厢"在普救寺内,属于"佛地",却成了"普天下有情的都成了眷属"观念的"摇篮"。这个特定的空间具有不同寻常的象征性。就寓意而言,《董西厢》在篇末凸显的是"才子施恩,佳人报德"的意念,而《王西厢》卒章显志,突出了有情人终成眷属的题旨。显然,《王西厢》超越了施恩报德的庸常性,强化了"情"在男女婚恋中的决定性意义,显示了爱情价值的珍贵与美好,这与封建礼教所规定的男女授受不亲的教条是背道而驰的。

《王西厢》将原有的故事做了较为充分的戏剧化处理,十分用心地去呈现符合生活逻辑和爱情逻辑的戏剧冲突场面,展示种种有形或无形的阻隔,男女主人公在冲破这些阻隔后才逐渐明白爱情的真谛。

有形的阻隔，主要体现为男女主人公分别住在寺院内不同的生活空间，有男女大防等礼法观念的束缚，他们难以接触。克服这种有形的阻隔，只能依靠第三者的帮助。于是，在张生、莺莺之外，红娘成了相当重要的剧中人物。

红娘形象不可或缺，是有形阻隔的产物。红娘在剧中的一切活动，都在暗示着阻隔时刻存在。她来往穿梭于张生、莺莺之间，因其丫鬟的身份而降低了别人的关注度，男女主人公因此"获得"了一个由红娘穿针引线所临时产生的沟通渠道。在恋爱故事的前期，张生、莺莺的交往只能借助这一沟通渠道隔空进行。这是《西厢记》最为特别而颇显难度的戏剧情景。

**二、红娘穿针引线的戏剧意味**

剧中的男女主人公交往的难度显而易见，故而红娘的穿针引线就别具意味。然而，其戏剧情境还有一重特殊性不可忽视：红娘与莺莺当初并无默契，而且她们之间还有着另一重无形的隔膜。莺莺一度怀疑红娘只是老夫人派来身边的"行监坐守"，是自己母亲的耳目，难以与之交心，不愿意在红娘面前表露自己的心事。而红娘又碍于卑贱身份和对男女之事的忌讳，也不能随便将张生的意思直白地告诉小姐。《西厢记》正是在交往如此之"难"中展开了红娘与莺莺的戏剧性冲突，也展开了莺莺与张生的一系列细碎而烦人的龃龉。

红娘的穿针引线，其戏剧意味颇为吊诡。她当初在没有莺莺"授权"的情形下承担起信使的角色，还引发了她与莺莺的"矛盾"。在张生、莺莺、红娘的三人关系中，红娘意想不到自己处在一个似是配角又不仅是配角的地位。在剧中，莺莺面对张生托红娘送来的简帖儿，"旦做照镜科，见帖看科"，既然看了一遍，她不会不明白张生在信里的示爱，却相当警觉地故意在红娘面前掩饰内心的激动和兴奋，忽然脸色大变，呵斥红娘惹出事端，威胁说"告过夫人，打下你个小贱人下截来"。红娘热心为他们传书递简，此时顿觉万分委屈，她先以"我不识字"来自辩，接着急中生智，以釜底抽薪的策略说"姐姐休闹，比及你对夫人说呵，我将这简帖儿去夫人行出首去来"，于是，红娘一下子处于主动位置，莺莺不得不即时应对，"旦做揪住科"，一把将红娘拉住，生怕事情张扬了出去，遂马上软化了语气，说"我逗你耍来"。却不料红娘不买账，以其人之道还治其人之身，生气地说："放手！看打下下截来！"你来我往，各不相让，场面"僵"了起来。如果没有无形的阻隔，在莺莺与红娘之间就不会出现如此难堪的情景。然而，随着冲撞与磨合，二人互相试探，也渐渐获取互信：莺莺终于明白红娘出自赤诚的热心，红娘也确认了莺莺对张生的真情。而她们主仆二人的"磨合"之所以导致互信，关键在于双方各以真诚消除了各自的疑虑。正是在磨合过程中，红娘的戏份已经超越了配角，其舞台形象具有独立的艺术生命。

### 三、主人公的内心纠结及其自由意志的觉醒

《西厢记》的剧情复杂而异常纠结。莺莺与红娘的磨合跟莺莺与张生的龃龉几乎同步进行，都围绕着"情"字展开。莺莺与张生之间存在着重重阻隔。既有有形的墙，也有无形的墙，要克服前者，必得将后者的问题解决了才有可能。莺莺与张生若要突破龃龉的尴尬局面，获得心灵的相通，就得耗费时间、多用心思。于是，剧作家不惜篇幅，浓墨重彩，写男女主人公各自的煎熬与焦虑，写他们外在的言语冲突与内在的心理互探。这也是剧本出戏的部分。

张生、莺莺各自的煎熬与焦虑最初起因于老夫人的"悔婚"。张生智退围困普救寺的贼兵后，老夫人安排小酌款待张生，且让莺莺当面"拜了哥哥者"。这一举动令在场的人都大感意外，难以接受。红娘对安排小酌极为不满，责怪道："敢着小姐和张生结亲呵，怎生不做大筵席，会亲戚朋友？"莺莺一听要她"拜了哥哥者"，禁不住惊呼："呀，俺娘变了卦也！"张生故作镇定，保持仪态，却以"小生量窄"推谢老夫人的劝酒，而莺莺目光敏锐，看得出"他其实咽不下玉液金波"。看着这样突如其来的打击，红娘替他们难过，背地里悄悄对莺莺说："这烦恼怎生是了？"正是在这样的戏剧情景里张生与莺莺不得不面对一段烦恼的爱情。

烦恼是双重的。一重来自老夫人的刻意作梗，另一重来自男女双方的心理错位。

老夫人深通世故，当着张生的面说出"悔婚"的缘由："先生纵有活我之恩，奈小姐先相国在日，曾许下老身侄儿郑恒。……如若此子至，其事将如之何？"她以为，张生与崔家只是萍水相逢，且天下之人无不爱财，"多以金帛相酬"，必定可以将张生打发过去。可是，老夫人低估了张生、莺莺对"情"的执着，完全不了解他们心目中的"情"。说到底，老夫人与张生、莺莺的矛盾是价值观的严重冲突，也是守护礼教与反抗礼教的冲突。这种冲突的特殊性在于，年轻人不能以短兵相接的方式与享有尊严的长辈展开正面较量，而男女主人公心有不甘，却无处发泄，只能转化为内心纠结。

张生与莺莺都有苦闷和愁绪，但具体的情形互有差异，形成了两人的心理错位。就莺莺看来，老夫人的悔婚，实际上是"俺娘把甜句儿落空了他，虚名儿误赚了我"（第二本第三折），所谓"虚名儿"指自己与张生的兄妹名分，如此一来，她与张生之间的男女之情，似乎已经失去现实的可能性，故此，莺莺哀叹道："则为那兄妹排连，因此上鱼水难同"，"风月天边有，人间好事无"（第二本第四折）。莺莺无限惆怅，殊为悲观。就张生而言，他俊雅风流，汉代卓文君的故事烂熟于胸，自己的命运未必不如司马相如，故此，他趁着月上中天的时分，抚琴弹奏

《凤求凰》，追求自己心目中的卓文君，边弹边唱："有美人兮，见之不忘；一日不见兮，思之如狂；凤飞翱翱兮，四海求凰。"激情与热望使得张生对恋爱的前景并不悲观，这与莺莺的满腔哀愁形成对照。此外，男女主人公在追求爱情的方式上也形成错位。一方面，张生节节主动，而另一方面，莺莺却处处谨慎，戏剧矛盾随之接连产生。喜剧性情节正是在男女双方逐步克服彼此的心理错位过程中推进的，反映出他们冲破礼教藩篱的困难与艰辛，显示着他们的自主意志的逐步觉醒。

## 第三节 《西厢记》的语言魅力

王实甫的《西厢记》语言华美，读之使人"馀香满口"。语言的富丽丰赡，固然是剧作家杰出才情的艺术呈现，而语言的背后，更为内在的是剧作家对社会的观察、对人生的思考，以及对人性的剖析。

### 一、诗化的心理描写

爱情，在中国古代是人们日常生活里最为隐秘的情感，"男女授受不亲"的古训使得爱情难以有正常表达的空间，在父母之命外私自结交异性而产生的恋情尤其难于表露。这就为剧作家设置了极大的障碍，也对他提出了巨大的挑战。王实甫对恋爱中的男女，有深刻细致的观察与揣摩，他充分运用杂剧的"代言体"优势，丝丝入扣而又曲尽其妙地写出了男女主人公变动不居的恋爱心理，出之以诗一般的语言，优雅而不失生活气息，借此以深化题旨、充实剧情、刻画内心世界。

如写张生初见莺莺，堪称"惊艳"，莺莺的美态、气质、举止无一不令他惊为天人，瞬间的相遇引发了他内心的情感波澜，在提倡禁欲的时代，在正常情感被无情压制的社会，剧作家揣摩到人物心灵的律动，写出了张生内心情感的顷刻间的萌发，以及一发而不可收的情感渴求。他极有层次地描述了张生先后的心理变化，当男女双方不期而遇时，其视觉感受是："未语人前先腼腆，樱桃红绽，玉粳白露，半晌恰方言。"片刻间，传来莺莺对红娘说出的话语，其听觉与视觉于是交错在一起："恰便似呖呖莺声花外啭，行一步可人怜，解舞腰肢娇又软，千般袅娜，万般旖旎，似垂柳晚风前。"姣好而迷人的少女形象，在张生的心目中，有若天仙，他禁不住自己内心的激动和兴奋，压抑不了自己对爱情的遐想，方寸之间涌动着无法遏止的渴望："饿眼望将穿，馋口涎空咽。空着我透骨髓相思病染，怎当他临去秋波那一转！休道是小生，便是铁石人也意惹情牵。近庭轩，花柳争妍，日午当庭塔影圆；春光在眼前，争奈玉人不见，将一座梵王宫疑是武陵源。"（第一本第一折）尚无恋爱经验的张生，在莺莺面前，一切都是如此新鲜，一切都是如此令人着迷。可是，那一切又是那样难以捉摸，情感的迷惘几乎要把张生弄得不知所措，而强烈的渴望又使他对扑朔迷离的恋情充满着热切的期待。这就为张生日后的行动做了铺垫，其性格逻辑也从此逐渐呈现出来。

又如写莺莺遇见张生后的心理变化，细腻婉转，贴合少女的心态。莺莺正当青春年华，虽然常年在闺中生活，却也有少女的心绪与心事，不期然而见到张生，使她心潮暗涌，不能自持，自言自语道："自见了张生，神魂荡漾，情思不快，茶饭少进。早是离人伤感，况值暮春天道，好烦恼人也呵！"张生的出现，勾起了她对青春年华的感叹，对男女情感的醒觉，而自身的处境又有诸多限制，没有行动的自由，心里的情丝无法梳理，心乱如麻，抑郁难耐，唱道：

> 落红成阵，风飘万点正愁人。池塘梦晓，阑槛辞春；蝶粉轻沾飞絮雪，燕泥香惹落花尘。系春心情短柳丝长，隔花阴人远天涯近。香消了六朝金粉，清减了三楚精神。（第二本第一折）

晚春时节，最易让人感叹于春光的短暂，伤感于岁月的无情，况且正值春心萌动之时，更是落寞难受，孤清难忍，只好怨"情短柳丝长"，恨"人远天涯近"。万般的无奈，千种的怨恨，涌上心头，情绪处于无序的状态，不知道该怨谁，不知道怎么办，少女瞬息变化的心绪借助于诗化的唱词、形象化的语言，微妙婉曲地一一展现出来，是如此的语短情长，言有尽而意无限。剧作家在这里化用了欧阳修《千秋岁·春恨》"夜长春梦短，人远天涯近"的词句，翻出了新意，贴合了人物的特殊心境，更是精警动人。

## 二、唱词中的戏剧场面

杂剧用的是曲牌连套体，与诸宫调有着密切关系。王实甫充分利用了这一文体特点，在适当的场合借用了诸宫调的表现方式，即以唱词的形式描述正在进行的戏剧动作，以特有的手法丰富了戏剧场面的表现力。如张生智退贼兵后，老夫人叫红娘前往张生的住处，请张生赴宴。红娘一句"可早来到也"，引出了红娘约请张生的一场戏：

> （红唱）〔脱布衫〕幽僻处可有人行，点苍苔白露泠泠。隔窗儿咳嗽一声，（红敲门科）（末云）是谁来也？（红云）是我。他启朱唇急来答应。〔小梁州〕则见他叉手忙将礼数迎，我这里"万福，先生"。乌纱小帽耀人明，白襕净，角带傲黄鞓。〔幺篇〕衣冠济楚庞儿俊，可知道引动俺莺莺。据相貌，凭才性，我从来心硬，一见了也留情。（第二本第二折）

原来，张生的举止言行、衣着穿戴、身材样貌、才情品性都是如此有魅力，连身为丫鬟的红娘也被他迷倒了，乃至于"一见了也留情"，这就为当初莺莺"临去秋波那一转"做了生动的注脚。人同此心，红娘与莺莺的观感是相似的，以至于在红娘与张生这一次正式见面时，剧作家进一步强化了这一观感，借红娘的眼睛去描述张生的应对，借红娘与张生直接接触时的观察印证了"可知道引动俺莺莺"。剧作家的心思细密如此，而逼真生动的语言更加有助于戏剧场景的动态呈现，并为剧情的曲折展开做好层层的铺垫。

### 三、口吻毕肖的宾白

除了唱词，剧中的宾白也是个性化的，听其言可知其人，人物有各自的声口，显露着各自的脾性、气质和语气特点。如红娘奉命来请张生前去赴宴，张生满怀欣喜，以为这一回要正式与莺莺订亲，心情兴奋，又生怕自己的衣着打扮未能如意，身边没有镜子，一时不知如何是好，忽而急中生智，对红娘说："小生客中无镜，敢烦小娘子看小生一看如何？"他以为过得了红娘的眼睛，才好过得莺莺和老夫人的"法眼"。话语略带几分儒雅，几分紧张，也不无几分得意，其仪态是如此端方，一言一语活脱脱只能出自颇有书卷气的张生之口。又如红娘为张生送信，不便直接交给莺莺，故意将书信放在莺莺的梳妆盒上，红娘的道白是："我待便将简帖儿与他，恐俺小姐有许多假处哩。我则将这简帖儿放在妆盒儿上，看他见了说甚么。"她深知莺莺的脾性，碍于礼教的约束，小姐的举止言行都是中规中矩的，不会越雷池半步，她预想到如果莺莺看见书信，会做出心口不一的举动，即表现出"许多假处"。而莺莺见到书信后的反应，果然不出所料，语气严厉地说："小贱人，这东西那里将来的？我是相国的小姐，谁敢将这简帖来戏弄我，我几曾惯看这等东西？告过夫人，打下你个小贱人下截来。"免不了一副主子居高临下的口吻。红娘与莺莺，各有自身的处境，各有自身的担忧，剧中人物的宾白具有不可互换的特性，体现出剧作家对人物的深度理解，并表现出以个性化口语塑造人物形象的扎实功力。

《西厢记》对后世影响深远，在明代有众多刊本，拥有广泛的读者；在清代有金圣叹的改订本《贯华堂第六才子书西厢记》，长期成为《西厢记》的一个通行读本；而《红楼梦》里的贾宝玉、林黛玉都熟读《西厢记》，更是其深入人心的显著案例。

**思考题**

1. 如何分析《西厢记》的戏剧性？
2. 试评论崔莺莺形象的独特价值。

# 第七章　元代后期杂剧

元代杂剧，前期的创作中心在北方（大都是重镇），剧作家大多是北方人；而到了后期，随着部分北方作家的南下，以及南方作家的涌现，创作中心却重在南方（杭州是重镇）。这是元代杂剧发展变化的新局面。

## 第一节　北方杂剧的南移

元世祖至元十三年（1276），元军攻渡长江，迅速占有了江南、湖广，统一中国。一时北方士民大批南迁。南方富庶繁华的大都市，特别是南宋都城杭州，游人大增，为北方兴盛的杂剧提供了南移的大好良机。

### 一、北方杂剧家的南下

杂剧兴起于北方，初兴于金汴京，尔后延展到元平阳、真定、大都、东平等地方，杂剧演员和剧作者都为这一带地区的人。南北混一，江南的富庶、文明和秀丽风物，对北方的文人有着巨大的吸引力。或游历，或寄居，或出仕，也成为了一种风气。如关汉卿就曾游历杭州，写了一首《杭州景》，称杭州"水秀山奇，一到处堪游戏"。那种"秀幕风帘""楼阁参差""竹坞梅溪"的江南景色更是令北方人感到新鲜和兴奋。更为突出的例子是白朴，他生于河南，长于山东、河北等地，在元即将统一中国之际选择了金陵作为定居之所。

随着北方杂剧家的南下，南方地区的杂剧演出也逐渐显露出兴盛的迹象。据元末明初的夏庭芝《青楼集》记载，有不少出色的杂剧艺人活跃于南方各地，如小春宴，"姓张氏，自武昌来浙西。天性聪慧，记性最高。勾阑中作场，常写其名目，贴于四周遭梁上，任看官选拣需索"。又如李真童，"十馀岁，即名动江浙。色艺无比，举止温雅，语不伤气，绰有闺阁风致"。再如汪怜怜，"湖州角妓，美姿容，善杂剧"[①]。她们本是南方人，而能够"善杂剧"，可见杂剧逐渐在南方产生广泛的影响，以至出生于南方的艺人也谙于此道。

### 二、南方的杂剧创作

锺嗣成《录鬼簿》下卷著录了一批杂剧家，他们或者是由北方南下的，或者

---

① 中国戏曲研究院编：《中国古典戏曲论著集成》第 2 册，中国戏剧出版社 1980 年版，第 34—38 页。

是南方本土的。如宫大用（天挺），大名开州（今河南濮阳）人，卒于常州；郑光祖、乔吉也是北方人，都长期寄居杭州。此外，更多的是南方人，如金仁杰、范康、沈和、鲍天祐、陈以仁等，都是杭州人。这也反映出杭州是元代后期杂剧创作的重镇。

活跃于杭州等地的杂剧作家，有的还是当时的官吏，如汪勉之，是浙东帅府令史，与鲍天祐合作杂剧《曹娥泣江》，贾仲明为他补写挽词："名虽传道职学官，风韵清标貌胜潘，胸中星斗文章焕。心贯通，体广胖，尊瞻视楚楚衣冠。历帅府浙东令史，补《曹娥泣江》两端。"这位学官，并未鄙视杂剧，还执笔参与创作。与此相似，郑光祖是杭州路吏。有的杂剧家本是医生，以医术著称于世，如萧德祥，撰写杂剧多种，也写南戏。贾仲明为他补写挽词："武林书会展雄才，医业传家号复斋，戏文南曲衡方脉。共传奇乐府谐，治安时何地无才。人间著，《鬼簿》载，共弄玉同上春台。"这些现象表明，与前期杂剧作家多以创作谋生不尽相同，后期杂剧作家有的不一定是以杂剧创作谋生的，他们自有职业，只是出于爱好而从事创作。像萧德祥，其情形更为特殊，他与若干同人结成"武林书会"。在行医之余既写杂剧，也写南戏，这是杂剧家队伍里值得注意的变化。

## 第二节　元代后期的杂剧作家与作品

元代后期的杂剧作家以活跃于杭州的郑光祖名气最大，他与关汉卿、白朴、马致远并称"元曲四大家"。而乔吉、秦简夫等也是这一时期从事杂剧创作的重要人物。

### 一、郑光祖与《王粲登楼》

郑光祖（生卒年不详），字德辉，平阳襄陵（今山西襄陵）人。锺嗣成《录鬼簿》将他列入"方今已亡名公才人，余相知者"，可知他与锺嗣成有交往，曾以儒生身份补杭州路吏。死后葬于杭州的灵芝寺。他是出身北方而南下杭州的剧作家。作杂剧十七种，今存《辅成王周公摄政》《迷青琐倩女离魂》《虎牢关三战吕布》《㑇梅香骗翰林风月》《醉思乡王粲登楼》五种。

郑光祖的多种杂剧中，《倩女离魂》颇为著名。该剧取材唐代陈玄祐的传奇小说《离魂记》，宋元南戏有《王文举月夜追倩魂》剧目。杂剧演述王文举与张倩女相爱的曲折故事。王文举迫于张倩女母亲的压力，不得不上京赴选；张倩女的灵魂追赶王生而去，后与获取功名的王生一同返家，到家后张倩女"灵、肉合体"。剧本以离魂的奇特情节表现了年轻人婚姻不自主的处境，以及对爱情的执着追求。

《王粲登楼》是郑光祖的重要作品。该剧以三国人物王粲为主人公,以其传世的《登楼赋》为基调,虚构了蔡邕为激励王粲意志,而故意轻视怠慢他的情节。王粲困顿失志,在荆州贫病交加,登楼赋诗,抒发其怀才不遇,磊落不平之气的故事。王粲是"建安七子"之一,《三国志·魏书·王粲传》记载,王粲颇受蔡邕的赏识,然其遇与不遇都与蔡邕无关。剧中所叙蔡邕在酒筵间当曹植面使王粲难堪,暗中资助王粲去荆州依刘表,登名士许安道之楼赋诗咏怀,最后在蔡邕关照下受到重用,还与蔡邕女儿结婚等情节,都是由剧作者附会而出。明激暗助的情节设置,亦为元杂剧中多用的套路。但情节紧凑,凸显了文人失志的困顿状况及其悲伤心态。而且曲文雅致,婉转附物,意象悲凉,不独寄托着剧作者以儒生为吏,屈沉下僚的悲哀,也传达出了当时众多失意文人共有的悲愤心情。所以,此剧能引起社会广泛的共鸣,赢得剧评家的称赏。明代沈德符认为:"不特命词之高秀,而意象悲壮,自足笼盖一时。"(沈德符《万历野获编》)

## 二、乔吉与《扬州梦》

乔吉(1280?—1345),字梦符,号笙鹤翁,又号惺惺道人。太原(今属山西)人。长年居杭州,有题写西湖的《梧叶儿》,多达百篇。作杂剧十一种,今存《玉箫女两世姻缘》《李太白匹配金钱记》《杜牧之诗酒扬州梦》三种。

乔吉的杂剧,常常以唐代人物为故事主人公。如《两世姻缘》的男主人公韦皋是中唐时期人物,新旧《唐书》均有其传记,是一位曾长期任职四川的官员。该剧本事出自唐范摅《云溪友议》,叙述西川节度使韦皋与某显贵家中侍女玉箫两世姻缘的故事,颇为凄艳。杂剧将人物身份分别改为成都书生韦皋、洛阳歌姬韩玉箫。韦皋被妓院鸨母逼走,玉箫相思深切,一病而亡。多年后,韦皋重遇故人张延赏,张之义女张玉箫原是韩玉箫转世,韦皋与玉箫了结两世姻缘。《金钱记》写唐代诗人韩翃与柳眉儿的爱情故事,以开元通宝钱作为沟通男女主人公的道具,大诗人贺知章、李太白的出现也成为推动剧情演进的线索。

《扬州梦》是乔吉的重要作品。此剧虚构了唐代诗人杜牧与歌女张好好的情缘故事。杜牧有《张好好诗并序》传世,据序文记载:唐大和三年(829),杜牧在江西观察使沈传师幕中,得以认识歌女张好好,其时张十三岁;此后过了若干年,张被沈传师之弟沈述师纳为妾;再后来,杜牧与张好好重遇于洛阳,触及往事,"感旧伤怀,故题诗赠之"。此诗的末尾写道:"洛城重相见,婷婷为当垆。怪我苦何事,少年垂白须。……洒尽满衿泪,短歌聊一书。"[1] 可见,杜牧与张好好虽然相识、相熟,却无情缘。而杂剧《扬州梦》则写杜牧先后在南昌、扬州以及京师

---

[1] 缪钺选注:《杜牧诗选》,人民文学出版社1997年版,第24—25页。

长安与张好好相会,经扬州富商白文礼牵线说合,得到权重一时的牛僧孺许可,娶张好好为妻。

剧中的杜牧儒雅聪俊,用情专一,一心爱着张好好。他在南昌偶遇张好好,即为其才情、美貌所吸引,留下深刻印象。后来,到了扬州,拜会时任扬州太守的牛僧孺,其时,张好好成为牛的义女,杜牧遂与张重逢。但经过多年后,张的容貌有别于当初,杜牧不敢造次,也不便相认,而只能辗转反侧,存思念于梦寐之中,咫尺天涯,苦恋不已,十分难耐。故而杜牧在扬州度过了一段对张好好可望而不可即的苦闷日子。等到要离开扬州的时候,富商白文礼为杜牧送行。言谈间,杜牧确认牛府里的女子正是张好好,他向白文礼诉说了自己多年来对张的爱恋之意,白文礼得悉详情后不禁说道:"相公与此女有缘有分,所以如此留情也。"(第三折)当即承诺要帮杜牧成此好事。此后,牛僧孺任满携眷回京,白文礼也随之到了长安。牛早已得知杜牧暗恋张好好,说:"扬州有一个白文礼,是老夫的治民,其家巨富。屡次对老夫诉说此事,要将好好配与杜牧之为夫人,成就此一桩美事。他如今也随老夫来到京师,今日在金字馆中安排宴会。若杜牧之来时,老夫自有主意。"(第四折)而此时杜牧正好也在长安,于是,就有了与张好好重聚的机会,终于得偿所愿,结为百年之好。

剧作家刻意将张好好写得十分美好,多次令杜牧可望而不可即,使之魂牵梦萦,神魂颠倒。杜牧与张好好,在南昌,在扬州,一次再一次相遇,总是失之交臂,好事多磨;就剧情而言,杜牧终于在京师和张好好结合在一起,算是有了结果。可是,作品的全名是《杜牧诗酒扬州梦》,剧本最后以杜牧的唱词"今日个两眼惺惺,唤的个一枕南柯梦初醒"收束,依然没有摆脱"梦"的感觉,这是《扬州梦》的命意所在。

如果细读杜牧传世而为人熟知的《张好好诗并序》,就会明白杜牧与张好好的情缘完全是"幻设"而成。世间会有美好的东西,但这不一定是人们可以拥有的;哪怕似乎"拥有"了,也会有南柯梦醒的时候。乔吉的《扬州梦》杂剧看似情节简单,其意蕴却耐人寻味。

### 三、秦简夫与《东堂老》

秦简夫(生卒年不详),大都(今北京)人。钟嗣成《录鬼簿》将他列入"方今才人相知者",并说他"近岁来杭,回"。可知他是大都颇有名气的剧作家,元至顺年间(1330—1333)曾南游杭州。作杂剧五种,今存《孝义士赵礼让肥》《晋陶母剪发待宾》《东堂老劝破家子弟》三种。

《东堂老》是秦简夫的重要作品。这是一部家庭伦理剧,演绎的是一个浪子回头的故事,着意塑造了东堂老李茂卿的形象,他挽救了一个浪子的人生。剧中的扬州奴是扬州商人赵国器的儿子，从小娇生惯养，好逸恶劳；成家后，"只伴着那一伙狂朋怪友，饮酒非为"，不问家业。赵国器看着自己的身体一日不如一日，便暗中将后事托付给了同乡兼老友李茂卿。因李茂卿住在赵家的东邻，故称之为"东堂老"。

剧作家在设计情节时注意到要教育改造一个人，不是一时可以做到的。赵国器去世后，扬州奴只会花钱，坐吃山空，到了不得不出卖房子的地步。李茂卿看到时机已到，出面将这房子"买"了下来。扬州奴拿着卖掉房子的最后一笔钱照旧胡吃胡喝，直到身无分文。自己与妻子只得寄身于城南的一座破瓦窑里，苦不堪言。李茂卿看准时机，当面教训扬州奴，点化扬州奴省悟。李茂卿的妻子在丈夫授意下趁机给了扬州奴一贯钱做本钱，让他去学做小本买卖。扬州奴于是去学卖炭、卖菜，自食其力，从而懂得了做人的道理。李茂卿随机点拨，扭转扬州奴的人生观。扬州奴感触极深，说："叔叔，恁孩儿正是执迷人难劝，今日临危可自省也。"（第三折）扬州奴浪子回头，李茂卿完成了老友的重托。

《东堂老》的第一主角是商人李茂卿，厚道廉洁，暗中促成扬州奴的浪子回头，显示出一种超越传统的人生价值观；他不讳言经商要追逐财富，财富也是一种人生价值的标杆，但获取财富要靠勤劳经营。他曾对儿子说："做买卖的，有一等人肯向前，敢当赌，汤风冒雪，忍受寒冷；有一等人怕风怯雨，门也不出。所以，孔子门下三千弟子，只子贡善能货殖，遂成大富，怎做的由命不由人也？"（第二折）李茂卿的自白，不仅否定了富贵在天、穷通由命的愚昧观念，也扬弃了"万般皆下品，唯有读书高"的狭隘观念，强调获取财富要靠勤劳经营，经商也是正道。这部《东堂老》杂剧正是以李茂卿的正直无私的形象，反映出了元代日益壮大的商人群体，张扬了自身的人生价值和提高社会地位的历史诉求。

秦简夫是元杂剧后期的作家。《东堂老》取材于现实人生，情节紧凑，脉络连贯，曲文质朴自然。明代剧作家孟称舜评此剧："曲不难作情语、致语，难在作家常语，老实痛快，而反致不乏，如听老成人训诲子弟，句句堪模"，"摹写浪子回头，老人点化处俱有生气。"（《古今名家杂剧·酹江集·东堂老》眉批）点出了该剧的鲜明特色。

### 四、元代后期其他杂剧作家及作品

元代后期杂剧作家较著名者还有宫天挺、金仁杰、杨梓、萧德祥等人。

宫天挺，大名（今属河北）人。《录鬼簿》载："历学官，除钓台书院山长，为权豪所中，事获辨明，亦不见用。卒于常州。""吟咏文章，笔力人莫能敌。乐章歌曲，特馀事耳。"作杂剧六种，都为历史题材。今存《七里滩》《范张鸡黍》两种。《七里滩》演绎严光拒绝汉光武帝征召，隐居七里滩垂钓为乐故事。剧中严光唱道："畅道禄重官高,阒是祸害;凤阁龙楼,包着成败。你那里是舜殿尧阶,严光则是跳出十万丈风波是非海。"可见,此剧是作者为"权豪所中",心有不平,故借当地著名的历史故事写心。《范张鸡黍》是据《后汉书·范式列传》改编,叙写张勋重信义,与范式结为生死之交,张勋死,范式千里送葬的故事。剧中突出表现了张勋对无文无行的奸人窃官当道的不满,唱道:"您子父们轮替着当朝贵,倒班儿居要津。""猛力如轮,诡计如神。谁识您那一伙害军民聚敛之臣?""是些装肥羊法酒人皮囤,一个个智无四两,肉重千斤。"(第一折)这显然是身为儒生学官的剧作者借古讽今,宣泄他对当时不学无术的奸人当道,陷害良臣的政治状况的愤懑之情。由于是发自切身感受,故而曲文词锋犀利,酣畅淋漓,赢得后世剧评家的称赏。

金仁杰(?—1329),钟嗣成《录鬼簿》(曹楝亭本)下编小传云:"字志甫,杭州人,余自幼时,闻公之名,未得与之见。公小试钱谷,给由江浙,遂一见如平生欢。交往二十年如一日。天历元年戊辰冬,授建康崇宁务官,明年己巳,正月叙别,三月,其二子护柩来杭,知公气中而卒。呜呼哀哉。所述虽不骈丽,而其大概,多有可取焉。"所作杂剧七种,都为历史剧,现存《追韩信》一种,全称《萧何月下追韩信》,演绎韩信未得时,受恶少胯下之辱和漂母馈食之恩,先投项羽,再投刘邦,都不被重用,怨而出走,萧何闻之,连夜追回荐举,刘邦拜为大将军,设九里山十面埋伏之计,大胜项羽,战功受赏。情节与《史记·淮阴侯列传》大致相似而有所渲染。剧中叙韩信怀才不遇的苦闷心情,忧挚酣畅,为后世曲家欣赏。明沈采的《千金记》传奇,"追信"一出,即袭用《追韩信》杂剧第二折曲文。

杨梓(1258—1327),海盐澉浦(今浙江海盐)人。先世仕宋,父杨发以宋官附元,授福建安抚使,总领浙东西市舶司事,建屋招商,专揽利权,遂为两浙大富。至元二十九年(1292),杨梓从征爪哇国,归授浙东宣慰司都元帅,官至嘉议大夫、杭州路总管,卒赠弘农郡侯,谥惠康。杨梓与其二子均善音律,与贯云石相友善,得其指引,擅南北曲,教家僮歌之。州人传其家法,以能歌闻于浙右。①元姚桐寿《乐郊私语》记:"今杂剧中有《豫让吞炭》《霍光鬼谏》《敬德不服老》,皆惠康自制,以寓祖父之意,第去其著作姓名耳。"

杨梓所作三剧,皆为据史书改编的历史剧。《豫让吞炭》是据《史记·刺客列传》演绎晋国豫让受智伯知遇之恩,智伯为赵襄子等所灭,豫让漆身改容,吞炭改声,伺机刺杀赵襄子。终未得逞,被捉,坚持索取赵襄子衣服拔剑击之,随即

---

① 参考元陈旅《安雅堂集》卷十一《杨国材墓志铭》、黄溍《金华黄先生文集》卷三十五《松江嘉定等处海运千户杨君墓志铭》、《元史》卷二百一十《瓜哇传》,姚桐寿《乐郊私语·杨氏乐府》等文献。

伏剑自杀。表现豫让"智伯以国士遇我，我故国士报之"的义烈精神。《霍光鬼谏》叙汉权臣霍光事。按《汉书·霍光传》，霍光为汉武帝顾命大臣，拥昭帝，废行事淫乱的昌邑王，复立宣帝，匡国家，安社稷，功德卓著。为后人所诟病的，一是子弟女婿多据高官要职，"党亲连体，根据于朝廷"，权势太大，宣帝都不敢主政；二是"阴妻邪谋，立女为后"（班固《汉书·霍光传》）。杨梓作《霍光鬼谏》杂剧，便是就霍光此二事，为之辩护：宣帝授其子霍山、霍禹官，霍光阻拦，宣帝不从；霍山、霍禹趁霍光外出，送其姊入宫为帝后，霍光闻知请宣帝休弃其女，宣帝不从；霍光死后，鬼魂托梦，向宣帝揭发霍禹等要谋反，宣帝及时剪除了要谋反的霍氏家族，将霍光塑造为一位绝对忠诚于朝廷而不徇私，乃至要大义灭亲的忠臣形象。《敬德不服老》大体是据《唐书·尉迟恭传》改编。叙尉迟恭在功臣宴上为争帝位打伤李道宗，被贬为民。高丽国向唐朝挑战，太宗命徐茂功宣尉迟恭出征，尉迟恭装疯瘫。徐茂功设计、激励尉迟恭奋然挂帅出征，立功受赏。杨家以宋官降元，并为之征服浙闽一带地方出资出力，受到社会的谴责，后来明推翻元朝，就曾对杨氏进行惩罚。杨梓借作杂剧，假历史人事曲说其祖父之心迹，是完全有可能的。但由于对海盐杨氏的实际情况缺乏了解，难于对剧作所寓之意做出适当的解读。元杂剧后期南方作者的身份有所提高，不乏正经文士，乃至有像杨梓这样的富族高官，显示出杂剧文化品位的提高，但也在取材和意旨方面，显现出复归传统文学的雅化倾向，失去了元杂剧原生的现实精神和活力。

**思考题**

1. 试分析《东堂老》杂剧的艺术特色。
2. 如何理解元代后期杂剧创作重心南移现象？

# 第八章 元代散曲

元代散曲是中国古代诗歌中的一种文体，其主要特点是可俗可雅，而以俗为其本色。其口语化的程度远远高于唐诗宋词，可视为鲜活口语的诗化形式。由此产生了别具一格的"曲味"，体现出一种更为贴近世俗百态的人生情韵。它与唐诗、宋词并举，世称"唐诗宋词元曲"，在文学史上自有独特的地位。

## 第一节 散曲的形成与体式

散曲是一种新的诗歌体式，与宋金时期新的音乐形式的流行密不可分，是继诗、词之后人们做出新的文体选择的结果。

### 一、散曲的形成

散曲是一种与音乐密切配合的文体。宋代末年，宋词逐渐改变了其"倚声"的性质，与音乐的关系日渐疏远。而散曲则以新的音乐形式赢得大众的喜爱，成为金元时期的新兴文艺。

散曲的音乐，包含各地流行的民间小调、原有的一些宋词词调，还有唐宋以来的大曲、鼓子词等的曲调形式。此外，更为值得关注的是少数民族音乐的传入与渗透。尤其在北方，自宋代以来，少数民族音乐渐次在汉族人中传播，如在宣和末年的汴京，"街巷鄙人，多歌蕃曲，名曰〔异国朝〕〔四国朝〕〔六国朝〕〔蛮牌序〕〔蓬蓬花〕等，其言至俚；一时士大夫亦皆歌之"（宋曾敏行《独醒杂志》卷五"宣和间京师人多歌蕃曲"条）。可见"蕃曲"成为受到欢迎的新的音乐形式。宋金时期，随着金朝政权在北方建立，女真族乐曲更多传入中原，元周德清《中原音韵》记载："女真〔风流体〕等乐章，皆以女真人音声歌之。"而由金入元后，蒙古族音乐也纷纷传入，不断增强音乐的表现力。一些散曲作家如不忽木、贯云石、薛昂夫、阿鲁威等，本身就是少数民族作家。散曲是多民族的音乐交流、融合的产物。

散曲有南北之分。就元代散曲的创作情形而言，取得杰出成就的主要是北曲；南曲也受到北曲的深远影响。明徐渭《南词叙录》曰："今之北曲，盖辽金北鄙杀伐之音，壮伟狠戾，武夫马上之歌。流入中原，遂为民间之日用。宋词既不可被管弦，南人亦遂尚此。"散曲的流行，大致自北而南，遂成为一代"新声"。

从诗词发展史来看，元代散曲的形成，是作家重新选择诗歌语言形式以求更直接、更随意地表达其所感所思的结果。在元代以前，唐诗以近体诗为主要体式，讲究严谨的格律，宋词也受到词调的种种规限，诗歌语言与鲜活口语之间产生一定的距离，如何使得二者能够较为自然地结合起来，成为作家们要突破的一个难题。元代散曲的形成正是诗歌语言进一步口语化、鲜活化的具体表现。

### 二、散曲的体式

散曲的体式，大体可分为三种：小令（单支曲子）、套曲（多个曲调组合成一套曲子，亦称套数）和带过曲（由二三支音律相衔接的曲子组成）。

小令与词有同源关系，它们在体式上都是长短句。在金元之际，词体逐步走向雅化，于是，从词体衍化而来的小令逐渐在北方形成，入元之后迅速流行。与词体相比，小令更为口语化。

套数是比小令更为复杂的曲体。它吸收宋代大曲及诸宫调的联套方式，把同一宫调的曲子连缀起来。一般先用一二支曲子作为"引子"，引出这套散曲的话题；最后的部分，则用"煞调""尾声"结束，是为"收煞"；中间部分，选用的曲子可多可少，短的只有三四支，长的可多至二三十调。套数之所以成"套"，其体式由三个部分构成：引子，主体部分，尾声。因其体式颇有"规模"，套数在抒情、叙事方面都富于表现力。

此外，还有一种介乎小令与套数之间的曲体就是"带过曲"，它用两支或三支同一宫调的小令连缀成曲，其作用是弥补单支小令在表现力上的不足，用以表达稍微复杂一些的内容。带过曲往往形成较为常见的连带关系，即某一曲牌常常带上另一特定曲牌，如中吕宫的〔十二月〕，常例是带上〔尧民歌〕，双调的〔雁儿落〕带〔得胜令〕，正宫的〔脱布衫〕带〔小梁州〕，等等。

就语言形象而言，散曲有一个显著特点，即在依照曲律填词的基础上，可以根据表达的需要加上"衬字"，使句子的意思更为完整，语气更为流畅。比如，同是小令〔沉醉东风〕，卢挚的一首不加衬字，关汉卿的一首加了衬字：

避炎君频移竹榻，趁新凉懒裹乌纱。柳影中，槐阴下，旋敲冰沉李浮瓜。会受用文章处士家，午梦醒披襟散发。（卢挚撰，此曲收入《太和正音谱》）

咫尺的天南地北，霎时间月缺花飞。手执着饯行杯，眼阁着离别泪。刚道得声保重将息，痛煞煞教人舍不得。好去者望前程万里。（关汉卿撰，句中加着重号者为"衬字"）

散曲行文加衬字，不改变唱腔的音节，而语言更贴近口语，自然流畅。

## 第二节 元代前期散曲

元代前期的散曲作家主要有杜仁杰、关汉卿、白朴、马致远、卢挚等。

### 一、杜仁杰与"善谑"曲风

杜仁杰，字仲梁，一字善夫，世称"善夫先生"，济南长清（今属山东济南）人；由金入元，有诗名，与元好问友善。其人"性善谑，才宏学博，气锐而笔健，业专而心精"，入元后，"屡征不起"（顾嗣立《元诗选》）。从其诗作可知，他对"名节颇为看重"，有句云："此去乱离何日定，向来名节几人全？"（《读前史偶书》）他经历金元之变，便以达观应对，借咏史写心："天上神仙也别离，人间那得镇相随。不须贵买临邛赋，只想君王未见时。"（《长门怨》）他是一位有才学、有见识的作家，尤以散曲创作见重于世。

杜仁杰的散曲作品，存世数量不多，有小令1支、套数3套及残曲1套，而其有限的作品中以套数〔般涉调·耍孩儿〕（庄家不识勾栏）最为著名，风格独特，脍炙人口。这一套令人忍俊不禁的曲子，写的是杂剧兴起的时代，一个没有见过世面的庄稼汉偶然看到勾栏杂剧演出，不知道这是一种什么艺术形式。作家以诙谐的语气，传神的笔触描摹出庄稼汉眼中的一切。整套曲子充满着市井风情与乡土气息。

作品叙写的是一个庄稼汉入城买些纸钱、香烛，无意中看到有人在招徕客人："见一个人手撑着椽做的门，高声的叫'请、请'，道'迟来的满了无处停坐'。说道'前截儿院本《调风月》，背后幺末敷演《刘耍和》。高声叫'赶散易得，难得的妆哈'。"尚未演出之际，戏班的杂役在高声召唤观众入场，庄稼汉好奇，花了"二百钱"进场。只见里面早已坐满了观众，舞台上有几个妇女在"擂鼓筛锣"，伴奏的女艺人坐在前台演奏开场锣鼓。接着，作家用了五支曲子描述演出的具体场景。从这些场景看，我们约略可以了解当时的杂剧演出样式：

1. 开场时，一个年轻的女演员首先出来"引戏"："一个女孩儿转了几遭，不多时引出一伙，中间里一个央人货，裹着枚皂头巾顶门上插一管笔，满脸石灰更着些黑道儿抹。"这个所谓的"央人货"就是戏班里的副净。

2. 副净的出场，标志着演出正式开始："念了会诗共词，说了会赋与歌，无差错。唇天口地无高下，巧语花言记许多。临绝末，道了低头撮脚，爨罢将幺拨。"副净能说会道，诗词歌赋随口背出，还有一些滑稽表演，这些表演当时称之为

"爨",或称"艳段",目的是引起观众兴趣,起着"暖场"的作用。

3. "爨"之后演出"正杂剧",按照常例,是"两段",即两个剧目。据《梦粱录》卷二十"妓乐"条记载,宋金时期的杂剧演出,"先做寻常熟事一段,名曰艳段;次做正杂剧,通名两段"。散曲所描述的正好与文献记载相符,此场演出《调风月》和《刘耍和》两段。

先是演出《调风月》,剧中角色上场,其戏剧情景是:"一个妆做张太公,他改做小二哥。行行行说向城中过。见个年少的妇女向帘儿下立,那老子月意铺谋待取(娶)做老婆。教小二哥相说合,但要的豆谷米麦,问甚布绢纱罗。"这里演的是张太公请小二哥说媒,财礼多少都不成问题。张太公娶妻心切,小二哥趁机作弄他:"教太公往前那(挪)不敢往后那(挪),抬左脚不敢抬右脚,翻来复去由他一个。太公心下实焦躁,把一个皮棒槌则一下打做两半个。我则道脑袋天灵破,则道兴词告状,划地大笑呵呵。"这显然是一场滑稽小戏,小二哥故意没事找事地想着招数让张太公出丑,张太公一把年纪想娶少妻却又不甘心被戏弄,恼羞成怒,出手打人,动作夸张,似乎一个棒槌将小二哥的脑袋打开了花,吓得观看演出的庄稼汉以为出了人命案子,没曾想这原来是演员们闹着玩的。庄稼汉看着演出,时间过得很快,注意力被舞台上的表演吸引住了,但毕竟过了很长时间:"则被一泡尿,爆的我没奈何。刚挨刚忍更待看些儿个,枉被这驴颓笑杀我!"原来,他已经"忍"了好长时间,就是舍不得离开片刻,结果到了"忍无可忍"的程度,皆因剧情好笑,看得过瘾。散曲以此作结,没有再描述《刘耍和》的演出。可是,从曲词可知,剧场效果奇好,演出相当成功,人们可以想象庄稼汉还要接着看下去。

杜仁杰熟悉下层民众的语言和心理,不避粗俗,却又不伤大雅,真切地写出当时杂剧演出的具体情形,为戏曲史提供了一份极为难得的"现场记录"。取材独特,剪裁考究,不枝不蔓,活灵活现,字里行间充满着以"谐趣"为特点的喜剧氛围,世称其"善谑",可谓恰切。

## 二、关汉卿与"酣畅"曲风

关汉卿,以杂剧创作称雄元代剧坛,他又是一位重要的散曲作家。

其现存作品(包括归于其名下的)有套数13套,小令57首。从其散曲作品可以看出,关汉卿是一位以文艺才能长期寄身于大都瓦舍勾栏"偶倡优而不辞"的作家。他自视甚高,又洒然自处,显露出卓荦不羁的个性特征。他在一首小令里写道:"南亩耕,东山卧,世态人情经历多。闲将往事思量过:贤的是他,愚的是我,争甚么!"(〔南吕·四块玉〕闲适)虽然淡然处世,内心却又有一股挥之不去的不平之气,字里行间隐然让人感觉到孤傲背后的愤激。

关汉卿的散曲，最为后世称道的是以自述口吻写出的《不伏老》（〔南吕·一枝花〕套曲），姿态亢奋，情绪激昂，不无惊世骇俗的气概：

> 我是个普天下郎君领袖，盖世界浪子班头。愿朱颜不改常依旧，花中消遣，酒内忘忧。……我也会围棋，会蹴鞠，会打围，会插科，会歌舞，会吹弹，会咽作，会吟诗，会双陆。你便是落了我牙，歪了我嘴，瘸了我腿，折了我手，天赐与我这几般儿歹症候，尚兀自不肯休。则除是阎王亲自唤，神鬼自来勾，三魂归地府，七魄丧冥幽，天哪，那其间才不向烟花路儿上走！

真是如"爆豆"一般声声作响，铿锵有力，短促而流畅的语句蕴含着自我肯定、自我解嘲的复杂心态，反映出与传统文人价值观念相抗争的叛逆精神。全曲完全用口语，字句不受曲牌规定的句式的局限，增添了许多衬字和词语，也就增加了句子的内涵，读起来舒缓，却依然酣畅淋漓。

关汉卿的散曲，无论是自况还是叙写男女情爱，都显得真率自然，绝无雕饰，笔调明快，意态逼真。如小令〔仙侣·一半儿〕（题情）："碧纱窗外静无人，跪在床前忙要亲。骂了个负心回转身。虽是我话儿嗔，一半儿推辞一半儿肯。"作者的语言极为洗练，充满场面感，富于动作性，且有传神的心理刻画。女方的娇嗔，男方的激情，配以"碧纱窗外静无人"的自然氛围，活画出一对热恋中的年轻男女情趣盎然的生活片段。

### 三、白朴与"叹世"曲风

白朴除了擅长词作、杂剧外，也是一位重要的散曲作家，现存套数4套，小令37首。他出身士大夫之家，由金入元，受元好问的影响较深，散曲多叹世归隐之作。如〔双调·庆东原〕：

> 忘忧草，含笑花，劝君闻早冠宜挂。那里也能言陆贾，那里也良谋子牙，那里也豪气张华？千古是非心，一夕渔樵话。

其实，在现实人生里，能够建功立业的知识分子只是少数，而像汉代的陆贾、周朝的姜子牙、晋朝的张华，他们的功业更是文士中极少见的，即便如此，却又如何？在白朴的心目中，"挂冠"的故事最能启迪人心。汉代的逢萌在王莽当政时，痛感"三纲绝矣"而解其冠挂于东都城门[①]；尽管他学富五车，精通《春秋》，可

---

[①] 逢萌事迹，见范晔《后汉书·逸民列传》，中华书局1987年版，第2759页。

是,逄萌自有一种"大丈夫安能为人役哉"的气概,保持着一种独立的人格,守护着一种刚正不阿的精神,所以成为白朴意欲效仿的榜样。

再看白朴的另一首小令〔双调·沉醉东风〕:

> 黄芦岸白苹渡口,绿杨堤红蓼滩头。虽无刎颈交,却有忘机友。点秋江白鹭沙鸥。傲杀人间万户侯,不识字烟波钓叟。

隔绝尘世,远离烦嚣,将"用世"之心转化为在大自然里寻找"忘机友"的处世之道。澄净的秋江,一行白鹭,一群沙鸥,置身其中,并不孤寂,也不冷清;与大自然相伴,傲然立于天地之间,不为得失而烦恼,不为荣辱而经心。这是"万户侯"也体验不到的乐趣,这是"不识字"的渔父能体验得到的快乐。白朴在〔中吕·阳春曲〕(知几)里写道:"张良辞汉全身计,范蠡归湖远害机,乐山乐水总相宜。君细推,今古几人知?"原来,与白鹭、沙鸥作伴,在"秋江"上讨生活,是为了"全身计",为了"远害机",这样的"淡然"是无奈之举,其间有无限的悲慨,这是白朴的"叹世"心态。

白朴是散曲初兴时的文人作者,遂亦涉笔娱乐文艺,有咏男女恋情之作,但作品还是染有词的格调,简约淡雅。

### 四、马致远与"东篱"曲风

马致远,也是元代的散曲大家,存世套数有十六套,小令一一五首。其散曲的旨趣也有鲜明的倾向:厌倦世俗的名利争斗,向往着远离红尘的退隐生活。他自号"东篱",以"采菊东篱下"的陶渊明为人格典范。淡薄世情,自甘清寒。心有郁结,愁绪萦怀,时有色调低沉、凄怆意味的抒写,形成自有特色的"东篱"曲风。

马致远最为脍炙人口的是〔越调·天净沙〕:"枯藤老树昏鸦,小桥流水人家,古道西风瘦马。夕阳西下,断肠人在天涯。"这是古老的游子思妇的主题,却由一系列的意象组成的一幅悲凉图景表现出来,最大限度地发挥了汉语独具的审美功能,所以成为散曲中经典的抒情诗。这是带有思虑色彩的迷惘,在一个缺乏活力与生机的时代,这首小令发出了一声浪迹人世的哀鸣。这正是马致远感受世界的一种方式。

最能体现"东篱"曲风的要数〔双调·夜行船〕(秋思)套曲,可视为马致远的一份精神自传。全曲由七支曲子组成。开头道:"百岁光阴一梦蝶,重回首往事堪嗟。"作者纵观历史,俯视当下,展开了一次穿越时空的精神之旅:"想秦宫汉阙,都做了衰草牛羊野。不恁么渔樵没话说。纵荒坟横断碑,不辨龙蛇。"岁月无情,天翻地覆,当年壮丽无比的秦宫汉阙,早已无踪无影;荒郊外的古坟残碑,也已经销蚀斑斑,不辨贤愚。作者感叹人生,没有万古不变的功业,也没有百年不死的人生,经历几番风雨:"眼前红日又西斜,疾似下坡车。不争镜里添白雪,上床与鞋履相别。"在有限的岁月中,人都要自我珍重,安贫乐道,不计较人世间的得失:"利名竭,是非绝。红尘不向门前惹,绿树偏宜屋角遮,青山正补墙头缺,更那堪竹篱茅舍。"如此简陋的生活,却也有无穷的乐趣。比如,夏日过后,清秋来临:"爱秋来时那些:和露摘黄花,带霜分紫蟹,煮酒烧红叶。想人生有限杯,浑几个重阳节。人问我顽童记者:便北海探吾来,道东篱醉了也。"其散淡的背后是一种识破世情的孤傲,一种独立人格的坚守。①

### 五、卢挚与"疏斋"曲风

卢挚(1242?—1315?),字处道,号疏斋,存世小令一二〇首。

他历经仕宦生涯,通达人情世故,其散曲作品疏朗而条畅,雅则清丽,俗则诙谐,亦雅亦俗,自成格局。他有一首出人意表的小令,给人生算了一笔简单的账,语浅而意深:

> 想人生七十犹稀,百岁光阴,先过了三十。七十年间,十岁顽童,十载尪羸。五十岁除分昼黑,刚分得一半儿白日。风雨相催,兔走乌飞。子细沉吟,都不如快活了便宜。(〔双调·蟾宫曲〕)

七扣八折,可以支配的时间真是极为有限,能不珍惜光阴、爱惜生命?能不警醒起来赶紧做自己想做的事情?何况"风雨相催,兔走乌飞",这有限的时光还是如此迅疾、急迫,转眼即逝,时不我待。"子细沉吟,都不如快活了便宜",算来算去,做自己想做的事情才会"快活",才占得"便宜"。

什么是"快活"的事情呢?与不少元代知识分子一样,卢挚也厌烦了宦海生涯,厌倦了争名逐利。故而在其散曲里表达了寄情山水、回归村野的意愿。比如:"挂绝壁松枯倒倚,落残霞孤鹜齐飞。四围不尽山,一望无穷水,散西风满天秋意。夜静云帆月影低,载我在潇湘画里。"(〔双调·沉醉东风〕秋景)与其愁眉苦脸地在官场里讨生活,不如开怀惬意地去欣赏"满天秋意",那如画的景致使人忘忧。

因而,卢挚善于发现乡村生活的日常情趣,能够写出别人不一定写得出来的

---

① 王国维《宋元戏曲考·元剧之文章》评论道:"马东篱《秋思》一套,周德清评之以为'万中无一',明王元美等亦推为套数中第一,诚定论也。"《王国维戏曲论文集》,中国戏剧出版社1984年版,第89页。

"民间风俗画",如:"沙三伴哥来嗏,两腿青泥,只为捞虾。太公庄上,杨柳阴中,磕破西瓜。小二哥昔涎剌塔,碌轴上渰着个琵琶。看荞麦开花,绿豆生芽。无是无非,快活煞庄家。"([双调·折桂令]田家)这是若干生活片段的组合,捞虾的沙三、伴哥,满腿泥浆,从河边走了过来;烈日当空,有人在柳荫之下磕破西瓜,大快朵颐,引得躺在碌轴上的小二哥垂涎三尺,挺胸鼓肚像一个琵琶模样。作者语言风趣生动,本色自然,"俗"得可爱。可以说,大俗大雅,是"疏斋"曲风的显著特点。

## 第三节 元代后期散曲

元代后期的散曲作家主要有张可久、张养浩、睢景臣、贯云石、徐再思等。

### 一、张养浩与《云庄休居自适小乐府》

张养浩(1270—1329),字希孟,号云庄,山东济南人。有散曲集《云庄休居自适小乐府》行世,存套数两套,小令一六一首。

他曾任礼部侍郎、陕西行台中丞等职。在宦海浮沉多年,罢过官,复过职,而心系家国、关怀百姓,其散曲作品充满着可贵的人道情怀。如[中吕·喜春来]:"路逢饿殍须亲问,道遇流民必细询。满城都道好官人。还自哂,只落得白发满头新","乡村良善全生命,廛市凶顽破胆心。满城都道好官人。还自哂,未戮乱朝臣。"从这样的作品中可以感受其内心的赤诚、善良,一切以百姓的安危为依归,不计较个人的得失,而耿耿于怀的是"未戮乱朝臣",表露出刚正不阿的性格。

颇能体现其急百姓之所急、真切体贴百姓苦乐的高尚品格的作品是套数[南吕·一枝花](咏喜雨):"用尽我为国为民心,祈下些值玉值金雨。数年空盼望,一旦遂沾濡。唤醒焦枯。喜万象春如故,恨流民尚在途。留不住都弃业抛家,当不的也背乡离土。"大旱之年,百姓受苦,无以为生,"背乡离土"。在此严峻的环境下,好不容易迎来天雨,作者喜出望外,却心有纠结:"喜万象春如故,恨流民尚在途。"此时此地,此情此景,依然时刻以百姓为念,有喜有忧,而喜悦背后的忧心更是真情所在。接着,作者写道:

[梁州]恨不的把野草翻腾做菽粟,澄河沙都变化做金珠。直使千门万户家豪富,我也不枉了受天禄。眼觑着灾伤教我没是处,只落的雪满头颅。

这是非常真诚的淑世情怀,愿望是如此质朴,如此恳切,如此推己及人。如果百姓能够过上富足的生活,"我也不枉了受天禄",这是古代士大夫胸怀天下的责任感。没有为自己打算的狭隘眼光,没有为自己树碑立传的虚荣心,只是将心比心,视百姓的苦难为自己的苦难,视百姓的欢乐为自己的欢乐。

张养浩心忧百姓,即便是怀古之作,依然表露其"民本"立场,其脍炙人口的〔中吕·山坡羊〕(潼关怀古)可谓千古绝唱:

> 峰峦如聚,波涛如怒,山河表里潼关路。望西都,意踌躇,伤心秦汉经行处。宫阙万间都做了土。兴,百姓苦!亡,百姓苦!

这首小令正是写于关中大旱、路经秦汉旧迹之时。回首历历往事,思索百姓命运,无数的苦难构成了历史的轨迹,悲从中来,不能自已;他借助短促的语句放声大呼,声讨人祸;统治者一姓之兴亡给老百姓带来无穷的祸患,"兴"与"亡"的循环往复,几乎成了老百姓的"宿命"。这是一种"百姓本位"的思考,在历史成为"帝王将相的家谱"的古代语境中,实属难能可贵。

由于胸襟开阔,视野高远,张养浩的散曲境界阔大,胸次舒展。就算是即景之作的小令,也给人不同凡响的气象。张养浩的《云庄休居自适小乐府》有"闲适"的,有不"闲适"的,可都是一位怀抱赤子之心的作者感发于社会、感发于人生的呐喊与歌唱。

### 二、张可久与《小山乐府》

张可久(1280?—1349以后)[①],号小山。浙江庆元(今宁波)人。曾以路吏转首领官。他是元代后期名声颇大的散曲作家,存世套数9套,小令855首。

张可久有一首十分别致又深刻的小令,以其丰富的经历和敏锐的观察,写出了世风日下的社会状态,揭示了金钱主宰一切的客观现实,并痛感于污浊的社会风气对人性的侵蚀,痛感于是非观念的混乱与倒置。曲文如下:

> 人皆嫌命窘,谁不见钱亲。水晶环入面糊盆,才沾粘便滚。文章糊了盛钱囤,门庭改做迷魂阵,清廉贬入睡馄饨。葫芦提倒稳。

人们都嫌贫爱富,见钱眼开,于是,社会变成了一个大染缸,品性不坏的人受其

---

① 张可久的生卒年尚难确定,此从吕薇芬、杨镰说,见《张可久集校注》"前言",浙江古籍出版社1995年版,第1页。

影响，也就变了：读书写文章的就以文章作为圈钱的工具；有一官半职的就以手中的权力徇私枉法，翻云覆雨，颠三倒四，犹如摆出了迷魂阵；而不肯出卖良心的就以清廉为原则，结果被视为另类，当作傻瓜，是不识时务、没有睡醒的糊涂虫。作者最后笔锋一转，指出不识时务的、"葫芦提"的人不贪不取，清贫度日，倒也过得稳妥，起码不会受到良心的谴责。

张可久的散曲有较深沉的底蕴，这种底蕴来自读史。他从现实里发现问题，从历史著作中领悟先贤们的出处行藏之道，或感悟历史进程中的教训。写来别具一种散曲中少有的厚重感，如写对宦海奔波的观察："为谁忙，莫非命。西风驿马，落月书灯。青天蜀道难，红叶吴江冷。两字功名频看镜，不饶人白发星星。钓鱼子陵，思莼季鹰，笑我飘零。"（〔中吕·普天乐〕秋怀）不过，《小山乐府》中也有写得轻松而泼辣的作品，显示作者对生活的观察既细致又幽默的一面，并善于捕捉稍纵即逝的生活瞬间。如写女子梦中与情郎团圆却忽然被惊醒的场景："云松螺髻，香温鸳被。掩春闱一觉伤春睡。柳花飞，小琼姬，一声'雪下呈祥瑞'，团圆梦儿生唤起。谁，不做美？呸，却是你！"（〔中吕·山坡羊〕闺思）作品展现出古代女子身不由己的可怜处境与内心深处对爱情的强烈渴求，充分体现出散曲可以动态而逼真地抓取生活瞬间的艺术表现力。

### 三、睢景臣与《高祖还乡》

睢景臣，生平、里居均不详，锺嗣成《录鬼簿》载其行状：大德七年（1303）自扬州来杭州，与之相识，"心性聪明，酷嗜音律"，作有《屈原投江》等杂剧，散套〔般涉调·哨遍〕（《高祖还乡》），"制作新奇"，名压时辈。

《高祖还乡》由八支曲子构成，叙写汉高祖刘邦称帝后荣归故里的一段后世传为美谈的故事，构思十分奇特，借助于一个乡巴佬的口吻绘出乡民迎接圣驾的紧张忙碌，皇帝仪仗随从的盛大阵势，土里土气的话语充满着戏谑的笔调。

《史记》曾载，刘邦尚未发达时，本与普通村民并无太大的区别。其所作所为不无庸劣之处，"不事家人生产作业"；"好酒及色。常从王媪、武负贳酒，……高祖每酤留饮，酒雠数倍"；他也有躬耕的经历，"高祖为亭长时，常告归之田"（《史记·高祖本纪》）等等。睢景臣以此为构思的基点，展开了丰富的想象，设想出一位村民，他不过问时事，不知道如今的皇上是谁，突然有一天全村总动员：

> 社长排门告示，但有的差使无推故，这差使不寻俗。一壁厢纳草也根，一边又要差夫，索应付。又是言车驾，都说是銮舆，今日还乡故。王乡老执定瓦台盘，赵忙郎抱着酒胡芦。新刷来的头巾，恰糨来的绸衫，畅好是妆幺大户。

紧接着村民看见皇家旗队壮观场面，诙谐风趣，连比喻也带着泥土气息：

> 瞎王留引定火乔男女，胡踢蹬吹笛擂鼓。见一彪人马到庄门，匹（劈）头里几面旗舒。一面旗白胡阑套住个迎霜兔，一面旗红曲连打着个毕月乌。一面旗鸡学舞，一面旗狗生双翅，一面旗蛇缠葫芦。

作者以三支曲子的篇幅描述了皇家仪仗队招摇而来的情形后，接着主角登场，刘邦以"皇上"的身份终于露面：

> 那大汉下的车，众人施礼数，那大汉觑得人如无物。众乡老展脚舒腰拜，那大汉那（挪）身着手扶。猛可里抬头觑，觑多时认得，险气破我胸脯。

皇帝气派十足，装模作样。可是，待定眼看清楚，这才认出他不是别人，正是当年欠债的"刘三"：

> 你身须姓刘，你妻须姓吕，把你两家儿根脚从头数：你本身做亭长耽几杯酒，你丈人教村学读几卷书。曾在俺庄东住，也曾与我喂牛切草，拽坝扶锄。
>
> 春采了桑，冬借了俺粟，零支了米麦无重数。换田契强秤了麻三秆，还酒债偷量了豆几斛，有甚糊突处。明标着册历，见放着文书。
>
> 少我的钱差发内旋拨还，欠我的粟税粮中私准除。只道刘三谁肯把你揪扯住，白甚么改了姓、更了名、唤做汉高祖。

在"皇权"至高无上的时代，这位"无知"的村民却道出"帝王本无种"的历史真相，可谓振聋发聩、大胆无畏。戏谑的口吻令人忍俊不禁，别有会心，大有痛快淋漓之感。

### 四、贯云石、徐再思与"酸甜乐府"

贯云石（1286—1324），名小云石海涯，号酸斋，维吾尔族人，存世套数八套，小令七十九首；徐再思（1285？—1345后），字德可，号甜斋，嘉兴（今属江苏）人，存世小令一○三首。两人大体同时，并且齐名，散曲作品合称"酸甜乐府"。贯云石写男女爱情，意态真率，情感奔放，如〔中吕·红绣鞋〕："挨着靠着云窗同坐，偎着抱着月枕双歌，听着数着愁着怕着早四更过。四更过情未足，情未足夜如梭。天哪，更闰一更儿妨甚么！"这对热恋中的男女相见时难别亦难，他们情感浓烈缠绵，不忍分离，担心美好的时光转瞬即逝，奢望着"天哪，更闰一更儿妨甚么"。作者既赞美其爱得浓烈又同情其爱得艰难。又如〔双调·清江引〕："若还与他相见时，道个真传示：不是不修书，不是无才思，绕清江买不得天样纸。"尽管相隔两地，可内心的思念、牵挂及爱恋，绵绵不绝；而纸短情长，无法一一备述，干脆以口信表达无限的情意。作者以夸张的笔调、简洁的语言"转述"了一个奇特的口信，发挥了散曲随意、随机地展现生活片段的特长，创造性地开发了散曲语言潜在的表现力。

徐再思在语言的运用方面也不甘示弱，翻出新局，流丽别致，如〔双调·水仙子〕（夜雨）："一声梧叶一声秋，一点芭蕉一点愁，三更归梦三更后。落灯花棋未收，叹新丰孤馆人留。枕上十年事，江南二老忧，都到心头。"节奏感很强，语句朗朗上口，简括有力的数字词与富于韵律感的意象浑然一体，真可谓道人所不能道。又如同调的另一首（春情）："九分恩爱九分忧，两处相思两处愁，十年邂逅十年受。几遍成几遍休。半点事半点惭羞，三秋恨三秋感旧，三春怨三春病酒，一世害一世风流。"那个时代，男女双方承受着诸多约束，百般困境，爱得越深，伤得也越深；年复一年，好事多磨，"几遍成几遍休"，翻来覆去的折磨让人身心交瘁，割舍不断的情爱又使人痴迷入梦；孤寂的时候靠回想往事来度日，好事难成的时节则只好借酒浇愁。正是"三秋恨三秋感旧，三春怨三春病酒"。可是，心中的那份情爱，挥之不去，不得不叹一声"一世害一世风流"。愁苦、无奈与对情爱的渴求，在缠绵、回环的语句中低沉地倾泻而出，还带上愁苦中的一点自嘲。

## 思考题

1. 如何品评元代散曲的"曲味"？
2. 试分析马致远散曲的独特风格。
3. 试评述白朴散曲的人生况味。

# 第九章 南戏的兴起、文体与《琵琶记》

南戏流行于南方尤其是浙江及福建一带。它与北方的杂剧在体制、音乐、风格等方面均有不同,形成自身的特色。以《琵琶记》等作品为代表,南戏以其引人瞩目的创作实绩成为中国戏剧发展史的重要组成部分。

## 第一节 南戏的兴起与文体

南戏约兴起于南宋初年,至宋光宗朝时已有《赵贞女》《王魁》等流行剧目。在明人的著述里,它有"温州杂剧""永嘉杂剧"等别称,可知当初兴起时以在浙江温州(永嘉)的演出最受人关注,带上了某种地域色彩。随着南戏艺术走向成熟,其影响力逐渐超出某一个特定区域,受到更多地方的大众喜爱,成为与北杂剧并存的、流行于南方广泛地区的戏剧样式。

### 一、源自"村坊小曲"的新兴艺术形式

南戏自成格局,其演唱特色是这一格局重要的构成因素。徐渭《南词叙录》记载了南戏兴起后在演唱方面的特点,就是"顺口可歌"、随心而唱:"永嘉杂剧兴,则又即村坊小曲而为之,本无宫调,亦罕节奏,徒取其畸农、市女顺口可歌而已,谚所谓'随心令'者,即其技欤?"[①] 一则是"顺口",一则是"随心",这是南戏演唱的神韵所在。它讲究的是本真地传情达意,不拗口,不造作,韵律、节奏是在自然的演唱中形成的,并不受宫调的拘限。故此,徐渭认为:"夫南曲本市里之谈,即如今吴下《山歌》、北方《山坡羊》,何处求取宫调?"他将南戏的演唱特色与流行于民间的《山歌》《山坡羊》相比拟,强调了南戏演唱的民间本色。

同时,南戏作为一种新兴的艺术形式,也有其自然而然形成的曲调配置方式,徐渭在《南词叙录》中说:"南曲固无宫调,然曲之次第,须用声相邻以为一套,其间亦自有类辈,不可乱也。如《黄莺儿》则继之以《簇御林》,《画眉序》则继之以《滴溜子》之类,自有一定之序。"南戏的音乐源自村坊小曲,适应着市井与乡村大众的审美趣味;既没有音乐上的清规戒律,又自成体系,以自然、清新的

---

① 中国戏曲研究院编:《中国古典戏曲论著集成》第3册,中国戏剧出版社1980年版,第240页。

演唱赢得下层民众的赞赏。

## 二、多种民间伎艺的综合

南戏作为戏剧样式，是多种民间伎艺综合而成的。除了村坊小曲和吸收其他曲调外，它还要敷演故事，故事是戏剧的主体部分。从现存的作品看，南戏结合了民间流行的诸般伎艺，比如说诨话（逗笑的段子）、莲花落（宋元以来流行的一种民间曲艺）、陶真（南宋以来流行的一种说唱形式）以及诸宫调等。其中，诸宫调的影响更为重要。流行的南戏一般以编写出一个复杂的故事见长，如何处理情节多变的故事，诸宫调提供了不少成功经验。有迹象表明，南戏剧本对诸宫调有所参照，如《张协状元》的第一出，"末"上场介绍演出内容，说："《状元张叶传》（按：该剧张协有时写作'张叶'），前回曾演，汝辈搬成。这番书会，要夺魁名，占断东瓯盛事，诸宫调唱出来因。"又有"似恁唱说诸宫调，何如把此话文敷演"的话，显然编剧者对诸宫调十分熟悉，从善于处理复杂故事的诸宫调作品里汲取有益的表现手法。然而，他们又不满足于说唱，需要敷演，将"话文"（故事）搬上舞台，参照诸宫调的说唱体改为"代言体"，安排故事中人——登场，各说其话，各行其事，从而构成戏剧场面。

南戏将多种艺术因素糅合起来，表演技艺与叙事技艺相互配合。徐渭在《南词叙录》中对南戏的总体风貌有很高评价："句句是本色语，无今人时文气"，并说"南曲纡徐绵眇，流丽婉转"，精确地道出了这一戏剧形式的南方格调。

## 三、南戏的文体

南戏的文体，大致有一个结构"套路"，其要点如下：

1. 副末开场：副末是南戏的一个脚色，负责在全剧正式开演前向观众介绍基本剧情。其程式一般是在第一出开场先念一首词，隐括该剧的写作旨趣，接着与后台即将上场的艺人对话，引出即将要演出的剧目名称，再念一首词，概括全剧的剧情纲要。念完下场诗（下场诗一般四句，最后一句是剧目的全称），退场。

2. 人物登场：剧本的第二出、第三出，一般安排主要人物登场，第二出出场的常常是男主脚（生）。第三出出场的常常是女主脚（旦），他们分别自报家门，介绍自身的境遇，交代自己的亲属关系、社会关系等，为接着发生的剧情做铺垫。

3. 正戏开演：第四出以后，剧情正式展开，每每围绕一个事件，并由此事件衍生出越来越复杂的人物关系、矛盾冲突。有些剧本内不止含一条情节线索，这些线索交错在一起，剧情更趋复杂。主人公的命运牵动着剧情的走向，戏剧矛盾逐渐趋向高潮。

4. 全剧结局：高潮过后，剧情最后落实到"合"字上，男女主人公得以重逢团聚，结束全剧。退场前一般有下场诗。

南戏与北杂剧的差异有两点：

1. 不限出数：南戏的篇幅一般较长，依照故事的复杂程度安排数量不等的场次，少则20出左右，多则50出以上，具有很大的灵活性。

2. 多人可唱：南戏不限定一人主唱，可以根据剧情的需要安排多个人物的唱词，还有合唱。

## 第二节　南戏重要剧目

南戏的剧目，徐渭《南词叙录》记载一一〇多种；钱南扬《戏文概论》著录二三〇多种。全本现存者有《永乐大典》戏文三种与"荆、刘、拜、杀"四种。它们是南戏的重要剧目。

### 一、《永乐大典》戏文三种

明代大型类书《永乐大典》"戏"字韵下收录了宋元戏文（南戏的别称）三三种，该书历经劫难，今存戏文三种：《张协状元》《宦门子弟错立身》《小孙屠》。

《张协状元》，为温州"九山书会才人"所作。学术界多认为它是南戏的早期作品，问世的时间约在北宋末至南宋间。写成都书生张协上京考试，路遇强人打劫，钱财尽失，身体有伤；幸得贫女王氏救助，在古庙安身养伤。好心人李大公等为之做媒，张协与贫女结为夫妻。婚后不久，张协继续上京应考，高中状元。张协在落魄时不得已与王贫女结婚，内心颇为瞧不起身份卑微的发妻；待贫女上京寻访时，故意命人将贫女逐出门外，拒不相认。日后，张协在赴任路上在当年被打劫的地方重遇贫女，他不念旧情，依然拒不相认。贫女诉说自己上京被拒的委曲，张协恼羞成怒，拔剑将贫女击倒，扬长而去。张协负心、冷血，贫女善良、可怜，剧本以人物形象的鲜明对照揭示了世态炎凉，对忘恩负义者作出严厉的谴责。

《宦门子弟错立身》，为"古杭才人新编"，可知作者是杭州人。写宦门子弟、女真族人士延寿马（第一出作"完颜寿马"）喜爱杂剧艺术，迷恋杂剧女艺人王金榜，瞒着父亲与王金榜私会，一同温习剧本。其父发觉后，棒打鸳鸯，将王金榜赶走，将延寿马禁锢在家。延寿马设法逃出，历尽艰辛，找到了王金榜，并加入戏班，冲州撞府，到处演出。后来，其父迫于无奈，终于同意儿子娶王金榜为妻，男女主人公喜成眷属。剧中有不少关于金元时期杂剧演出的术语、剧目，也涉及当时艺人的一些生活细节，是研究杂剧史的珍贵资料。

《小孙屠》，题"古杭书会编撰"。钟嗣成《录鬼簿》"萧德祥"名下有《小孙屠》剧目，称其人是杭州人，"又有南曲戏文"，故南戏《小孙屠》的作者可能就是萧德祥。剧本写开封府书生孙必达的妻子李琼梅出身妓女，与开封府令史朱邦杰私通，其事却被孙必达的弟弟孙必贵察觉。孙必贵以屠宰为生，绰号"小孙屠"。朱邦杰与李琼梅在奸情败露后，合谋陷害孙家兄弟，造成冤狱，"小孙屠"几乎丧命。后来开封府尹包公查明真相，将奸夫淫妇法办。

这三种剧本，文词古朴，没有雕琢痕迹，语句间有欠通顺之处。而场次数目不等，《宦门子弟错立身》14出，《小孙屠》21出，《张协状元》则多达53出；每一场（出）的篇幅长短不一，有的较短，有的颇长。这些情形，都显示了早期南戏不拘一格的特点。

## 二、"荆、刘、拜、杀"

在南戏创作史上，有四部作品合称"宋元四大南戏"，即《荆钗记》《刘知远白兔记》《拜月亭》《杀狗记》，简称为"荆、刘、拜、杀"。这四部作品，徐渭《南词叙录》均有著录；它们具体的问世时间不易得知，故笼统称为"宋元旧篇"。

《荆钗记》，传为"吴门学究"柯丹邱所作。写温州书生王十朋与女子钱玉莲的悲欢离合。作品中的王十朋家境贫寒，与钱玉莲婚配时只是以"荆钗"为聘礼。婚后，王十朋上京考试，高中状元。当朝宰相意欲招他为婿，王十朋以"糟糠之妻不下堂"为由，坚决不从。因得罪宰相，王十朋被派遣到烟瘴之地潮阳为官。钱玉莲在家恪守妇道。豪绅孙汝权垂涎于她的美貌，讹称王十朋入赘相府，胁逼钱玉莲改嫁。钱玉莲不从，投江自尽，幸得路过的一位官员救起，认作义女。经过一番波折，王十朋与钱玉莲终于重逢、团聚。此剧写王十朋不负心，与流行已久的负心书生故事大异其趣。

《刘知远白兔记》，传为"永嘉书会才人"所作。写五代时后汉的刘知远与李三娘的离合悲欢。刘知远是历史人物，其事迹见新、旧《五代史》及《资治通鉴》。他又是一个故事人物，其故事流传民间，民间艺人据以改编成平话、诸宫调及戏剧作品。南戏《白兔记》最突出的人物是女主角李三娘。她嫁给贫寒的刘知远，历尽艰辛。丈夫外出，长年不回，她望眼欲穿；身怀六甲，仍然劳作不止，于磨房产子，无人接生，自己咬断脐带，故称其子为"咬脐郎"；儿子被迫离她而去，她忍受着母子分离之苦。如此等等，都刻画出李三娘悲苦而坚毅的形象。后来，其子咬脐郎长大，出外打猎，射中一只白兔，白兔负伤奔跑，跑至李三娘处，咬脐郎寻踪而至，得与母亲重逢。剧中的刘知远在异地别娶岳秀英，忘却了李三娘，是一个负心汉形象。

《拜月亭》，又名《幽闺记》，元代施惠撰。写蒋世隆与王瑞兰的奇特情缘。剧情发生在金朝，其时，蒙古军入侵，兵荒马乱，蒋世隆与其妹蒋瑞莲、官宦小姐王瑞兰与其母亲张氏各个失散，蒋世隆遇上了王瑞兰，蒋瑞莲遇上了张氏，只好双双相扶同行。蒋世隆与王瑞兰互相爱恋，在客店主人的主持下成为夫妇。其后，王瑞兰的父亲金朝尚书王镇与女儿相遇，不同意女儿的婚事，强行拆散，只把女儿带走，将患病卧床的蒋世隆丢在客店。王镇父女与张氏、蒋瑞莲相逢；瑞兰、瑞莲各怀心事，一个思念丈夫，一个思念兄长，同时于月夜焚香，祈祷与亲人重聚。经过一番曲折，他们最后得偿所愿。剧中的王瑞兰不讲门第，与蒋世隆相爱，可谓患难见真情。

《杀狗记》，据《录鬼簿》所载萧德祥行状及杂剧名目，他可能即为此南戏作者。此剧叙写兄弟之间的家庭纠葛。孙华受狐朋狗党的挑拨，将尚未婚娶的弟弟孙荣赶出家门。孙华妻子杨月真明辨是非，为了使兄弟重新和好，故意杀狗，将狗尸伪装成"人尸"，置于自家门口，让孙华招集其狐朋狗党前来帮忙清理现场。狐朋狗党没有一人愿意出手，杨月真偕同孙华一起去找孙荣，孙荣慨然应允，负"尸"掩埋。此等事例使得孙华幡然醒悟，与狐朋狗党绝交，与弟弟重归于好。作品写出了世情的冷暖，剧中杨月真的贤惠形象十分突出。

"荆、刘、拜、杀"四剧，前三种写夫妻之情，后一种写兄弟之义，各有反映世风的意义。语言质朴生动，是身居社会下层的剧作家的艺术创造。

## 第三节 高明与《琵琶记》

高明（1307？—1359），字则诚，号菜根道人。瑞安（今浙江温州）人。元顺帝至正五年（1345）中进士，曾在江南一带做过吏员或地方官。晚年逢乱世，避居浙江四明（今浙江宁波），以词曲自娱。

高明是著名的南戏作家，有"南戏之祖"的美誉。撰有《琵琶记》《闵子骞单衣记》（已佚）。《琵琶记》是其代表作。

### 一、从《赵贞女》到《琵琶记》

《琵琶记》叙述赵五娘与其丈夫蔡伯喈的悲欢离合。这个故事在南宋已颇为流行。据明徐渭《南词叙录》记载，宋光宗时已有戏文《赵贞女》，其作者（佚名）为浙江永嘉（今温州）人。其剧情是"伯喈弃亲背妇，为暴雷震死"[①]。至今保存

---

① 中国戏曲研究院编：《中国古典戏曲论著集成》第3册，中国戏剧出版社1980年版，第250页。

在京剧等剧种中的《小上坟》有一段唱词："正走之间泪满腮，想起了古人蔡伯喈。他上京城去赶考，赶考一去不回来。一双爹娘冻饿死，五娘抱土垒文台。坟台垒起三尺土，从空降下琵琶来。身背琵琶描容像，一心上京找夫郎。找到京城不相认，哭坏了贤惠女裙钗。贤惠五娘遭马踢，到后来五雷殛顶蔡伯喈。"这段唱词隐括了《赵贞女》的基本剧情，与徐渭的记载大致吻合。

高明对《赵贞女》的剧情做了明显的改造，不少情节是重新创作的；赵五娘的悲剧形象深入人心，蔡伯喈的复杂性格也具有一定的典型意义。

### 二、《琵琶记》的戏剧冲突

《琵琶记》第一出"副末开场"，开宗明义，借副末与后台的对答道出了此剧的最大特点。副末向后台问道："且问梨园子弟，今日敷演谁家故事？那本传奇？"后台答道："'三不从'《琵琶记》。"显然，"三不从"就是《琵琶记》全剧情节结构的纲领。所谓"三不从"，即"辞试不从，辞婚不从，辞官不从"。戏剧冲突依循着这"三不从"事件而展开。

本来，"三不从"事件的主要当事人是剧中的男主人公蔡伯喈，因蔡伯喈已经结婚、有了家室，故此，蔡伯喈与妻子赵五娘构成了一个命运共同体，一方的任何举措都会或明或暗地牵动着另一方，这是《琵琶记》在安排戏剧冲突时的一个立足点。赵五娘与蔡伯喈相应地在剧中的戏份大致相当。蔡伯喈离家应试，居留京师；赵五娘留在家中，侍奉公婆，夫妻天各一方，故事情节呈现出"双线并存"的结构。又因蔡伯喈父母年事已高，其生死存亡问题不同程度地牵合着蔡伯喈与赵五娘，这两条情节线索实际上暗中关联，推动着剧情的演进。于是，男女主人公动态而多变的人生遭遇和戏剧行动彼此交替呈现。

"辞试不从"导致了蔡伯喈妻子赵五娘悲剧命运的开始。这是《琵琶记》要着力表现的内容。赵五娘本是"仪容俊雅""德性幽闲"的年轻女子，她出嫁才两个月，就不得不与丈夫分离，并且独力担负起照顾年迈公婆的重任。她的丈夫本要"辞试"，不愿上京，但其父"不从"，迫于蔡太公的压力只好离家应试。赵五娘对此并不赞同，但碍于媳妇的身份不便在蔡太公面前多言；她生活在家庭的"夹缝"之中，对丈夫说："罢罢罢，我和你去说时节呵，他又道我不贤，要将伊迷恋；苦！这其间教人怎不悲怨！"于是，"悲怨"二字成了赵五娘日后人生的底色。剧作家设置了几个重要的场景，描述了赵五娘的坚忍性格与善良品性，其中，"勉食姑嫜""糟糠自厌""代尝汤药""祝发买葬""感格坟成"等出，集中体现赵五娘在蔡伯喈离家之后面对不断出现的家庭变故，一件件、一桩桩都竭尽全力、克勤克俭、无私无愧。剧作家在紧张多变的戏剧冲突中精心塑造了一位具有中华民族崇高美德的古代女性形象。

"三不从"中的后两个"不从",是辞婚不从和辞官不从。"辞婚"与"辞官"的行为主体是蔡伯喈,先后两个"不从"的行为主体分别是牛丞相和当朝皇帝。蔡伯喈上京应试,高中状元,被牛丞相看中,要招为女婿。蔡伯喈本是厚道之人,他坦陈自己的家庭状况是"妻室青春,那更亲鬓垂雪",表示拒绝。他还天真地以为如果牛丞相一意孤行,自己可上奏皇帝、辞官不做:"明朝有事朝金阙,归家奉亲心下悦","若果奉圣旨来,我明日上表辞官,一就辞婚便了。"(第十三出)但皇帝以"孝道虽大,终于事君"为由,否定了他的奏请,无奈之下,他终于和当初"辞试不从"一样被动地接受了命运的"安排"。就在蔡伯喈于京城"强就鸾凤"的同时,千里之外的妻子赵五娘正在典卖衣衫、度日如年。这强烈的对比揭示了"三不从"的背后隐藏着一个乡村家庭的极度悲苦。

于是,可以清晰地看到,父亲的权威、丞相的权威、皇帝的权威构成了"三不从"的核心内容。在以三纲五常为主流意识形态的社会里,蔡伯喈不得不屈从宗法体制里的各种权威,下至父亲,上至帝王,都有着他无法逃离的威慑力量,这就是蔡伯喈的生存环境,其性格特点的形成与此有莫大关系,他为此付出巨大的代价。

同样要付出巨大代价的是赵五娘。丈夫滞留京师,公婆因经受不起灾荒和疾病的折磨而相继去世。赵五娘孤身一人,无依无靠,只得身背琵琶、沿路卖唱,边卖唱边筹路费,上京寻夫,以求夫妻重聚。临行前,她精心描画公婆的遗像,随身携带,就好像与公婆相亲相伴一般。在下笔时,她极为踌躇,左右为难:要画成丈夫当年离家时的模样,就不是公婆临终前那种"饥荒消瘦"的样子;要画成"形衰貌朽"的样子,又怕丈夫日后见到时认不出来。不过,思前想后,还是只能据实描容,这样的内心冲突加深了人们对赵五娘及其公婆所经受过的苦难的印象,也刻画了她性格中用心精细、任何事情都为他人着想的一面,使得其艺术形象一步一步丰满、细腻起来。

随着情节的推进,画像在剧本的后半部分成为很重要的道具,将赵五娘与蔡伯喈连在了一起。赵五娘抵达京师,在一座寺院歇脚,趁着寺院做法会,将公婆的遗像挂起,以便追荐公婆。恰好蔡伯喈也参与佛会,因蔡是状元兼牛丞相女婿,来头很大,其随从呼喝着让旁人回避,赵五娘顿时匆忙离开,慌乱之间遗落了画像,却被蔡伯喈拾得。蔡、赵这两条本来并行发展的情节线索在此得以"交集"。赵五娘后来得知那位状元就是蔡伯喈,于是,以行乞为由,前往蔡府打探,结识了蔡伯喈的新夫人牛小姐,其身世、遭遇得到牛小姐的同情和怜悯。牛小姐深明大义,在得悉赵五娘与蔡伯喈的关系后,一边要促成赵、蔡的团聚,一边说服其父牛丞相,接受既定事实,并且愿意与赵、蔡一起回乡为公婆守孝。

就戏剧冲突而言,剧本末尾的情节张力有所减弱:为了成全赵、蔡的夫妻情分,剧作家对牛小姐的形象做了简单化、概念化的处理,虽然让人对赵五娘的结局感到安慰,但如此处理有"生硬"之嫌。不过,总体来看,瑕不掩瑜,《琵琶记》在组织戏剧冲突方面相当成功。

### 三、《琵琶记》的语言艺术

《琵琶记》的语言以质朴、本真、感人著称。剧作家十分细微地捕捉人物在具体情境里的情绪起伏与情感动态,调动多种艺术手段描述人物的内心感受,通俗的比喻、明晓的语句,令人过目难忘,被深深打动。比如,赵五娘暗自吃糠时的一个唱段,极尽悲苦,凄酸无比:

〔南调过曲·山坡羊〕滴溜溜难穷尽的珠泪,乱纷纷难宽解的愁绪。骨崖崖难扶持的病身,战兢兢难捱过的时和岁。这糠我待不吃你呵,教奴怎忍饥?我待吃你呵,教奴怎生吃?……苦!这糠秕怎的吃得下?(吃吐科)

〔双调过曲·孝顺歌〕呕得我肝肠痛,珠泪垂,喉咙尚兀自牢嘎住。糠那,你遭砻被舂杵,筛你,簸扬你,吃尽控持。好似奴家身狼狈,千辛万苦皆经历。苦人吃着苦味,两苦相逢,可知道欲吞不去。

〔前腔〕糠和米,本是相依倚,被簸扬作两处飞。一贱与一贵,好似奴家与夫婿,终无见期。丈夫,你便是米呵,米在他方没处寻;奴家恰似糠呵,怎的把糠来救得人饥馁?好似儿夫出去,怎的教奴供膳得公婆甘旨?(第二十一出)

糠和米,自己和丈夫,两两联想,以彼喻此,既通俗易懂又恰切逼真,满腔的悲苦也如糠秕一般,吞却难吞,又不得不吞,时时刻刻都在逼近忍受的极限。赵五娘就是在如此生存绝境中竭尽所能侍奉年迈的公婆。剧作家的语言表现力具有很强的穿透性,震动心弦,收到催人泪下的艺术效果。

除唱词外,《琵琶记》的宾白也是富于生活气息,充满戏剧机趣。比如,在是否让蔡伯喈上京应试的问题上,蔡太公与妻子有不同的考虑,发生了激烈的口角:

〔净云〕我家中又没有七子八婿,只有一个孩儿,如何去得?〔外云〕呀,你怎说这话?如今去赴选的,家中都有七子八婿么?〔净云〕老贼!你如今眼又昏,耳又聋,又走动不得,你教他去后,倘有些个差池,教兀谁来看顾你?真个没饭吃,便饿死你;没衣穿,便冻死你。你知道么?〔外云〕你妇人家,理会得甚么!孩儿若做得官时,也改换我门闾,如何不教他去!(第四出)

你来我往，唇枪舌剑，各自有理，互不相让；老夫妻口吻毕肖，活灵活现。类似的冲突场面在《琵琶记》中所在多有，都表现出剧作家擅长在日常生活里学习语言、提炼语言的功力。

### 四、《琵琶记》在中国戏剧史上的意义

《琵琶记》在中国戏剧史上影响深远。作者的创作思想曾在剧本开头有明确表述："论传奇，乐人易，动人难。"提出戏剧作品要以"动人"为目的，这与自唐代参军戏以来滑稽逗笑的传统有明显差异。他并不排斥戏剧要有娱乐大众的功能，只是认为这是浅层的、容易做到的，故称"乐人易"；他更看重戏剧最重要的特质在于"动人"，以强烈紧张的戏剧冲突、催人泪下的情节场面、品性高尚的人物形象来打动人心，他的《琵琶记》实践了"动人"这一主张。《琵琶记》因而成为打动了一代又一代人的中国故事。

与"动人"的目的相关，作者强调剧本内容，而不拘泥于"寻宫数调"。这也是其戏剧观的另一方面的重要表述。中国戏剧史上有的人偏重于曲律的形式，有的人偏重于"意趣"的表达，《琵琶记》作者显然属于后者。明代戏剧家吕天成的《曲品》将高明的作品列为最高等级"神品"，认为其剧本"志在笔先，片言宛然代舌；情从境转，一段真堪断肠"；"勿亚于北剧之《西厢》，且压乎南声之《拜月》"①。这样的评价，《琵琶记》当之无愧。对于拘泥"寻宫数调"的偏向，《琵琶记》的创作实际具有补偏救弊的意义。

《琵琶记》成为后世戏剧创作的范本，一个基本的事实是，它被选收进多种戏曲选本，如影响颇大的清代选本《缀白裘》，选收《琵琶记》二十六出，是入选剧目中录入场次最多的剧本（其他尚有《荆钗记》《西厢记》《牡丹亭》《长生殿》《一捧雪》等名剧）。又如另一部选本《审音鉴古录》，收《琵琶记》十六折，同样是入选场次最多的剧目。此外，多种地方戏（京剧，豫剧，徽剧，粤剧，汉剧，川剧，越剧等）的传统剧目里都有《琵琶记》的改编本，其舞台活力经久不衰。

**思考题**

1. 如何评价《琵琶记》中赵五娘的艺术形象？
2. 南戏与杂剧在文体上的重要差异是什么？

---

① 中国戏曲研究院编：《中国古典戏曲论著集成》第 6 册，中国戏剧出版社 1980 年版，第 210 页。

# 阅读文献

- 《辽金元诗选》，章荑荪选注，古典文学出版社1958年版。
- 《金元诗选》，邓绍基选注，人民文学出版社2005年版。
- 《中州集》，（金）元好问编，中华书局1959年版。
- 《元好问诗编年校注》，狄宝心校注，中华书局2011年版。
- 《元好问文编年校注》，狄宝心校注，中华书局2012年版。
- 《雁门集》，（元）萨都剌著，殷孟伦、朱广祁校点，上海古籍出版社1982年版。
- 《揭傒斯全集》，李梦生标校，上海古籍出版社1985年版。
- 《杨维桢诗集》，邹志方点校，浙江古籍出版社2010年版。
- 《吴莱集》，张文澍校点，吉林文史出版社2010年版。
- 《瀛奎律髓汇评》，（元）方回选评，李庆甲集评校点，上海古籍出版社1986年版。
- 《全辽金文》，阎凤梧主编，山西古籍出版社2002年版。
- 《全辽金诗》，阎凤梧等主编，山西古籍出版社2003年版。
- 《元诗别裁集》，张景星等编选，上海古籍出版社1979年版。
- 《元文类》，（元）苏天爵编，上海古籍出版社1993年版。
- 《全金元词》，唐圭璋编，中华书局1994年版。
- 《全元散曲简编》，隋树森选编，上海古籍出版社1995年版。
- 《元人小令集》，陈乃乾辑，古典文学出版社1958年版。
- 《元人散曲选》，刘永济辑录，上海古籍出版社1981年版。
- 《全元戏曲》（含杂剧、南戏），王季思主编，人民文学出版社1999年版。
- 《元人杂剧选》，顾学颉选注，人民文学出版社1998年版。
- 《新校元刊杂剧三十种》，徐沁君校点，中华书局1980年版。
- 《汇校详注关汉卿集》，蓝立蓂校注，中华书局2006年版。
- 《西厢记》，王季思校注，上海古籍出版社1973年版。

- 《董解元西厢记》，凌景埏校注，人民文学出版社1980年版。
- 《大唐三藏取经诗话校注》，李时人、蔡镜浩校注，中华书局1997年版。
- 《宋元平话集》，丁锡根点校，上海古籍出版社1990年版。
- 《宋元小说家话本集》，程毅中辑注，齐鲁书社2000年版。
- 《永乐大典戏文三种校注》，钱南扬校注，中华书局2009年版。
- 《宋元四大戏文读本》，俞为民校注，江苏古籍出版社1988年版。
- 《元本琵琶记校注》，钱南扬校注，上海古籍出版社1980年版。

## 郑重声明

高等教育出版社依法对本书享有专有出版权。任何未经许可的复制、销售行为均违反《中华人民共和国著作权法》，其行为人将承担相应的民事责任和行政责任；构成犯罪的，将被依法追究刑事责任。为了维护市场秩序，保护读者的合法权益，避免读者误用盗版书造成不良后果，我社将配合行政执法部门和司法机关对违法犯罪的单位和个人进行严厉打击。社会各界人士如发现上述侵权行为，希望及时举报，我社将奖励举报有功人员。

反盗版举报电话　（010）58581999　58582371
反盗版举报邮箱　dd@hep.com.cn
通信地址　　　　北京市西城区德外大街4号
　　　　　　　　高等教育出版社法律事务部
邮政编码　　　　100120

为收集对教材的意见建议，进一步完善教材编写和做好服务工作，读者可将对本教材的意见建议通过如下渠道反馈至我社。

咨询电话　　400-810-0598
读者服务邮箱　gjdzfwb@pub.hep.cn
通信地址　　北京市朝阳区惠新东街4号富盛大厦1座
　　　　　　高等教育出版社总编辑办公室
邮政编码　　100029

本书有配套教学课件，供教师免费下载使用，请访问 xuanshu.hep.com.cn，经注册认证后，搜索书名进入具体图书页面，即可下载。